mtb

Zum Buch:

Nur für einen Monat soll Mathias Mitchell auf die Hündin seiner Mutter aufpassen. Aber schon die ersten Stunden mit der quirligen Sophie treiben Mathias in den Wahnsinn. Nicht genug, dass er ein ganzes Heft voller Anweisungen befolgen soll. Der Beagle schläft nicht in seinem Körbchen, sondern macht es sich im Bett bequem. Ein Schwanzwedeln, und die kostbarsten Kunstwerke im Atelier sind zerstört. Mathias bittet seine Nachbarin Carol um Hilfe, mit der er sich bald schon mehr vorstellen kann als kuschelige Hundeabende.

»Eine warmherzige und originelle Wenn-aus-Freundschaft-Liebe-wird-Geschichte voller Emotionen [...] scharfsinnige, sehr gut gezeichnete Figuren, eine einsame Giraffe und ein frecher Beagle runden den Roman ab.«

Publishers Weekly

Zur Autorin:

Die SPIEGEL-Bestsellerautorin Susan Mallery unterhält ein Millionenpublikum mit ihren Frauenromanen voll großer Gefühle und tiefgründigem Humor. Mallery lebt mit ihrem Ehemann und ihrem kleinen, aber unerschrockenen Zwergpudel in Seattle.

Lieferbare Titel:

Planst du noch oder liebst du schon?
Der Beste küsst zum Schluss
Zuckerkuss und Mistelzweig

Susan Mallery

Die Liebe trägt Giraffenpulli

Roman

Aus dem Amerikanischen von
Stefanie Kruschandl

mtb

MIRA® TASCHENBUCH
Band 26146

FSC
MIX
Papier
FSC® C014496

1. Auflage: September 2018
Deutsche Erstausgabe

Originaltitel: »Second Chance Girl«
Erschienen bei: HQN Books, Toronto

Published by arrangement with
HARLEQUIN ENTERPRISES II B.V./SARL

Leseprobe

Originaltitel: »Why Not Tonight«

Umschlaggestaltung: bürosüd, München
Umschlagabbildung: www.buerosued.de
Lektorat: Ivonne Senn
Satz: GGP Media GmbH, Pößneck
Printed in Germany
Dieses Buch wurde auf FSC®-zertifiziertem Papier gedruckt.
ISBN 978-3-95649-821-3

www.mira-taschenbuch.de

Danksagung

Als »Frauchen« von zwei wundervollen Katzen und einem süßen Welpen weiß ich, wie viel Freude Tiere in unser Leben bringen. Ich unterstütze daher seit mehreren Jahren verschiedene Tierhilfsorganisationen – speziell »Seattle Humane«. Bei deren Spenden-Veranstaltung 2016 gab es eine Auktion. Und mein Beitrag war: »Dein Tier in einem Liebesroman«.

Und so kommt es, dass hier in diesem Buch ein witziger, süßer Beagle namens Sophie auftauchen wird, der es faustdick hinter den Ohren hat. Sophie war schon einmal der Superstar in einem meiner Bücher – nämlich in »Wer früher küsst, ist länger verliebt«. Aber Sophies Besitzer haben erneut überaus großzügig gespendet, damit sie in ihrer unvergleichlichen Sophie-Art auch in diesem Buch auftauchen kann. Ich liebe es, über Sophie zu schreiben. Diesmal habe ich sie auf eine Reihe von Abenteuern geschickt: Sie wird nicht nur eine Giraffe auf Abwege bringen, sondern auch einen großen Auftritt bei einer Hochzeit haben – passendes Kleid inklusive.

Was ich am Schreiben liebe, ist, dass ich mit vielen verschiedenen Menschen auf ganz unterschiedliche Weise in Kontakt komme. Manche helfen mir bei der Recherche für einen Roman. Andere sind Leser, die mit mir über bestimmte Figuren oder einen Plot sprechen wollen. Und wieder andere sind fabelhafte Tierbesitzer. Sophies Familie liebt sie heiß und innig – und sie hat ihr schon viele unvergessliche Stunden beschert.

Mein Dank geht deshalb an Sophies Besitzer, an Sophie selbst und an Seattle Humane (www.seattlehumane.org). Weil jedes Tier ein liebevolles Zuhause verdient.

1. Kapitel

Von einer Gazelle in den Bauch getreten zu werden war grundsätzlich keine schöne Erfahrung. Besonders unschön war es allerdings, wenn die Treterei um halb zwei Uhr nachts stattfand.

Carol Lund starrte Bronwen an. Die Gazelle starrte ungerührt zurück.

»Kein Grund, sich so aufzuführen, junge Dame«, sagte Carol zu ihr. »Ich bin nicht diejenige, die unbedingt auf irgendwelchen Felsvorsprüngen herumspazieren wollte. Und ich bin auch nicht diejenige, die sich dabei das Bein furchtbar aufgeschürft hat. Trotzdem stehe ich jetzt hier, mitten in der Nacht, um zu überprüfen, ob sich die Wunde entzündet hat.«

Die Gazelle stampfte einmal mit den Vorderhufen auf und drehte Carol dann den Hintern zu. Offenbar war Bronwen weder von dieser Rede noch von Carols nächtlichem Einsatz besonders beeindruckt.

»Ja, das sagst du jetzt«, murmelte Carol. »Aber warten wir mal ab, bis es Zeit für deine Fütterung ist. Dann liebst du mich plötzlich wieder heiß und innig. Du bist ganz schön wankelmütig, weißt du das eigentlich?«

Sie begann, ihre Utensilien einzupacken. Die Wunde an Bronwens Bein schien gut zu heilen. Mit etwas Glück würden weitere nächtliche Kontrollen nicht nötig sein. Dann konnte Carol morgen Nacht in ihrem Bett liegen bleiben und endlich den versäumten Schlaf nachholen.

Sie schloss die Tür des Gazellen-Stalls hinter sich zu und ging zu ihrem Jeep. Die Nacht war kühl und klar. Am Himmel funkelten Millionen von Sternen. Natürlich wäre es ihr lieber gewesen, Bronwen hätte sich nicht verletzt und sie beide hätten die Nacht durchschlafen können. Aber wenn man schon aufstehen musste, dann war so ein perfekter Sternenhimmel zugegebenermaßen eine ziemlich gute Entschädigung. Der Trick war, nicht zum Horizont zu schauen und nicht auf die genaue Position der Sternbilder zu achten. Dann konnte man sich nämlich einbilden, irgendwo auf der Welt zu sein. Der Nachthimmel war schließlich überall zu sehen.

Ja, sicher. Es gab Unterschiede zwischen den verschiedenen Hemisphären. Und die Jahreszeiten spielten ebenfalls eine Rolle. Trotzdem … die Sterne waren immer und überall einfach wundervoll.

Sie stieg in den Jeep und machte sich auf den Heimweg. Doch kurz bevor sie den kleinen Bungalow erreichte, in dem sie wohnte, fuhr sie auf den Randstreifen und hielt an. Sie schaltete den Motor aus und löschte das Licht. Dann stieg sie aus, setzte sich auf den Boden und gab sich ganz dem Anblick des nächtlichen Himmels hin.

Es war Oktober, was in der Wüste bedeutete, dass die Tage warm und die Nächte angenehm lau waren. Regen fiel in dieser Jahreszeit so gut wie nie – das war eher etwas für den Frühling und den Sommer. Die einzige Stadt hier in der Gegend war Happily Inc – und die war nicht besonders groß. Daher war es nicht allzu schwierig, dem Neonlicht zu entkommen und in die ganz große Dunkelheit einzutauchen. Links und rechts von der Straße befanden sich nur die Berge, der Golfplatz und etwas weiter hinten die sanften Hügel des Happily-Inc-Wildtierreservats. Nichts und niemand störte sie, wenn sie den Blick nach oben richtete, auf die Sterne.

Sie nahm ihre Jacke und faltete sie zusammen. Dann legte sie sich auf die Straße und schob das improvisierte Kissen unter ihren Kopf. Sehr schön! Das war die ideale Position, um in Ruhe das nächtliche Himmelswunder zu betrachten.

Carol wusste nicht, wie lange sie schon so dagelegen hatte,

als plötzlich grelle Scheinwerfer die Dunkelheit durchschnitten. Die Lichter kamen näher und näher, bis sie ihr irgendwann direkt ins Gesicht schienen.

Als sie sich aufrichtete, entdeckte sie einen mitternachtsblauen Mercedes, der hinter ihrem Jeep zum Halten kam.

Na toll, dachte sie und beobachtete den großen dunkelhaarigen Mann, der jetzt aus seinem Auto stieg und zielstrebig auf sie zukam. Inzwischen musste es nach zwei Uhr sein. Trotzdem wirkte Mathias Mitchell kein bisschen schläfrig. Was nicht weiter verwunderlich war. Sein Adrenalin-Pegel war vermutlich noch immer ziemlich hoch, nachdem er den Abend mal wieder mit Brautjungfern-Aussuchen und Brautjungfern-Flachlegen verbracht hatte.

Ein paar Schritte entfernt von ihr blieb er stehen. Es war zu dunkel, um seinen Gesichtsausdruck zu erkennen. Aber Carol vermutete, dass Mathias ziemlich amüsiert wirkte. Er war ein Mann, der das Leben insgesamt für eine angenehme und amüsante Erfahrung zu halten schien. Und wieso auch nicht? Mathias sah extrem gut aus, er war charmant und beruflich erfolgreich. Also hatte er keinen Grund, irgendetwas anderes anzunehmen.

Sie dagegen war einfach nur ganz normal. Ihr Aussehen und ihr Charakter waren ungefähr so spannend wie ihr Name. Nämlich gar nicht.

»Lass mich raten: Du hast eine Kontaktlinse verloren?«, fragte er.

»Bronwen hat sich verletzt. Also musste ich nachsehen, wie es ihr geht. Und auf dem Rückweg habe ich angehalten, um die Sterne anzusehen.«

Er setzte sich neben sie auf den Boden und blickte ebenfalls hinauf zum Himmel. »Und damit kannst du nicht warten, bis du zu Hause bist?«

»Könnte ich. Aber das hier ist die Stelle mit der besten Aussicht.«

»Alle anderen Stellen hast du schon ausprobiert?« Er seufzte. »Carol Lund, du bist eine merkwürdige Frau. Und wer ist überhaupt Bronwen? Ein Zebra?«

»Eine Gazelle.«

»So nennst du deine Kühe jetzt also?«

Sie spürte, wie sich ihre Lippen verzogen. Zum Glück konnte er im Dunkeln nicht erkennen, dass sie gegen das Lachen ankämpfte. Es war nicht das erste Mal, dass sie beide diese Unterhaltung führten. Denn im Gegensatz zu den meisten Bewohnern von Happily Inc bekam Mathias keine romantischen Anwandlungen, sobald es um die Wildtiere ging, die direkt neben der Stadt lebten. »Gazellen sind keine Kühe.«

»Klar sind sie das. Okay, ich gebe zu: Sie sehen eleganter aus. Vermutlich sind sie auch schneller. Aber das hübsche Äußere täuscht nicht darüber hinweg, dass sie Kühe sind. Genau wie Millie.«

Carol warf ihm einen finsteren Blick zu, den er im Dunkeln natürlich nicht sehen konnte. »Hey! Sag nichts gegen Millie.«

»Das würde ich nie wagen. Millie ist eine Giraffe mit Charakter. Außerdem hat sie die längsten Beine in ganz Happily Inc. Trotzdem muss ich auf die Tatsache hinweisen, dass sie … na ja, ein Wiederkäuer ist.« Er beugte sich zu Carol hinüber, wodurch sie den teuren Frauenduft wahrnahm, der noch immer an seinem Körper hing. »Und das heißt«, flüsterte er ihr zu. »Millie ist eine Kuh.«

Sie wedelte mit der Hand vor ihrem Gesicht herum. »Es riecht hier so komisch.«

»Ja«, entgegnete er ungerührt. »Beim Parfüm hat sie etwas übertrieben.«

»Aber ihre großen Brüste haben den Fehler ausgeglichen?«

»Ach, weißt du – ich bin kein Mann, der nur nach der Oberweite geht. Worauf es mir ankommt, ist das Gesamtpaket.«

»Verstehe. Sie muss nur willig wirken, und – zack – schon erfolgt der Vorstoß?« Sie räusperte sich. »Sozusagen.«

»Zack?« Er schüttelte den Kopf. »Du unterschätzt mich, Carol. Da findet natürlich eine gewisse Entwicklung statt.«

»Ach so? Na ja, an deiner Stelle würde ich jedenfalls vor dem Schlafengehen noch duschen. Sonst haben deine Laken morgen diesen Entwicklungsgeruch.«

»Gute Idee. Vielen Dank für den Tipp.«

»Mein Nachbar, das männliche Flittchen.«

Sie sagte das ohne großen Nachdruck. Es war sowieso zwecklos, das wusste sie. Nichts schien Mathias jemals aufzuregen oder aus dem Konzept zu bringen. Obwohl er Künstler war, entsprach er so gar nicht dem Klischee von einem Mann, der düster vor sich hin brütete. Mal abgesehen von seinem etwas fragwürdigen Frauengeschmack, gab es insgesamt wenig, was man an ihm nicht mögen könnte. Und natürlich hätte Carol das niemals zugegeben – aber heimlich war sie ein Fan von ihm.

»Ist dir das schon mal aufgefallen? Nur Frauen, die gerne Sex mögen, bekommen dafür irgendwelche Bezeichnungen verpasst«, machte Mathias prompt mit dem Thema weiter. »Ich meine, was ist mit uns Männern? Warum ›männliche Schlampe‹? Da müsste doch dringend mal eine eigene Beleidigung erfunden werden.«

»Die gibt es doch, oder? ›Frauenheld‹ zum Beispiel. Oder ›Schürzenjäger‹.«

»Kein Mann ist beleidigt, wenn man ihn ›Frauenheld‹ nennt. Und ›Schürzenjäger‹ ist ein Wort, das 1979 zum letzten Mal über menschliche Lippen gekommen ist.«

Sie musste lachen. »Das stimmt nicht. Die Leute sagen das die ganze Zeit.«

Er sah sie nur schweigend an.

»Okay, vielleicht nicht *die ganze Zeit*. Aber oft.«

»Carol, Carol. Du überraschst mich immer wieder. Wer hätte gedacht, dass du so eine reine, unschuldige Seele bist.«

»Tja, rein und unschuldig muss doch sehr erfrischend für

dich sein, nachdem du den Abend mal wieder mit einer von diesen Brautjungfern verbracht hast.«

»Das stimmt, du bist … sehr erfrischend. Wobei ich mich frage, was du eigentlich gegen Brautjungfern hast.«

»Ich habe überhaupt nichts gegen Brautjungfern. Mir ist nur nicht klar, was du an ihnen findest. Oder sie an dir.«

Letzteres war gelogen. Ihr war durchaus klar, was die Frauen an ihm fanden: Mathias war witzig, aber auch charmant. Und er war so sexy, dass man sich seiner gefährlichen Anziehungskraft nur schwer erwehren konnte. Carol musste zugeben, dass auch sie schon ein- oder zweimal von ihm geträumt hatte. Wobei sie nicht vorhatte, irgendetwas in der Hinsicht zu unternehmen. Dafür war sie viel zu vernünftig und zu realistisch. Um mal ein Bild aus der Tierwelt zu verwenden: Mathias war der wunderschöne Pfauenmann. Und sie eine äußerst unauffällige Henne. Es gab keinerlei Grund für ihn, Notiz von ihr zu nehmen. Und selbst wenn er es doch tun sollte – Mathias war nur an One-Night-Stands interessiert, und das war einfach nicht ihr Ding. Sie war eher eine Frau, die sich erst verliebte, bevor sie Sex hatte.

»Du willst wissen, was ich an ihnen finde? Tja, dann verrate ich es dir: Sie sind am nächsten Morgen wieder verschwunden. Und was sie an mir finden – das dürfte wohl klar sein, oder?«

Er stand auf und streckte ihr seine Hand entgegen. Carol ergriff sie. Mathias zog sie hoch. Sobald sie sicher auf den Beinen stand, ließ er sie los. Dann bückte er sich und hob ihre Jacke vom Boden auf.

Er legte ihr die Jacke um die Schultern. »So, meine seltsame kleine Tierfreundin. Jetzt müssen wir dich ins Bett verfrachten. Der Morgen naht. Und deine Kühe bestehen vermutlich darauf, gefüttert zu werden.«

»Ich sollte dir mal so richtig gegen das Schienbein treten«, murmelte sie.

»Also wirklich. Warum so gewalttätig? Verstößt das nicht gegen das heilige Kuh-Mantra, dass man in Frieden mit der Natur leben soll?«

»Wenn du noch einmal Kuh sagst, dann schwöre ich, dass ich …«

Er öffnete die Fahrertür für sie. Carol stieg ein und ließ sich auf ihren Sitz sinken. Da der Jeep ziemlich hoch war, befanden Mathias und sie sich jetzt fast auf Augenhöhe.

»Dann tust du was?«, erkundigte er sich interessiert.

Dank der Innenbeleuchtung konnte sie zum ersten Mal heute Nacht sein Gesicht deutlich erkennen. Sie registrierte die dunklen Augen und das leicht amüsierte Lächeln. Er hatte die breiten Schultern und den meisterhaft geformten Körper eines Mannes, der seine Muskeln regelmäßig bei der Arbeit einsetzte.

Prompt bekam Carol mal wieder einen dieser Momente – was in Mathias' Gegenwart leider häufiger geschah. Plötzlich fiel ihr wieder ein, dass sie eine gesunde Frau in ihren Zwanzigern war. Eine Frau, die viel zu lange mit keinem Mann mehr zusammen gewesen war. Und Mathias war ein Mann, der definitiv wissen würde, was zu tun war. Genügend Übung hatte er ja.

Wobei das ein idiotischer Gedanke war. Unter anderem, weil er sich natürlich nicht für sie interessierte. Sie entsprach zum einen nicht seinem Morgen-früh-ist-sie weg-Kriterium. Und zum anderen war sie einfach viel zu gewöhnlich. Männer wie Mathias – vom Typ Jäger und Sammler – waren auf der Suche nach besonderen Frauen. Und zu denen zählte sie nun mal nicht.

»Was ich dann tue? Ich werde den Zebras beibringen, deinen Garten für gewisse Zwecke zu verwenden. Hast du schon mal Zebra-Scheiße gerochen? Dagegen wird dir dieses Parfüm wie eine Wohltat vorkommen.«

Er grinste. »Verstehe. Dann ist es jetzt wohl an der Zeit, gute Nacht zu sagen.«

»Genau. Gute Nacht.«

Er schloss die Tür des Jeeps und ging dann zu seinem Wagen hinüber. Als Carol losfuhr, sah sie im Rückspiegel, dass der Mercedes ihr folgte. Kurz darauf erreichte sie die Einfahrt zu ihrem Haus und bog ab. Mathias ließ einmal kurz seine Scheinwerfer aufblitzen und fuhr weiter. Eine Sekunde lang verschwand sein Wagen hinter einem kleinen Hügel, um dann wieder aufzutauchen. Carol beobachtete, wie Mathias die kurze Strecke bis zu seinem Haus zurücklegte, in die Einfahrt einbog und mit einem weiteren Scheinwerfergruß in seiner Garage verschwand.

Obwohl sie müde war, blieb Carol weiter in der Dunkelheit sitzen, bis sie erneut Licht aufflammen sah – diesmal in dem großen Haus, das am Rand des Wildtier-Reservats stand. Irgendwie komisch, dachte sie. Ihr schlichter, kleiner Bungalow hätte mühelos in Mathias' Garage gepasst. Unterschiedlicher konnten zwei Häuser kaum sein. Trotzdem war Mathias ihr nächster Nachbar. Besser gesagt: Er war ihr einziger Nachbar. Abgesehen von den Tieren lebten sie beide ganz allein hier draußen.

Apropos Tiere: Carol stieg seufzend aus dem Auto und ging ins Haus. Sie streifte ihre Stiefel ab und ging dann direkt ins Schlafzimmer. Es gelang ihr gerade noch, ihre Jeans auszuziehen, bevor sie auf die Matratze sank.

Dank des Besuchs bei Bronwen und der Folgen würde die Nacht sehr kurz werden. Denn im Gegensatz zu gewissen anderen Leuten, die nach ihren nächtlichen Aktivitäten ausschlafen konnten, musste sie mit der Sonne aufstehen. Millie und die anderen Tiere warteten nur ungern auf ihr Frühstück.

Carol schlief rasch ein. Sie träumte irgendwelche seltsamen Dinge über fliegende Kühe. Außerdem tauchte Mathias in ihrem Traum auf und bat sie, ihn zu küssen. Wenig später wurde sie von ihrem Wecker aus dem Schlaf gerissen. Tja, dachte sie, als sie sich beim Aufstehen an den Traum erinnerte: zwei sehr unwahrscheinliche Szenarien. Wobei die fliegenden Kühe noch die wahrscheinlichere Variante waren.

Mathias ging barfuß hinaus auf die Veranda. Es war früh am Morgen; über dem Boden hing noch leichter Nebel – vermutlich weil die Bewässerungsanlage des Reservats bis eben gelaufen war. Keine sehr romantische Erklärung. Also ignorierte er den Gedanken und konzentrierte sich stattdessen auf die Farben und Formen dieses fantastischen Naturschauspiels. Das war der Künstler in ihm.

Er setzte sich auf seinen Lieblingsstuhl, stellte die Kaffeetasse auf den Tisch neben sich und griff nach dem Skizzenblock. Dann wartete er.

Wann genau das sein Morgen-Ritual geworden war, konnte er gar nicht so genau sagen. Vermutlich kurz nachdem er Millie entdeckt hatte – am dritten Tag nach seinem Einzug hier. Irgendwie seltsam, dass sie ihn viel mehr faszinierte als alle anderen Tiere im Reservat. Eigentlich sollte er sich ebenso sehr für die leichtfüßigen Gazellen oder den mächtigen Wasserbüffel interessieren.

Als er das Haus gekauft hatte, war ihm vage bewusst gewesen, dass irgendwelche exotischen Tiere dahinter herumspazierten. So richtig hatte ihn das damals allerdings nicht interessiert. Das war erst gekommen, nachdem er Carol getroffen und mehr über das Wildtier-Reservat von Happily Inc erfahren hatte.

Die meisten anderen Städte verbargen ihre Mülldeponien hinter hohen Mauern und bauten sie weit entfernt von sämtlichen Wohngegenden. Nicht so Happily Inc. Hier befand sich die Sammelstelle für Müll hinter dem südwestlichen Ende der Innenstadt – wobei die Stadtplaner sorgfältig darauf geachtet hatten, dass die Mülldeponie auf der windabgewandten Seite lag.

Die beiden Männer, die diese Deponie leiteten, hatten dort ein Recycling-Center errichtet, das inzwischen im ganzen Land berühmt war. Zudem hatten die beiden aber noch mehrere Hundert Hektar Land rund um die Deponie gekauft.

Dort waren Büsche, Gräser und Bäume angepflanzt worden. Und als sich gezeigt hatte, dass die Pflanzen in der neuen Umgebung tatsächlich überlebten, waren die Tiere hinzugekommen. Zuerst die Gazellen, dann die Zebras. Einige Stelzvögel und ein riesiger Wasserbüffel wurden gekauft. Und ganz zum Schluss Millie.

Mathias kannte die ungefähren Zusammenhänge: Die beiden Männer, die eine afrikanische Savanne am Rand einer kalifornischen Wüste erschaffen hatten, waren Carols Vater und ihr Onkel. Nachdem Carol ihren Abschluss gemacht hatte, hatte sie begonnen, ebenfalls im Reservat zu arbeiten. Vor etwa einem Jahr war dann der alte Mann, der sich bisher um die Tiere gekümmert hatte, in Rente gegangen. Also hatte Carol die Leitung übernommen. Und dann war Millie eingetroffen.

Manchmal fragte sich Mathias, warum er diese Frau und ihre Giraffe immer als Einheit sah. Er konnte es nicht richtig erklären. Aber in seiner Vorstellung gehörten die beiden einfach zusammen. Und jetzt tauchten die zwei also aus dem Morgennebel auf. Zuerst wurde Millie sichtbar, die langsam herangeschritten kam.

Sie war eine viereinhalb Meter große Netzgiraffe, deren Vorfahren aus Somalia stammten – und sie war eine echte Schönheit: Millies Fell hatte ein elegantes Flecken-Muster, und das Gesicht war fast herzförmig. Ihre riesigen braunen Augen lagen weit auseinander und betrachteten die Welt um sie herum mit neugierigen Blicken.

Mathias trank noch einen Schluck Kaffee, bevor er seinen Skizzenblock öffnete. Inzwischen hatte er bestimmt schon an die hundert Zeichnungen von Millie und Carol angefertigt. Aber dieser *eine* perfekte Moment fehlte ihm immer noch. Er wusste, dass er ihn erkennen würde, wenn es so weit war. Also saß er Morgen für Morgen hier auf seiner Veranda und wartete darauf, dass es passierte.

Nachdem Millie eine Baumgruppe umrundet hatte, kam neben ihr auch Carol in Sicht. Sie ging ganz selbstverständlich neben der Giraffe her, obwohl sie Millie nicht mal bis an die Schultern reichte. Im Sonnenlicht wirkten Carols rote Locken fast blond. Ihre Haare trug sie kurz. Sie war praktisch veranlagt, kümmerte sich nicht um Trends oder irgendwelche Konventionen, sondern war einfach sie selbst. In anderen Worten, dachte Mathias, Carol Lund ist überhaupt nicht mein Typ. Weshalb er sich auch nicht weiter für sie interessierte. Oder: interessieren sollte. Denn irgendwie tat er es doch. Etwas an Carols eigenständiger, ungekünstelter Art faszinierte ihn.

Da war zum Beispiel dieser Millie-Spaziergang: Anfangs hatte er angenommen, dass Carol der Giraffe nur helfen wollte, sich in der neuen Umgebung zurechtzufinden. Doch auch nachdem Millie sich längst im Reservat eingewöhnt hatte, schlenderte Carol jeden Morgen mit ihr durch die Savanne. Irgendwann waren Mathias schließlich die Spendendosen aufgefallen, die überall in der Stadt standen. Und dann war es ihm klar geworden: Seine eigenwillige Nachbarin ging mit ihrer Giraffe spazieren, damit die sich nicht einsam fühlte.

Einige Minuten Internet-Recherche hatten ihn belehrt, dass männliche Giraffen meist Einzelgänger waren. Die Weibchen hingegen lebten in losen Gruppen zusammen. Mütter betätigten sich häufig als Babysitter für ihre Freundinnen, sodass die restliche Gruppe auf Futtersuche gehen konnte. Carol versuchte offenbar, Millie das Gefühl zu geben, dass sie eine Herde hatte.

Mathias zeichnete fast eine halbe Stunde lang. Dann kehrte er ins Haus zurück. Bevor er sich auf den morgendlichen Weg ins Studio machte, ging er noch kurz in den Wintergarten. Das war der Raum, in dem er hier zu Hause arbeitete – allerdings nicht mit Glas, wie im Studio. Denn dazu hätte er eine ganz andere Ausrüstung und vor allem einen sehr verständnisvollen Versicherungsvertreter gebraucht. Nein, im Wintergarten arbeitete er mit Zeichenstift und Block oder manchmal auch mit Farbe und Leinwand.

Jetzt ging er aber nur zu dem Stapel mit den alten Skizzen hinüber. Er blätterte sie durch: Millie allein. Millie und Carol, die spazieren gingen. Millie mit den Zebras. Es ist irgendwo da drin, dachte er und versuchte die Frustration zu ignorieren, die in ihm aufkommen wollte. Ein paarmal war er ganz dicht dran gewesen. Fast hätte er das Bild eingefangen, das da vage in seiner Vorstellung herumgeisterte. Aber es würde ihm noch gelingen – daran musste er einfach glauben. Und sobald er den perfekten Moment auf Papier gebannt hatte, würde er ihn in Glas umwandeln.

Immer vorausgesetzt, dachte Mathias mit einem leicht spöttischen Lächeln, dass ich dazu überhaupt noch in der Lage bin.

Ulrich Sherwood, Duke of Somerbrooke, starrte aus dem Fester des Konferenzraums im achten Stock. Im Westen befanden sich Santa Monica und der Pazifik, im Osten nebelverhangene Berge. Wobei … Vielleicht war das kein Nebel, sondern einfach nur Smog, der da zu sehen war. Bisher war er erst zweimal in Los Angeles gewesen. Beide Male hatte er die Zeit in dieser Stadt nicht besonders genossen. Dieses Mal war er hier, um mit den Anwälten zu sprechen. Was auch nicht gerade das allergrößte Vergnügen war. Aber es war in diesem Fall ein notwendiges Übel. Eine erfolgreiche und finanziell sehr solide Produktionsfirma wollte eine moderne Version von *Downton Abbey* in England filmen. Und Battenberg Park, Ulrichs Familiensitz, war als Drehort ausgewählt worden. Was bedeutete, dass die Produktionsfirma nicht nur eine hübsche Summe dafür zahlen würde, das weitläufige Anwesen einige Wochen lang zu mieten. Battenberg Park würde zudem eine »Schönheitskur« bekommen, wie die Anwältin es genannt hatte. Darunter verstand die Filmfirma offenbar, dass dem alten Gemäuer ein komplett neuer Anstrich verpasst werden sollte. Und dass mehrere Dutzend Landschaftsgärtner auf die Parkanlagen losgelassen werden würden. Ja, dachte Ulrich. Zusammengenommen machten die Mieteinnahmen und die »Schönheitskur« eine Reise nach Los Angeles mehr als wett.

Linda, die ungefähr vierzigjährige Anwältin in einem schicken Kostüm, kam zurück in den Konferenzraum. Sie schenkte ihm ein strahlendes Lächeln. »Euer Lordschaft.«

»Ulrich, bitte«, korrigierte er sie. Die korrekte Anrede hätte »Euer Gnaden« gelautet, aber er unterließ es, die Frau darauf hinzuweisen. Selbst zu Hause versuchte er, diese Art von Formalitäten auf ein Mindestmaß zu reduzieren. Und jetzt war er immerhin in den USA. In diesem Land bestand der wahre Adel doch aus Filmstars. Wen kümmerten da schon irgendwelche uralten Abstammungslinien oder Titel?

»Hier ist eine unterzeichnete Kopie des Vertrags«, erklärte Linda. »Zusammen mit einem Beleg für die Zahlung der ersten Rate. Wie gewünscht, haben wir das Geld auf Ihr Konto in England überwiesen.«

»Sehr schön. Besten Dank.«

Linda hatte den schlanken, durchtrainierten Körper einer Frau, die Fitness ernst nahm. Sie wirkte auf den ersten Blick deutlich jünger, und vermutlich hatte sie sehr viel Erfahrung in sämtlichen Liebesdingen. Er dagegen hatte jung geheiratet und war dann vor zwei Jahren geschieden worden. Seitdem ging er allen Verwicklungen aus dem Weg. Wahrscheinlich hätte er sich geehrt fühlen sollen, als sie sagte: »Okay, nachdem der Deal jetzt erfolgreich abgeschlossen ist, würde ich Sie gerne zum Essen ausführen. Ich kenne da ein wunderbares Restaurant in der Nähe meiner Wohnung.«

Ihm war klar, dass er nur Ja sagen musste. Und warum sollte er das nicht tun? Er war Single und weit weg von zu Hause – niemand würde es jemals erfahren. Außerdem hielt er Linda für eine Frau, die tatsächlich genau das wollte, was sie anbot: eine einzige Nacht. Was also hätte perfekter sein können?

Das Problem war nur, dass er irgendwie nicht genug Interesse aufbringen konnte. Es lag nicht so sehr daran, dass Linda beinahe zehn Jahre älter war als er. Es lag eher an … nun ja, an allem.

»Vielen Dank für die Einladung«, erwiderte er und bemühte sich um ein höfliches Lächeln und einen möglichst bedauernden Tonfall. »Es tut mir leid, aber ich habe noch einen Termin im Osten von Kalifornien. Und ich fürchte, ich sollte mich umgehend auf den Weg machen.«

»Oh. Wo müssen Sie denn hin?«

Ulrich versuchte, seinen Mund nicht angewidert zu verziehen. »In eine kleine Stadt namens Happily Inc.«

Linda lachte. »Da war ich schon mal. Eine Freundin von mir hat dort geheiratet. Die Feier wurde von einer Firma ausgerichtet, die auf Themenhochzeiten spezialisiert ist. Sie hieß *Weddings in a Box* oder so ähnlich – es ist schon ein paar Jahre her. Auf jeden Fall ist Happily Inc ein etwas ungewöhnliches Reiseziel für einen Mann wie Sie. Planen Sie zu heiraten?« Sie klang eher fasziniert als enttäuscht.

»Wie? Nein. Ich muss dort, ähm, eine Bekannte der Familie treffen.«

Genauer gesagt: eine Gaunerin, die seine Großmutter bestohlen hatte.

Linda warf ihm einen eindringlichen Blick zu. »Schade, dass wir den Abend nicht zusammen verbringen können.«

»Ja, das finde ich auch«, log er. »Wirklich.« Er hob die Vertragsmappe hoch. »Und danke noch einmal hierfür.«

»Es war mir ein Vergnügen.«

Ulrich nickte und verließ dann eilig den Konferenzraum. Zwanzig Minuten später bog er auf die I-10 ein – den Highway Richtung Happily Inc. Das Navi seines Mietwagens verkündete, dass er sein Ziel in unter vier Stunden erreichen würde.

Auf dem Sitz neben ihm lag seine Aktentasche. Darin befand sich der Vertrag, den Linda ihm überreicht hatte. Und der Umschlag mit einem Namen und einer Adresse.

Seine achtzigjährige Großmutter hatte vor etwa fünf oder sechs Jahren begonnen, regelmäßig Pakete nach Happily Inc zu schicken. Empfängerin war immer eine gewisse Violet Lund. Zunächst hatte Ulrich sich keine großen Gedanken darüber gemacht. Aber dann hatte ihn seine Haushälterin um eine Unterredung gebeten. Die Frau hatte erklärt, dass schon seit einiger Zeit Gegenstände aus Battenberg Park verschwanden – hier ein antiker Kerzenständer, da ein kleines Gemälde. Für sich genommen waren all diese Dinge zwar wertvoll, aber kein dramatischer Verlust. Doch wenn man die Beträge mal zusammenzählte, sah die Sache schon ganz anders aus …

Nach der Unterredung mit der Haushälterin hatte er seine Großmutter vorsichtig auf die Pakete angesprochen. Die verwitwete Duchess hatte prompt erklärt, dass es sich um eine Privatangelegenheit handelte, die sie nicht zu diskutieren wünschte.

Ulrich hatte immer ein sehr enges Verhältnis zu Winifred – seiner Großmutter – gehabt. Sie hatte ihn mit aufgezogen, nachdem seine Mutter viel zu früh gestorben war. Und als sein Vater vor ein paar Jahren dahinschied, hatten Ulrich und seine Großmutter sich gegenseitig getröstet. Er liebte sie sehr. Sie war die einzige Familie, die er noch hatte. Und deshalb würde er niemals zulassen, dass irgendjemand der alten Frau schadete. Eine direkte Konfrontation in Sachen Pakete würde zu keinem Ergebnis führen, das hatte das erste Gespräch mit seiner Großmutter gezeigt. Aber gut. Dann musste er die Sache eben auf andere Weise regeln. Denn eines war klar: Er würde diese abscheuliche Person stoppen, die eine hilflose alte Dame bestahl. Und wenn es das Letzte war, was er tat!

Als er an diesem Punkt angelangt war, hielt Ulrich kurz inne. Vielleicht, dachte er, ist es doch ganz gut, dass ich gerade so weit von zu Hause weg bin. Denn dass er seine Großmutter für eine hilflose alte Dame hielt, würde sie garantiert schwer empören. Er konnte sich ihre Reaktion genau vorstellen: Sie würde ihn zu einem Gespräch vorladen und ihm ein paar Takte zum Thema »Alt und hilflos« erzählen. Dass er dreißig Jahre alt und der Duke of Somerbrooke war, würde ihm da wenig helfen.

Aber zum Glück musste sie das ja gar nicht erfahren. Weil er nämlich sehr diskret vorgehen würde: Er würde in diese seltsame kleine Stadt fahren und die Betrügerin mit den Beweisen konfrontieren. Dann würde er ihr sagen, dass sie nie wieder Kontakt zu seiner Großmutter aufnehmen durfte. Und das war's. Danach konnte er zurück nach Hause fliegen und sich auf die Hollywood-Invasion vorbereiten, die schon bald über seinen wunderschönen – leicht bröckelnden – Familiensitz hereinbrechen würde.

Natürlich, seine Mission war nicht besonders angenehm. Aber das spielte keine Rolle. Seine Vorfahren hatten jahrhundertelang unerschrocken ihre Pferde oder Schiffe bestiegen, um in den Kampf zu ziehen. Irgendwelche Unannehmlichkeiten oder kurzfristigen Konsequenzen spielten keine Rolle, wenn es darum ging, das Richtige zu tun. In diesem Geist war er erzogen worden. Und nun würde er dem Beispiel seiner Vorfahren folgen und seine Pflicht tun. Er gab Gas und steuerte auf den Gegner zu: die mysteriöse Violet Lund in Happily Inc.

2. Kapitel

Mathias hielt die Form bereit, während Ronan begann, mit höchster Konzentration das Glas zu erhitzen. Bei der Arbeit eines Glaskünstlers kam es auf Sekundenbruchteile an. Das Material musste heiß genug sein, um weich und formbar zu werden. Aber es durfte auf keinen Fall zu heiß sein, sonst würde das Gebilde nämlich zu einem unförmigen Klumpen zusammenschmelzen, und all die Arbeit, die Ronan bereits in sein Kunstwerk gesteckt hatte, wäre umsonst gewesen.

An einer Wand des weitläufigen Studios hing eine Zeichnung, die zeigte, wie die Skulptur später einmal aussehen sollte. In fertigem Zustand würde sie fast zehn Meter breit und drei Meter hoch sein. Am linken Ende befand sich ein großer grüner Drache, während das rechte Ende von einem eleganten weißen Schwan eingenommen wurde. Zwischen den beiden würden sich abstrakte Glasgebilde in allen Formen und Farben befinden, die beim Betrachter den Eindruck erweckten, dass diese beiden Fabeltiere langsam ineinander übergingen.

Ronan hatte erst vor einigen Tagen mit der Arbeit an der Skulptur begonnen. Ihm blieb ein Jahr Zeit, um sein Werk zu vollenden. Sobald er fertig war, würde er nach Japan reisen und dort den Aufbau der Skulptur in einem Luxushotel überwachen. Obwohl er neuerdings hauptsächlich zu Hause arbeitete – unterstützt durch allerhand Assistenten und Praktikanten –, begann Ronan seine Projekte meistens in dem Studio, das sie beide sich mit ihrem Bruder Nick teilten. Bisher hatte Mathias angenommen, dass Ronan die Zusammenarbeit mit ihnen und die gemeinsamen Adrenalinschübe ziemlich wichtig waren. Doch inzwischen war er sich da nicht mehr so sicher.

Früher hatten er und sein Bruder sich sehr nahegestanden. Aber vor ein paar Jahren hatte sich all das geändert.

Ronan zog den Glasstab aus dem Ofen. Mathias nahm seine Position ein und hielt die Form, in der sein Bruder den Stab mit der Glasmasse drehte. Nick trat zu ihnen und drückte einen Metallauftreiber in die rot glühende Masse. Das Glas gab unter dem Druck der scharfen Metallkante nach und begann, Form anzunehmen.

Die Hitze im Raum war enorm – ebenso wie ihre Konzentration. Eine schlichte Drehung des Handgelenks konnte über Erfolg oder Misserfolg entscheiden. Fehler waren kaum rückgängig zu machen, weil die Masse außerhalb des Ofens innerhalb kürzester Zeit erhärtete. Ronan musterte ihr Werk, dann steckte er den Stab zurück in den Ofen, nur um ihn gleich darauf wieder hinauszuziehen und zu beobachten, wie das Glas an der Luft abkühlte.

Die Skulptur bestand aus Hunderten von Einzelteilen, die am Ende sorgfältig zusammengefügt werden mussten – ein gigantisches Puzzle aus Glas. Spätestens wenn dieser Punkt erreicht war, würde Ronan mehrere Wochen lang kaum noch ansprechbar sein und völlig in seiner Arbeit versinken. Mathias hatte es schon mehrmals miterlebt: Der Anfang eines Projekts verlief vergleichsweise ruhig, aber dann nahm das Tempo immer weiter zu und die Anspannung stieg. Normalerweise war er in dieser letzten, stressreichen Phase immer an Ronans Seite. Doch ob das diesmal auch so ablaufen würde, war zweifelhaft.

Rein rational konnte er verstehen, wie es zu der Distanz zwischen ihm und Ronan gekommen war. Alles hatte sich geändert. Ronan und er waren nicht mehr zwei der fünf Mitchell-Brüder. Er legte die Form in einen Container und ging zu seinem Arbeitsplatz. Dann schüttelte er den Kopf. Okay, das stimmte nicht. Sie waren immer noch die fünf Mitchell-Brüder. Aber Ronan und er … Tja, das war wohl vorbei.

Mathias senkte den Blick und betrachtete das, was er heute

Morgen erschaffen hatte: zwei Servierschalen in Dutzenden von Orangetönen, Moosgrün und Gelb. Im Gegensatz zu Ronans Kreationen hatte seine Arbeit eher einen praktischen Wert. Er fertigte Pendelleuchten an und riesige Schüsseln, die sich als Waschbecken verwenden ließen. Außerdem war er spezialisiert auf Vasen, Servierplatten und Teller. Letztere in verschiedenen Farbtönen, sodass sie zur jeweiligen Jahreszeit passten. Weiß, Blau und Silber für den Winter. Hellgrün, Pink und Pfirsichgelb für den Frühling. Die Farben des Sommers waren Rot, Orange und Violett, während im Herbst Moosgrün, Kastanienbraun und verschiedene Gelbtöne dominierten.

Früher hatte auch er Skulpturen erschaffen. Aber dann war ihm klar geworden, dass das hier der richtige Weg für ihn war. Er mochte, was er tat. Er brachte Schönheit in den Alltag der Menschen. Und wenn er sich ab und zu mal danach sehnte, wieder mehr künstlerisch zu arbeiten – na und?

Wieder musterte er die Schüssel. Dann nickte er, zufrieden mit dem Anblick. Vor einiger Zeit hatte er beschlossen, jedes Jahr etwas zu erschaffen, das für ihn selbst eine Herausforderung darstellte. Dieses Jahr bestand die Aufgabe darin, dem Geschirr eine neue, ungewöhnliche Form zu verleihen. Die Herbst-Schüsseln waren geformt wie ein Blatt. Im Sommer war es eine Erdbeere gewesen und im Frühling eine Wiesenblume. Die Winter-Schüsseln sollten wie eine Schneeflocke geformt sein – das war zumindest der Plan. Denn leider wusste er noch immer nicht, wie er das hinkriegen sollte. Bisher waren all seine Versuche kläglich gescheitert – aber das machte nichts. Der Spaß lag ja gerade darin, längere Zeit herumprobieren zu müssen.

Sein Handy gab einen zirpenden Ton von sich. Er schaute auf das Display und sah, dass ihm seine Mutter eine Nachricht geschickt hatte.

»Code Red«, sagte er und blickte zu seinen Brüdern hinüber, um zu sehen, ob einer von ihnen ebenfalls eine Nachricht von ihr erhalten hatte.

Nick griff nach seinem Handy, während Ronan ihn ignorierte.

»Nichts«, verkündete Nick. »Sieht so aus, als wärst du heute der Glückliche.«

»Na toll«, murmelte Mathias, während er die kurze Nachricht las.

Ich komme dich besuchen.

Eine interessante Aussage, die ihn unter anderen Umständen unruhig gemacht hätte. Aber zum Glück wusste er, dass seine Mutter mehr als vierhundert Meilen weit entfernt war.

Wann?

Er starrte auf das Display und wartete auf die Antwort. Vermutlich würde sie erklären, dass sie nächste Woche käme oder Ende des Monats, wenn sein Bruder Del heiratete.

Zehn Minuten. Bin in der Stadt.

Mathias fluchte. Sein erster Gedanke war »Warum ich?«, gefolgt von »Auf keinen Fall« und »Höchste Zeit zu verschwinden«. Aber statt seinem Fluchtinstinkt nachzugeben, rief er sich ins Gedächtnis, dass er seine Mutter liebte – trotz aller Probleme, die es mit ihr gab. Nein, dachte er, sich vor einem Treffen mit Elaine zu drücken ist keine Option.

Super.

Er drückte auf »senden« und sagte sich, dass das nicht direkt gelogen war.

»Was ist?«, wollte Nick wissen.

»Sie ist auf dem Weg hierher.«

»Dann bleiben uns immerhin noch acht Stunden. Wieso kommt sie?«

»Keine Ahnung.« Er richtete den Blick auf Ronan. »Übrigens schreibt sie, dass sie in zehn Minuten hier ist.«

Das Schauspiel, das Ronans Miene gleich darauf bot, war sehr interessant. Eine Vielzahl von Emotionen huschte über sein Gesicht: Schock, Widerwille und dann Panik gepaart mit Fluchtgedanken. Also genau die gleiche Reaktion, die er selbst eben gehabt hatte.

Noch vor fünf Jahren hätte er gesagt, dass die Ähnlichkeit im Verhalten davon herrührte, dass sie Zwillinge waren. Keine eineiigen Zwillinge, aber trotzdem. Zwischen ihnen gab es eine Verbindung, die weder Zeit noch Raum zerstören konnten. Nur hatte sich dann leider herausgestellt, dass das alles nicht stimmte. Ronan und er waren nie Zwillinge gewesen. Ihre gesamte Kindheit und Jugend beruhte auf einer Lüge. Und seitdem sie mit dieser Wahrheit konfrontiert worden waren, war nichts mehr wie zuvor.

Er bemerkte aus dem Augenwinkel, wie Ronan sein Glasobjekt, das noch immer am Abkühlen war, zurück auf die hitzebeständige Bank stellte. Dann schnappte er sich seine Schlüssel und machte sich aus dem Staub.

»Den sehen wir die nächsten drei Tage nicht wieder«, grummelte Nick. »Aber er wird sich früher oder später mit ihr auseinandersetzen müssen.«

»Ja, ich weiß.«

Mathias ging zur Eingangstür des Studios, um dort auf das Unvermeidliche zu warten. Er sah, dass Ronan schon im Auto saß und dabei war, sich eilig vom Acker zu machen – besser gesagt vom Parkplatz. Sein Bruder bog auf die Hauptstraße ein und entschwand dann mit großem Tempo in Richtung Berge. Nick hatte recht – es würde mehrere Tage dauern, bis sie ihn wieder zu Gesicht bekamen.

Der Oktobernachmittag war warm und klar. Da sie sich in

der Wüste befanden, regnete es nur selten. Und momentan war nicht die richtige Jahreszeit dafür. Von jetzt ab bis zu den Weihnachtsfeiertagen würde nicht mal ein Wölkchen am Himmel zu sehen sein. Im Frühling konnte das Wetter etwas launisch werden – aber selbst wenn es mal regnete, dann nicht sehr oft und nicht sehr lange.

Happily Inc befand sich in der Mitte der kalifornischen Wüstengebiete. Weiter östlich lag Arizona, im Süden Mexiko. Trotz der Wüstenlage gab es immer genügend Trinkwasser für Bewohner und Touristen, da unterirdische Höhlensysteme tief im Gestein für eine stetige Wasserzufuhr sorgten. Wer nicht gerne in der Ebene lebte, konnte sich in die nahe gelegenen Berge zurückziehen. Und dann gab es da noch die seltsam starken Energieströme, die Happily Inc zu einem magischen Ort machten – jedenfalls in den Augen jener Menschen, die an derartige Dinge glaubten. Wichtiger für das alltägliche Leben war allerdings, dass die Stadt sich zu einer sehr populären Location für Hochzeiten entwickelt hatte. Daher waren fast alle Geschäfte auf den Bedarf von Hochzeitsgesellschaften und Touristen ausgerichtet. Es gab nur zwei größere Ausnahmen: das Schlaflabor im Norden der Stadt und Carols Wildtierreservat südwestlich von Happily Inc.

Ein unbekanntes Auto bog auf den Parkplatz ein und hielt genau da, wo Ronans Wagen eben gestanden hatte. Es war ein Allerweltswagen, Mittelklasse. Ein typisches Mietauto. Seine Mutter saß am Steuer, und sein Vater war nirgendwo zu sehen. Falls Ceallach sich nicht auf dem Rücksitz versteckt hatte, würde dieser Besuch vielleicht doch nicht so schrecklich werden.

»Hey, Mom«, sagte er, als Elaine Mitchell aus dem Auto gestiegen war und ihn umarmte.

»Was für eine süße kleine Stadt! Und man kann sich ganz leicht orientieren. Erst war ich nicht sicher, ob ich den Weg vom Flughafen hierher finden würde. Aber das war gar kein

Problem.« Sie drehte sich zu dem Wagen um. »Sweetie, wo bleibst du denn?«

Mathias verspürte einen Anflug von Panik. Vielleicht hatte er mit diesem Witz, dass sein Vater sich auf dem Rücksitz versteckte, das Schicksal herausgefordert? Doch dann sah er statt des Familienoberhaupts einen braun-weißen Beagle aus dem Auto springen. Kaum hatte ihn der Hund erblickt, kam er mit wehenden Ohren und wild wedelndem Schwanz auf ihn zugeschossen.

»Hey, Sophie«, sagte er und kniete sich hin, um die Hündin zu begrüßen.

Sie umkreiste ihn ein paarmal voller Begeisterung, bevor sie hochsprang, ihre Vorderpfoten auf seine Schultern legte und ihm ein paar ziemlich feuchte Hundeküsse verpasste. Er lachte, dann stand er eilig auf, um ihrer Zunge zu entkommen.

Aus dem Augenwinkel sah er, wie Nick aus dem Studio kam. Sein Bruder blickte ihn fragend an. Mathias schüttelte den Kopf. Daraufhin entspannte Nick sich sichtlich und ging auf seine Mutter zu, um sie zu begrüßen.

»Mom«, sagte er mit Wärme in der Stimme. »Das ist ja eine Überraschung.« Er beugte sich hinunter, um Sophie zu begrüßen.

»Ich weiß. Ich hätte vorher anrufen sollen. Tut mir leid.«

Mathias schoss der unbehagliche Verdacht durch den Kopf, dass Elaine ihnen absichtlich keine Vorwarnung gegeben hatte. Denn wenn Ronan, Nick und er geahnt hätten, dass ihre Mutter kommen würde, hätten sie vermutlich alle die Flucht angetreten – was sie nicht gerade zu den besten Söhnen des Jahrhunderts machte.

Dabei ist das Problem ja gar nicht Elaine, dachte Mathias grimmig. Das Problem war Ceallach, ihr Vater. Der Mann, nach dem sie sich gar nicht erst erkundigen mussten, denn Elaine würde ihnen garantiert voller Begeisterung alles über ihn erzählen. Und zwar in sämtlichen Details.

Sie gingen zu dritt zum Studio zurück. Sophie folgte ihnen, noch immer ziemlich aufgedreht vor lauter Wiedersehensfreude. Gerade rechtzeitig fielen Mathias all die Werkzeuge, das Glas und die heißen Öfen ein, die sich im Studio befanden. Eilig griff er nach der Leine, die der Beagle hinter sich herzog. Elaine blickte sich um, als würde sie erwarten, eine weitere Person zu sehen. Als sie bemerkte, dass da niemand war, verlor ihr glückliches Lächeln ein wenig an Strahlkraft.

Mathias bedachte Ronan im Stillen mit einer Reihe unschöner Bezeichnungen. Wieso musste sein Bruder ausgerechnet der Frau wehtun, die ihn immer geliebt hatte? Das hatte sie nicht verdient. Aber Ronan würde das garantiert anders sehen, und leider hatte es seit dem Vorfall niemand geschafft, zu ihm durchzudringen – auch wenn sie es alle oft genug versucht hatten.

»Das ist aber nett«, sagte seine Mutter mit falschem Enthusiasmus und schaute sich im Studio um. »So groß und hell. Arbeitet ihr alle hier?«

Nick und Mathias wechselten einen Blick. Sie schienen beide zu hoffen, dass der andere zuerst sprach.

»Ronan hat sein eigenes Studio bei sich zu Hause«, erwiderte Mathias schließlich. »Dort arbeitet er den größten Teil der Zeit.«

»Oh, verstehe. Und die Galerie ist hier in der Nähe?«

»Auf der anderen Seite vom Parkplatz. Du solltest unbedingt Atsuko treffen, bevor du wieder gehst. Sie ist diejenige, die unsere Arbeit verkauft.«

»Das werde ich auf jeden Fall tun. Aber erst nächstes Mal. Heute muss ich leider schon bald zurück zum Flughafen, um meine Maschine noch zu kriegen.«

Bevor Mathias fragen konnte, warum sie sich dann die Mühe gemacht hatte, extra vorbeizukommen, fuhr Elaine fort: »Euer Vater und ich gehen gemeinsam auf eine Reise. Er wird an verschiedenen Orten unterrichten – Theorieseminare und Praxiskurse. Ich finde es wunderbar, dass er jetzt die Aufmerksamkeit bekommt, die er verdient.«

Mathias unterdrückte ein Augenrollen. Wenn es eines gab, von dem Ceallach Mitchell schon immer mehr als genug bekommen hatte, war das Aufmerksamkeit. In seinem Universum war Ceallach die Sonne, während alle anderen ihn umkreisten – erleuchtet von seinem strahlend hellen Glanz

»Wir werden einen Monat unterwegs sein. Aber rechtzeitig zu Dels und Mayas Hochzeit sind wir wieder zurück.«

»Klingt toll, Mom«, entgegnete Nick. »Aber … ähm… warum genau bist du jetzt vorbeigekommen?«

Elaine wandte sich zu Mathias um. Ihr Gesichtsausdruck besagte, dass die Antwort auf diese Frage doch glasklar war. »Nun, irgendjemand muss auf Sophie aufpassen, während wir weg sind.«

Mathias ließ hastig die Leine fallen, die er in der Hand gehalten hatte. Der Beagle nutzte sofort seine Chance und begab sich auf eine kleine Erkundungstour. »Nein. Auf keinen Fall. Das kann ich nicht.«

»Aber natürlich kannst du das. Sie ist so süß, und du liebst sie.«

Lieben ist in diesem Zusammenhang vielleicht ein wenig übertrieben, dachte Mathias. Klar, er mochte Sophie … aus der Entfernung. Sie war an sich kein schlechter Hund. Sie besaß einfach nur eine Menge Abenteuerlust und war der festen Ansicht, dass man auf Menschen ausschließlich dann hören sollte, wenn es den eigenen Zwecken diente. Wenn es im Umkreis von fünf Meilen ein Problem gab, konnte man sicher sein, dass Sophie es aufspüren, sich genüsslich darin wälzen und es dann mit stolzgeschwellter Brust nach Hause schleppen würde.

Der Blick seiner Mutter nahm eine gewisse Schärfe an. »Dein Bruder kann sie nicht nehmen. Er und Pallas sind frisch verliebt. Da würde Sophie nur stören.«

Nick schien sich ein zufriedenes Grinsen zu verkneifen. »Stimmt, Mom.«

»Du hast ein großes Haus«, fuhr Elaine fort. »Mit eigenem Garten. Sophie wird es bei dir gut gehen, Mathias. Und es ist ja nur für einen Monat. Außerdem schadet es nicht, wenn du lernst, dich um ein anderes Lebewesen zu kümmern. Damit du weißt, was auf dich zukommt, wenn du mal …«

Irgendwo hinter ihnen ertönte das Geräusch von zersplitterndem Glas. Als sie sich alle drei hastig umdrehten, bemerkten sie Sophie, die winselnd hinter dem Regal mit den fertigen Schüsseln, Tellern und Gläsern hervorgeschossen kam. Mathias hatte nicht gesehen, was genau passiert war. Aber er war sich ziemlich sicher, dass es etwas mit dem wilden Schwanzwedeln der kleinen Hündin zu tun hatte.

Elaine eilte zu Sophie, und Mathias folgte ihr fluchend. Sie mussten es irgendwie schaffen, den Hund von all dem Glas fernzuhalten, sonst würde er sich noch ernsthaft verletzen. Doch als sie Sophie fast erreicht hatten, entschied der Beagle, dass dies wohl ein aufregendes neues Spiel sein musste, und rannte begeistert bellend davon.

»Hab dich!« Nick warf sich mit ausgestreckten Armen nach vorne.

Leider war Sophie schneller. Sie machte einen Satz zur Seite und stieß dabei mit dem Schwanz eine der beiden Glasschüsseln zu Boden, die Mathias heute Vormittag angefertigt hatte. Es klirrte erneut, und der Beagle raste zur anderen Seite des Studios hinüber. Nach ein paar weiteren Fehlversuchen gelang es Mathias schließlich, nah genug an Sophie heranzukommen, um auf die Leine zu treten, die sie noch immer hinter sich herzog. Er stoppte Sophies nächsten Fluchtversuch und nahm die Hündin auf den Arm. Sichtlich zufrieden kuschelte sie sich an ihn und bedeckte sein Kinn mit feuchten Hundeküssen.

Elaine lächelte. »Siehst du. Ich wusste es doch: Sie liebt dich. Du wirst großartig mit ihr zurechtkommen.«

Großartig war nicht das Wort, das er hier verwendet hätte. Aber egal. Er war klug genug, um zu wissen, wann es Zeit war, sich geschlagen zu geben. Natürlich hätte er jetzt argumentieren, schreien und sich auf andere Art zum Idioten machen können. Doch am Ende sah die ganze Sache noch immer so aus: Elaine war seine Mutter. Er liebte sie, und deshalb konnte er zu ihr nicht Nein sagen.

Tja, dachte Mathias, manchmal gibt es eben solche Tage. Tage, an denen es sich verdammt blöd anfühlte, ausgerechnet man selbst zu sein.

Montagabend war Turnierabend im Boardroom Pub. Da Happily Inc von Hochzeiten lebte, arbeiteten die meisten Leute an den Wochenenden. Dafür war Montag dann der Tag, an dem man entspannen und abends feiern konnte – oder das, was man in einer winzigen Wüstenstadt eben feiern nannte. Für viele Einwohner von Happily Inc war es inzwischen zur Tradition geworden, am Montagabend auszugehen und ein wenig Spaß zu haben, bevor kurz darauf die nächsten Hochzeitshorden über die Stadt hereinbrachen.

The Boardroom, ein Pub, in dem die Fans von Gesellschaftsspielen voll auf ihre Kosten kamen, lockte am hochzeitsfreien Montag die Einwohner der kleinen Stadt mit verschiedenen Wettbewerben. Im Sommer hatte es Monopoly-Turniere für die Jüngeren gegeben. Der Hippo-Flipp-Abend fand regelmäßig statt, und auch sonst wurden neben Dame und Schach Wettkämpfe in allen erdenklichen Brettspielen angeboten.

Carol hatte diese Montagabende schon immer gemocht. Früher hatte sie sich vor allem mit ihren Freunden amüsiert, doch inzwischen interessierte sie sich auch für die anderen Menschen, die sich bei den Wettbewerben im Boardroom versammelten. Der Grund dafür war eine Giraffe. Besser gesagt, eine einsame Giraffe, die dringend etwas Gesellschaft brauchte. Also versuchte Carol, den Kauf einer Giraffenherde über eine

Spendensammlung zu finanzieren. Zu diesem Zweck hatte sie überall in der Stadt Spendenbüchsen aufgestellt und das Boardroom-Team überredet, einen kleinen Teil der Montagseinnahmen der Aktion »Eine Herde für Millie« zu spenden.

Als sie sich jetzt zwischen den Tischen durchschlängelte, begrüßte sie links und rechts all die Leute, die sie kannte. Nach einiger Zeit hatte sie es endlich geschafft, sich bis zur Bar vorzuarbeiten. Carol blieb stehen, schüttelte die Spendenbüchse mit dem Giraffen-Muster und registrierte befriedigt, wie schwer sich der Inhalt anfühlte. Ja, das Geld für die Herde floss nur langsam, aber immerhin floss es. Mehrere Giraffen zu kaufen war kein besonders billiges Vorhaben. Der Anschaffungspreis war schon sehr hoch, dazu kamen noch die Kosten für den extrem komplizierten Transport in das Wildtierreservat. Sobald die Giraffen erst einmal dort angekommen waren, brauchten sie Unterkünfte und spezielles Futter, wobei Carol hoffte, dass nicht alle Giraffen solche Gourmets wie Millie sein würden. Denn die Vorliebe ihrer Giraffe für Brombeerblätter – genauer gesagt für die Blätter der Marionberry – war ein ziemlich teures Vergnügen.

Sie brauchte also sehr viel Geld. Und ein derartig hoher Betrag war nicht ganz einfach zusammenzubekommen. Doch langsam, aber sicher ging es voran. Und nur darauf kam es an. Schließlich hatte ihr Lieblingsgiraffenmädchen es verdient, glücklich zu sein.

Nachdem sie die volle Dose an der Theke abgegeben hatte, schaute Carol zu der großen Tafel hinüber, um herauszufinden, welches Turnier an diesem Montag dran war. Dann begann sie zu grinsen.

»Da sieht aber jemand schwer erfreut aus«, kommentierte ihre Freundin Pallas, als sie sich zu ihr gesellte. Die beiden Frauen umarmten einander.

»Ich liebe Cluedo.«

Pallas, eine Brünette mit haselnussbraunen Augen und einem unbeschwerten Lächeln, stöhnte. »Lass mich raten: Du findest immer heraus, wer der Mörder war und wo der Mord begangen wurde. Mir gelingt das nie. Ich kann mir all die vielen Details einfach nicht merken.«

»Deshalb bekommt man ja einen Block und einen Stift.«

»Aber wenn man alles aufschreiben muss, macht es nicht so viel Spaß. Okay, du Meisterdetektivin, willst du heute Abend bei uns am Tisch sitzen?«

»Klar.«

Sie machten sich auf den Weg zu dem Tisch. Kurz bevor sie dort ankamen, fiel Carol ein, dass früher oder später bestimmt auch Pallas' Verlobter auftauchen würde. Nick war ein echt netter Typ – sie mochte ihn sehr. Das Problem war sein Bruder. Die große Frage war, ob der heute ebenfalls hier sein würde. Denn Carol war sich ganz und gar nicht sicher, ob sie Lust hatte, einen Abend neben Mathias Mitchell, dem großen Frauenschwarm von Happily Inc, zu verbringen.

Er wird mich doch sowieso nicht bemerken, rief sie sich ins Gedächtnis. Dafür war sie viel zu schlicht und unauffällig. In einer Tierherde hätte sie zu jenen Weibchen gehört, die von dem Alpha-Männchen schlichtweg übersehen werden. Und obwohl sie Mathias immer mit seiner Vorliebe für alle Brautjungfern aufzog, war es in Wahrheit keineswegs so, dass er sich für sämtliche Frauen einer Hochzeitsgesellschaft interessierte. Nein, sein Interesse war sehr viel spezifischer. Es galt nur der schönsten, der verführerischsten Single-Frau in der gesamten Gruppe.

Kurz gesagt: nicht ihr.

Carol setzte sich gegenüber von Pallas an den Tisch und griff nach der Karte. An den Turnierabenden gab es im Boardroom immer Fingerfood und spezielle Drinks – passend zum Spiel *du jour*. Carol begnügte sich trotz der sehr verlockenden Cocktails zumeist mit geeistem Kräutertee. Schließlich musste sie verdammt früh aufstehen, um ihre Tiere zu füttern.

Pallas blickte zur Tür hinüber, und Carol sah, wie das Gesicht ihrer Freundin plötzlich erstrahlte. »Okay«, sagte sie, »ich rate mal: Chris Pine ist gerade eben zur Tür hereingekommen.«

»Besser.« Pallas sprang auf. »Nick ist da.«

Das verlobte Paar umarmte sich. Nicks Kuss dauerte ein klein wenig länger, als der Anstand gebot. Nachdem er es schließlich doch geschafft hatte, sich von Pallas zu lösen, grinste er Carol an. »Wie geht's dir? Und hast du schon von dieser Sache mit Mathias gehört?«

Nicks Laune ist viel zu gut, es kann nichts wirklich Schlimmes sein, sagte Carol sich. Sie schüttelte den Kopf. »Ich war den ganzen Tag draußen in der Savanne. Also habe ich nichts mitbekommen. Was ist passiert?«

Pallas verdrehte die Augen. »Ignoriere ihn einfach. Er ist gemein.«

»Das bin ich nicht«, protestierte Nick, während er sich neben sie setzte. »Aber ich gebe es zu: lieber er als ich.« Sein Grinsen kehrte zurück. »Unsere Mutter hat uns heute einen Besuch abgestattet. Und sie hat Sophie mitgebracht.«

Carol versuchte herauszufinden, was daran so witzig sein sollte. Sie hatte zwar schon von Elaine Mitchell gehört, sie aber nie getroffen. Und diese Sophie kannte sie ebenfalls nicht. Soweit ihr bekannt war, hatten Nick und Mathias keine Schwester. Also war Sophie vielleicht eine Cousine? Oder eine Exfreundin? Plötzlich spürte Carol, wie es ihr kalt den Rücken hinablief. Der Gedanke, dass Mathias eine Exfreundin vor die Haustür geliefert bekam, hatte etwas ziemlich Beunruhigendes an sich.

Pallas legte ihre Hand auf Nicks. »Sie hat keine Ahnung, wer Sophie ist, Sweetie. Also kann sie den Witz an der Sache gar nicht verstehen.«

»Sophie ist ein Beagle. Moms Hund. Meine Eltern werden einen Monat lang durch die Weltgeschichte reisen, deshalb hat

Mom Sophie vorbeigebracht. Mathias soll auf sie aufpassen.« Er lachte herzhaft. »Ich bin frisch verliebt, deshalb wurde ich verschont.«

Ein Hund? War das nicht etwas Schönes? Carol mochte Hunde. »Aber was ist daran so komisch?«

»Du hast Sophie noch nicht getroffen«, erwiderte Nick grinsend. »Sie ist süß und sehr freundlich. Aber man sollte sich nicht von diesen großen braunen Augen täuschen lassen. Sophie terrorisiert alle in ihrer Umgebung. Sie ist eine Entfesselungskünstlerin, extrem eigenwillig und eine absolute Chaos-Queen. Der Hund war gerade einmal zehn Minuten in unserem Studio und hat es geschafft, in der Zeit etwa ein Dutzend unserer Glaskunstwerke zu zerstören. Und dabei war das noch nicht mal Absicht. Du glaubst gar nicht, was sie anrichten kann, wenn sie es wirklich darauf anlegt.«

Carol zuckte zusammen. »Geht es ihr gut? Hat sie sich Glassplitter in die Pfoten getreten oder sonst irgendwie verletzt?«

»Sophie geht es bestens. Wie immer. Bei all ihren Aktionen hat sie sich noch nie ernsthaft wehgetan. Jeder in ihrer Umgebung wird in den Strudel hineingerissen. Aber der Hund taucht jedes Mal wohlbehalten wieder daraus auf.«

»Nick übertreibt«, mischte sich Pallas ein. »Ich habe ja nur Fotos gesehen, aber Sophie ist wirklich ein süßer Hund. Mathias wird keinerlei Probleme mit ihr haben. Da bin ich mir ganz sicher.«

Nick schnaubte. »Sag ihm das.« Er deutete mit dem Kopf Richtung Tür.

Carol drehte sich um und entdeckte Mathias, der ein Hundebett unter dem Arm trug und von einem kleinen Beagle begleitet wurde. Sophie betrachtete ihre Umgebung voller Begeisterung und wedelte unablässig mit dem Schwanz. Sie war das Abbild eines liebenswerten, glücklichen Hundes.

»O ja, jetzt sehe ich es auch. Dieser Hund ist der reinste

Teufel«, murmelte Carol. »Los, lass uns schnell fliehen, bevor es zu spät ist.«

»Spotte du nur. Du wirst schon sehr bald sehen, was ich meine«, entgegnete Nick in warnendem Tonfall.

Als Mathias und Sophie näherkamen, bemerkte Carol, dass die Beagledame eine Weste für Assistenzhunde trug, wie sie zum Beispiel auch Blindenführhunde anhatten. Unwillkürlich musste sie grinsen.

Mathias kam zu ihnen und ließ das Hundebett auf den Boden neben den Tisch fallen. »Ich will nichts hören. Kein einziges Wort«, knurrte er. »Ihr glaubt gar nicht, was das für ein Theater in den letzten Stunden war.«

Carol ließ ihren Blick von dem Beagle in seiner Begleithundeweste zurück zu Mathias gleiten. »Brauchst du den Hund als emotionale Unterstützung?«, erkundigte sie sich mit gespieltem Verständnis. »Hilft sie dir, mit den Flashbacks umzugehen, oder ist ihre Aufgabe eher, die sexy Brautjungfern auf Abstand zu halten?«

»Sehr witzig.« Mathias ließ sich auf den Stuhl neben ihr sinken. »Ich konnte sie ja schlecht allein zu Hause lassen. Die ganze Umgebung ist neu für sie. Laut meiner Mutter ist Sophie ein ausgebildeter Assistenzhund. Also habe ich ihr die Weste angezogen und sie mitgenommen.«

»Das ist so süß von dir«, erklärte Pallas. Dann drehte sie sich zu Nick um. »Siehst du? Alles läuft bestens.«

Nick lachte. »Mhm. Erzähl ihr den Rest der Geschichte.«

Mathias' Miene nahm einen düsteren Ausdruck an. »Ich habe jetzt fünf Stunden mit ihr verbracht. Auf keinen Fall kann ich einen ganzen Monat lang auf sie aufpassen. Ich weiß wirklich nicht, was Mom sich dabei gedacht hat. Dieser Hund hat eine größere Ausrüstung dabei als ein komplettes NFL-Team: Leinen und Halsbänder, Kissen und Körbchen, massenhaft Spielzeug. Und dazu noch diese alberne Weste. Bevor Mom weggefahren ist, hat sie mir noch ein Notizbuch mit Anmerkungen gegeben. Es hat sechsundzwanzig Seiten voll mit Hinweisen, was ich alles zu beachten habe. Sechsundzwanzig!« Er schüttelte den Kopf und fuhr dann mit gesenkter Stimme fort: »Es gibt Dosenfutter, Trockenfutter und sogenannte ›Leckerli‹. Außerdem irgendein Zeug gegen Flöhe.«

»Und Gassibeutel?«, fragte Carol, während sie sich bemühte, das Lachen zu unterdrücken. »Dir ist klar, dass ein Hund ab und zu mal muss? Das geschieht zumeist bei einem Spaziergang. Deshalb brauchst du Plastikbeutel – damit du die Hundehaufen einsammeln und mit dir herumtragen kannst, bis ein Mülleimer auftaucht. Oh, und denk immer daran, die Beutel richtig gut zuzubinden, nachdem du den Haufen eingesammelt hast. Denn da ist dieser Geruch – du weißt schon.«

Mathias starrte sie an. »Hör sofort damit auf!«

Nick schüttelte den Kopf. »Bro, die Sache mit der Scheiße stimmt. Das hat sie sich nicht ausgedacht. Ist doch ganz normal. Wir müssen alle ab und zu.«

»Vielen Dank für die Info.« Mathias gab der Bedienung ein Zeichen. »Ich hätte gern ein Bier. Und wenn ich es möglichst schnell bekommen könnte, wäre das wirklich super. Vielen Dank!«

Auch die anderen bestellten Getränke. Nachdem die Bedienung weg war, schaute Pallas lächelnd zu Mathias. »Das klappt schon, ganz sicher. Du wirst sehen: Sophie ist bestimmt ein braves Mädchen. Am Ende wirst du sie gar nicht wieder hergeben wollen.«

»Und vielleicht kannst du auch etwas von ihr lernen«, erklärte Carol. »Hunde sind sehr loyale, aufmerksame Partner. Wobei … Vielleicht macht dich das eher nervös.«

»Du glaubst, das ist alles schrecklich witzig.«

»Ich *weiß*, dass es witzig ist«, entgegnete sie. »Komm schon. Sie ist einfach nur ein Hund. Menschen halten sich seit Tausenden von Jahren Hunde als Haustiere. Also wirst du es doch einen Monat lang schaffen.«

Mathias sah nicht sehr überzeugt aus.

Ihre Getränke kamen, und der Spieleabend begann. Die Regeln für Turniere im Boardroom sahen vor, dass an jedem Tisch so lange gespielt wurde, bis ein Gewinner feststand. Dann mussten diese Gewinner gegeneinander antreten, bis schließlich der Sieger des Abends ermittelt werden konnte.

Während sie würfelten und mit ihren Figuren auf dem Spielfeld von Raum zu Raum zogen, um Verdächtige auszuschließen und die Mordwaffe zu ermitteln, kamen Freunde und Bekannte am Tisch vorbei, um kurz Hallo zu sagen. Von den Besuchen profitierte Sophie, die mehr als einmal ein Stück Bacon oder Hamburger bekam. Der kleine Beagle nahm jede Spende behutsam entgegen und bedankte sich danach mit einem schnellen Handlecken.

Ja, dachte Carol, nachdem sie den Beagle eine Zeit lang beobachtet hatte. Sophie war eindeutig ein Hund, der gut erzogen und zudem daran gewöhnt war, mit fremden Menschen umzugehen. Die Horrorgeschichten der beiden Mitchell-Brüder waren total übertrieben. Typisch Mann mal wieder. Außerdem war ein Monat in Gesellschaft eines süßen kleinen Hundes genau das, was Mathias jetzt brauchte.

3. Kapitel

Mathias hatte Sophie die Regeln mehrfach erklärt: Sie war ein Gast in diesem Haus. Ein Tier, das zu Besuch war. Also war sie verpflichtet, auf ihn zu hören und zu tun, was er ihr sagte. Dazu gehörte unter anderem, dass sie im Wohnzimmer schlief und nicht bei ihm im Schlafzimmer. Okay, er hatte seine eigenen Regeln ein wenig aufgeweicht. Denn als es Zeit geworden war, ins Bett zu gehen, war ihm zum ersten Mal aufgefallen, was für ein großer dunkler Raum sein Wohnzimmer war. Noch dazu lag es ziemlich weit von seinem Schlafzimmer entfernt. Um seine Kompromissbereitschaft zu zeigen, hatte er daher das Hundebett in den Flur verschoben. Direkt vor seine Schlafzimmertür.

Alles war gut gegangen – zumindest acht bis zehn Sekunden lang. Dann hatte Sophie begonnen zu jaulen. Zuerst waren es nur ein paar vereinzelte Wimmerlaute gewesen, um zu zeigen, wie einsam sie sich fühlte. Doch aus dem Wimmern war bald darauf ein Heulen von ungeahnten Ausmaßen geworden. Schreckliche Laute drangen aus dem Flur ins Schlafzimmer herein. Laute, die von Schmerz, Leid und dem Gefühl totaler Verlassenheit erzählten.

Mathias zog das Kissen über den Kopf. Doch das half leider nicht. Er sagte sich, dass es bestimmt bald aufhören würde. Er musste nur kurz abwarten, der Hund würde sich garantiert an die neue Situation gewöhnen. Außerdem konnte Sophie das ja nicht ewig durchhalten. Fünfzehn Minuten später musste er sich jedoch eingestehen, dass Sophies Lungen offenbar ziemlich gut trainiert waren. Er stand auf, ging zur Tür und öffnete sie mit einem Ruck. Augenblicklich verstummten die Laute, und der Beagle wedelte erfreut mit dem Schwanz, als wolle er sagen: »Hey, da bist du ja. Ich wusste doch, dass du mich nicht im Stich lässt. Kann ich reinkommen?«

»Nein«, erwiderte er in bestimmtem Tonfall. »Sei leise. Und schlaf jetzt.«

Das Schwanzwedeln verlor etwas von seinem Schwung.

Er schloss die Tür hinter sich. Doch bevor er auch nur sein Bett erreicht hatte, begann das Geheul von Neuem.

Zehn Minuten später stand er auf, schnappte sich das verfluchte Hundebett und ließ es in einer Ecke des Schlafzimmers fallen. »Nur heute Nacht«, sagte er so streng wie möglich. »Du vermisst dein Frauchen, das verstehe ich. Aber du musst lernen, auch mal etwas unabhängiger zu werden, okay?«

Sophie saß in ihrem Hundebett und wedelte mit dem Schwanz.

»Gute Nacht.«

Er knipste das Licht aus.

Aus einer Sekunde wurden zehn, während er angespannt dalag und wartete. Sophie verhielt sich völlig ruhig. Nach einer Weile begann Mathias, sich zu entspannen. Er schloss die Augen. Doch plötzlich war das leise Klicken von Pfoten zu hören und ein Kratzen am Fußende der großen Matratze, als ob irgendjemand ins Bett klettern würde. Das Kratzen wurde abgelöst von einem weiteren Geräusch, als der kleine Beagle damit begann, auf der Bettdecke herumzuscharren und sich dabei immer wieder im Kreis zu drehen. Schließlich ließ sich Sophie auf die Decke plumpsen – ungefähr auf halber Höhe des Betts und deutlich mehr auf seiner Matratzenseite als auf ihrer. Mathias holte tief Luft. Doch bevor er herausfinden konnte, was zum Teufel er jetzt tun sollte, seufzte sie einmal und begann dann zu schnarchen.

Mathias starrte an die Decke und sagte sich, dass es ja nur für einen Monat war. Damit würde er klarkommen. Natürlich würde er das. Schließlich konnte es kaum noch schlimmer werden, als es jetzt schon war.

Es wurde schlimmer. Mathias gelang es immerhin, einige Stunden Schlaf zu bekommen – trotz des Schnarchens, Schnaufens und Zuckens, während Sophie ihre Hundeträume träumte. Am nächsten Morgen ließ er sie hinaus, bevor er sie fütterte. Der Geruch des Dosenfutters war widerlich, und aus irgendeinem absurden Grund musste er das Zeug dann noch mit Trockenfutter mischen. Zu trocken durfte es allerdings auch nicht sein, weshalb er dann wiederum sechzig Milliliter Wasser hinzugeben musste (warm, aber nicht zu warm), bevor er die ganze Angelegenheit umrührte. Laut der Notizen seiner Mutter hätte die Mischung noch mit einer kross gebratenen Bacon-Scheibe verfeinert werden sollen. Aber an diesem Punkt hatte er entschieden, dass es jetzt genug war.

Sophie hatte ihr Frühstück verschlungen, bevor es der Keurig-Kaffeemaschine gelungen war, auch nur eine einzige Tasse zu brauen. Sogleich blickte der Beagle ihn erwartungsvoll an. Offenbar hatte Sophie noch Hunger.

»Schau mal, das musst du mit deinem Frauchen klären«, sagte er zu ihr. »Ich habe alles genau abgemessen. Das war dein Frühstück. Mehr gibt es nicht.«

Die Hoffnung in ihren großen braunen Augen erstarb, und das Schwanzwedeln wurde langsamer. Mathias bemühte sich, den betrübten Hundeblick und seine eigenen Schuldgefühle zu ignorieren, schnappte sich seine Kaffeetasse und ging zurück ins Schlafzimmer.

Sich für die Arbeit fertig zu machen war deutlich komplizierter, wenn ein Hund anwesend war. Zum einen schaffte es Sophie, ihm ständig zwischen die Füße zu laufen. Zum anderen musste sie *alles* beschnüffeln. Und als er sich dann auszog, um zu duschen, hätte er schwören können, dass sie ihn mehr als nur leicht kritisch beäugte.

»Niemand hat dich nach deiner Meinung gefragt«, erklärte er ihr, bevor er unter die Dusche flüchtete. »Im Ernst, schau mich nicht so an.«

Als er fertig geduscht hatte, versuchte sie, nach seinem Handtuch zu schnappen. Dann trank sie Wasser aus der Toilettenschüssel. Und als er zur Gassirunde mit ihr aufbrach, hätte der Haufen, den sie produzierte, einem ausgewachsenen Elch zur Ehre gereicht. Also ging er zurück ins Haus und holte einen zweiten Beutel.

Nachdem das alles vollbracht war, setzte Mathias sich auf die Veranda, um ein wenig Morgenstille zu genießen. Er sah, wie am anderen Ende des Grundstücks Millie zwischen ein paar großen Bäumen hervortrat. Sophie warf einen Blick auf die Giraffe. Dann begann sie zu bellen, als würde es um ihr Leben gehen.

Er befahl ihr aufzuhören. Dann wiederholte er den Befehl, nur wesentlich lauter. Schließlich sperrte er sie im Haus ein, aber selbst durch die geschlossene Tür konnte er noch immer das hysterische Jaulen, Bellen und Knurren hören.

Mathias setzte sich auf seinen Lieblingsverandastuhl. Dann schloss er die Augen und stellte sich vor, er wäre irgendwo anders. Egal wo. Nur nicht hier.

»Sie hatte Glück. Vermutlich wird nicht mal eine Narbe zurückbleiben«, sagte Carol am Dienstagnachmittag sichtlich erfreut.

Violet Lund versuchte, sich auf das Gespräch zu konzentrieren. Lunch mit ihrer Schwester war etwas, auf das sie sich immer freute. Obwohl sie in derselben Kleinstadt lebten, hatte sie beide viel zu tun. Deswegen hatten sie sich irgendwann auf einen festen Termin geeinigt, da sonst erfahrungsgemäß nichts aus den geplanten Treffen wurde.

Heute war Violet extra früh aufgestanden, um Geflügelsalat zu machen und noch schnell in der Bäckerei vorbeizuschauen und die Kekse zu kaufen, die Carol so sehr mochte. Jetzt saßen sie an dem großen Tisch in Violets Apartment, das sich über ihrem Laden befand. Und leider musste sie feststellen, dass ihre Aufmerksamkeit ständig abschweifte.

Es ist nicht deine Schuld, versicherte sie sich. Bei einer derartigen Verlockung hätte sich kein normaler Mensch auf ein Gespräch konzentrieren können. Denn dort drüben auf der Arbeitsplatte, fast in Reichweite, befand sich ein Paket von der Größe einer Schuhschachtel.

Die vielen bunten Briefmarken hatten ihr verraten, dass das Paket aus England kam – von der verwitweten Duchess of Somerbrooke, um genau zu sein. Violet hatte eine ungefähre Vorstellung, was sich in dem Paket befand. Aber genau wusste sie es nicht. Wie sollte sie auch, sie hatte es ja noch nicht geöffnet.

Oh, wieso ist die Post nicht *nach* dem Lunch mit Carol gekommen, dachte Violet. Dann würde sie jetzt nämlich nicht völlig hibbelig auf ihrem Stuhl herumrutschen wie ein vierjähriges Kind am Weihnachtsmorgen.

»Für ihre Modelkarriere«, beendete Carol, was auch immer sie bisher erzählt hatte. »Du weißt schon, mit der großen Kaffeerösterei.«

Violet konzentrierte sich auf ihre Schwester und versuchte, im Eilverfahren die Informationsfetzen zusammenzusetzen, an die sie sich noch erinnern konnte. Sie war sich relativ sicher, dass Carol zuletzt über Bronwen und deren Verletzung gesprochen hatte. Bronwen war eine Gazelle. Und zwar in dem Wildtierreservat, das Carol betrieb … oder managte … oder wie immer man den Job der Person bezeichnete, die für all die Tiere verantwortlich war. Tierpfleger?

Stopp! Das ist jetzt nicht wichtig, rief sie sich selbst zur Ordnung. Also noch mal: Sie hatten über Bronwen gesprochen. Aber wie zum Teufel waren sie von da zu der Sache mit der Modelkarriere gekommen? Und wer war …

Die Puzzlestücke wollten einfach nicht an ihren Platz fallen. Violet seufzte.

»Sorry. Ich habe gerade nicht zugehört.« Hm, vielleicht war das nicht die beste Vorgehensweise. »Also, was ich damit sagen will: Ich wollte dir natürlich zuhören. Ich interessiere mich sehr für deine Arbeit.«

»Ja, das merkt man.« Carol klang eher amüsiert als beleidigt. »Zu deiner Erleichterung: Ich interessiere mich ungefähr so sehr für deine Knöpfe wie du dich für meine Gazelle und ihre Verletzungen oder ihre zukünftige Karriere als Model.«

Violet wollte protestieren. Bronwen war natürlich ganz toll und so weiter. Aber alles in allem war sie nur eine Gazelle. Wohingegen Knöpfe einfach … wunderbar waren. Magisch. Sie kamen von überall auf der Welt. Viele von ihnen waren billiger Mist und nicht zu gebrauchen. Aber es gab auch ab und zu echte Schätze. Selten, perfekt, unerwartet.

Einmal hatte ihr eine alte indische Dame acht zueinanderpassende Knöpfe aus Emaille und Onyx geschickt – jeder davon verziert mit einem schmalen Goldrand. Ein anderes Mal hatte sie Knöpfe aus Holz geschickt bekommen, die aus dem *fünfzehnten* Jahrhundert stammten. Knöpfe waren schön, sie waren lehrreich, und sie waren eine überraschend solide Einnahmequelle. Verglichen damit konnte eine Gazelle was genau tun? Fressen, schlafen, herumlaufen – und das war's dann auch. Aber, gut. Carol liebte ihre Tiere. Und Violet liebte Carol.

»Es tut mir leid, dass Bronwen sich verletzt hat. Und ich freue mich für sie, dass sie jetzt eine Modelkarriere anstrebt. Das hat sie sich ja schon immer gewünscht.«

Carols braune Augen funkelten vor Belustigung. »Soll ich sie vielleicht zu dir schicken, damit du ihr noch ein paar Tipps geben kannst?«

Violet bemühte sich, ihr Lächeln beizubehalten. Carol hatte nicht beabsichtigt, ihr wehzutun. Das war ihr klar. Ihre Schwester konnte schließlich nicht wissen, wie sehr es sie verletzte, an diesen Teil ihrer Vergangenheit erinnert zu werden. Vor allem, weil Violet immer gelogen hatte. Ja, sie war ein Model gewesen. Und zwar für ungefähr fünf Sekunden, im Alter von achtzehn

Jahren. Sie war berühmt geworden, und dann war mit einem Schlag alles vorbei gewesen. Wenn sie daran dachte, sagte sie sich immer, dass das eine sehr lehrreiche Erfahrung gewesen war. Und an ihren guten Tagen glaubte sie sich sogar.

»Mein wichtigster Tipp für Bronwen wäre, extrem vorsichtig mit den Snacks zu sein. Wenn man vor der Kamera steht, hat man sofort zehn Pfund mehr auf den Rippen. Das ist wirklich so.«

Carol lachte. »Es wird sie schwer treffen, das zu hören. Vielleicht sollte ich doch mal ein Machtwort sprechen und ihr mitteilen, dass sie erst noch etwas erwachsener werden muss, bevor ich sie in die Welt hinauslassen kann.«

»Das wäre vermutlich das Beste. Für euch beide.«

Carol deutete mit dem Kinn auf das Paket. »Los, mach schon. Ich weiß, dass du es kaum erwarten kannst, herauszufinden, was dir diese Lady aus England geschickt hat.«

»Diese Lady aus England? Nana Winifred ist eine waschechte Dowager Duchess, was bedeutet, dass sie die Witwe eines Herzogs ist. Und dazu ist sie die Großmutter des derzeitigen Duke of Somerbrooke.«

»Du nennst sie Nana Winifred. Da erstarrt man nicht gerade vor Ehrfurcht.«

»Sie findet mich entzückend. Ich gehöre quasi schon zur Familie, und sie schickt mir Knöpfe.« Violet überlegte für eine Millisekunde, ob sie sagen sollte, dass es ihr gar nichts ausmachte, das Paket liegen zu lassen, bis sie gegessen hatten. Doch Carol würde wissen, dass das eine Lüge war.

Hastig sprang sie auf, schnappte sich das Paket und riss das dicke Papier ab, mit dem es umwickelt war. Darunter kam eine Schachtel zum Vorschein. Violet schnitt das Klebeband durch, dann holte sie ganz tief Luft, öffnete den Deckel und spähte ins Innere der Schachtel.

Nana Winifred hatte sie nicht enttäuscht. Eingehüllt in einen Kokon aus weichen Papiertüchern lagen etwa ein halbes

Dutzend kleiner Plastikbeutel. Und in jedem der Beutel befand sich eine Reihe von Knöpfen.

Der erste Plastikbeutel, den sie öffnete, enthielt sieben grüne Knöpfe mit einem Durchmesser von circa zweieinhalb Zentimetern. Violet zog aus einer Schublade ein Paar weiße Baumwollhandschuhe hervor und streifte sie über. Erst dann ließ sie die Knöpfe vorsichtig in ihre Handfläche gleiten.

Sie glichen winzigen Blumen. Oder Lotosblüten, schoss es Violet durch den Kopf, während sie versuchte, ihre Aufregung im Zaum zu halten. Natürlich musste sie erst noch genauere Nachforschungen anstellen. Aber sie war sich fast sicher, dass die Knöpfe aus Jade waren. Handgeschnitzte Jade. Schätzungsweise aus China und vielleicht ein- oder zweihundert Jahre alt.

»Die sehen nett aus«, sagte Carol zögerlich.

»Sie sind exquisit. Schau dir mal die Details näher an. Das ist alles handgemacht.« Sie spürte, wie ihr Herz flatterte. »Oh, ich bin so aufgeregt. Mal sehen, was sich noch in der Schachtel befindet.«

Ihre Schwester schüttelte den Kopf. »Manchmal bist du ganz schön merkwürdig. Das sind doch einfach nur Knöpfe.«

»Ich weiß. Ist das nicht großartig?«

Eine halbe Stunde später musste Carol zurück zur Arbeit. Violet putzte die Küche, bevor sie hinunter in ihren kleinen Laden ging. Sie drehte das Schild um, sodass es »Geöffnet« anzeigte. Dann schloss sie die Tür auf, obwohl sie ziemlich sicher war, dass sie in den nächsten Stunden keinerlei Kunden zu Gesicht bekommen würde – ihre Klienten machten normalerweise vorab einen Termin aus. Also war sie jetzt völlig ungestört! Sie breitete ein großes Tuch über der Ladentheke aus, öffnete erneut die kleinen Plastikbeutel aus dem Paket und begann, die Knöpfe zu sortieren.

Da waren die Jadeknöpfe, die sie vorhin schon begutachtet hatte, außerdem eine Reihe von Perlmuttknöpfen. Neugierig untersuchte sie die zwölf Messingknöpfe, die sie aus einem der

Beutel zog – eindeutig Uniformknöpfe, vermutlich ein paar Jahrhunderte alt. Sie kannte mindestens zwei New Yorker Modedesigner, die äußerst glücklich sein würden, solche Knöpfe zu bekommen.

Die Ladentür wurde geöffnet, und ein großer Mann mit dunkelblonden Haaren und stechend blauen Augen kam hereinmarschiert. Er sah angespannt aus. Nein, nicht angespannt, sondern wütend. Unter anderen Umständen hätte so ein Anblick Violet verängstigt, aber bei ihm funktionierte das nicht. Denn diesen durchdringenden Blick, die vollen Lippen und das markante Kinn kannte sie nur zu genau.

Ulrich, Duke of Somerbrooke, mochte inzwischen zwölf Jahre älter und noch attraktiver sein – falls das überhaupt möglich war –, aber sonst war er genauso, wie Violet ihn in Erinnerung hatte.

Innerhalb eines Wimpernschlags war sie wieder die ungelenke Vierzehnjährige, die gemeinsam mit ihrer Mutter England besuchte. Nur ungern erinnerte sie sich daran, wie sie damals ausgesehen hatte: schlaksig, absurde Frisur, Pickel, Zahnspange. Ein Teenager in der schlimmsten Phase.

Durch einen Freund der Familie waren sie und ihre Mutter zu dem Sommerfest der Dowager Duchess eingeladen worden. Dort hatte sich Violet Hals über Kopf in den jungen Anwärter auf den Duke-Titel verliebt.

Er war damals gerade achtzehn und für einen Teenager überraschend charmant gewesen. Seine Freunde hatten bei Violets Anblick die Augen verdreht, nur Ulrich hatte das nicht getan. Er hatte sich freundlich und aufmerksam um sie gekümmert, und als er sie irgendwann gefragt hatte, ob sie mit ihm tanzen wollte, wäre sie vor lauter Schreck fast gestorben. Mitten in diesem Garten, vor den Augen der Duchess. Nur war sie dann doch nicht gestorben. Sie hatten getanzt, während Ulrich mit ihr geplaudert und sie ihm über das laute Pochen ihres Herzens aufmerksam zugehört hatte.

Im Nachhinein konnte Violet nicht mehr sagen, ob Ulrich die ganze Zeit das Reden übernommen hatte oder ob sie ab und zu auch mal ein Wort hatte hervorbringen können. Woran sie sich allerdings noch ganz genau erinnerte, war, dass Ulrich sich am Ende zu ihr hinuntergebeugt und ihr einen Kuss auf die Wange gegeben hatte. Dabei hatte er ihr ins Ohr geflüstert: »Du wirst eines Tages eine Schönheit sein, Violet, das verspreche ich dir, warte nur ab.«

Sein geflüstertes Versprechen hatte sie über sechs weitere Monate als hässliches Entlein hinweggetröstet. Dann war ihre Zahnspange entfernt worden, ihre Haut hatte sich auf wundersame Weise beruhigt, und sie hatte gelernt, wie sie das krause Gewirr auf ihrem Kopf zu anmutigen Locken zähmen konnte. Drei Jahre später hatte einer der berühmtesten Fotografen der Welt sie entdeckt und sie als seine Muse auserkoren. All das hatte in einem schrecklichen Desaster geendet. Aber das war ja nicht Ulrichs Schuld. Er hatte ihr versprochen, dass sie sich verwandeln würde. Und er hatte recht behalten. Ulrich hatte mit ihr getanzt und sie auf die Wange geküsst – was mehr konnte sich ein vierzehnjähriges Mädchen wünschen?

Aber sie war nicht mehr vierzehn. Und ehrlich gesagt hatte sie keine Ahnung, was hier los war. Violet starrte Ulrich an, der vor ihr stand, und fragte sich, wieso er plötzlich in Happily Inc auftauchte. In ihrem Laden.

»Ulrich, du bist hier! Hat Nana Winifred dich geschickt? Ich habe heute ein Paket von ihr bekommen, aber sie hat nichts von einem Besuch …«

»Madam, unterlassen Sie die Vertraulichkeiten in Bezug auf meine Großmutter. Das ist mehr als unangebracht, vor allem wenn man bedenkt, dass Sie es sich offenbar zum Ziel gesetzt haben, eine gutgläubige alte Frau zu betrügen. Noch ist mir nicht ganz klar, wie dieses falsche Spiel genau abläuft. Doch eines kann ich Ihnen versichern: Ich werde das unterbinden.

Eine außergerichtliche Einigung würde ich bevorzugen, aber ich habe keinerlei Skrupel, die Behörden einzuschalten. Ich verfüge über private Kontakte beim FBI sowie der NSA, und ich werde nicht zögern, mich an diese Kontakte zu wenden.«

Sein harter, kalter Tonfall erschreckte sie so sehr, dass Violet im ersten Moment nicht begriff, was Ulrich gesagt hatte. Doch dann wurde ihr die Bedeutung seiner Worte klar, und sie wusste nicht, ob sie lachen, weinen oder diesem Mann etwas an den Kopf werfen sollte.

Wie auch immer, zuerst musste sie sich um die Knöpfe kümmern. Vorsichtig ließ sie die kostbaren Stücke zurück in die Tüten gleiten. Dann zog sie ihre Handschuhe aus und musterte den wütenden Mann, der vor ihr stand. Ein Mann, der mit ihr getanzt und ihren ganzen Sommer erhellt hatte.

»Ich mochte dich wesentlich lieber, als du der Marquess von Ich-weiß-nicht-was warst«, erklärte sie. »Wobei ich inzwischen bedauere, dich jemals gemocht zu haben. Wovon zum Teufel sprichst du eigentlich?«

Sein eisiger Blick bohrte sich in ihren. »Madam, diese beharrlichen Versuche, eine nähere Bekanntschaft mit mir und meiner Familie vorzutäuschen, sind zwecklos. Also ersparen Sie uns beiden die Peinlichkeit.«

»Vielleicht bist du derjenige, der uns beiden etwas ersparen könnte. Zum Beispiel diese ganze Madam-Nummer. Falls du wie die Zweitbesetzung aus *Stolz und Vorurteil* klingen wolltest, kann ich dir versichern: Du hast dein Ziel erreicht. Stock im Hintern und so weiter. Und bezüglich meiner …«, sie zeichnete Gänsefüßchen in die Luft, »… beharrlichen Versuche, eine Bekanntschaft vorzutäuschen: Wir kennen uns. Vor zwölf Jahren haben wir uns zum ersten Mal getroffen. Auf dem Sommerfest. Ich war damals vierzehn, hatte krause rote Haare und eine Zahnspange. Du hast mit mir getanzt und warst tatsächlich ziemlich nett.« Violet runzelte die Stirn. »Inzwischen scheint sich dein Benehmen leider verschlechtert zu haben. Also: Was in aller Welt führt dich hierher? Und wieso drohst du mir mit der Polizei?«

»Wieso? Ist die Frage ernst gemeint? Sie haben meine Großmutter bestohlen.«

Sein verächtlicher Tonfall war beinahe so schockierend wie die Aussage an sich.

»Ich soll gestohlen haben? Was denn?«

»Haushaltsgegenstände, Gemälde, Skulpturen, Silber. Ich muss das noch genauer untersuchen. Aber eines steht fest: Der Gesamtschaden ist definitiv hoch genug für eine Gefängnisstrafe. Und Sie wirken nicht wie eine Frau, die hinter Gittern besonders gut klarkommen würde.«

Violet öffnete den Mund. Dann schloss sie ihn wieder. Sie sagte sich, dass die Anschuldigungen völlig haltlos waren. Daher würde sie sich nicht davon einschüchtern lassen. Doch leider zitterte ihr Körper trotzdem wie Espenlaub.

»Ich … habe nichts gestohlen«, sagte sie schließlich und hoffte, dass ihre Stimme mindestens so eisig geklungen hatte wie seine. »Du bist aus irgendeinem Grund total von der Rolle und machst hier gerade einen großen Fehler.«

Er zeigte auf die Schachtel, die noch immer auf der Theke stand. »Ich kenne die Handschrift meiner Großmutter. Sie hat Ihnen irgendetwas geschickt. Etwas, das nach Battenberg Park gehört.«

Er sagte das so bestimmt, dass Violet fast begann, an sich selbst zu zweifeln. *Fast*. Sie griff nach der Schachtel und drehte sie um, sodass Ulrich den Inhalt sehen konnte.

»Du hast recht«, entgegnete sie, so ruhig sie konnte. »Deine Großmutter hat mir einige Knöpfe geschickt, die sie auf verschiedenen Antik- und Flohmärkten entdeckt hat.« Sie zog ein Blatt Papier aus der Schachtel hervor und entfaltete es. »Das hier ist übrigens die Quittung, die sie mir ausgestellt hat. Weil ich nämlich meine Knöpfe bezahle, bevor sie mir geschickt werden.«

Sie presste Ulrich das Papier in die Hand. »Ich erkläre dir mal, was ich tue. Ich kaufe überall auf der Welt Knöpfe an und verkaufe sie an Kunden im In- und Ausland weiter. Dieser Laden ist nur ein kleiner Teil des Ganzen. Ich arbeite mit Frauen auf der ganzen Welt zusammen. Meist handelt es sich um ältere Frauen, die sich darauf spezialisiert haben, seltene Knöpfe ausfindig zu machen. Sie kaufen diese Knöpfe und stellen mir dann eine Rechnung. Ich zahle und bekomme die Ware per Post von meinen Ladys zugeschickt. Deine Großmutter hat mir vor einigen Jahren geholfen, meine Firma aufzubauen.«

Er musterte kurz die Rechnung in seiner Hand, dann warf er das Blatt auf die Theke und sagte verächtlich: »Das ist doch Unsinn. Niemand kann davon leben, Knöpfe zu verkaufen.«

»Tja, Ulrich, da irrst du dich. Fakt ist, dass ich zum Beispiel diese hier für hundert Dollar pro Stück verkaufen werde.« Sie griff nach dem Beutel mit den Jade-Knöpfen und wedelte damit vor seinem Gesicht herum. »Meine Uniformknöpfe bringen mindestens vierzig Dollar – und zwar pro Stück, Mister Ich-weiß-alles-besser. Du hast in Wahrheit nicht den Hauch einer Ahnung, wie dieses Geschäft hier funktioniert. Und mir ist auch völlig egal, ob du mir glaubst oder nicht. Denn ich besitze eine Rechnung. Und die beweist, dass hier alles mit rechten Dingen zugeht. Genauer gesagt habe ich einen ganzen Ordner voller Belege für die Transaktionen zwischen deiner Großmutter und mir. So«, sie holte tief Luft, »nun kannst du gerne beim FBI anrufen. Deine supertollen Kontakte ändern nämlich nichts daran, dass du im Unrecht bist. Du hast mich und das, was ich tue, völlig falsch eingeschätzt. Du hast mich beleidigt und eine wunderschöne Erinnerung zerstört. Ich hätte niemals mit dir tanzen sollen, auch wenn ich es damals unglaublich romantisch fand.«

Sie deutete auf die Ladentür. »Während des Heimflugs würde ich mir an deiner Stelle mal ein paar ernsthafte Gedanken machen. Zum Beispiel darüber, wie enttäuscht deine

Großmutter von dir und deinem Benehmen sein wird. Und jetzt verschwinde!«

Violet war ziemlich stolz darauf, sich Ulrich so entgegengestellt zu haben – vor allem, weil ihre Knie weich wie Wackelpudding waren. Sie hatte das Recht auf ihrer Seite, das war ihr klar. Dieser eingebildete Typ konnte ihr gar nichts anhaben. Aber trotzdem. So verdächtigt zu werden … Das war einfach schrecklich.

Der Duke of Somerbrooke zögerte einen Moment. Dann drehte er sich um und marschierte aus dem Laden.

Sobald die Tür hinter ihm zugefallen war, ließ Violet sich auf den kleinen Stuhl hinter der Ladentheke sinken. Sie befahl sich, ganz tief ein- und auszuatmen. Vielleicht würde sich dadurch ihr rasender Herzschlag beruhigen, und die grauenhafte Übelkeit, die sie jetzt verspürte, würde verschwinden.

Einige Minuten später stand sie auf und brachte die Knöpfe der Dowager Duchess in den begehbaren Safe, der zu dem Laden gehörte. Erst als das erledigt war, ließ Violet sich auf den Boden sinken und schlang die Arme um sich. Ihr Körper begann zu zittern, und dann kamen sie – die Tränen, die seit Ulrichs Auftauchen in ihren Augen gebrannt hatten.

Das Happily Inc Müll- und Recycling-Center war ein überraschend ruhiger und sauberer Ort. Ed und Ted Lund hatten der Stadt die Deponie vor ungefähr zehn Jahren abgekauft. Dann hatten die beiden Brüder sich an die Arbeit gemacht und die stinkende, nach allen Seiten überquellende Müll-Katastrophe in ein ebenso modernes wie effizientes Zentrum für Innovation und Kommerz verwandelt.

Während Eds Interesse schon immer dem Tierschutz gegolten hatte – vor allem dem Artenschutz –, war Ted mit Leib und Seele Müllmann. Er hatte auf dem College Abfallwirtschaft studiert und für Abfallmanagementunternehmen in diversen Ländern gearbeitet. Er war ein Fan von Wiederaufbereitung,

Wiederverwendung und sämtlichen anderen Tätigkeiten, deren Bezeichnung mit »Wieder« begannen.

Nachdem ein entfernter Verwandter Ed und Ted ein schockierend großes Erbe hinterlassen hatte, hatten die Brüder beschlossen, ihre zwei Leidenschaften in einem Unternehmen zu vereinigen. Die Stadtverwaltung von Happily Inc hatte begeistert auf den Vorschlag reagiert und vierzig Hektar Brachland zur Verfügung gestellt. Innerhalb von zwei Jahren war es Ed gelungen, einige Bäume sowie Büsche und Gräser aus Afrika nach Happily Inc verfrachten zu lassen und sie dort anzupflanzen. Das Experiment war auf Anhieb geglückt, denn die Pflanzen brauchten wenig Wasser und hatten sich in der neuen Umgebung sofort heimisch gefühlt. Aus dem ehemaligen Brachland neben der Deponie war so eine Savanne geworden. Und ein Jahr später waren die ersten Tiere eingetroffen.

Auch Ted hatte einige große Veränderungen in der Stadt vorgenommen. Durch sein Engagement war Recycling von einer lästigen Alltagspflicht zu einer Wissenschaft und einem Wirtschaftsfaktor geworden, der viele Arbeitsplätze garantierte. Zunächst hatte Ted eine Partnerschaft zwischen der Stadt und den Universitäten der Umgebung ins Leben gerufen. Studenten in den Fächern Abfallmanagement und Ökologie konnten jetzt ein Praktikum in Happily Inc absolvieren und dort neue Ideen und Theorien in die Tat umsetzen. Kein Gedanke war zu verrückt, um nicht wenigstens einmal ausprobiert zu werden. Nach einiger Zeit hatte auch das Gefängnis von San Bernadino beschlossen, sich an der Partnerschaft zu beteiligen. Zusammen mit Ted hatte die Anstaltsleitung ein Arbeits- und Studienprogramm entwickelt, bei dem Insassen Müll sortieren und damit für ein späteres Studium wichtige Punkte sammeln konnten. Auch Gefangene, die kein Interesse an einem Studium hatten, konnten an der Kooperation teilnehmen und Qualifikationen sammeln, indem sie ihre vorgeschriebenen Arbeitsstunden in der Wiederaufbereitungsabteilung ableisteten. Hier lernten sie,

Möbel sowie andere Gegenstände zu reparieren, die dann in dem Secondhandladen neben der Mülldeponie verkauft wurden.

Innerhalb weniger Jahre war aus Happily Inc der landesweite Vorreiter in den Bereichen Recycling und Ökologie geworden. Andere Städte schickten Delegationen vorbei, um herauszufinden, was funktionierte und wieso. Allein der Laden war ein großer finanzieller Erfolg, und die beiden Brüder hatten noch längst nicht genug: Aktuell war Ted dabei, mit einigen Obdachlosen-Verbänden zu sprechen, um herauszufinden, ob auch da eine Zusammenarbeit möglich war.

Carol hatte in dem Secondhandladen neben der Deponie einen netten kleinen Schreibtisch erstanden. Für fünf Dollar mehr hatte sie den Tisch in einem knalligen Liebesapfelrot streichen lassen. Jetzt leuchtete ihr der Tisch immer aus ihrem kleinen Arbeitszimmer entgegen, und sie freute sich jedes Mal wieder über seinen Anblick. Als sie am späten Dienstagnachmittag vor dem Bürogebäude der Mülldeponie parkte, dachte Carol gerade über ihre Familie nach. Obwohl sich alle sehr nahestanden und sich von ganzem Herzen liebten, waren die meisten von ihnen doch … ein wenig seltsam. Vermutlich war das einer der Gründe für die Trennung ihrer Eltern gewesen. Ihre Mutter war einfach viel zu normal. Samantha Lund lebte nach wie vor in New York City und arbeitete als Anwältin. Carol und Violet versuchten, sie mindestens einmal pro Jahr zu besuchen und regelmäßig mit ihr zu telefonieren oder ihr E-Mails zu schreiben. Samantha war noch nie zu einem Besuch nach Happily Inc gekommen. Und falls sie jemals die Mülldeponie – den ganzen Stolz der Stadt – sehen sollte, würde sie vermutlich die Nase rümpfen.

Der Gedanke daran, wie ihre Mutter in teuren Designer-Klamotten über die Savanne spazierte, ließ Carol lächeln. Und es erinnerte sie daran, dass sie ihre Mutter dringend mal wieder anrufen musste.

Sie betrat das einstöckige Gebäude und winkte der Frau am Empfang zu.

»Sie sind dort hinten«, verkündete Nelli. »Und kichern über irgendetwas.«

Carol grinste. Sie bezweifelte, dass ihr Vater und ihr Onkel wirklich kicherten. Aber den beiden war durchaus zuzutrauen, dass sie sich bestens amüsierten, während sie irgendein selbst erdachtes Spiel spielten. Zum Beispiel ein kleiner Wettbewerb, wer von ihnen am schnellsten zusammengepresste Aluminiumdosen in die Recyclingtonnen werfen konnte.

Sie blieb an der Tür zu einem Großraumbüro stehen, in dem sie die beiden Männer entdeckte. Entgegen ihrer Annahme warfen die zwei nicht mit Dosen um sich, sondern arbeiteten tatsächlich. Ihr Vater, ein hoch gewachsener Mann mit rotem Haar und braunen Augen, starrte konzentriert auf den Computerbildschirm. Ted, der seinem Bruder Ed auf fast unheimliche Weise ähnlich sah, war am Telefon. Während er sprach, gestikulierte er wild mit einer Hand. Ted bemerkte sie zuerst. Er winkte und zwinkerte ihr zu. Ihr Vater blickte auf und lächelte.

»Wie geht's meinem Lieblingsmädchen?«, fragte er, als er aufstand und die Arme ausstreckte. Carol lief zu ihm und erwiderte seine Umarmung.

Solange sie denken konnte, war ihr Dad immer für sie da gewesen. Er liebte und unterstützte sie, genau wie er Violet liebte und in allen Bereichen unterstützte. Für ihn waren sie *beide* seine Lieblingsmädchen.

Ted legte auf und gesellte sich zu ihnen. Carol erhielt eine weitere ungestüme Umarmung. Im Gegensatz zu seinem Bruder hatte Ted nie geheiratet, daher erklärte er immer, dass Violet und Carol auch seine Mädchen waren. In den Augen von Ted und Ed waren beide Schwestern einzigartig, unglaublich begabt und wunderschön.

Eine Sichtweise, die zu einigen kleineren Problemen geführt hatte … Carol konnte sich noch immer an den Schock erinnern, den ihr erster Schultag mit sich gebracht hatte. Sie war dumm genug gewesen, auf dem Pausenhof lautstark zu erzählen, dass sie etwas Besonderes war – schließlich hatten Ed und Ted ihr das immer gesagt. Aus irgendeinem Grund schienen die anderen Kinder das jedoch nicht ganz einzusehen. Und als Carol nur mal kurz darauf hingewiesen hatte, dass die anderen sich irren mussten, hatte einer der Jungen ihr einen so festen Schlag mit der Faust versetzt, dass ihre Nase geblutet hatte. Der Junge und sie waren daraufhin nach Hause geschickt worden – beide heulend und extrem empört.

Die nächsten drei Schuljahre hatte sie damit verbracht, gegen die Überzeugung ihrer Klassenkameraden anzukämpfen, dass sie ein ganz normales Mädchen war. Erst als ihre Eltern sich getrennt hatten und die Welt plötzlich zu einem extrem unsicheren Ort geworden war, hatte sie einsehen müssen, dass *etwas ganz Besonderes* vermutlich stark übertrieben war. Sie war nicht besser als alle anderen. Vermutlich war sie sogar schlechter – dieser Verdacht hatte sie zumindest an ihren dunklen Tagen beschlichen. Und bis heute war sie den Verdacht nie so ganz losgeworden.

»Wir starten mit einem neuen Projekt: Computerklassiker«, unterbrach Ted ihre Grübeleien. Carol setzte sich auf den Stuhl, der zwischen den zwei Schreibtischen stand, sodass sie beide Männer gleichzeitig ansehen konnte. »Alte Computer sind jetzt richtig cool«, fuhr Ted begeistert fort. »Die Technikfreaks lieben sie. Wir reparieren einen Teil der alten Modelle, und den Rest verkaufen wir als Einzelteile. Meine Hoffnung ist, dass wir damit sehr erfolgreich werden und einen neuen Trend auslösen. Denn wir können nicht immer weiter Elektroschrott produzieren, den wir dann einfach in den Ländern der Dritten Welt abladen. Das ist eine Schande!«

Carols Vater seufzte und schüttelte den Kopf. Sie verbiss sich ein Grinsen. Wenn ihr Onkel erst einmal mit dem Thema »Unverantwortlicher Umgang mit Elektroschrott« loslegte, war er kaum noch zu stoppen.

»Willst du Carol sagen, warum wir sie hergebeten haben?«, unterbrach ihr Vater Teds Vortrag. »Oder soll ich das tun?«

Ted blinzelte, als hätte er komplett vergessen, was der Grund ihres Besuchs war. »Was? O ja, richtig. Dann, ähm, sag du es ihr.«

Ihr Vater beugte sich zu ihr. »Dein Onkel und ich haben eine Spende für Millies Herde.« Er öffnete seine Schreibtischschublade und überreichte Carol einen Scheck.

Kurz nach Millies Ankunft hatte Carol bemerkt, dass die Giraffe sehr unter ihrer Einsamkeit litt. Was Millie brauchte, war Gesellschaft. Nur beliefen sich die Kosten für den Transport von drei bis vier weiteren Giraffen, deren Unterbringung sowie Futter für ein Jahr auf ungefähr eine halbe Million Dollar. Das war etwas mehr, als Carol unter ihrer Matratze versteckt hatte. Mittels ihrer Spendenkampagne hatte sie es geschafft, fast fünfundsiebzigtausend Dollar zusammenzubekommen. Doch das bedeutete, dass leider immer noch vierhundertfünfundzwanzigtausend Dollar fehlten.

»Danke«, sagte Carol automatisch, während sie den Scheck entgegennahm. Dann fiel ihr Blick auf den Betrag, der da stand, und sie schnappte nach Luft. Fünfzigtausend Dollar! »O mein Gott! Wie habt ihr das denn geschafft? Seid ihr sicher? Ich will nicht, dass ihr euer restliches Leben lang hungern müsst.«

Ted strahlte sie an. »Wir werden immer ordentlich essen, das verspreche ich dir. Aber unser Geschäft läuft gerade ziemlich gut. Wir haben ein paar Verträge mit anderen Städten abgeschlossen, für die wir das Recycling übernehmen werden. Deinem Dad und mir wird es an nichts fehlen, Carol. Wir wollen nur helfen. Weil wir nämlich an dich und an Millie glauben.«

Sie musste blinzeln, damit sie nicht peinlicherweise anfing zu weinen. »Danke«, murmelte sie noch immer völlig fassungslos, bevor sie aufsprang und loslief, um die beiden Männer zu umarmen. »Das ist der Wahnsinn! *Ihr* seid der Wahnsinn!«

»Und du bist ein gutes Mädchen«, verkündete ihr Vater mit belegter Stimme. »Wir sind sehr stolz auf dich und auf alles, was du für die Tiere hier getan hast. Millie braucht eine Herde. Das ist unsere Weise, euch beide zu unterstützen.«

»Danke schön! Ich habe auch schon ein paar neue Pläne«, sprudelte Carol hervor. »Gerade bin ich mit einigen Leuten im Gespräch, um während der Feiertage einen Kuchenbasar zu organisieren und weitere Spenden zu sammeln.«

Die zwei Brüder tauschten einen Blick, der besagte, dass ein Kuchenbasar schön und gut war, aber niemals genug Geld einbringen würde. Das war Carol auch bewusst, aber momentan war das leider ihre beste Idee. Sie hatte Zoologie studiert – nicht Spendensammeln. Danach hatte sie ein paar Praktika in verschiedenen Zoos absolviert, aber diese Zoos waren alle in staatlicher Hand gewesen und deshalb nicht auf Spenden angewiesen. Kurz gesagt: Dank ihrer Ausbildung wusste sie zwar, wie man mit Tieren umging. Aber wie sie an das restliche Geld für Millies Herde gelangen sollte … tja, da hatte sie dummerweise nicht den Hauch einer Ahnung.

»Ich werde im Internet recherchieren«, erklärte sie ihrem Vater und ihrem Onkel. »Dank eurer Spende bin ich einen großen Schritt vorwärtsgekommen und total motiviert. Bestimmt gibt es irgendeine schlaue Methode, um an mehr Geld zu kommen. Und genau die werde ich jetzt finden.«

4. Kapitel

Es war kurz vor fünf und die Sonne stand tief am Horizont, als Carol sich endlich auf die Heimfahrt machte. Sie hatte das Futter bereits herausgestellt und kurz noch überprüft, dass keinem der Tiere etwas fehlte. Einer der Pfleger würde später alle in die Scheunen treiben, in denen die Tiere nachts untergebracht waren. Carol übernahm ihrerseits am liebsten die Morgenschicht, weil sie dann jedes Tier einem raschen Check unterziehen konnte, bevor es hinausgelassen wurde.

Ein kleines, aber sehr vielseitiges Wildtierreservat zu führen kostete Zeit und Geld. Besucher und staatliche Förderprogramme brachten das nötige Geld für den täglichen Bedarf. Aber leider gibt es keine Förderprogramme für Giraffeneinkäufe, dachte Carol. Denn sonst hätte sie sich längst beworben.

Sie nahm schwungvoll eine Kurve und bremste dann energisch, als sie Mathias entdeckte, der offenbar mit Sophie Gassi ging. Die kleine Beagle-Hündin wirkte höchst erfreut. Hingebungsvoll beschnüffelte sie alles in ihrer Umgebung und wedelte dabei wild mit dem Schwanz. Mathias dagegen wirkte nicht ganz so begeistert. Doch seine Miene erhellte sich, als er Carol erblickte.

Er kam mit dem Beagle im Schlepptau auf den Wagen zu, und Carol öffnete die Tür auf der Beifahrerseite. Mathias stieg ein, dann beugte er sich hinunter, hob Sophie hoch und setzte sie auf seinen Schoß.

»Bitte, du musst mich retten!«, sagte er und schloss die Augen, während er sich auf dem Sitz zurücksinken ließ.

Carol lachte. »Ach, ich weiß nicht. Scheint doch gut zu laufen mit euch beiden. Immerhin willst du nur mal kurz gerettet werden. Wenn es wirklich schlimm wäre, würdest du mich garantiert anflehen, dass ich Sophie zu mir nehme.«

»Ich würde dich anflehen, wenn ich irgendeine Chance auf Erfolg sehen würde. Dieser Hund macht mich fertig, das kannst du mir glauben. Wie kann ein so kleines Tier nur so viel Energie haben? Sie interessiert sich für alles, schnüffelt überall herum, hört niemals auf mich und bettelt ständig um Essen. Aber ansonsten läuft es super mit uns beiden.«

»Du Armer! Denk immer daran: Vierundzwanzig Stunden hast du schon hinter dich gebracht. Bleiben nur noch siebenhundertzwanzig weitere.«

Er stöhnte. »Das überlebe ich nicht.«

»Natürlich wirst du das.« Carol beugte sich vor und streichelte die seidenweichen Ohren der Hündin. Sophie gab ihr einen schnellen Kuss und wedelte dann auffordernd mit dem Schwanz, als wolle sie fragen, welches spannende Abenteuer als Nächstes auf dem Programm stand.

»Würde es helfen, wenn ich dich nach Hause fahre?«, fragte sie Mathias.

Er warf ihr einen hoffnungsvollen Blick zu. »Ja, bitte. Und wenn du diesen kleinen Teufel zu dir nehmen könntest, wäre das sogar noch hilfreicher.«

»Keine Chance.«

»Dachte ich mir.« Er zog die Tür zu und schnallte sich an. »Dann bleib wenigstens zum Essen. Ich grille Steaks. Wobei du sehr gut auf dein Fleisch aufpassen musst. Dreht man diesem Hund auch nur eine Sekunde den Rücken zu, versteht er das als Einladung, wie ich heute gelernt habe. Der Hühnchen-Burrito, den ich als Mittagessen vorgesehen hatte, war plötzlich spurlos verschwunden. Zack, weg. Ich will mir gar nicht ausmalen, was passiert, wenn ich das nächste Mal mit Sophie Gassi gehe. Schätzungsweise werde ich eine Schaufel brauchen, um ihre Hinterlassenschaften wegzuschaffen.«

Mathias lud sie zum Essen ein? Sie war zwar schon ein- oder

zweimal bei ihm zu Hause gewesen. Aber zum Abendessen? Versuchte er … Im nächsten Moment begriff sie. »Du hast Angst davor, mit Sophie allein zu sein!«

Mathias schwieg kurz. Dann grinste er und erklärte: »Ich, Angst? Natürlich nicht! Ich ergreife nur eine Vorsichtsmaßnahme. Das ist ein Unterschied.«

»Ach so, du hast keine Angst? Tja, dann habe ich mich wohl getäuscht. Obwohl … Hörst du auch dieses merkwürdige Geräusch? Als würde irgendjemand hier im Auto mit den Zähnen klappern?«

»Mach dich ruhig über mich lustig. Aber du kannst mir eines glauben: Das ist kein normaler Hund. Sophie verfügt über seltsame Kräfte. Und nicht all diese Kräfte setzt sie für das Gute ein.«

Carol lachte noch immer, als sie auf Mathias' Auffahrt einbogen.

Sein Haus grenzte an das Wildtierreservat. Die Grundfläche war riesig – dreihundert bis vierhundert Quadratmeter schätzte sie. Jeder Raum bot einen perfekten Ausblick auf die umliegende Natur, und die Einrichtung war auch nicht zu verachten. Carol hätte sich selbst nicht als begeisterte Köchin bezeichnet, aber sie verspürte jedes Mal einen Anflug von Neid, wenn sie die wunderschöne Küche sah. Diese ellenlangen Arbeitsflächen, die eleganten Küchenschränke und dazu der Herd, der eines Nobelrestaurants würdig war …

Mathias verschwand in der Vorratskammer und kehrte gleich darauf mit einer Flasche Scotch in der Hand zurück. »Was kann ich dir zu trinken anbieten? Wein? Oder lieber etwas anderes?«

»Planst du, mit einem Strohhalm direkt aus der Flasche zu trinken?«

»Tja, mal sehen. Aber da du jetzt hier bist, werde ich mich vermutlich auf meine guten Manieren besinnen und mir ein Glas holen. Möchtest du auch einen Whisky?«

»Ich muss später noch fahren. Ein Glas Wein wäre mir lieber.«

»Rot oder weiß?«

»Rot.«

Er wählte eine Flasche Merlot aus, öffnete sie und schenkte Carol ein Glas ein. Mit ihren Gläsern in der Hand gingen sie ins Wohnzimmer und setzten sich dort auf das große Ecksofa. Sophie, die ihnen gefolgt war, ließ den Blick zwischen ihnen hin- und hergleiten, bevor sie hochsprang und zu Mathias trottete. Zufrieden seufzend legte sie sich neben ihn, wobei sie die Pfoten elegant überkreuzte.

»Sie ist so süß«, sagte Carol.

»Sie schnarcht«, erwiderte Mathias.

»Wie schrecklich. Du tust mir wirklich leid.«

»Danke für dein Mitgefühl. Man spürt, dass es von Herzen kommt«, erklärte er. »Und wie war dein Tag?«

»Eigentlich ziemlich gut.« Sie dachte an den Scheck in ihrer Tasche. »Mein Onkel und mein Vater haben mir eine sehr großzügige Spende für Millies Herde gegeben. Jetzt fehlen mir nur noch dreihundertfünfundsiebzigtausend Dollar.« Sie schaute Mathias mit hochgezogenen Augenbrauen an. »Du bist nicht zufällig in Spendierlaune?«

»Tja, normalerweise würde ich ja sagen: Kein Problem. Nur hat dieser Hund, den du so schrecklich süß findest, heute meine Arbeit der letzten drei Wochen zerstört. Und zwar innerhalb von zehn Minuten. Wenn das so weitergeht, bin ich bald pleite.«

Carol verzog das Gesicht. »Hat sie wirklich? Das tut mir leid.«

»Am Schluss blieb mir keine andere Wahl, als Natalie zu bestechen, damit sie auf den kleinen Teufelsbraten aufpasst, während ich im Studio bin. Außerdem muss ich mir einen Hundesitter suchen, der ein paarmal am Tag längere Spaziergänge mit ihr unternimmt. Sie muss beschäftigt werden, damit sie müde wird. Wer weiß, was sie anstellt, wenn sie im Vollbesitz ihrer Kräfte ist.«

»Du Armer.«

»Endlich siehst du es ein. Dreihundertfünfundsiebzigtausend Dollar?« Er nahm das Whiskyglas in die andere Hand und streichelte geistesabwesend den kleinen Hund, während er offenbar scharf über irgendetwas nachdachte. »Schade, dass du Millie nicht dazu bringen kannst, auch etwas Geld zu verdienen. Als Statistin in einem Film oder so. Bekommen die Tiere eigentlich auch eine Gage?«

»Vermutlich nicht.«

»Sehr unfair! Okay, ich gebe zu, du hast ein Problem. Ein ziemlich großes sogar. Um da eine Lösung zu finden, wirst du ziemlich kreativ sein müssen.« Er runzelte die Stirn. »Was hat dich eigentlich dazu getrieben, ausgerechnet auf Giraffen aufzupassen? Oder besser gesagt auf exotische Kühe, wie ich sie gerne nenne.«

»Mir wäre es lieber, du würdest sie nicht so nennen.«

»Ist mir klar.«

Carol seufzte. »Du bist ziemlich schwierig.«

»Ich bin ziemlich charmant, und das weißt du.«

Leider stimmte das. Hastig fuhr sie fort: »Violet und ich wurden in Connecticut geboren. Wir haben da gelebt, bis ich acht und sie sechs Jahre alt war. Dann haben sich unsere Eltern scheiden lassen. Mom ist nach Manhattan gezogen. Und mein Vater hat beschlossen, nach Südafrika zu gehen.«

»Eine etwas ungewöhnliche Wahl.«

»Na ja, Dad hat sich schon immer sehr für Arten- und Tierschutz interessiert. Kurz nachdem die Scheidung durch war, hat er das Angebot bekommen, in einem der großen südafrikanischen Wildtierreservate zu arbeiten. Violet und ich haben ihn jeden Sommer besucht. Das war ziemlich cool.«

Sie hatte alles dort geliebt – die einfachen Unterkünfte, die Nähe zur Natur und natürlich die Tiere. Sobald es Zeit wurde, wieder nach New York zurückzukehren, hatte sie schon damit begonnen, die Tage bis zu ihrem nächsten Besuch zu zählen.

»Violet in der Wildnis … Das kann ich mir schwer vorstellen.«

»Mhm. Es war nie so ganz ihr Ding. Sie ist immer nur eine oder zwei Wochen lang mitgekommen und dann sofort wieder in die USA zurückgeflogen. Ich dagegen wäre am liebsten für immer geblieben. Unter anderem, weil mich alle dort wie eine Erwachsene behandelt haben. Ich durfte mit den Rangern mitfahren und helfen.« Bei der Erinnerung daran lächelte Carol.

»Und dann ist dein Vater irgendwann zurückgekommen und hat das Reservat hier in Happily Inc eröffnet.«

»Ja. Ich habe meinen College-Abschluss gemacht und bin danach mit eingestiegen. Er kümmert sich um die geschäftlichen Angelegenheiten und die Zusammenarbeit mit meinem Onkel. Mein Team und ich sind für die Tiere verantwortlich.«

»Da war aber nicht viel von einem Team zu sehen, als du dich neulich Nacht um die kranke Kuh kümmern musstest.«

»Hör auf, sie Kühe zu nennen. Du hast Glück, dass Sophie neben dir liegt. Sonst hätte ich dir nämlich schon längst dieses Kissen an den Kopf geknallt. Aber ich will den armen Hund nicht erschrecken.«

»Du hast Angst, dass du nicht triffst, das ist alles«, entgegnete Mathias und nahm einen Schluck von seinem Whisky. »Und was ist, wenn Millie irgendwann mal ihre Herde hat? Ist deine Tiersammlung dann komplett?«

»Wir müssen ein paar Entscheidungen treffen. Geplant ist, nur weibliche Giraffen zu kaufen. Aber das heißt, dass die Herde mehr und mehr dezimiert werden wird, wenn die Tiere keinen Nachwuchs bekommen und irgendwann sterben. Daher müssen wir uns etwas überlegen. Dad und ich haben schon mal darüber gesprochen, dass wir vielleicht älteren Zirkustieren ein Heim bieten könnten. Oder wir kaufen doch einen oder zwei Giraffenbullen und beginnen ein Zuchtprogramm. Eine andere Alternative wäre, Giraffen für einen gewissen Zeitraum aufzunehmen – wenn irgendein Zoo einen Teil der eigenen Herde für ein paar Monate getrennt von den restlichen Tieren halten muss. Millie ist das einzige Tier bei uns, dessen Art vom Aussterben bedroht ist. Aber wir könnten auch versuchen, andere gefährdete Arten bei uns aufzunehmen. Du siehst, es gibt ziemlich viele Möglichkeiten.«

Mathias starrte sie an. »Tja. Wenn ich das so höre, kommt mir mein eigener Job plötzlich gar nicht mehr so wichtig vor. Du rettest bedrohte Arten. Ich mache Teller.« Er sah zu Sophie hinunter. »Und du, Fräulein, zerstörst sie.«

»Du stellst wunderschöne Dinge her. Ich kümmere mich momentan nur um ein paar Gazellen und eine einzige Giraffe.«

»Trotzdem sehr beeindruckend.«

Dieses unerwartete Kompliment brachte Carol aus dem Konzept. Sie konnte sich gerade noch davon abhalten, nervös auf dem Sofa hin und her zu rutschen. »Danke.«

»Gern geschehen. Und jetzt werde ich mal den Grill anwerfen.« Mathias stand auf und drehte sich noch einmal zu ihr um. »Wie magst du denn deine, ähm, Kuh am liebsten?«

Zum Glück hatte er sich schon einige Schritte vom Sofa entfernt, sodass sie endlich mit einem Kissen nach ihm werfen konnte – und ihn prompt verfehlte.

Er grinste und hob lehrerhaft den Zeigefinger. »Gewalt ist nie die Lösung, Carol.«

»Sehr lustig. Das kannst du nur behaupten, weil du noch nie mit jemandem zu tun hattest, der so unmöglich ist wie du selbst.«

»Also, wirklich. Millie wäre jetzt ziemlich enttäuscht von deinem Verhalten.« Er schaute zu Sophie. »Aber wir werden es ihr nicht verraten, oder?«

Der kleine Beagle hob den Kopf und bellte zustimmend.

Carol seufzte, als sie den beiden in die Küche folgte. Mathias ist ein interessanter Typ, dachte sie, während sie beobachtete, wie er die Steaks aus dem Kühlschrank holte. Nein, korrigierte sie sich gleich darauf. Nicht interessant. Mehr als das. Witzig. Und verdammt sexy. Wenn doch nur … Bevor sie den Gedanken zu Ende denken konnte, riss sie sich zusammen und befahl sich, schleunigst wieder in die Realität zurückzukehren.

Dass ein Mann wie er ein wirkliches Interesse an ihr entwickelte, war etwa so wahrscheinlich wie eine plötzliche Dreihundertfünfundsiebzigtausend-Dollar-Spende für die Millie-Herde. Also brauchte sie sich gar nicht erst irgendwelche verrückten Dinge wie zum Beispiel eine einzige Nacht mit ihm zu wünschen. Außerdem würde eine Nacht mit Mathias genau das bedeuten – eine einzige Nacht. Danach war alles vorbei. Das Geld dagegen würde Millie dauerhaft glücklich machen. Insofern war wohl klar, in welche Richtung sie ihre Wünsche lenken musste. Oder?

Violet verbrachte fast vierundzwanzig Stunden damit, zwischen Traurigkeit und Wut zu schwanken. Leider war keines der beiden Gefühle besonders förderlich, wenn man schlafen wollte. Irgendwann – noch bevor die Morgendämmerung hereinbrach – gab sie schließlich auf, stieg aus dem Bett und ging unter die Dusche. Um sieben Uhr setzte sie sich in ihr Auto, fuhr zum Donut-Laden und von da aus weiter zum Wildtierreservat. Mit etwas Glück würde sie Carol noch erwischen, wenn sie die letzten Tiere hinausließ.

Kurz darauf hielt sie neben der Hauptscheune. Die Morgenluft war kühl und klar, der Himmel wolkenlos. Als sie näherkam, sah Violet, wie gerade einige Gazellen aus der Scheune herausgeschossen kamen und über die Grasflächen davonsprangen. Eine Minute später tauchte auch Millie aus der Scheune auf – langsam und majestätisch wie immer –, um den neuen Tag zu begrüßen. Violet schnappte sich ihre Donuts und den Kaffee. Dann machte sie sich auf die Suche nach ihrer Schwester.

Carol war in dem kleinen Büro und wartete darauf, dass der Computer hochfuhr. Als sie Violet in der Tür stehen sah, riss sie überrascht die Augen auf.

»Weißt du eigentlich, wie spät es ist?«, erkundigte sie sich und grinste. »Solltest du nicht im Bett liegen und schlafen?«

»Würde ich ja gerne.« Violet hielt ihrer Schwester einen der zwei Kaffeebecher hin und stellte die Donuts auf dem Tisch ab. Sie spürte, wie Irritation und Wut in ihrem Inneren vor sich hin brodelten. »Aber ich bin einfach viel zu durcheinander.«

Carols Gesicht nahm sofort einen besorgten Ausdruck an. »Was ist passiert? Geht es dir gut?«

»Ja. Nein. Ich glaube. Es ist nur …« Wütend über ihr eigenes Gestammel stampfte sie mit dem Fuß auf. Schade, dass Ulrichs Kopf sich nicht irgendwo in der Nähe ihrer Absätze befand. »Um es mal ganz klar zu sagen: Englische Dukes sind Vollidioten. Vor allem Ulrich.« Sie ließ sich auf den Stuhl sinken, der vor dem Schreibtisch stand. »Ich hasse ihn. Nein, ich verabscheue ihn. Er ist ein schrecklicher Mensch.«

»Ähm, okay. Jetzt musst du mir nur noch sagen, wer das ist. Dann kann ich ihn auch verabscheuen.«

»Du weißt ja, dass ich meine Knöpfe überall auf der Welt kaufe«, begann Violet. »Ich habe damit angefangen, als ich vor zwölf Jahren in England war.«

»Nana Winifred«, sagte Carol und nickte. »Dowager Duchess of …« Sie unterbrach sich, und ihre Augen wurden groß. »Seine Mutter?«

»Großmutter. Und sie ist nicht das Problem. Ich kaufe und verkaufe Knöpfe. Das ist mein Job. Damit verdiene ich meinen Lebensunterhalt. Aber weiß er das? Nein. Und anstatt mich zu fragen, kommt er einfach in meinen Laden hereingeplatzt und beschuldigt mich in seinem bescheuerten Angeber-Akzent, dass ich stehlen würde.«

Violet holte tief Luft und erzählte ihrer Schwester, was passiert war. »Er hat mir gedroht. Mit der Polizei. Ist das zu fassen?«

»Was für ein Idiot! Brauchst du einen Anwalt?«

»Das glaube ich nicht. Ich habe Belege für alle meine Käufe. Weil ich nämlich keine Diebin bin! Und was den Vorwurf betrifft, dass ich eine gutgläubige alte Frau übers Ohr hauen würde: Ich kaufe meine Ware unbesehen. Auf Vertrauensbasis. Wenn jemand dabei betrogen werden könnte, bin das ich. Dieser Dummkopf!« Sie trank einen Schluck Kaffee. »Klar, er sieht toll aus. Aber trotzdem. Das ist ja wohl keine Entschuldigung!«

Sie rief sich in Erinnerung, was er alles zu ihr gesagt hatte. »Er hat gar nicht mit mir geredet, weißt du? Stattdessen hat er sofort mit seinen Beschuldigungen losgelegt. Dass er sich irren könnte, ist ihm überhaupt nicht in den Sinn gekommen. Dabei habe ich ihn damals wirklich gemocht.«

Carols Brauen zogen sich zusammen. »Okay, kannst du den letzten Satz noch mal erklären? Da bin ich irgendwie ausgestiegen.«

»Na ja, da war dieser Sommer, in dem Mom mit mir nach England gereist ist. Du bist bei Dad geblieben, weißt du noch? Jedenfalls habe ich damals Ulrich kennengelernt. Er war vier Jahre älter als ich, sah supergut aus und war schon schrecklich erwachsen – jedenfalls habe ich das gedacht. Dann gab es da ein Sommerfest, auf dem getanzt wurde. Ulrich hat mit mir getanzt.« Dass er ihr ins Ohr geflüstert hatte, sie würde eines Tages eine Schönheit werden, behielt sie für sich. Die Worte kamen ihr zu intim vor, um sie mit jemandem zu teilen. Das galt auch für ihre Schwester, obwohl sie Carol sonst fast alles erzählte, was ihr durch den Kopf ging.

»Ich war ein Teenager, fast noch ein Kind. Und er war nett zu mir – in einer Zeit, in der es nicht viele Menschen gab, die nett zu mir waren. Also habe ich angefangen, mir im Kopf irgendwelche Dinge auszumalen.«

»Er war der Prinz aus dem Märchen«, erwiderte Carol verständnisvoll. »Oder, in deinem Fall: der attraktive Duke aus England.«

»Der sich als totaler Idiot entpuppt hat. Ich hasse ihn!«

»Du verabscheust ihn«, korrigierte ihre Schwester milde.

»Ja, das auch. Er hat alles kaputt gemacht. Das ist doch nicht fair! Du musst dir das mal vorstellen: Ich sitze völlig ahnungslos in meinem eigenen Laden und kümmere mich um meine eigenen Dinge. Da geht plötzlich die Tür auf, er kommt hereingestürmt und verschandelt mit seiner Paranoia alles, worüber ich mich gerade noch gefreut habe.« Sie schnappte sich einen Donut und biss ein Stück ab. »Ich weiß, dass er mir nichts anhaben kann. Und Nana Winifred wird empört sein, wenn sie von der Sache erfährt. Ich hoffe, sie ist so wütend, dass sie ihn haut.« Die Vorstellung, wie der aristokratische Ulrich von seiner Großmutter eine schallende Ohrfeige bekam, erfüllte sie mit großer Befriedigung.

»Manchmal kannst du ganz schön blutrünstig sein«, stellte Carol fest. »Wobei ich das in diesem Fall natürlich verstehe.« Sie sah ihre Schwester an. »Heißt das, du willst nichts gegen ihn unternehmen?«

»Ich wüsste nicht, was«, murmelte Violet nach einer kurzen Pause. »Soll ich seine Großmutter anrufen? Dann wirke ich wie eine Petze. Außerdem würde es ihr das Herz brechen. Sie bewundert Ulrich.« Was mal wieder zeigte, dass die Redewendung »Liebe macht blind« leider voll und ganz zutraf.

»Okay, aber was ist der nächste Schritt?«

»Nachdem ich mich bei dir ausgeheult habe?« Violet seufzte. »Keine Ahnung. Ich weiß nur, dass ich es bereue, mit ihm getanzt zu haben.« Und dass es ihr so sehr gefallen hatte, bereute sie am allermeisten. Denn das war der eigentliche Grund, weshalb sie sich jetzt so schrecklich dumm vorkam: Sie hatte Ulrich gemocht. Wirklich gemocht. Also hatte sie angefangen, von ihm zu träumen und sich die wundervollsten Dinge über ihn vorzustellen.

»Aber falls ich ihn jemals wiedersehen sollte, dann werde ich ihm sagen, dass er ein eingebildeter Trottel und ein absoluter Vollidiot ist.«

»Mach das«, erwiderte ihre Schwester.

Mathias sah auf die Uhr. Verdammt, ihm blieb nicht mehr viel Zeit. Vorsichtig stellte er die kleine Glasskulptur ab, an der er gearbeitet hatte, und zog sich die Schutzbrille vom Gesicht. Es war kurz vor drei Uhr nachmittags, was bedeutete, dass es in Shanghai und Umgebung knapp vor acht sein musste. Maya, Dels Verlobte, hatte ihm gemailt und ihn um ein Gespräch per Video-Call gebeten. Sie hatten Datum und eine Uhrzeit ausgemacht, auch wenn Mathias nicht ganz klar war, warum die Verlobte seines Bruders unbedingt mit ihm sprechen wollte. Er kannte Maya ja kaum.

Sie war schon auf der Highschool mit Del zusammen gewesen, aber damals war Mathias viel zu sehr mit seinem eigenen Leben beschäftigt gewesen, um auch mal über den Tellerrand hinauszuschauen. Als Maya dann vor ein paar Jahren nach Fool's Gold zurückgekehrt war, hatten Ronan und er die kleine Stadt in den kalifornischen Bergen schon verlassen. Danach waren Maya und er sich ein paarmal begegnet, aber mehr auch nicht. Was also wollte sie jetzt von ihm?

Eine Frage, auf die ich sehr bald eine Antwort bekomme, dachte er, als auf dem Display ein eingehender Anruf gezeigt wurde.

Mathias drückte auf den Video-Knopf, und Maya erschien auf dem Bildschirm. Sie war hübsch – blond, mit großen grünen Augen. Wie er auf dem Bildschirm sehen konnte, trug sie ein viel zu großes T-Shirt und hielt eine Kaffeetasse in der Hand.

»Guten Morgen«, sagte sie und lächelte.

»Guten Mittag. Und, wie läuft es in China?«

»Bestens. Wie läuft es in den USA?«

»Auch bestens.«

Maya grinste. »Ich habe gehört, dass du Sophie hütest.«

»Das stimmt.« Er schüttelte den Kopf, während er gleichzeitig lachen musste. »Ich habe Natalie, die Office-Managerin, bestochen. Jetzt kann Sophie bei ihr im Büro bleiben, während ich arbeite. Anders ging es nicht. Der Hund hat einen fast schon untrüglichen Sinn dafür, welches die teuersten Stücke hier sind. Und die zerstört er dann mit einem Schwanzwedeln.«

»Wow. Klingt anstrengend.«

»Auf jeden Fall ist es ziemlich gewöhnungsbedürftig. Ich habe eine Hundesitterin gefunden, die mit Sophie spazieren geht. Zweimal am Tag eine große Runde. Nachts schläft Sophie zum Glück, wenn auch ziemlich laut.« Er überlegte, ob er die merkwürdigen Riesenhaufen erwähnen sollte, die der Hund produzierte. Dann entschied er sich aber im letzten Moment dagegen. Maya war vermutlich noch bei ihrer ersten Tasse Kaffee.

»Also bist du derjenige, der domestiziert wird«, scherzte sie. »Bis Elaine von der Reise zurückkehrt, wirst du dich so in Sophie verliebt haben, dass du sie gar nicht mehr hergeben willst.«

Mathias lehnte sich auf dem Stuhl zurück. »Ja, klar. Genau so wird es ablaufen.«

Maya lachte. »Na gut. Vielleicht wirst du nicht in Tränen ausbrechen. Aber jede Wette: Sophie wird es schaffen, dein Herz zu erobern.« Sie trank einen Schluck Kaffee. Dann fuhr sie fort: »Du fragst dich bestimmt, worüber ich mit dir sprechen will.«

»Richtig.«

»Es geht um die Hochzeit. Du weißt, dass sie Ende des Monats stattfindet, oder?«

»Ich habe die E-Mail mit eurer Einladung bekommen. Also, ja. Das weiß ich.«

»Gut. Ich hoffe nämlich, dass du mir helfen kannst.«

»Dir helfen? Womit denn?«

»Mit der Feier. Der Planung, um genau zu sein.«

Mathias richtete sich ruckartig auf. »Die Hochzeit ist in weniger als vier Wochen, und die Planung steht noch nicht?«

Er hatte den Verdacht, wie Bridezilla höchstpersönlich zu klingen. Aber, verflucht noch mal, Hochzeiten wurden doch monatelang im Voraus geplant. Das wusste ja selbst er. Weil es da nämlich Hunderte von Details gab, die irgendwie geklärt werden mussten.

»Mein Kleid habe ich schon«, erläuterte Maya hilfreich. »Damit wäre ein wichtiger Punkt bereits abgehakt. Ursprünglich hatten Del und ich geplant, nur standesamtlich zu heiraten. Aber dann haben wir noch mal darüber gesprochen, und es hat sich rausgestellt, dass wir uns in Wahrheit beide eine traditionelle Hochzeitsfeier wünschen. Es gibt doch diese Firma bei euch in Happily Inc … *Weddings out of the Box.* Ich habe vorhin mit der Besitzerin gesprochen. Du kennst sie, oder? Sie ist mit Nick verlobt, soweit ich weiß.«

»Ja, ist sie. Und du solltest die Planung mit ihr besprechen, nicht mit mir.«

»Das werde ich. Aber es wäre toll, wenn du bei den Besprechungen auch dabei sein könntest. Als mein Vertreter vor Ort, sozusagen.«

Mathias begann, sich auf seinem Stuhl zu winden. Am liebsten wäre er aufgesprungen und hätte Nein gebrüllt. *Nein, das will und werde ich nicht tun.* Aber Maya war die Verlobte seines Bruders. »Warum kann Nick dir nicht helfen?«, fragte er in einem letzten Versuch, dem Grauen zu entkommen.

»Weil er und Pallas frisch verliebt sind. Also wird er versuchen, sie vor jeder Art von Kritik zu beschützen. Wenn mir etwas an ihrer Planung nicht gefällt, wird er es ihr nicht sagen, verstehst du? Du bist der Einzige, der mir helfen kann. Mathias, bitte? Ich habe deine Arbeit gesehen, und mir gefällt, was du machst. Wenn ich mir zum Beispiel deine Glasschüsseln ansehe, habe ich sofort ein positives Gefühl. Genau das wünsche ich mir auch für meine Hochzeit.«

War das hier etwa eine Verschwörung? Erst tauchte seine Mutter aus heiterem Himmel auf und gleich danach seine

Schwägerin in spe. Beide wollten etwas von ihm. Etwas, das ihm nicht gefiel. Sie baten ihn um einen Gefallen, den er im Grunde sofort ablehnen sollte.

»Bitte«, sagte Maya leise. »Ich brauche dich, Mathias. Ich brauche deine Hilfe für die Hochzeit. Sonst klappt das nie im Leben.«

Innerlich stieß er einen wüsten Fluch aus. Dann bedachte er Mayas Bild auf dem Display mit einem finsteren Blick. »Du schuldest mir einen Gefallen.«

Sie stieß einen Jubelschrei aus. »Oh, danke! Ich werde mich bei dir revanchieren, das schwöre ich! Danke, Mathias. Danke, danke, danke. Den Termin für das erste Treffen habe ich schon ausgemacht. Ich maile dir die Infos, okay? Du bist der Beste!«

»Ja, ja. Spar dir die Schmeicheleien. Ich meine es genau so, wie ich gesagt habe: Du schuldest mir einen Gefallen.«

Sie warf ihm einen Kuss zu und beendete den Anruf. Nachdem ihr Bild vom Display verschwunden war, saß Mathias einen Moment lang ganz still da. Dann richtete er sich auf und griff nach seinem Handy.

»Hallo?«

Die Stimmen einiger Menschen klangen über das Telefon verzerrt. Das war bei Carol nicht der Fall. Diese Mischung aus sexy und süß wurde auch elektronisch perfekt wiedergegeben. Mathias befahl sich, das merkwürdige Zusammenziehen seines Magens zu ignorieren, das sich bei diesen Lauten immer einstellte.

»Hi, hier ist Mathias. Ich brauche deine Hilfe.«

»Willst du nicht erst mal fragen, wie mein Tag war? Oder einen kleinen Kommentar zum Wetter ablassen?«

»Nicht wirklich.«

»Typisch Mann. Aber, okay. Was ist los? Wenn es wieder um Sophie geht, kann ich dir gleich sagen: Da musst du durch. Sie ist so ein liebes Mädchen, und du bist absolut fähig und in der Lage, dich um sie zu kümmern.«

»Danke, Carol. Dein Mitgefühl bedeutet mir viel«, entgegnete er trocken. »Und du kannst ganz beruhigt sein. Es geht nicht um den Hund. Ich rufe an, weil meine zukünftige Schwägerin möchte, dass ich ihre Hochzeit plane. Ich. Eine Hochzeit. Das wird ein totales Desaster. Und deshalb bitte ich dich um Hilfe.«

»Solltest du in diesem Fall nicht lieber Violet anrufen? Sie ist schließlich die Frau mit dem Stilgefühl.«

»Ich will nicht Violet. Ich will …«

Er hatte ganz spontan geantwortet, ohne vorher nachzudenken. Und jetzt hingen diese ungesagten Worte im Raum. Die Wahrheit, die munter im Wind flatterte. Er wollte Carol. Hatte sie seit Langem gewollt. So, wie die Dinge nun einmal standen, konnte er in dieser Hinsicht leider nichts unternehmen. Aber sie um Hilfe bei der Hochzeitsplanung zu bitten, das war … eine ganz andere Sache.

Ihm wurde klar, dass er Carol angerufen hatte, ohne auch nur eine Sekunde lang zu zögern. Nicht mal ansatzweise hatte er darüber nachgedacht, sich an irgendjemand anderen zu wenden. Warum? Lag das vielleicht an den Träumen, die er ständig hatte? Oder daran, dass er …

»Das wird meine Schwester aber schwer treffen.« Carol klang eher amüsiert als sauer. Sie lachte. »Wobei … Jetzt wird mir klar, warum du denkst, ich könnte dir helfen: Weil ich eine Frau bin. Tja, dann hoffe ich mal für dich, dass die Sache nicht völlig schiefgeht. Frauen werden nämlich nicht automatisch mit der Fähigkeit geboren, Hochzeiten zu organisieren. Das ist dir klar, oder?«

»Quatsch. Das kommt gleichzeitig mit den Brüsten.«

»Du bist wirklich unmöglich.«

»Das heißt also, du hilfst mir?«

Carol seufzte. »Ja, Mathias. Genau das heißt es. Ich werde versuchen, dir bei der Hochzeitsplanung zu helfen. Die Feier soll in Happily Inc stattfinden, richtig?«

»Richtig. *Weddings out of the Box* wird das organisieren.«

»Perfekt! Dann kann Pallas dafür sorgen, dass wir nichts falsch machen.«

»Okay, ich sage dir noch, wann unser erstes Treffen stattfindet. Und … danke, Carol!«

»Kein Problem.«

Sie legte auf. Mathias ließ sein Handy auf dem Schreibtisch liegen, als er zurück ins Studio ging und sich noch einmal ansah, was er heute Morgen produziert hatte. Die kleine Giraffe war etwa zwanzig Zentimeter hoch, schmal und langbeinig. Er hatte die Körperproportionen richtig hinbekommen, aber irgendetwas stimmte trotzdem nicht. Ja, das war es: Die Skulptur wirkte viel zu statisch. Er wollte Bewegung zeigen, wusste aber nicht, wie er das hinbekommen sollte.

Hinter ihm ertönten Schritte. Er blickte sich um und sah, dass Nick gerade das Studio betrat. »Hey. Wolltest du nicht mit Maya telefonieren?«

»Hab ich schon. Sie will, dass ich bei der Planung ihrer Hochzeit helfe.«

Nick grinste. »Lieber du als ich.«

»Tja, anscheinend bin ich derjenige, dem sie vertraut.«

»Oder derjenige, der sich am schnellsten erweichen lässt.«

»Wie auch immer – ich bin jedenfalls der gute Bruder.«

Mathias musterte noch einmal die Giraffe, bevor er sie in den Container mit den Glasabfällen fallen ließ, wo sie in tausend Stücke zerbrach.

»Du musst mal damit aufhören«, sagte Nick. »Sie war gut.«

»Nicht gut genug. Wenn etwas nicht perfekt ist, macht mich das wahnsinnig. Ich kann damit nicht leben.«

»Kannst du nicht oder willst du nicht?«, erkundigte sich sein Bruder.

Mathias ignorierte die Frage.

»Und was ist hiermit?« Nick deutete auf das Regal mit den fehlerhaften Stücken – Teller, deren Rundung nicht perfekt war, und Vasen mit kleineren Macken. »Die leben doch auch noch.«

»Sie leben nicht. Sie sind nur nicht wichtig genug, um zerstört zu werden.« Mit den Gebrauchsgegenständen verdiente er sein Geld – nicht mehr und nicht weniger. Echte Kunst war das nicht.

Als er aufschaute, sah er Natalie, die soeben ins Studio kam. Sie hatte Sophie an der Leine. »Ich muss ein paar Besorgungen machen«, sagte sie und kam zu ihm hinüber. »Also wirst du jetzt mal eine Weile selbst mit deinem Hund klarkommen müssen.«

»Sie ist nicht mein Hund«, grummelte Mathias. Prompt bedachte ihn Sophie mit einem herzerweichenden Hundeblick aus ihren großen braunen Augen. Hatte sie etwa verstanden, was er gesagt hatte?

Er griff nach der Leine. Sophie drehte sich um, sodass sie ihm jetzt ihren Hintern zuwandte. Mathias seufzte. Was hatte er eigentlich getan, um die Götter derart gegen sich aufzubringen? Erst der Hund, und nun auch noch die Sache mit der Hochzeit. Das konnte doch kein Zufall sein.

»Na schön«, murmelte er. »Tut mir leid. Du bist ein liebes Mädchen.«

Der Hundehintern blieb, wo er war.

Okay, alles klar. Dann würde er sich dem Unvermeidlichen eben beugen. Er holte aus seiner Schreibtischschublade einen Beutel mit Hundeleckerli hervor. Sofort drehte Sophie sich um. Ihre Miene zeigte höchste Freude – beide Ohren waren erwartungsvoll gespitzt, während ihr Schwanz in Überschallgeschwindigkeit hin und her schwang.

»Dir wurde offenbar vergeben«, kommentierte Nick. Dann grinste er. »Freut mich, dass du endlich auch in einer Beziehung lebst, Bruderherz.«

5. Kapitel

Das Sweet Dreams Inn direkt neben dem Eternal Drive sorgte keineswegs für süße Träume, wie der Name versprach. Genauer gesagt war dieses vollkommen absurde Hotel ein einziger Albtraum – jedenfalls nach Ulrichs Meinung.

Sein Plan war gewesen, Violet Lund – diese Diebin und Schwindlerin – zur Rede zu stellen und danach sofort zurück nach L. A. zu fahren und die nächstbeste Maschine nach England zu nehmen. Nur befand er sich jetzt nicht zu Hause in England, sondern schon wieder in Happily Inc, weil nämlich nichts, aber auch gar nichts bei der Sache nach Plan gelaufen war.

Sein Treffen mit der überraschend attraktiven und überraschend wütenden Miss Lund hatte ihn verwirrt und mit einem Hauch von Scham erfüllt. Die Frau war in der Lage gewesen, Rechnungsbelege für alle Knöpfe vorzuzeigen, die seine Großmutter ihr geschickt hatte. Knöpfe, die noch dazu nie im Besitz seiner Familie gewesen waren. Hieß das etwa, dass Violet Lund gar keine Diebin war? Aber wenn nicht sie, wer dann?

Wieder und wieder hatte er sich diese Frage auf der langen Fahrt nach L. A. gestellt. Dort angekommen hatte er dann kurz entschlossen seinen Flug umgebucht und war wieder zurückgefahren. Das Sweet Dreams Inn war das erste Hotel gewesen, das er auf der Rückfahrt entdeckt hatte. Also hatte er kurzerhand angehalten und eingecheckt. Leider war ihm erst später klargeworden, dass es sich um ein Themen-Hotel handelte, oder wie immer man diesen Wahnsinn nannte. Jeder Raum hier stand offenbar unter einem Motto. Und aus Gründen, die er selbst nicht ganz begriff, hatte er sich dazu überreden lassen, einige Nächte in der sogenannten Drive-in-Suite zu verbringen. Das Ergebnis war, dass er jetzt auf einer Matratze nächtigte, die in einen roten Cadillac – Baujahr 1959 – eingebaut worden war. Zudem gab es im Schlafzimmer einen Fernseher, der die ungefähre Größe einer Kinoleinwand hatte, und im Wohnzimmer stand etwas, das entfernt an eine Snackbar erinnerte. Okay, er musste zugeben, dass der Wagen mit den elegant geschwungenen Heckflossen und den dekorativen Weißwand-Reifen eine echte Schönheit war. Trotzdem war ein Auto ja wohl kaum der passende Ort für ein Bett. Wobei … Mal abgesehen von der durchgedrehten Einrichtung war die Suite gar nicht so schlecht. Das Internet war ziemlich schnell, und der Zimmerservice war hervorragend.

Ulrich hatte den gesamten gestrigen Tag damit verbracht, sich über Violet Lund und den Handel mit Knöpfen zu informieren. Doch trotz all seiner Bemühungen war er am Ende immer zu demselben Schluss gekommen: Sie hatte höchstwahrscheinlich die Wahrheit gesagt. Schlimmer noch – es sah ganz so aus, als ob Miss Lund eine angesehene und völlig unbescholtene Ladenbesitzerin war.

Wie war das möglich? Er irrte sich nie. Und zwar deshalb nicht, weil er erst dann handelte, wenn er sich seiner Sache hundertprozentig sicher war. Nur ein einziges Mal in seinem Leben hatte es jemand geschafft, ihn hinters Licht zu führen. Penelope, seine Exfrau. In diesem Fall war er ganz gezielt belogen worden. Das hatte zum Plan gehört – jedenfalls zu ihrem. Aber über Penelope nachzudenken half ihm auch nicht weiter. Also schob er seine Exfrau gedanklich beiseite und widmete sich wieder seinem aktuellen Problem. Die große Frage war: Was sollte er wegen Violet unternehmen? Nachdem er gestern all diese Informationen zusammengesammelt hatte, hatte er beschlossen, noch mal eine Nacht lang darüber zu schlafen. Doch leider hatte er nach dem Aufwachen heute Morgen immer noch keine Ahnung gehabt, was zum Teufel er jetzt tun sollte.

Irgendwann war er schließlich aufgestanden, hatte geduscht und sein Frühstück bestellt. Jetzt saß er hier, vor seinem Computer, und ging noch einmal die Liste mit den Gegenständen durch, die von seinem Familiensitz verschwunden waren. Und das waren so einige. Er hatte selbst nachgeforscht, und die Haushälterin hatte ihm zudem eine Aufstellung geschickt.

Dass es ein Problem gab, war ihm zum ersten Mal vor drei Monaten aufgefallen. Damals hatte er beschlossen, eine aktuelle Inventarliste des gesamten Hauses anzulegen – inklusive des Speichers. Das Projekt hatte über einen Monat gedauert, und sie hatten einige wundervolle Stücke entdeckt. Aber leider auch, dass eine Menge Dinge fehlten.

Aber wie war es dazu gekommen? Die öffentlich zugänglichen Räume waren alle kameraüberwacht. Außerdem gab es eine Alarmanlage. Die Gäste, die in jenem Teil des Hauses wohnten, der in ein Hotel umgewandelt worden war, hatten nur in Begleitung Zugang zu den Privaträumen. Die letzte Inventur war fünf Jahre zuvor von Ulrichs Vater durchgeführt worden. Ulrich hatte daher keine Möglichkeit, genau zu sagen, wann all die Dinge verschwunden waren – jedenfalls hatte er das gedacht.

Doch dann war die neue Sekretärin seiner Großmutter zu ihm gekommen und hatte ihm eine mögliche Erklärung präsentiert: Ihr waren Pakete aufgefallen. Große Pakete, die immer an ein und dieselbe Person geschickt wurden: An Violet Lund, eine Amerikanerin, die in irgendeiner kalifornischen Kleinstadt namens Happily Inc lebte. Also hatte er sich selbst auf die Lauer gelegt. Und tatsächlich: Kurz darauf war bei den Sachen, die zur Post sollten, ein entsprechendes Paket aufgetaucht. Er hatte geschätzt, wann das Paket in Kalifornien ankommen würde. Und da er zufällig zur gleichen Zeit in L. A. war, hatte er beschlossen, einen Abstecher zu machen und die Diebin persönlich damit zu konfrontieren.

Ein guter Plan. Der leider spektakulär schiefgegangen war.

Sein Handy klingelte. Er warf einen Blick auf die Uhr und überschlug im Kopf die Zeitdifferenz. Dann nahm er den Anruf entgegen.

»Bitte sag mir, dass ihr gerade Tee trinkt. Guten, englischen Tee. Was hier unter diesem Namen serviert wird, ist grauenhaft.«

Seine Großmutter lachte. »Armer Ulrich, einsam und verloren im Wilden Westen. Ich wünschte, dieses Abenteuer würde dir guttun. Aber wir wissen beide, dass das nicht der Fall ist. Wie ist Los Angeles? Scheint die Sonne bei euch? Hast du ein Hotel, von dem aus das Meer zu sehen ist? Ich muss ja sagen, dass ich den Pazifik von allen Ozeanen am meisten mag.«

Ulrich spielte kurz mit dem Gedanken, seiner Großmutter zu verschweigen, wo er sich in Wahrheit befand. Doch dann verwarf er diese Idee. Er war ein Mann, der Ehrlichkeit schätzte, also musste er auch selbst ehrlich sein. Vor allem gegenüber jenen Menschen, die er liebte. Da die Liste dieser Menschen mit seiner Großmutter begann und endete, war es jetzt Zeit für ein Geständnis.

»Ich bin, ähm, nicht in Los Angeles. Sondern in Happily Inc.«

»Was in aller Welt tust du in …« Seine Großmutter verstummte, dann seufzte sie. »Du hast offenbar beschlossen, Violet zu besuchen. Aber wieso?«

»Weil ich dachte, dass sie dich betrügt.«

»Ulrich! Nein. Das kann doch nicht sein. Woher weißt du überhaupt, dass ich mit ihr in Verbindung stehe?«

»Ich habe die Pakete gesehen.«

Seine Großmutter schniefte verächtlich. »In anderen Worten: Diese schreckliche Sekretärin, die du engagiert hast, hat mir nachspioniert. Ich werde sie entlassen, Ulrich. Auf der Stelle. Du magst der Duke sein, aber ich bin noch immer deine Großmutter. Und ich lasse mir nicht vorschreiben, was ich zu tun habe. Ich habe die Frau von Anfang an nicht gemocht. Du hast mir gesagt, dass es unfair ist, sich von Gefühlen leiten zu lassen, wenn es um die Arbeit geht. Aber in Wahrheit hat sie diese Stelle doch nur angenommen, um ständig in deiner Nähe zu sein. Ich bin sicher, sie hofft heimlich darauf, dass du dich Hals über Kopf in sie verliebst.«

Ulrich versuchte, sich an das Aussehen der Frau zu erinnern, die als Sekretärin für seine Großmutter arbeitete. Er bekam jedoch nur ein ganz verschwommenes Bild zustande. Sie war Anfang zwanzig, so viel wusste er. Mittelgroß. Insgesamt schien sie keinen besonders nachhaltigen Eindruck auf ihn gemacht zu haben. Was man von der feuerspuckenden Violet Lund nicht behaupten konnte. Ihre grünen Augen hatten erst empört gefunkelt. Dann war Wut hinzugekommen. Und dann Verachtung. Gleichzeitig hatte sie so schön ausgesehen, so unglaublich *lebendig*. Eigentlich bevorzugte er stille Frauen – klassische englische Schönheiten. Aber irgendetwas an ihr ließ ihn nicht los. Vielleicht diese wilden roten Locken? Oder die Art, wie sie sich bewegte?

»Ulrich?«

»Ja, Großmutter. Du hast recht. Natürlich bist du in der Lage, dein Personal ohne fremde Hilfe einzustellen und zu entlassen. Und es tut mir leid, dass ich nicht zuerst mit dir geredet habe, als mir deine Sekretärin von der Sache mit den Paketen erzählt hat.«

»Das sollte dir auch leidtun.«

Er lächelte. Trotz der strengen Worte war die Stimme seiner Großmutter schon sehr viel weicher geworden.

»Aber eines verstehe ich immer noch nicht: Du kaufst also Knöpfe und verkaufst sie dann an Violet. Das erklärt die vielen Pakete. Aber es erklärt nicht, was mit all den Sachen passiert ist, die aus unserem Haus verschwunden sind.«

Seine Großmutter seufzte. »Natürlich gibt es eine Erklärung, Ulrich. Aber die ganze Angelegenheit ist komplizierter, als man denken sollte.«

»Ich habe heute nichts vor. Lass dir ruhig Zeit.«

»Schön, wenn du darauf bestehst: Ich habe einige Bilder verkauft. Das war nicht geplant, sondern hat sich zufällig ergeben. Einige der Gäste haben zum Beispiel bestimmte Bilder bewundert. Also habe ich sie zum Kauf angeboten. Warum auch nicht? Es waren nur die weniger wichtigen Werke. Und ich habe sie vorher immer schätzen lassen. Deshalb wusste ich, dass die Preise fair waren. Das war vor drei Jahren, als wir Probleme mit dem Dach und den Wasserleitungen hatten.«

Ulrich schüttelte den Kopf. »Das Geld, das du angeblich für einen Notfall gespart hast, kam durch den Verkauf der Bilder?«

»Ganz genau.«

Die Notfall-Kasse seiner Großmutter – fast einhunderttausend Pfund – war ihm damals höchst gelegen gekommen. Battenberg Park befand sich seit fünfhundert Jahren in Familienbesitz, aber so viel Geschichte hatte ihren Preis. Es gab immer irgendetwas, das gerade repariert werden musste. Außerdem waren sie abhängig vom Wetter. Wenn es einen kalten, nassen Sommer gab, fiel nicht nur die Ernte geringer aus, es kamen auch weniger Touristen. Und der Sommer in jenem Jahr war selbst für englische Verhältnisse extrem nasskalt gewesen. Dazu waren dann noch die Probleme mit dem Dach und den Leitungen gekommen, was insgesamt dazu geführt hatte, dass sie jeden Penny, den sie erübrigen konnten, in das Haus stecken mussten.

Das folgende Jahr war besser gewesen, und das Jahr danach sogar noch sehr viel besser. Sie hatten kein pralles, aber doch ein ziemlich bequemes Polster. Und natürlich gab es auf einem Adelssitz wie Battenberg Park immer die Möglichkeit, irgendetwas in Bargeld umzuwandeln. Doch Ulrich wollte so viel wie möglich von diesem historischen Erbe für seine Nachkommen bewahren. Ja, gut, er hatte keine Kinder. Aber mit etwas Glück würde er eines Tages das Bestehen seiner Familie für ein paar weitere Jahrzehnte sichern.

»Was das Kristallgeschirr betrifft«, holte ihn seine Großmutter in die Gegenwart zurück, »sind einige Teile einfach zerbrochen. Ich wusste, dass du dich darüber aufregen würdest. Also habe ich nichts gesagt.«

Er öffnete den Mund, um zu fragen, wie das passiert war. Doch dann schloss er den Mund wieder, als ihm die Antwort schwante. Direkt neben Battenberg Park gab es eine Ausbildungsstätte für Menschen mit Behinderung. Seine Großmutter legte Wert darauf, einige ihrer Mitarbeiter aus der Ausbildungsstätte anzustellen. Natürlich gab es darunter Menschen, die nicht so mobil waren oder mit motorischen Schwierigkeiten zu kämpfen hatten. Es war nicht ganz abwegig, dass auf diese Weise eine oder fünf Kristallvasen zu Bruch gegangen waren.

Er rieb sich über die Stirn. »Und die restlichen Sachen?«

»Ein paar davon habe ich gemeinnützigen Organisationen gespendet. Und dann gab es noch dieses kleine Feuer in der Scheune, während du verreist warst und …«

»Es gab einen Brand? Und das hast du mir verschwiegen?«

»Du hattest gerade geheiratet und warst in den Flitterwochen. Wenn ich dir von dem Brand erzählt hätte, hättest du deine Reise abgebrochen und wärst auf der Stelle zurückgekommen. Also habe ich beschlossen, die Dinge selbst in die Hand zu nehmen. So, genug von der Vergangenheit, Ulrich. Wir sollten lieber über die Sachen reden, die jetzt wichtig sind. Du hast dich geirrt. Was du Violet vorwirfst, stimmt nicht. Ich kaufe Knöpfe in ihrem Auftrag. Das ist alles.«

»Ja, das sieht ganz so aus.«

Er nahm sich vor, ein längeres Gespräch mit seiner Großmutter zu führen, wenn er zurück in England war. Was sie ihm noch alles verschwiegen hatte, weil sie die Dinge selbst in die Hand nehmen wollte, konnte er nur erahnen. Aber vermutlich war das hier noch längst nicht das Ende vom Lied.

»Es tut mir leid«, sagte sie im gleichen Moment. Ihre Stimme klang ungewöhnlich kleinlaut. »Ich weiß, wie viel dir Battenberg Park bedeutet. Daher wollte ich dir Kummer ersparen. Nur scheinen meine guten Absichten zu ein paar unerwarteten Konsequenzen geführt zu haben.«

»Du ahnst ja gar nicht, wie recht du hast.«

Er merkte erst, dass er den Gedanken laut ausgesprochen hatte, als der Ton seiner Großmutter sich verschärfte.

»Was soll das heißen? Du hast doch hoffentlich noch nicht mit Violet gesprochen, oder? Oh, Ulrich! Sie ist so reizend. Ich mag sie wirklich gern. Wenn du sie beleidigt oder verletzt hast …«

»Ich bringe es wieder in Ordnung.« Er wollte das nicht, aber ihm blieb keine Wahl. Es war eine Frage des Anstands und der Ehre. »Ich habe nachher eine Telefonkonferenz. Aber heute Mittag werde ich zu ihr gehen.«

»Und du wirst dich entschuldigen.«

Er seufzte. »Ja.«

»Wirklich?«

»Ich verspreche es.«

»Gut. Sie ist ganz reizend, Ulrich. Ich bin mir sicher, du wirst sie mögen. Du musst ihr nur eine Chance geben. Übrigens habt ihr euch schon einmal getroffen. Vor ein paar Jahren, hier in England.«

»Das hat sie mir schon mitgeteilt.«

Dieses ominöse Treffen hatte angeblich auf Battenberg Park stattgefunden. Aber er konnte sich beim besten Willen nicht daran erinnern.

»Schön, dann will ich dich nicht länger aufhalten. Du wirst dich heute hoffentlich von deiner besten Seite zeigen, mein Junge. Und vergiss nicht: Ich habe dich sehr lieb.«

Ulrich lächelte. »Das werde ich, Großmutter. Ich habe dich auch sehr lieb.«

Er beendete den Anruf und legte das Handy zurück auf den Tisch. Okay, er hatte seiner Großmutter versprochen, Violet Lund noch einmal aufzusuchen. Also würde er das Treffen mit der feurigen Knopf-Händlerin heute Nachmittag schnell hinter sich bringen. Dann würde er sofort nach L. A. fahren und dort den nächsten Flug zurück nach England nehmen. Schließlich gab es nichts mehr, was er hier noch tun konnte. Zu Hause dagegen wartete jede Menge Arbeit auf ihn – wie immer. Manchmal hatte er das Gefühl, sein ganzes Leben bestand nur noch aus Arbeit. Was die anderen Dinge betraf – zum Beispiel die große Liebe –, hatte er die Hoffnung längst aufgegeben. Aber es war an der Zeit, sich eine geeignete Frau zu suchen und Erben zu produzieren. Denn das gehörte ebenso zu seinen Pflichten, wie sich um das Dach oder die Verglasung zu kümmern. Und er hatte noch nie zu jenen Männern gehört, die sich vor ihren Pflichten drückten.

Carol hätte nicht mehr sagen können, wann der sogenannte Mädelsabend, der einmal im Monat stattfand, ins Leben gerufen worden war. Vielleicht hatte es diese Tradition schon gegeben, bevor Violet und sie nach Happily Inc gezogen waren, und die anderen hatten sie nur eingeladen mitzumachen. Wie auch immer, das Treffen war auf jeden Fall einer der Termine, auf die sie sich tagelang im Voraus freute. Was gab es schließlich Besseres, als sich ein paar Stunden lang mit so vielen tollen Frauen zu amüsieren?

Die Gastgeberinnenpflichten übernahmen sie abwechselnd. Diejenige von ihnen, die aktuell dran war, konnte entscheiden, ob sie sich zum Mittag- oder zum Abendessen trafen, und musste für Getränke und Vorspeisen sorgen. Den Rest brachten die anderen einfach mit – was für allerhand Überraschungen und noch mehr Spaß sorgte.

Wenn Carol an der Reihe und das Wetter gut genug war, entschied sie sich meistens für ein Lunch-Treffen. Dann versammelten sich die Frauen unter der größten Baumgruppe in der Savanne. Ihr Vater und ihr Onkel halfen ihr, Tische und Bänke für die ganze Gruppe aufzustellen. Diesmal hatte Carol beschlossen, dass es eine Taco-Bar geben sollte. Sie besaß einen kleinen Camping-Ofen, auf dem sie ihre Tortillas und das Hähnchenfleisch, das sie heute Morgen schon zubereitet hatte, aufwärmen konnte. Die restlichen Zutaten standen in Plastikbehältern bereit. Ganz besonders stolz war Carol auf die pinkfarbene Bowle, die sie ebenfalls heute Morgen vor der Arbeit zubereitet hatte. Zwar enthielt das Getränk keinen Alkohol, aber die Farbe und der sommerlich frische Geschmack würden hoffentlich für gute Laune sorgen.

»Hi!«, hörte sie jemanden rufen. Sie drehte sich um und entdeckte Silver Tesdal, die gerade über den Pfad auf sie zukam. Die große, langbeinige Blondine trug in der einen Hand eine prall gefüllte Einkaufstüte. »Ich habe immer das Gefühl, dass ich einen Pass brauche, wenn ich hierherkomme. Es ist fast so, als würde ich in den Urlaub fahren. Ich liebe das!«

Sie umarmten sich, dann stellte Silver ihre Tüte ab. »Ich habe den seltsamsten Nachtisch aller Zeiten entdeckt. Aber ich glaube, das wird ein Hit. Mal sehen.«

Carol beäugte die schlichte weiße Tüte. »Jetzt bin ich aber neugierig.«

»Das solltest du auch sein.«

Bevor Carol jedoch dazu kam, mehr Informationen über den geheimnisvollen Nachtisch aus ihrer Freundin herauszuquetschen, trafen die anderen Frauen ein. Zuerst tauchte Violet auf, dicht gefolgt von Natalie Kaleta, die in der Galerie arbeitete. Gleich danach kam Pallas Saunders, die Besitzerin von *Weddings out of the Box*. Das Schlusslicht bildete Wynn Beauchene, eine Grafikdesignerin, der zudem eine kleine Druckerei in Happily Inc gehörte.

Violet, die gewusst hatte, dass es eine Taco-Bar geben würde, hatte Chips, ein paar Dips und eine Guacamole mitgebracht. Die anderen Frauen steuerten verschiedene Salate und selbst gebackene Kekse bei. Nachdem alle einander begrüßt hatten, zog Carol einen Karton mit Champagnergläsern hervor. Sie verteilte die Gläser und nickte Pallas zu, die sich sehr bemühte, nicht zu breit zu grinsen.

»Na los«, befahl Carol ihrer Freundin. »Zeig her.«

Pallas lachte und streckte die linke Hand aus. Der Diamant an ihrem Ringfinger funkelte im Sonnenlicht.

Violet, Silver und Wynn liefen kreischend auf ihre Freundin zu und zogen sie in eine Gruppenumarmung, bei der auch Carol mitmachte.

»Wie lange schon?«, wollte Violet kurz darauf wissen, nachdem sich das Frauen-Knäuel wieder entwirrt hatte. »Wann hat er dir den Antrag gemacht?«

»Am Samstag. Bei der Unterwasserhochzeit.«

Silver blickte zu der pinkfarbenen Bowle und dann zu Carol. »Du hast es gewusst«, verkündete sie anklagend.

Carol zuckte mit den Schultern. »Ich habe Nick geholfen, den Ring auszusuchen. Es standen noch drei Modelle in der engeren Auswahl, und da er sich nicht entscheiden konnte, hat er mir Fotos geschickt.« Ehrlich gesagt war sie etwas überrascht gewesen, dass Nick ausgerechnet sie nach ihrer Meinung gefragt hatte. Aber vermutlich hatte Nick seinen Bruder gefragt, ob er eine Frau kannte, die ihm helfen und nichts verraten würde.

Sie lächelte Pallas zu. »Falls er dir nicht gefällt, ist es also meine Schuld.«

Pallas presste die Hand mit dem Ring an ihre Brust. »Wieso könnte er mir nicht gefallen? Er ist wunderschön!«

Carol schenkte allen von der pinkfarbenen Bowle ein, und sie stießen auf Pallas an. Dann erhitzte Carol die Tortillas, und jeder füllte sie an der Taco-Bar mit den Zutaten, die er wollte.

»Und was gibt es sonst Neues?«, fragte Pallas, als sie alle wieder saßen. »Ich habe nichts mitbekommen, weil ich völlig im Verlobungswahn war. Was habe ich verpasst?«

»Violet wäre beinahe von einem sexy Engländer verhaftet worden.«

Prompt verdrehte Violet die Augen. »Er hätte mich nicht verhaften können. Dazu hatte er kein Recht. Aber es gibt hierzulande ja das Recht auf freie Meinungsäußerung. Und davon hat er ordentlich Gebrauch gemacht.« Sie erzählte den anderen von dem Missverständnis mit den Knöpfen.

»Und hat er sich entschuldigt?«, wollte Natalie empört wissen.

»Natürlich nicht. Dieser eingebildete Idiot! Vermutlich hat er die Stadt noch am selben Tag verlassen. Gute Reise und auf Nimmerwiedersehen, kann ich da nur sagen.«

Carol dachte an all die Dinge, die Ulrich ihrer Schwester vorgeworfen hatte. Auch wenn Violet jetzt eine lustige Geschichte daraus machte, hatte sie wahrscheinlich ganz schön Angst gehabt oder sich zumindest unwohl gefühlt.

»Ich kann noch immer nicht glauben, dass er extra in die USA geflogen ist, nur um dich wegen dieser Knöpfe zur Rede zu stellen.«

»Ich auch nicht.« Violet pickte an ihrem Taco herum, ohne etwas davon zu essen. »Ich bin mir sicher, er war auf Geschäftsreise und sowieso in der Gegend. Vielleicht hat ihn die britische Regierung geschickt, um das Tee-Geschäft anzukurbeln oder so. Na ja, egal. Genug von meinem verrückten Engländer.« Violet drehte sich zu Pallas um. »Ich habe gehört, du wirst eine Mitchell-Hochzeit ausrichten?«

Pallas stöhnte. »Erinnere mich bloß nicht da dran! Ich bin total nervös deswegen. Bisher habe ich Nicks Eltern noch nicht kennengelernt, und nun findet unser erstes Treffen ausgerechnet bei einer Hochzeit statt, die ich selbst ausrichte. Ich meine, was ist, wenn etwas schiefgeht? Dann werden sie mich für immer hassen.«

»Es wird nichts schiefgehen«, versuchte Natalie ihre Freundin zu beruhigen. »Deine Hochzeiten sind bisher immer perfekt gelaufen. Warum sollte es dieses Mal anders sein?«

Während sie sprach, griff sie in ihre Handtasche und zog

ein quadratisches Blatt Papier hervor, das dunkelrot eingefärbt war. Ihre Finger bewegten sich wie von selbst, als sie das Papier mehrfach faltete und auseinanderzog. Wenige Sekunden später hatte sie einen kleinen Vogel erschaffen. Als Pallas ihn in die Hand nahm, schienen sich seine zarten Flügel im Wind zu bewegen.

Carol begriff einfach nicht, wie Natalie das hinbekam. Ihre Freundin hatte aus einem Hobby eine wahre Kunstform gemacht. Nachdem Natalie einige Origami-Kurse besucht hatte, hatte sie plötzlich damit angefangen, allerlei Wesen aus einem simplen Blatt Papier hervorzuzaubern. Sie machte Mobiles und sogar Skulpturen aus Origami. Den Job in der Galerie behielt Natalie nur, weil sie damit das Geld für ihre wahre Leidenschaft verdiente, und nicht, weil sie so gerne ans Telefon ging.

Eigentlich, dachte Carol, verfügen alle hier über irgendeine Begabung oder ein spezielles Talent. Violet zum Beispiel hatte ihre Knöpfe und ein untrügliches Gespür für Modetrends. Natalie erschuf Mixed-Media-Kunstwerke, bei denen Malerei, Zeichnung und Collage-Techniken vermischt wurden. Wynn designte Poster und Banner, die sie eigenhändig bedruckte. Selbst Silver hatte einen alten Wohnwagen in eine mobile Bar verwandelt. Mit dieser Bar tauchte sie jetzt auf Hochzeiten und anderen Events auf, wo sie für ihre begeisterten Kunden die ausgefallensten Drinks kreierte. Nur ich, dachte Carol bedrückt, tue nichts, außer mich um einen Haufen Tiere zu kümmern. Klar, sie liebte ihren Job. Aber im Vergleich zu dem, was ihre Freundinnen machten, war das einfach … nichts Besonderes.

»Nicks Vater ist ein berühmter Künstler«, sagte Pallas im gleichen Moment. Sie setzte den Origami-Vogel auf ihre Handfläche. »Nach allem, was ich bisher gehört habe, soll er wohl ziemlich schwierig sein. Was, wenn er mich hasst?«

»Er kann dich gar nicht hassen«, erklärte Silver. »Dafür bist du viel zu nett.«

»Tja, hoffentlich.« Pallas wandte sich an Carol. »Mathias meinte, du würdest ihm bei der Planung der Hochzeit helfen. Stimmt das?«

Violet starrte ihre Schwester an. »Du hilfst dabei, die Hochzeit zu planen?«

»Ja, weil Mathias mich um Hilfe gebeten hat. Angeblich braucht er eine weibliche Perspektive. Aber dafür hat er ja eigentlich Pallas und Maya. Ich sehe mich deshalb eher als emotionale Stütze – wie ein Begleithund für Leute mit Flugangst oder so.«

Alle lachten. Dann standen sie auf und holten sich eine zweite Runde Tacos. Als sie aufgegessen hatten, griff Silver nach ihrer Plastiktüte und zog einen großen Kuchenkarton daraus hervor.

»Okay, ich weiß, dass es ziemlich seltsam ist. Aber irgendwie auch cool. Ihr müsst mir sagen, wie ihr das findet.«

Vorsichtig löste sie den Deckel von dem Karton und enthüllte etwas, das auf den ersten Blick wie ein Tontopf mit rosafarbenen Blumen wirkte. Erst bei genauerem Hinsehen war zu erkennen, dass diese Blütenblätter in Wahrheit aus Baiser bestanden, ebenso wie die anderen Teile der Pflanze. Statt mit Erde war der Topf mit sehr lecker aussehenden Schokoladenkrümeln gefüllt.

»Der Topf ist aus Kuchenteig«, erklärte Silver. »Nach dem Backen kommt dann die Glasur darauf, die den Topf aussehen lässt, als ob er aus Ton wäre. Natürlich kann man die Glasur farblich anpassen, ebenso wie die Baiser-Blüten.«

Verblüfft starrte Carol den Kuchen an. So etwas hatte sie noch nie gesehen. Ihren Freundinnen schien es ähnlich zu gehen.

»Man könnte die Töpfe auf den Tisch stellen«, flüsterte Pallas hingerissen. »Dann wären sie gleichzeitig Deko *und* Nachtisch. Silver, sag mir sofort, wo du diesen Kuchen gekauft hast!«

»Ich dachte mir schon, dass dich das interessiert. So, und jetzt lasst uns mal rausfinden, wie dieser Blumen-Kuchen schmeckt.«

Sie griff nach einem Messer. Carol stand auf, um die Kuchenteller zu holen. Doch als sie mit den Tellern an den Tisch zurückkehren wollte, nahm sie eine Bewegung aus dem Augenwinkel wahr. Überrascht drehte sie sich um und entdeckte einen kleinen Beagle, der unter wildem Schwanzwedeln quer durch die Savanne auf sie zugerast kam.

»Sophie!«, rief sie. »Was machst du denn hier?«

Kurz bevor er sie erreicht hatte, legte der Beagle ein scharfes Bremsmanöver ein und setzte sich dann brav neben Carols Füße. Carol beugte sich hinunter, um Sophie zu streicheln. »Bist du ganz allein unterwegs? Wo ist denn Mathias?« Sie sah sich um, konnte ihn aber nirgends entdecken. Wie in aller Welt war Sophie hierhergekommen?

»Ist sie abgehauen?«, fragte Natalie seufzend. »Das ist eine ihrer Spezialitäten. Ich habe gestern fast eine Stunde lang nach ihr suchen müssen, weil sie mal wieder aus dem Büro entwischt war. Am Ende habe ich sie im Aufenthaltsraum gefunden. Sie hatte sich in einem Schrank versteckt, wo sie sich zusammengerollt und friedlich geschlummert hat.«

»Ich habe nicht genau darauf geachtet, aus welcher Richtung sie kam«, gab Carol zu. »Theoretisch hätte sie überall einen Durchschlupf finden können. Unsere Zäune sind dafür gemacht, große Tiere am Rauskommen zu hindern, nicht kleine am Reinkommen.«

Für einen Hund wie Sophie war es vermutlich gar kein Problem, sich zwischen ein paar Latten durchzuquetschen oder unter einem Tor durchzukriechen. Wobei das im Grunde auch egal war. Viel wichtiger war die Frage, wie Sophie es geschafft hatte, aus Mathias' Haus zu entkommen. Denn dort musste die Flucht ihren Anfang genommen haben. Der Hund war garantiert nicht den ganzen Weg aus der Stadt hierhergelaufen.

Und außer Mathias' Haus gab es direkt neben der Savanne nur wenige andere Gebäude.

»Sophie, komm zu mir«, sagte Carol zu der kleinen Beagledame, als sie zurück an den Tisch ging und sich wieder zu ihren Freundinnen setzte.

Schwanzwedelnd folgte ihr Sophie und ließ sich dann gehorsam neben Carol auf den Boden plumpsen. Mithilfe einiger Hähnchen- und Käsestücke gelang es Carol, den Hund an einer erneuten Flucht zu hindern. Während sie mit einer Hand Sophie fütterte, wählte sie mit der anderen Mathias' Nummer auf dem Handy. Aber leider erreichte sie ihn nicht. Nach dem ersten Klingeln ging jedes Mal sofort die Mailbox an.

Zwanzig Minuten später löste sich die Freundinnen-Gruppe auf. Alle halfen noch kurz beim Aufräumen, dann lotste Carol den Hund zu ihrem Auto und verfrachtete das restliche Essen im Kofferraum. Normalerweise hätte sie die Sachen einfach auf den Rücksitz gestellt. Aber mit Sophie im Auto war ihr das zu riskant. Tupperschüsseln, die einen verfressenen Beagle aufhalten konnten, mussten erst noch erfunden werden.

»Wir fahren zuerst zu mir«, erläuterte Carol ihrer vierbeinigen Begleiterin, als sie vom Parkplatz auf die Straße abbog. »Damit ich das Essen wegräumen kann. Dann machen wir uns auf den Weg zu Mathias, um herauszufinden, wie du entkommen bist. Und danach habe ich ein Meeting.«

Genauer gesagt war dieses Meeting eine Videokonferenz mit Maya, bei der es um die Hochzeitsplanung ging.

»Warte mal«, fuhr Carol mit dem Beagle-Gespräch fort: »Wenn du Elaines kleines Mädchen bist, und einer von Elaines Söhnen heiratet Maya, dann ist sie … deine Tante? Oder eher eine zweibeinige Schwägerin?«

Sophie quittierte die Bemerkung mit einem lauten Bellen. Carol lachte. »Stimmt, Verwandtschaftsbeziehungen sind kompliziert. Da hast du völlig recht.«

Wobei die Beziehungen zwischen Männern und Frauen

auch nicht gerade einfach sind, dachte sie, während sie zu ihrem Bungalow fuhr. Zum Beispiel Mathias. Warum musste dieser Mann nur so verdammt attraktiv sein? Und so verdammt interessiert an sexy Brautjungfern? Sie fand sich selbst nicht hässlich, aber mit dieser Art von Frauen konnte sie überhaupt nicht mithalten, wenn es darum ging, die Aufmerksamkeit eines Mannes auf sich zu ziehen. Sie war nicht der Typ für aufreizende Kleider, hohe Schuhe, Federschmuck und dichtes Fell.

Federschmuck und dichtes Fell? Halt, stopp, irgendwie war sie gerade in ein Bild aus dem Tierreich hineingerutscht. Was ja okay war, solange Mathias und sie in dieser Metapher die Tiere darstellten. Denn in der Realität sah die Sache natürlich anders aus. Sie überlegte, wie Mathias wohl reagieren würde, wenn sie in ein Tierfell gehüllt und mit Federn im Haar bei ihm auftauchte. Schätzungsweise würde er denken, dass sie jetzt völlig verrückt geworden war. Sie grinste. Trotzdem wäre sie gern eine dieser verführerischen, weltgewandten Frauen, die er so faszinierend zu finden schien. Doch leider war sie einfach nur sie selbst: Carol Lund, Tierpflegerin.

Sie bog in die Zufahrt zu ihrem Haus ein, hielt an und stellte schnell das restliche Essen in den Kühlschrank. Dann fuhr sie zu Mathias. Sobald sie den Jeep geparkt hatte, sprang Sophie mit einem Satz hinaus und raste zur Eingangstür.

Carol klopfte, aber niemand antwortete. Versuchsweise drehte sie am Knauf. Die Tür ging ohne Probleme auf. Also ließ sie Sophie ins Haus und folgte ihr.

»Mathias! Ich bin's, Carol. Ich habe dir deinen Hund zurückgebracht.«

Wieder erhielt sie keine Antwort, was allerdings nicht weiter verwunderlich war. Das Haus war riesig, und Mathias konnte sich sonst wo befinden.

Sophie rannte bellend den Flur hinunter. Carol folgte ihr durch die Küche und hinaus auf die verglaste Veranda. Soweit sie wusste, saß Mathias gerne hier draußen, wenn er die

Entwürfe für seine Glaskunstwerke zeichnete. Gleich darauf erblickte sie ihn. Er saß an dem großen Tisch vor der Glasfront, die einen ungestörten Blick auf das Wildtierreservat bot.

Einen Moment lang stand Carol ganz still da und schaute ihn einfach nur an – die breiten Schultern, das dunkle Haar. Vor ihm auf dem Zeichentisch lag ein Block, auf dem er irgendetwas skizzierte. Seine Hand bewegte sich so schnell, dass ihre Augen der Bewegung kaum folgen konnten.

»Hi, Sophie«, sagte er gedankenverloren und beugte sich hinunter, um dem Hund die Ohren zu kraulen. »Bist du gerade aufgewacht?!«

»Nein, sie ist gerade nach Hause zurückgekommen.«

Mathias zuckte zusammen und drehte sich mit einem Ruck zu ihr um. »Carol. Hi. Habe ich vergessen, dass wir verabredet waren?«

»Wir waren nicht verabredet, ich bringe dir deinen Hund zurück. Sie ist draußen in der Savanne herumgelaufen.«

Er legte seinen Stift zur Seite und runzelte die Stirn. »Das kann nicht sein. Sie war hier, bei mir. Wir sind zurückgekommen, ich habe sie zur Hintertür rausgelassen, damit sie ihr Geschäft erledigen kann. Und dann habe ich die Tür zugemacht.« Die Falten auf seiner Stirn vertieften sich, als er aufstand. »Ich weiß es genau – ich habe kontrolliert, dass die Tür auch wirklich zu ist.«

Sie gingen in den hinteren Teil des Hauses. Die Tür stand sperrangelweit offen. Mathias zog sie zu und kontrollierte das Schloss. Dann drehte er sich zu Sophie um.

»Jetzt machst du mir wirklich Angst.«

Der Beagle wedelte mit dem Schwanz.

»Vielleicht ist es ja wie bei den Dinosauriern in *Jurassic Park*«, zog Carol ihn auf. »Sie hat gelernt, wie man Türen öffnet.«

»Dieser Hund wird über kurz oder lang die Weltherrschaft an sich reißen«, sagte Mathias düster. »Verdammt, wir müssen zu dem Meeting bei *Weddings out of the Box*. Lass uns meinen Wagen nehmen.«

Mathias wollte, dass sie bei ihm mitfuhr? Vielleicht hatte er vor, ihr unterwegs seine unsterbliche Lust zu gestehen? Ja, genau, dachte Carol. Und nachdem er das getan hatte, würden sie an den Seitenstreifen fahren, anhalten und …

Sie unterdrückte ein Stöhnen. Wie bitte? *An den Seitenstreifen?* Ging es vielleicht noch etwas unromantischer? Selbst ihre feuchten Träume waren unkreativ.

»Ich weiß nicht, wieso du mich unbedingt bei diesem Meeting dabeihaben willst«, sagte sie und sah zu, wie Mathias die Leine an Sophies Halsband befestigte. Gemeinsam gingen sie zu seinem Auto. »Du hast doch genügend Kreativität für zehn Leute. Und was die weibliche Perspektive betrifft – Pallas und Violet werden dort sein. Du brauchst mich also gar nicht.«

Mathias hielt ihr die Beifahrertür auf. Ihre Blicke trafen sich. Carol schluckte. Sie hätte schwören können, dass da einen Moment lang … etwas in seinen Augen aufgeblitzt war. Etwas, das …

Nein, rief sie sich hastig zur Ordnung. Das war bloßes Wunschdenken. Mathias war ein sehr charmanter und attraktiver Mann, der auf sehr charmante und attraktive Brautjungfern stand. Frauen, die nach einer gemeinsamen Nacht sofort wieder aus der Stadt verschwanden. Sich irgendetwas anderes einzureden war einfach nur dumm.

»Du wirst die Stimme der Vernunft sein«, erklärte er.

»Na super. Die strenge Gouvernante. Die Rolle wollte ich schon immer.«

Carol ließ den Gurt einschnappen und klopfte mit einer Hand auf ihren Schenkel. Sophie reagierte sofort und sprang auf ihren Schoß. Dann drehte der kleine Beagle sich um und gab ihr ein feuchtes Hundeküsschen. Nicht ganz die Art von Kuss, von der ein Mädchen träumt, dachte Carol. Aber andererseits: Beagle-Liebe brach einem wenigstens nicht das Herz.

6. Kapitel

»Ich bin übrigens die Stimme der Vernunft.« Violet schaute auf und sah Carol an der Tür zu Pallas' Büro stehen. »Zuerst«, fuhr Carol fort und setzte sich auf einen Stuhl neben sie, »war mir ja schleierhaft, wieso ich bei der Hochzeitsplanung helfen soll. Aber inzwischen ist mir klar geworden: Ohne mich und meine Vernunft seid ihr vollkommen aufgeschmissen.«

»Gut zu wissen«, sagte Violet und lachte.

Sie war bewaffnet mit Papier und Bleistift zu dem Meeting gekommen. Denn im Gegensatz zu ihrer Schwester – aka: die Stimme der Vernunft – bestand ihre Rolle darin, kreative Vorschläge zu machen. Pallas war ein wenig in Panik geraten bei dem Gedanken, eine Hochzeit für ihre zukünftigen Verwandten organisieren zu müssen – noch dazu in letzter Sekunde. Daher hatte sie Verstärkung angefordert. Violet wollte ihrer Freundin natürlich helfen. Trotzdem war ihr nicht ganz klar, worin genau das Problem bestand. Pallas hatte schon Dutzende von Hochzeiten organisiert, die allesamt ein Riesenerfolg gewesen waren. Deshalb gab es eigentlich keinen Anlass zu denken, dass es bei Mayas Hochzeit anders sein würde. Ich jedenfalls, dachte Violet, habe vollstes Vertrauen in Pallas.

Mathias, der Bruder des Bräutigams, war heute ebenfalls gekommen, um bei der Planung mitzuhelfen. Pallas drückte ein paar Tasten auf ihrem Computer. Gleich darauf erschien eine hübsche blonde Frau mit großen grünen Augen auf dem Bildschirm.

»Hallo, ihr alle«, sagte sie und winkte.

Pallas stellte alle Anwesenden vor, und Maya begrüßte sie noch einmal einzeln.

»Mathias«, sagte sie schließlich. »Ich soll dich auch von Del grüßen.«

»Dann grüß ihn mal zurück«, entgegnete Mathias grinsend. »Aber sehr weit kann es mit seiner brüderlichen Liebe nicht her sein, wenn er mich hier mit lauter Frauen allein lässt, um seine Hochzeit zu planen.«

Maya lachte. »Hier ist es sechs Uhr dreißig am Morgen, und Del hat gestern noch ziemlich lange mit ein paar Kunden zusammengesessen.« Sie hielt einen Becher mit Kaffee in die Kamera. »Außerdem: Im Gegensatz zu Del habe ich doch etwas genauere Vorstellungen, was die Hochzeit betrifft.« Sie kräuselte die Nase. »Bisher bestand sein einziger Beitrag darin, dass er sagte: ›Ich möchte Kuchen.‹«

»Es wird jede Menge Kuchen geben«, versicherte Pallas. »Da brauchst du dir gar keine Sorgen zu machen. Hast du die Unterlagen da, die ich dir geschickt habe?«

»Ja, habe ich. Und ich habe sie auch schon durchgeschaut.« Maya griff nach dem Papierstapel, der neben ihr lag. »Du hast wirklich an alles gedacht, und dafür bin ich dir sehr dankbar. Vor allem, weil uns so wenig Zeit bleibt.«

Pallas zuckte zusammen, als bereite ihr die Erinnerung daran, dass sie eine komplette Hochzeit in gerade mal vier Wochen auf die Beine stellen musste, körperliche Schmerzen. Violet bemühte sich, nicht zu lachen. Natürlich wollte sie ihrer Freundin helfen. Aber es war irgendwie auch witzig: Pallas steigerte sich jedes Mal so sehr in die Planung eines Events hinein, dass sie am Schluss nervöser war als die Braut selbst.

»Wir bekommen das hin«, sagte Violet daher beruhigend. »Die Hochzeit wird super. Und Pallas meinte, dass du schon ein Kleid hast, Maya. Stimmt das?«

»Ja, das stimmt«, erklärte Maya und hielt das Bild eines Kleids im Meerjungfrauen-Stil hoch: Das Oberteil war schmal geschnitten, ab den Knien weitete sich der Rock und lief dann in einer kurzen Schleppe aus. Durch die sehr dezente Spitzenverzierung wirkte das Kleid edel und zugleich romantisch.

Pallas notierte sich etwas auf ihrem Tablet. »Es ist wunderschön! Außerdem sind wir dadurch schon ein ganzes Stück weiter. Mit dem Kleid und der Location stehen die wichtigsten Punkte. Hast du dir schon Gedanken gemacht, was du als Thema möchtest?«

Maya zog fragend die Augenbrauen zusammen. »Thema? Was meinst du damit?«

»Das steht in den Unterlagen, die ich dir geschickt habe.« Pallas hielt eine Broschüre hoch. »Bei *Weddings out of the Box* sind wir auf Themenhochzeiten spezialisiert. Zum Beispiel Wild-West-Feiern, Hochzeiten im römischen Stil oder auch Unterwasserhochzeiten.«

»*Herr der Ringe* würde ich als Thema passend finden«, erklärte Mathias.

Carol versetzte ihm einen Stoß mit dem Ellbogen. »Du bist hier, um zu helfen.«

»Tue ich doch. Del würde als Hobbit bestimmt großartig aussehen.«

»Okay, Leute. Konzentriert euch«, murmelte Pallas. »Maya, was denkst du?«

»Ich weiß nicht. Am liebsten hätte ich irgendetwas Schönes. Eher klassisch. Also auf keinen Fall Hobbits oder so. Kann es nicht eine ganz normale Hochzeit werden?«

Pallas biss sich auf die Unterlippe. »Das ist eine ziemlich breit gefasste Kategorie.«

Violet merkte, dass Maya nach dieser Erklärung noch verwirrter war als ohnehin schon. Die ganze Angelegenheit schien auf einem Missverständnis zu beruhen: Die Braut wünschte sich offenbar eine konventionelle Hochzeit. Nur hatte Maya leider eine Hochzeitsplanerin ausgewählt, die genau auf das Gegenteil spezialisiert war – auf ungewöhnliche Events. *Weddings out of the Box* richtete Piraten-Hochzeiten und extravagante Regency-Bälle aus. Pallas würde deshalb automatisch darüber nachdenken, wie sie der Feier einen besonderen Touch verleihen konnte, während Maya das gar nicht wollte. Im Grunde wäre es viel klüger gewesen, wenn Maya und Del sich an einen anderen Hochzeitsservice in der Stadt gewandt hätten. Es gab eine ganze Reihe von Firmen, die auf traditionelle Hochzeiten spezialisiert waren. Aber aus irgendeinem Grund hatten die beiden sich ausgerechnet für *Weddings out of the Box* entschieden. Vielleicht, weil Nick mit Pallas verlobt war. Oder wegen der extrem kurzen Vorlaufzeit. Vermutlich hatte niemand außer Pallas zugestimmt, innerhalb von vier Wochen eine Hochzeit zu organisieren.

»Ich habe eine Idee«, sagte Violet schließlich und lächelte Maya zu. »Wie fändest du eine Prinzessinnen-Hochzeit? Schlicht, aber zugleich schön und elegant. Wie damals bei Grace Kelly – nur eben in die Jetztzeit übertragen.«

»Das gefällt mir«, erwiderte Maya sofort. »Es gefällt mir sogar sehr.«

Pallas entspannte sich sichtlich. »Mir auch. Grace Kelly, das ist eine wunderbare Idee. Da fallen mir spontan eine Menge Dinge ein, die ich dir vorschlagen kann, Maya.« Sie zog einen prall gefüllten Ordner hervor.

»Zum Beispiel habe ich vor Kurzem diese Firma entdeckt, die unglaublich schöne Leinensachen herstellt.« Sie blätterte in dem Ordner. »Hier. Schau dir das mal an.« Auf dem Bild, das sie hochhielt, war eine halb transparente Tischdecke aus weißem Leinen zu sehen, die am Rand mit Spitze verziert war.

»Ist die schön«, hauchte Maya andächtig und kam mit dem Gesicht ganz nahe an ihren Computerbildschirm heran. »Ich liebe diesen Stil.«

»Toll, ich auch. Und das Beste ist: Bei dem Thema haben wir wirklich eine Menge Möglichkeiten. Ich denke an viel Kristall auf den Tischen. Blumenschmuck in Glasschüsseln, die auf Spiegeln stehen. Kerzenhalter aus Kristallglas. Oder wir nehmen abwechselnd durchsichtige und silberne Schüsseln.«

Carol lehnte sich zu ihrer Schwester herüber und flüsterte ihr zu: »Wie schlau du bist. Das nenne ich mal eine effektive Lösung des Problems.«

»Ich habe mir einfach nur einen Namen ausgedacht – das war alles«, entgegnete Violet. Allerdings musste sie zugeben, dass sie doch ein wenig stolz auf sich war. »Pallas ist daran gewöhnt, dass Hochzeiten ein Thema haben. Wenn man ihr sagt, die Feier soll ganz normal und einfach nur schön sein, dreht sie durch.«

Die zwei Schwestern warfen einen Blick auf Pallas und Maya, die ohne Unterlass redeten und sich gegenseitig mit immer neuen Vorschlägen zum Thema Prinzessinnen-Hochzeit überboten.

Carol schüttelte den Kopf. »Tja, ich könnte jetzt ebenso gut Ställe ausmisten.«

Mathias, der das offenbar gehört hatte, beugte sich zu Carol. »Und genau das mag ich so an dir – du bist vermutlich die einzige Frau auf diesem Planeten, die lieber hinter Kühen herräumt, als über Hochzeiten zu sprechen.«

Violet vermutete, dass Mathias ihre Schwester nur etwas aufzog. Aber als sie sah, wie Carol rot wurde und die Lippen zusammenpresste, fragte sie sich, ob dieser Scherz falsch angekommen war. Sie öffnete den Mund, um etwas Beschwichtigendes zu sagen, doch im gleichen Moment überkam sie plötzlich ein ganz seltsames Gefühl. Das Gefühl, beobachtet zu werden. Sie wirbelte auf ihrem Stuhl herum, und dann entdeckte sie ihn. Ulrich. Er stand mitten im Flur. Ihre Blicke begegneten sich. Er nickte höflich.

»Was in aller Welt …«, setzte Violet an, doch dann verstummte sie hastig, als alle sich zu ihr umdrehten. Sie spürte, wie sie errötete – etwas, das sie hasste wie die Pest. Und schuld daran war kein anderer als Ulrich. »Ähm, ich bin gleich wieder da«, wandte sie sich an die anderen und marschierte hinaus in den Flur.

Draußen baute sie sich vor Ulrich auf und stemmte die Hände in die Hüften. »Was willst du hier?«

»Es gibt da ein paar Dinge, die ich Ihnen erklären möchte.«

Violet holte tief Luft. Diese Frechheit, sie zu siezen, als würden sie einander nicht kennen. Pah, sollte er nur weiter den Schnösel heraushängen lassen. Damit konnte er sie gar nicht beeindrucken.

Dummerweise schien ihr Verstand sich in zwei Hälften geteilt zu haben, die einander bekämpften. Die rationale Hälfte wollte diesem Mann auch mal ein paar Dinge erklären – und zwar in Worten, die für Zuhörer unter achtzehn Jahren und zartbesaitete Menschen definitiv ungeeignet waren. Währenddessen war die andere Hälfte damit beschäftigt, jedes Detail dieses atemberaubenden Anblicks in sich aufzunehmen: die markanten Gesichtszüge, das dunkelblonde Haar. Oh, und dieser Anzug war auch nicht schlecht. Garantiert maßgeschneidert von einem der teuren Läden in dieser berühmten Londoner Straße.

Die rationale Hälfte gewann. Violet funkelte Ulrich an. »Also, was hast du hier zu suchen? Und damit meine ich nicht auf diesem Planeten oder in diesem Land. Ich will wissen, warum du plötzlich im Geschäft meiner Freundin aufkreuzt. Verfolgst du mich etwa? Ist Stalking ein Hobby von dir? Wenn ich mich richtig erinnere, hast du mir bei unserem letzten Treffen mit der Polizei gedroht. Vielleicht war das gar keine dumme Idee. Also: Entweder du erklärst auf der Stelle, was du hier willst. Oder ich wähle 911.«

Ulrichs strenger Mund kräuselte sich leicht, als würde er versuchen, ein Lächeln zu unterdrücken. »Ich bin zu Ihrem Laden gegangen. Dort klebte ein Zettel an der Tür, auf dem steht, dass Sie hier zu finden sind. Wobei das natürlich ein Missverständnis sein könnte. Zwischen unseren beiden Ländern gibt es ja immer mal wieder sprachliche Verwirrungen – auch wenn die Leute hier hartnäckig behaupten, sie würden ebenfalls Englisch sprechen. Habe ich etwas falsch verstanden?«

Verdammt noch mal! Violet hätte am liebsten mit dem Fuß aufgestampft. Aber das würde Ulrichs Triumph nur noch vergrößern. Also unterließ sie es und begnügte sich damit, die Haare mit einer energischen Kopfbewegung zurückzuwerfen.

»Dieser Zettel war nicht für dich gedacht«, sagte sie so eisig, wie sie nur konnte. Dann fiel ihr ein, dass in dem Raum hinter ihr eine Menge Zuschauer saßen.

Hastig drehte sie sich um. Pallas, Carol und Mathias beobachteten fasziniert, was im Flur vor sich ging. Selbst Maya hatte ganz große Augen bekommen.

»Das ist lustig«, erklärte die Braut in spe und winkte. »Hi, ich bin übrigens Maya und gerade in China.«

Ulrich lächelte. »Freut mich, Sie kennenzulernen.«

»Freut mich auch.«

Violet packte ihn am Arm – ein großer Fehler, wie sie gleich darauf bemerkte, als ihre Finger sich um einen ziemlich beeindruckenden Bizeps schlossen. Ja, Ulrich mochte ein Mann sein, der Anzüge trug. Aber er war keineswegs ein Mann, der den ganzen Tag am Schreibtisch verbrachte.

Sie holte tief Luft. »Vorschlag: Wir verlegen unsere kleine Diskussion ans andere Ende des Flurs. Dann können meine Freunde in Ruhe mit dem Meeting weitermachen.«

Violet schloss die Tür hinter sich, bevor sie sich umdrehte und ein paar Schritte den Gang entlang in Richtung Treppen marschierte. Dann blieb sie stehen, verschränkte die Arme vor der Brust und bedachte Ulrich mit einem finsteren Blick.

»Ja?«

»Ich möchte mich entschuldigen. Für mein Verhalten bei unserem letzten Treffen. Es war falsch von mir, Sie vorschnell zu verdächtigen. Bei genauerer Recherche hat sich herausgestellt, dass alles stimmt, was Sie gesagt haben. Ich habe einen Fehler gemacht und war noch dazu sehr unhöflich. Das tut mir leid. Ich hoffe, dass Sie mir verzeihen.«

Violet schickte eine Eilmeldung an ihren Unterkiefer, dass er jetzt bitte nicht herunterklappen sollte. Wow! Was Entschuldigungen betraf, war das eine der besten, die sie je gehört hatte. Kein Herumgewinde, keine überflüssigen Erklärungsversuche. Stattdessen ein schlichtes Eingeständnis der eigenen Fehler. Schade nur, dass diese 1a-Entschuldigung ausgerechnet von einem Mann stammte, der 1a unmöglich war. Und noch dazu 1a attraktiv.

»Schön. Ich verzeihe dir. Wenn das jetzt alles war, dann …«

»Nein, das war nicht alles.« Sein fester Blick begegnete ihrem. »Ich sage das nicht einfach nur, Violet. Ich meine es auch so.«

Ach ja? Und wann bitte schön war sie zu »Violet« geworden? Plötzlich wünschte sie sich »Miss Lund« zurück. Denn Miss Lund war eine starke Frau. Sehr energisch. Jemand, der sich nichts gefallen ließ. Violet dagegen hatte … nun ja, gewisse Schwächen. Zum Beispiel eine verhängnisvolle Vorliebe für diesen englischen Akzent in Kombination mit einem sexy Lächeln.

»Das glaube ich dir. Danke für die Info. So, und jetzt muss ich leider …«, sie warf einen betonten Blick in Richtung Tür, »… zu meinem Meeting zurück.«

»Natürlich. Da ist nur noch eine letzte Sache, die ich gerne klären wollte.«

»Wusste ich doch, dass da noch etwas kommt«, murmelte Violet.

Ulrich ignorierte das. »Würden Sie mir die Ehre erweisen, heute Abend mit mir essen zu gehen? Falls Sie nicht mir zuliebe Ja sagen, dann tun Sie es Großmutter zuliebe. Sie schätzt Sie sehr und würde sich darüber freuen.«

Schon wieder so eine geschliffene kleine Rede. Er musste irgendwo Unterricht genommen haben. Und was den Inhalt seiner Worte betraf: Natürlich war sie schwer versucht, die Einladung anzunehmen. Aber sie war ja nicht dumm! Und sie hatte nicht vergessen, dass dieser Mann ihre schönste Erinnerung zerstört hatte. Die Erinnerung daran, wie der liebenswürdige Sohn des Dukes mit einem verschüchterten Teenager-Mädchen getanzt hatte.

»Danke. Nett von dir, aber heute Abend habe ich leider schon etwas vor.« Was eine Lüge war. Aber eine, mit der sie problemlos leben konnte. »Ich würde ja morgen Abend vorschlagen. Dummerweise wirst du da längst wieder auf dem Heimflug sein. Schließlich müssen deine Güter ja verwaltet werden.«

»Ja, das müssen sie«, erwiderte er ruhig, ohne auch nur eine Sekunde den Blick von ihr zu nehmen. »Aber dieses Essen ist mir wichtig. Ich werde morgen noch in der Stadt sein. Sagen wir, um achtzehn Uhr im Mountain Top Grill?«

Mist! Mist! Mist! Zu allem Übel hatte sie sich auch noch höchstpersönlich in diese blöde Situation hineinmanövriert. Aber wie hätte sie denn ahnen können, dass er bereit war, länger in der Stadt zu bleiben, nur um mit ihr essen zu gehen? Wobei … vermutlich hatte er irgendeinen geschäftlichen Termin hier in der Nähe. Oder er konnte per Handy und E-Mail von seinem Hotelzimmer aus arbeiten. Natürlich blieb er nicht ihretwegen länger in Happily Inc. Was für eine absurde Idee! Und wenn er es doch tat, dann nur seiner Großmutter zuliebe und nicht ihretwegen.

»Achtzehn Uhr«, stimmte sie zögerlich zu.

»Ich freue mich. Wir sehen uns dort.«

Er drehte sich um und ging. Violet sah ihm nach und versuchte, die seltsame Vorahnung abzuschütteln, die sie beschlich. Es war ein Essen. Nur ein Essen – was sollte da schon passieren? Und sowieso: Die Gefühle, die sie all die Jahre mit sich herumgetragen hatte, galten einem völlig anderen Mann.

Jedenfalls hoffte sie das.

Mathias schaute Carol an. Sie saß auf ihm, nackt, die Schenkel an seine Hüften gepresst. Nur mühsam konnte er sich davon abhalten, ihre Brüste zu berühren, als sie die Arme hob, um sie hinter dem Kopf zu verschränken. Dann begann sie, sich zu bewegen. Ihre Brüste wippten bei jedem Hüftschwung auf und ab – ein Anblick, der seine steinharte Erektion noch härter und schmerzhafter werden ließ.

Carol lächelte ihn an. »Nimm mich«, wisperte sie und beugte sich vor, sodass ihr Gesicht seinem ganz nahe war. »Ich will es hart und schnell. So hart, dass wir beide …«

Dass wir beide was? Sag es mir!

»Carol? Carol!«

Statt einer Antwort lachte sie nur und strich sich aufreizend mit der Zunge über die Lippen. Er streckte die Arme nach ihr aus, doch kurz bevor er sie erreichte, wachte er auf – schweißgebadet und mit dem größten Ständer aller Zeiten.

»Zur Hölle! Mit allem!«, knurrte er und kickte die Decke weg. Dann blieb er fluchend im Bett liegen, bis Sophie sich schläfrig umdrehte, um herauszufinden, warum er so schlechte Laune hatte.

»Schlaf du weiter«, murmelte er dem Beagle zu und schwang die Beine aus dem Bett. Das Pochen seiner Erregung war ebenso schmerzhaft wie peinlich.

Die Carol-Träume werden jedes Mal schlimmer, dachte er düster. Ständig kamen neue Details hinzu, was die Qual noch vergrößerte. Und die verdammten Bilder blieben dann den ganzen Tag in seinem Kopf. Nein, so ging das einfach nicht. Er musste etwas dagegen unternehmen. Und da gab es nur eine Lösung.

Entschlossen stand er auf, ließ den sanft schnarchenden Beagle im Bett zurück und ging ins Bad. Fünf Sekunden später stand er unter der Dusche. Das heiße Wasser prasselte auf ihn hinab. Wie demütigend, schoss es ihm durch den Kopf, während er seine Erektion packte und mit einer Hand zu reiben begann.

Es dauerte nicht lange. Sein Höhepunkt fühlte sich klinisch an. Aber zumindest war das akute Problem damit erst mal gelöst. Und was das Carol-Problem betraf … Tja, da gab es keine Lösung.

Bis er geduscht, rasiert und angezogen war, war die Morgendämmerung schon fast hereingebrochen. Sophie reagierte etwas zögerlich, als er sie rief, um zu einer frühen Gassi-Runde aufzubrechen. Dann kam sie aber doch noch aus dem Bett gekrabbelt. Nach ihrem Spaziergang frühstückten sie gemeinsam, und anschließend fuhr er ins Studio.

Heute wollte er mit den handgefertigten Pendelleuchten loslegen, die ein Kunde bei ihm bestellt hatte. Er schaute sich noch mal die Farbvorgaben an, die er bekommen hatte. Dann begann er mit dem langwierigen Prozess, perfekte Glaskörper herzustellen, die genau den Maßen des Kunden entsprachen.

Gegen drei Uhr nachmittags kam Ronan ins Studio geschlendert. Sie hatten sich seit dem Überraschungsbesuch von Elaine nicht mehr gesehen. Aber dass Ronan eine Zeit lang spurlos von der Bildfläche verschwand, war nichts Neues. Mathias hatte seine zweite Leuchte gerade fertiggestellt und sie zum Abkühlen auf einem Brett deponiert. Sein Bruder kam herübergewandert und musterte die beiden neuen Stücke.

Obwohl beide Lampen die gleichen Farben und das gleiche Muster hatten, waren sie nicht identisch. Mathias hatte den Drehprozess beim zweiten Mal umgekehrt ablaufen lassen, womit die Leuchten spiegelverkehrt waren. Den dritten Glaskörper würde er genau wie den ersten gestalten, sodass ein weiterer Spiegelungseffekt erzielt wurde, wenn alle drei Leuchten nebeneinanderhingen.

»Nett«, kommentierte Ronan. »Du warst sehr präzise. Mir gefallen die Details.«

Mathias versuchte, aus diesen wenigen Worten die Stimmung herauszulesen, in der sein Bruder sich gerade befand. Offenbar hatte Ronan beschlossen, sich heute nicht wie ein totaler Arsch zu verhalten, was eine nette Abwechslung war.

Seit ihr Vater vor fünf Jahren ganz plötzlich mit der Wahrheit herausgerückt war und die Welt seiner Söhne in Schutt und Asche gelegt hatte, war Ronan auf Distanz zum Rest der Familie gegangen. Vorher waren Mathias und Ronan ein Team gewesen. Mehr noch – sie waren Zwillinge gewesen. Das jedenfalls hatten sie gedacht. Aber inzwischen war das anders. Jetzt war Ronan sein Halbbruder. Ceallachs Sohn, aber nicht Elaines.

Nach einem leichten Herzinfarkt war ihr Vater damals zur Beobachtung ins Krankenhaus gekommen. Ceallach hatte verlauten lassen, dass er die »Zwillinge« sehen wollte. Also waren Ronan und Mathias ins Krankenhaus gefahren, wo ihr wundervoller Künstler-Vater ihnen von seiner Affäre berichtet und erklärt hatte, dass Ronan der Halbbruder seiner anderen Söhne war.

Mathias hatte damit nicht umgehen können. Er war am Boden zerstört gewesen und hatte angefangen, seinen Mistkerl von einem Vater anzugreifen. Ronan dagegen war vollkommen ruhig geblieben. Er hatte einfach nur zugehört und war mitten in Mathias' Wutrede aus dem Zimmer marschiert. Als Ronan wenig später verkündete, er müsse ihr Zuhause in Fool's Gold verlassen, war Mathias mit ihm gegangen. Er hatte geahnt, dass die Dinge eine Zeit lang schwierig sein würden. Aber er hätte nie damit gerechnet, dass Ronan sich nach all dieser Zeit noch immer als der Außenseiter der Familie betrachten würde.

Es gab Momente, in denen Mathias seinem Bruder am liebsten gesagt hätte, dass er nicht der Einzige war, der mit einer schwierigen Situation klarkommen musste. Er hatte immer gedacht, dass sie wieder ein Team sein würden – so wie früher. Keine Zwillinge mehr, aber wenigstens zwei Brüder, die sich sehr nahestanden. Doch Ronan hatte seine Distanz zur Familie mehr und mehr ausgebaut. Bis zu dem Punkt, an dem er schließlich begonnen hatte, in einem eigenen Studio oben in den Bergen zu arbeiten.

Wann immer Mathias gefragt wurde, warum er keine feste Beziehung und keine Familie wollte, führte er seinen Vater an: Ceallach benahm sich sowohl seiner Frau als auch seinen Kindern gegenüber wie ein totaler Mistkerl. Was, wenn Mathias diese Gene geerbt hatte? Aber in Wahrheit spielte Ceallach gar keine so entscheidende Rolle. Dass Mathias nicht mehr an die Liebe glauben konnte, hatte weniger mit seinem Vater zu tun – und dafür umso mehr mit seinem Bruder.

Er und Ronan waren *ein Team* gewesen. Eine Einheit. Gemeinsam hatten sie es mit der ganzen Welt aufnehmen können. Und das hätte auch immer so bleiben sollen. Nur hatte Ronan dann mit einem Schlag die Regeln geändert. Eines war Mathias klar: Wenn er damals nicht mit seinem Bruder zusammen weggezogen wäre, hätte er ihn nie wiedergesehen. Ronan wäre einfach aus seinem Leben verschwunden. Und obwohl inzwischen so viele Jahre vergangen waren, konnte Mathias über diese Tatsache einfach nicht hinwegkommen.

Jetzt wandte sich Ronan ab und ging hinüber zu seinem eigenen Tisch. Auf dem Weg dahin kam er an dem Container mit den Glasresten vorbei. Er blieb stehen, bückte sich und zog ein Stück hervor, das problemlos als der Kopf und der Hals einer Giraffe erkennbar war. Dieser neueste Versuch war Mathias fast gelungen. Aber nur fast.

Ronan schaute von dem Glasstück zu seinem Bruder und dann wieder zurück. »Du bist zu hart zu dir.«

Mathias zuckte mit den Schultern. »Ich will, dass es perfekt ist.«

»Jetzt klingst du genau wie er.«

»Dad ist ein Egoist und ein Arschloch. Aber trotzdem hat er mit manchen Dingen einfach recht.«

»Und was ist mit denen?« Ronan deutete auf das Regal mit den Tellern, Schüsseln und Bechern, die allesamt kleine Fehler aufwiesen.

»Die sind unwichtig«, gab Mathias zu.

Ronan wirkte von der Erklärung nicht sonderlich überzeugt. »An dem Tag, an dem deine B-Ware verkauft wird, bilden sich jedes Mal Schlangen vor dem Laden. Die Leute lieben deine Arbeit.«

»Und wenn schon. Ein Teller oder eine Schüssel kann kein Leben verändern.«

»Nichts, was wir hier machen, kann das Leben anderer Menschen verändern.«

Bevor Mathias etwas erwidern konnte, war sein Bruder bereits wieder verschwunden. Das war etwas, was Ronan in letzter Zeit oft tat – verschwinden. Wobei … Genau genommen tat er das nicht erst in letzter Zeit, sondern seit diesem Treffen im Krankenhaus. Alles hatte sich danach geändert. Und sosehr Mathias auch grübelte – ihm fiel einfach nicht ein, wie er das rückgängig machen konnte, damit alles wieder so wurde wie früher.

Er überprüfte die beiden Leuchten, die weiterhin abkühlten. Dann zog er die Schutzbrille ab und legte sie beiseite. Wenn er sich so fühlte wie im Moment, war es besser, eine Pause einzulegen. Denn in diesem Zustand neigte er dazu, überkritisch zu sein und sofort alles wegzuwerfen, was er gerade erschaffen hatte. Er ging hinüber in Natalies Büro. Sophie sprang auf und wedelte erwartungsvoll mit dem Schwanz.

»Genau«, sagte er. »Du und ich, wir drehen jetzt eine Runde und vergessen den ganzen Quatsch für eine Weile.«

Und falls das nicht klappte, hatte er zumindest an seiner Charakterentwicklung gearbeitet. Denn diesmal ging er mit einem Hund spazieren, anstatt wehrloses Glas zu zertrümmern.

Ulrich bezweifelte stark, dass Violet kommen würde. Aber wenigstens hatte er alles getan, was er konnte, um den Fehler wieder auszubügeln: Er hatte seinen Irrtum klar und deutlich eingestanden und sich entschuldigt. Außerdem hatte er Violet zum Essen eingeladen. Ob sie die Einladung annahm, entzog sich natürlich seiner Kontrolle. Und letztlich war ihm das auch total egal. Wobei ... In den letzten Minuten hatte er sich ein paarmal dabei erwischt, wie er zur Tür hinübergestarrt hatte. Irgendwie hoffte er wohl doch, dass sie kommen würde. Natürlich nur seiner Großmutter zuliebe. Auf keinen Fall freute er sich darauf, einen Abend mit Violet zu verbringen.

Wenn er sich doch nur nicht geirrt hätte, dachte er grimmig. Wenn die Sekretärin seiner Großmutter doch nur diese Pakete in die USA nicht erwähnt hätte. Wenn bei der Inventur doch nur nicht so viele Dinge gefehlt hätten, dann ... Genau, dann würde er jetzt nicht hier sitzen – in einer kalifornischen Kleinstadt namens Happily Inc – und darauf warten, ob sein Termin jetzt kam oder nicht.

Denn das war Violet Lund: ein Termin, mehr nicht. Keine Verabredung. Und erst recht kein Date, ganz sicher nicht. Sicher, sie trafen sich in einem Restaurant. Aber dem Inhalt nach war ihr Treffen eher ... ein Geschäftstermin. Sie versuchten gemeinsam, ein paar Missverständnisse aus dem Weg zu räumen. So etwas taten vernünftige Menschen. Komisch nur, dass er so eine völlig unvernünftige Freude verspürte, als er sah, wie die Tür aufging und eine große rothaarige Frau hereinkam.

War sie vor zwei Tagen auch schon so schön gewesen? Hatte er das einfach nur übersehen, oder hatte sie in der Zwischenzeit irgendetwas getan, was Frauen eben so tun, um mit einem Mal enorm verführerisch auszusehen? Sie hatte noch immer die dichten, glänzenden Locken, die ihr über die Schultern hinab bis auf den Rücken fielen. Und die Augen waren beim letzten Mal auch schon groß und grün gewesen. Aber ihre Haut hatte einen ... edlen Schimmer, und das an sich schlichte schwarze Kleid schmiegte sich in atemberaubender Weise an ihre Kurven.

Er ging auf sie zu und streckte ihr die Hand entgegen. Einerseits aus Höflichkeit; andererseits aus dem Verlangen heraus, ihre Haut zu spüren. Er wollte herausfinden, was passierte, wenn sie beide sich berührten. Würde das Feuer so schnell erlöschen, wie es aufgeflammt war? Oder würde …

»Ulrich«, sagte sie und legte ihre Hand in seine.

Die Hitzewelle traf ihn mit voller Wucht – genau wie die Erkenntnis, dass das Schicksal ihm einen Streich spielte. Die Beziehung zu seiner Exfrau war vor allem aus Vernunftgründen zustande gekommen. Und nach der Scheidung hatte er jede Art von Verstrickung gemieden. Daher war es Jahre her, dass er diese dunkle, tief sitzende Begierde nach einer Frau verspürt hatte.

»Miss Lund.«

Sie zog die Augenbrauen hoch, während sie seine Hand losließ. »Komm schon, Ulrich. Wir sind hier nicht beim Vorsprechen für ein Historien-Drama. Du kannst mich einfach Violet nennen. Das klingt auf jeden Fall viel netter als all die Namen, die du mir innerlich verpasst hast.«

»Ich weiß leider nicht, wovon du sprichst, Violet. Seit du den Raum betreten hast, habe ich ausschließlich sehr … positive Dinge gedacht.«

Sie kam einen Schritt näher und senkte die Stimme. »Dir ist klar, dass Lügner in die Hölle kommen? Zusammen mit den Dieben.«

Ihr Tonfall war neckend, und ihr Atem strich warm über seinen Hals.

»Ich bin froher Hoffnung, dass der Herr mich zu sich holen wird, wenn ich sterbe.«

Sie verdrehte die Augen. »Natürlich bist du das.«

Der Kellner erschien, um ihnen zu sagen, dass ihr Tisch jetzt frei war. Sie folgten ihm zu einer ruhigen Nische am anderen

Ende des großen Raums. Das Restaurant war voller, als Ulrich erwartet hatte. Schließlich war es mitten in der Woche. Zum Glück, dachte er, habe ich einen Tisch reserviert.

Violet setzte sich ihm gegenüber. Dann schob sie die Speisekarte zur Seite und richtete ihren Blick auf ihn.

»Peinliche Situation.«

»Irgendwie schon«, gab er zu. »Umso mehr freut es mich, dass du meine Einladung angenommen hast. Das war das Mindeste, was ich tun konnte.«

»Außerdem hat dich deine Großmutter dazu gedrängt.«

»Sie wollte, dass ich die Dinge zwischen uns wieder in Ordnung bringe. Dich zum Essen einzuladen war meine Entscheidung.« Er räusperte sich. »Ich möchte mich noch einmal dafür entschuldigen, was ich gesagt habe.«

»Nein, tu das nicht. Du hast dich geirrt. Jetzt kann ich in dem Wissen schwelgen, dass du manchmal auch Fehler machst. Das gefällt mir. Außerdem wirst du mir gleich ein sehr nettes Essen spendieren. Alles ist gut. Du kannst aufhören, dich zu entschuldigen.«

»Du bist sehr direkt.«

»Nicht direkter als die meisten anderen Frauen, die ich kenne.« Sie lächelte ihn an. »Vermutlich ist das eine amerikanische Eigenart. Wir haben es nicht so mit Zurückhaltung.«

»Ich schätze deine Ehrlichkeit«, erklärte er. Und es gab da noch ein paar andere Dinge, die er schätzte. Er befahl sich, nicht auf ihre Brüste zu blicken, die im V-Ausschnitt des Kleids ansatzweise sichtbar wurden. »Du bist sehr großmütig unter diesen Umständen.«

»Was ist eigentlich passiert?«, fragte Violet. »Wie wurde ich zum bösen Mädchen in der ganzen Geschichte?«

Er erzählte ihr von dem Inventar des Hauses, den fehlenden Gegenständen und den merkwürdigen Paketen in die USA, die ihm aufgefallen waren. Dass die Sekretärin seiner Großmutter den Verdacht auf Violet gelenkt hatte, überging er. Er glaubte nicht an die These seiner Großmutter, dass die Frau in ihn verliebt war und versucht hatte, ihn mit dieser Aktion auf sich aufmerksam zu machen. Letztlich spielte das sowieso keine Rolle. Diese Frau hatte gegen den ausdrücklichen Wunsch seiner Großmutter gehandelt – das an sich war bereits unverzeihlich.

Als er seine Erzählung beendet hatte, öffnete Violet den Mund. Dann schloss sie ihn wieder. »Du machst Inventur bei dir zu Hause?«, fragte sie schließlich. Gleich darauf hob sie die Hand. »Tut mir leid. Natürlich musst du das tun. Euer Haus ist ungefähr eine Million Jahre alt, und überall stehen kostbare Dinge herum. Es ist einfach nur so anders als das, was ich kenne. Wenn ich meinen Haushalt durchchecke, kommt dabei meistens heraus, dass ich neues Klopapier brauche. Ansonsten lebe ich eher inventurfrei. Wobei ich natürlich die Knöpfe in meinem Laden überprüfe. Aber das ist etwas anderes.«

»Vor dem Einkaufen überprüfe ich auch immer, ob ich neues Klopapier brauche. Wir haben viel gemeinsam.«

Violet lachte, genau wie er gehofft hatte. Der klare, fröhliche Laut brachte etwas in seinem Inneren zum Vorschein. Etwas, das viel zu lange an einem kalten, einsamen Ort verborgen gewesen war.

»Deine Großmutter kann sich glücklich schätzen, so einen Enkel zu haben.«

»Ich habe Glück, dass es sie gibt. Großmutter ist die einzige Familie, die ich noch habe. Ich würde alles für sie tun.«

Der Kellner kam, um zu fragen, was sie trinken wollten. Violet entschied sich für einen Cosmopolitan, während Ulrich einen Single Malt bestellte.

»Es tut mir leid, dass dein Vater gestorben ist«, sagte Violet leise, als der Kellner wieder weg war. »Deine Großmutter hat mir davon erzählt. Sie war am Boden zerstört. Du bestimmt auch.«

»Ja, das war ich. Er ist vorher schon eine Weile krank gewesen, aber letztlich ist man nie darauf vorbereitet, wenn es passiert. Und was die Verwaltung unserer Güter betrifft: Ich wurde ein halbes Leben lang auf diesen Job vorbereitet. Und trotzdem fand ich ihn schwierig, als ich ihn dann übernehmen musste. Ich hatte immer das Gefühl, dass ich nicht halb so gut bin wie mein Vater.«

»Das bezweifle ich.« Sie lächelte ihn an. »Ich glaube, dass du in allem, was du tust, ganz ausgezeichnet bist.«

In allem? Ein paar höchst interessante Ideen schossen ihm durch den Kopf, die er hastig wieder verdrängte. »Das kannst du doch gar nicht wissen.«

»In ihren Briefen erzählt mir deine Großmutter so einiges. Sie hat sich damals Sorgen gemacht, dass die Verantwortung nach dem Tod deines Vaters zu viel für dich sein könnte.« Violet zögerte kurz, fuhr dann aber fort: »Und sie hat befürchtet, dass die viele Arbeit deiner Ehe schaden könnte.« Sie räusperte sich. »Tut mir leid. Ich will nicht neugierig sein oder so. Ich erzähle dir nur, was sie mir geschrieben hat.«

»Der Tod meines Vaters war sehr hart für uns alle. Aber das war nicht der Grund für meine Scheidung.« Wenn es doch nur so gewesen wäre, dachte er. Dann wäre es viel leichter gewesen, mit den Schuldzuweisungen umzugehen. Aber so, wie die Dinge lagen, wusste er nie, was er dazu sagen sollte.

Violet musterte ihn einen Moment. Dann griff sie nach ihrer Handtasche und zog ein dickes Stück Papier hervor. »Ich möchte dir etwas zeigen. Obwohl ... Wenn ich jetzt so darüber nachdenke, wäre es vermutlich klüger gewesen, abzuwarten, bis du deinen Whiskey getrunken hast.« Sie lächelte. »Um den Schock zu lindern.«

»Jetzt bin ich aber neugierig.«

Violet drehte das rechteckige Papierstück um und reichte es ihm. Er sah, dass es ein Foto von einer jungen Frau war, die vor Battenberg Park stand. Sie hatte wirre rote Locken, Pickel und die leicht gekrümmte Haltung eines Menschen, der lieber unsichtbar wäre. Durch ihr schüchternes Lächeln hindurch blitzte das Metall einer Zahnspange. Sie war – nach allen gängigen Regeln – keine Schönheit. Und sosehr er sein Gedächtnis auch durchforschte: Er konnte sich nicht an sie erinnern.

»Das bist du?«

Sie nickte. »In meiner unglücklichen Phase. Ich war vierzehn.«

»Du warst reizend.«

»Noch mehr Lügen. Schäm dich.« Sie nahm ihm das Foto wieder aus der Hand. »Meine Mutter und ich waren zu einem Sommerfest eingeladen, das auf Battenberg Park stattfand. Für mein Verständnis damals war das ein echter Ball. Du hast mit mir getanzt und mir einen Kuss auf die Wange gegeben. Und dann hast du mir zugeflüstert, dass ich eines Tages eine Schönheit sein würde.« Sie sah ihn an, nur um gleich darauf den Blick abzuwenden. »Du warst sehr charmant, und ich habe mich an diesem Abend schrecklich in dich verliebt – auf eine sehr oberflächliche und unreife Teenagerweise.«

Ulrich war hin- und hergerissen. Einerseits war er froh, sich wie ein Gentleman verhalten zu haben. Sein Vater wäre stolz auf ihn gewesen. Andererseits störte es ihn, dass er sich einfach nicht an Violet erinnern konnte. Selbst die Erzählung über diesen Abend löste keine Bilder in seinem Kopf aus. In diesem Sommer hatte es so viele Feste gegeben. Und so viele junge Frauen, mit denen er getanzt hatte.

»Ich hatte recht«, sagte er stattdessen. »Du bist eine Schönheit geworden. Aber das ist ja nicht weiter erstaunlich. Wie du weißt, irre ich mich selten.«

Sie lachte. Der Kellner kam mit ihren Getränken zurück, und sie stießen an – auf diesen Abend und auf die Vergangenheit.

»In welchem Hotel bist du untergekommen?«, fragte Violet, nachdem sie einen Schluck von ihrem Cosmopolitan genommen hatte.

»Im Sweet Dreams Inn.« Er bemühte sich, das Schaudern zu

unterdrücken. »Ich habe die Drive-in-Suite. Mein Bett ist ein alter Cadillac, und der Fernseher ist ungefähr so groß wie eine Kinoleinwand.«

»Die *Stolz und Vorurteil*-Suite war wohl nicht mehr verfügbar?«

»Ich habe nicht danach gefragt. Und, bitte, vergleich mich nicht mit Mr. Darcy.«

»Weil dir das ständig passiert? Oder weil du Angst davor hast, mit dem größten Liebesroman-Helden aller Zeiten nicht mithalten zu können?«

Er verkniff sich ein Grinsen. »Du gehst ganz schön hart mit mir ins Gericht.«

»Ich denke, das ist nur fair. Aber da du offenbar nicht damit klarkommst, werde ich jetzt aufhören.«

»Danke. Du bist wirklich sehr großmütig.«

»Ich weiß«, seufzte sie. »Einer meiner schlimmsten Fehler.« Sie beugte sich leicht vor. »Also: Was weißt du über unsere Stadt?«

»Diese hier?« Er sah sich im Restaurant um. »Alles in Happily Inc dreht sich um Hochzeiten. Ehrlich gesagt, finde ich das etwas merkwürdig. Aber offenbar ist das die Haupteinnahmequelle.«

»Stimmt. Um 1950 war das hier eine Stadt kurz vor dem Kollaps. Nirgends gab es Arbeit, also zogen die Leute alle weg. Der Mann, dem die größte Bank gehörte – er hatte übrigens sieben Töchter –, wusste, dass er alles verlieren würde, falls die Stadt sterben sollte. Deshalb beschloss er, einen letzten Rettungsversuch zu unternehmen. Er begann, einen Mythos über die Gründung der Stadt in die Welt zu setzen. Während des Goldrauschs ist angeblich eine Kutsche mit Bräuten hier gestrandet. Die Bräute sollten eigentlich zu den Goldfeldern gebracht werden, wo sie zum ersten Mal ihre von einem Heiratsvermittler ausgesuchten zukünftigen Ehemänner treffen würden. Die Kutsche ging jedoch kaputt, und als endlich die nötigen Ersatzteile gebracht wurden, hatten sich die Bräute alle in Männer verliebt, die hier lebten. Deshalb weigerten sie sich, die Stadt der Liebe wieder zu verlassen. Von dieser Geschichte waren alle schwer begeistert, man änderte den Namen der Stadt, und der Rest ist – wie man so schön sagt – Geschichte.«

Er hatte das eine oder andere über die Vergangenheit der Stadt gehört, aber nicht wirklich aufgepasst. »Das stimmt alles nicht? Dieser Bankier hat die Vergangenheit der Stadt einfach erfunden?«

»Jedes einzelne Wort. Ein paar Promis haben dann hier geheiratet, und seitdem sind wir eine Stadt, die Hochzeiten ausrichtet. Es gibt ein Schlaflabor am Stadtrand und eine Handvoll Geschäfte, die nichts mit der Hochzeitsindustrie zu tun haben. Aber der Rest von uns lebt davon, Bräuten ihre Wünsche zu erfüllen.«

»Dir ist klar, dass es meistens auch einen Bräutigam gibt, wenn geheiratet wird?«

Sie winkte ab. »Der spielt keine Rolle. Eine Hochzeit ist der große Tag der Braut. Oh, eigentlich könntest du doch Themen-Hochzeiten auf Battenberg Park ausrichten. Zum Beispiel Feiern im Stil von *Stolz und Vorurteil*.«

Er stöhnte. »Hör auf damit. Bitte. Warum sind amerikanische Frauen so verrückt nach diesem verdammten Buch?«

»Das liegt nicht an dem Buch.«

»Ja, schon klar. Es liegt an Mr. Darcy. Du glaubst ja gar nicht, wie sehr mir dieser Mann auf die Nerven geht. Als ich in Los Angeles war, hatte ich ein paar Meetings mit einer Produktionsfirma. Alle Frauen dort waren besessen von ihm. Ich frage mich, ob Jane Austen eigentlich klar war, was sie da angerichtet hat.«

»Vermutlich nicht. Und ich denke, das ist auch besser so.« Sie senkte die Stimme. »Unsere Gedanken an Mr. Darcy sind nämlich nicht ganz stubenrein, wenn du verstehst, was ich meine.«

Sie ist wundervoll, dachte Ulrich. Klug, witzig. Und höllisch sexy. Ihre lebendige Art zog ihn unwiderstehlich an. Ja, Violet Lund war so viel mehr, als er erwartet hatte. In ihren Laden zu marschieren und sie des Diebstahls zu bezichtigen war womöglich das Klügste, was er je im Leben getan hatte.

7. Kapitel

Carol wartete, bis das Team für die Nachtschicht eingetroffen war. Dann packte sie ihre Sachen zusammen. Die Marionberry-Kekse für pflanzenfressende Großtiere, die vorhin geliefert worden waren, hatte sie schon neben dem anderen Futter verstaut. Die Kekse waren furchtbar teuer, aber Millie liebte sie, also wurden sie gekauft. Wenn diese arme Giraffe schon keine Freunde hatte, dann sollte sie sich wenigstens auf ihr Essen freuen.

Nachdem sie schnell noch den Computer heruntergefahren hatte, ging Carol zu ihrem Wagen und fuhr nach Hause. Es war ein perfekter Spätnachmittag – warm und sonnig. Später würden die Temperaturen deutlich sinken. Und nachts würde es sogar (relativ) kalt werden, denn es war Herbst geworden in der Wüste. Ihrer Meinung nach war das die allerschönste Jahreszeit – wobei sie sich sowieso nicht beschweren konnte, was das Wetter in Happily Inc betraf. Ja, im Sommer konnte es manchmal brütend heiß werden. Aber das war in Ordnung, wenn dafür das ganze restliche Jahr so angenehm war.

Sie fuhr schwungvoll die Straße entlang, doch im nächsten Moment bremste sie ab, als sie eine vertraute Gestalt erblickte. Besser gesagt: zwei vertraute Gestalten. Die eine war klein und wedelte eifrig mit dem Schwanz. Die andere war groß und ziemlich attraktiv. Leider, dachte Carol.

Mathias drehte sich um und kam zu ihr herüber. »Alle Kühe ins Bett gebracht?«

»Ja, habe ich. Willst du eine Mitfahrgelegenheit?«

»Das wäre wenig sinnvoll, wenn ich mit meinem Leihhund spazieren gehen will.«

»Heißt das nein?«

»Nein! Es ging hier um die Logik.«

Er stieg ein und klopfte auf seinen Oberschenkel. Sophie sprang auf seinen Schoß. Kaum war sie da gelandet, legte sie die Vorderpfoten auf das Armaturenbrett und starrte neugierig aus dem Fenster. Mathias schnallte sich an, legte einen Arm schützend um den Hund und lächelte Carol an.

»Wir wären dann so weit.«

Sein Lächeln traf sie wie ein Gazellentritt in den Magen – unerwartet und mit überraschender Wucht. Nein, befahl sich Carol. Nein, nein! Es war eine Sache, über sein fantastisches Aussehen nachzudenken – quasi eine intellektuelle Übung, so wie sich ein Kunstwerk anzuschauen. Doch der Schritt darüber hinaus – der Schritt in die total wahnsinnige *Ich-will-ihn*-Welt – der war verboten. Denn das würde auf jeden Fall in der Katastrophe enden, und mit den Auswirkungen müsste sie sich dann für den Rest ihres Lebens herumschlagen, weil sie und Mathias Nachbarn waren. Sie konnte sein Haus von ihrem aus sehen. Die Stadt war klein, die Leben aller Bewohner eng miteinander verbunden und … nein. Einfach nein.

Sie fuhr weiter die Straße entlang, völlig versunken in ihre Gedanken darüber, dass dummes Verhalten keine Option war. Daher bemerkte sie erst nach einer Weile, dass ihr sonst so wortgewandter Mitfahrer heute ziemlich still war.

»Was ist los mit dir?«

»Nichts.«

Sie warf ihm von der Seite einen Blick zu. »Natürlich ist da irgendetwas. Bist du krank oder fühlst dich nicht gut?«

»Alles gut. War nur ein blöder Tag heute im Studio. Ich arbeite an einem Projekt, das nicht besonders läuft. Die letzten paar Tage waren eine Herausforderung.«

»Was soll das heißen? Ich bin eine der unkünstlerischsten Personen auf diesem Planeten, also kann ich das nicht einordnen.«

»Ich kann das, was ich machen will, ganz genau in meinem Kopf sehen. Aber ich kann es nicht umsetzen.«

»In Glas?«

»Ja.«

»Also keine Teller.«

»Nein.« Er zog Sophie näher zu sich. »Egal. Der Vorteil an Glas ist, wenn ich Murks baue, kann ich es einfach in die Tonne mit dem Altglas schmettern. Eine meiner Lieblingsbeschäftigungen in letzter Zeit.«

»Während wir normalen Menschen mit unseren Fehlern leben müssen.«

»Es ist toll, ich zu sein.«

Sie bog in seine Auffahrt ein. Mathias drehte sich zu ihr um. »Willst du noch auf einen Drink mit reinkommen? Oder zum Essen bleiben?«

Bevor sie ihre Überraschung äußern konnte, fuhr er fort: »Ich würde mich über die Gesellschaft freuen.«

Und das hieß jetzt … was genau? Dass er *sie* bei sich haben wollte? Oder dass er einfach nicht allein sein wollte? Warum waren Männer so kompliziert?

»Hm, klar.« Sie stellte den Motor aus, griff nach ihrer Tasche und folgte ihm zum Hintereingang. Mathias stieß die Tür auf. Sophie drängte sich an ihnen vorbei und lief voraus ins Haus. Dort blieb sie kurz stehen, während sie darauf wartete, dass ihr die Leine abgenommen wurde. Sobald sie befreit war, raste sie ins Wohnzimmer, sprang auf das Sofa und streckte sich dort genüsslich aus.

»Aha. Wie ich sehe, hast du ihr klargemacht, wer hier das Sagen hat«, murmelte Carol, als sie ihre Tasche auf dem Beistelltisch platzierte.

»Als ob du sie zwingen würdest, auf dem Boden zu schlafen.«

»Nein, das würde ich wahrscheinlich nicht machen. Sie fühlt sich offenbar wohl hier bei dir. Ihr beide scheint gut klarzukommen.«

»Sie ist gar nicht so übel.« Während er sprach, ging Mathias in die Küche und griff nach einem Mixer. »Sind Margaritas okay?«

Carol hatte eher an ein Glas Wein gedacht. Aber eine Margarita, warum eigentlich nicht? »Klingt gut.«

Sie beobachtete, wie Mathias nacheinander die Zutaten in den Mixer füllte und auf den Startknopf drückte. Nachdem der Mixer-Inhalt sich in eine dickflüssige, eiskalte Verführung verwandelt hatte, schenkte er ein Glas voll und reichte es Carol. Dann ging er zum Kühlschrank hinüber und nahm für sich ein Bier heraus.

»Du hättest das nicht extra für mich tun müssen.«

»Kein Problem.«

Sie setzten sich links und rechts von Sophie auf das Sofa. Carol nippte an ihrem Drink. Nach einer Weile bemerkte sie überrascht, dass die Hälfte ihres Getränks schon verschwunden war. Verflixt, die Margarita schmeckte einfach viel zu lecker! Aber, na ja, ihr Haus war nicht weit entfernt. Wenn sie es übertrieb, konnte sie später zu Fuß nach Hause gehen und morgen dann ihr Auto hier abholen.

»Also, was ist mit dir?«, fragte sie Mathias. »Du kommst mir irgendwie so, tja, so ruhelos vor.« Ein Gedanke durchzuckte sie, scharf wie ein Messerstich. Aber sie zwang sich, ihn trotzdem auszusprechen: »Genügen dir deine sexy Brautjungfern neuerdings nicht mehr?«

»Ich höre auf mit den Brautjungfern.«

»Nein, tust du nicht.«

»Stimmt, tue ich nicht. Aber ich habe mich in letzter Zeit nicht mehr umgesehen.«

»Und warum nicht?« Sie wünschte sich, er würde sagen, dass es ihretwegen war. Gleichzeitig wusste sie, dass es nicht stimmte.

»Wie gesagt: Ich arbeite an etwas, aber es läuft nicht besonders gut. Das frustriert mich. Jedes Mal sehe ich es gedanklich vor mir. Und wenn ich es umsetze, habe ich etwa eine Sekunde lang das Gefühl, dass es perfekt wird. Aber in der nächsten Sekunde bricht alles in sich zusammen.«

»Ich habe leider keine Ahnung von künstlerischer Arbeit«, gab Carol zu. »Deshalb kann ich dir zwar mein Mitgefühl anbieten, aber ich habe keine Vorschläge, wie du das ändern könntest. Tut mir leid.«

»Das muss dir nicht leidtun. Es ist nett, dass du mir zuhörst.«

Nett? Na toll, dachte sie und unterdrückte ein Seufzen. Es gab Frauen, die waren gefährlich. Frauen, die das gewisse Etwas hatten. Und dann gab es da noch Carol Lund, das nette Mädchen von nebenan. Sie war der Haferbrei unter den Frühstückszutaten. Eine sehr vernünftige Wahl. Aber nichts, was das Herz schneller schlagen ließ.

»Erzähl mir von Millie«, sagte Mathias, bevor er einen großen Schluck Bier trank. »Wie geht es ihr?«

»Sie ist gesund, aber immer noch einsam.«

»Und deine Spendensammlung?«

Carol seufzte. »Es geht langsam voran. Die Spendenbüchsen, die ich in der Stadt verteilt habe, füllen sich stetig. Aber das ist meilenweit entfernt von dem Betrag, den ich brauche. Die Spende, die mir mein Vater und mein Onkel gegeben haben, hilft natürlich, und ich habe einen Kuchenbasar organisiert. Aber letztlich muss ich mir etwas einfallen lassen, um an viel mehr Geld zu kommen. Genauer gesagt an eine halbe Million Dollar.«

»Dein Ziel ist eine halbe Million?«

Mathias klang eher neugierig als entsetzt, wofür Carol dankbar war. Einige Leute hatten ziemlich geschockt reagiert, als sie mitbekommen hatten, dass sie so viel Geld für ein paar Giraffen »verschwenden« wollte.

»Ja. Einen Teil des Gelds brauche ich, um die Tiere zu kaufen. Dazu kommen dann noch der Transport und der Bau der neuen Unterkünfte.«

»Stimmt, der Transport. Das stelle ich mir ganz schön kompliziert vor. Wie macht man das? Rufst du UPS an?«

»FedEx. Die haben eine Abteilung für Wildtiere, die so was die ganze Zeit macht.«

Er starrte sie an. »Was? Giraffen verschicken?«

»Und andere Tiere. Was dachtest du denn, wie Zoos das beispielsweise machen?«

»Die verfrachten die Viecher bei Nacht und Nebel auf einen Pick-up.«

Sie lachte. »Nein, die Tiere werden von speziellen Speditionen transportiert.«

»Wieder was gelernt. Okay, dann haben wir also Kaufpreis, Transportkosten und die Kosten für die neuen Unterkünfte. Außerdem wirst du mehr Futter brauchen.«

»Ja. Die Baupläne für die neuen Scheunen wurden schon genehmigt. Die Gebäude sind sehr einfach strukturiert. Deshalb können sie innerhalb weniger Wochen errichtet werden, sobald das Geld da ist. Die Giraffen müssen am Anfang getrennt untergebracht werden. Denn nur weil sie alle Giraffenweibchen sind, heißt das noch lange nicht, dass sie sich sofort mögen.«

»Und ein Giraffenjunge ist nicht geplant?«

»Momentan nicht. Wenn ich die Herde zusammenhabe, die Mädels sich alle gut verstehen und noch etwas Geld übrig ist – dann überlege ich mir vielleicht, nach einem Bullen Ausschau zu halten. Allerdings müssten die Weibchen dann Verhütungsmittel bekommen. Wir würden natürlich gerne züchten. Aber wann der Nachwuchs kommt, sollten wir entscheiden, nicht sie.«

Mathias lachte. »Verhütungsmittel für Giraffen? Ich glaube, ich möchte gar nicht so genau wissen, wie man sich das vorstellen muss.«

»Ich gebe zu, dass Verhütung bei Giraffen nicht mein Spezialgebiet ist. Aber ich kann natürlich gerne recherchieren.«

Mathias trank sein Bier aus. Er griff nach seiner Flasche und

Carols halb leerem Glas und nahm beides mit in die Küche. Gleich darauf kehrte er mit frischen Getränken zum Sofa zurück.

»Stell dir mal vor, dein Onkel und dein Vater wären nicht hierhergezogen. Dann hättest du Millie vielleicht gar nicht.«

Darüber hatte sie noch nie nachgedacht, aber es stimmte. Vermutlich hätte nicht jede Stadt so positiv auf die Idee eines Wildtierreservats reagiert wie Happily Inc. »Ich bin froh, dass wir für Millie da sein können.«

»Sie ist bestimmt auch sehr froh.« Er betrachtete Carol nachdenklich.

»Warum siehst du mich so an?«

»Ich stelle mir dich gerade in Südafrika vor. Das ist ein schönes Bild. Du würdest da sehr gut hinpassen. Bei Violet bin ich mir nicht so sicher.«

Carol sagte sich, dass das nicht wirklich ein Kompliment gewesen war. Sie durfte jetzt nicht den Fehler begehen, zu viel in seine Worte hineinzulesen.

»In den Sommerferien hat Violet immer nach Gründen gesucht, weshalb sie ganz schnell wieder nach Hause zurückfliegen muss. Ich dagegen habe nach Gründen gesucht, weshalb ich länger bleiben muss. Ich habe die Tiere geliebt, die Arbeit, die Leute. Jedes Mal habe ich so viel gelernt, und ich hatte immer interessante Sachen in meinem ›Was ich in den Sommerferien getan habe‹-Aufsatz zu berichten. Ich habe es gehasst, nach New York zurückzugehen, wenn das Schuljahr wieder begann.«

»In dieser Stadt kann ich mir dich nur schwer vorstellen.«

»Es hat auch nicht besonders gut funktioniert. Wir haben in der Nähe des Central Parks gelebt – das hat auf jeden Fall geholfen. Ich konnte draußen sein und so tun, als ob ich an einem ganz anderen Ort wäre.«

»Und mit fünfzehn war dir dann klar, dass du mit Tieren arbeiten willst?«

»Ja. Ungefähr zu dieser Zeit haben mein Vater und mein Onkel genug Geld geerbt, um die Müllhalde zu kaufen. Sie hatten schon lange vor, irgendetwas mit Recycling und Müllmanagement zu machen. Na ja, und dann hatten sie endlich die Möglichkeit dazu. Dad wollte noch dazu ein Wildtierreservat. Das war der Punkt, an dem ich ins Spiel kam.«

»Und woher hat er die Tiere bekommen?«

»Von überallher. Ein paar kamen aus privaten Wildtierreservaten, die Probleme mit zu viel Nachwuchs hatten. Millies Besitzer ist gestorben, und keiner wollte sie haben. Solche Dinge eben. Es ist schockierend einfach, Tiere wie unsere zu bekommen. Die meisten Leute haben nicht den Hauch einer Ahnung, wie man richtig für sie sorgt. Aber mein Vater und mein Onkel wissen, was sie tun.«

»Genau wie du.«

»Danke.«

Sie verbrachten die nächsten Stunden damit, über alles Mögliche zu reden: das Wildtierreservat, Happily Inc und die Hochzeitsgesellschaften, die jedes Wochenende erneut die kleine Stadt belagerten. Irgendwann war Carol sich nicht mehr sicher, wie viele Margaritas sie getrunken hatte und das wievielte Bier Mathias gerade in der Hand hielt. Er hatte zwar Chips und einen Dip auf den Tisch gestellt, aber das half auch nicht wirklich gegen den ganzen Alkohol.

Als es draußen schließlich dunkel wurde, stand Mathias auf und schaltete ein paar Lampen an.

»Ich hoffe, dass Millie ihre Herde bekommt und glücklich wird«, sagte er. »Tiere sind besser als Menschen. Bei ihnen weiß man, woran man ist. Wenn du zum Beispiel einen Löwen und eine Gazelle in einen Raum sperrst, ist klar, was passieren wird. Bei Menschen ist das leider anders. Die spielen gerne Spielchen.«

»Okay. Interessanter Übergang. Willst du das näher erklären?«

»Nein. Vergiss es. Ich habe nur kurz an meinen Bruder gedacht. Es ist jetzt alles anders, weißt du? Nicht mehr, wie es früher war.«

Carol starrte ihn an und versuchte herauszufinden, was das heißen sollte. Und wieso sich Mathias so seltsam verhielt. »Ist das dein drittes Bier heute?«

Er hob die Flasche. »Jupp, mein drittes. Und dann waren da noch die Tequilas, die ich vorher getrunken habe. Wie gesagt: Ich hatte ein paar nicht so gute Nächte, gefolgt von ein paar nicht so guten Tagen. Das hinterlässt irgendwann eben Spuren.«

Carol drehte sich zu ihm um. »Mathias, was ist passiert?«

»Was passiert ist? Ein Haufen Mist. Menschen, die dich lieben sollten, lassen dich im Stich. Hast du das gewusst? Du solltest vorsichtig sein.«

Hä? »Sprechen wir hier von Frauen? Geht es hier um eine Exfreundin?«

»Was? Nein. Es geht um meinen Vater. Er ist ein echter Mistkerl. Und es geht um meine Mom. Die Heilige, die alles erträgt und ihn mehr liebt als alle anderen Menschen auf der Welt. Tja, aber das ist vermutlich immer so. Sobald man von einem männlichen Genie hört, kann man sicher sein, dass irgendwo im Hintergrund eine tolle Frau steckt. Sie wird offiziell niemals erwähnt. Den ganzen Ruhm erntet er allein. Wobei wir bei ihm immerhin wissen, woran wir sind. Bei ihr dagegen …«

Er schüttelte den Kopf. »Er hat sie betrogen, und sie hat ihm verziehen. Tagelang ignoriert er sie, aber auch das akzeptiert sie einfach. Warum? Wieso zum Teufel verlangt sie nicht mehr? Das wäre normal, aber sie tut es einfach nicht. Und uns erklärt sie, dass wir geduldig sein müssen. Versuchen sollen, ihn zu verstehen. Und Ronan. Was ich in seinem Fall einfach nicht begreifen kann, ist …«

Er trank ein paar große Schlucke Bier. »Vergiss es. Egal.«

Carol stellte ihr Margarita-Glas zur Seite und setzte sich dann auf den Couchtisch, sodass sie Mathias direkt ins Gesicht schauen konnte. »Jetzt fange ich an, mir ernsthaft Sorgen um dich zu machen.«

»Mir geht's gut.«

»Du bist betrunken.«

»Nur ein wenig. Na ja, okay, ziemlich. Vermutlich, weil ich heute noch gar nichts gegessen habe.«

Carol starrte in seine dunklen Augen. Seltsam, dass sie bisher nur diese Fassade wahrgenommen hatte, die er so lässig zur Schau trug. Dass sein Vater ihn schrecklich verletzt hatte – so sehr, dass etwas in ihm zerstört worden war –, begriff sie jetzt zum ersten Mal. Und sie begriff, dass Mathias keineswegs so perfekt und selbstbewusst war, wie er sich gab. Er war ein ganz normaler Mensch, der versuchte, irgendwie durch den Tag zu kommen. Nur dass dieser Tag offenbar härter gewesen war als die meisten. Und sie hatte keine Ahnung, warum.

»Wie kann ich dir helfen?«, fragte sie.

Seine Augen verengten sich, und einen Moment lang war etwas in seiner Miene zu sehen, dass Carol nicht recht einordnen konnte.

»Tu das nicht«, warnte er. »Glaub mir, du würdest das Ergebnis nicht mögen.«

»Ich sollte dir etwas zu essen machen. Dann wirst du dich gleich besser fühlen.«

»Nein, das würde nichts ändern.«

Carol ignorierte die Bemerkung und stand auf. Mathias stand ebenfalls auf – um ihr Platz zu machen, wie sie annahm. Oder er wollte sie davon abhalten, in die Küche zu gehen. Doch stattdessen tat er etwas völlig Unerwartetes: Mit einem Ruck zog er sie an sich. Und dann küsste er sie, als ob er sein Leben lang darauf gewartet hätte, genau das zu tun. Was absurd war. Natürlich hatte er nicht sein Leben lang auf sie gewartet. Aber wen kümmerte das schon, wenn seine Lippen verlangend über ihre strichen und jede Nervenendung ihres Körpers in lautes Jubelgeheul ausbrach?

Violet war überrascht, wie entspannt sie sich fühlte. Je besser sie Ulrich kennenlernte, desto klarer wurde ihr, dass er doch ziemlich nett war – außerdem auch ziemlich nett anzusehen, wenn sie ganz ehrlich war. Er reichte ihr eine der Speisekarten, und sie diskutierten darüber, welche Gerichte sie besonders mochten. Zuerst war Violet ein wenig verwirrt, dass Ulrich sich so sehr für ihre Essensvorlieben interessierte. Doch als dann der Kellner kam, begriff sie, warum. Denn Ulrich bestellte auch für sie.

»Die Dame wünscht einmal den Haussalat«, begann er.

Violet musste sich energisch davon abhalten, laut zu seufzen. *Die Dame wünscht …* Sie wusste, dass es nur an seinem Akzent lag, aber das änderte nichts daran, dass seine Worte extrem sexy klangen. Und es war auch ein ziemlich nettes Gefühl, so umsorgt zu werden.

»Zwischen den einzelnen Gängen hätten wir gerne etwas Zeit«, beendete Ulrich schließlich seine Bestellung.

»Gerne.« Der Kellner sammelte die Speisekarten wieder ein und ging. Ulrich griff nach seinem Whiskeyglas. »Wie bist du dazu gekommen, mit Knöpfen zu handeln?«

»Das fing in jenem Sommer in England an«, gab sie zu. »Auf eurem Speicher, um genau zu sein. Deine Großmutter hat mir ein paar alte Kleidungsstücke gezeigt und mir gesagt, ich dürfe mir etwas aussuchen, das ich mitnehme. Als Erinnerung. Erst wusste ich nicht, was ich nehmen soll. Aber dann habe ich die Dose mit den Knöpfen entdeckt. Ich habe gefragt, ob ich die nehmen dürfte. Prompt hat mich deine Großmutter mit drei Dosen nach Hause geschickt. Ich war im siebten Himmel.«

Sie lachte. »Ich weiß, dass es verrückt klingt, aber es hat mir unglaublichen Spaß gemacht, sie zu sortieren. Ich habe angefangen, alles, was ich finden konnte, über Knöpfe zu lesen. Irgendwann hat die Mutter einer Freundin zufällig meine Sammlung gesehen und gefragt, ob sie ein Set Knöpfe kaufen könnte, weil sie sich gerade ein Kleid schneidern ließ, zu dem sie passten. Das war aufregend. Damals habe ich in New York gelebt, also habe ich alle Antiquitätenläden in der Umgebung nach Knöpfen durchsucht. Eine Zeit lang habe ich mir sogar überlegt, auf eine Designschule zu gehen. Während ich mir die Schulen angesehen habe, habe ich dann jemanden getroffen, der mir erzählt hat, dass es eine enorme Nachfrage nach alten Knöpfen gibt. Na ja, und so kam dann eins zum anderen.«

»Und jetzt leitest du ein Knopf-Imperium.«

»Wenn es nur so wäre.« Sie grinste. »Auf jeden Fall macht mir meine Arbeit Spaß, weil sie so vielseitig ist. Beispielsweise übernehme ich manchmal auch Schneider-Jobs. Es gibt hier in der Stadt ja bekanntlich sehr viele Hochzeitsgesellschaften. Da ist immer mal wieder eine Braut oder eine Brautjungfer dabei, deren Kleid in allerletzter Sekunde noch umgenäht werden muss. Vor ein paar Monaten habe ich ein Brautkleid entworfen, das bei einer Computerspiel-Themenhochzeit getragen wurde. Das war sehr spannend. Ich habe tolle Knöpfe für das Kleid gefunden – ganz futuristisch.«

Sie dachte daran, was mit dem Kleid geschehen war. »Meine Freundin Pallas ist mit einem Mann verlobt. Nick. Er ist ein bekannter Künstler und hat das Kleid extra für diese Hochzeit bemalt.« Unwillkürlich zuckte sie bei der Erinnerung zusammen. »Das Ergebnis war sehr beeindruckend, aber es bricht mir immer noch das Herz, wenn ich daran denke, dass er den Spitzenstoff mit Farbe beschmiert hat.«

»Weil man das einfach nicht tut.«

»Genau. Ich bin froh, dass du das verstehst.«

»Ich bin Engländer. Mit schicklich und unschicklich kennen wir uns aus.«

»Ja, das glaube ich sofort.«

Sein Blick verhakte sich mit ihrem. Plötzlich schien eine enorme Spannung in der Luft zu liegen. Eine Spannung, die ihr das Atmen schwer werden ließ und den Wunsch in ihr weckte, etwas komplett Verrücktes zu tun. Das vierzehnjährige Teenager-Mädchen in ihr war begeistert von dieser Aussicht.

Sie seufzte. »Du bist ein gefährlicher Mann.«

»Ich?«

»O ja. Das liegt an deinem Akzent, schätze ich. Immerhin waren wir früher mal eine englische Kolonie. Da hat sich die Vorliebe für diese Art zu sprechen tief in unsere DNA eingegraben. Oder in den Boden oder so. Wie auch immer, jedenfalls könntest du das Telefonbuch vorlesen, und ich würde das schrecklich toll finden. Funktioniert das bei dir zu Hause auch so gut?«

»In England fehlt mir der Exotik-Faktor. Leider.«

Sie wollte sagen, dass er in diesem Fall doch einfach ein paar Wochen hierbleiben konnte, um die ganze Anbetung so richtig zu genießen. Aber dann klappte sie den Mund hastig wieder zu. Vermutlich würde Ulrich diese Aussage ziemlich seltsam finden. Oder – noch schlimmer – er würde denken, dass sie … Ja, was denn? Dass sie an ihm interessiert war? War sie ja auch. Sie war interessiert auf die Ich-weiß-dass-du-bald-wieder-fliegst-also-ist-es-kein-Problem-zu-flirten-Weise.

Eine Sekunde lang überlegte Violet, welche Möglichkeiten es gab, um den Abend zu beenden. Sollte sie vorschlagen, zu ihr nach Hause zu gehen? Sie mochte Ulrich. Er war attraktiv, und sie hätte die Dinge nur zu gern auf die nächste Stufe gebracht. Aber die nächste Stufe und Sex waren in ihrem Fall leider nicht dasselbe. Sie hatte noch nie einen One-Night-Stand gehabt, und das würde vermutlich auch so bleiben. Für einen One-Night-Stand war sie einfach nicht der richtige Typ. Sie wollte *Die Eine* sein, und das war das genaue Gegenteil von einer schnellen Nummer. Bisher war es ihr nicht gelungen, einen Mann zu finden, dem sie alles bedeutete. Aber umso wichtiger war es, die Hoffnung nicht aufzugeben. Mit irgendeinem Typen eine Nacht zu verbringen wäre ein Verrat an ihrem großen Traum. Also würde sie das nicht tun.

Wobei Ulrich bisher auch gar kein Interesse daran geäußert hatte.

»Du denkst über irgendetwas nach«, murmelte er.

»Ja. Du wirst also heiraten müssen und Erben produzieren, richtig?«

Er hätte sich fast verschluckt. »Das war ziemlich direkt.«

Und ein sehr wirksamer Themenwechsel, dachte sie zufrieden. »Ich weiß. Das ist wieder dieses amerikanische Ding. Also, hast du schon irgendjemanden für die Rolle der Duchess anvisiert?«

»Nein«, erwiderte Ulrich und fügte dann etwas umständlich hinzu: »Aber ich kann nicht leugnen, dass ein gewisser zeitlicher Druck besteht.«

»Klar. Du musst dafür sorgen, dass der Stammbaum sprießt.«

»Erinnere mich nicht daran. Das erste Mal war schlimm genug.« Er warf ihr einen Blick zu. »Also, zu heiraten, meine ich natürlich.«

»Ich hatte auch nicht angenommen, dass du über Reproduktion sprichst.«

»Sehr gut.«

»Finde ich auch.« Violet lächelte. »Warum war es so schlimm? Bist du einer dieser Männer mit Bindungsängsten? Zu viele Fische im Teich?«

»Es ging mehr darum, den richtigen Fisch zu finden. Penelope und ich, wir waren uns sehr ähnlich. Was zählt, sind Familie und Pflichten, das haben wir beide so gesehen. Wir waren Freunde und dachten, das reicht.«

Sie hatten sich nicht geliebt? Wie traurig, dachte Violet. Sie selbst wünschte sich genau das: Sie wollte lieben und geliebt werden. Was für einen Grund gab es denn sonst zu heiraten? Wobei, sie hatte auch kein fünfhundert Jahre altes Vermächtnis an den Hacken, das sie irgendwie in die Zukunft befördern musste.

»Tut mir leid, dass es nicht gereicht hat.«

»Mir auch.« Ulrich trank seinen Whiskey aus, dann schaute er sie an. »Sie hat mich verlassen. Für jemand anderen.«

»Oh. Das wusste ich nicht. Solche Dinge würde deine Großmutter mir gegenüber natürlich nie erwähnen.«

»Du hast recht. Das würde sie nicht tun.« Er schwieg kurz. »Es war eine Frau. Als ich Penelope gefragt habe, warum sie mir nicht von Anfang an die Wahrheit gesagt hat, meinte sie, sie hätte gehofft, sich zu irren. Dass ich sie umstimmen würde.« Sein Lächeln war ziemlich selbstironisch. »Ich hoffe natürlich, dass ich gut bin. Aber so gut ist leider niemand.«

Violet hatte nicht die geringste Ahnung, was sie dazu sagen sollte. »Tut mir leid.«

»Mir auch.« Er zog eine Schulter hoch und ließ sie dann wieder sinken. »Soweit ich weiß, ist Penelope jetzt in einer festen Beziehung und sehr glücklich. Ich wünsche ihr auf jeden Fall nur das Beste.«

»Du bist ein guter Mann.«

»Danke. Ich versuche es zumindest. So, und jetzt wechseln wir das Thema. Zeit für interessantere Dinge. Ich möchte mehr über die nächste Hochzeitsfeier hören, bei deren Vorbereitung du mitarbeitest.«

»Das wird eine völlig normale Hochzeit. Nichts Ausgefallenes. Keine Aliens, keine Cowboys. Die Zeremonie findet noch nicht mal unter Wasser statt.«

»Wie enttäuschend.«

»Ja, das finde ich auch.«

Der Abend verging wie im Flug. Violet merkte, wie sie mehr und mehr Ulrichs Charme verfiel. Er brachte sie zum Lachen, als er von seinen Erlebnissen in Hollywood erzählte. Und sie amüsierte ihn mit einem Bericht über Südafrika und dem Eingeständnis, dass sie alles war, nur kein Outdoor-Fan. Als der Kellner schließlich den Kaffee brachte, ertappte Violet sich bei der Frage, ob es tatsächlich möglich war, sich innerhalb weniger Stunden in einen Menschen zu verlieben.

Nicht dass ihr das passiert wäre. Natürlich nicht. Dieser Abend hier war einfach nur das Ergebnis einer Reihe von sehr ungewöhnlichen Zufällen. Und ihre Reaktion auf Ulrich? Tja, die lag wohl vor allem an dem vielen Wein, den sie getrunken hatte. Dazu kam die Tatsache, dass Ulrich morgen bereits wieder abreisen würde und dass durch ihren Kopf noch immer die Erinnerungen an den Tanz von damals geisterten. Kurz: Nichts an der ganzen Angelegenheit war real. Morgen früh würde es sich anfühlen, als hätte es diesen Abend nie gegeben. Ulrich würde aus Happily Inc verschwunden sein, und sie würde ihr sicheres, geordnetes Leben führen – genau wie immer. Also war die Sache doch ganz simpel, oder? Sie musste nur die nächsten Minuten überstehen, ohne sich durch irgendwelche dümmlichen Aktionen bis auf die Knochen zu blamieren. Das würde sie ja wohl hinbekommen.

Nachdem sie die Rechnung bestellt hatten, kam es zu einer kurzen Diskussion. Besser gesagt: Es kam zu einer *ziemlich* kurzen Diskussion. Denn als Violet anbot, die Hälfte zu zahlen, warf Ulrich ihr nur einen vernichtenden Blick zu und erklärte knapp: »Das gehört sich nicht. Ich habe dich eingeladen, Violet. Das Vergnügen lasse ich mir nicht nehmen.«

Als sie das Restaurant durchquerten und zur Ausgangstür gingen, spürte Violet seine Hand an ihrem Rücken. Sie konnte die Wärme der einzelnen Finger fühlen und den sanften Druck seiner Handfläche. Plötzlich musste sie sich sehr zusammenreißen, damit sie nicht anfing, laut zu schnurren – wie eine einsame Katze, die endlich etwas Aufmerksamkeit bekam. Auf dem Weg zum Parkplatz hielt sie sich insgeheim eine Du-sagst-jetzt-Tschüss-und-gehst-Rede. Auf keinen Fall durfte sie sich von ihren Gefühlen durcheinanderbringen lassen, sonst würde sie sich nur total lächerlich machen. Zum Beispiel, indem sie sich Ulrich an den Hals warf. Keine gute Idee, zumal sie sich gerade auf einem Parkplatz befanden. Klar, es war dunkel. Aber das änderte nichts daran, dass so ein Parkplatz ein öffentlicher Ort war und jeden Moment jemand auftauchen konnte. Außerdem: Sie wusste ja nicht, was Ulrich für sie empfand. Wobei … Vielleicht stimmte das nicht. Vielleicht war das nur wieder die Panik vor einer möglichen Zurückweisung, die sie jetzt empfand. Seit Jahren kämpfte sie gegen dieses Gefühl an und versuchte, sich davon nicht kleinkriegen zu lassen. Aber es fiel ihr schwer. Wie auch immer, auf jeden Fall musste sie jetzt dringend etwas zu Ulrich sagen. Die Frage war nur, was? Irgendwie fiel ihr nichts Gutes ein, und …

Er zog sie an sich und küsste sie. Violet war derart überrumpelt, dass ihr einen Moment lang der Atem stockte. Obwohl das natürlich auch daran liegen konnte, dass dieser Mann insgesamt ziemlich atemberaubend war.

Seine Lippen glitten bestimmt und doch sanft über ihre. Er legte eine Hand an ihre Hüfte und vergrub die andere in ihren Locken. Violet fuhr mit den Fingerspitzen über seine starken, breiten Schultern. Er roch gut und küsste sogar noch besser. Nach spätestens acht Sekunden war ihr klar, dass sie heillos verloren war.

Während sie noch vage *Na und, dann endet es eben im Chaos* dachte, schlang sie bereits die Arme um seinen Hals, schmiegte sich an Ulrich und öffnete ihre Lippen. Er zögerte nicht – keine einzige Sekunde lang. Seine Zunge teilte ihre Lippen und begann, ihren Mund zu erforschen. Sofort stieg in Violet die Hitze auf, und ihr Verlangen wurde größer und größer. Irgendjemand wimmerte leise vor Lust. War sie das? Vermutlich schon.

Schließlich löste Ulrich seine Lippen von ihren. Er lehnte sich leicht zurück und sah sie an. »Du bist ein unerwartetes Geschenk, Violet Lund.«

»Das bist du auch.«

Er lächelte und strich mit dem Daumen leicht über ihre Wange. »Auf die Gefahr hin, jetzt etwas Falsches zu sagen: Möchtest du mit in mein Hotelzimmer kommen?«

In sein Hotelzimmer? Unwillkürlich erschienen diese Bilder vor ihren Augen: Sie beide, nackt. Ulrichs dunkelblaue Augen, die vor Verlangen nach ihr glänzten. Es würde sich perfekt anfühlen, wenn er in ihr war, sie ganz ausfüllte – das wusste sie einfach. Sie könnte ihn bitten, allerhand Dinge in diesem sexy englischen Akzent zu sagen, während seine Hände sie überall berührten. Kurz: Es gab eine Menge Gründe, die Frage mit Ja zu beantworten.

»Das möchte ich«, gab sie zu. »Aber du reist bald ab, und ich kann so etwas nicht. Ich gehöre nicht zu dieser Art von Frauen. Leider.«

Ulrichs Gesichtsausdruck änderte sich nicht. Er beugte sich vor und küsste sie erneut, diesmal leicht und zärtlich. Dann hob er den Kopf und sagte: »Da gibt es nichts, was du bedauern musst. Ich finde es charmant, dass du nicht zu jener Art von Frauen gehörst. Danke für einen wundervollen Abend. Einen Abend, den ich niemals vergessen werde.«

Die perfekte Antwort – höflich, respektvoll. Aber hatte da noch etwas anderes in seiner Stimme mitgeschwungen? Ein Hauch von Bedauern? Unwillkürlich wünschte sich Violet, dass es so wäre.

Ulrich trat einen Schritt zurück, führte ihre Hand an seinen Mund und berührte mit den Lippen kurz den Handrücken. Dann ging er mit Violet zu ihrem Wagen, öffnete die Fahrertür für sie und wartete, bis sie eingestiegen war. Als sie aufblickte, winkte er ihr noch einmal zu. Dann drehte er sich um und ging.

Violet holte tief Luft und ließ den Motor an. Tja, dachte sie, als sie langsam vom Parkplatz fuhr. Das Richtige zu tun hatte sich noch nie so verdammt falsch angefühlt wie gerade jetzt.

Mathias küsste Carol mit einer solchen Intensität, dass ihr die Knie weich wurden und sie kaum noch Luft bekam. Während sein Mund gnadenlos ihren eroberte, ließ er seine Hände über ihren Rücken und die Seiten gleiten, es war wie eine erotische Massage. Die Technik schien ziemlich gut zu funktionieren, denn Carol spürte, wie sie von Sekunde zu Sekunde verwirrter wurde – und erregter. Ihr war unklar, was genau hier gerade passierte. Sie wusste auch nicht, was Mathias dachte, oder was sie selbst denken sollte. Es gab nur eines, was sie genau wusste: Was immer Mathias da tat, er sollte auf keinen Fall damit aufhören!

»Carol«, stieß er hervor, während er sie ein Stück zur Seite manövrierte, sodass sie nicht mehr zwischen Couch und Tisch eingeklemmt war. »Carol. Du musst mir sagen, ob das okay für dich ist. Bitte.«

Seine Stimme klang rau, der Tonfall drängend, fast verzweifelt. Das Verlangen, das er empfand, zeigte sich mehr als deutlich in der Art, wie er immer wieder begierig ihren Mund eroberte. Carol gelang es gerade mal, zwischen zwei Küssen ein schnelles »Ja« hervorzustoßen, bevor sie spürte, wie sein Mund erneut ihren fand. Diesmal glitt seine Zunge über ihre Unterlippe. Sie öffnete den Mund und stöhnte leise auf, als seine Zunge ihre fand.

Hitze schoss durch ihren Körper. Ihr Atem ging flacher und schneller, während die Begierde ihr jeden klaren Gedanken raubte. Als Mathias ihre Hände ergriff und an seine Brust zog, konnte Carol der Versuchung, ihn zu berühren, nicht widerstehen. Sie ließ ihre Finger über seine Schultern gleiten, über den Rücken und die Arme. Es fühlte sich unglaublich gut an. Mehr noch: Es fühlte sich *richtig* an. Sie wollte ihn. Wollte das hier – was immer es war.

Als Mathias nach ihrem T-Shirt griff, verspürte sie zum ersten Mal einen Anflug von Nervosität. Sie hatte keine Gelegenheit gehabt, sich umzuziehen. Das hier war ihre Arbeitskleidung. Vermutlich roch sie nach Heu, Schweiß und Gazellen-Futter. Doch bevor sie herausgefunden hatte, ob sie sich dafür entschuldigen oder lieber gleich unter die Dusche verschwinden sollte, war ihr T-Shirt bereits auf dem Boden gelandet, und Mathias' Hände glitten über die nackte Haut ihrer Brüste, knapp oberhalb des BHs.

Sobald seine geschickten Finger sie zu streicheln begannen, wurde ihr klar, dass sie sich über *Eau de Gazelle* und irgendwelche Duschaktionen wirklich keine Gedanken machen musste. Es dauerte nur Sekundenbruchteile, bis sich ihr BH zu dem T-Shirt am Boden gesellte. Dann schlossen sich Mathias' Lippen um ihren Nippel. Und von diesem Punkt an war Denken sowieso völlig zwecklos. Es gab nur noch eine Sache, die sie jetzt interessierte. Nämlich das, was Mathias mit ihrem Körper anstellte.

Er küsste sie überall. Kurz darauf stellte sie fest, dass auf mysteriöse Weise auch der Rest ihrer Kleidung verschwunden war. Sie war jetzt splitternackt, während Mathias gerade mal die Schuhe ausgezogen hatte. Doch bevor sie Gelegenheit hatte, sich darüber zu beschweren, drückte er sie auch schon sanft in den großen Sessel, der gegenüber dem Sofa stand. Er kniete sich vor sie hin, zog ihre Beine leicht auseinander und beugte sich vor. Und dann küsste er sie – küsste sie so verlangend, so intim, dass sie beinahe sofort gekommen wäre.

Er fand ihre Klitoris problemlos beim ersten Versuch und begann, sie mit der Zunge zu umspielen und an ihr zu saugen, bis Carol sich stöhnend im Sessel wand. Sie spürte, wie er mit einem Finger in ihre Nässe glitt und tief in sie eindrang – nur um sich sofort wieder zurückzuziehen und das ganze Spiel dann von vorne zu beginnen. Gleichzeitig massierte er ihr geschwollenes Zentrum in einem perfekten Rhythmus, der Carol dazu brachte, nach Luft zu schnappen, immer lauter zu stöhnen und sich zu wünschen, dass Mathias niemals aufhören würde.

Es dauerte nicht lange. Nach ungefähr dreißig Sekunden hatte Carol bereits die Knie angezogen und drängte sich seinem Finger mit aller Macht entgegen. Nach einer Minute keuchte sie und bettelte. Circa fünf Sekunden später war es dann so weit.

Sie kam mit einem Schrei, der aus dem Zentrum ihrer Seele aufzusteigen schien. Gleich darauf verspürte sie ein Gefühl tiefster Zufriedenheit, während sich ihre Muskeln rhythmisch anspannten und wieder lockerten. Mathias hörte nicht auf, sie zu streicheln, in sie einzudringen und bis zur allerletzten Sekunde ihr Verlangen anzufachen. Erst als die Wellen der Lust langsam verebbten, lehnte er sich zurück und lächelte sie an.

»So mag ich das.«

Sie starrte ihn mit einer Mischung aus Befriedigung und Schock an. »Haben wir das tatsächlich getan?« Sie war nackt. In Mathias' Wohnzimmer. Und auf der Couch lag ein Hund. Wobei Sophie glücklicherweise während des gesamten – ähm – Vorfalls vor sich hin geschnarcht hatte.

Was zum Teufel hatten sie getan?

Mathias griff in die Tasche seiner Jeans und zog ein Kondom hervor. Dann ließ er sich zurücksinken, streckte sich auf dem Boden aus und lächelte sie an. »Du hättest nicht zufällig Lust, oben zu sein?«

Acht kleine Worte. Und plötzlich waren alle Zweifel und Ängste verschwunden, die sie eben verspürt hatte. Acht Worte, die bewiesen, dass alles gut und richtig war.

Carol erwiderte sein Lächeln. »Ja, hätte ich vielleicht. Rein zufällig, natürlich.«

»Gut. Ich habe nämlich diesen Traum von dir, den ich andauernd träume. Und da machst du genau das.«

»Es ist ja nicht so, dass … Was?« Er träumte von ihr? Hatte er das wirklich gerade gesagt, oder hatte sie sich verhört?

Er zwinkerte ihr zu und schloss dann die Augen. »Das wird richtig gut.«

Carol lächelte. Sie sah ihn an und wartete darauf, dass er sich auszog. Oder etwas sagte. Oder sie zumindest anschaute. Nur tat er leider nichts von alldem. Stattdessen ... atmete er ganz tief. Zu tief. Einen Moment lang hoffte sie noch, sich getäuscht zu haben. Doch dann wurde aus dem Atmen ein Schnarchen, das mindestens so laut war wie das von Sophie. Und damit ist die Sache klar, dachte Carol.

Sie saß hier – nackt, sexuell befriedigt und total gedemütigt. Denn sie musste sich gar nicht erst fragen, was hier passiert war. Das war völlig offensichtlich: Sie hatte den besten Sex ihres Lebens gehabt. Und Mathias war eingeschlafen.

War das nicht mal wieder typisch für ihr Leben?

8. Kapitel

Als Mathias aufwachte, hatte er den schlimmsten Kater aller Zeiten und Hundespucke im Gesicht. Sophie wedelte und gab ihm einen weiteren Kuss. Mathias stöhnte. Der gestrige Abend war nur noch eine verschwommene Erinnerung. Carol war bei ihm gewesen, das wusste er noch. Sie hatten geredet, und irgendwann musste er wohl eingeschlafen sein – mitten im Wohnzimmer. Hoffentlich nachdem Carol gegangen war. Kurz vor Einbruch der Dämmerung war er kurz aufgewacht und hatte sich in sein Bett geschleppt. Daran erinnerte er sich noch. Und daran, dass es ein ziemlicher Kampf gewesen war, Sophie zur Seite zu schieben, damit er auch noch etwas Platz in seinem Bett fand. Aber der Rest … der war irgendwie nebulös.

Mathias stand auf und zuckte zusammen, als das Sonnenlicht ihm gnadenlos in die Augen stach. Merk dir das für die Zukunft, befahl er sich. Kein Alkohol mehr, wenn du dich mies fühlst und denkst, dass du talentlos bist. Denn eines war klar: Die Kombination aus Alkohol und Selbstzweifeln war gefährlich. Außerdem drängte sich ein Vergleich zu seinem Vater auf – und das war kein sehr schöner Gedanke. Nein, in Zukunft würde er Alkohol in solchen Situationen meiden, bevor es noch zu einer Katastrophe kam.

Er ließ Sophie nach draußen und schaltete die Kaffeemaschine ein. Während die Keurig ihr Wunderwerk vollbrachte, blickte er sich im Wohnzimmer um. Alles schien an seinem Platz zu sein. Nichts Auffälliges zu entdecken. Genauer gesagt herrschte hier eine verblüffende Ordnung. Alle Gläser von gestern Abend standen bereits ordentlich aufgereiht in der Spülmaschine. Die Dips befanden sich im Kühlschrank und die leeren Chips-Packungen im Müll. Hatte er das noch gemacht? Oder Carol? Verdammt, er hoffte wirklich, dass er lange genug wach geblieben war, um sie wenigstens noch zur Tür zu bringen. Das war er doch, oder?

Sophie kam in die Küche zurückgerast und wedelte energisch mit dem Schwanz. Er fütterte sie, bevor er ins Bad flüchtete, um sich der heilenden Wirkung einer heißen Dusche hinzugeben. Als er sich auszog, fiel ihm wieder der erotische Traum ein, den er gestern Nacht gehabt hatte. Er stöhnte. Verdammt! Wann würde es endlich aufhören, dass Carol seine Nächte dominierte? Dieses Mal war der Traum aus irgendeinem Grund ganz besonders lebhaft gewesen. Als er Carol gestreichelt, geküsst und zum Orgasmus gebracht hatte, hatte sich das so seltsam … real angefühlt. So echt. Tja, dachte er. Wenn es doch nur so wäre. Aber so viel Glück war ihm natürlich nicht beschieden.

Nachdem er geduscht, sich rasiert und angezogen hatte, machte er sein Bett und ging mit der zweiten Tasse Kaffee raus auf die hintere Veranda. Durch irgendeine Wetter-Verirrung hing noch Bodennebel über dem Wildtierreservat. Das geheimnisvoll wabernde Grau ließ ihn unwillkürlich an Feen denken. Oder an Trolle.

Bevor er sich entscheiden konnte, welche Sorte Fabelwesen besser nach Happily Inc passen würde, durchquerte eine Herde Gazellen sein Blickfeld. Die Art, wie die Tiere über das feuchte Gras rannten, erinnerte an Schulkinder, die nach dem letzten Klingeln in den Schulhof gestürmt kamen. Mathias setzte sich und griff nach seinem Skizzenblock. Als er seinen Stift zur Hand nahm, begann ein Gedanke in seinem Hinterkopf zu rumoren. Es war irgendetwas, das mit letzter Nacht zu tun hatte. Aber was? Er konnte sich nicht erinnern. Ging es um etwas, das er gesagt hatte?

Noch während er versuchte, die flüchtige Erinnerung dingfest zu machen, tauchte plötzlich Millie auf. Sie bewegte sich viel langsamer als die Gazellen, als ob jeder einzelne Schritt genau geplant werden müsste. Oder schlich die Giraffe so langsam dahin, weil sie traurig war? Er wünschte, er hätte irgendeine Möglichkeit, Millie zu erklären, dass Carol schon an der Lösung des Problems arbeitete. Dass die ganze Stadt schon Geld sammelte, um eine Herde kaufen zu können. Und sobald das Geld da war, würde …

Carol gesellte sich zu Millie, um ihrer Giraffe ein wenig Gesellschaft zu leisen. Das tat sie fast jeden Morgen. Mathias war an den Anblick gewöhnt. Aber diesmal war etwas anders. Er war sich nicht sicher, was genau es war. Aber während er Carol beobachtete, gingen alle Alarmglocken in seinem Kopf an. Etwas hatte sich verändert. Vermutlich war irgendetwas geschehen oder würde bald geschehen oder …

Carol sagte etwas. Mathias konnte sehen, wie ihre Lippen sich bewegten. Sie hob den Kopf und schaute zu der Giraffe auf, während Millie sich im gleichen Moment zu ihr hinunterbeugte. Die Sonne brach durch den Nebel und beleuchtete das Bild der Giraffe und der Frau, deren Köpfe sich fast berührten.

Es war ein unglaublicher Anblick – die perfekte Mischung aus Linien und Kurven. Noch beeindruckender war jedoch das Gefühl von Freundschaft – vielleicht sogar Liebe –, die das Bild vermittelte. Millies Hals war nach unten gebogen, Carols Kinn emporgereckt. Im Hintergrund befanden sich einige Bäume, die für die richtige Tiefenwirkung sorgten, während die Sonne das Geschehen im Vordergrund bestrahlte. Alles war genauso, wie es sein sollte. Absolut perfekt. Mathias' Stift flog über das Papier. Besessen versuchte er, jedes einzelne Detail festzuhalten. Auf so etwas hatte er lange gewartet. Und er wusste schon genau, was er jetzt tun würde.

Als er die Skizze beendet hatte, ging er ins Haus und machte rasch einige Kopien, bevor er ins Studio fuhr. Dort gab er Sophie bei Natalie ab. Und dann begann er den mühsamen Prozess, schlichtes Glas in etwas Magisches zu verwandeln.

Es dauerte viele Stunden. Nick gesellte sich zu ihm, und sie erhitzten gemeinsam die Glasmasse, formten, rollten und entsorgten die missglückten Versuche. Irgendwann, als die Sonne schon tief am Horizont stand, stellte Mathias schließlich eine circa zwanzig Zentimeter große Glasgiraffe auf den Tisch.

Die Skulptur war noch nicht so detailreich, wie er sich das gewünscht hätte. Aber die genaue Ausarbeitung würde er beim nächsten Mal in Angriff nehmen. Dann hatte er schon viel mehr Übung, und die neuen Versionen würden auch größer werden, was die Arbeit an den Details natürlich erleichterte. Trotzdem – das hier war schon mal gar kein so schlechter Anfang. Zum ersten Mal hatte die Giraffe tatsächlich Ähnlichkeiten mit Millie. Und – noch wichtiger: Die Skulptur vermittelte den Eindruck von Bewegung. Es wirkte, als ob die Giraffe jeden Moment den nächsten Schritt machen würde.

»Verdammt.« Nick stellte sich neben ihn. »Du hast es geschafft. Da stimmt wirklich alles. Was ist der nächste Schritt?«

»Ich mache eine neue Version. Aber diesmal größer.« Die fertige Skulptur wird etwa einen Meter groß sein, überlegte Mathias, während er still die Glasgiraffe auf dem Tisch um ihre eigene Achse drehte. Millie, die sich hinabbeugte. Und Carol, die zu ihr aufblickte. Morgen würde er den ersten Versuch machen, eine Glasfigur zu erschaffen, die Carol darstellte. Nachdem er die Grundzüge an der kleinen Probefigur erarbeitet hatte, würde er auch von dieser Skulptur eine größere Version machen. Und danach …

Er stellte seine Giraffe auf dem Tisch ab und betrachtete sie kritisch. Ehrlich gesagt hatte er keine Ahnung, was danach passieren sollte. Aber das störte ihn nicht. Es war Jahre her, dass er etwas anderes als Schüsseln und Lampenschirme gemacht hatte. Viele Jahre, seit er sich zum letzten Mal getraut hatte, ein Risiko einzugehen und etwas Außergewöhnliches zu erschaffen.

Das letzte Mal, als er das getan hatte, war er neunzehn gewesen. Normalerweise bemühte sich Mathias, die Vergangenheit bestmöglich zu ignorieren. Aber jetzt stürzten die Erinnerungen wieder auf ihn herein. Er konnte die Skulptur genau vor sich sehen, die er damals gemacht hatte. Sie war abstrakt gewesen, halb Stern, halb Welle. Die Farben hatten perfekt zu dem Design gepasst und so intensiv geleuchtet, dass sie fast schon zu pulsieren schienen. Er war selbst völlig verblüfft gewesen, dass ihm so etwas gelungen war. Und er hatte gewusst: Das hier war das Beste, was er je gemacht hatte.

Als er Nick und Ronan die Skulptur gezeigt hatte, waren seine Brüder erst mal ganz still gewesen – als ob sie nicht wüssten, was sie sagen sollten. Aber Worte waren auch nicht nötig gewesen. Die Blicke der beiden, voller Bewunderung und Neid, hatten ihm vollauf gereicht. Er hatte *gewusst*, dass ihm etwas Einmaliges geglückt war. Etwas, mit dem er sich einen Namen machen würde. Ab jetzt würde er nicht mehr nur der Sohn des großen Ceallach sein. Er würde selbst ein bekannter Künstler werden.

Freudig erregt hatte er seinen Vater gerufen, um ihm die Skulptur zu zeigen. Das Urteil des Meisters. Ceallach hatte sich viel Zeit gelassen. Mehrmals hatte er das Podest umrundet, war zwischendurch immer wieder stehen geblieben, hatte die Stirn gerunzelt und kein einziges Wort gesagt. Doch das hatte Mathias nicht einschüchtern können. Die Skulptur war gut, daran gab es keinen Zweifel. Jetzt musste ihm sein Vater das Lob nur noch aussprechen.

Als er das nächste Mal stehen blieb, hatte sich Ceallachs Miene plötzlich angeekelt verzerrt. »Das ist Müll«, hatte er geknurrt und dem Podest einen Hieb versetzt, sodass es ins Schwanken geriet. Mathias' Kunstwerk, der kühn geschwungene Glaskörper mit den leuchtenden Farben, war heruntergefallen und in tausend Teile zerbrochen.

Ungläubig hatten die drei Brüder auf die bunten Scherben gestarrt, die jetzt den Boden bedeckten. Ronan war der Erste gewesen, der die Sprache wiederfand.

»Du bist doch nur neidisch«, hatte Mathias' Zwillingsbruder geschrien. »Deshalb hast du es getan. Du weißt, dass er besser ist als du. Und das kannst du nicht ertragen.«

Dann hatte Ceallach zum zweiten Mal ausgeholt. Diesmal hatte der Hieb seinen Sohn getroffen – mitten ins Gesicht. Mathias hatte Ronan festgehalten, während Nick ihren Vater aus dem Studio gezerrt hatte. Nachdem Nick zurückgekehrt war, hatten die drei Brüder eine Weile lang schweigend dagestanden. Nur ihr keuchender Atem war in der bedrückten Stille zu hören gewesen.

»Du musst die Skulptur noch mal machen«, hatte Nick schließlich gesagt. »Das ist die beste Art, es ihm heimzuzahlen.«

»Nick hat recht. Und diesmal werden wir die Skulptur aus dem Studio schaffen, bevor er die Gelegenheit bekommt, sie zu zerstören. Dann wird ihm gar nichts anderes übrig bleiben, als anzuerkennen, dass du besser bist.«

Mathias hatte nichts erwidert. Wortlos hatte er sich umgedreht und das Studio verlassen, um dann ziellos durch die Wälder zu streifen, die ihr Haus umgaben. Er war zwei Tage lang fortgeblieben. Und als er zurückgekehrt war, hatte er begonnen, Gläser, Teller und Lampenschirme zu machen.

Er schüttelte den Kopf und kehrte in die Gegenwart zurück. Die kleine Giraffen-Figur stand in der Mitte des Tischs. Er streckte die Hand aus und berührte das glatte, kühle Glas. Egal was damals passiert war – diese Skulptur hier würde Ceallach nicht zerstören. Das würde er nicht zulassen.

Violet hielt sich gar nicht erst mit einer Begrüßung auf. »Was ist los?«, fragte sie, noch während sie sich an den kleinen Tisch setzte.

Carol seufzte. Schwestern konnten manchmal wirklich Nervensägen sein. »Tolle Idee, dass wir heute zusammen Kaffee trinken gehen«, versuchte sie auszuweichen. Sie zeigte auf das riesige Zimthörnchen, das sie gekauft hatte, bevor Violet aufgetaucht war. »Du hast hoffentlich auch Lust auf etwas Süßes? Wenn ich dieses Mega-Teil allein essen muss, wache ich morgen früh auf und wiege vierhundert Pfund.«

»Ich glaube kaum, dass der Stoffwechsel so funktioniert.« Violet musterte sie aus zusammengekniffenen Augen. »Und versuch nicht abzulenken. Irgendetwas ist passiert. Ich werde keine Ruhe geben, bis ich herausgefunden habe, was.« Sie deutete auf die relativ kurze Schlange, die vor der Kuchentheke stand. »Gut, ich werde mir jetzt eine Tasse Kaffee und eine Gabel holen. Du kannst die Zeit nutzen, um dir zu überlegen, was du tun willst. Es gibt zwei Möglichkeiten: Entweder du spuckst freiwillig aus, was los ist. Oder du denkst dir ein paar wirklich gute Lügen aus.« Sie stand auf und ging in Richtung Kuchentheke. Dann blieb sie abrupt stehen und drehte sich noch einmal um. »Aber eines ist dir hoffentlich klar: Ich kann erkennen, ob du die Wahrheit sagst oder nicht.«

Carol wollte sagen, dass das nicht stimmte. Aber das tat es leider. Violet und sie standen sich sehr nahe und kannten sich gut. Was schön war – es sei denn, eine von ihnen wollte irgendetwas geheim halten. Dann war das natürlich nicht so vorteilhaft. Wie zum Beispiel jetzt. Nach diesem ziemlich verstörenden Abend mit Mathias sehnte sie sich zwar nach etwas Mitgefühl und weiblicher Solidarität. Aber eigentlich hatte sie nicht vorgehabt, ihrer Schwester in allen Einzelheiten von diesem Vorfall zu berichten. Tja, dann musste sie sich wohl irgendeine Geschichte aus den Fingern saugen, mit der sie Violet ablenken konnte. Nur, was für eine Geschichte sollte das sein? Ihr fiel einfach nichts ein. Was mal wieder typisch war. Als die Kreativitäts-Gene verteilt worden waren, musste sie wohl gerade irgendwo anders gewesen sein.

Nein, dachte sie. Es war zwecklos, sich irgendwelche Lügen ausdenken zu wollen. Besser, sie ergab sich gleich in das Unvermeidliche.

»Na schön«, sagte sie deshalb mit gesenkter Stimme, als Violet sich wieder an den Tisch setzte. »Ich hatte Sex mit Mathias. Oder so ähnlich.«

Violets Unterkiefer sackte herab, ihre Augen wurden riesig, und fast wäre ihr die Gabel aus der Hand gefallen. »Ich ... Du ... Was? Mathias? Aber ich wusste gar nicht, dass ihr beide ... Moment mal! Was soll das überhaupt heißen: oder so ähnlich?«

Carol steckte sich ein großes Stück Zimthörnchen in den Mund. Wenn das Leben furchtbar verwirrend wurde, gab es wenigstens eine Kombination, auf die man sich verlassen konnte: Zucker und Fett. Das half immer.

»Wir sind nicht zusammen, falls du das wissen wolltest. Mathias und ich, wir sind Freunde. Er steht auf sexy Brautjungfern. Und ich ...«

»Du nicht.«

Carol grinste. »Genau.« Gleich darauf hörte sie auf zu lächeln. »Ich weiß nicht, was passiert ist. Ehrlich nicht.«

»Oh, Schätzchen. Dann hat einer von euch beiden aber etwas falsch gemacht.«

»Das ist nicht sehr hilfreich.«

»Tut mir leid. Ich bin etwas verwirrt. Aber ich verspreche, ich werde mich jetzt konzentrieren. Also: Wie ist es dazu gekommen?«

Carol erzählte, wie sie Mathias und Sophie auf dem Heimweg entdeckt und dann im Auto mitgenommen hatte. Sie berichtete von der Einladung, von den Margaritas und wie dann eins ... beinahe ... zum anderen geführt hatte.

»Er ist eingeschlafen, bevor wir ... Also, du weißt schon.«

»Im Ernst?« Violet beugte sich interessiert vor. »Du hast mir eben erzählt, wie Mathias dich nach allen Regeln der Kunst oral befriedigt hat. Aber es ist dir peinlich, ›miteinander schlafen‹ zu sagen?«

»Darum geht es hier nicht«, zischte Carol und blickte hastig über die Schulter, um sicherzugehen, dass am Nebentisch niemand mithörte. »Ich weiß einfach nicht, was ich sagen soll, wenn ich ihn das nächste Mal treffe.«

»Irgendetwas Spöttisches wäre vermutlich angebracht.«

»Na, herzlichen Dank. Das ist also deine Hilfe?«

»Das ist die Wahrheit. Komm schon, Carol. Der Mann ist eingeschlafen. Beim Sex. Das sollte *ihm* peinlich sein, nicht dir.« Sie warf ihrer Schwester einen scharfen Blick zu. »Du gibst dir hoffentlich nicht die Schuld daran, oder?«

Carol rutsche auf ihrem Sitz herum. »Also, na ja, nicht direkt. Es ist nur so: Ich bin eben nicht wie die Frauen, mit denen er sich normalerweise verabredet. Ich sehe nicht so schön und so glamourös aus.«

»Wie bitte? Diese Frauen wurden stundenlang geschminkt und tragen superteure Brautjungfernkleider. Natürlich sehen sie glamourös aus.«

Logik, dachte Carol, kann etwas ziemlich Blödes sein. Besonders, wenn ihre Schwester sie anwendete. »Klar. Aber ich frage mich, ob Mathias wach geblieben wäre, wenn ich irgendwie anders wäre.«

»Irgendwie anders? Da hättest du dich schon in eine Tasse sehr starken Kaffee verwandeln müssen. Carol, dir ist doch klar, dass er sehr viel getrunken hatte. Du hast nichts falsch gemacht.«

»Ich weiß. Trotzdem fühle ich mich scheußlich.«

»Dann stell dir mal vor, wie er sich jetzt fühlen muss. Wenn das keine peinliche Situation ist, dann weiß ich auch nicht.«

Carol starrte ihre Schwester an. »Daran habe ich noch gar nicht gedacht. Du hast recht. Schon wieder. Das muss ihm ganz schön unangenehm sein. Ich meine, er ist angeblich dieser supertolle Liebhaber, aber dann schläft er einfach ein. Nicht sehr überzeugend.«

»Siehst du? Du hast keine Schuld an der Sache.«

Das klingt gut, dachte Carol. Gestern Abend war sie so schockiert gewesen, dass sie nicht gewusst hatte, was sie tun sollte. Also hatte sie quasi auf Autopilot geschaltet und getan, was sie sonst auch getan hätte: Sie hatte Sophie kurz nach draußen gelassen und aufgeräumt. Dann war sie nach Hause gegangen. Aber als sie schließlich im Bett lag, hatte sie nicht einschlafen können. Ihre Gedanken hatten immer wieder um das gekreist, was gerade passiert war. Weil sie es einfach nicht begreifen konnte. Und weil sie es nicht vergessen konnte. Traurig, aber wahr: Noch nie hatte sie so guten Sex gehabt. Wie wäre es wohl weitergegangen, wenn Mathias nicht eingeschlafen wäre?

»Also was soll ich denn jetzt sagen, wenn ich ihn treffe?«

»Auf jeden Fall solltest du Begriffe wie ›Loser‹ vermeiden.«

»Violet!«

»Schon gut. Ehrlich gesagt weiß ich es auch nicht. Was würdest du denn gerne zu ihm sagen?«

»Das frage ich mich auch. Aber bisher hat er sich ja noch gar nicht gemeldet.« Sie hatte angenommen, er würde ihr zumindest eine kurze Nachricht schicken. Doch bisher hatte sie noch kein einziges Wort von ihm gehört.

»Er meldet sich noch. Da bin ich mir sicher. Vermutlich sitzt er noch immer unter dem Tisch und schämt sich. Und verkatert ist er sicher auch.«

»Ich denke, er wird sich melden, um sich zu entschuldigen«, sagte Carol, die noch immer ganz in Gedanken versunken war.

»Genau. Also warte ich, bis er das tut. Und dann sage ich ihm, dass alles in Ordnung ist.«

»Sicher? Du könntest auch eine zweite Runde verlangen. Als Wiedergutmachung.«

Unwillkürlich zog sich Carols Magen bei diesen Worten zusammen. Klar. Das war eine sehr verlockende Vorstellung. Aber Sex auf Bestellung? War das nicht riskant? Was, wenn Mathias die Sache später bereute? Und wenn er sie dann nie wiedersehen wollte?

Ihr war klar, dass sie momentan überall Probleme sah – vielleicht sogar an Orten, wo es gar keine gab. Aber es war nicht leicht, vernünftig mit einer Situation umzugehen, die so viele verschiedene Gefühle in ihr hervorrief.

»Ich will nur, dass zwischen Mathias und mir alles wieder so wird, wie es vorher war«, sagte sie und hoffte, dass ihre Schwester die Lüge ausnahmsweise nicht bemerkte. »Wir kriegen das bestimmt hin.«

»Aber erst mal muss er vor dir auf dem Boden kriechen.«

»Genau«, sagte Carol und hoffte, dass damit das Thema beendet war. »So, und jetzt erzähl mal, wie dein Dinner mit dem Engländer gelaufen ist.«

Kurz befürchtete sie, dass Violet gegen den Themenwechsel protestieren würde. Aber stattdessen sank ihre Schwester auf dem Stuhl in sich zusammen und seufzte.

»Es war toll.«

»Deine Körpersprache sagt aber etwas anderes.«

»Ich weiß. Tatsache ist: Wir haben uns sehr gut verstanden. Er war witzig und charmant. Meine Lieblingserinnerung ist gerettet. Jetzt kann ich diesen Tanz von damals wieder als etwas Schönes sehen.«

Carol lächelte. »Das freut mich. Also ist er ein Mann zum Schwärmen?«

»Das ist er.« Violet bohrte ihre Gabel in das Zimthörnchen und starrte dann sehr konzentriert auf das Gebäckstück. »Am Ende des Abends hat er mich gefragt, ob ich mit in sein Hotelzimmer kommen möchte.«

»Und? Bist du mitgegangen?«, erkundigte sich Carol, obwohl ihr schon klar war, wie die Antwort lauten würde.

»Nein. Das ging nicht. Ich bin sicher, dass es wundervoll gewesen wäre. Aber er reist wieder ab, und an so etwas bin ich nicht interessiert.«

Carol musterte ihre Schwester. »Deine Lippen sagen das eine. Und dein restlicher Körper sagte etwas anderes. Bereust du deine Entscheidung?«

»Vielleicht. Nein. Also, ja.« Violet trank einen Schluck Kaffee. »Ich bereue nicht, dass ich Nein gesagt habe. Und gleichzeitig bereue ich es doch. Ich mag ihn wirklich. Da ist irgendetwas, das mich zu ihm hinzieht.«

»Vielleicht solltest du eine Reise nach England in Erwägung ziehen.«

»Ich fliege nicht Tausende von Meilen, um einem Mann hinterherzujagen. Wenn es ihm um mehr als einen One-Night-Stand gegangen wäre, dann hätte er mir das gesagt. Er wäre geblieben oder hätte zumindest vorgeschlagen, dass wir in Kontakt bleiben. Aber das hat er nicht getan.«

Tja, dachte Carol. Da war sie wieder, diese verdammte Logik. Und offenbar stand genau diese Logik heute auf Kriegsfuß mit den beiden Lund-Schwestern.

»Ich wünschte, ich könnte dir helfen«, sagte sie.

»Danke, aber ich komme klar. Es war ja nur ein Essen. Ein Abend in einer langen Reihe von Abenden, wenn man es mal bezogen auf mein ganzes Leben sieht. Es hatte nichts zu bedeuten.«

Eine Aussage, die erst mal recht überzeugend klang. Trotzdem wurde Carol das Gefühl nicht los, dass Violet und sie logen. Und zwar in Bezug auf etwas sehr Wichtiges.

Carol verbrachte die nächsten vierundzwanzig Stunden mit Warten. Sie wartete und wartete. Aber die SMS/der Anruf/das Klopfen an der Tür kam einfach nicht. Mathias war komplett von der Bildfläche verschwunden. Und sie wusste wirklich nicht, was sie davon halten sollte. Es war eine Sache, sich zu schämen oder etwas zu bereuen. Aber das hier? Was dachte dieser Mann sich bloß?

Ihr Gehirn hatte leider eine Menge Antworten auf diese Frage parat – und keine davon war sehr angenehm. Also begann Carol, gedanklich einige andere Möglichkeiten durchzuspielen. Vielleicht rief Mathias ja nicht an, weil … genau, weil er nämlich krank war. Oder verletzt. Oder weil er kurz mal nach Borneo verreist war, um dem peinlichen Gespräch am Morgen danach zu entkommen.

Nachdem ihre Gedanken sich wieder und wieder im Kreis gedreht hatten, befahl sie sich schließlich, nicht mehr an diesen verflixten Abend zu denken. Aber auch mit dieser Strategie kam sie nicht wirklich weiter. Denn sobald sie sich ermahnte, ihre Gedanken nicht in diese Richtung schweifen zu lassen, taten sie das prompt. Es war wie verhext. Aus irgendeinem Grund schien es unmöglich zu sein, nicht an Mathias zu denken.

Irgendwann war sie derart mit den Nerven fertig, dass sie kurz davor stand, sich einen Mittagscocktail zu genehmigen. Vielleicht würde der Alkohol ja helfen, das Chaos in ihrem Kopf verschwinden zu lassen. Doch genau in dem Moment, als sie sich auf die Suche nach einem Glas machen wollte, klingelte das Telefon. Carol wirbelte herum und schnappte sich ihr Handy, das ihr natürlich sofort aus der Hand glitt, zu Boden fiel und irgendwo unter dem Büro-Schreibtisch landete. Während ihr Herz wie wild pochte, ging sie in die Knie und robbte dem verdammten Teil hinterher, bis sie es schließlich zu fassen bekam. Sie drückte auf »Anruf annehmen« und versuchte gleichzeitig, den Namen zu lesen, der auf ihrem Display stand.

Mathias!

Sie spürte, wie ihre Brust enger wurde, ihr Magen sich verknotete und ihr Mund sich plötzlich staubtrocken anfühlte. All das machte es nicht gerade leichter, »Hallo?« zu sagen, aber schließlich gelang es ihr.

»Ich bin's. Sophie ist verschwunden. Irgendwie hat sie es geschafft, das Gartentor zu öffnen und nach draußen zu laufen.«

Es dauerte einige Sekunden, bis sie begriff, was er gesagt hatte. Er rief also nicht an, weil er über sie beide und diesen Abend sprechen wollte. Nein, er wollte über einen Hund sprechen. Genauer gesagt über Sophie. Und die war offenbar verschwunden. Dann endlich begann ihr Gehirn wieder zu funktionieren, und Carol schnappte nach Luft.

»O nein! Denkst du, sie ist im Reservat?«

»Ich befürchte schon. Deshalb wollte ich fragen, ob ich rüberkommen kann, damit wir sie zusammen suchen. Verflucht, Carol, denkst du, eines der größeren Tiere könnte sie angreifen?«

»Keine Sorge. Das sind alles friedliche Weidetiere.« Es sei denn natürlich, Sophie schlich sich auf ihre neugierige Art zu nahe an eines der Tiere heran. Dann würde sie leider ein paar gehörige Tritte abbekommen.

Bei dem Gedanken daran, dass der kleine Beagle verletzt werden könnte, zuckte Carol unwillkürlich zusammen. »Weißt du was? Ich schnapp mir meinen Golfwagen und mache mich sofort auf die Suche nach Sophie.« Ihr Jeep stand vor der Haustür, aber der elektrische Golfwagen war wesentlich leiser und würde die Tiere nicht noch zusätzlich in Aufregung versetzen. Außerdem konnte sie dann besser hören, ob es aus irgendeiner Richtung bellte.

»Nein, warte bitte auf mich. Ich bin in fünf Minuten da.«

»Okay. Dann treffen wir uns an der Scheune.«

Carol legte auf, rief kurz ihren Vater an und rannte dann hinüber zur Scheune. Als sie den Golfwagen herausgeholt hatte, kam Mathias auch schon auf sie zugelaufen.

Einen Moment lang konnte sie nichts anderes tun, als ihn einfach nur anzustarren. Er war so groß und muskulös. Und die Art, wie er sich bewegte, rief ihr sofort wieder all das ins Gedächtnis, was sie an dem Abend getan hatten. Seine Hände auf ihrem Körper, sein Lächeln, als sie …

»Wir müssen sie finden!«, stieß er zur Begrüßung hervor. »Meine Mutter würde mir nie im Leben verzeihen, wenn ihr etwas zustoßen sollte. Und ich könnte mir das auch nicht vergeben. Der arme Hund!«

Carol schluckte. So viel zu ihrem Träumen von einem romantischen Wiedersehen. Aber er hatte ja recht: Jetzt ging es nicht um Romantik. Es ging darum, Sophie zu finden. »Ich habe gerade mit Dad gesprochen«, erklärte sie, während Mathias sich neben sie auf den Sitz schwang. »Er und mein Onkel fahren mit dem Auto die große Straße entlang, die am Reservat vorbeiführt. Die Frage ist, wie weit Sophie überhaupt kommen kann, wenn sie allein unterwegs ist.«

»Sophie? Die schafft es bis nach Iowa, wenn sie genügend Zeit hat.«

»Wir finden sie. Ganz bestimmt«, versuchte Carol ihn zu beruhigen, während sie wendete und losfuhr.

»Sie könnte überall sein.«

»Theoretisch schon. Aber Sophie will ein Abenteuer erleben, wenn ich sie richtig kenne. Sie will nicht abhauen. Daher bin ich mir sicher, dass sie irgendwo in der Nähe geblieben ist.«

Carol fuhr langsam den Hauptpfad entlang, der durch das Wildtierreservat führte. Alle paar Minuten blieb sie stehen, damit Mathias nach Sophie rufen konnte. Während er immer wieder den Namen seines Hunds hervorstieß, beschloss Carol, ihre eigenen Tiere zu beobachten. Friedlich grasende Gazellen und Zebras waren ein klarer Hinweis darauf, dass es sich um eine Sophie-freie Zone handeln musste. Wenn die Tiere dagegen nervös wirkten oder kurz davor standen, die Flucht anzutreten, war der Beagle schätzungsweise irgendwo in der Nähe.

Zuerst kamen sie an den Gazellen vorbei. Carol musterte sie, konnte jedoch keine nervös wedelnden Schwänze oder steil aufgerichtete Ohren bemerken. Auch die Zebras wirkten ziemlich ruhig. Harriet, der große Wasserbüffel, blickte nicht einmal auf, als sie vorbeifuhren, sondern graste entspannt weiter.

»Ich glaube kaum, dass Sophie ausgerechnet mit Millie abhängt«, sagte Carol nach einer Weile, »aber sicherheitshalber sollten wir das überprüfen.«

Sie lenkte den Golfwagen in Richtung von Millies Lieblingsplatz zur Mittagszeit. Und, tatsächlich: Kurz darauf hörten sie ein Geräusch, das verdächtig wie das aufgeregte Japsen eines kleinen Hunds klang.

Mathias warf Carol einen verwunderten Blick zu. »Kann Sophie überhaupt so weit nach oben schauen? Aus ihrer Perspektive besteht Millie doch nur aus Beinen.«

»Ich weiß es nicht.«

Sie folgten dem Pfad und hielten an, als sie Millie entdeckten, die genüsslich an ein paar Ästen knabberte, die Carol heute Morgen in der hochgelegenen Futterstelle deponiert hatte. Sophie tänzelte munter zwischen den Beinen der Giraffe herum. Immer wieder kam sie dabei Millies Füßen gefährlich nahe. Carol spürte, wie ihr Magen sich vor lauter Panik zusammenzog. Doch bevor sie den Hund rufen oder sonst etwas unternehmen konnte, beugte Millie sich zu Sophie hinunter. Die Giraffe versetzte dem aufgeregt umherwuselnden Beagle mit dem Kopf einen kleinen Stoß, der fast etwas Mütterliches hatte. Prompt blieb Sophie stehen und bedeckte die eine Seite von Millies Gesicht mit Hundeküssen.

»Heilige Scheiße«, murmelte Mathias. »Was macht sie da?«

»Sie freundet sich mit Millie an?«

Sobald sie Mathias' Stimme hörte, wirbelte Sophie herum, bellte erfreut und kam schwanzwedelnd auf den Golfwagen zugerast. Sie sprang hoch und landete auf Mathias' Schoß. Nachdem sie ihre Vorderpfoten gegen seine Brust gestützt hatte, leckte sie ihm das Gesicht ab und grinste dann Carol an. Millie war in der Zwischenzeit wieder zu ihrem Futter zurückgekehrt.

»Du bist wirklich unmöglich«, sagte Mathias zu dem Beagle. »Was soll ich nur mit dir machen, hm?«

Sophie wedelte ungerührt mit dem Schwanz. Dann setzte sie sich und lehnte sich an Mathias, als ob sie zeigen wollte, dass sie bereit zur Abfahrt war.

Carol griff nach dem Walkie-Talkie, um ihrem Vater und ihrem Onkel zu sagen, dass sie den Beagle gefunden hatten.

»Millie hätte sie töten können«, sagte sie kurz darauf zu Mathias. »Sie hätte Sophie jederzeit zerquetschen können. Aber das hat sie nicht getan. Es schien eher so, als wäre sie froh, eine Freundin gefunden zu haben. Wahrscheinlich ist sie noch einsamer, als ich vermutet habe.«

Mathias berührte leicht ihre Hand. »Du organisierst ihr doch eine Herde.«

»Das dauert viel zu lange. Ich habe Angst, dass Millie schrecklich unglücklich ist.« Sie schüttelte den Kopf. »Sorry. Nicht dein Problem.«

Nachdem die Sophie-Krise heil überstanden war, kam Carol jetzt zum ersten Mal dazu, sich über andere Dinge Gedanken zu machen. Zum Beispiel darüber, dass Mathias und sie hier auf engstem Raum zusammensaßen. Und dass sie leider keine Ahnung hatte, wie sie über diese Dinge sprechen sollte, die neulich Abend passiert waren. Oder, besser gesagt: nicht passiert waren.

»Fühlst du dich wieder, ähm, besser?«

Er grinste verlegen. »Ja. Tut mir leid, wegen neulich Abend. Bei mir ist gerade eine Menge los. Ich habe hoffentlich nichts Blödes gesagt, bevor ich weggenickt bin?«

Carol wartete. Doch das schien offenbar alles zu sein, was Mathias zu dieser Sache zu sagen hatte. Fragen formten sich in ihrem Kopf und verflüchtigten sich wieder. Wollte er denn nicht darüber sprechen, was …?

Nein! Sie schnappte nach Luft. Nein, nein, nein! Es war doch wohl nicht möglich, dass Mathias sich gar nicht daran erinnerte, oder?

»Meine Erinnerung an den ganzen Abend ist ziemlich verschwommen«, gab er im gleichen Moment zu. »Als dein Nachbar und Freund verspreche ich dir, nie mehr so viel zu trinken. Normalerweise tue ich das auch nicht. Aber ich war ein wenig gestresst, und deshalb habe ich wohl ein paar Drinks zu viel gehabt. Tut mir leid, Carol, dass ich einfach eingeschlafen bin.«

Er hatte alles vergessen. Mathias erinnerte sich nicht mehr an den Abend mit ihr. Er hatte die Küsse vergessen. Und auch diese anderen Küsse.

Wie war das möglich?

Leider war Carol die traurige Antwort nur allzu klar. Mathias konnte sich nicht an den Abend mit ihr erinnern, weil dieser Abend für ihn nichts Besonderes gewesen war. *Sie* war nichts Besonderes. Eine Frau, mit der man Sex hatte und sie dann vergaß.

Sie hatten die Scheune erreicht. Carol hielt an und wartete, während Mathias Sophie auf den Arm nahm und ausstieg.

»Ich werde das junge Fräulein hier nach Hause bringen und ihr eine Strafpredigt halten, die sich gewaschen hat.«

»Klar. Das hilft bestimmt«, murmelte Carol, die noch immer unter Schock stand.

Mathias grinste sie an. Es war das sexy, leicht spöttische Lächeln, das Carols Knie immer ganz weich werden ließ. »Warte es nur ab. Ich habe geheime Überzeugungskräfte, denen keiner widerstehen kann – auch nicht Sophie. Morgen wirst du einen vollkommen veränderten Hund vor dir sehen.«

»Das glaubst du nicht wirklich, oder?«

Er lachte. »Nein, aber ich werde das Tor abschließen und mir etwas ausdenken, um es Sophie-sicher zu machen. Danke für deine Hilfe, Carol.«

»Kein Problem. Ich bin froh, dass Sophie nichts passiert ist.«

Er winkte ihr noch einmal zu und ging dann zu seinem Auto hinüber.

Carol blieb stehen. Während sie Mathias nachsah, sagte sie sich, dass sie nachher Kuchen bekommen würde. Jawohl, Kuchen und später auch noch Pasta. Und dann würde sie sich selbst eine Rede halten, bei der der Satz *Mathias ist nichts für dich* eine zentrale Rolle spielte. Und der Satz *Eines Tages wirst du jemanden finden, der zu dir passt* würde auch ein paarmal vorkommen.

9. Kapitel

Ulrich hatte seine Abreise aus Happily Inc so lange wie möglich hinausgezögert. Doch irgendwann musste er zugeben, dass es keinen Grund mehr gab, länger zu bleiben. Er würde Violet nicht wiedersehen – das war klar. Und ansonsten gab es nichts, was er in der Stadt zu erledigen hatte. Also machte er sich am frühen Morgen auf den Weg nach Los Angeles, um dort in das Flugzeug nach London zu steigen.

Er hatte seiner Großmutter erklärt, dass er sich in aller Form entschuldigt hatte und dass es ihrer amerikanischen Freundin gut ging. Wie sehr er den Abend mit Violet genossen hatte, hatte er allerdings nicht erwähnt, ebenso wenig wie die Tatsache, dass es dieser Frau auf geheimnisvolle Weise gelungen war, mit ihrem Lachen einen dunklen Ort in seinem Inneren zu erhellen. In ihrer Gegenwart hatte er sich zum ersten Mal seit vielen Jahren wieder lebendig gefühlt. Umso mehr bedauerte er, dass sie die Einladung, mit ins Hotel zu kommen, nicht angenommen hatte.

Er schüttelte den Kopf, während er in Richtung Highway fuhr. Mal angenommen, sie hätte es doch getan, was hätte er damit schon erreicht? Gar nichts. Besser gesagt: Es hätte die ganze Situation noch viel schlimmer gemacht. Denn wenn es ihm nach einigen Stunden mit ihr und ein paar Küssen schon so schwerfiel, sie zu verlassen, wie hätte er sich erst gefühlt, wenn er die Chance gehabt hätte, sie eine ganze Nacht lang zu lieben?

Während er gegen die Bilder in seinem Kopf ankämpfte, bog er in hohem Tempo links ab und sah sich plötzlich einer Giraffe gegenüber, die mitten auf der Straße stand.

Ulrich trat so fest er konnte auf die Bremse und lenkte den Wagen instinktiv in die Gegenrichtung – weg von der verflixten Giraffe. Das Ergebnis war, dass er jetzt auf eine Stelle am Straßenrand zuraste, wo sich auf der einen Seite ein Graben und auf der anderen Seite eine Baumgruppe befand. Er versuchte, seinen Wagen irgendwie zwischen beiden Hindernissen hindurchzusteuern. Ein Plan, der ziemlich schiefging, denn auf dem sandigen Untergrund verloren die Reifen ihren Halt, und der Wagen begann, sich wieder und wieder zu überschlagen. Ulrich wollte schreien, aber im gleichen Moment wurde es dunkel vor seinen Augen.

Ulrich war sich vage bewusst, dass die Zeit verging, während er still dalag. Er war schon seit einer ganzen Weile wach oder zumindest nicht mehr bewusstlos. Die grellen Lichter und der Geruch sprachen dafür, dass er sich in einem Krankenhaus befand. Irgendetwas sagte ihm, dass er einen Unfall gehabt hatte. Und dann war da noch dieses seltsame Bild in seinem Kopf – eine Giraffe, die ihm entgegenblickte. Aber wie das alles zusammenhing und was genau passiert war, wusste er nicht.

Der größte Teil seines Körpers schmerzte, einige Bereiche mehr als andere. Sein linkes Bein ließ sich nicht bewegen, was schätzungsweise nichts Gutes zu bedeuten hatte. Und als er vorhin versucht hatte, seinen Kopf zu heben, hatte der Raum begonnen, sich wie wild um ihn zu drehen. Er war an einen Tropf angeschlossen. Operiert worden war er aber nicht, soweit er wusste. Sobald er wieder einigermaßen bei Kräften war, würde er herausfinden, was hier los war. Aber jetzt würde er erst mal die Augen schließen und sich erholen.

Nach einer Weile bemerkte er, dass jemand sich neben seinem Bett befand. Keine Krankenschwester, dafür strahlte diese Person zu viel Ruhe aus. Und sie versuchte auch nicht, irgendwelche Nadeln in ihn zu stechen oder andere unangenehme Dinge mit ihm anzustellen. Auf die Gefahr hin, einen weiteren

Schwindelanfall zu bekommen, zwang er sich, die Augen zu öffnen und den Kopf leicht zu heben. Es war Violet, die neben seinem Bett saß. Als sie merkte, dass er sie ansah, lächelte sie ihn besorgt an.

»Hey, wie geht's dir? Kannst du dich an etwas erinnern? Soll ich eine Schwester rufen?«

Er sah sie einen Moment lang doppelt, bevor aus den zwei Gestalten wieder eine wurde. Hastig schloss er die Augen und murmelte: »Keine Krankenschwester.«

Ihre warme Hand strich über seinen Arm und umfasste dann seine Finger. »Okay. Ich werde einfach hier neben dir sitzen bleiben. Wie fühlst du dich?«

»Ziemlich zerschlagen.«

»Das kann ich mir vorstellen.«

»Hatte ich einen Autounfall?«

»Ja. Du bist von der Straße abgekommen, und dein Wagen hat sich überschlagen. Der Doktor meinte, du hättest Glück gehabt, dass du offenbar schon vorher abgebremst hast. Wenn du in vollem Tempo gefahren wärst, hättest du dich sehr schwer verletzt.«

Wenn man bedachte, wie er sich jetzt fühlte, wollte er lieber nicht wissen, wie es war, sehr schwer verletzt zu sein. »Meine Großmutter …«

»Ich habe sie angerufen. Sie weiß, dass du nicht in Lebensgefahr bist.« Violet zögerte. »Du hast eine leichte Gehirnerschütterung, Prellungen, einen verstauchten Knöchel und jede Menge Schnitt- und Schürfwunden. Momentan siehst du aus, als hättest du in einem Zombie-Film mitgespielt. Aber der Doktor hat mir versichert, dass deine Verletzungen heilen werden und du keine bleibenden Schäden zurückbehältst.«

Er riskierte einen weiteren Blick in ihre Richtung und bemerkte erleichtert, dass sie diesmal nur eine Person war. »Gut zu wissen.«

»Trotzdem wirst du erst mal nicht in der Lage sein, ein Flugzeug zu besteigen und eine längere Reise anzutreten. Und du wirst jemanden brauchen, der sich um dich kümmert. Ich habe gesagt, dass ich das übernehmen werde.« Sie warf ihm einen Blick zu und redete weiter, bevor er etwas erwidern konnte. »Das war die einzige Möglichkeit, zu verhindern, dass deine Großmutter sofort zum nächsten Flughafen fährt und hierherkommt, um dich höchstpersönlich zu pflegen. Ich bin davon ausgegangen, dass du das nicht möchtest.«

»Nein«, murmelte er.

Eine derart lange Reise würde seine Großmutter sehr viel Kraft kosten. Und ihn im Krankenhaus zu sehen würde sie garantiert an diese schreckliche Zeit erinnern, als sein Vater im Sterben gelegen hatte.

»Was hat der Arzt gesagt: Wie lange muss ich hierbleiben?«

Sie lächelte. »Du bist so unglaublich britisch.«

»Was meinst du damit?«

»Der *Doktor*, nicht der *Arzt*. So nennen wir ihn hier.«

»Sehr unpräzise. Habt ihr euch das schon mal überlegt?«

Violet lachte. »Offenbar fühlst du dich schon wieder viel besser.«

Das tat er nicht, aber er genoss es, mit ihr zusammen zu sein. Wenn er sie sah und ihre Stimme hörte, fühlten sich die Schmerzen irgendwie weniger schlimm an.

»Übrigens: Kann es sein, dass da eine Giraffe war?«, fragte er und hoffte, dass die Frage keine sofortige Untersuchung durch einen Neurologen oder irgendeinen anderen Gehirnspezialisten nach sich ziehen würde.

Zu seiner Überraschung zuckte Violet zusammen und stieß dann hastig hervor: »Also, es tut mir wirklich leid, dass das passiert ist. Du hast völlig recht, es gab da eine Giraffe. Millie hat es irgendwie geschafft, auszubrechen. Wir sind uns ziemlich sicher, dass das an Sophies Einfluss liegt. Ganz schön verrückt, denkst du nicht? Ich meine, die beiden haben sich gestern erst kennengelernt, und heute bricht Millie bereits aus.«

Er ließ seine Augen wieder zufallen. »Wer ist Sophie?«

»Ein Beagle.«

Vielleicht war seine Kopfverletzung doch schwerer als gedacht?

Violet beugte sich zu ihm. Für einen Sekundenbruchteil spürte er ihren warmen Atem auf der Haut, bevor sie ihn sanft auf die Wange küsste. »Mach dir keine Gedanken darüber, Ulrich. Ich erkläre dir das alles, wenn du dich besser fühlst. Jetzt musst du dich erst mal ein wenig erholen. Mit etwas Glück wirst du morgen schon entlassen. Deswegen gehe ich jetzt auch für ein paar Stunden nach Hause, um da alles für dich vorzubereiten. Aber sobald ich fertig bin, komme ich zurück, okay?«

»Beeil dich«, murmelte er, bevor er sich zurückhalten konnte.

»Das werde ich.«

Mathias kam zur üblichen Uhrzeit vor dem Studio an, konnte jedoch nirgendwo einen Parkplatz entdecken. Überall standen Autos, und vor der Tür zum Studio hatte sich eine lange Menschenschlange gebildet. Es dauerte ein paar Sekunden, bis ihm klar wurde, was der Grund dafür war: Heute war Ausverkaufstag, und der hatte mal wieder eine Menge Menschen angelockt.

Er wendete und fuhr einmal um den Block. Nachdem er schließlich doch einen Parkplatz gefunden hatte, sorgte er zuerst dafür, dass Sophie ordentlich angeleint war, bevor er die Autotür öffnete und sie herausließ. Wenn es stimmte, was ihm die anderen berichtet hatten, dann war es dem harmlos dreinblickenden Beagle gelungen, Carols Giraffe zu einem Ausbruchsversuch zu verleiten – was dann prompt zu einem größeren Verkehrsunfall geführt hatte.

»Tut mir leid, aber ab jetzt musst du draußen immer angeleint sein«, erklärte er seiner vierbeinigen Begleiterin, während er mit ihr auf das Studio zuging.

Sophie sah zu ihm auf, und einen Moment lang hatte er den Eindruck, sie würde ihn leicht schuldbewusst angrinsen. Dann senkte der kleine Beagle den Kopf und trottete brav neben ihm her. Als sie das Studio erreichten, machte Mathias einen weiten Bogen um die Menschenschlange und betrat das Gebäude durch den Hintereingang. Sobald er ihre Leine gelöst hatte, raste Sophie unter freudigem Schwanzwedeln auf Natalies Büro zu, wo es diese Schublade gab, in der sich Leckerli befanden. Mathias sah ihr nach und wollte sich dann an die Arbeit machen. Doch er hatte kaum begonnen, die Temperatur der Öfen zu kontrollieren, als Natalie in der Tür erschien, gefolgt von Sophie.

»Ich kann sie nicht nehmen«, erklärte Natalie. »Heute ist Ausverkauf, da muss ich an der Kasse sitzen. Hast du die Menschenmenge da draußen gesehen?«

»Ja, habe ich. Ganz schön verrückt, oder?«, erwiderte Mathias, während er Sophie mit gerunzelter Stirn betrachtete. Zu arbeiten, während der Beagle im Studio herumlief, war ausgeschlossen. Sophie und geschmolzenes Glas, das war keine gute Kombi.

»Du bist selbst schuld«, erwiderte Natalie mit einem Lächeln. »Wenn die Leute deine Arbeiten nicht so sehr mögen würden, kämen sie gar nicht auf die Idee, in aller Früh vor dem Studio Schlange zu stehen. Wobei ich es irgendwie verstehen kann, es kommt eben nicht oft vor, dass ein Künstler Werke zu reduzierten Preisen verkauft. Bis zur Mittagszeit ist garantiert alles weg. Danach kann ich Sophie wieder mit in mein Büro nehmen.«

Mathias wusste, dass die allermeisten Künstler niemals auf die Idee gekommen wären, ihre Arbeiten zu Schleuderpreisen anzubieten. Trotzdem hatte er entschieden, dass Atsuko ein paarmal pro Jahr einen Verkaufstag veranstaltete, bei dem sämtliche Stücke reduziert angeboten wurden, die ihm misslungen waren. Zum Beispiel Schüsseln und Vasen, deren Form leicht unregelmäßig war. Oder Lampen, bei denen die Farben nicht ganz seiner ursprünglichen Vorstellung entsprachen.

Diese »Alles muss raus«-Idee war ursprünglich nur eine Art

Witz gewesen. Doch dann hatte es so viele begeisterte Reaktionen gegeben, dass sich der Ausverkaufstag zu einem festen Ritual entwickelt hatte. Die Leute standen bereitwillig Schlange, um seine Stücke zu einem Bruchteil des normalen Preises zu kaufen. Teller, die ansonsten nicht unter hundert Dollar zu haben waren, wurden für fünf Dollar verkauft. Tausend-Dollar-Vasen waren für fünfundzwanzig Dollar zu bekommen und so weiter.

»Okay, dann wünsche ich dir gute Nerven«, sagte Mathias zu Natalie. »Ich räume solange hier auf. Und du meldest dich, wenn du Sophie wieder nehmen kannst.«

»Das mache ich.«

Mathias ging zu seinem Schreibtisch hinüber und schaute auf die Papierstapel, die er sonst geflissentlich ignorierte. Es würde ein langer Morgen werden.

Kurz vor zehn Uhr ging er zur Galerie hinüber. Noch immer drängten sich dort die Leute, auch wenn die meisten Stücke bereits verkauft waren. Er beobachtete, wie eine ältere Frau einen Dollar in die Millie-Sammelbüchse warf, bevor sie ihre Tüten mit den Einkäufen vorsichtig nach draußen trug.

Der Anblick rief Mathias wieder die einsame Giraffe ins Gedächtnis. Er versuchte, im Kopf zu überschlagen, wie viel Gewinn er heute machen würde. Aber selbst wenn er jeden einzelnen Cent an Carols »Eine Herde für Millie«-Kampagne spendete, würde das niemals ausreichen.

Sein Blick fiel auf die riesigen Glasvitrinen, in denen einige von Ronans Werken ausgestellt waren. Die Blumenskulptur für dreihunderttausend. Das Arrangement mit den Seesternen für fünfundzwanzigtausend Dollar. Wieso kämpften sie hier verbissen um Centbeträge, wenn es ganz andere Möglichkeiten gab?

Entschlossen ging er ins Atelier zurück und rief Sophie herbei. Nachdem er ihr die Leine angelegt hatte, führte er sie zu seinem Mercedes. Sie fuhren zuerst Richtung Osten, dann nach Norden, wo die Berge begannen. Ronan lebte sehr abgeschieden auf einem Grundstück ein ganzes Stück oberhalb der Baumgrenze.

Als die Brüder damals nach Happily Inc gekommen waren, hatten sie zunächst ein großes Haus gemietet. Dort hatten sie zusammengewohnt und versucht, mit dem zurechtzukommen, was in ihrer Familie passiert war. Doch ein paar Monate später hatte Ronan das Haus in den Bergen entdeckt und es gekauft, ohne ein einziges Wort darüber zu verlieren. Als Mathias schließlich davon erfahren hatte, war er nicht nur völlig überrascht, sondern auch sehr verletzt gewesen. Aber er hatte seine Gefühle für sich behalten. Statt mit Ronan über die Sache zu reden, hatte er sich kommentarlos auf die Suche nach seinen eigenen vier Wänden gemacht und irgendwann das Haus am Rand des Wildtierreservats gefunden.

Im Nachhinein fragte er sich, ob das der Moment gewesen war, in dem die Dinge endgültig schiefgingen – der Moment, in dem sie aufgehört hatten zusammenzuleben –, oder ob das bereits vorher passiert war. Nämlich damals, als Ronan von einem Tag auf den anderen aus Fool's Gold weggezogen war und seinen Bruder somit vor die Wahl gestellt hatte, ihm zu folgen oder ihn zu verlieren. Wobei das im Grunde keine echte Wahl gewesen war. Denn natürlich hatte Mathias Ronan nicht verlieren wollen. Ihr ganzes Leben lang hatten sie sich sehr nahegestanden, schließlich waren sie in dem Glauben aufgewachsen, Zwillingsbrüder zu sein. Sie hatten alles gemeinsam gemacht, jeden Schritt ihrer Entwicklung. Selbst als sie irgendwann angefangen hatten, sich für Frauen zu interessieren, war es mehr als einmal vorgekommen, dass sie sich mit zwei Schwestern verabredet hatten. Ja, sie waren sich sehr nahe gewesen. Bis dann dieser eine Satz ihres Vaters im Krankenhaus alles verändert hatte.

Du bist ein Bastard, der einer Affäre von mir entstammt.

Mathias konnte sehr gut verstehen, dass Ronan geschockt von dieser Eröffnung war, die sein Leben vollständig auf den Kopf gestellt hatte. Aber leider schien Ronan nicht akzeptieren zu wollen, dass das nicht nur ihn betraf. Auch für Mathias hatte sich durch diesen einen Satz alles verändert: Er war nicht mehr Teil eines Zwillingspaares, nicht mehr der Mensch, für den er sich selbst gehalten hatte.

Genau deshalb war er ja mit Ronan nach Happily Inc gegangen – damit sie beide Abstand von Ceallach gewinnen und ganz in Ruhe herausfinden konnten, wer und was sie jetzt waren. Naiverweise hatte er angenommen, dass Ronan und er sich bemühen würden, das Geschehene gemeinsam zu verarbeiten. Und wenn sie dann irgendwann besser damit zurechtkamen, würden sie einfach mit ihren Leben weitermachen. Nie im Leben hätte er damit gerechnet, dass Ronan sich immer weiter von ihm zurückziehen würde, bis sie kaum noch miteinander sprachen.

Als er um die nächste Kurve fuhr, tauchte das alte Steinhaus vor ihm auf. Er hielt direkt davor. Das Gebäude hatte dicke Steinwände, gigantisch große Fenster und eine Eingangstür, deren zwei Flügel aus massivem Holz bestanden. Rundherum standen Bäume, sodass es wirkte, als wäre das Haus hier gewachsen und nicht künstlich in die Umgebung eingefügt worden.

Mathias stieg aus und überprüfte Sophies Leine, bevor er den Beagle aus dem Wagen springen ließ. Auf keinen Fall würde er sie in den Bergen frei umherlaufen lassen. Denn wenn sie hier mal wieder zu einer ihrer Touren aufbrach, würde er in fünfzig Jahren noch nach ihr suchen.

Nachdem Sophie geschnüffelt, gepinkelt und wieder geschnüffelt hatte, ging er mit ihr um das Haus herum. Das Atelier befand sich auf der Rückseite und war früher vermutlich einmal eine Scheune oder etwas Ähnliches gewesen. Ronan hatte das große einstöckige Gebäude umbauen lassen, als er hier eingezogen war. Nun standen hier mehrere Öfen und sämtliche Gerätschaften, die er für seine Arbeit brauchte. Manchmal fragte sich Mathias, warum sich sein Bruder überhaupt noch die Mühe machte, hinunter in die Stadt zu kommen.

Die Tür zum Studio stand offen. Mathias trat ein, ohne anzuklopfen. Er entdeckte Ronan, der eine maßstabsgerechte Zeichnung musterte, die an der einen Wand befestigt war. Sie zeigte sein neuestes Werk: der Schwan, der in einen Drachen überging.

Als er ihn bemerkte, reagierte Ronan nur mit einem unverbindlichen »Hey«.

»Hey«, erwiderte Mathias und umklammerte Sophies Leine etwas fester. »Ich bin gekommen, weil ich dir sagen wollte, dass Carol Geld braucht, um eine Herde für Millie zu kaufen.«

»Ich weiß.«

»Das Problem ist, dass sie eine halbe Million Dollar benötigt. Und so, wie es jetzt läuft, wird es viel zu lange dauern, bis sie den Betrag zusammenhat. Wenn du eines von deinen Kunstwerken spenden würdest, könnten wir ein Galerie-Event mit einer Auktion veranstalten.«

»Klar.« Ronan deutete mit dem Kinn in die Richtung der Lagerräume, die sich am anderen Ende des Studios befanden. »Nimm etwas mit, oder sag Carol, dass sie kommen und sich eines der Stücke aussuchen kann. Von mir aus auch zehn.«

Früher einmal hatte Mathias ganz genau einschätzen können, was Ronan dachte. Damals hätte er gewusst, wie diese Antwort zu verstehen war. War Ronan so großzügig, weil er sich ernsthaft Sorgen um Millie machte? Oder wollte er die Unterhaltung einfach nur so schnell wie möglich beenden? Tja, dachte Mathias. Er wusste es nicht. Ronan war ein Fremder geworden.

»Oh, okay. Dann sage ich Carol, dass sie anrufen soll, bevor sie vorbeikommt.«

»Gut. Gibt's noch was?«

Ja, dachte Mathias. Da gab es noch das ein oder andere. Nämlich all die tausend Dinge, über die sie längst hätten reden sollen. Denn egal, was Ceallach damals gesagt oder getan hatte, Ronan und er waren noch immer eine Familie. Noch immer Brüder. Aber wenn das so war – warum hatten sie es dann nicht geschafft, dieses schreckliche Auseinanderdriften zu verhindern?

Natürlich kannte er die Antwort auf diese Frage ganz genau: Jedes Mal, wenn er auf Ronan zugegangen war, hatte der sich noch ein Stück weiter zurückgezogen. Nach einer Weile hatte Mathias seine Annäherungsversuche schließlich aufgegeben, weil er Angst hatte, seinen Bruder sonst endgültig zu verlieren.

Mathias deutete mit einer Kopfbewegung auf die Zeichnung an der Wand. »Sag Bescheid, falls du da Hilfe brauchst.« Bei der Glasbläserei war ein zweites Paar Hände immer nützlich – oft sogar notwendig –, und Ronans Praktikanten arbeiteten nur Teilzeit.

»Mach ich.«

Mathias zögerte, aber es schien nichts weiter zu sagen zu geben.

»Okay, danke«, murmelte er schließlich, drehte sich um und marschierte aus dem Atelier und zurück zu seinem Auto.

Sophie trottete neben ihm her und warf ihm immer wieder forschende Blicke zu, als ob sie fragen wollte, weshalb er den weiten Weg hierhergefahren war, wenn er dann gleich wieder ging. Er konnte ihr – und sich selbst – die Frage leider nicht beantworten. Aber immerhin hatte er eine Lösung für das Millie-Problem gefunden.

Carol musterte den Koffer und die drei großen Taschen, die ihre Schwester hergebracht hatte. »Noch mehr Beweise dafür, wie toll dieses Essen mit ihm gelaufen ist?«, fragte sie mit unschuldiger Miene. »Übrigens: Willst du wirklich hier übernachten? Nicht dass ich das Zimmer nicht schön finde. Es ist nur etwas … gewöhnungsbedürftig.«

Violet verdrehte die Augen. »Er kann nicht bei mir unterkommen. Die Wohnung ist im Obergeschoss, und die Treppen würde er momentan nicht schaffen. Hier gibt es dagegen einen Fahrstuhl. Und davon mal abgesehen: Ich kümmere mich hier um einen kranken Menschen. Dieser Tatsache solltest du etwas mehr Respekt entgegenbringen.«

»Tja, ich hätte ja enormen Respekt vor dir, wenn dieser kranke Mensch nicht rein zufällig ein verdammt attraktiver Mann wäre.« Carol ließ ihren Blick durch das seltsam dekorierte Zimmer schweifen. Auf der Foto-Tapete war im Hintergrund eine Bergkette zu erkennen, während im Vordergrund so viele grellbunte Blumen blühten, dass man vom Hinsehen Kopfschmerzen bekam. An einer Seite des Zimmers stand ein riesiges Himmelbett mit massiven Holzpfosten, und auch der Rest der Einrichtung war betont rustikal gehalten. Nur das Bad, in das Carol vorhin einen kurzen Blick geworfen hatte, wirkte völlig normal.

»Okay, ich kapiere es einfach nicht. Was ist das Thema des Zimmers?«

»Heidi.«

Carol runzelte die Stirn. »Du meinst das Buch?«

»Genau. Das hier soll eine Berghütte darstellen.«

»Darauf wäre ich nie gekommen.« Carol grinste.

»Lach du nur. Ich hätte mir etwas anderes ausgesucht, wenn ich die Wahl gehabt hätte«, gab Violet zu, während sie ihre Taschen zur Seite stellte. »Aber Heidis Hütte war das einzige Zimmer, das einen direkten Durchgang zum Nebenzimmer besitzt. Und das macht es für mich natürlich einfacher, mich um Ulrich zu kümmern.«

»Ich hätte gar nicht gedacht, dass du gerne Krankenschwester spielst. Wirst du auch eine Uniform tragen? Mit kurzem Röckchen oder so?«

»Der Mann ist verletzt.«

»Dann ist er wehrlos, und du kannst ihn noch leichter verführen.«

»Ich werde diese Bemerkung ignorieren«, teilte Violet ihr mit.

»Die Wahrheit lässt sich auf Dauer nicht ignorieren.«

Violet lachte. Carol hatte gewusst, dass sie das tun würde. Und was den kranken Ulrich betraf: Auch da war Carol keineswegs erstaunt über die Reaktion ihrer Schwester. Violet war ein sehr mitfühlender Mensch. Egal was sie von Ulrich hielt – er war allein in einem fremden Land und verletzt. Also würde sich Violet um ihn kümmern. Dieser sexy Akzent war nur ein Bonus.

»Hast du mit seiner Großmutter gesprochen?«

»Schon dreimal. Sie ist natürlich extrem besorgt. Aber im Krankenhaus haben sie gesagt, dass Ulrich nach circa einer Woche wieder fit genug sein sollte, um zu fliegen.«

»Eine Woche? Das ist ganz schön lang, wenn du währenddessen keine Zeit hast, dich um deine eigene Arbeit zu kümmern.«

»Na ja. Ich habe länger mit einem Doktor im Krankenhaus gesprochen. Der war der Ansicht, dass Ulrich nach ein paar Tagen wieder aufstehen und herumlaufen kann. Wenn er dann Fortschritte macht, werde ich nur noch ein paar Stunden pro Tag bei ihm vorbeischauen.«

»Okay. Und der Großteil deines Geschäfts läuft ja sowieso über Internet. Sag mir Bescheid, wenn ich dir irgendwie helfen kann.«

»Das mache ich.«

Carol wusste, dass ihre Schwester später am Morgen Ulrich in das Hotel bringen würde. »Wenn du möchtest, kann ich euch später bei einem Take-away etwas zu essen kaufen und vorbeibringen.«

»Lieb von dir. Ich denke, am ersten Tag ist es einfacher, wenn wir uns etwas aus der Hotelküche aufs Zimmer bringen lassen.

Aber morgen würde ich vielleicht auf dein Angebot zurückkommen.«

»Ruf mich einfach an, dann komme ich.«

Violet wuchtete den großen Koffer auf das Bett und begann, mehrere Oberteile herauszuziehen, die sie sorgsam in den Schrank hängte. »Und«, fragte sie und sah Carol über die Schulter hinweg an, »wie läuft es bei dir? Hast du von Mathias gehört?«

Das war die Frage, die Carol gern vermieden hätte. Leider schien sich das in ihrem Gesichtsausdruck widerzuspiegeln, denn Violet ließ prompt die Seidenbluse sinken, die sie in der Hand hielt, und drehte sich um.

»Was? Spuck es aus!«

Mist, dachte Carol. Mist, Mist, Mist. »Ähm, also ich bin inzwischen relativ sicher, dass er sich an nichts erinnern kann.« Oder er tat so, als ob er sich an nichts erinnern konnte, was derart beschämend war, dass sie es nicht mal ihrer Schwester gegenüber erwähnen würde.

»Im Ernst? Er kann sich nicht daran erinnern, wie ihr …« Dankenswerterweise beendete Violet diesen Satz nicht. Ihre Miene nahm einen mitfühlenden Ausdruck an. »Das tut mir leid, Carol.«

»Es fühlt sich einfach ziemlich seltsam an. Vor allem, weil ich nicht weiß, was ich tun soll. Ich kann das ja schlecht ansprechen.« Sie schüttelte den Kopf. »Also, technisch gesehen kann ich das natürlich schon. Aber ich werde es nicht tun. Die ganze Situation ist jetzt schon peinlich genug. Mein Tiefpunkt in Sachen Dating. Da kann ich gern drauf verzichten, alles noch viel schlimmer zu machen. Ich glaube, die beste Lösung ist, so zu tun, als könnte ich mich nicht mehr an den Abend erinnern – genau wie Mathias.«

Sie holte tief Luft und machte sich bereit für einen Vortrag von Violet. Aber ihre Schwester umarmte sie nur ganz fest.

»Kriegst du das denn hin?«

»Ja, klar. Glaube ich zumindest. Also, ich weiß es nicht. Aber auf jeden Fall werde ich es versuchen. Die einzige Alternative ist so blöd, dass ich lieber gar nicht darüber nachdenken will. Violet, du wirst niemandem davon erzählen. Versprichst du das?«

Ihre Schwester umarmte sie noch einmal. »Über meine Lippen kommt kein Wort. Ich schwöre es bei allem, was mir heilig ist. Zum Beispiel Eiscreme.«

Das, dachte Carol, war ein Schwur, auf den sie sich verlassen konnte.

Violet tat ihr Bestes, um nicht so unbehaglich dreinzublicken, wie sie sich fühlte. Es war eine Sache, zu verkünden, dass sie Ulrich pflegen würde, bis es ihm besser ging. Aber es dann auch zu tun, war eine ganz andere Sache. Sie kannte diesen Mann ja kaum. Was zum Teufel tat sie also hier, in seinem Hotelzimmer? Eine ziemlich dumme Frage, weil sie die Antwort nämlich ganz genau kannte. Aber trotzdem. Das war alles ziemlich seltsam.

Ulrichs Großmutter hatte darauf bestanden, einen Krankentransport zurück ins Hotel zu bezahlen. Der nette Fahrer des Krankenwagens hatte Ulrich in einem Rollstuhl nach oben in sein Zimmer gebracht und ihn dann ins Bett verfrachtet. Violet hatte ihre Sachen in der Zwischenzeit allesamt im angrenzenden Zimmer verstaut, und sie hatte auch schon geplant, wie der erste Abend ablaufen sollte: Ruhe und Erholung für ihren Patienten, eine leichte Mahlzeit aus der Hotelküche und dann früh ins Bett. Mit allen anderen Problemen konnte sie sich morgen befassen.

Sie wartete fünf Minuten, damit Ulrich nach der Ankunft einen Moment für sich hatte. Dann klopfte sie einmal und öffnete die Tür zwischen ihren Zimmern.

»Wie fühlst du dich?«, fragte sie möglichst munter und hoffte, dass Ulrich ihr nicht ansah, wie nervös sie war. Sie schaute kurz in seine Richtung. Doch der Anblick, wie er da in seinem Bett lag, kam ihr eindeutig zu intim vor. Also entschied sie sich für einen neutralen Punkt knapp über seinem Kopf und richtete ihren Blick dorthin.

»Ehrlich gesagt komme ich mir etwas albern vor. Du musst natürlich nicht hierbleiben. Ich komme schon klar.«

»Das sieht deine Großmutter aber etwas anders. Sosehr ich Nana Winifred auch mag, ich habe einen Heidenrespekt vor ihr. Und wenn es um ihren einzigen Enkel geht, versteht sie keinen Spaß.«

»Ich muss zugeben, da ist etwas Wahres dran. Gut. Dann würde ich vorschlagen, du setzt dich hier zu mir, und wir besprechen, was genau unser Plan ist.«

Ein sehr vernünftiger Vorschlag, dachte Violet, als sie den Schreibtischstuhl nahm und hinüber zu Ulrichs Bett trug. Nachdem sie den Stuhl abgestellt hatte, glitt sie mit der Hand über die Tür des roten Cadillacs und lächelte.

»Angesichts der Tatsache, dass du jetzt in einem Bett-Auto liegst – kommst du dir da noch alberner oder weniger albern vor?«

»Gute Frage. Ich bin nicht ganz sicher. Noch alberner würde ich vermuten. Es ist schwierig, in dieser Umgebung einigermaßen würdevoll auszusehen. Andererseits ist die ganze Situation so skurril, dass das Bett sehr gut dazu passt.«

Ohne darüber nachzudenken, richtete Violet den Blick auf sein Gesicht. Prompt geriet sie in den Bann von Ulrichs tiefblauen Augen. Verflixt! Selbst unter dem Einfluss starker Schmerzmittel, mit leichenblassem Gesicht und Blutergüssen verfügte dieser Mann noch immer über eine ungeheure Ausstrahlung. Und dann erst dieser Akzent!

Darüber kannst du jetzt nicht nachdenken, rief sie sich selbst zur Ordnung. Sexy hin oder her – Ulrich war ihr Patient. Und auch wenn sie keine ausgebildete Pflegekraft war, musste sie umsichtig handeln. Der Mann war verletzt. Sie wollte nicht, dass er jetzt auch noch befürchten musste, sie würde sich gleich auf ihn stürzen.

»Ist dir noch immer schwindelig?«

Er zögerte lange genug, dass sie die Antwort erraten konnte. »Es ist nicht so schlimm«, behauptete er dann. »Auf jeden Fall geht es mir schon deutlich besser als gestern. Bedauerlicherweise kann ich meine Großmutter nicht von dieser Tatsache überzeugen. Ich musste ihr bereits drei Selfies schicken, damit sie mir glaubt, dass ich nicht halb tot irgendwo liege. Ich wäre dir sehr zu Dank verpflichtet, wenn du sie irgendwie beruhigen könntest.«

»Natürlich. Das mache ich gern. Ich bin sicher, dass wir sowieso in den nächsten fünfzehn Minuten telefonieren werden.« Violet dachte an die zahlreichen Gespräche, die sie heute mit Nana Winifred geführt hatte. »Sie will dich nicht verlieren.«

»Ja, sie macht sich große Sorgen.« Er zögerte. »Ich weiß nicht, ob sie das erwähnt hat: Mein Vater hatte einen schweren Autounfall, als er noch ein Teenager war. Von den Verletzungen hat er sich nie mehr ganz erholt. Er musste für den Rest seines Lebens an Krücken gehen oder im Rollstuhl sitzen. Meine Großmutter hat das sehr mitgenommen. Und als er dann so früh gestorben ist, war sie am Boden zerstört.«

Violet nickte. Sie hatte Ulrichs Vater damals in England nicht getroffen. Aber sie hatte viel über ihn gehört, in den Briefen, die ihr Nana Winifred geschrieben hatte. Die Dowager Duchess hatte sehr gelitten, als ihr Sohn vor einigen Jahren gestorben war.

»Du bist alles, was ihr geblieben ist«, sagte sie leise. »Ich werde mein Bestes tun, um sie zu beruhigen, wenn sie anruft.«

»Das wäre wirklich wunderbar. Denn auch wenn sie das Gegenteil behauptet – sie ist inzwischen zu gebrechlich, um eine derart weite Reise zu unternehmen. Aber das würde sie nicht abhalten, wenn sie das Gefühl hätte, dass etwas nicht in Ordnung ist.«

»Keine Angst. Ich werde sie beruhigen und das Cadillac-Bett nicht erwähnen.«

Dieser eher schwache Witz brachte ihr ein Lächeln ein, das sofort dieses Kribbeln in ihrem Bauch auslöste. Okay, dachte sie. Eigentlich hatte sie nicht vorgehabt, sich eine Woche lang um einen verletzten englischen Aristokraten zu kümmern. Aber dieser Job hatte definitiv seine Vorteile.

»Ich würde vorschlagen, dass wir es heute Abend ruhig angehen lassen«, erklärte sie hastig, um das Thema zu wechseln. »Wir bestellen Essen beim Zimmerservice, dann schauen wir irgendeinen Film im Fernsehen, und du gehst früh schlafen. Ich habe vom Krankenhaus Anweisungen erhalten, wann du welche Medikamente bekommen musst. In den nächsten paar Tagen wird die Dosis immer weiter heruntergefahren, also werde ich dich nur in den ersten beiden Nächten aufwecken müssen.«

Er runzelte die Stirn auf sehr männliche Weise. »Ich kann meine Tabletten selbst nehmen, Violet. Es ist völlig unnötig, dass du mitten in der Nacht aufstehst, nur um mir ein Wasserglas zu reichen.«

»Wirklich? Ich dachte, das wäre meine Aufgabe im Leben. Im Ernst: Das ist kein Problem. Ich stelle einfach den Wecker an meinem Handy. Versuch gar nicht erst, mich davon abzubringen, Ulrich. Du hattest einen schweren Unfall. Dein Körper braucht jetzt Ruhe, um sich zu erholen. Also sage einfach Danke und akzeptiere es.«

»Danke.«

»Siehst du? Geht doch ganz leicht. Gut, dann kommen wir jetzt zum Abendessen.« Sie reichte ihm die Speisekarte des Hotels. »Dein Doktor im Krankenhaus meinte, dass du während der ersten Tage keinen großen Appetit haben wirst. Trotzdem solltest du versuchen, wenigstens eine Kleinigkeit zu dir zu nehmen.«

Statt die Gerichte auf der Speisekarte anzusehen, hob er den Kopf und musterte sie. »Es tut mir leid, dass ich dir das zumute. Du hast bestimmt Besseres zu tun.«

»Kein Grund zur Sorge. Ich habe meine Kleider und meinen Computer mitgebracht. Der Großteil meines Geschäfts läuft sowieso über das Internet. Und wie du selbst gesehen hast, hängt an meinem Laden ein Schild, auf dem steht, wo ich bin. Selbst wenn irgendeine Braut ihr Kleid in letzter Minute ändern lassen möchte, ist das kein Problem.«

»Du bist sehr großzügig.«

Großzügig? Verdammt, sie wäre lieber sexy oder verführerisch. Gehörte er etwa auch zu den Männern, die gewisse Dinge vergaßen? Zum Beispiel die Tatsache, dass er sie vor nicht allzu langer Zeit geküsst und dann in sein Hotelzimmer eingeladen hatte? Hatte er inzwischen seine Meinung dazu geändert? Ja, klar, er war verletzt, und sie ging nicht davon aus, dass heute Nacht irgendetwas passieren würde. Aber so ein Hauch von Interesse wäre ganz nett gewesen. Oder wenigstens eine doppeldeutige Bemerkung.

Tja, dachte sie. Pflegerin war offenbar doch kein so leichter Job. »Na schön, Euer Gnaden. Dinner. Wie wäre es denn mit einem leckeren Süppchen? Oder vielleicht ein paar Chicken Fingers?«

»Ich wusste gar nicht, dass die Hähnchen in Amerika Finger haben.«

Sie seufzte. »Herzlichen Dank. Jetzt habe ich ein Bild im Kopf, das ich nie wieder loswerden kann.«

»Dafür möchte ich mich in aller Form entschuldigen. Wenn ich diese Hähnchen-Finger bestelle – ist deine Welt dann wieder in Ordnung?«

»Da bin ich mir nicht sicher.«

»Dann verspreche ich, dass ich alles dafür tun werde.«

Alles? Sie verkniff sich ein Lächeln. Das hörte sich gar nicht schlecht an. Hoffen durfte man ja …

10. Kapitel

Mathias wurde das Gefühl nicht los, dass er irgendetwas Wichtiges vergessen hatte. Da war dieses hartnäckige Wispern in seinem Hinterkopf. Doch sosehr er sich anstrengte – er bekam diesen verdammten Gedanken einfach nicht zu fassen. Er versuchte sich einzureden, dass es bestimmt keine Rolle spielte, hatte aber gleichzeitig das Gefühl, dass es wichtig war. Sehr wichtig.

Er richtete seinen Blick zurück auf die Glasgiraffe, die vor ihm stand. Es war die dritte Giraffe, die er gemacht hatte, und so langsam begann er zu glauben, dass es ihm gelingen würde, sein Ziel zu erreichen. Das Gefühl, einen Körper in Bewegung vor sich zu sehen, war mit jedem Versuch stärker geworden. Das hier war seine beste Skulptur bisher – und die größte.

Ihm gefielen der Ausdruck auf Millies Gesicht, die Biegung ihres Schwanzes und die Linien ihres Torsos. Die Glasgiraffe erweckte den Anschein, als könne sie jeden Moment zum Leben erwachen.

Er wusste, dass es somit an der Zeit war, mit der anderen Hälfte der Skulptur zu beginnen. Was er tun musste, war, Carol darzustellen. Aber etwas in ihm scheute davor zurück. Die Skizze, die er neulich Morgen von ihr angefertigt hatte, war nicht schlecht. Doch es fühlte sich seltsam an, irgendeinen Teil von ihr in Glas zu verwandeln. Wenn Glas abkühlte, wurde es unbeweglich. Aber Carol war lebendig. Vielleicht war sie der lebendigste Mensch, den er kannte. Wie also konnte er sie da auf eine Glasskulptur reduzieren? Noch schwieriger wurde sein Vorhaben dadurch, dass es ihm einfach nicht gelingen wollte, ein einzelnes Bild von Carol in seinem Kopf festzuhalten. Er sah sie vor sich, aber sie war andauernd in Bewegung, veränderte sich, nahm neue Formen an. Erst lächelte sie, dann erzählte sie irgendetwas und gleich darauf lachte sie. Und das machte die Sache so kompliziert.

Und es gab noch etwas, das die Sache kompliziert machte. Denn wenn er sich Carol in letzter Zeit vorstellte, war sie immer nackt. Was natürlich total idiotisch von ihm war. So ein typisches schwanzgesteuertes Männerding. Aber dieses Wissen änderte nichts daran, dass er ihre Brüste quasi *schmecken* und in seinen Händen fühlen konnte. Diese Gefühle führten dann zu anderen Gefühlen, die er ganz bestimmt nicht haben sollte. Und das Ende vom Lied war jedes Mal, dass er nicht arbeitete, sondern vor sich hin träumte und irgendwann gegen eine ziemlich heftige Erektion ankämpfen musste.

Leider hatte er keine Ahnung, wie er das Problem lösen sollte. Okay, das stimmte nicht ganz. Er hatte eine ganze Reihe von Ideen … Die jedoch alle garantiert dazu führen würden, dass Carol ihm einen Schlag auf den Kopf verpasste. Aber ein Mann durfte ja wohl noch träumen …

Er streckte die Hand aus und berührte sanft die Millie-Statue. Dann ergab er sich in das Unvermeidliche. Er konnte Carol nicht länger aus dem Weg gehen, zumal er ihr ja noch die frohe Botschaft überbringen musste, dass Ronan eines seiner Werke spenden wollte. Wenn er es jetzt tat, hatte er es hinter sich. Danach würde er nach Hause gehen, um herauszufinden, was zum Teufel an seinem Bewusstsein nagte. Und wie er endlich damit aufhören könnte, ständig von einer Frau zu träumen, die er niemals haben konnte.

Carol bog in ihre Auffahrt ein und sah Mathias und Sophie auf ihrer Veranda sitzen. Als er sie bemerkte, sprang der Beagle sofort auf und begann, mit dem Schwanz zu wedeln. Mathias' Gefühle waren dagegen nicht so leicht zu entziffern.

Genau wie meine eigenen, dachte Carol, während sie ihr

Auto parkte und sich viel Zeit beim Aussteigen ließ. Noch immer konnte sie nicht genau sagen, was da alles in ihrem Inneren brodelte. Ärger war dabei – so viel war klar. Enttäuschung, Beschämung, noch mehr Ärger, Verwirrung. Und dann vielleicht noch ein wenig … Ärger. Sie hatte das dringende Bedürfnis, Mathias zu packen und ihn so lange zu schütteln, bis er entweder zugab, dass er sich doch erinnerte, aber inzwischen bereute, was vorgefallen war. Oder er würde sie vollkommen verständnislos anstarren. Dann musste sie akzeptieren, dass er sich wirklich nicht an den Abend erinnerte.

Keine der zwei Varianten war besonders schön. Hätte sie wählen müssen, hätte sich Carol trotzdem für Variante zwei entschieden. Ein Blackout war immer noch besser als mangelnde Begeisterung.

Sophie kam auf sie zugerannt. Dass sie dabei die Leine hinter sich herschleifte, schien sie nicht zu stören. Carol bückte sich, um den erfreuten Beagle zu begrüßen.

»Ja wer ist denn da? Ist das mein Lieblingsmädchen?«, fragte sie, während sie den Beagle unter dem Kinn kraulte und zahlreiche Hundeküsse bekam.

»Sophie weiß ganz genau, dass du das zu allen Tieren sagst«, verkündete eine tiefe Stimme direkt neben ihr. »Das beeindruckt sie gar nicht.«

Während der Beagle weiter seinen Begrüßungstanz aufführte, vergaß Carol, dass sie eigentlich böse auf ihn war, und lächelte Mathias an. »Ach ja? Trotz aller gegenteiligen Beweise?«

»Okay, vielleicht hast du recht.«

Carol richtete sich auf und versuchte dabei, wieder den Ärger in ihrem Inneren zu spüren. Aber der schien verebbt zu sein. Tja, das war dann wohl die Zauberkraft, die ein süßer kleiner Beagle auf alle zweibeinigen Wesen ausübte. Oder aber … Na ja, vielleicht lag es auch daran, dass sie jetzt Mathias anschaute. Allein sein Anblick reichte offenbar aus, um sie zu beruhigen. Was angesichts ihres letzten Treffens und seiner Reaktion darauf verdammt frustrierend war.

»Und, wie läuft …«

Es. Sie hatte fragen wollen, wie es lief. Nur brachte sie gerade kein einziges Wort mehr heraus. Alles, was sie tun konnte, war still dazustehen und die kleine Glasskulptur anzustarren, die hinter Mathias auf der Veranda stand.

Die Figur war etwa einen halben Meter groß. Vom elegant geschwungenen Hals bis zu ihren langen schmalen Beinen wirkte die Giraffe so echt, dass Carol fast darauf wartete, sie loslaufen zu sehen. Obwohl er farbloses Glas benutzt hatte, war es Mathias irgendwie gelungen, Millies Gesichtszüge genau wiederzugeben – die großen fragenden Augen, die neugierig gespitzten Ohren, die Art, wie sie den Kopf hielt. Selbst die Flecken auf ihrem Körper waren absolut realitätsgetreu getroffen. Aber, halt. Das Glas war doch farblos. Wie kamen dann diese dunkleren Flecken zustande? Hatte er sie hineingeätzt?

Carol ging einen Schritt auf die Figur zu und streckte die Hand nach ihr aus. Dann zog sie ihren Arm hastig wieder zurück.

Mathias lächelte ein wenig schief. »Sie gehört dir. Du kannst sie ruhig anfassen.«

Carol starrte ihn an. »Die ist für mich?«

»Ich habe sie für dich gemacht. Die Giraffe ist Teil einer … Egal.« Er schüttelte den Kopf. »Das ist nicht wichtig. Ja, die Figur gehört dir. Ich weiß ja, was du für Millie empfindest. Deshalb dachte ich, du würdest dich freuen.«

Vorsichtig berührte Carol das kühle Glas. Alles an der Figur war perfekt.

»Ich verstehe das nicht«, hauchte sie, noch immer atemlos vor Überraschung und Freude. »Mathias, ich wusste gar nicht, dass du so etwas …« Hastig presste sie die Lippen zusammen. »Du machst sonst nie Skulpturen wie diese.«

»Ich mache die Dinge, die ich machen will«, erwiderte

Mathias. »So einfach ist das. Es liegt nicht daran, dass ich nichts anderes machen könnte.«

Aber warum? Die Frage hing unausgesprochen in der Luft. Carol wollte Mathias nicht traurig machen oder etwas Falsches sagen. Trotzdem: Wieso um alles in der Welt beschäftigte er sich mit Tellern und Vasen, wenn er solche atemberaubenden Skulpturen erschaffen konnte?

Mathias drehte sich um, rief nach Sophie und deutete dann auf die Haustür. »Es gibt da etwas, über das ich gerne mit dir sprechen würde, wenn du Zeit hast.«

Was? Erinnerte er sich doch? Aber warum hatte er dann so getan, als würde er nichts davon wissen? Weil er auf die richtige Gelegenheit gewartet hatte, ihr auf sanfte Weise eine Abfuhr zu erteilen?

Sie griff nach der Giraffe und reichte sie ihm. Dann zog sie den Schlüssel aus der Tasche und schloss auf. Erst einmal abwarten, sagte sie sich. Es war sinnlos, verfrüht irgendwelche Schlüsse zu ziehen. Er würde sagen, was er zu sagen hatte. Und danach konnte sie sich dann immer noch aufregen.

Sie gingen hinein. Sophie begann sofort, überall herumzuschnüffeln, als ob sie überprüfen wollte, dass kein anderer Hund hier gewesen war und ihr den Status als Lieblingsgast womöglich abspenstig gemacht hatte. Nachdem sie keine Hinweise auf irgendwelche Konkurrenz gefunden hatte, ließ sie sich zufrieden schnaufend auf einem Sessel nieder. Carol nahm Mathias die Giraffe wieder ab und stellte sie auf den kleinen Küchentisch. Es war der perfekte Platz. Hier würde die Glasfigur mitten im Licht stehen, das von draußen hereinfiel. Sie überlegte kurz, ob sie Mathias einen Drink anbieten sollte. Dann entschied sie sich dagegen. Als sie das letzte Mal Alkohol getrunken hatten, waren die Dinge … auf ungeahnte Weise verlaufen. Also würde sie dieses Mal lieber vorsichtig sein. Sie ging zurück ins Wohnzimmer und setzte sich an das eine Ende des Sofas. Mathias blieb stehen.

»Es geht um Millie«, sagte er und steckte die Hände in die Hosentaschen, nur um sie gleich darauf wieder hervorzuziehen.

Um Millie? Damit hatte sie nicht gerechnet. Leicht verwirrt deutete Carol auf die kleine Glasgiraffe. »Möchtest du sie zurückhaben?«, fragte sie.

»Nein, natürlich nicht. Ich meine die echte Millie. Ich habe mit Ronan gesprochen. Er möchte eines seiner Kunstwerke spenden. Atsuko meinte, sie würde ein Event in der Galerie veranstalten. Klein, exklusiv, nur einige ausgewählte Kunstsammler. Das Geld, das mit der Auktion verdient wird, geht komplett an deine Millie-Kampagne. Das sollte ausreichen, um ihr eine Herde zu kaufen und den Transport zu finanzieren.«

Er sprach weiter, aber Carol konnte nichts anderes mehr hören. Nur diese neun Worte hallten wieder und wieder durch ihren Kopf: *Das sollte ausreichen, um ihr eine Herde zu kaufen.*

Sie dachte an die einsame Giraffe. Millie würde es so viel besser gehen, wenn sie endlich Teil einer Familie war. Carol schüttelte den Kopf. Sie hatte Artikel zum Thema Fundraising gelesen, überall Spendenbüchsen platziert, jeden angesprochen, den sie kannte. Trotzdem hätte es noch Jahre gedauert, bis sie endlich genügend Geld zusammengehabt hätte. Und dann hatte Mathias mit neun Worten alles verändert.

Sie stand auf und setzte sich dann schnell wieder hin, als sie merkte, dass ihre Beine zu sehr zitterten. »Was? Mathias, bist du sicher?«

»Dass du so viel Geld dafür bekommst? Ja, bin ich. Ronans Arbeiten erzielen sehr hohe Preise. Er meinte, du sollst zu ihm nach Hause kommen und dir etwas aussuchen. Frag ihn, was die Stücke mit Seltenheitswert sind. Dafür bekommst du am meisten.«

Carol blinzelte gegen die Tränen an. »Nein, was ich meinte, war: Bist du sicher, dass er das machen wird?«

»Ja, wird er.«

Die Wahrheit traf sie mit aller Wucht. »Weil du ihn darum gebeten hast«, flüsterte sie mehr zu sich selbst »Das habe ich dir zu verdanken, nicht ihm.«

»Es ist Ronans Arbeit, die dir das Geld bescheren wird.« Der Blick seiner dunklen Augen verharrte auf ihrem Gesicht. »Ich hätte schon längst auf die Idee kommen sollen.« Er verzog die Mundwinkel zu einem leichten Grinsen. »Gott, das wird eine Erleichterung sein, wenn diese Sammelbüchsen nicht mehr überall herumstehen.«

Carol kannte ihn gut genug, um sich von dieser betont heiteren Bemerkung nicht täuschen zu lassen. Sie stand auf und ging zu ihm. Es gab keine Worte, um ihre Gefühle angemessen auszudrücken. Trotzdem, sie wollte es wenigstens versuchen.

»Danke«, stieß sie hervor und streckte automatisch die Arme nach ihm aus.

Sie wusste selbst nicht so genau, ob sie Mathias umarmen, ihn küssen oder in Tränen ausbrechen wollte. Und bevor sie sich entscheiden konnte, war er auch schon einen Schritt zurückgetreten und hatte sich halb abgewandt.

»Du musst dich nicht bedanken«, sagte er schnell. »Ich sehe Millie gern bei ihrem Morgenspaziergang zu. Wenn es mal eine ganze Herde ist, wird dieser Anblick noch spektakulärer sein.«

Die Worte waren freundlich, doch Mathias' Körpersprache sagte etwas anderes. Carol schluckte. Es half nichts, sie musste es sich endlich eingestehen: Mathias war nicht an ihr interessiert. Jedenfalls nicht auf diese Weise. Die Sache neulich Abend war einfach nur das Resultat von zu viel Alkohol gewesen. Und jetzt tat Mathias so, als hätte er alles vergessen. Denn wenn er zugab, dass er sich erinnern konnte, würden sie darüber reden müssen – und er wollte ihr nicht wehtun.

Einen Moment lang herrschte in ihrem Inneren ein totales Gefühlschaos. Scham vermischte sich mit der Freude darüber, endlich das Geld für Millies Herde zusammenzubekommen. Zugleich kehrte diese verdammte Unsicherheit zurück: Hatte

Mathias seinen Bruder um Hilfe gebeten, weil er einfach ein netter Mensch war, oder spielten da auch irgendwelche Schuldgefühle eine Rolle? Egal, sagte sie sich schließlich. Was immer der Grund gewesen sein mochte, sie würde diese Spende nicht ablehnen. Denn es ging hier um Millie. Und was ihre eigenen Gefühle betraf … Tja, ihre Wunden konnte sie später lecken, wenn sie allein war.

»Danke«, sagte sie erneut und trat sicherheitshalber einen Schritt zurück, damit Mathias nicht befürchten musste, dass sie sich wieder auf ihn stürzen würde. »Das ist wunderbar, was du da tust.«

»Es ist Ronan, der dir hilft. Nicht ich.«

»Nein, das bist du. Aber ich werde mich natürlich auch bei Ronan dafür bedanken, dass er so großzügig ist.«

Sie sahen sich an, dann schauten sie beide schnell wieder weg. Schweigen breitete sich aus. Die Stille wurde immer unbehaglicher, je länger sie andauerte.

»Also, ich sollte dann mal nach Hause gehen, um Sophie zu füttern«, sagte Mathias schließlich. »Meldest du dich bei Ronan? Er wartet auf deinen Anruf. Genau wie Atsuko. Sie meinte, dass sie das Event in der Galerie ziemlich schnell auf die Beine stellen kann.«

»Mache ich. Ich finde es unglaublich, was du getan hast. Millie und ich sind dir zu großem Dank verpflichtet.«

»Kein Ding.«

Er wandte sich ab und pfiff nach Sophie, während er zur Tür ging. Sofort sprang der Beagle auf und lief ihm schwanzwedelnd hinterher.

Carol winkte ihnen nach, als sie davonfuhren. Dann ging sie zurück in die Küche und betrachtete die Glasgiraffe. Noch immer fand sie die Figur atemberaubend – so real, dass sie fast zu leben schien. Ein Geschenk von Mathias, vielleicht eine unterbewusste Entschuldigung dafür, dass er nie wieder mit ihr schlafen wollte. Wobei er das ja noch gar nicht getan hatte.

Ihre Augen brannten, doch sie konzentrierte sich auf die positiven Gefühle. Millie würde ihre Herde bekommen! Das war es, was zählte. Diese Sache mit Mathias dagegen, das war immer nur ein schöner Traum gewesen. Sich einzureden, dass es irgendwann mal anders sein könnte, war einfach nur albern.

Sie griff nach ihrem Handy und drückte ein paar Tasten. Als ihr Vater antwortete, holte sie tief Luft und sprudelte dann hervor: »Dad, du wirst nicht glauben, was passiert ist. Millie bekommt ihre Herde.«

Carol war daran gewöhnt, von stylishen Frauen umgeben zu sein. Ihre Schwester war immer sehr gut gekleidet. Außerdem verstand es Violet, ganz normalen Kleidungsstücken mithilfe von einigen Bändern und Knöpfen einen speziellen Touch zu verleihen. Verglichen mit Atsuko war jedoch selbst Violet eine Anfängerin. Die Leiterin der Galerie war so glamourös, dass es einem den Atem verschlug.

Die etwa fünfzig Jahre alte Kunstexpertin bevorzugte asiatisch inspirierte Outfits. Das Ensemble, das sie heute trug, hätte ohne Weiteres vom Cover einer Modezeitschrift stammen können. Es bestand aus einer schmal geschnittenen schwarzen Stoffhose, die in ihrer Schlichtheit die auffällige rote Jacke mit dem kleinen Stehkragen besonders gut zur Geltung brachte. Atsukos Haare saßen perfekt, das Make-up war makellos. Obwohl Carol sich normalerweise in ihrer eher praktischen Kleidung wohlfühlte, hatte sie bei den Treffen mit Atsuko immer das Gefühl, dringend mal einkaufen gehen zu müssen.

»Tut mir leid«, erklärte Atsuko. »Manchmal bin ich wirklich nicht die Hellste. Auf die Idee, mit Ronan zu sprechen, hätte ich selbst kommen können. Das ist die ideale Lösung.«

Carol lächelte ihr zu. »Für mich auf jeden Fall. Ob Ronan das auch so sieht, weiß ich nicht.« Wobei sie nicht vorhatte, ihr Glück auf die Probe zu stellen und ihn zu fragen.

»Ronan hat einen ganzen Lagerraum voller Arbeiten, die kein Sammler jemals zu Gesicht bekommen hat«, entgegnete Atsuko. »Ich versuche schon seit Monaten, ihn dazu zu bringen, dass er sie verkauft. Bisher hat er aber alle meine Vorschläge ignoriert. Also freue ich mich umso mehr, dass wir jetzt wenigstens eines dieser Kunstwerke anbieten können. Die Sammler werden völlig außer sich geraten, das kannst du mir glauben. Ich habe vorhin übrigens mit deinem Vater gesprochen. Wir haben beschlossen, das Event zu nutzen, um gemeinsam Werbung für Happily Inc zu machen. Sobald du dich für eine der Skulpturen entschieden hast, werde ich sie fotografieren lassen und dann die Leute informieren. Das wird ein wundervolles Event, da bin ich sicher.«

Der Gedanke daran, in das Atelier eines erfolgreichen Künstlers zu spazieren und eine seiner Arbeiten auszuwählen, während er danebenstand, machte Carol doch etwas nervös. Daher hatte sie beschlossen, einfach Ronan nach seiner Meinung zu fragen. Mal abgesehen von einem gelegentlichen »Hallo« hatte sie bisher zwar kaum ein Wort mit ihm gewechselt, aber Nick und Mathias waren beide sehr nett. Da würde ihr Bruder ja wohl kaum ganz anders sein.

»Ich freue mich so auf die Auktion«, fuhr Atsuko fort. »Das wird ein Abend, über den die ganze Stadt noch lange spricht.«

»Das hoffe ich. Danke übrigens, dass du das alles organisierst.«

»Nichts zu danken. Ich freue mich, dass ich helfen kann.«

Carol bedankte sich erneut bei Atsuko und verließ dann die Galerie. Vermutlich war es am besten, wenn das Treffen mit Ronan möglichst bald stattfand, also innerhalb der nächsten Tage. Sie hatte gehört, dass Ronan ein eigenes Studio besaß, irgendwo in den Bergen, wo er auch wohnte. Höchstwahrscheinlich würde er wollen, dass sie dahin kam. Und bevor sie das tat, gab es noch etwas, das sie unbedingt erledigen musste: Sie würde einige Fotos von Millie machen. Dann würde Ronan sehen können, wem er mit seiner großzügigen Spende half.

Sie machte sich auf den Weg zum Tierreservat, legte aber noch einen schnellen Zwischenstopp im Büro ein, um mit ihrem Dad zu sprechen. Als sie das Gebäude neben der Müllhalde betrat, entdeckte sie Ed, der vor seinem Computer saß. Er blickte auf und kam dann mit ausgebreiteten Armen auf sie zu.

»Da ist ja mein Mädchen«, sagte ihr Vater und umarmte sie. »Das sind wunderbare Neuigkeiten. Jetzt bekommt Millie wirklich ihre Herde.«

»Noch ist die Sache nicht in trockenen Tüchern«, entgegnete Carol.

»Ach, natürlich wird das funktionieren. Atsuko hat sich bei uns schon gemeldet. Sie geht davon aus, dass wir mindestens dreihunderttausend Dollar für ein Kunstwerk von Ronan bekommen werden. Atsuko verzichtet diesmal auf ihre Kommission, und die Galerie übernimmt die Kosten für Speisen und Getränke. Das heißt, wir bekommen den vollen Betrag.« Er ging mit ihr zum Schreibtisch und zeigte ihr eine Kalkulationstabelle, die er ausgedruckt hatte.

»Dein Onkel und ich haben uns schon mal die Zahlen angesehen. Die Sache sieht so aus: Wir haben bereits die Genehmigung für einen Ausbau der Scheunen bekommen, und das nötige Geld haben wir auch. Also können wir quasi sofort losgelegen, und deine Giraffen in den neuen Ställen willkommen heißen, wenn sie hier ankommen.«

Die Ställe würden solide gebaut, hell und mit Klimaanlagen ausgestattet sein. Jede einzelne Box würde Zugang zu einem eingezäunten Außenbereich haben, damit die neuen Bewohner sich an die unbekannten Geräusche und die neue Umgebung gewöhnen konnten. Zudem würden die Außenbereiche es ermöglichen, dass die neuen Giraffen sich gegenseitig sehen konnten, während sie körperlich erst mal auf Abstand blieben.

Später konnten die Boxen dann auch genutzt werden, falls eine der Giraffen krank wurde und behandelt werden musste.

Ihr Vater deutete auf einen Punkt in der Kalkulationstabelle. »Ted und ich haben mit ein paar privaten Tierparks gesprochen, deren Giraffenherde zu groß geworden ist. Außerdem gibt es da noch eine Lady in Texas, die eine Giraffe besitzt, die sie verkaufen will.« Er schüttelte den Kopf. »Wie zum Teufel kommt man eigentlich auf die Idee, sich eine Giraffe in seinem Garten halten zu wollen? Wie auch immer, wir haben jedenfalls allerhand Möglichkeiten. Der Transport wird natürlich eine Herausforderung, aber das bekommen wir auch irgendwie hin. Danach ist dann hoffentlich noch genug Geld übrig, um eine ausführliche Untersuchung durch einen Tierarzt zu bezahlen.«

Das ist das alte Problem, dachte Carol. Durch die wachsende Anzahl der Tiere im Reservat wurde es schwieriger, das Geld für die Pflege aufzubringen. Die alltäglichen Belange wie zum Beispiel Futter und Unterbringung hatten sie ganz gut im Griff. Einige ehemalige Zoomitarbeiter, die inzwischen in Rente waren, gaben ihr bei Bedarf Tipps. Aber die medizinische Versorgung der Tiere zu gewährleisten war nicht so einfach.

Bisher hatten sie das Problem so gelöst, dass sie einen nahe gelegenen Zoo dafür bezahlten, ab und zu den dortigen Tierarzt in Anspruch nehmen zu dürfen. Doch auf Dauer würden sie sich etwas anderes einfallen lassen müssen.

»Wir werden einen eigenen Tierarzt einstellen müssen«, sagte Carol. »Auch wenn es nicht ganz einfach wird, jemanden zu finden, der sich mit Wildtieren auskennt.«

»Ted und ich haben über Alternativen nachgedacht. Wie wäre es beispielsweise, wenn wir nach einem Tierarzt suchen, der sich in dem Bereich spezialisieren will? Wir könnten die entsprechenden Kurse bezahlen, unter der Voraussetzung, dass er danach ein paar Jahre für uns arbeitet. Das müsste natürlich vertraglich festgehalten werden. Aber auf diese Weise hätten wir viel mehr Möglichkeiten.«

»Mir gefällt diese Idee.«

»Uns auch«, sagte ihr Vater und schlang den Arm um ihre Schulter. »Das hast du gut gemacht, Carol. Wir sind stolz auf dich.«

»Danke, Dad, aber das war nicht ich. Ronan ist derjenige, der sich bereit erklärt hat, ein Kunstwerk zu spenden. Wir haben das alles ihm zu verdanken.«

Und Mathias, dachte sie. Mathias, der seinen Bruder zu dieser Spende überredet hatte. Vielleicht hatte er das getan, weil es ihm leidtat, wie der Abend mit ihr verlaufen war. Vielleicht gab es einen anderen Grund dafür. Egal, sagte sie sich. Das war sowieso kein Thema, über das sie mit ihrem Vater sprechen konnte. Und mit Mathias wohl auch nicht. Er hatte ziemlich deutlich gemacht, dass er keine Diskussion darüber wollte. Was leider die wichtigste Frage offenließ. Und die lautete: Wie zum Teufel sah ihre Beziehung – falls man das so nennen konnte – jetzt eigentlich aus?

Ulrich sah sich selbst in der unangenehmen Lage, eine Frau zu vermissen, die er kaum kannte. Na gut, ein wenig besser kannte er sie inzwischen schon – immerhin hatten sie die letzten vierundzwanzig Stunden zusammen verbracht. Trotzdem war das eine sehr seltsame Situation. Sie hatten ja keine Beziehung oder etwas in der Art. Daher sollte es ihm eigentlich nichts ausmachen, dass sie jetzt weg war.

Aber das tat es. Er vermisste die regelmäßigen Stippvisiten in seinem Zimmer. Es fehlte ihm, wie Violet laut auf der Tastatur herumklapperte, wenn er eigentlich schlafen wollte. Selbst die dauernden Kontrollen, ob er seine Medikamente wirklich genommen hatte, fehlten ihm jetzt irgendwie. Violet war ganz anders, als er ursprünglich gedacht hatte – sie war klug, witzig. Und sie war eine wunderschöne Frau.

Wenn sie ganz nah an sein Bett herantrat und sich über ihn beugte, war das die reinste Folter. Sein geschwächter Zustand und die vielen Medikamente, die er nehmen musste, sorgten dafür, dass sein … nun ja … Interesse nicht allzu deutlich wurde. Wofür er sehr dankbar war. Denn andernfalls hätte er sie und sich mit der körperlichen Reaktion auf ihre Nähe in ziemliche Verlegenheit gebracht.

Wieder blickte er auf die Uhr im Armaturenbrett des Cadillacs. Inzwischen waren fast zwei Stunden vergangen. Also würde sie doch sicher bald zurückkommen? Sie hatte gesagt, dass sie sich zum Lunch mit ein paar Freundinnen treffen und auf dem Rückweg kurz in ihrer Wohnung vorbeischauen wollte. Kurz – so hatte sie es ausgedrückt, oder? Denn was war, wenn er sie dringend brauchte?

Ihm war bewusst, dass er sich gerade ziemlich albern aufführte. Vermutlich war daran dieser Schlag auf den Kopf schuld, den er abbekommen hatte. Denn normalerweise hatte er keinerlei Probleme, ein paar Stunden allein zu verbringen. Genauer gesagt: Er genoss es, seine Ruhe zu haben und sich ausnahmsweise mal nicht mit irgendwelchen Problemen oder Sorgen herumschlagen zu müssen. Jetzt hatte er sie endlich, die Ruhe, die er sich gewünscht hatte. Es gab nichts, was er tun musste, außer im Bett zu liegen und sich zu erholen. Das war eine Gelegenheit, die so bald nicht wiederkehren würde. Denn wenn er erst mal zurück in England war, war es mit der Ruhe ganz schnell wieder vorbei.

Was nicht bedeutete, dass er nicht zurück nach England wollte. Natürlich wollte er das. Battenberg Park und seine Großmutter waren ihm wichtiger als alles andere in seinem Leben. Nur hatte Violet irgendetwas an sich, das … ihn einfach nicht losließ.

Er verbrachte die nächsten dreißig Minuten damit, sich einzureden, dass er sich irrte. Dass Violet Lund eine ganz normale Frau war. Doch dann hörte er, wie diese ganz normale Frau ihr Zimmer betrat, und prompt reagierte jede Zelle in ihm mit einer Mischung aus Freude und Erleichterung. Es war, als ob er plötzlich leichter atmen konnte, jetzt, wo sie wieder hier war.

Sie klopfte an die halb geöffnete Tür, die ihre beiden Zimmer trennte. Dann rief sie »Hi, ich bin's!« und kam herein. Als sie ihn sah, stemmte sie die Hände in die Hüften. »Also, wirklich! Wieso liegst du nicht im Bett?«

Tja, dachte Ulrich. Das war eine Frage, die man auf alle möglichen Arten interpretieren konnte. Zum Beispiel könnte Violet ihn auffordern, sofort ins Bett zu gehen, weil sie es vor lauter Leidenschaft kaum noch aushielt. Oder – und das war leider die realistische Variante – sie machte sich Sorgen um seine Gesundheit. Wahrscheinlich hegte sie den Verdacht, dass er in ihrer Abwesenheit viel zu lange auf der Couch gesessen hatte. Was ja auch stimmte … Wichtig war jetzt, keinesfalls zu erwähnen, dass er außerdem noch im Zimmer auf und ab marschiert war, weil die Zeit einfach nicht vergehen wollte.

»Wie war dein Lunch?«, fragte er hastig.

»Du hast keine einzige Minute im Bett verbracht, oder?«

Er räusperte sich kurz. »Könnte sein.«

»Dann legst du dich jetzt hin«, befahl sie. »Sofort.«

Sie sah aus, als wäre sie durchaus bereit, es mit ihm aufzunehmen. Er gestattete sich, einen Moment lang ihren Temperamentsausbruch zu genießen – das Funkeln in den grünen Augen und den energischen Zug um ihren Mund. Dieser Mund, an den er Nacht für Nacht denken musste.

»Ja, Miss.«

Er stand auf, erfreut darüber, dass seine Beine kaum zitterten, und ging hinüber zum Bett. Da er ein T-Shirt und seine Jogginghose trug, streckte er sich so, wie er war, auf der Decke aus. Dann drehte er sich auf die Seite, sodass er sie ansehen konnte.

»Besser?«

»Viel besser.«

»Gut.« Er lächelte sie an. »Dann kannst du mir ja jetzt erzählen, wie dein Lunch war.«

Ihre strenge Miene wurde weicher. Sie griff nach dem

Schreibtischstuhl und zog ihn hinüber zu seinem Bett. »Fühlst du dich einsam? Außer mir gibt es hier niemanden, mit dem du dich unterhalten kannst, oder? Es tut mir leid. Das hätte mir klar sein sollen.«

Beinahe hätte er erwidert, dass er außer ihr niemanden brauchte. Aber in der letzten Sekunde hielt er sich zurück. Vermutlich hätte diese Bemerkung etwas seltsam geklungen. Er wollte nicht, dass sie zu viel in seine Worte hineinlas.

»Ich interessiere mich für dein Leben«, sagte er daher nur. »Zum Beispiel würde ich gerne mehr über die Stadt wissen. Wie ist sie denn so? Kann man von dem Zimmer hier auf den Rest von Happily Inc schließen?«

Violet ließ ihren Blick über das Cadillac-Bett und den riesigen Fernseher an der Wand schweifen.

»Nein, kann man nicht«, entgegnete sie und lachte. »Hast du das Essen gegessen, das ich für dich bestellt hatte?«

»Jeden einzelnen Krümel. Du bist eine sehr gute Organisatorin.«

»Sag es ruhig: Ich bin manchmal ziemlich streng. Du wärst nicht der Erste, dem das auffällt. Aber in diesem Fall bleibt mir gar nichts anderes übrig. Ich habe deiner Großmutter versprochen, dass ich gut auf dich aufpasse. Und ich halte meine Versprechen. Oh, warte. Ich hätte fast vergessen, dass ich dir etwas mitgebracht habe.«

Sie sprang auf und ging in ihr Zimmer. Gleich darauf kehrte sie mit einer durchsichtigen Plastiktüte mit bunt dekorierten Keksen darin zurück.

»Manchmal probieren wir bei unseren Mädelstreffen neue Dinge aus.«

Er setzte sich auf und griff in die Tüte. Zuoberst lagen zwei Kekse in Herzform. Auf den einen war mit Zuckerguss eine Braut, auf den anderen ein Bräutigam gemalt.

»Irgendjemand wird bald heiraten?«, fragte er, bevor er ein Stück abbiss.

»Ja. Pallas hat sich vor Kurzem verlobt. Aber die Kekse sind von meiner Freundin Silver. Sie hat sie von einer Catering-Firma, die …« Sie brach ab und lachte. »Du siehst ein wenig verwirrt aus. Tut mir leid, das sind sehr viele fremde Namen auf einmal.«

Sie stand auf, schob ihren Stuhl zur Seite und ließ sich dann im Schneidersitz auf dem Boden nieder. »Also«, erklärte sie. »Die Sache ist so: Meiner Freundin Pallas gehört eine Firma, die Hochzeiten ausrichtet. Diese Firma heißt *Weddings out of the Box*. Sie organisiert Hochzeiten zu allen Themen – Prinzessinnen, Cowboys, altes Rom. Was auch immer du dir vorstellen kannst, macht sie wahr.«

Er erschauderte. »Die Leute verkleiden sich?«

»Du klingst entsetzt.«

»Ja. Eine Hochzeit sollte würdevoll sein.«

»Das sehen nicht alle Menschen so. Okay, kommen wir zu meiner Freundin Silver. Sie besitzt eine mobile Bar. Silver hat einen alten Anhänger umgebaut, mit dem sie jetzt zu den verschiedenen Hochzeits-Locations in der Stadt fährt. Sie dekoriert den Anhänger immer passend zum jeweiligen Thema der Hochzeit. Und sie richtet auch eigene Partys aus.«

»Du hast sehr interessante Freundinnen.«

»Stimmt. Dann gibt es da noch Wynn, die ein Grafikbüro besitzt. Und Natalie, die Künstlerin ist und Teilzeit in einer Galerie arbeitet. Oh, das erinnert mich übrigens an etwas.« Sie zog einen weiteren Gegenstand aus ihrer Tasche und reichte ihn ihm.

Er musterte dieses Etwas in seiner Hand. Auf den ersten Blick sah es aus wie ein Papier, das mehrfach gefaltet worden war. Das Ergebnis war eine Art Quadrat, bei dem an einer Ecke ein Stück herausragte.

»Zieh mal daran«, sagte sie und lächelte.

Er tat es, und schon wurde aus dem Quadrat eine kleine Eule mit ausgebreiteten Flügeln. Als er erneut an dem Papier zog, bewegte die Eule ihre Flügel.

Natürlich hatte er ab und zu schon Origami gesehen. Aber nichts, was sich auch nur im Entferntesten mit diesem Kunstwerk messen konnte. »Das ist ganz erstaunlich.«

»Ja, oder? Natalie ist unglaublich talentiert. Sie malt und arbeitet auf verschiedene Weisen mit Papier. Ihre Origami-Figuren begeistern alle. Ihr neues Projekt sind Mobiles – weißt du, diese Dinger, die man Babys über das Bett hängt? Na ja, jedenfalls sind die auch wunderschön.«

»Kannst du deinen Freundinnen bitte für die Geschenke danken?«

»Das mache ich. Das waren dann auch schon alle. Abgesehen von Carol, natürlich.« Ihre Miene wirkte plötzlich so, als müsse sie sich ein Lachen verbeißen. »Ich weiß nicht, ob ich mit dir über Carol reden sollte. Sie ist meine Schwester, und ich will nicht, dass du schlecht über sie denkst.«

»Wieso sollte ich das tun?«

»Na ja. Carol leitet das Wildtierreservat. Und Millie ist einer ihrer Schützlinge.«

»Millie?« Dann wurde ihm schlagartig klar, was sie meinte. »Das ist diese Giraffe, die versucht hat, mich umzubringen, richtig?«

»Ich vermute mal, das war nicht ihr eigentliches Ziel. Aber, ja. Das ist Millie.«

»Schön. Ich werde Carols Beruf nicht gegen sie verwenden. Immerhin ist sie deine Schwester, da mache ich eine Ausnahme.«

»Du bist so edelmütig. Ich schätze mal, das ist der Duke in dir.«

Er musste lachen. Natürlich hatte Violet ihn aufziehen wollen. Aber es war eine nette Abwechslung, dass Adelstitel in den USA als ein liebenswerter Spleen angesehen wurden. Die Leute interessierten sich dafür, aber auf die gleiche leicht amüsierte Weise, wie sie sich für die Aussprache von bestimmten englischen Worten interessierten. Das gefiel ihm. Violets mangelnde Ehrfurcht vor seinem Stand gab ihm das Gefühl, ein normaler Mensch zu sein. Jemand, dessen Name keine Verpflichtungen mit sich führte. Ein Mensch, der nicht ständig über den Erhalt irgendwelcher alten Güter nachdenken musste, und von dessen Entscheidungen nicht Hunderte von Menschen abhingen.

»Deine Freundinnen klingen nicht nur interessant, sondern auch sehr nett.«

»Ja, ich habe großes Glück.«

Das hatte sie. Nicht nur wegen dieser Freundinnen, sondern auch, weil sie eine Schwester besaß. Er hatte sich immer Geschwister gewünscht, aber seine Mutter war kurz nach seiner Geburt gestorben und sein Vater hatte nie wieder geheiratet. Was er hoffte, war, dass er eines Tages selbst Kinder haben würde. Penelope war genau wie er der Ansicht gewesen, dass Kinder wichtig waren. Nur hatte sie es immer wieder hinausgezögert, schwanger zu werden. Und dann war ihre Ehe zerbrochen.

Violet stand auf. »Ich bin vorhin noch kurz bei mir zu Hause vorbeigefahren, um ein paar Sachen mitzunehmen. Unter anderem einen Film, von dem ich glaube, dass er dir sehr gefallen wird.«

Sie wühlte in ihrer Tasche herum und zog schließlich eine DVD hervor, die sie ihm entgegenhielt. Er blickte auf das Cover, sah einen Mann in Regency-Kleidung, ein Herrenhaus und eine modern gekleidete Frau, die eine Stofftasche mit dem Aufdruck I HEART MR DARCY in die Höhe reckte.

»O bitte«, stöhnte er. »Ich bin doch schon verletzt. Weshalb willst du mich noch mehr quälen?«

»Um meinen Spaß zu haben«, erwiderte sie und lachte.

Sie legte *Austenland* in den DVD-Player ein und drehte sich dann um.

Ohne darüber nachzudenken, klopfte er neben sich auf die Matratze.

»Von hier aus hat man die beste Sicht. Ich verspreche, dass ich mich mindestens so ehrenwert verhalten werde wie Mr. Darcy.«

Sie zögerte nur eine Sekunde, bevor sie ihre Schuhe auszog und sich neben ihn auf das Cadillac-Bett setzte.

Sofort war er sich ihrer Nähe mit jeder Faser seines Körpers bewusst. Er konnte ihre Wärme spüren, diesen Hauch von Süße riechen, der vermutlich eine Mischung aus ihrem eigenen Duft und irgendwelchen Cremes war. Tja, dachte er. So viel zum Thema »Filme, von denen man nichts mitbekommt«.

Sie griff nach der Fernbedienung und drückte auf Play. »Du wirst den Film lieben«, versprach sie und drehte sich ein kleines Stück in seine Richtung, bis sie den Kopf an seine Schulter lehnen konnte.

Er legte den Arm um sie und senkte den Kopf, sodass sein Kinn auf ihrem Scheitel ruhte. »Du hast recht«, murmelte er. »Das werde ich.«

11. Kapitel

Carol starrte auf den Zettel, der an ihrer Haustür hing. Obwohl gerade mal sechs Worte darauf standen, hatte sie Mühe, den Sinn zu verstehen.

Kommst du zum Essen zu uns?

Sie erkannte die Handschrift. Und selbst wenn sie es nicht getan hätte, gaben das Strichmännchen und der gezeichnete Hund am unteren Rand des Zettels einen ziemlich klaren Hinweis auf den Verfasser. Mathias lud sie zum Essen ein. Aber warum?

Die ganze Sache wurde immer verwirrender: Einerseits ging Mathias auf Distanz. Er war ihrer Umarmung ausgewichen, was ja wohl hieß, dass er keine körperliche Nähe wollte. Aber jetzt lud er sie plötzlich zu sich nach Hause ein. Was sollte das bedeuten?

Sie blieb mit dem Zettel in der Hand auf der Veranda stehen und ging im Kopf die verschiedenen Möglichkeiten durch, wie sie auf die Einladung reagieren konnte: A) Sie konnte den Zettel ignorieren und so tun, als hätte sie ihn nicht gesehen. Aber das war feige. Und was, wenn Mathias kam, um nach ihr zu sehen, und sie dann mit einem riesigen Eisbecher auf der Couch erwischte? B) Sie konnte Mathias eine SMS schicken und behaupten, dass sie – leider, leider – schon etwas anderes vorhatte. Nur würde er dann vielleicht zurückschreiben und sich erkundigen, was das für eine Verabredung war. Und ihr würde garantiert mal wieder keine geeignete Lüge einfallen. Womit eigentlich nur C) übrig blieb: Sie musste die Zähne zusammenbeißen und versuchen, den Abend mit Mathias irgendwie zu überstehen. Immerhin waren sie Nachbarn. Daher würden sie sich früher oder später sowieso über den Weg laufen. Da war es doch viel besser, das Ganze gleich hinter sich zu bringen, oder?

Das ist doch alles Blödsinn, dachte Carol, während sie den Zettel in die Tasche stopfte und zum Auto ging. In Wahrheit nahm sie die Einladung nämlich nur aus einem einzigen Grund an: Weil sie es nach wie vor genoss, Zeit mit Mathias zu verbringen. Dieser Mann schaffte es irgendwie, all ihre Abwehrmechanismen zu durchbrechen. Da, sie hatte es gesagt! Oder zumindest gedacht: Sie war ein schwacher Mensch.

Aber – schwach hin oder her – sie würde sich ihm nicht noch einmal an den Hals werfen. Und sie würde auf gar keinen Fall wieder zu viel trinken. Wobei sie ja bei ihrem letzten Treffen trotz der Margaritas ziemlich genau gewusst hatte, was sie tat. Ganz im Gegensatz zu gewissen anderen Leuten, die … Egal. Der heutige Abend würde jedenfalls anders ablaufen. Weil sie sich nämlich auf den freundschaftlichen Aspekt der Beziehung konzentrieren würde. Dadurch würde sie emotionalen Stress vermeiden, wodurch sich dann wiederum das … na ja, quasi geschwisterliches Verhältnis zwischen ihnen wie von selbst wieder einstellen würde.

Nachdem das geklärt war, setzte sie sich in ihren Wagen und fuhr los. Sophie begrüßte sie mit einem Freudentanz, bevor sie auch nur aus dem Wagen gestiegen war. Mathias kam ebenfalls zu ihr herübergelaufen. Obwohl er nur Jeans und ein schlichtes blaues T-Shirt trug, sah er mal wieder umwerfend sexy aus – groß, muskulös, sehr männlich. Er lächelte ihr zu. Es war dieses sexy Mathias-Lächeln, das besagte: »Du bist die Frau, von der ich jede Nacht träume.« Nur wusste sie natürlich, dass das nicht der Fall war. Er war vermutlich so daran gewöhnt, allen Frauen die Knie weich werden zu lassen, dass es ihm gar nicht mehr auffiel.

»Hey«, sagte er. »Dann hast du meinen Zettel also gefunden. Das freut mich! Ich habe auf dem Rückweg Spareribs und

Salat besorgt. Und ich habe mich noch kurz mit deinem Vater unterhalten.«

»Worüber denn?«, fragte Carol, als sie ihm ins Haus folgte.

»Giraffen. Dein Dad und dein Onkel haben angefangen, die beste Transportroute auszuarbeiten. Dein Vater hat mir erzählt, dass du gestern bei ihm warst. Inzwischen hat sich wohl herausgestellt, dass der Bau der Scheunen bereits am Montag beginnen kann. Außerdem sind er und dein Onkel zu dem Ergebnis gekommen, dass das Geld für drei Giraffen reichen sollte – Millie nicht eingerechnet. Haben sie dir das schon gesagt?«

»Nein.« Sie legte ihre Tasche auf die Küchentheke und sah zu, wie Mathias ein Glas Weißwein einschenkte, das vermutlich für sie gedacht war. Dann nahm er ein Bier aus dem Kühlschrank und ging voraus ins Wohnzimmer.

»Wenn man neben den Anschaffungskosten die alltäglichen Kosten für Futter und Pflege berechnet, dann sind drei neue Giraffen wohl die sinnvollste Lösung. Eine Herde, die noch größer ist, würde außerdem extrem viel Mehrarbeit für dich bedeuten.«

Sie hatte doch gestern erst mit ihrem Vater gesprochen. Und trotzdem schien sie so einiges verpasst zu haben. Ihr Dad und ihr Onkel mussten bis tief in die Nacht an den Plänen gearbeitet haben.

Carol setzte sich aufs Sofa, weil sie unmöglich auf einem der Sessel sitzen konnte. Besonders nicht auf *dem* Sessel. Dort, wo sie es getan hatte. Besser gesagt: Mathias hatte allerhand Dinge getan und ihr den besten Orgasmus ihres Lebens geschenkt. Er hatte … Nein, Sessel ging gar nicht.

Sophie sprang auf das Sofa und schmiegte sich an sie. Carol kraulte sie und beobachtete, wie Mathias sich auf den Kein-Sex-Sessel setzte. Er stützte die Ellbogen auf die Knie und beugte sich vor.

»Meine Brüder und ich mögen ja diese kleinen Wettbewerbe. Jeder von uns wird für die Dauer des Transports die Patenschaft für eine der Giraffen übernehmen«, sagte er. »Wir legen die Routen fest, um sie von ihrem Ursprungsort nach Happily Inc zu bringen. Und dann geht es darum, wer zuerst ankommt.« Er grinste. »Das ist ganz schön kompliziert. Wir müssen im Vorfeld unendlich viele Genehmigungen einholen, weil wir teilweise mehrere Grenzen überqueren. Außerdem müssen wir viele Brücken und Überführungen meiden, weil wir da nicht durch können. Was bedeutet, dass wir die Strecken hauptsächlich auf irgendwelchen kleinen Nebenstraßen zurücklegen werden.«

»Ihr plant schon die genauen Strecken?«

»Ja, wir wollen uns die notwendigen Infos möglichst früh besorgen. Vieles kann man ja über das Internet herausfinden, aber manchmal muss man eben auch mit den Leuten persönlich sprechen. Ich wollte zum Beispiel wissen, wie hoch eine Brücke in einer kleinen Stadt in Texas ist. Also habe ich bei der Tankstelle dort angerufen. Der Besitzer ist extra losgefahren, um die Brücke zu messen. Er war total interessiert an unserem Projekt.«

Er trank einen Schluck Bier. »Das hat mich übrigens auf eine Idee gebracht: Es wäre vielleicht gut, Kontakt zu einigen Lokalzeitungen, örtlichen Radiostationen und Fernsehsendern aufzunehmen. Für die ist das eine super Geschichte, wenn eine Giraffe durch ihre Stadt transportiert wird. Du könntest die Aufmerksamkeit nutzen, um eure Stiftung noch bekannter zu machen. Auf Dauer wirst du weitere Spender brauchen, um das Futter für die Giraffen und die anderen Kühe bezahlen zu können.« Er grinste, auch wenn das Lächeln gleich darauf von seinem Gesicht verschwand. »Für die Ausbildung des Tierarztes wären weitere Spenden natürlich auch nicht schlecht.«

O mein Gott, dachte Carol. Wie viel Zeit hatte Mathias eigentlich mit ihrem Vater verbracht? »Gibt es irgendetwas, das du und Ed noch nicht geplant habt?«

»Keine Ahnung. Wir tun unser Bestes. Aber worauf ich eigentlich hinauswollte: Die Sache mit dem Giraffen-Transport gibt dir die Chance, die Spenden-Kasse zu füllen, während du mithilfst, unseren guten alten Planeten zu retten. Nick, Ronan und ich sind jedenfalls dabei. Meine beiden Brüder müssen noch ein paar Details zu ihren Strecken recherchieren. Wenn das geklärt ist, planen wir, ein paar Studenten anzuheuern, die schon mal eine Probefahrt machen. Auf die Weise können wir hoffentlich vermeiden, dass es später irgendwelche unliebsamen Überraschungen gibt. Stell dir mal vor, wir müssten mitten auf der Fahrt einer unbekannten Giraffe beibringen, sich zu ducken, damit wir unter der nächsten Brücke durchpassen.«

Bei dieser Vorstellung musste Carol unwillkürlich lachen. Dann sagte sie: »Ich bin dir schrecklich dankbar für deine Hilfe. Aber irgendwie verstehe ich das nicht so ganz. Wieso tust du das, Mathias?«

Er richtete sich auf und wischte die Frage mit einer Handbewegung beiseite. »Na, das macht doch Spaß. Ich meine, mal ehrlich, Carol: Wie oft im Leben bekommt man die Chance, völlig fremde Menschen anzurufen und sie zu bitten, dass sie losfahren und eine Brücke für einen vermessen?«

»Eher selten, würde ich sagen.«

»Siehst du? Das ist doch toll. Vielleicht werde ich danach ein paar Teller machen, die das Giraffen-Thema aufnehmen. Das Muster kann man vermutlich nicht großflächig verwenden, weil der Braunton der Flecken sehr intensiv ist. Aber als Rand könnte ich mir das sehr gut vorstellen.« Er griff hinter sich und kramte unter einem der Stapel auf dem Tisch Papier und Stift hervor. Gleich darauf war er völlig mit seiner Skizze beschäftigt.

»Du bist ziemlich merkwürdig. Hat dir das schon mal jemand gesagt?«, murmelte Carol und stand auf. Sophie sah sie erwartungsvoll an, sprang dann ebenfalls vom Sofa und folgte ihr schwanzwedelnd.

»Und du bist der fröhlichste Hund, den ich jemals getroffen habe«, erklärte Carol dem kleinen Beagle, während sie die Hintertür öffnete.

Gemeinsam gingen sie nach draußen. Sophie nahm sofort Kurs auf den Rasen. Sie schnüffelte und schnüffelte, bevor sie endlich den passenden Ort für ihren Toilettengang gefunden hatte. Carol ließ ihren Blick so lange über die Savanne gleiten, die sich bis zum Horizont erstreckte. Wie würde es wohl aussehen, wenn statt einer einsamen Millie eine ganze Herde von Giraffen hier entlangstreifte?

Natürlich würden die neuen Giraffen erst mal einige Zeit brauchen, um sich an die ungewohnte Umgebung zu gewöhnen. Sie würde ihnen ein paar Monate lang das Futter geben, das sie gewohnt waren. Danach würde sie dann umstellen, sodass alle Giraffen irgendwann das Gleiche fraßen, was deutlich kostengünstiger war. Apropos fressen: Sie musste dringend bei ihrem Futterhändler anrufen, um mit ihm zu besprechen, dass sie bald größere Lieferungen benötigten. Von den Zweigen, die sie Tag für Tag hoch oben in den Baum-Futterstellen deponierte, würde sie bald die vierfache Menge brauchen. Und dann musste das Futter noch von irgendjemandem dort hochgehievt werden.

Wir brauchen nicht nur einen Tierarzt, wurde Carol klar. Sie musste auch einen Assistenten oder sogar zwei einstellen, um die Arbeit bewältigt zu bekommen. Denn gerade in der Anfangszeit mussten die neuen Giraffen genau beobachtet werden. Und außer den Giraffen gab es ja noch einige andere Tiere im Reservat, um die sie sich kümmern musste.

Ein Luxusproblem, sagte sie sich und holte tief Luft.

Als Sophie ihre sehr ausführliche Erforschung des Gartens beendet hatte, gingen sie zurück ins Haus. Mathias hatte seinen Arbeitsbereich inzwischen vom Couch- an den Küchentisch verlagert. Die komplette Tischplatte war bedeckt mit Papieren. Auf jedem davon befand sich irgendeine Variation des typischen Giraffen-Musters, manchmal als Umrandung, manchmal bildfüllend. Carol fragte sich unwillkürlich, wie oft es passierte, dass Mathias sich ganz in seiner Arbeit verlor. Wahrscheinlich relativ oft – wie bei allen Künstlern. Und wahrscheinlich war das auf Dauer nicht ganz einfach zu ertragen. Aber da sie die Phase bisher noch nicht mitbekommen hatte, fand sie das anziehend. Wobei sie ja alles an Mathias sehr anziehend fand, also war das nicht wirklich eine Überraschung.

Sie ging in die Küche und vertrieb sich die Zeit damit, schon mal die Anweisungen für die Zubereitung der Spareribs durchzulesen. Dann schaltete sie den Ofen ein, deckte den Tisch und legte das Fleisch auf ein Backblech, während sie darauf wartete, dass Mathias wieder aus seiner Kreativwelt auftauchte.

Im Gegensatz zu ihr hatte Sophie jedoch weniger Geduld mit Künstlern. Nach einem Blick auf das Fleisch marschierte der Beagle zu Mathias hinüber, stemmte die Vorderpfoten gegen seinen Unterschenkel und bellte. Mathias zuckte zusammen.

»Was?«, fragte er verwirrt und hob den Kopf. Nachdem er kurz den Tisch mit den Papieren gemustert hatte, glitt sein Blick von der munter bellenden Sophie hinüber zu Carol, die in seiner Küche stand. »Oh, tut mir leid. Ich war irgendwie vollkommen in die Sache mit dem Muster vertieft.«

»Ja, das habe ich bemerkt.«

»Wie spät ist es denn? Verdammt, ich lade dich zum Essen ein und dann passiert so was. Tut mir leid, Carol. Du hättest mir einen Tritt verpassen sollen, als du gemerkt hast, dass ich abdrifte. Das hier war noch nicht mal wichtig. Es sind ja nur Teller.«

»Es sind nicht nur Teller. Das ist deine Arbeit. Hat Sophie eigentlich schon etwas zu fressen bekommen?«

»Ja, ich habe sie vorhin gefüttert. Wollte sie dich vom Gegenteil überzeugen?« Er beugte sich zu dem Beagle hinunter. »Du versuchst es jedes Mal wieder, oder?«

Sophie fuhr ihm mit der Zunge über das Kinn, als ob sie sagen wollte, dass man als Hund eben sein Bestes versuchen musste.

»Willst du noch arbeiten, oder bist du bereit zu kochen?«, fragte Carol.

»Ich habe schrecklichen Hunger. Und du vermutlich auch.«

»Ja, aber das hier dauert zum Glück nicht lange.« Carol gab das Fleisch in den Ofen und stellte den Timer auf zwanzig Minuten.

Gemeinsam trugen sie alles, was noch fehlte, zum Tisch hinüber. Carol bemerkte, dass Mathias nur sehr wenig von seinem Bier getrunken hatte. Auch sie selbst war noch bei ihrem ersten Glas Wein. Offenbar würde das Essen in ziemlich nüchternem Zustand stattfinden – was gut war, wenn man bedachte, wie das letzte Treffen hier in diesem Haus abgelaufen war.

Einen Moment lang überlegte sie, Mathias einfach zu fragen, was los war. Konnte er sich allen Ernstes nicht daran erinnern, was sie an dem Abend getan hatten? Doch es gelang ihr nicht, die Frage über die Lippen zu bringen. Dafür war die ganze Sache viel zu peinlich. Nein, es war besser, es nicht zu wissen und mit der Unklarheit zu leben, als herauszufinden, dass er diesen Abend schwer bereute.

Sie setzten sich an den Esstisch. Sophie legte sich in ihr Körbchen, von wo aus sie den Blick fest auf die beiden Menschen am Tisch gerichtet hielt, die früher oder später doch garantiert etwas von ihrem leckeren Essen fallen lassen würden, oder?

»Und?«, fragte Carol, »wie läuft es denn mit deiner vierbeinigen Untermieterin?«

»Na ja, es gibt jeden Tag neue Überraschungen.« Er blickte zu dem Beagle und grinste. »Aber irgendwie ist Sophie mir fast ein wenig ans Herz gewachsen. Wobei du schwören musst, das nie meiner Mutter zu verraten. Im Ernst: Sie ist sehr fröhlich und von Natur aus gutmütig. Würde keiner Fliege etwas zuleide tun. Aber gleichzeitig hat sie das Talent, ständig für

Probleme zu sorgen. Gestern konnte ich sie zum Beispiel mal wieder nirgendwo finden. Ich war überzeugt davon, dass sie abgehauen war, obwohl ich mir nicht erklären konnte, wie sie das geschafft haben sollte. Die Türen waren alle zu, und das Tor war abgeschlossen.«

»Und wo war sie dann?«

»Im Geschirrspüler. Wie auch immer sie es geschafft hat, die Tür aufzukriegen – sie ist da reingekrabbelt und hat es sich im unteren Spülkorb bequem gemacht.«

»Du wirst dich schrecklich einsam fühlen, wenn deine Mutter Sophie abholt und wieder nach Fool's Gold mitnimmt.«

»Vielleicht.«

»Sophie hat dich verändert. Du bist völlig auf den Hund gekommen«, zog sie ihn auf. »Vielleicht könntest du dir einen Yorkshire-Terrier zulegen? Diese großen braunen Augen und die wilde Haarmähne – das sollte doch ganz dein Fall sein.«

Er verteilte die Spareribs und griff dann nach seiner Gabel. »Sehr witzig. Warum hast du eigentlich keinen Hund?«

»Weil ich ständig unterwegs bin. Und es wäre vermutlich keine gute Idee, einen Hund mit zur Arbeit zu bringen. Die Tiere im Reservat sind zwar an sich ungefährlich, aber es sind immer noch Wildtiere.«

»Tja, schade«, entgegnete er. »Dabei bist du der Haustier-Typ.«

»Was soll das heißen?«

»Großes Haus, Ehemann, Kinder, ein Hund und zwei Katzen. Das könnte ich mir bei dir sehr gut vorstellen«, erläuterte er. Dann zog er die Brauen zusammen, während er sie betrachtete. »Warum bist du nicht verheiratet?«

Carol betete, dass sie nicht knallrot im Gesicht wurde oder sich auf andere Weise verriet. Sie war achtundzwanzig Jahre alt und hatte keine Beziehung – was an sich nicht so außergewöhnlich war. Außergewöhnlich an der Sache war nur, dass sie auch noch *nie* eine Beziehung gehabt hatte. So jedenfalls musste es auf die Einwohner von Happily Inc wirken. Seit sie hier in der Stadt lebte, war kein Mann an ihrer Seite aufgetaucht. Und sie war noch nicht mal zu irgendwelchen Dates gegangen.

»Und du?«, konterte sie. »Warum bist du nicht verheiratet?«

»Ich habe zuerst gefragt.«

»Schön. Lassen wir das Thema einfach fallen.«

Mathias schwieg und hielt den Blick auf sie gerichtet – als wüsste er genau, dass gleich noch etwas kommen würde. Eine typische Verhörmethode, die wohl jeder aus dem Fernsehen kannte. Carol seufzte.

»So interessant ist das nicht.«

»Mich interessiert es. Also, erzähl.«

Sie legte ihr angeknabbertes Rippchen auf den Teller zurück und wischte sich die Finger an der Serviette ab. »Da gab es natürlich Männer«, begann sie zögernd. »Aber das waren meistens Fernbeziehungen, die dann entsprechend problematisch verlaufen sind. Zum Beispiel gab es da diesen Typen, den ich in Südafrika getroffen habe. Wir haben uns während der Sommerferien kennengelernt und natürlich sofort beschlossen, im Herbst auf dasselbe College zu gehen. Aber als wir dann zusammen auf dem College waren, hat er in der zweiten Woche bemerkt, dass es da noch viele andere Frauen gibt. Und sein Plan war offenbar, möglichst viele von ihnen zu daten.«

»Was für ein Idiot! Gut, dass du den so schnell losgeworden bist.«

»Danke. Du hast zwar recht, aber damals hat es trotzdem ziemlich wehgetan.«

»Soll ich meine Brüder bitten, den Typen zusammenzuschlagen?«

»Du würdest also nicht selbst zuschlagen?«

»Ich bin eher der Liebhaber als der Kämpfer.«

Er zwinkerte ihr zu und lächelte. Es war das halb ironische 1000-Watt-Mathias-Lächeln, das prompt dazu führte, dass sie Magenflattern bekam und ihre weiblichsten Körperteile sich verzückt daran erinnerten, wie umwerfend dieser als Liebhaber tatsächlich war. Super, dachte Carol. Im Grunde passte das doch ganz hervorragend zu ihren anderen verkorksten Männergeschichten. An dem Abend, an dem sie den besten Sex ihres Lebens hatte, schlief der stadtbekannte Superliebhaber vor dem ganz großen Feuerwerk ein.

»Und nach dem College-Typen?«, erkundigte sich Mathias.

»Kam der Umweltaktivist, den ich auf einer Tagung kennengelernt habe.«

»Eine weitere Fernbeziehung?«

»Genau. Wir hatten eigentlich schon unsere Verlobung geplant. Aber dann hat er angerufen und mir gesagt, dass er seine Forschungs-Assistentin geschwängert hat.« Sie bemerkte Mathias' finstere Miene und setzte schnell hinzu: »Nein, sie haben mich nicht alle betrogen. Sie haben nur irgendwann immer das Interesse verloren.« Sie schluckte. Nie zuvor war sie der Wahrheit so nah gekommen. Ihr Selbsterhaltungstrieb wollte sie dringend stoppen. Aber zu spät. Die Worte kamen wie von selbst über ihre Lippen. »Ich bin eben einfach nichts Besonderes.«

Mathias starrte sie an. »Das ist doch Quatsch. Natürlich bist du das. Du hast dir einfach nur die falschen Typen ausgesucht.«

»Und das macht es besser? Du hast keine Ahnung, wovon du da redest. Lass uns das Thema wechseln, okay?«

Sie holte tief Luft und versuchte, sich zu beruhigen. Wenigstens war das Thema damit beendet. Jetzt konnten sie hoffentlich zum netten Teil des Abends zurückkehren. Aber aus irgendeinem Grund funktionierte das nicht. Sie fühlte sich furchtbar – ihr war übel, und sie konnte Mathias' forschenden Blick nicht länger ertragen.

Hastig schob sie den Stuhl zurück. »Ich muss gehen.«

»Carol!« Er war gleichzeitig mit ihr aufgesprungen. »Was ist los? Sag es mir! Bist du sauer auf mich? Habe ich etwas Falsches gesagt?«

Er wirkte so aufrichtig. So besorgt.

»Es geht nicht«, quetschte sie hervor. »Ich verstehe dieses Spiel nicht, das du hier spielst. Und ich mache da nicht mehr mit. Lass mich einfach in Ruhe.«

Damit drehte sie sich um und marschierte zur Tür.

Mathias wusste, dass etwas völlig schiefgelaufen war. Aber was? In der einen Sekunde hatten Carol und er sich noch unterhalten. Und in der nächsten war sie aufgesprungen und weggerannt.

Er lief ihr hinterher. »Warte! Verdammt, Carol, sprich mit mir. Sag mir, was passiert ist. Ich verstehe das nicht.«

Sie wirbelte zu ihm herum. »Du verstehst das nicht? Komisch. Dabei bist du doch derjenige, der so scharf darauf ist, Spielchen zu spielen.«

Sie funkelte ihn an. Es war klar, dass sie schrecklich wütend war. Aber hinter der Wut wurde noch etwas anderes sichtbar: Schmerz. Irgendjemand hatte Carol furchtbar verletzt. Gleich darauf begriff er, und die Erkenntnis traf ihn wie ein Hieb in den Magen. Carols Verhalten ließ nur einen einzigen Schluss zu: *Er* war derjenige, der ihr so wehgetan hatte. Nur ergab das überhaupt keinen Sinn. Was sollte er ihr denn angetan haben?

»Sag es mir«, bat er. »Sag mir, was los ist.«

Sie packte ihn an den Schultern und schüttelte ihn. »Verdammt noch mal!«

»Was tust du da?«, fragte er. Seine Verwirrung wuchs mit jeder Sekunde.

»Ich schüttele dich. Damit du endlich zur Vernunft kommst.« Ihre Augen füllten sich mit Tränen, und sie ließ die Arme sinken. »Lass mich gehen, Mathias. Du willst mich doch gar nicht.«

Der Schmerz, der in diesen Worten lag, bohrte sich scharf wie ein Messer in sein Herz. Er hatte etwas Schlimmes getan. Aber was?

Irgendwo, ganz am Rande seines Bewusstseins, begannen die Erinnerungsfetzen, sich zu Bildern zusammenzusetzen. Doch die Bilder waren viel zu verschwommen, um einen Sinn zu ergeben. Irgendetwas war falsch gelaufen. Besser gesagt: Er hatte sich falsch verhalten. Aber wie und wann? Er hatte keine Ahnung, wovon Carol sprach. Die ganze Angelegenheit wurde immer rätselhafter. Also tat er das Einzige, von dem er wusste, dass es Sinn ergab.

Er legte die Hände um ihre Taille und zog Carol an sich. Dann senkte er den Kopf und presste seinen Mund auf ihren.

In der Sekunde, in der sich ihre Lippen berührten, klärte sich der Nebel in seinem Kopf. Die Erinnerung kehrte zurück, und mit einem Mal waren die Bilder gestochen scharf. Carol und er. Sie war nackt. Er streichelte und schmeckte sie, heizte ihr Verlangen immer weiter an, bis sie schließlich im Moment der Erlösung laut aufschrie.

Es war kein Traum gewesen.

Er trat einen Schritt zurück und starrte sie an. »Wir hatten Sex?«

Ihre Wangen färbten sich dunkelrot. Sie wandte sich ab. »Ich muss jetzt gehen.«

»Nein. Du wirst vor dieser Sache nicht davonlaufen.« Er fuhr sich mit den Händen durchs Haar und stieß einen Fluch aus, während er versuchte, zu begreifen, was an dem Abend passiert war. Er war aufgebracht gewesen. Und betrunken. Sie hatten noch mehr getrunken, und dann hatten sie …

»Ich bin eingeschlafen«, sagte er mehr zu sich selbst. »Nachdem ich, ähm … Und bevor ich …« Er dachte daran, wie er später aufgewacht war und versucht hatte, den Rest des Abends gedanklich zu rekonstruieren. »Du hast aufgeräumt. Dann bist du gegangen. Warum hast du mich nicht aufgeweckt? Und weshalb hast du nichts gesagt, als wir uns am nächsten Tag getroffen haben?«

Sie drehte sich ruckartig um und starrte ihn an. »Warum

ich nichts gesagt habe? Fragst du mich das allen Ernstes? Was glaubst du wohl, wie sich das anfühlt: Zu wissen, was wir getan haben, und dann herauszufinden, dass du dich nicht mal mehr daran erinnerst? Du bist eingeschlafen. Ist das besser oder schlimmer, als sich nicht zu erinnern? Und diese Rede, die du eben gehalten hast – darüber, dass ich in deinen Augen angeblich etwas ganz Besonderes bin? Tja, besten Dank auch. Du hast mehr als deutlich bewiesen, dass das nicht stimmt.«

Bevor er noch herausfinden konnte, was in aller Welt er darauf erwidern sollte, hatte Carol sich bereits ihre Tasche geschnappt und war verschwunden. Er wollte ihr nachlaufen. Doch dann hielt er inne. Vielleicht brauchten sie beide erst mal ein wenig Zeit für sich allein. Morgen würde die ganze Sache schon anders aussehen. Besser. Oder zumindest weniger verwirrend. Jedenfalls hoffte er das. Denn gerade jetzt hatte er nicht den Hauch einer Ahnung, was zum Teufel er tun sollte.

12. Kapitel

Am nächsten Morgen war gar nichts besser. Während Sophie eine geruhsame Nacht verbracht hatte – schnarchend und vollauf damit beschäftigt, ihre Hundeträume zu träumen –, hatte Mathias dagelegen und stundenlang an die Decke gestarrt. Ein paar Dinge waren ihm inzwischen klarer. Zum Beispiel, warum dieser letzte Sex-Traum so seltsam real gewirkt hatte. Kein Wunder, dass er den Eindruck gehabt hatte, er könne Carol fühlen, schmecken und hören. Schließlich hatte er genau das getan.

Dass er selbst dabei den Höhepunkt nicht erreicht hatte, störte ihn nicht. Er war mit Carol zusammen gewesen, das war es, was zählte. Er hatte ihre Leidenschaft immer weiter gesteigert und sie zum Orgasmus gebracht. Das hatte er doch, oder? Erinnerte er sich richtig an diese lustvollen Schreie?

Spätestens bei der dritten Tasse Kaffee begann er, ernsthaft an sich zu zweifeln. Vielleicht hatte er sich nur eingebildet, dass Carol gekommen war, nachdem er sie mit der Zunge liebkost hatte und mit dem Finger in ihre feuchte Hitze eingedrungen war? Vielleicht hatte er nicht wirklich gespürt, wie ein Zittern ihren Körper überlief und die Muskeln sich um ihn zusammenzogen? Je länger er darüber nachdachte, desto unklarer wurde die ganze Angelegenheit. Und das war ein Problem. Denn er wollte, dass es für Carol gut gewesen war. Nichts wünschte er sich mehr.

Er stand auf, ging zum Fenster hinüber und starrte lange hinaus auf die Savanne. Letztendlich gab es nur eine Lösung: eine zweite Chance.

Carol würde das garantiert ablehnen. Aber dann musste er sie eben überzeugen. Sich noch einmal zu lieben war die einzige Möglichkeit, diesen Bruch zu heilen, der in ihrer Beziehung entstanden war. Bestimmt würde Carol das einsehen. Schließlich war sie eine sehr vernünftige Frau, und das hier war die beste Lösung. Denn erstens konnten sie dadurch ihre Freundschaft retten. Zweitens würden sie beide das bekommen, was sie sich wünschten. Drittens würde es ein äußerst befriedigendes Erlebnis sein. Und viertens ... Tja, dachte er. Viertens war wohl, dass er sich einfach schrecklich danach sehnte.

Er hatte so lange davon geträumt, Carol zu lieben. Und dann hatte er seine Chance bekommen. Aber was hatte er getan? Er war einfach eingeschlafen. Schlimmer noch: Er hatte vergessen, dass sie sich geliebt hatten. Jetzt war ihm natürlich klar, warum Carol sich in der letzten Woche so seltsam verhalten hatte. Und ihm war auch klar, was da so hartnäckig an seinem Bewusstsein genagt hatte. Aber okay. Wichtig war jetzt, eine gute Lösung für das Problem zu finden. Und das hatte er getan: Sie würden sich noch einmal lieben. Und dann würde alles wieder so werden, wie es sein sollte. Ja, das war ein sehr vernünftiger Plan. Wenn Carol darüber nachdachte, würde sie das auch so sehen – da war er sich sicher.

Er duschte und brach danach zu einem langen Spaziergang mit Sophie auf, um sich unterwegs zu überlegen, was er sagen sollte. Nachdem sie schließlich wieder zu Hause angekommen waren, verfrachtete er den Hund und sich ins Auto und fuhr zum Wildtierreservat. Er fand Carol in ihrem Büro vor.

Sie sah auf, als er eintrat. Tiefe Schatten lagen unter ihren Augen, und die Art, wie ihr sinnlicher Mund zu einer schmalen Linie verzogen war, hatte etwas Angespanntes, Trauriges. Bei dem Anblick überkam Mathias sofort ein Gefühl schmerzlicher Reue. Er war dafür verantwortlich, dass es Carol schlecht ging. Also musste er auch derjenige sein, der die Dinge wieder in Ordnung brachte.

»Guten Morgen«, begann er.

Sie stand auf und schüttelte den Kopf. »Was immer du auch sagen möchtest – ich will es nicht hören.«

Sophie lief zu ihr. Carol ließ sich auf die Knie fallen, um den Beagle zu streicheln. Während Sophie begeistert mit dem Schwanz wedelte, warf sie einen Blick in Mathias' Richtung. Es war, als wolle sie ihm sagen, dass man *so* Probleme löste: mit der richtigen Dosis an Streicheleinheiten und ein paar feuchten Küssen.

Womit sie vermutlich nicht ganz unrecht hatte.

»Es tut mir leid«, setzte er erneut an. »Ich möchte mich entschuldigen, Carol. Für gestern Abend und das, was davor passiert ist. Oder nicht passiert ist.«

»Ich will nicht darüber sprechen.«

»Aber das müssen wir.«

Sie erhob sich. »Nein, müssen wir nicht. Was geschehen ist, ist geschehen. Also lass uns einen Strich darunter ziehen.«

»Ich habe dir wehgetan.«

»Nicht mit Absicht, das weiß ich, Mathias. Es ist alles in Ordnung.«

»Ich möchte es wiedergutmachen«, erwiderte er und hielt ihren Blick fest. »Ein zweiter Versuch. Damit ich dir zeigen kann, wie es wirklich mit mir ist.«

Sie starrte ihn völlig ausdruckslos an. Schließlich verzog sie den Mund und ging an ihm vorbei in Richtung Tür.

Als sie den Flur erreicht hatte, blieb sie stehen und warf noch einen letzten Blick über die Schulter. »Nein. Ganz einfach nein. Ich hätte mir denken können, dass es dir vor allem um dein Ego geht. Aber da brauchst du dir keine Sorgen zu machen. Ich kann dir versichern: Die Erde hat gebebt. Es war fantastisch, und es gibt nichts, was du mir noch beweisen musst. So, bist du jetzt glücklich?«

Bevor er etwas entgegnen konnte, war sie verschwunden.

Er nahm Sophies Leine und ging mit dem Beagle zurück zum Parkplatz. Rein theoretisch hatte Carol ihm genau das gesagt, was er gerne hören wollte. Daher sollte jetzt eigentlich alles in Ordnung sein. Er sollte sich besser fühlen. Nur tat er das leider nicht. Stattdessen fühlte er sich klein, schäbig. Der mieseste Typ auf diesem Planeten. Schon komisch, schoss es ihm durch den Kopf. Die ganze Sache mit den Frauen war für ihn immer so einfach gewesen. Ein Kinderspiel. Bis Carol aufgetaucht war.

Violet musterte das Bild, das sie heruntergeladen hatte. Dann sah sie zu dem kleinen Kleid, das neben ihr lag. Die Spitzenverzierung war perfekt. Sie entsprach in fast allen Details der Vorlage. Jetzt musste sie nur noch eine Reihe mit Satin bezogene Knöpfe am Rückenteil annähen. Und dann war sie fertig.

»Du wirkst sehr ernst.«

Sie sah auf und entdeckte Ulrich, der in der Tür zwischen ihren Zimmern stand. Er trug noch immer Jogginghose und T-Shirt, schaffte es aber, selbst in dieser Kleidung adelig auszusehen. Offenbar hatte er gerade geduscht und sich rasiert. Der sexy Dreitagebart war leider verschwunden. Dafür hatte er jetzt diesen Der-Duke-arbeitet-heute-im-Homeoffice-Look. Durch die Rasur wirkte er jünger, gleichzeitig traten seine markanten Gesichtszüge deutlicher hervor – die ausgeprägten Wangenknochen, das energisch vorgereckte Kinn.

Dieser Mann ist wirklich umwerfend, dachte Violet und bemühte sich, nicht laut aufzuseufzen. Ulrich war witzig, klug, verständnisvoll. Und dann noch diese unglaublich blauen Augen …

»Violet?«

»Was? Oh, tut mir leid. Ich war in Gedanken versunken.«

Seine Mundwinkel kräuselten sich. »Wirklich? Ich war nicht ganz sicher, welche Rückschlüsse ich aus deiner Miene ziehen sollte.« Sein Blick fiel auf das Kleid. »Lass mich raten: Das ist für ein sehr, sehr kleines Blumenmädchen.«

Sie lachte und griff nach dem Kleid, um es hochzuhalten. »Fast. Es ist für einen Hund. Für einen Beagle, um genau zu sein.«

»Jemand möchte, dass ein Hund an der Hochzeit teilnimmt?«

»Das ist eine längere Geschichte.« Sie warf einen Blick auf die Uhr und stellte zu ihrem Erstaunen fest, dass es schon fast ein Uhr mittags war. »Wir müssen uns Essen bestellen. Du bist bestimmt schrecklich hungrig. Hast du dir überlegt, was du gerne möchtest?«

»Schon erledigt«, erwiderte er. »Die Sandwiches sind auf dem Weg. Sie müssten jeden Moment gebracht werden.«

»Oh. Und was hast du für mich bestellt?«

»Das, was du gestern wolltest, bevor du dich dann umentschieden hast, nur um am Ende total enttäuscht zu sein. Hähnchensalat. Keine Nüsse. Getoastetes Weißbrot.«

Das war *genau* das, was sie gestern ursprünglich ausgewählt hatte. »Das hast du dir gemerkt?«

Er zuckte mit einer Schulter.

Violet wollte gerne glauben, dass das etwas zu bedeuten hatte. Dass Ulrich sich an alle Einzelheiten erinnerte, weil sie ihm wichtig war. Aber sie wusste, dass das nicht stimmte. Besser gesagt: Ihr war klar, dass es sinnlos war, sich selbst zu belügen. Ulrich war ein Mann, der verantwortlich für ein riesiges Anwesen war und zudem zahlreiche Unternehmen leitete. Die Tatsache, dass er sich an eine Sandwich-Bestellung erinnern konnte, zeigte nur, dass er gewohnt war, präzise zu arbeiten und Abläufe zu organisieren.

Wie auf Kommando klopfte es im gleichen Moment an Ulrichs Zimmertür. Er ließ den Mitarbeiter des Hotels herein, der ihr Essen auf dem Tisch am Fenster anrichtete. Violet setzte sich. Ulrich nahm ihr gegenüber Platz und warf dann einen Blick hinaus auf die Landschaft.

»Diese Berge erstaunen mich immer wieder aufs Neue«, erklärte er. »Sie wirken so mächtig. So schroff. Ganz anders als die eher sanfte Hügellandschaft bei uns zu Hause.«

»Aber in Schottland gibt es doch auch Berge, oder?«, erkundigte sich Violet.

»Schottland ist nicht England.«

Sie grinste: »Ich wusste ja nicht, dass du so ein Nationalist bist.«

Er erwiderte ihr Lächeln. »Bin ich auch nicht. Obwohl ich es vor einigen Hundert Jahren wahrscheinlich gewesen wäre.«

»Oder dir wäre der Kopf abgeschlagen worden?«

»Meines Wissens hat das englische Königshaus schon weit vorher den Gedanken verworfen, die Aristokratie durch Enthauptungen in der Spur zu halten.«

»Bestimmt hast du recht. Ich interessiere mich eben sehr für das Elisabethanische Zeitalter. Und da wurden offenbar häufiger Köpfe abgehackt.«

»Ja, wir Engländer waren früher ziemlich kriegerisch und wild.«

»Aber jetzt seid ihr umso kultivierter.«

»Zumindest an der Oberfläche.«

Was sollte das heißen? Dass tief in seinem Inneren etwas Wildes, Ungezähmtes verborgen lag? Ein Ort, an dem die Leidenschaft brodelte. Leidenschaft, die er vielleicht für sie empfand?

Es war gefährlich, ihre Gedanken in diese Richtung schweifen zu lassen. Und für eine unverfängliche Unterhaltung eignete sich brodelnde Leidenschaft auch nicht so gut. Daher beschloss Violet, dass es höchste Zeit für einen kleinen Themenwechsel war: »Ist die Internetverbindung hier gut genug, dass du arbeiten kannst?«

»Ja, das funktioniert sehr gut. Ich bin fast durch mit meinen E-Mails. Auf Battenberg Park ist soweit alles in Ordnung.« Er griff nach seinem Sandwich. »Seit ich weggefahren bin, gab es nur vier kleinere Krisen.«

»Probleme mit den Rohren? Mit der Elektrik oder den Gästen?«

»Zum Glück nicht mit der Elektrik. Wobei die Rohre bei einem alten Haus fast das größere Problem darstellen. Bei

Wasserschäden kommen schnell sehr hohe Beträge für die Renovierung zustande. Aber nein, es war nichts in dieser Art. Eher kleinere Vorfälle. Zum Beispiel hatten wir eine Gruppe Schulkinder zu Besuch, und prompt ging eine der alten Lampen zu Bruch.«

Violet verzog mitfühlend das Gesicht. »Aber ihr seid versichert, oder?«

»Ja, das sind wir. Nur gibt es eine Menge Gegenstände, die nicht ersetzt werden können. Und eine Reparatur ist leider nicht immer ganz einfach. Es ist ein Zwiespalt: Einerseits wollen wir den Besuchern einen möglichst unverstellten Einblick gewähren, wie das Leben damals auf einem Adelssitz war. Andererseits müssen wir darauf achten, dass unsere Antiquitäten nicht gestohlen oder zerstört werden.«

»Also bezahlen Leute Eintritt dafür, sich das Haus und den Rest des Anwesens ansehen zu können?«

»Genau. Wir haben auch ein Konferenzzentrum und ein Hotel.«

Sie versuchte, sich das Lachen zu verkneifen. »Ich gehe davon aus, dass es kein Themen-Hotel ist.«

Er grinste. »Leider nicht. Aber vielleicht sollte ich mir ein Beispiel an *Austenland* nehmen. Wir könnten das ganze Anwesen in einen Mr.-Darcy-Erlebnispark verwandeln. Wäre das nicht großartig?«

Einen Moment lang stellte sie sich Ulrich in Regency-Kleidung vor. Das Ergebnis war verdammt sexy. *»Ich kann meine Gefühle nicht mehr unterdrücken. Ich muss Ihnen jetzt sagen, wie sehr ich Sie bewundere und liebe.«* Violet war sich relativ sicher, dass die Sätze in *Stolz und Vorurteil* etwas anders lauteten. Aber selbst diese leicht stümperhafte Version reichte aus, um sie erschauern zu lassen.

»Du würdest es hassen, Mr. Darcy zu spielen«, erklärte sie und zwang sich, in die Gegenwart zurückzukehren. »Du bist viel lieber du selbst.«

»Das stimmt. Aber ich muss zugeben, dass ich den Film gar nicht so sehr gehasst habe wie erwartet.«

»Der Film war bezaubernd«, sagte sie. »Und du hast gelacht.«

»Schuldig im Sinne der Anklage: Ich habe gelacht.«

Aus irgendeinem Grund schien sein Blick länger als nötig auf ihrem Gesicht zu verweilen. Prompt spürte Violet, wie ein Kribbeln ihren ganzen Körper überlief – vom Kopf bis hinunter zu den Zehen, die sie unwillkürlich leicht einrollte.

»Vermutlich versuchen viele Eigentümer alter Adelssitze, Kapital aus dem Hype um *Stolz und Vorurteil* zu schlagen. Ganz zu schwiegen von *Downton Abbey*.«

»Ja, das tun sie. Immer wenn ein Schloss oder ein Landsitz in einem Film gezeigt wird, kommen sofort die Touristen angestürzt.«

»Und wenn die Sache mit deiner Fernsehserie erst mal bekannt wird, werden sie sich auch auf dich stürzen.«

»Es ist nicht meine Serie«, entgegnete er rasch. »Wir liefern nur den historischen Hintergrund.« Er verzog den Mund zu einem trockenen Lächeln. »Dafür werden wir gut bezahlt. Und die zusätzlichen Besucher sind natürlich auch sehr willkommen.«

»Wenn sie keine Lampen zerstören«, entgegnete sie mit leichtem Spott.

»Genau.« Er griff erneut nach dem Sandwich. »Hast du vor, in nächster Zeit meine Großmutter zu besuchen?«

Violet zögerte, während sich die Gedanken in ihrem Kopf überschlugen: Hatte er wirklich von Nana Winifred gesprochen, oder war das eine Art Code? War es dumm zu denken, dass er unauffällig herausfinden wollte, ob sie sich bald wiedersehen würden? Lag Ulrich etwas an ihr?

»Deine Großmutter und ich haben nicht darüber gesprochen«, sagte sie schließlich. »Aber ich freue mich immer sehr, sie zu sehen.«

»Du solltest das tun«, entgegnete Ulrich. »Wenn du nach England kommst, kann ich dir Battenberg Park zeigen. Und wir könnten vielleicht ein paar Tage zusammen in London verbringen.« Er sah sie an und lächelte. »Auf diese Weise könnte ich mich dafür bedanken, dass du dich so aufopferungsvoll um mich kümmerst.«

Sie lachte. »Es ist mir ein Vergnügen. Die Gelegenheit, ein paar Tage in der Drive-in-Suite zu verbringen, hätte ich mir unmöglich entgehen lassen können.«

»Ja, wer hätte dieses Erlebnis missen wollen? Ich jedenfalls nicht. Das Vergnügen ist ganz meinerseits.«

Über den Tisch hinweg sahen sie sich an. In Ulrichs Blick lag eine Wärme, die sich automatisch auf Violets gesamten Körper übertrug. Sie wusste, dass es dumm war. Aber sie konnte nicht anders, sie musste es einfach sagen: »Eine Reise nach England, um deine Großmutter zu besuchen, klingt nach einer guten Idee. Das sollte ich wirklich machen. Und zwar bald.«

»Das sehe ich ganz genauso.«

Carol hatte ein langes, sehr ernstes Gespräch mit sich selbst geführt. Ihr war klar, dass ihre Reaktion auf Mathias' Geständnis übertrieben gewesen war. Natürlich war es nicht schön, herauszufinden, dass er den Abend mit ihr vergessen hatte. Andererseits hatte diese Erkenntnis auch ihr Gutes. Jetzt wusste sie immerhin, dass Mathias den Vorfall nicht absichtlich aus dem Gedächtnis gestrichen hatte.

Kurz: Sie war schon auf dem besten Weg gewesen, mit der Sache abzuschließen. Und dann war er in ihrem Büro aufgetaucht. Mit seiner völlig absurden Idee von einem zweiten Mal. Dieser Mann war ein Idiot, das stand fest. Aber was noch schlimmer war: Er trampelte auf ihrem Herz herum. Wenn sie eines ganz bestimmt nicht wollte, dann war das Ich-bin-dir-etwas-schuldig-Sex. Nein, sie wollte, was jede Frau wollte: Das Gefühl, dass der betreffende Mann hingerissen von ihr war.

Dass er sich vor Verlangen nach ihr verzehrte, dass sie in seinen Augen die schönste, begehrenswerteste Frau auf dem ganzen Planeten war. Und mit was kam Mathias um die Ecke? Mit dem sexuellen Äquivalent zu: »Du hast mich letztes Mal zum Essen eingeladen. Jetzt bin ich dran.«

Nicht dass sie ihm das erklären würde. Das war gar nicht möglich – jedenfalls nicht, ohne zu viel über ihre Gefühle preiszugeben. Und dieses Risiko würde sie ganz bestimmt nicht eingehen.

Die beste Lösung wäre natürlich gewesen, ihn ab jetzt komplett zu ignorieren. Oder, noch besser: Ihn nie mehr wiedersehen zu müssen. Doch wie es das Schicksal so wollte, fielen beide Optionen leider flach. Mathias war nicht nur ihr Nachbar. Das allein wäre ja schon schlimm genug gewesen. Aber noch dazu waren ihre Leben auf diverse Weise miteinander verbunden. Beweismittel A): Sie war gerade auf dem Weg zu einer weiteren Videokonferenz, bei der es um die Planung von Dels und Mayas Hochzeit ging. Und wer würde da garantiert auch sein? Richtig, Mathias.

Das Leben hatte manchmal einen wirklich seltsamen Humor.

Sie parkte ihren Wagen vor *Weddings out of the Box*. Dass sie etwas zu spät kam, war Absicht. Denn das Letzte, was sie jetzt gebrauchen konnte, war, ganz allein mit Mathias herumzusitzen und auf das Eintreffen der anderen zu warten. Ausnahmsweise schien ihr Timing diesmal perfekt zu sein. Mathias' Auto stand schon da. Und daneben stand das Auto ihrer Schwester. Als Carol ausstieg, fuhr Silver gerade auf den Parkplatz neben ihr, und sie gingen gemeinsam hinein.

»Ich liebe Bräute, die Spaß haben wollen«, erklärte Silver leicht atemlos, als sie den Gang zum Konferenzraum entlangliefen. »Maya lässt mir mehr oder weniger freie Hand. Ich habe ein paar richtig gute Ideen für den Drink des Abends.«

»Mojito?«, zog Carol sie auf.

Silver erschauderte. »Bloß nicht. Beim Drink des Abends darf das Mixen nicht viel Zeit in Anspruch nehmen. Es sei denn, man kann vorher mit der Zubereitung beginnen. Die Gäste haben keine Lust, zwanzig Minuten für ihr Getränk anstehen zu müssen. Keine Mojitos. Denk nicht mal an dieses Wort.«

»Manchmal bist du wirklich ziemlich herrisch.«

»Ich weiß. Aber ich kann nichts dagegen tun.« Silver hakte sich bei Carol ein. »Und du liebst mich trotzdem.«

»Das tue ich.«

Sie betraten den Konferenzraum und sahen, dass Pallas bereits den Video-Call gestartet hatte. Maya winkte ihnen auf dem Bildschirm zu.

»Hey, ihr zwei.«

»Hallo, Maya.«

Sie setzten sich. Carol lächelte den anderen zu, sorgsam darauf bedacht, dass ihr Blick gleichmäßig weiterwanderte. Nicht dass er noch an Mathias hängen blieb oder so.

Der Plan schien aufzugehen. Wobei … Ganz sicher war sie nicht, ob sie bedrückt oder lieber dankbar sein sollte. Denn als sie Mathias kurz zulächelte, erwiderte er die Geste knapp und eher geistesabwesend. Nichts erinnerte mehr an den Mann, der mit dieser absurden Sex-die-Zweite-Idee in ihrem Büro aufgetaucht war. Letztlich konnte sie froh über seine Reaktion sein. Schließlich waren sie hier nicht alleine. Und wenn Mathias jetzt auffällig reagiert hätte, hätten die anderen bestimmt gemerkt, dass etwas nicht stimmte. Leichtes Desinteresse war also perfekt. Und es gab keinen Grund für sie, deswegen verstört oder traurig zu sein.

Carol unterdrückte ein Stöhnen. Es gab Tage, an denen sie sich ernsthaft Sorgen um ihre geistige und emotionale Gesundheit machte.

»Alle da? Dann können wir ja anfangen«, erklärte Pallas und zog ihr Tablet hervor. »Maya, ich schlage vor, du hörst dir erst einmal an, welche Fortschritte wir seit dem letzten Gespräch gemacht haben. Es geht los mit den Blumen.«

Das Meeting ging zügig voran. Alle Einzelheiten wurden noch einmal besprochen. Silver unterbereitete ihre Ideen für Drinks und bestätigte, dass die Catering-Firma die Vorschläge wie gewünscht umsetzen würde. Danach war Violet dran. Sie öffnete einen Kleidersack und zeigte Maya, wie weit sie mit dem Schleier gekommen war.

»Das Bild, das du mir geschickt hast, war perfekt«, sagte sie. »Ich habe die Perlen entsprechend angebracht.« Sie winkte Carol zu. »Komm, du musst mein Model sein.«

Sofort waren alle Augen auf Carol gerichtet. Sie spürte, wie sie errötete, als sie aufstand und zu ihrer Schwester hinüberging. Violet setzte ihr den Schleier auf.

Der Tüllstoff war an einer kleinen Tiara befestigt, die ziemlich fest auf Carols Kopf saß. Die Ränder des Schleiers waren mit winzigen Perlen in einem wirbelnden Muster verziert. Violet zog den kürzeren Teil des weißen Stoffs vor Carols Gesicht und schob ihre Schwester direkt vor die Kamera.

»Wie findest du ihn?«

»Er ist wunderschön«, hauchte Maya. »Genau was ich mir gewünscht habe. Carol, wie fühlt sich das an?«

»Es drückt ein wenig«, gab Carol zu. »Ich weiß nicht, ob mein Kopf kleiner oder größer ist als deiner. Aber an deiner Stelle würde ich die Tiara vor der Trauung noch mal anprobieren. Sonst hast du womöglich Kopfschmerzen auf dem Weg zum Altar.«

»Ich notiere mir das.« Pallas tippte etwas in ihr Tablet ein.

Violet zog Carol den Schleier wieder ab. »Weil ich so nett bin, werde ich dich nicht drängen, das hier Probe zu tragen«, erklärte sie mit einem Grinsen. Sie hielt ein winziges Kleid hoch.

Maya klatschte in die Hände. »Oh! Ich kann kaum glauben, dass du das wirklich hinbekommen hast.«

»Das war nicht besonders schwierig.«

Während Carol sich wieder setzte, drehte Violet das Kleid, sodass Maya es von allen Seiten betrachten konnte. Da Carol von der Trägerin des Kleids höchstpersönlich die Maße genommen hatte, wusste sie, für wen es bestimmt war.

»Du willst dich also bei deiner zukünftigen Schwiegermutter beliebt machen?«, erkundigte Mathias sich mit einem Grinsen. »Schlaues Mädchen.«

»Ich finde Sophie supersüß«, erklärte Maya. »Und Elaine ist für mich so etwas wie eine Freundin. Da muss ich mich gar nicht beliebt machen. Außerdem: Stell dir nur mal vor, wie fantastisch das auf den Hochzeitsbildern aussehen wird.«

Carol bemerkte Pallas' leicht panischen Gesichtsausdruck.

»Es wird bestimmt nicht so wie die Hochzeit mit den Zebras«, versuchte sie ihre Freundin zu beruhigen. »Meistens ist Sophie ziemlich brav.«

»Ich habe eine Hundesitterin engagiert«, fügte Mathias hinzu. »Nach der Trauung wird Sophie zurück zu meinem Haus gebracht. Da kann sie dann einen Abend lang das volle Programm mit Hundespielen und Leckerli genießen.«

»Das ist so nett von dir«, verkündete Maya begeistert.

»Es ist mein Geschenk für Braut und Bräutigam«, sagte Mathias trocken. »Dieser Hund ist in der Lage, einen kompletten Hochzeitsempfang innerhalb von fünf Sekunden in eine Katastrophe zu verwandeln.«

Carol musste ihm beipflichten. »Das stimmt. Sophie ist süß. Aber sie zieht das Chaos magisch an. Außerdem würde sie sich sofort auf das Essen stürzen.«

»Ich notiere mir, dass Sophie direkt nach der Trauung zu Mathias gebracht wird«, erklärte Pallas und tippte hastig etwas in ihr Tablet.

Carol beugte sich vor und fragte ihre Freundin leise: »Beruhigt es dich, dass es eine Hundesitterin gibt?«

»Und wie«, flüsterte Pallas zurück.

Sie gingen den Rest der To-do-Liste durch.

»Kaum zu glauben, dass ich euch alle bei unserem nächsten Meeting persönlich treffen werde«, sagte Maya schließlich und lachte. »Ich freue mich schon so.«

»Wir freuen uns auch sehr«, erklärte Pallas. »So, wenn das alles ist, dann würde ich sagen, wir beenden das Treffen. Du hast sicher noch viel zu tun, Maya.«

Carol wollte sich gerade ihre Tasche schnappen und verschwinden, als Maya sie zurückhielt. »Carol, kannst du noch eine Sekunde bleiben? Es gibt etwas, das ich mit dir besprechen möchte.«

»Ja, klar.«

Mist, dabei lief es bisher so glatt, dachte sie. Hoffentlich würde Maya nicht auch Mathias bitten, noch länger zu bleiben. Aber die zukünftige Braut winkte den anderen Mitgliedern des Planungskomitees nur fröhlich zu und verabschiedete sich von ihnen.

Als alle gegangen waren, beugte Maya sich ganz dicht zu der Kamera. »Ich habe von deinem Millie-Projekt gehört. Und davon, dass Ronan dir eines seiner Kunstwerke zur Verfügung stellt, damit das Geld zusammenkommt.«

»Ich fahre morgen zu ihm, um mir eines seiner Werke auszusuchen. Leider habe ich keine Ahnung, welches ich nehmen soll.«

»Ronan ist unglaublich begabt. Mach dir keine Sorgen, Carol. Ich denke, du wirst mit jedem seiner Werke sehr viel Geld erzielen.« Maya legte den Kopf ein wenig schief. »Wenn Del und ich zurück in Happily Inc sind, würden wir gerne einen Film über Millie und deine Spendensammlung für ihre Herde drehen. Ich weiß nicht, ob Mathias das schon erwähnt hat: Del und ich haben eine Filmproduktionsfirma. Wir arbeiten weltweit. Was wir uns vorgestellt haben, ist Folgendes: Wir würden einen Kurzfilm drehen, den du auf deine Homepage stellen könntest. Dein Vater und ich haben schon ein paar E-Mails zu dem Thema ausgetauscht. Er hatte ein paar tolle Ideen, an welchen Orten der Dreh stattfinden könnte. Es ist so nett von dir, dass du uns mit der Hochzeitsplanung hilfst. Und das ist unser Dankeschön.«

»Das müsst ihr nicht tun«, entgegnete Carol automatisch.

»Aber wir möchten es gerne. Del und ich bewundern, was du tust. Dieser Film würde sich relativ schnell realisieren lassen. Und wir haben Zeit.«

»Danke, Maya! Das wäre wirklich wundervoll. Wir müssen die Homepage immer wieder aktualisieren, damit die Leute weiter für das Reservat spenden und nicht das Interesse verlieren. Ein Film von dir und Del würde da sehr helfen.«

»Schön. Dann ist das abgemacht. Wir freuen uns darauf, dich und Millie in einer Woche persönlich zu treffen.«

»Wir freuen uns auch.«

Sie verabschiedeten sich. Dann saß Carol allein in dem großen Konferenzraum und versuchte zu begreifen, was gerade passiert war. Klar, sie hatte sich bereit erklärt, bei der Hochzeitsplanung zu helfen. Aber so viel hatte sie doch gar nicht getan. Wieso also wollten Maya und Del ihr auf so großzügige Weise helfen? Hatte Mathias etwas damit zu tun?

Es gab nur eine Möglichkeit, das herauszufinden. Und momentan war sie nicht in der richtigen Verfassung, um mit Mathias zu sprechen. Sie hatte keine Ahnung, was sie dachte oder fühlte – ganz zu schweigen davon, was sie sagen sollte. Dieser Mann trieb sie in den Wahnsinn.

Wenn sie nicht völlig durchdrehen wollte, gab es nur eine einzige Lösung: Sie musste ihn aus ihren Gedanken verbannen. Die Frage war nur, wie zum Teufel sie das anstellen sollte.

13. Kapitel

Auf ihrem Weg in die Berge machte Carol einen Zwischenstopp beim Studio. Sie hatte gesehen, dass Mathias' Auto in seiner Einfahrt stand. Also war er noch zu Hause, und sie würde keinerlei Probleme haben. Na ja, keinerlei Probleme war vielleicht ein wenig übertrieben. Aber zumindest konnte sie sicher sein, dass sie Mathias jetzt nicht begegnen würde. Was gut war. Denn dafür hatte sie überhaupt keinen Nerv.

Sie hielt auf dem Parkplatz des Studios, stieg aus und ging dann zur Rückseite des Gebäudes. Natalie hatte ihr gesagt, dass sie dort arbeiten würde.

Der Studiokomplex hatte die Größe einer Lagerhalle. Das Gebäude besaß hohe Decken und riesige Fenster, die viel Licht hereinließen. Die Künstler arbeiteten alle zusammen in einem einzigen Raum, in dem sie jeweils ihren eigenen Bereich hatten. Mathias und Ronan hatten ihre riesigen, gefährlich aussehenden Öfen an der Seite aufstellen lassen, die am weitesten vom Eingang entfernt war. Nicks Arbeitsbereich befand sich eher in der Mitte des Raums. Nick arbeitete hauptsächlich mit Holz und schnitzte Skulpturen, die so lebensecht wirkten, dass man den Eindruck hatte, sie würden atmen. Natalie hatte sich für ihre Arbeit eine kleine Ecke direkt neben der großen, zweiflügeligen Hintertür reserviert.

Carol betrat das Studio und entdeckte ihre Freundin an einem Zeichentisch. Natalie erschuf wunderschöne Mixed-Media-Bilder, die nicht mithilfe von Öl- oder Acrylfarbe entstanden, sondern Collagen aus Papier und Fundstücken waren.

Als sie Schritte hörte, blickte Natalie auf. Carol winkte und ging hinüber, um sich auf einen Stuhl auf der anderen Seite des

Tischs zu setzen. In der Mitte der Tischplatte entdeckte sie eine Gruppe von Origami-Figuren, die alle in dunklen Pink- und Violett-Tönen gehalten waren.

»Bezaubernd«, sagte sie und betrachtete einen ungefähr fünf Zentimeter großen Pinguin genauer. »Wofür sind die?«

Natalie schien einen Moment zu zögern. Dann rückte sie ihre Brille zurecht und lächelte. »Ich habe eine Freundin mit einer neunjährigen Tochter. Die Kleine ist in ihrer Pink-und-Lila-Phase. Und sie liebt Tiere.«

»Die sind wirklich wunderschön. Sie wird sie lieben.« Unwillkürlich fragte sich Carol, wen Natalie meinte. Niemand in ihrem Freundeskreis hatte eine neunjährige Tochter. Aber vielleicht war das jemand, den Natalie aus ihrer Zeit vor dem Umzug nach Happily Inc kannte.

»Danke für das Kompliment. Okay, heute ist also der große Tag. Du brichst zu deiner Tour in die Berge auf.«

Carol zog die Nase kraus. »Das klingt, als würde ich eine Pilgerreise unternehmen. Dabei werde ich einfach nur ein Kunstwerk für eine Auktion abholen. Das ist auch der Grund, warum ich dich um Rat fragen wollte. Du bist Künstlerin und hast ein Auge für solche Dinge. Irgendeine Idee, wofür ich mich entscheiden soll?«

»Alles, was Ronan gemacht hat, wird die Käufer in Begeisterung versetzen. Du kannst dir sicher sein, dass du viel Geld damit erzielst.« Natalie seufzte. »Ich wünschte, ich wäre so talentiert wie er.«

»Das bist du! Schau dir doch nur mal deine Bilder an. Sie sind großartig.«

»Danke, dass du so eine treue Freundin bist. Aber manchmal muss man sich der Realität stellen. Meine Werke verkaufen sich für ungefähr dreihundert Dollar das Stück. Ronan kann mühelos dreihunderttausend Dollar erzielen. Er und ich – wir spielen nicht einmal ansatzweise in derselben Liga.«

»Schönheit und Kreativität lassen sich nicht in Geld messen.«

»Ja, vielleicht. Aber Geld hilft, wenn man seine Rechnungen zahlen muss.« Natalie lachte. »Es ist okay. Ronan ist gewöhnt, dass andere ihn um sein Talent beneiden. Leider steht er sich mit seiner Art sehr oft selbst im Weg, aber das ist ein anderes Thema.« Sie griff nach einer kleinen Origami-Eule, die sie Carol auf die Handfläche setzte.

»Auf die Gefahr hin, meine Redensarten und die Tiere durcheinanderzubringen: Wähle weise, kleiner Grashüpfer.«

»Das ist nicht gerade hilfreich.«

»Tut mir leid. Im Ernst: Frag Ronan, was sich seiner Meinung nach für das meiste Geld verkaufen lässt. Er kennt seine Käufer am besten.«

»Wäre das nicht ziemlich dreist? Bestimmt wird er dann beleidigt sein. Ich meine, man soll doch Kunst um ihrer selbst willen lieben.«

»Nicht wenn es darum geht, das meiste Geld mit einem Verkauf zu erzielen.«

»Okay, danke«, murmelte Carol, während sie sich unwillkürlich wünschte, heute auf Mathias statt auf seinen Bruder zu treffen. Ihre Beziehung war in einer schwierigen Phase – um es gelinde auszudrücken. Trotzdem war Mathias ein Mensch, der es anderen leicht machte, mit ihm zu reden. Selbst wenn er sie in den Wahnsinn trieb, fühlte sie sich in seiner Gegenwart nicht befangen. Der mysteriöse Ronan dagegen schien ein Mensch zu sein, bei dem man jedes Wort abwägen musste.

»Wünsch mir Glück«, sagte sie, als sie aufstand.

»Du bekommst das hin.«

Carol folgte der Wegbeschreibung, die Mathias ihr gegeben hatte. Ronans Haus war meilenweit vom nächsten Highway entfernt. Während sie die Straße entlangfuhr, die sich steiler und steiler den Berg hinaufwand, dankte Carol den Wettergöttern, dass heute ein warmer, trockener Tag war. Bei Regen hätte sie diese Strecke ungern fahren wollen. Und was Schnee betraf … Na ja. Ronans Haus würde wohl kaum so weit oben liegen, dass er sich darum Sorgen machen musste.

In ungefähr dreihundert Metern Höhe endete die Wüstenlandschaft. Jetzt waren am Straßenrand kleine Bäume und Büsche zu sehen. Als Carol bei sechshundert Metern über dem Meeresspiegel angelangt war, führte der Weg durch einen Wald. Vermutlich konnten die Bäume hier wachsen, weil sie genügend Wasser durch das unterirdische Höhlensystem erhielten, dem auch Happily Inc das angenehme Leben verdankte.

Schließlich bog Carol auf einen kleinen Privatweg ab und fuhr weiter, bis sie ein großes Steinhaus vor sich sah. Die Mauern schienen direkt aus dem Felsen zu wachsen. Vermutlich ist dieser Effekt einem ziemlich guten Architekten zu verdanken, dachte sie, während sie auf die Eingangstür zuging. Das Haus hatte riesige Fenster, und rund herum wuchsen überall Bäume. Wahrscheinlich hatte man vom oberen Stockwerk aus einen fantastischen Blick über das gesamte Tal.

Ronan öffnete die Tür, bevor sie klopfen konnte.

Genau wie seine Brüder schien er lässige Kleidung zu bevorzugen. Er trug Jeans und ein T-Shirt. Seine Haare und die Haut waren ein wenig heller als die seiner Brüder. Aber die Art, wie er lächelte, kam Carol sehr bekannt vor.

»Hi, Carol. Danke, dass du gekommen bist, um dir etwas auszusuchen. Ich hätte ja ein paar meiner Sachen mit runter ins Studio gebracht, damit du dort deine Wahl treffen kannst. Aber ich wusste überhaupt nicht, was du suchst.«

»Ich bin es, die sich bedanken muss«, erwiderte Carol, während sie ihm ins Innere des Hauses folgte. »Das ist wirklich sehr großzügig von dir.«

»Es freut mich, wenn ich helfen kann. Schade nur, dass uns die Idee nicht einige Wochen früher gekommen ist. Dann hättest du nicht mühsam überall in Happily Inc deine kleinen Sammelbüchsen verteilen müssen.«

Im Vorbeigehen nahm Carol vage ein paar große Räume mit

hohen Decken wahr. Gleich darauf öffnete Ronan die Hintertür, und sie traten hinaus. Ein überdachter Weg führte zum Studio. Sie betraten das Foyer, und Carol erhaschte einen kurzen Blick auf den Arbeitsbereich, der ähnlich aussah wie der unten in der Stadt. Sie wartete darauf, dass Ronan in diese Richtung weiterging. Doch stattdessen öffnete er eine andere Tür.

»Ich arbeite schon eine ganze Weile an der Millie-Kampagne. Aber leider geht es ziemlich langsam voran«, erklärte Carol. »Ein Kunstwerk zur Auktion anzubieten ist in der Situation natürlich …«

Ronan schaltete das Licht an. Carol hatte nicht gewusst, was sie erwarten sollte. Ein Lager war in ihrer Welt ein Raum, in dem Klopapierrollen und Konservendosen auf ein paar Holzregalen standen. Dieses Lager dagegen enthielt zahllose Tische, auf denen atemberaubende Glaskunstwerke standen. Es gab Vasen mit Blumen, abstrakte Gebilde in den kühnsten Formen, Fische, Pferde, einige Tänzerinnen. Egal wohin sie blickte – sie entdeckte immer etwas, das ihr noch schöner, noch exquisiter vorkam.

Einige Skulpturen waren farblos, andere boten dem Auge des Betrachters eine wahre Farbexplosion. Manche waren so groß, dass sie auf dem Boden stehen mussten und trotzdem bis fast an die Decke reichten. Gleich daneben befanden sich winzig kleine Figuren, die mühelos auf ihre Handfläche gepasst hätten. Carol entdeckte eine Gruppe von Miniatur-Tieren, die seltsam eckig geformt waren. Es dauerte eine Sekunde, bis sie begriff, dass es sich um Glas-Interpretationen von Natalies Origami-Tieren handelte.

»Irgendetwas Interessantes dabei?«, erkundigte sich Ronan.

Carol drehte sich langsam im Kreis, um dann vor Ronan zum Stehen zu kommen. »Ich weiß nicht, wie ich eine Wahl treffen soll. Mir gefällt alles.« Sie dachte daran, was Natalie ihr geraten hatte. »Wäre es sehr seltsam, wenn ich dich bitten würde, für mich auszuwählen?«

Statt zu antworten, ging Ronan zu einem der Tische und zeigte auf einen großen Kranich aus Glas, der aussah, als wollte er sich gerade in die Luft schwingen. Die Flügel waren ausgebreitet und der Hals emporgereckt. Carol konnte fast den Windstoß spüren, den er beim Abheben erzeugte.

»Das hier. Die Figur wird auch bei internationalen Käufern auf Interesse stoßen. Dadurch kannst du einen höheren Preis bei der Auktion erzielen.«

Die Worte »höherer Preis« hätten ihr Herz eigentlich zum Hüpfen bringen sollen. Aber Carol nahm sie nur nebenbei wahr. Sie stand ganz still da – noch immer völlig im Bann von Ronans Arbeit.

»Wie machst du das?«, fragte sie leise. Vorsichtig streckte sie die Hand aus und strich über das eine Bein des Kranichs. »Wie schaffst du es, dass er sich zu bewegen scheint, obwohl ich genau weiß, dass er nicht lebendig ist. Mathias hat das bei dieser kleinen Millie-Figur auch hinbekommen. Das ist unheimlich.«

»Mathias hat dir die Giraffe gezeigt, an der er arbeitet?«

Sie drehte sich zu Ronan um. »Er hat sie mir geschenkt.«

Etwas blitzte in Ronans Augen auf. Einen Moment lang hatte Carol den Eindruck, dass er gleich lächeln würde. Doch gleich darauf war seine Miene wieder ausdruckslos. »Den Anschein von Bewegung zu erzeugen hat viel mit Technik zu tun – und auch ein wenig mit Talent. Ich werde dich nicht mit den Einzelheiten langweilen. Also, soll es diese Figur hier sein?«

Carol nickte. »Vielen Dank für deine Großzügigkeit. Das ist so ein wunderbares Geschenk.« Sie schluckte gegen die Tränen an, die plötzlich in ihren Augen brannten. »Millie ist so einsam. Ich mache mir Sorgen um sie. Dein Kunstwerk wird es uns ermöglichen, ihr eine Herde zu kaufen. Und dann hat sie wieder Freunde.«

Ronan trat einen Schritt zurück. »Ach, kein Problem. Ich bin froh, wenn Millie dadurch wieder glücklich wird. Okay, dann werde ich Atsuko mitteilen, wofür du dich entschieden hast, und ihr ein paar Fotos schicken.«

»Danke.« Carol zögerte und sagte dann: »Gibt es vielleicht irgendwelche Belege, die du für die Steuer brauchst? Wir sind eine Non-Profit-Organisation mit offizieller Zulassung. Ich kann dir gerne die Unterlagen schicken.«

Diesmal lächelte Ronan wirklich. »Darum hat sich dein Dad schon gekümmert.«

»Oh, super.«

Ronan begleitete sie zurück zu ihrem Wagen. »Soll ich dir den Weg zurück in die Stadt erklären?«

»Danke. Ich denke, ich weiß, wie ich fahren muss.«

Als sie den Jeep erreicht hatten, blieb Ronan stehen: »Carol, vielleicht hast du es schon gehört: Ceallach wird zu Dels und Mayas Hochzeit kommen.«

Der abrupte Themenwechsel traf sie unvorbereitet. »Ja. Deine Mutter und dein Vater sind auf irgendeiner Vortragstour. Deshalb passt Mathias auf Sophie auf. Soweit ich weiß, kommen die beiden Ende des Monats nach Happily Inc zurück.«

Ronan schien auf einen Punkt in der Ferne zu starren. »Versprich mir, dafür zu sorgen, dass Mathias sich gut auf diesen Moment vorbereitet. Das wird hart für ihn.«

»Vermutlich wird es für euch alle nicht ganz leicht.«

»Ja, aber wir stehen nicht so sehr unter Beschuss.«

Sie starrte ihn an. »Was soll das heißen – unter Beschuss?«

Er erwiderte ihren Blick. »All diese Schüsseln und Teller, die Mathias macht? Das ist nicht er. Er versteckt sich. Wobei er das natürlich nie zugeben würde, nicht einmal sich selbst gegenüber.« Ronan zögerte, als würde er abwägen, wie viel er sagen sollte. »Mathias ist begabter als wir alle. Es war immer klar, dass er der berühmte Künstler werden würde, nicht ich. Dann ist etwas passiert, und er konnte keine Risiken mehr eingehen. Ceallach hat das verhindert. Nein.« Er schüttelte den Kopf. »Das stimmt so nicht. Die Wahrheit ist, dass Ceallach versucht hat, diesen Teil von ihm zu zerstören. Mathias muss zurück zu seinem eigenen Weg finden, sonst wird er nie glücklich sein.«

Sie konnte kaum glauben, was Ronan da sagte. Und dass er es zu ihr sagte. »Ich verstehe das nicht. Wenn du dir Sorgen um Mathias machst, weshalb sprichst du dann nicht mit ihm?«

»Das kann ich nicht. Nicht mehr. Aber du kannst es. Und du solltest es tun.«

»Wieso ich?« Sie wusste nicht, was für eine Art von Beziehung sie und Mathias eigentlich hatten. Aber aus heiterem Himmel ein Gespräch darüber anzufangen, dass sein Dad versucht hatte, ihn zu zerbrechen, schien ihr meilenweit von allem entfernt, was bisher zwischen ihnen stattgefunden hatte. »Das ist ein sehr persönliches Thema. Und ich gehöre nicht zur Familie. Ich bin nur eine … Freundin.«

»Sag Mathias, dass du auf seiner Seite bist. Dass du für ihn da bist. Er muss das wissen, wenn er diesen Besuch irgendwie überstehen soll.«

»Aber wieso ich?«

»Weil er dir Millie gegeben hat.«

»Die Glasfigur? Oder die Herde?«

Sein Lächeln kehrte zurück. »Beides.«

Er öffnete die Autotür für sie. Offenbar war der persönliche Teil des Gesprächs hiermit beendet. Im Grunde war Carol froh darüber, denn um ehrlich zu sein, hatte sie nicht den Hauch einer Ahnung, was sie jetzt sagen oder fragen sollte. Also bedankte sie sich bei Ronan nur noch einmal für seine Spende und fuhr davon.

Als sie einige Zeit später in ihrem Büro am Rande des Wildtierreservats angekommen war, war ihr immer noch nicht ganz klar, wovon Ronan gesprochen hatte – oder wie genau sie helfen sollte.

Carol war frustriert und durcheinander. Und daran war nur der Staat Kalifornien mit seinen superkomplizierten Transportvorschriften schuld – jedenfalls versuchte sie, sich das einzureden. Ganz überzeugt war sie von ihrer eigenen Erklärung allerdings nicht. Ja, okay, ihr wurden eine Menge Steine in den Weg gelegt. Doch das allein erklärte nicht, wieso sie sich heute nicht wirklich auf die Arbeit konzentrieren konnte. Stattdessen hatte sie die ganze Zeit etwas anderes im Kopf … oder jemand anderen.

Sie hatte den gesamten Vormittag mit dem Versuch verschwendet, die richtigen Leute ans Telefon zu bekommen. Dann hatte sie aufgegeben und war rausgegangen, um Millie einen Besuch abzustatten. Gemeinsam mit der wunderschönen Giraffe durch die Gegend zu schlendern hatte meist eine beruhigende Wirkung auf sie und half ihr, den Kopf klar zu bekommen. Aber heute schien die Millie-Magie nicht zu wirken. Ronans Worte hallten weiterhin durch ihren Kopf.

Immer wieder dachte sie daran, was er über Ceallach und Mathias gesagt hatte und über die schwierige Beziehung der beiden. War sein Vater der Grund dafür, dass Mathias Teller statt Kunst produzierte? Sie hatte gewusst, dass die zwei sich nicht besonders gut verstanden. Aber jetzt fragte sie sich, ob dieser Riss weitaus tiefer war, als sie bisher angenommen hatte.

Mathias wirkte immer so sorglos und charmant. Natürlich, auch er hatte seine Probleme – die hatte jeder. Aber die Dinge, die Ronan angedeutet hatte, waren ernster und viel zerstörerischer als das übliche »Meine Eltern verstehen mich einfach nicht«, das die meisten Leute aus ihrer Jugend kannten.

Carol beschloss, dass sie Ablenkung brauchte. Also setzte sie sich ins Auto und fuhr in die Stadt. Vielleicht würde ein kurzer Besuch bei ihrer Schwester helfen. Doch anstatt zu Violets Laden zu fahren oder zu dem Hotel, in dem ihre Schwester viel Zeit verbrachte, solange Ulrich sich noch erholen musste, fand Carol sich kurz darauf auf dem Parkplatz vor dem Studio wieder.

Der einzige andere Wagen, der hier stand, gehörte Mathias. Schätzungsweise war er allein im Atelier – wenn man Sophie nicht mitrechnete. Und trotz all ihrer Marotten war Sophie jemand, der ihr ziemlich vertrauenswürdig erschien. Carol stieg aus und ging auf das Gebäude zu.

Sophie sprang von ihrem Kissen auf und raste ihr entgegen, um sie zu begrüßen. Mathias saß an seinem Arbeitstisch und hatte mehrere große Bögen Papier vor sich ausgebreitet. Während sie auf ihn zuging, hoffte Carol, weitere Skizzen von Millie zu entdecken. Aber offenbar schien Mathias am Design einer Vase zu arbeiten.

Er blickte auf und lächelte ihr zu. »Hi. Das ist ja mal eine Überraschung.«

Eine gute oder eine schlechte? Wobei sie das natürlich nicht laut fragen würde. Wenn es um Mathias ging, dann litt sie dummerweise unter chronischer Feigheit. Die Frage war nur, warum? Ja, klar – er war sehr attraktiv und witzig und erfolgreich und immer auf der Jagd nach attraktiven Frauen. Aber, na und? Sie selbst war ja auch …

Nachdem ihr absolut nicht einfallen wollte, was sie auch war, beschloss Carol, dieses Problem auf später zu verschieben. Sie setzte sich auf den Stuhl neben ihm.

»Ich habe Schwierigkeiten mit den Transportvorschriften«, versuchte sie es mit dem ersten unverfänglichen Thema, das ihr einfiel. »Du kennst nicht zufällig jemanden, der sich damit auskennt und mir helfen könnte? Vielleicht irgendjemand, der für die Regierung arbeitet oder so.«

»Bürgermeisterin Marsha. Niemand in Kalifornien ist so lange im Amt wie sie«, erklärte er und setzte hinzu: »Sie ist die Bürgermeisterin von Fool's Gold.«

»Ich weiß. Danke. Aber ich glaube ehrlich gesagt nicht, dass die Bürgermeisterin einer Kleinstadt mir in diesem Fall weiterhelfen kann.«

»Täusch dich nicht«, entgegnete Mathias und grinste. »Bürgermeisterin Marsha weiß alles und hat überall Freunde. Es würde mich nicht weiter überraschen, wenn sie mal eben im

Weißen Haus anrufen würde. Schick mir doch deine genauen Fragen, dann werde ich sehen, was ich tun kann.«

»Danke«, murmelte sie und bemühte sich, nicht allzu zweifelnd zu klingen.

»Warte nur ab. Du wirst dich noch wundern.«

Das tat sie bereits, auch wenn es nichts mit irgendwelchen Anrufen im Weißen Haus zu tun hatte.

»Ich habe Ronan getroffen«, sagte sie schließlich. »Er hat mir dabei geholfen, ein Kunstwerk für die Auktion auszuwählen.«

»Wofür hast du dich entschieden?«

Carol beschrieb den Kranich.

»Klingt nach einer guten Wahl. Vögel sind ein Thema, mit dem Ronan eher selten arbeitet. Außerdem wird ein Kranich auch internationale Interessenten anlocken.«

»Das hat Ronan auch gesagt. Aber wieso?«

»Kraniche gelten in vielen Kulturen als Glücksbringer. Was bedeutet, dass sich neben Privatsammlern auch große Firmen und Hotels für diese Arbeit interessieren werden.«

»Okay, dann war es ja ein Glück, dass ich mich für diese Figur entschieden habe. Kunst und Kunstsammler sind eine Welt, von der ich nichts verstehe.«

»Was ich über Kühe weiß, würde nicht mal einen Post-it-Zettel füllen.«

»Kühe? Erst gibst du dir so viel Mühe, Millie zu helfen, und dann beleidigst du sie. Das soll noch irgendjemand verstehen.«

»Ist doch logisch: Necken ist ein Zeichen von Zuneigung. Ich dachte, das wäre dir klar.« Er schenkte ihr ein schiefes Grinsen. »Außerdem hatte ich schon immer ein Faible für langbeinige Mädels mit großen braunen Augen. Das weißt du doch.«

Ihr Verstand sagte Carol, dass Mathias natürlich über die Giraffe sprach. Leider war ihr dummes Herz anderer Meinung und versuchte ihr einzureden, dass es Grund gab, sich

Hoffnung zu machen. Schließlich hatte sie braune Augen, und auch wenn sie wohl niemand als langbeinig beschreiben würde, konnte das doch …

Nein, Quatsch, rief sie sich zur Ordnung. Hastig schob sie den Gedanken beiseite und erinnerte sich an das, was Ronan ihr erzählt hatte.

Sie griff nach einem Stift, dann legte sie ihn wieder hin. »Es gibt etwas, das ich dich fragen muss.«

»Klar. Was denn?«

Sie zögerte. »Also, es ist nicht wirklich eine Frage, sondern eher …« Sie schaute Mathias an. »Ronan meinte, dass dein Vater zu der Hochzeit kommen wird.«

Mathias' Miene blieb ausdruckslos. »Ja, sieht ganz danach aus. Schließlich ist es Dels Hochzeit. Mom hat mir mitgeteilt, dass sie Ende des Monats zurückkommen, um Sophie abzuholen. Sie werden dann bei mir wohnen.«

Als der Beagle seinen Namen hörte, hob er den Kopf von den Pfoten und wedelte mit dem Schwanz.

»Ronan denkt, das könnte vielleicht ein Problem für dich sein.«

Für einen kurzen Moment war etwas in Mathias' Blick zu erkennen. Gefühle, die Carol aber nicht näher identifizieren konnte, weil sie so schnell wieder verschwunden waren. Hatte es sich um Verdruss gehandelt, Wut oder Traurigkeit?

»Mein Vater ist ein ziemlich schwieriger Mensch«, gab er zu. »Egal was passiert – alles muss sich immer um ihn drehen.« Er lächelte ihr zu. »Aber mach dir keine Sorgen. Ich ignoriere seine ganzen Dramen einfach.«

»Hast du das schon immer so gemacht?«

»Nein. Es gab eine Zeit, da konnte er mich mit einem einzigen Wort zerstören. Demütigungen und Drohungen – das waren die Mittel, mit denen er versucht hat, uns alle zu beherrschen.« Er schüttelte den Kopf. »Wobei … Das stimmt so nicht. Er wollte nur Nick, Ronan und mich auf diese Weise beherrschen. Del und Aidan hat er meistens schlichtweg ignoriert.«

»Weil sie keine Künstler sind?«

»Ja. Wer nicht kreativ ist, ist in seinen Augen wertlos.«

Carol wusste, wie es sich anfühlte, nichts Besonderes zu sein. Aber ihre Eltern hatten sich immer so sehr bemüht, Violet und ihr zu zeigen, dass sie das Wichtigste in ihrem Leben waren.

»Wieso hat er sich so verhalten?«

»Vielleicht aus Stolz. Manchmal denke ich auch, dass er eigentlich tief im Inneren Angst vor uns hatte. Vor dem, was aus uns werden könnte.«

Er fuhr mit dem Finger über das Papier und zeichnete den Umriss der Vase nach. »Diese abstrakten Kunstwerke, die Ronan erschafft – das habe ich damals auch gemacht. Als ich noch jünger war. Sobald ich eine neue Technik erlernt hatte, bin ich die ganze Nacht lang aufgeblieben, um zu sehen, ob sie funktioniert. Ich wollte der Beste werden. Ich wollte werden wie mein Dad.« Er warf ihr einen Blick zu. »Das wollten wir alle. Das kleinste Lob von ihm war mehr wert als alles andere auf der Welt.«

»Weil er euch so selten gelobt hat?«

»Quasi nie. Seine Methode besteht darin, nach Fehlern zu suchen. Eine Zeit lang dachte ich, er tut das, damit wir besser werden. So gut wie er. Aber irgendwann wurde mir klar, dass auch sehr viel Angst dahintersteckte.«

»Er wollte nicht, dass seine Söhne ihn überflügeln.«

Sein Blick ruhte auf ihrem Gesicht. »Du bist heute sehr scharfsichtig.«

»Ich bin immer sehr scharfsichtig.«

Mathias grinste. »Das stimmt.« Sein Lächeln verschwand. »Mein Vater kann sehr schwierig sein. Letztlich bin ich zu dem Schluss gekommen, dass sich diese ständigen Kämpfe mit ihm nicht lohnen.«

Carol dachte daran, was Ronan ihr erzählt hatte. Aber sie wollte nicht zugeben, dass Mathias' Bruder mit ihr über dieses Thema gesprochen hatte. Denn das würde sich anfühlen wie eine Verletzung von Mathias' Privatsphäre.

»Ich finde deine Millie-Figur unglaublich schön. Du solltest mehr in dieser Richtung machen.«

»Kleine Berufsberatung?«, fragte er mit leichtem Spott in der Stimme.

»Dazu wäre ich wohl kaum in der Lage. Ich kann nur sagen, dass ich diese Figur ziemlich außergewöhnlich finde. Aber was weiß ich schon. Vielleicht macht es dich ja gar nicht glücklich, so zu arbeiten.«

Er schwieg einige Sekunden, bevor er sagte: »Das ist alles ziemlich kompliziert.«

Sie wusste, dass das stimmte. Jede Familie hatte ihre Komplikationen, aber seine mehr als die meisten. Da war zum einen die Tatsache, dass sein Vater ein weltberühmter Künstler war. Dazu kam das Verhältnis zu seinen Brüdern, das ebenfalls nicht so einfach sein konnte. Das betraf speziell Ronan, den er für seinen Zwillingsbruder gehalten hatte, bis dann irgendwann herausgekommen war, dass das nicht stimmte. Sie kannte nicht die ganze Geschichte, aber sie hatte immer mal wieder ein paar Bruchstücke aufgeschnappt, wenn Natalie und Pallas bei ihren Mädelstreffen über die Mitchells geredet hatten.

»Hey«, sagte Mathias, während er nach ihrer Hand griff. »Hör auf, dir Sorgen um mich zu machen. Mir geht es gut.«

Seine Fingerspitzen strichen über ihre Handfläche. Carol konnte die federleichte Berührung bis hinunter in die Zehenspitzen spüren. Noch bemerkenswerter war aber das Kribbeln tief unten in ihrem Bauch. Von dort breitete sich eine ungekannte Hitze in ihrem ganzen Körper aus. Hätte sie es nicht besser gewusst, hätte Carol geschworen, dass die Raumtemperatur gerade auf mindestens fünfzig Grad gestiegen war. Sie spürte, wie ihre Kehle trocken wurde und ihr Herz wild zu schlagen begann. Alles, woran sie noch denken konnte, war, wie sehr sie …

»Tja, verdammt«, murmelte Mathias. Er stand von seinem Stuhl auf und zog Carol ebenfalls auf die Beine. Bevor sie noch nachfragen konnte, was er bitte schön mit der Aktion bezweckte, hatte er sie schon an sich gezogen und seinen Mund auf ihren gesenkt.

Er schmeckte ganz leicht nach Kaffee und Minze. Seine Lippen lagen fest, aber nicht drängend auf ihren, als hätte er alle Zeit der Welt und würde diesen Teil hier besonders genießen.

Sie legte die Hände auf seine breiten Schultern. Durch den Stoff des T-Shirts hindurch konnte sie die Wärme seiner Haut spüren. Mathias war stark und ein sehr verlässlicher Freund. Er hatte Humor und war immer bereit, anderen zu helfen. Zum Beispiel Sophie – er hatte keinen Hund gewollt, und dennoch sorgte er so liebevoll für sie. Ja, er war ein guter Mensch. Und vermutlich der beste Küsser aller Zeiten.

Im nächsten Moment begann er, seinen Mund auf ihrem zu bewegen, und dann konnte Carol über gar nichts mehr nachdenken. Alles, was sie noch konnte, war, auf seine Bewegungen zu reagieren. Sie neigte den Kopf zur Seite und löste die Lippen voneinander.

Seine Zunge glitt in sie hinein und begann, mit ihrer zu spielen. Bei der ersten Berührung schien sich ein Feuer in ihr zu entzünden. Und mit jeder neuen Bewegung brannte dieses Feuer heißer und heißer. Sie trat einen Schritt auf ihn zu, schlang die Arme um seinen Hals und presste ihren Körper an seinen. Er legte die Hände auf ihre Hüften, wie um zu verhindern, dass sie sich zurückzog. Dummer Mann! War ihm nicht klar, dass sie keineswegs vorhatte, von hier zu verschwinden? Er war …

Hastig trat sie einen Schritt zurück. In ihr kämpfte Verlangen gegen Angst. Wie sehr ging es darum, dass er sie wollte?

Und wie sehr darum, dass ihm sein Auftritt an jenem Abend bei ihm noch immer peinlich war?

»Carol?«

»Ich will keine Nachprüfung, weil du das Gefühl hast, dass deine Versetzung gefährdet ist.«

»Ist es das, was du denkst?«

»Ich bin nicht sicher.«

»Nein. Das akzeptiere ich nicht, Carol. Du hast es auch gefühlt – gerade eben, als ich deine Hand berührt habe. Das ist der Grund, warum ich dich geküsst habe. Und zwar der einzige Grund.«

Er griff wieder nach ihrer Hand und drückte sie an seinen Schritt. Sie fühlte die harte Wölbung seiner Erektion, und ihre Zweifel zerstoben. Langsam hob Carol den Kopf. Dann lächelte sie.

»Oh.«

»Ja, oh«, sagte er und lachte. Dann zog er sie erneut an sich. »Okay, wo waren wir stehen geblieben?«

Sophie richtete sich auf und begann zu bellen. Im nächsten Moment sprang sie aus ihrem Hundebett und raste auf die Tür zu. Carol registrierte eine Sekunde zu spät, dass die Tür nicht ganz geschlossen war. Prompt steckte Sophie ihre Nase durch den Spalt, schob die Tür weiter auf und verschwand in Richtung Parkplatz.

»Mist!«, stöhnte Mathias und lief ihr hinterher. »Sophie! Komm zurück!«

Carol folgte den beiden, so schnell sie konnte. Was, wenn der Beagle einfach auf die Straße lief und ein Auto kam? »Sophie, komm zu mir! Ich habe Hundekekse!«

Sie raste die Treppe zum Studio hinunter. Dann stoppte sie abrupt, als sie Sophie entdeckte, die gerade von einem Mann und einer Frau gestreichelt und gekrault wurde. Carol war den beiden noch nie begegnet, trotzdem kamen sie ihr seltsam bekannt vor.

Der Mann nahm Sophie auf den Arm. »Und wie geht es

meinem besten Mädchen? Was ist, bekomme ich gar kein Küsschen?«

Das ließ Sophie sich nicht zweimal sagen und ging sofort eifrig zu Werke. Carol betrachtete währenddessen den Fremden. Er sah Nick und auch Mathias ähnlich, also ging sie mal schwer davon aus, dass das Del sein musste. Im gleichen Moment wandte sich die Frau zu ihr um, und Carol erkannte die hübsche grünäugige Blondine, mit der sie zuletzt bei der Videokonferenz gesprochen hatte.

»Carol!«, rief Maya und breitete die Arme aus. »Endlich treffen wir uns mal persönlich!«

Sie umarmten einander, dann stellte Maya sie Del vor.

»Del, das ist Carol Lund, die Freundin, von der ich dir erzählt habe. Sie ist meine Schleier-Probeträgerin und hält Mathias in Schach. Danke, Carol, für all deine Hilfe. Du kanntest mich gar nicht und hast trotzdem so viel für mich getan.«

»So viel war das gar nicht. Außerdem hat es mir Spaß gemacht«, versicherte Carol ihr. »Viele meiner Freunde haben professionell mit Hochzeiten zu tun. Es war schön für mich, da auch mal mitarbeiten zu können.«

Del setzte Sophie ab und reichte Carol die Hand. Dann ging er zu seinem Bruder und umarmte ihn. Sophie umtanzte die beiden und bellte begeistert.

»Seit wann seid ihr wieder hier?«, fragte Mathias, als alle zusammen schließlich ins Studio gingen.

»Wir sind gestern in L.A. angekommen«, erklärte Del. »Dann haben wir die Nacht in einem Hotel am Flughafen verbracht und sind heute Morgen gleich losgefahren. Ich wollte eigentlich zuerst zurück nach Fool's Gold, aber Maya hat darauf bestanden, dass wir sofort hierherfahren. Sie will irgendwelche Details in Sachen Hochzeit checken.«

Maya lachte. »Ja, schockierend, oder? Die Braut ist ein wenig aufgeregt vor der großen Feier. Du Armer, wie hältst du es nur mit mir aus?«

»Ach, ich komme klar«, erwiderte Del und zog sie an sich, um sie zu küssen. »Und du? Willst du das noch immer – den Rest deines Lebens an mich gekettet sein?«

»Du glaubst doch nicht im Ernst, dass ich dich noch gehen lasse. Endlich habe ich dich richtig trainiert, da behalte ich dich natürlich.«

Es war süß, wie die beiden sich neckten. Besonders beeindruckte Carol aber die Intensität in ihren Blicken, wenn Del und Maya einander ansahen. Die Verbindung, die zwischen ihnen bestand, war so stark, dass sie fast greifbar war. Es war ganz deutlich: Diese beiden gehörten zusammen.

Maya drehte sich zu Carol um. »Auf der Fahrt hierher haben wir Millie gesehen. Sie ist so schön. Wir freuen uns schon sehr darauf, den Film für dich zu machen. Ihre großen Augen und ihre Art zu gehen … Sie ist einfach toll!«

»Ihr werdet sie mögen«, versprach Carol.

»Nur von den Zebras solltet ihr euch fernhalten«, fügte Mathias mit einem Grinsen hinzu. »Die sind heimtückisch.«

Del legte den Arm um Maya. »Wir sind erfahrene Weltreisende. Uns jagst du nicht so leicht Angst ein.«

Mathias klopfte ihm auf den Rücken. »Jaja, das sagst du jetzt. Aber warte, bis die Zeit gekommen ist, den Gang zum Altar entlangzuschreiten. Dann werden dir die Knie schlottern.«

»Na klar. Vor lauter Aufregung und freudiger Erwartung.«

Maya sah Carol an und verdrehte die Augen. »So sind sie immer. Du hast nicht wirklich gelebt, bevor du nicht mindestens einen Abend mit allen fünf Mitchell-Brüdern zusammen verbracht hast.«

»Darauf freue ich mich schon«, gab Carol zu.

Del warf Mathias einen schnellen Blick zu. »Es ist doch okay, dass wir alle bei dir übernachten, oder?«

Carol blinzelte überrascht. Mathias besaß ein großes Haus und war ein offener, freundlicher Mensch. Trotzdem hatte er auch etwas Einsiedlerhaftes. Seine Treffen mit den Brautjungfern fanden grundsätzlich in irgendwelchen Hotelzimmern statt. Hing er mit seinen Brüdern ab, dann geschah das in einem Pub oder einer Sportbar. Soweit sie wusste, war sie die einzige Person, die ihn regelmäßig besuchte. Bis jetzt.

Sie sah ihn an und zog eine Augenbraue hoch. »Du wirst viel zu tun kriegen.«

»Ach, das ist kein Problem. Ich habe meinen Haushalts-Service angerufen und sie gebeten, die Gästezimmer herzurichten und frische Handtücher rauszulegen.« Er drehte sich zu Maya um. »Brauchst du mehr als das?«

»Natürlich nicht. Ich bin ein sehr unkomplizierter Mensch.« Sie lachte. »Im Ernst: Wir kommen klar. Danke, dass wir bis zur Hochzeit bei dir wohnen dürfen.« Sie legte die Hand auf Carols Arm. »Ich wollte auf keinen Fall mein Kleid mehrere Tage lang in einem Hotelzimmer unterbringen müssen. Denn was, wenn Del es gesehen hätte? Oder wenn er auf die Schleppe getreten wäre?«

»Das würde ich niemals tun«, protestierte ihr künftiger Ehemann.

»Na ja, jedenfalls nicht absichtlich.« Maya wandte sich Mathias zu. »Du hast mich gerettet, Schwager in spe. Meine ewige Dankbarkeit ist dir gewiss.«

»Bestimmt seid ihr erschöpft nach dieser langen Reise«, sagte Carol. »Vielleicht sollten wir jetzt mal eure Sachen zu Mathias bringen.«

Del pfiff nach Sophie. Der Hund kam auf ihn zugerast und sprang dann in die Höhe. Del fing den kleinen Beagle auf und trug ihn hinüber zum Auto. »Los geht's. Du darfst ans Steuer, wenn du versprichst, dass du vorsichtig bist.«

Sophie bellte zustimmend.

Während die anderen den beiden zum Wagen folgten, hakte sich Maya bei Carol ein. »Ich wusste gar nicht, dass ihr beide zusammen seid. Nicht dass Mathias viel über sein Privatleben sprechen würde, aber trotzdem …«

»Wir sind nicht zusammen«, antwortete Carol. Sie versuchte, möglichst leise zu sprechen. »Wir wohnen nur direkt nebeneinander. Und wir sind Freunde. Mathias habe ich es zu verdanken, dass Ronan eines seiner Kunstwerke für die Millie-Kampagne gespendet hat. Und natürlich kenne ich alle drei Mitchell-Brüder, die hier in Happily Inc wohnen. So ist das eben in einer Kleinstadt.«

Sie presste die Lippen zusammen, als ihr klar wurde, dass sie vielleicht ein wenig zu schnell und zu viel redete. Maya sah sie mit wissender Miene an, entgegnete aber nur: »Auf jeden Fall bin ich froh, dass du im Team bist.«

Carol war nicht ganz sicher, was das heißen sollte, beschloss aber, es dabei zu belassen. Weitere Erklärungsversuche würden nur zu neuen Missverständnissen führen. Falls Maya Mathias darauf ansprach, würde er die Sache sowieso schnell richtigstellen: Sie waren Freunde. Nachbarn. Mehr nicht.

14. Kapitel

The Boardroom war ein Pub mit einer warmen, freundlichen Atmosphäre. Oder lag das Gefühl von Wärme eher daran, dass Violet so dicht neben ihm stand? Ulrich konnte es nicht genau sagen, die Eindrücke schienen sich zu vermischen. Nachdem sie beide fast zwei Wochen ununterbrochen in seinem Hotelzimmer verbracht hatten, hatte er darauf bestanden, dass sie heute Abend ausgingen. Violet hatte daraufhin vorgeschlagen, auf ein oder zwei Stunden im Boardroom vorbeizuschauen.

Am einen Ende des Pubs befand sich eine lange Bar, vor der zahlreiche Tische und Stühle standen. Doch was den Raum wirklich dominierte, waren die deckenhohen Regale, in denen sich unzählige Brettspiele stapelten. Einige von ihnen waren neueren Ursprungs, andere dagegen abgenutzt und alt. Ulrich erkannte einige Spiele wieder, die er als Kind gespielt hatte. Wenn sein Vater aufgrund der Verletzungen nicht zur Arbeit gehen konnte, hatten Ulrich und er die Nachmittage häufig mit Brettspielen verbracht. Im Sommer hatten sie einen Tisch im Schatten eines Baums aufgestellt, und im Winter hatten sie dicht neben dem Kamin gesessen.

»Heute ist Turnier-Abend«, verkündete Violet sichtlich erfreut. Sie deutete auf einen freien Tisch und machte sich auf den Weg dorthin. »Das wird lustig. Da kann ich herausfinden, ob du ein guter Verlierer bist.«

»Ich bin ziemlich gut in Brettspielen.« Falls die Dinge schiefgehen sollten, würde er das einfach auf seine Kopfverletzung schieben.

»Das werden wir ja sehen«, erwiderte sie lachend und zog einen Stuhl heran. Als sie sich gesetzt hatte, nahm Ulrich auf dem Stuhl direkt neben ihr Platz. Damit blieben noch zwei freie Stühle an ihrem Vierertisch.

Der Raum füllte sich schnell. Obwohl der Lärmpegel stieg, war es nicht störend. Die meisten Leute schienen sich zu kennen und plauderten entspannt miteinander.

»Fast wie die Pubs bei mir zu Hause«, sagte er und beugte sich leicht in Violets Richtung. »Nur die Dartscheibe fehlt.«

»Und warmes Bier«, neckte sie ihn. »Ach ja – und Wurst mit Kartoffelbrei. Wie nennt ihr das noch mal, *bangers and mash*, oder?«

»Da hat aber jemand gründlich im Internet recherchiert.«

Violet lachte. »Ja, das hat jemand getan.« Sie warf ihm einen prüfenden Blick zu. »Geht es dir gut? Keine Kopfschmerzen von dem Lärm und den Lichtern?«

»Ich weiß deine Besorgnis zu schätzen. Aber ich kann dir versichern, dass es mir ausgezeichnet geht. Keine Kopf- oder sonstigen Schmerzen. Ich bin sehr froh, heute Abend hier zu sein.«

»Das bin ich auch.«

Einen Moment lang schien ihr Blick auf ihm zu verweilen. Aber vielleicht war das bloßes Wunschdenken. Obwohl sie seit dem Unfall viel Zeit zusammen verbracht hatten, war es ihm nicht gelungen herauszufinden, was sie für ihn empfand. Ja, Violet war besorgt um ihn und sehr liebenswürdig. Aber waren das rein freundschaftliche Gefühle? Bloße Hilfsbereitschaft? Irgendwie blieb da immer so eine gewisse Distanz ihrerseits. Er hatte versucht sich einzureden, dass Violet einfach nur versuchte, möglichst professionell zu bleiben, solange sie ihn pflegte. Aber ganz ehrlich? Das war eine schwachsinnige Theorie. Violet arbeitete nicht als Krankenschwester. Sie konnte sich verhalten, wie sie wollte. Und das bedeutete dann wohl leider, dass sie kein Interesse an ihm hatte.

Sehr schade. Nach ihrem ersten gemeinsamen Abendessen im Restaurant hätte er geschworen, dass da etwas zwischen ihnen war. Ein Prickeln, eine Art Spannung in der Luft. Auch auf den Vorschlag, nach England zu kommen, hatte sie positiv reagiert. Aber vielleicht ging es ihr eher darum, seine Großmutter wiederzusehen als ihn.

Eine Frau kam zu ihnen herübergeschlendert und legte die Hände auf die Lehne des einen freien Stuhls. »Ist es okay, wenn ich mich zu euch setze? Oder akzeptiert ihr nur Blaublüter bei euch am Tisch?«

Sie war eine attraktive Frau mit platinblondem Haar und blauen Augen.

»Setz dich. Wir müssen nur darauf achten, Anfang und Ende des Abends einmal ganz tief zu knicksen«, erklärte Violet und grinste. »Aber Achtung: Ulrich wird gerne mit ›Euer Lordschaft‹ angeredet.«

»Und ich dachte, ihr Amerikaner seid so stolz auf eure Ehrlichkeit?« Ulrich stand auf und streckte die Hand aus. »Ulrich Sherwood, sehr angenehm. Rein technisch würde es übrigens ›Euer Gnaden‹ heißen, nicht ›Euer Lordschaft‹.«

»Silver Tesdal«, erwiderte die Frau, während sie auf dem Stuhl ihm gegenüber Platz nahm. »Euer Gnaden«, setzte sie hinzu und lachte. »Wie ist das werte Befinden? Noch Schmerzen von dem Unfall?«

»Nein, es geht mir wieder gut. Danke.«

Ulrich war nicht überrascht, dass Violets Freundin über seinen Unfall Bescheid wusste. Schätzungsweise kannte ganz Happily Inc die Geschichte. Das war bei ihm zu Hause nicht anders – in einer Kleinstadt wussten immer alle über alles Bescheid. Von Zeit zu Zeit nervte ihn das. Aber meistens genoss er es, Teil einer Gemeinschaft zu sein.

Laut seiner Großmutter war auf Battenberg Park momentan alles in schönster Ordnung. Die Dinge liefen angeblich so rund, dass er sich mit seiner Rückreise nicht beeilen musste. Stattdessen sollte er sich lieber ein paar Tage mehr Zeit nehmen, um sich zu erholen. Aber er hatte seinen Aufenthalt in Happily

Inc schon sehr ausgeweitet, selbst wenn man den Unfall in Betracht zog. Irgendwann demnächst würde er heimfliegen müssen. Das Problem war nur, dass er das einfach nicht wollte.

Er hatte sich eingeredet, es würde daran liegen, dass er so selten Urlaub machte und mal alle Pflichten hinter sich ließ. Selbst diese Reise war ja ursprünglich rein jobbedingt gewesen: zwei Tage in Los Angeles, um mit der Filmproduktionsfirma die letzten Details für die Anmietung von Battenberg Park zu klären. Danach ein Kurztrip nach Happily Inc, um Violet zur Rede zu stellen. Hätte es den Zusammenstoß mit der Giraffe nicht gegeben, wäre er jetzt schon seit über einer Woche wieder zu Hause und Violet wäre nur eine verschwommene Erinnerung.

Vielleicht sollte er dieser Giraffe ein Dankschreiben zukommen lassen.

»Das wird richtig gut heute Abend«, riss ihn Silver aus seinen Gedanken. »Heute gibt es nämlich ein Trouble-Turnier.«

»Trouble?« Ulrich fragte sich, was an einem Abend voller Ärger so gut sein sollte.

»Trouble ist ein Brettspiel«, klärte Violet ihn auf. »Ich liebe es, wenn wir Spiele für Kinder machen. Das weckt die ursprünglichen Instinkte. Du wirst erstaunt sein, wie viele Erwachsene wirklich sauer sind, wenn sie zurück auf Start müssen.«

»Du hast das Spiel schon gespielt«, vermutete Ulrich.

»Richtig. Und ich plane zu gewinnen.«

Silver beugte sich zu ihm. »Pass auf. Sie kann sehr ehrgeizig sein.«

Eine Frau, die Violet bemerkenswert ähnlich sah, gesellte sich zu ihnen. Sie hatte ebenfalls rotes Haar und fein geschnittene Gesichtszüge. Ihre Kleidung war eher praktisch, aber das Lächeln und die Art, wie sie sich bewegte, erinnerten eindeutig an Violet. Die Schwester, dachte Ulrich und stand auf, um sie zu begrüßen.

»Du musst Carol sein«, sagte er. »Sehr erfreut. Ich bin Ulrich Sherwood.«

»Duke of Somerbrooke«, fügte Silver im Flüsterton hinzu. »Er mag es, wenn er mit ›Euer Lordschaft‹ angeredet wird.«

»Nein, mag er nicht. ›Euer Gnaden‹ muss das heißen«, erklärte Violet.

Ulrich lächelte Carol an. »Oder ganz einfach Ulrich.«

»Okay, Ulrich«, entgegnete Carol. »Und mach dir keine Sorgen: Ich weiß, dass man die zwei hier nicht so ernst nehmen darf.« Sie setzte sich zu ihnen an den Tisch. »Wie geht es dir? Irgendwelche Nachwirkungen von dem Unfall?«

»Ich bin völlig wiederhergestellt.« Er konnte nicht verhindern, dass die nächsten Worte ein wenig gedämpft klangen. »Leider werde ich mich wohl bald auf die Rückreise machen müssen.«

Als er aufsah, bemerkte er, dass Violets Mund leicht angespannt wirkte. Sie sah kurz zur Seite, bevor sie ihrer Schwester zulächelte. »Unser Plan, ihn gefangen zu halten und Lösegeld zu fordern, ist offenbar gescheitert.«

»Tja, wenn du ihn einfach frei auf der Straße herumlaufen lässt, kann er ja nicht das Gefühl entwickeln, in höchster Gefahr zu schweben.«

»Wie man es nimmt«, entgegnete Ulrich. »Ich wurde auf einer dieser Straßen von einer Giraffe attackiert. Das war durchaus sehr beeindruckend.«

»Vor ein paar Monaten sind die Zebras ausgebrochen und quasi Amok gelaufen«, erklärte Silver genüsslich. »Wir leben in einer seltsamen kleinen Stadt.«

»Aber es gefällt dir hier«, vermutete Ulrich.

»Ja. Ich liebe diese Stadt.«

Ulrich wandte sich zu Carol um. »Violet hat mir erzählt, dass du die Leiterin des Wildtierreservats bist.«

»Das klingt jetzt sehr pompös, aber, ja: Ich bin verantwortlich für die Tiere. Millie hast du bereits kennengelernt.« Carol verzog mitfühlend das Gesicht. »Es tut mir so leid, dass sie ausgebrochen ist und den Unfall verursacht hat.«

»Es war nicht Millies Schuld, sondern meine. Ich bin gefahren. Sie stand einfach nur auf der Straße. Ich bin froh, dass ihr nichts passiert ist.«

»Es geht ihr bestens. Und bald bekommt sie ihre Herde.«

Offenbar hatte er etwas verwirrt ausgesehen, denn Violet erklärte, wie die Giraffe zunehmend unter ihrer Einsamkeit gelitten und Carol daraufhin eine Spendensammlung gestartet hatte.

»Nächste Woche veranstalten wir eine Kunstauktion«, setzte Carol hinzu. »Das wird ein großes Ereignis.« Sie schaute zu ihrer Schwester hinüber. »Ich bräuchte ganz dringend eine Beratung, was ich anziehen soll. Und vielleicht ein paar Ideen zu Make-up und meiner Frisur.«

»Klar, das machen wir.«

Einige Pub-Mitarbeiter begannen, von Tisch zu Tisch zu gehen und die Brettspiele zu verteilen. Ulrich überflog die Spielanleitung. Das Ganze klang relativ simpel.

»Der Gewinner am jeweiligen Tisch kommt weiter in die nächste Runde«, erklärte Violet. »Also wird es bei uns heiß hergehen. Du hast nämlich zufällig den Tisch erwischt, an dem drei sehr kluge und entschlossene Frauen sitzen.«

»Dann wird es mir umso mehr Spaß machen.«

Sie beugte sich zu ihm. »Das sagst du jetzt.«

Ihr Atem strich über seine Wange, und er nahm den Geruch ihres Parfüms wahr – ein Duft, den er ab jetzt immer mit ihr in Verbindung bringen würde. Das Verlangen, sie zu küssen, war fast so stark wie der Wunsch, noch ganz andere Dinge zu tun. Violet war charmant, intelligent und liebenswürdig. Er fühlte sich wohl in ihrer Gesellschaft. Nur zu gern hätte er seine Abreise auf unbestimmte Zeit verschoben, aber das ging leider nicht. Es sei denn …

»Diese Kunstauktion für Millie ist nächste Woche, richtig?«, erkundigte er sich. »Wäre es dir recht, wenn ich bis dahin bleiben würde?«

Ihre Blicke trafen sich. Einen Moment lang kam es ihm so vor, als würde ihr der Atem stocken. Aber man konnte sich auch Dinge einreden, ermahnte er sich.

»Das wäre großartig. Der Abend wird bestimmt sehr interessant. Und noch dazu dient er einem guten Zweck.«

»Millies Herde.«

»Genau.«

Er hatte das Bedürfnis, noch etwas zu sagen. Etwas, das Violet zeigen würde, wie zerrissen er sich fühlte: Er wollte endlich wissen, was sie für ihn empfand. Doch zugleich scheute er davor zurück. Denn was, wenn er sich zum Narren machte?

Silver erhob sich. »Ich gehe an die Bar, Getränke holen. Wer möchte was?«

Ulrich stand auch auf. »Das übernehme ich. Was darf ich den Damen bringen?«

Silver zog die Augenbrauen hoch. »Gute Manieren, Euer Lordschaft.«

Er deutete eine Verbeugung an. »Gerne, Mylady.«

Silver ließ sich zurück auf ihren Stuhl sinken. »Tja, Violet. Vielleicht solltest du ihn behalten. Schon mal darüber nachgedacht? Sein Häuschen in England würde bestimmt auch sehr nett auf den Weihnachtskarten aussehen.«

Violet errötete. »Sie macht nur Spaß«, erklärte sie hastig. »Ignoriere sie einfach. Es hat keinen Sinn, deswegen auszuflippen.«

»Ich bin Engländer, Violet. Wir flippen nicht aus. Heftige Gefühlsregungen werden uns nicht in die Wiege gelegt.«

Er nahm die Bestellungen entgegen und machte sich dann auf den Weg zur Bar. Während er auf die Getränke wartete, schaute er zum Tisch. Die drei Frauen hatten die Köpfe zusammengesteckt und besprachen irgendetwas. Die Gesten wirkten relativ energisch, und sie hatten die Stimmen gesenkt.

Hatte Violet gesagt, dass sie etwas für ihn empfand, und ihre Freundinnen rieten ihr, endlich zur Tat zu schreiten? Er wünschte sich das sehr.

Aber was dann? fragte seine praktische Seite. Wie sollte es in diesem Fall weitergehen? Sein Leben erlaubte keine örtliche Veränderung. Er war ebenso Teil von Battenberg Park wie umgekehrt. Und Violet war Amerikanerin. Ihre Familie und ihre Arbeit befanden sich hier, in Happily Inc. Sie würde niemals umziehen. Oder?

Was für eine idiotische Frage! Sie kannten sich gerade mal ein paar Wochen. Er hatte Penelope viele Jahre gekannt, bevor sie geheiratet hatten. Und bekanntlich hatte die ganze Geschichte eher unschön geendet. Nein, das hier war nur eine kurze Auszeit von seinen Pflichten – nicht mehr und nicht weniger. Er würde die Zeit mit Violet genießen. Und dann würde er nach Hause zurückkehren. An den Ort, wo er hingehörte.

Mathias starrte Carol an. Besser gesagt: die neueste Glasversion von ihr. Diesmal war er der Sache schon nähergekommen, aber noch immer war er nicht ganz zufrieden. Alle Einzelteile der Figur – der Gesichtsausdruck, der Körper, die Haltung – stimmten. Trotzdem war der Gesamteindruck leider falsch. Etwas fehlte. Etwas, das Carol ausmachte. Ihre Essenz, um es mal so zu sagen. Aber wie zum Teufel sollte man eine Essenz darstellen?

Sein Handy klingelte. Als er die Vorwahl erkannte, grinste er.

»Hallo?«

»Mathias, hier ist Bürgermeisterin Marsha. Es tut mir leid, dass ich deinen Anruf vorhin nicht entgegennehmen konnte. Ich war in einem Meeting. Wie geht es dir?«

»Sehr gut. Danke. Wir freuen uns alle schon darauf, Sie nächste Woche bei der Hochzeit wiederzusehen.«

»Die Feier würde ich um nichts in der Welt verpassen. Du und deine Brüder, ihr mögt ja aus Fool's Gold weggezogen sein, aber für uns werdet ihr immer dazugehören. Wie geht es Sophie? Ich hoffe, sie hat nicht allzu viel Chaos angerichtet.«

Mathias warf einen Blick auf den schlafenden Beagle und fragte sich, wie zum Geier die Bürgermeisterin wissen konnte, dass seine Mutter den Hund bei ihm gelassen hatte. Aber: Die Wege von Bürgermeisterin Marsha waren unergründlich – das wusste jeder in Fool's Gold.

»Heute hat sie noch nichts zerstört. Doch der Tag ist noch jung. Fragen Sie mich in ein paar Stunden noch mal.«

Bürgermeisterin Marsha lachte. »Ich erinnere mich gut daran, wie sie es damals geschafft hat, in den Vorratsraum von Jo's Bar einzudringen. Sie hat drei Tüten Kekse und einen halben Schinken verputzt, bevor sie ertappt wurde. Deine Mutter war sehr besorgt, dass sie sich den Magen verdorben haben könnte. Aber Sophie ist mal wieder völlig unbeschadet davongekommen. Sie hatte kurzfristig Blähungen, aber das war auch alles.«

»Ja, so ist sie, die liebe Sophie.«

»Also, Mathias. Dann sag mir mal, wie ich dir helfen kann.«

»Es geht um ein paar Giraffen.«

»Millies Herde? Ich habe gehört, dass dein Bruder ein Kunstwerk gespendet hat, um der Stiftung zu helfen. Die Giraffen zu transportieren wird natürlich nicht so einfach werden. Aber ich bin sicher, du hast dir zu den Fahrzeugen und so weiter längst einige Gedanken gemacht. Was ihr braucht, sind die Genehmigungen.«

Mathias fragte sich, wieso er sich überhaupt die Mühe gemacht hatte, anzurufen. Bürgermeisterin Marsha war im Zweitberuf offenbar Gedankenleserin.

»Danke für Ihre Hilfe«, entgegnete er.

»Das tue ich doch gerne für dich. Wir sehen uns dann bei der Hochzeit. Ich werde gemeinsam mit Eddie und Gladys fahren.« Sie seufzte. »Die zwei haben sehr viel Zeit damit verbracht, sich den passenden Raum im Sweet Dreams Inn auszusuchen. Ich kann nur hoffen, dass sie es nicht allzu wild treiben werden.«

Eddie und Gladys, die über achtzigjährigen Freundinnen aus Fool's Gold, waren resolut, sehr direkt und berüchtigt für ihr Hobby, jungen Männern hinterherzupfeifen.

»Hat Del sie eingeladen?«, fragte Mathias ein wenig verstört.

»Maya. Sie mag die beiden. Und offenbar ist es neuerdings en vogue, Großmütter als Blumenmädchen zu haben. Eddie und Gladys übernehmen den Job ersatzweise. Ich versuche ja immer, mich auf dem Laufenden zu halten, was neue Trends betrifft. Aber dieser hier ist mir ehrlich gesagt bisher entgangen. Wie auch immer: Pass gut auf dich auf, Mathias. Ich melde mich. Oh, und ich freue mich übrigens schon sehr darauf, Carol kennenzulernen.«

Mathias spürte, wie sein Unterkiefer herunterklappte. »Wie kommen Sie … Wer hat Ihnen das …« Er schüttelte den Kopf. »Egal. Wir sehen uns dann bald.«

»Ja, das tun wir.«

Er legte auf und starrte sein Telefon an. Nick und Del betraten das Atelier.

»Schlechte Nachrichten?«, fragte Nick.

»Nein, das war Bürgermeisterin Marsha. Manchmal fürchte ich mich ja ein wenig vor dieser Frau. Bevor ich überhaupt danach fragen konnte, hat sie erklärt, dass sie uns mit den Transportgenehmigungen helfen wird. Ach ja, außerdem bringt sie Gladys und Eddie zur Hochzeit mit.«

Nick grinste. »Ich kann es kaum erwarten. Es ist lange her, dass eine alte Frau mir den Hintern getätschelt hat. Irgendwie habe ich das vermisst.«

Del lachte. »Geht mir genauso. Die alten Damen in China waren vergleichsweise respektvoll.«

»Vielleicht warst du in ihren Augen einfach zu hässlich«, zog Mathias ihn auf.

»Unmöglich. Eddie und Gladys finden, dass ich einen wunderbaren Hintern habe. Und wenn sie es sagen, muss es ja stimmen.«

»Irgendetwas stimmt mit dir und Del nicht«, murmelte Mathias.

»Nein, nein«, entgegnete Nick. »Ich kann etwas Gutes erkennen, wenn ich es sehe. Besser gesagt, wenn ich es spüre. Im Ernst: Man muss Eddie und Gladys einfach mögen. Ich hoffe nur, dass wir in ihrem Alter auch noch so viel Energie haben.« Er trat auf den Tisch zu und betrachtete die Glasfigur. »Fast perfekt.«

»Noch ein paar Versuche, dann habe ich es hoffentlich geschafft.«

Del stellte sich neben sie. »Das ist Carol, oder? Zumindest sieht es aus wie sie.«

»Danke.«

Nick nahm die Figur vorsichtig in die Hand und betrachtete sie von allen Seiten. »Du solltest sie ausstellen. Zum Beispiel bei der Auktion.«

»Vielleicht mache ich das, wenn ich bis dahin mit dem Ergebnis zufrieden bin.«

»Wirklich?« Nick war sichtlich verblüfft. »Das würdest du tun? Ein Kunstwerk von dir ausstellen? Du weißt, wer da sein wird.«

Dieser »Wer« war natürlich ihr Vater. »Ja, das ist mir klar.«

Nicks Reaktion war verständlich. Er hatte damals miterlebt, wie ihr Vater Mathias' Glaskunstwerk zu Boden gestoßen hatte, wo es zerschellt war. Danach hatten sie einen Moment lang stocksteif dagestanden und die Scherben betrachtet, die sich im ganzen Raum verteilt hatten.

»Vielleicht ist es Zeit, einen Strich unter die Vergangenheit zu ziehen«, erklärte Mathias. »Er ist einfach nur ein alter Mann. Irgendwas anderes in ihm zu sehen würde ihm viel zu viel Macht verleihen.«

Del sah von einem Bruder zum anderen. »Ich habe mir früher immer gewünscht, so zu sein wie ihr zwei. So talentiert – wie unser Vater. Ich habe einfach nicht verstanden, wieso ich nicht das hatte, was er hat. Aber inzwischen bin ich dankbar dafür. Dieser ganze Scheiß, der damit zusammenhängt – das ist es nicht wert.«

»Du hast recht«, sagte Mathias langsam. »Du und Aidan, ihr wart immer außen vor.« Ceallach hatte sich nie lange mit seinen beiden »unbegabten« Söhnen aufgehalten.

»Tja, wir haben alle einen Preis gezahlt«, sagte Nick und blickte zu Del. »Du hast quasi ohne einen Vater aufwachsen müssen.«

»Ich weiß, aber inzwischen macht mir das nicht mehr so viel aus. Sicher, er hat sich viel mehr für euch interessiert. Aber ehrlich gesagt hatten wir alle nicht das, was man gemeinhin so unter einem Vater versteht.«

»Wann kommen denn Aidan und Shelby?«, fragte Mathias. Wenn Ceallach eintraf, war es besser, dass möglichst viele Familienmitglieder schon versammelt waren. Denn der Lärm und das Durcheinander einer großen Gruppe machten es leichter, ihren Vater abzulenken, sodass er sich nicht so schnell auf ein Ziel einschießen konnte.

»Dienstag, glaube ich«, erwiderte Del mit einem Schulterzucken. »Die Herrin über den Kalender ist Maya. Ich bin nur der Mann, der sie heiratet.« Er sah sich neugierig im Studio um. »Arbeitet Ronan nicht hier?«

»Er hat ein eigenes Atelier bei sich zu Hause«, erwiderte Nick.

»Wie geht es Ronan eigentlich?«, fragte Del Mathias. »Kann er inzwischen besser mit der ganzen Situation umgehen?«

»Ronan geht mit Situationen nicht um, sondern er geht ihnen aus dem Weg.« Mathias dachte an all die anderen Dinge, die er dazu noch sagen könnte. Zum Beispiel, dass Ronan sich Woche für Woche mehr zurückzog. Oder dass Ronan und er kaum noch miteinander sprachen. Sie stritten sich nicht einmal mehr, was die ganze Sache noch bedrückender machte. Immerhin waren ihre Streitereien eine Art letzter Verbindung gewesen. Und nun war auch die gekappt.

Er hatte versucht, die Dinge aus der Perspektive seines Bruders zu betrachten. Aber jedes Mal, wenn er sich diesem Punkt näherte, wurde er gleichzeitig wütend. Ronan war verdammt noch mal nicht der Einzige, der eine Menge zu verarbeiten hatte. Die Tatsache, dass sie keine Zwillinge mehr waren, betraf sie beide. Daher wäre es nur logisch, wenn sie beide darüber sprächen. Aber das sieht Ronan offenbar ganz anders, dachte er grimmig.

»Wird Ronan zu der Auktion kommen?«, riss ihn Del aus seinen Gedanken.

»Hoffentlich«, erwiderte Mathias. »Das Kunstwerk, das im Mittelpunkt der ganzen Aktion steht, ist schließlich von ihm.«

»Und werden auch andere Arbeiten versteigert? Irgendetwas von dir?«, wandte Del sich an Nick.

»Ich habe zum Spaß ein paar Giraffen aus Holz geschnitzt und sie für die Auktion gespendet. Eigentlich sollen sie mehr der Atmosphäre dienen.«

Mathias war sich sicher, dass Nicks Werke sehr schnell verkauft werden würden – und zwar zu einem nicht geringen Preis. Mit etwas Glück würde Carol dann genug Geld haben, um Millie nicht nur ihre Herde kaufen zu können, sondern der Giraffen-Gang auch ein ziemlich angenehmes Dasein zu ermöglichen.

»Was haltet ihr davon, wenn ich mal herumtelefoniere?«, schlug Del vor. »Ich kenne immer noch ein paar ziemlich berühmte Jungs aus der Sportwelt. Wir könnten sie zur Auktion einladen. Prominente sorgen für größere Aufmerksamkeit bei der Presse.«

»Gute Idee«, sagte Mathias. »Je mehr Presse, desto besser. Dadurch werden wir sicher ein paar zusätzliche Kaufinteressenten anziehen.«

»Apropos Promis: Ich schicke Jonny eine Nachricht.« Nick zog sein Smartphone aus der Hosentasche. »Darauf hätte ich mal früher kommen sollen.«

»Jonny Blaze, der Schauspieler?«, fragte Del. »Du kennst ihn?«

»Ja, er ist vor ein paar Jahren nach Fool's Gold gezogen und hat Madeline Krug geheiratet. Bestimmt erinnerst du dich an sie.«

»Nicht wirklich«, erwiderte Del. »Aber klar. Informiere alle, die dir einfallen. Ich höre mich mal nach Unterkünften um.«

»Eddie und Gladys werden übrigens im Sweet Dreams Inn absteigen«, erklärte Mathias. »Falls ihr eure Freunde warnen wollt.«

Del und Nick lachten.

Das hier ist gut für uns, schoss es Mathias durch den Kopf. Er und seine Brüder verbrachten endlich mal wieder Zeit miteinander und planten gemeinsam ein Projekt. Ronan würde hoffentlich auch noch auftauchen, und bald kam auch Aidan. Dann wären sie alle wieder zusammen. Hauptsächlich in seinem Haus.

Einen Moment lang dachte er ein wenig sehnsüchtig an die angenehme Stille, die normalerweise bei ihm zu Hause herrschte. Es ist ja nur für ein paar Tage, sagte er sich. Damit würde er schon klarkommen.

Violet ermahnte sich, nicht zu viel in die Tatsache hineinzuinterpretieren, dass Ulrich einige Tage länger in Happily Inc bleiben wollte. Vielleicht interessierte er sich einfach für Kunstauktionen. Oder dafür, ob Millie jetzt ihre Herde bekam. Seit dem Unfall hatte Ulrich so viele Geschichten über die Giraffe gehört, dass er jetzt vielleicht wissen wollte, wie die Sache ausging. Ja, es gab viele mögliche Erklärungen dafür, warum Ulrich blieb. Das Ganze musste nichts mit ihr zu tun haben.

Auch wenn sie sich das so sehr wünschte!

Sie saß in ihrem Büro, nachdem sie beschlossen hatte, heute Nachmittag mal ein paar Dinge abzuarbeiten, die in den letzten Wochen liegen geblieben waren. Da es Ulrich wieder besser ging, gab es keinen Grund mehr, weiterhin im Hotelzimmer neben ihm zu wohnen. Also war sie wieder zurück nach Hause gezogen. Heute Abend würden sie und Ulrich sich zum Essen treffen, und darauf freute sie sich natürlich. Trotzdem war es ein seltsames Gefühl. Sie hatte sich irgendwie daran gewöhnt, ihn ständig um sich zu haben. Und nun war er nicht mehr da. Sie vermisste ihn schon jetzt.

»Sei nicht albern«, befahl sie sich, während sie die Briefe und die Rechnungen durchging, die sich in den letzten paar Tagen angesammelt hatten. Wieso sollte es ein Problem sein, ohne Ulrich klarzukommen? Das war doch vorher bestens gelaufen, und das würde es auch jetzt wieder. Ulrich war einfach nur ein kleiner Gefühlsurlaub von ihrem sonst so durchdachten und geregelten Leben. Ja, er war aufmerksam, charmant und sehr attraktiv. Er würde ihr fehlen, wenn er nach Hause zurückging. Sie würde bestimmt auch ein wenig Zeit brauchen, um das zu verarbeiten. Doch dann würde ihr Leben weitergehen wie zuvor.

Für eine winzige Sekunde erlaubte sie sich die Vorstellung, wie er sie fragte, ob sie mit ihm nach England kommen wollte. Weil er es nicht ertragen konnte, ohne sie zu sein. Er würde sie in seine Arme reißen und … und …

Ja, klar. Sex mit Ulrich würde sich wie die natürlichste Sache der Welt anfühlen und garantiert umwerfend sein. Aber was dann? Wäre sie wirklich bereit, ihr gesamtes bisheriges Leben hinter sich zu lassen und auf die andere Seite der Welt zu ziehen, nur wegen eines Manns, den sie kaum kannte? Rein technisch betrachtet verdiente sie den größten Teil ihres Einkommens mit dem Verkauf von Knöpfen. Pakete konnte sie auch aus einem anderen Land verschicken. Und das Internet machte es möglich, immer mit Kunden, Freunden und Familie in Kontakt zu bleiben – egal wo sie sich gerade befand. Trotzdem …

Sie war eine eigenständige Frau. Sie brauchte keinen Mann, der ihr dabei half, im Leben zurechtzukommen und erfolgreich zu sein. Falls sie sich auf einen Mann einließ, dann nur auf einen, der ihr wirklich etwas bedeutete. Eine Partnerschaft auf Augenhöhe. Aber war so etwas überhaupt möglich mit einem Duke, der über riesige Ländereien verfügte, die seit vielen Jahrhunderten im Besitz seiner Familie waren?

Okay, das war ein Problem, das sie nicht jetzt sofort lösen musste. Stattdessen sollte sie lieber mal schleunigst diese Rechnungen bezahlen. Nachdem sie das erledigt hatte, begann sie, die Umschläge und Pakete zu öffnen, die sie bekommen hatte. Es gab Dutzende neuer Knöpfe, die sie sortieren und katalogisieren musste. Und einige von ihnen sahen ziemlich vielversprechend aus.

Sie zwang sich, erst sämtliche Neuerwerbungen einmal durchzugehen, bevor sie mit der Recherche begann. Doch als sie sich gerade in den ersten Internetartikel über historische Kleidung vertiefen wollte, kam Atsuko herein.

»Ich suche nach Knöpfen, die etwas mit Giraffen zu tun haben«, erklärte sie. »Für die Auktion. Mein Plan ist, einen Giraffen-Hype zu kreieren. Ich habe schon ein paar schöne Ideen für Oberteile, die zum Thema des Abends passen.«

Normalerweise gehörte es zu Violets Service, die Knöpfe für ihre lokalen Kunden auch anzunähen. Aber einige Käuferinnen bevorzugten es, das selbst zu tun. Und Atsuko besaß nicht nur ein ausgeprägtes Stilgefühl, sondern konnte auch hervorragend nähen.

»Ich glaube, ich habe tatsächlich Knöpfe in Giraffen-Form«, sagte Violet, nachdem sie einen Moment überlegt hatte. »Oder zumindest von Giraffen inspirierte Knöpfe.«

Sie öffnete das Inventar-Programm auf ihrem Computer und gab das Suchwort ein. Das Programm zeigte drei entsprechende Ergebnisse an – zusammen mit der Info, wo im Lager sich diese Knöpfe befanden. Es dauerte nicht lange, dann hatte

Violet die Kisten gefunden. Sie trug sie vom Lager hinüber zur Ladentheke und stellte sie da ab.

Die erste Kiste enthielt drei Knöpfe in Giraffen-Form. Sie waren aus Ebenholz geschnitzt und stammten aus dem achtzehnten Jahrhundert.

»Das sind großartige Arbeiten«, sagte Violet, als sie Handschuhe überzog und die Knöpfe aus der Kiste nahm. »Aber das Material ist über die Jahrhunderte nachgedunkelt. Daher sind die Details nicht mehr so gut zu erkennen.«

Atsuko streifte ebenfalls Handschuhe über, um sich die Knöpfe näher anzusehen. »Ich glaube, ich habe keine Jacke mit nur drei Knopflöchern. Und du hast recht: Sie sind relativ dunkel. Zusammen mit meinem goldenen Oberteil würde das vermutlich gehen. Ganz sicher bin ich mir allerdings nicht.«

In der zweiten Kiste befanden sich bemalte Knöpfe. Das braun-weiße Muster hatte eindeutig Anklänge an ein Giraffenfell. Ansonsten waren die Knöpfe aber eher uninspiriert. Die dritte Kiste enthielt Knöpfe aus Onyx und Bernstein.

»Aus dem siebzehnten Jahrhundert«, sagte Violet und legte einen der Knöpfe auf ihre Handfläche. »Aus Italien. Die Fassung ist aus Gold, daher sind sie nicht ganz billig. Aber ich finde sie wunderschön.«

Die Knöpfe waren exquisit gearbeitet, und das braun-goldene Muster der Steine erinnerte tatsächlich an Millies Fell. Eine Frau aus Indien hatte die Knöpfe entdeckt. Sie hatte Violet ein riesiges Einmachglas geschickt, das bis zum Rand mit Knöpfen gefüllt gewesen war. Die meisten davon waren zerbrochen oder billig gemacht gewesen. Aber in dem Glas hatten sich auch einige Schätze befunden – unter anderem diese hier.

»Ich nehme sie«, sagte Atsuko entschieden. »Auch wenn ich bei Ronans Kunstwerk auf meinen Anteil am Verkauf verzichte, wird es noch andere schöne Stücke geben, die ich verkaufen kann. Ich plane, einen sehr erfolgreichen Abend zu haben.« Sie lächelte. »Die hier werden mir Glück bringen.«

»Sie werden fantastisch an dir aussehen«, sagte Violet, während sie die Knöpfe zurück in ihre Kiste legte.

Das hier nennt man wohl eine Win-win-Situation, dachte sie. Atsuko freute sich, und sie selbst hatte innerhalb weniger Minuten genug Geld verdient, um zwei Monate lang die Hypothek abzahlen zu können und trotzdem noch Geld für neue Knopfkäufe übrig zu haben.

Atsuko nahm die Knöpfe und die Rechnung entgegen und verstaute beides in ihrer Prada-Handtasche. Dann ging sie zur Tür, drehte sich jedoch noch einmal um. »Übrigens: Dein englischer Gentleman-Freund hat mich heute kontaktiert. Er plant, ebenfalls etwas zur Auktion beizusteuern. Irgendein Stück aus seinem Haus.«

Davon hatte Ulrich ihr gegenüber gar nichts erwähnt. »Hat er gesagt, was es ist?«

»Nein. Ich hatte gehofft, du könntest es mir verraten.«

»Tut mir leid. Ich habe keinerlei Ahnung.«

»Dann werden wir wohl bis nächsten Donnerstag warten müssen.«

Atsuko winkte ihr noch einmal zu und ging. Violet überlegte kurz, ob sie Ulrich fragen sollte, was es mit der geheimnisvollen Spende für die Auktion auf sich hatte. Aber letztlich entschied sie sich dagegen. Es nicht zu wissen machte die ganze Sache doch umso spannender. Einen Moment lang gab sie sich wilden Fantasien hin: Vielleicht hatte Ulrich ja seine Großmutter gebeten, ihm einen Diamantring aus dem Familienerbe zu schicken. Dann würde er vor ihr niederknien und …

»Ein Diamantring? Schwachsinn!«, sagte sie zu sich. »Es wird irgendetwas zum Giraffen-Thema sein. Was sonst?«

Aber sie wünschte sich, dass es anders wäre. Sie wünschte es sich so sehr.

15. Kapitel

Carol war immer davon ausgegangen, dass sie die unkompliziertere Schwester war – besonders, was Kleidung betraf. Während Violet stets wunderschöne Outfits mitsamt den passenden Accessoires trug, ging es bei ihr eher darum, dass sich Grasflecken und die bräunlichen Hinterlassenschaften ihrer vierbeinigen Freunde möglichst leicht aus den Klamotten entfernen ließen.

Bisher hatte sie das nie gestört. Sie liebte ihre Arbeit, und selbst in einer Million Jahren würde sie keine Frau sein, die stundenlang irgendwelche Kisten durchsuchte, um die perfekten Knöpfe oder einen besonders schönen Schal zu finden. Aber gerade jetzt – wenn sie all den Tüll, die Spitze, dieses fantastische Brautkleid und die vielen schicken Schuhe so sah – fragte sie sich doch, ob sie vielleicht ein wenig zu, na ja, pragmatisch war. So ein romantisches Brautkleid … das hatte schon was.

Es war das erste Mal, dass sie sich vorstellte, eine Braut zu sein. Sicher, sie hatte schon mal darüber nachgedacht zu heiraten. Aber bei diesen Gedanken war es vor allem darum gegangen, ob sie jemanden finden würde, den sie liebte und von dem sie geliebt wurde. Es waren Überlegungen gewesen, die sich um Themen wie Familie, Kinder und ähnliches gedreht hatten. Irgendwelche Träume von der Hochzeit an sich hatten dabei keine Rolle gespielt.

Und jetzt das. *Die Braut sein.*

Torten und Einladungskarten, Sektempfang, Ringe und – ja – ein wunderschönes, mit Spitze besetztes, maßgeschneidertes Brautkleid. So wie dieses hier. Wenn Maya es anzog, verwandelte sie sich augenblicklich in die schönste Frau der Welt.

»Ich weiß gar nicht, was ich sagen soll«, erklärte Carol, während sie Maya in ihrem Kleid umrundete. Sie schoss noch einige weitere Fotos, bevor sie nach dem Schleier griff und ihn der zukünftigen Braut aufsetzte. »Du siehst umwerfend aus. Del wird vermutlich in Ohnmacht fallen, wenn er dich sieht.«

»Bitte nicht.« Maya biss sich auf die Unterlippe. »Ich hoffe natürlich, dass er bei meinem Anblick völlig hin und weg ist. Aber grundsätzlich wäre es mir lieber, wenn er bei Bewusstsein bleibt und Ja sagen kann.«

»Guter Punkt. Dann vielleicht so: Ihm wird der Atem stocken, wenn er dich sieht. Wie gefällt dir das?«

»Das ist perfekt.«

Sie hatten sich in Mathias' Haus getroffen. Eines der kleineren Zimmer war zur Hochzeitszentrale ernannt worden, und Maya hatte Carol gebeten, vorbeizukommen und ihr mit einigen letzten Vorbereitungen zu helfen. Unter anderem wollte sie gerne ein paar Fotos von sich in ihrem Kleid, damit sie die Bilder an ihre Freunde in China schicken konnte.

Carol reichte ihr das Smartphone. Maya scrollte sich durch die Bilder und nickte zufrieden. »Die sind super. Vielen Dank, dass du dir heute Morgen extra Zeit genommen hast, um mir zu helfen.«

»Gerne. Es hat Spaß gemacht.«

Später, wenn sie allein war, würde sie sich einige Minuten gönnen, in denen sie sich ihrer neu entdeckten Vorliebe für Brautfantasien hingab. Nichts allzu Detailliertes. Nur sie in einem Kleid und der Mann ihrer Träume, der vor dem Altar auf sie wartete. Sie würde auf ihn zugehen, und dann würde Mat…

Mist. In letzter Sekunde trat ihr Verstand auf die Bremse. Mathias war nicht der Mann ihrer Träume. Sie waren einfach nur Freunde – mehr nicht. Er war kein Mann, der Interesse an einer langfristigen Beziehung hatte. Und sie war keine Frau, die nur eine Affäre wollte. Tja, und was ihre Gefühle für ihn betraf … Besser, sie dachte gar nicht erst darüber nach.

Carol knöpfte die lange Reihe winziger Knöpfe am Rücken auf, sodass Maya aus dem Kleid schlüpfen konnte. Sie hängten das Kleid zurück auf den extragroßen Bügel und zupften den Stoff zurecht, sodass er wieder richtig fiel. Der letzte Schritt bestand darin, sorgfältig die Schutzhülle über das Kleid zu ziehen, die es vor Flecken und vor neugierigen Blicken schützte.

Dann gingen sie zusammen in die Küche, wo Maya Tee kochte, den sie auf dem Sofa vor der großen Fensterfront tranken. Sophie gesellte sich zu ihnen, ganz offensichtlich in der Hoffnung, ein paar Kekse oder andere Köstlichkeiten zu ergattern. Der kleine Beagle ließ sich neben Carol auf dem Sofa nieder und lehnte sich gegen sie, bevor er sich dann zusammenrollte und den Kopf auf Carols Knie legte.

»Ich glaube, ich bin bereit«, sagte Maya, als sie Carol eine Tasse mit Tee reichte. »Kann man so was sagen oder bringt das Unglück? Nicht, dass in letzter Sekunde noch etwas schiefgeht mit der Hochzeit.«

»Du scheinst wirklich gut vorbereitet zu sein. Ich denke, du bist sicher.«

Maya lächelte ihr zu. »Danke. Ohne dich hätte ich das nie so gut hinbekommen. Ich würde ja gerne sagen, dass es mir leidtut, dass Mathias dich in die Vorbereitungen mit hineingezogen hat. Aber das wäre eine Lüge. Schon bei den Videokonferenzen hast du so energiegeladen gewirkt – voll bei der Sache, während du gleichzeitig ganz ruhig geblieben bist. Das hat mir sehr geholfen.«

Carol war überrascht von dieser Einschätzung, aber natürlich freute sie sich. »Es war mal eine tolle Abwechslung. Viele meiner Freunde sind im Hochzeitsbusiness.« Bei dem letzten Wort malte sie Gänsefüßchen in die Luft. »Aber ich habe selten etwas mit Hochzeiten zu tun. Deshalb hat es mir riesigen Spaß gemacht.«

»Mir auch. Wobei mir immer noch schleierhaft ist, wie das alles klappen soll. Ich bin so froh, dass Pallas die Organisation in der Hand hat. Ihr scheint nicht das kleinste Detail zu entgehen.« Sie trank einen Schluck Tee. »Das hier ist wohl die Ruhe vor dem Sturm, wie es so schön heißt. Deine Auktion ist Donnerstagabend, die Proben für die Hochzeit sind am Freitag. Und am Samstag schreite ich dann zum Altar.«

»Wann kommt deine Familie an?«, fragte Carol

Maya schüttelte den Kopf. »Ich habe keine wirkliche Familie mehr. Aber meine Freunde aus Fool's Gold kommen. Eddie und Gladys sind meine Ersatzgroßmütter. Sie werden bei der Hochzeit die Blumenmädchen sein, was ich total süß finde. Und Bürgermeisterin Marsha wird die Zeremonie abhalten. Dels Mutter und ich verstehen uns ziemlich gut. Daher wird sie mir anstelle meiner echten Mutter dabei helfen, mich am Morgen fertig zu machen. Und eine Menge anderer Freunde von mir kommen auch. Das wird wunderschön werden.«

Carol sah Maya nachdenklich an. Es sagte einiges über ihre neue Freundin aus, dass sie nicht nur den Verlust der eigenen Familie so tapfer hinnahm, sondern es auch noch geschafft hatte, sich eine Herzensfamilie zu erschaffen.

»Wie kommst du eigentlich mit Ceallach klar?«, fragte sie Maya. Sie war daran interessiert, mehr über den Mann zu erfahren, der so viel Einfluss auf seine Söhne hatte.

Plötzlich wirkte Mayas Miene verschlossen. »Wie viel weißt du schon über ihn?«, fragte sie vorsichtig.

»Ich habe ihn noch nicht getroffen. Aber als jemand, der seine Söhne kennt, kann ich mich nicht entscheiden, ob ich bei diesem ersten Treffen seine Hand schütteln oder ihm eine Ohrfeige verpassen soll.«

Maya entspannte sich sichtlich. »Okay, dir ist also klar, was zu erwarten ist.«

»Nicht wirklich. Aber ich rechne mit allem und plane, Ceallach genau im Blick zu behalten, sobald er eintrifft.« Nicht ihretwegen. Aber um Mathias zu helfen.

»Ceallach ist praktisch eine Legende«, sagte Maya zu ihr.

»Er ist brillant, berühmt und extrem schwierig. Elaine betet ihn an. Ich würde niemals mit ihr tauschen wollen, aber die Ehe scheint zu funktionieren, und darauf kommt es letztlich an, denke ich. Tja, und was den Umgang mit seinen Söhnen betrifft … Del und Aidan wurden ignoriert, während die anderen ständig unter Beobachtung standen. Man kann das vermutlich so zusammenfassen: Sie haben alle ihre Narben davongetragen – jeder auf seine Weise.«

Maya lehnte sich zu Carol hinüber. »Um ganz ehrlich zu sein, verstehe ich nicht, was diesen Mann antreibt. Manchmal habe ich das Gefühl, dass es ihm nicht nur darum geht, im Mittelpunkt zu stehen. Es ist sogar noch schlimmer: Er will andere leiden sehen – wenn du verstehst, was ich meine.«

»Ja, das tue ich.«

»Mich hat das Thema so beschäftigt, dass ich angefangen habe, Bücher und Artikel darüber zu lesen. Ich frage mich – ganz im Ernst –, ob vielleicht irgendetwas mit seinem Gehirn nicht stimmt. Dass man begabt ist, heißt ja nicht automatisch, dass man verrückt sein muss. Aber etwas ist definitiv sehr seltsam an seinem Verhalten. Vor allem, wenn es um seine Söhne geht. Er scheint keinerlei Empathie zu besitzen und sieht immer nur sich selbst.« Sie schüttelte den Kopf. »Sorry, ich bin natürlich absolut keine Expertin auf diesem Gebiet. Wahrscheinlich sollte ich dir einfach sagen, dass du am besten nur lächelst und Abstand hältst.«

»Das ist mein Plan«, erwiderte Carol. Sie würde sich im Hintergrund halten. Und genau darauf achten, wie es Mathias ging.

Sophie trottete munter neben Mathias her. Von Zeit zu Zeit blieb sie stehen, um etwas am Wegrand zu beschnüffeln oder ihr Revier zu markieren. Als seine Mutter den Hund bei ihm abgeladen hatte, war er überzeugt gewesen, dass das die dümmste Idee aller Zeiten war und ein komplettes Desaster werden würde. Aber irgendwie hatte er Sophie doch ins Herz geschlossen. Natürlich hätte er das nie öffentlich zugegeben, aber sie würde ihm fehlen, wenn sie nicht mehr da war.

»Du bist gar nicht so übel«, teilte er dem kleinen Beagle mit.

Sophie sah auf und wedelte zustimmend mit dem Schwanz.

»Der Vorteil ist natürlich, dass ich endlich wieder mein komplettes Frühstück für mich allein habe, wenn du abgereist bist.«

Die Bemerkung wurde von Sophie mit einem tiefen »Wuff« quittiert. Sie sah ihn an, als würde sie fragen, wer in aller Welt denn allein essen wollte, wenn es doch viel mehr Spaß machte, mit ihr zu teilen.

Sie gingen weiter die Straße entlang. Mathias sagte sich, dass sie keineswegs ein bestimmtes Ziel ansteuerten. Was für ein Schwachsinn, dachte er gleich darauf. Es war sinnlos, sich selbst zu belügen. Natürlich ging er nicht zufällig in diese Richtung. Denn trotz allem, was passiert war – oder vielleicht deswegen –, gab es nur einen Ort, an dem er sein wollte.

Fünf Minuten später stand er auf Carols Veranda und klingelte. Es dauerte einen Moment, dann ging die Tür auf.

Sie hatte sich umgezogen. Statt Arbeitskleidung trug Carol jetzt Jeans und ein T-Shirt. Der Stoff der Kleidungsstücke wirkte, als würde er sich weich anfühlen – genau wie die Frau, die ihn trug. Carol war barfuß. Im Gegensatz zur aktuellen Mode hatte sie ihre Fußnägel nicht lackiert. Schon seltsam, dachte Mathias, wie die fehlende Farbe an den Zehen sie verletzlicher wirken lässt.

»Hey«, sagte sie und trat zurück, um ihn hereinzulassen. »Wie ist die Lage bei dir zu Hause?«

»Viele Leute.«

Sie lachte. »Dabei sind es bisher ja nur Maya und Del. Na ja, und das Brautkleid natürlich. Aber das ist vermutlich ziemlich leise. Was wirst du tun, wenn der Rest deiner Familie eintrifft?«

»Keine Ahnung.« Aidan und Shelby hatten sich ein Hotelzimmer in der Stadt besorgt. Aber seine Eltern würden bei ihm wohnen. Mit diesem speziellen Albtraum würde er sich allerdings erst beschäftigen, wenn es so weit war – und keine Sekunde früher.

Carol führte ihn und Sophie auf die Veranda auf der Rückseite des Hauses. »Ihr zwei setzt euch schon mal hin. Ich bin gleich wieder da.«

Mathias tat wie geheißen und nahm an dem kleinen Tisch Platz. Als er Sophies Leine löste, sprang der Hund auf einen der Stühle und streckte sich genüsslich aus, um die letzten Sonnenstrahlen zu genießen. Ein paar Minuten später kehrte Carol mit zwei geöffneten Bierflaschen, einer Schüssel Tacos und Guacamole zurück.

Sie stellte alles auf den kleinen Tisch, bevor sie sich auf den Stuhl neben Mathias setzte und die Beine unterschlug. Sie stießen mit den Bierflaschen an, dann fragte Carol: »Was gibt es Neues?«

»Nichts, alles soweit ganz normal. Bist du schon nervös wegen der Auktion?«

»Ja, ziemlich«, gab Carol zu. »Es steht viel auf dem Spiel. Atsuko ist zuversichtlich, also versuche ich, es auch zu sein. Zum Glück übernimmt sie die gesamte Organisation. Ich muss nur auftauchen und den Leuten von Millie erzählen.« Sie warf ihm einen Blick zu. »Du wirst auch da sein, oder?«

»Na klar. Du bekommst das volle Programm.«

Sie lachte. »Und was beinhaltet das?«

»Tja, das wirst du sehen, wenn es so weit ist.«

Ihm fielen wieder die Glasfiguren ein, die im Studio standen. Die Glasversion von Millie war inzwischen abgeschlossen, aber er arbeitete noch immer an der Statue von Carol. Falls er sie rechtzeitig hinbekam, konnte er die beiden Figuren zu der Auktion mitnehmen, um … zum Giraffenthema beizutragen. Zu verkaufen waren diese beiden Figuren nicht.

Am frühen Abend war die Luft im Wüstengebiet immer noch angenehm warm und fast sommerlich, auch wenn heute ein leichtes Lüftchen wehte. In Fool's Gold würde inzwischen der Herbst angekommen sein, mit den kühleren Temperaturen und seinen leuchtenden Farben.

»Worüber denkst du nach?«, erkundigte sie sich.

»Ach, nicht Wichtiges. Ich habe mich eben nur daran erinnert, wie das Laub sich im Herbst verfärbt. Die Wüste besitzt eine ganz eigene Schönheit. Aber es gibt durchaus auch einiges, das für die Berge spricht.«

»Bereust du es, umgezogen zu sein?«, fragte sie scheinbar leichthin.

»Nein. Herzukommen war die richtige Entscheidung. Das ist jetzt mein Zuhause.«

»Wieso hast du dich damals eigentlich entschlossen, umzuziehen?«

»Ronan musste weg. Und ich musste mit ihm gehen.«

»Warum musstest du das? Seinetwegen oder deinetwegen?«

»Beides.«

»Und vorher, wie war es da? Als ihr noch Zwillinge wart.«

In ihrer Stimme lag die gleiche Wärme wie in ihrem Blick. Er wusste, dass Carol sich Sorgen machte, denn sie hätte niemals aus bloßer Neugierde nachgefragt. Das war nicht ihre Art. Schon komisch, schoss es ihm durch den Kopf. Er kannte keinen anderen Menschen, dem er so sehr vertraute. Egal was passierte, Carol würde das Richtige tun – sei es für ihn oder einen anderen Menschen, der ihr am Herzen lag. Und er lag ihr am Herzen, das wusste er. Schließlich waren sie Freunde.

»Ich kann Ronan und mich nicht anders sehen – in meinen Augen sind wir noch immer Zwillinge«, gestand er. »Wir haben fast alles im Leben gemeinsam gemacht. Mom hat erzählt, dass wir als Babys sogar im selben Bett geschlafen haben. Ich dachte lange, das wäre so gewesen, weil wir es einfach nicht ertragen haben, getrennt zu schlafen. Inzwischen vermute ich jedoch, dass der wahre Grund ein anderer war: Als Ronan zu uns kam, hatte Mom nur dieses eine Bettchen. Sie hat ja ursprünglich nicht mit einem zweiten Kind gerechnet.«

»Ich finde es immer noch erstaunlich, dass sie Ronan unter diesen Umständen überhaupt aufgenommen hat. An ihrer Stelle hätte ich das nicht gekonnt, glaube ich.«

»Vermutlich hätten das die wenigsten Menschen. Sie ist das komplette Gegenteil von meinem Vater. Er denkt nur an sich, und sie denkt nur an andere – genauer gesagt denkt sie nur an ihn. Auf die Gefahr hin, zynisch zu klingen: Ich habe die Geschichte nie geglaubt, dass Mom sich auf den ersten Blick so sehr in Ronan verliebt hat, dass sie ihn unbedingt aufziehen wollte. Schätzungsweise ging es eher darum, dass Ronan ein Teil von Ceallach war. Und Ceallach war in den Augen meiner Mom schon immer das Zentrum des Universums.«

»Aber hast du nicht mal erzählt, dass Ronan der absolute Liebling deiner Mutter ist? Wie erklärst du dir das?«

»Ich kann es nicht erklären.«

Sie hatten alle gewusst, dass es so war. Wie seine Brüder das empfunden hatten, konnte Mathias nicht sagen. Aber ihm persönlich hatte es nichts ausgemacht. Alles, was für ihn gezählt hatte, waren Ronan und er gewesen. Sie beide gegen den Rest der Welt. Alle anderen waren zweitrangig.

»Wir waren in derselben Klasse und haben nach der Schule dieselben Sportarten gemacht. Wenn einer von uns krank oder verletzt war, ist der andere ebenfalls zu Hause geblieben.« Er lächelte. »Allerdings mochten wir nicht dieselbe Art Frauen. Als wir in der Highschool waren, haben wir versucht, zwei Schwestern zu daten. Das lief nicht so gut.«

»Und dann kam die Wahrheit heraus«, sagte sie leise.

»Ja, plötzlich ging alles zum Teufel.« Er erinnerte sich noch immer genau daran, wie geschockt er gewesen war. Wie er versucht hatte, kein einziges Wort von dem zu glauben, was er gerade gehört hatte. Denn wie sollte so etwas überhaupt möglich sein – Ronan nicht sein Zwillingsbruder?

»Für mich war das hart«, sagte er schließlich. »Aber noch härter hat es natürlich Ronan getroffen. Ich war weiterhin Elaines Sohn, während er das nicht mehr war. Wir beide mussten uns mit den beschissenen Lügen auseinandersetzen, die sie uns aufgetischt hatten. Aber Ronan musste zudem herausfinden, wer er überhaupt ist.«

»Und hat er das?«

»Tja, das würde ich auch gerne wissen. Nur sprechen wir in letzter Zeit kaum noch miteinander. Er zieht sich mehr und mehr zurück.« Mathias griff nach der Schüssel mit den Tacos. »Am Anfang, als wir hierhergezogen sind, dachte ich, wir kriegen das hin. Damals haben wir noch beide im Atelier in der Stadt gearbeitet. Wir haben sogar ein Haus zusammen gemietet. Aber dann hat Mathias diesen Ort in den Bergen entdeckt und ist von einem Tag auf den anderen umgezogen. Und als die räumliche Distanz erst mal da war, hat er angefangen, sich auch innerlich immer weiter zurückzuziehen.«

»Das tut mir leid.«

»Danke.« Er lächelte. »Ronan und ich, wir werden es schon irgendwie schaffen, die Dinge wieder ins Lot zu bringen.«

Jedenfalls hoffte er das. Sie mussten es schaffen. Es war schlimm genug, dass sie keine Zwillinge mehr waren. Aber seinen Bruder zu verlieren – nein, das würde er nicht zulassen.

»Wie kann ich dir helfen?«, fragte Carol.

Komm mit mir ins Bett. Natürlich konnte er diese Antwort nicht laut aussprechen. Carol hätte sonst vermutet, dass er wiedergutmachen wollte, was an dem Abend neulich schiefgegangen war. Und das wollte er auch. Aber darum ging es jetzt nicht. Das, was er gerade fühlte, war etwas völlig anderes. Nur konnte er das Carol unmöglich erklären.

»Mach dir keine Sorgen. Ich komme klar«, antwortete er stattdessen.

»Sag Bescheid, wenn sich das ändert.«

»Das werde ich.«

»Willst du zum Essen bleiben?«, fragte Carol.

»Ich muss zurück zu Del und Maya. Aber warum isst du nicht mit uns?«

»Gerne.«

Vielleicht sagte sie das aus Mitgefühl. Aber das spielte im Moment keine Rolle. Er wollte sie bei sich haben. Das war das Einzige, was zählte. »Warst du heute nicht schon mal bei mir, um bei irgendwelchen Hochzeitssachen zu helfen?«

»Ich bin gegen Mittag kurz vorbeigekommen und habe Fotos von Maya in ihrem Kleid gemacht. Wir hatten ziemlich viel Spaß. Außerdem ist mir mal wieder aufgefallen, was für eine fantastische Aussicht du von deinem Haus aus hast. Ich konnte alle meine Tiere im Reservat sehen.«

»Mein Haus liegt gerade mal einige Hundert Meter von deinem entfernt. Wir haben fast die gleiche Aussicht.«

»Tja«, erwiderte sie und lachte. »Trotzdem gibt es da gewisse Unterschiede. Man könnte sogar sagen, da liegen Welten dazwischen.«

»Die letzte Bemerkung habe ich überhört«, murmelte er, während er wieder nach der Schüssel mit den Tacos griff.

»Schön. Aber auf eigene Gefahr. Ich bin nämlich deine einzige Verbindung zum echten Leben.«

Er grinste. »Ich Glückspilz. Schade, dass du nicht auch noch über Superkräfte verfügst, mit denen du meinen Vater fernhalten kannst.«

»Sorry«, sagte sie plötzlich wieder ernst. »Die habe ich leider nicht. Aber ich werde mir überlegen, wie ich deinen Vater im Notfall ablenken kann, falls das hilft.«

»Schon gut. Wir kriegen das hin.«

Jedenfalls hoffte er das. Er freute sich nicht gerade, seinen Vater zu treffen, aber letztendlich würde er irgendwie klarkommen. Was Ronan betraf, war er sich da nicht so sicher. In Bezug auf Ceallach würde sein Bruder keine Probleme haben – Ronan hatte sich angewöhnt, all die Dramen einfach komplett zu ignorieren. Das eigentliche Problem war Elaine. Ronan hatte noch immer keinen Frieden mit der Frau geschlossen, die er jahrelang für seine Mutter gehalten hatte.

Carol streckte die Hand nach ihm aus. Er ergriff sie und hielt sie fest. Die Wärme ihrer Haut ließ sofort das Verlangen in ihm emporschießen. Aber er bemühte sich, es zu ignorieren. Er wusste, was Carol ihm anbot: Freundschaft. Und auch wenn er sich mehr wünschte: Das war ein Geschenk, mit dem er sich sehr glücklich schätzen konnte.

Violet und Ulrich gingen die Promenade am Fluss entlang. Sie hatten sich zum Dinner getroffen und dann beschlossen, noch einen Spaziergang zu machen, bevor Ulrich sie wieder zurück nach Hause brachte. Inzwischen war die Dämmerung hereingebrochen, doch die Luft war immer noch angenehm warm. Violet versuchte, dem Abend keine zu große Bedeutung beizumessen, aber das war schwerer als gedacht. Mit Ulrich zusammen zu sein fühlte sich einfach so … richtig an.

»Kaum zu glauben, wie warm es hier noch ist«, sagte er, als sie an einem älteren Paar vorbeigingen, das auf einer Bank saß. »Zu Hause ist es zu dieser Jahreszeit kalt und regnerisch.«

»Ist das in England nicht immer so?«, gab Violet lachend zurück. »Eine Freundin von mir war mal im Juli in London. Sie hat mir erzählt, dass sie noch nie in ihrem Leben so gefroren hat.«

»Ja, unser Wetter kann manchmal etwas schwierig sein«, erklärte er. »Aber wir gleichen das mit unserer kultivierten Art und dem charmanten Akzent wieder aus.«

»Im Ernst: Ich finde deinen Akzent sehr charmant.«

»Das ist deiner auch.«

»Ich habe aber keinen Akzent«, verkündete sie. »Falls du da etwas hören solltest, liegt das einfach nur an deiner fehlerhaften englischen Wahrnehmung.«

Lachend gingen sie weiter in Richtung Fluss. Als sie das Geländer erreicht hatten, blieben sie stehen und lehnten sich dagegen, um die Aussicht auf die Stadt zu genießen. Die Promenade mit den Geschäften befand sich jetzt hinter ihnen. Vor ihnen – auf der anderen Flussseite – lag das Stadtzentrum.

Ulrich deutete auf einen Punkt am anderen Ufer. »Da ist der Boardroom, richtig? So langsam beginne ich mich hier zurechtzufinden. Zum Beispiel weiß ich inzwischen, dass dein Laden neben der Galerie liegt, in der die Auktion stattfinden wird. Und das Ziel dieser Auktion ist es, Geld zu sammeln, damit noch mehr Giraffen angeschafft werden können.« Er bemerkte ihren Blick und lächelte. »Keine Sorge: Millie und ich haben quasi Frieden geschlossen. Daher ist es für mich gar kein Problem, wenn sie jetzt ihre Herde bekommt.«

»Wie großmütig von dir.«

»Ja, ich weiß. Ich bin eben ein sehr netter Mann.«

Das ist er, dachte Violet wehmütig. Witzig, klug, großmütig. Ein Mann, den sie sehr vermissen würde, wenn er weg war.

»Wenn du die Frage erlaubst, Violet: Warum bist du nicht verheiratet?«

Sie war dermaßen überrascht, dass sie vor lauter Schreck einfach die Wahrheit herausposaunte: »Niemand hat mich jemals gefragt.«

»Aber hättest du gerne geheiratet?«

»Nicht wirklich. Die Männer, mit denen ich bisher Beziehungen hatte, waren alle ziemlich konventionell und langweilig. Ich glaube, ich wollte auf diese Weise verhindern, dass ich mich verliebe und einer der Männer mir das Herz brechen kann. Allerdings ist es auch nicht so toll, eine Beziehung nur um der Beziehung willen zu haben. Früher oder später finden die Männer heraus, dass meine Gefühle nicht besonders tief gehen. Also beenden sie die Beziehung. Meistens werfen sie mir vor, ich hätte sie getäuscht.«

Violet warf Ulrich aus dem Augenwinkel einen Blick zu und bemerkte, dass er sie konzentriert betrachtete. »Kennst du dieses alte Sprichwort – dass der Kampf schon halb gewonnen ist, wenn man erst mal das Problem erkennt? Ich finde, das stimmt nicht. Ich jedenfalls habe zwar erkannt, was der Knackpunkt ist, aber das führt leider auch nicht dazu, dass ich mich anders verhalte.«

Außer bei Ulrich. Sie hatte sich in ihn verliebt, und er war weder langweilig noch besonders konventionell. Allerdings würde er bald abreisen. Und das bedeutete, dass diese Sache zwischen ihnen – was immer das auch sein mochte – unweigerlich ihrem Ende entgegenlief.

»Weißt du, weshalb du solche Angst davor hast, dass dir jemand das Herz bricht?«

Sie holte tief Luft. »Ja, ich denke schon. Ein wenig.«

»Das ist mal eine klare Aussage.«

Unwillkürlich musste sie lachen. »Na ja. Ich habe eine ungefähre Vorstellung, wie das alles zusammenhängt. Meine Eltern sind großartige Menschen, die mir und meiner Schwester immer wieder gesagt haben, dass wir etwas Besonderes sind. Die tollsten Kinder auf der ganzen Welt.«

»Das tun die meisten Eltern. Jedenfalls die guten.«

»Kann sein, aber das Problem ist, dass wir ihnen geglaubt haben. Schließlich gab es niemanden, der das Gegenteil behauptet hat. Bis wir dann irgendwann in die Schule gekommen sind. Da haben wir die Wahrheit herausgefunden – und zwar auf die harte Tour. Für Carol war es noch schwerer als für mich. Weil sie die Ältere von uns beiden ist, hat sie den meisten Spott und die meisten Angriffe abbekommen. Sie hat versucht, es mir zu erklären, um mich vor diesem Trauma zu schützen. Das hat geholfen. Ich habe mich bemüht, mich anzupassen und nur ja nicht wie jemand Besonderes zu wirken. Und dann, mit siebzehn, wurde ich entdeckt.«

Er drehte sich zu ihr um, sodass er ihr ins Gesicht sehen konnte. »Was heißt das?«

»Ein berühmter Fotograf hat mich in New York eine Straße entlanggehen sehen. Daraufhin hat er erklärt, dass ich seine neue Muse bin. Innerhalb kürzester Zeit war ich überall zu sehen – in Werbeanzeigen, auf Reklametafeln. Ich habe für drei verschiedene Modefirmen gemodelt, und dieser Fotograf hat mir eine eigene Ausstellung gewidmet.«

»Das wusste ich gar nicht.«

Violet bemühte sich, ruhig weiterzuatmen. Über die Vergangenheit zu sprechen – jedenfalls über ihre eigene – regte sie immer ganz schön auf. »Es war wie eine sehr schöne, sehr beängstigende Achterbahnfahrt«, erklärte sie. »Anfangs war meine Mutter dagegen, aber ich habe sie überzeugt, dass das eine großartige Chance für mich ist. Ich habe mich schon immer für Kleidung interessiert und wollte nach der Highschool Modedesign studieren. Was konnte mir da Besseres passieren, als für diesen Mann zu modeln und dabei schon mal viele wertvolle Kontakte zu sammeln?«

»Ich nehme an, die Sache endete nicht glücklich?«

»Nein. Was wir nicht wussten, war, dass er die Angewohnheit hatte, sich ständig neue Mädchen zu suchen, die dann seine Musen waren. Ich war nur eine von vielen, die ihn eine Zeit lang interessierten. Nach wenigen Monaten wurde ich ausgetauscht. Und erst da habe ich herausgefunden, dass die Verträge für die Kampagnen auf ihn liefen – nicht auf mich. Aus Sicht der Modefirmen waren wir Mädchen alle austauschbar. Das mit der Muse war eher ein Marketing-Ding. Meine Bilder verschwanden natürlich auch aus der Galerie, in der die Ausstellung stattfand. In Wahrheit war es bei all dem nie um mich gegangen. Ich war nicht berühmt. Ich war einfach nur eine Idiotin.«

»Nichts Besonderes«, sagte Ulrich leise.

»Genau. Nullachtfünfzehn. Ich hatte keine Kontakte, wenig Geld, aber dafür umso mehr schlechte Erinnerungen. Schließlich habe ich mich entschieden, Modedesign zu studieren und so zu tun, als wäre nichts passiert.«

»Nach außen hin war alles bestens, während du innerlich weiter damit gekämpft hast«, bemerkte Ulrich.

»Ja. Meine Mutter hat sich schreckliche Vorwürfe gemacht, dass sie nicht früher begriffen hat, was da ablief. Um zu verhindern, dass sie sich schlecht fühlt, habe ich so getan, als wäre alles wieder okay.« Sie seufzte. »Letztendlich ist ja auch nichts wirklich Schlimmes passiert. Niemand hat mich sexuell belästigt, ich wurde nicht unter Drogen gesetzt oder körperlich misshandelt. Mein Traum ist zerplatzt – das war alles. Aber das passiert jeden Tag Millionen Menschen auf der ganzen Welt.«

»Und das war der Moment, in dem du beschlossen hast, dass Männer langweilig und ungefährlich sein sollen?«

Ulrich versuchte nicht, das Ganze schönzureden? Interessant, dachte Violet. »Es war keine bewusste Entscheidung. Aber, ja, ich denke schon. Und ich habe beschlossen, hier zu leben. Das war jedenfalls einer der Gründe für den Umzug.« Sobald diese Worte ihren Mund verlassen hatten, hätte Violet sie am liebsten zurückgeholt. Diesen Teil der Wahrheit hatte sie bisher immer gut verborgen gehalten.

»In einer Kleinstadt lassen sich die Dinge leichter im Griff behalten?«

Sie nickte. »In einer Stadt, in der sich alles um weiße Spitzenkleider und Torten mit Cremefüllung dreht, gibt es keine Unmengen an Single-Männern. Jedenfalls keine, die permanent hier leben. Und ich bin keine Frau, die Spaß daran hat, sich mal eben für ein Wochenende den Trauzeugen zu schnappen.« Sie lächelte etwas gezwungen. »Aber das ist okay. Ich werde eine Lösung finden.«

»Ich bin sicher, das wirst du.« Er verzog die Mundwinkel zu einem leicht schiefen Lächeln. »Das Timing dieser Aussage ist vermutlich etwas unglücklich. Aber ich muss dir sagen, dass ich von dir hingerissen bin. Du bist bezaubernd, und ich kann nicht aufhören, an dich zu denken.«

Sie hatte erwartet, dass er irgendetwas sagen würde wie: »Das war ganz schön naiv von dir. Dachtest du wirklich, dass ein berühmtes Model aus dir wird?« Oder: »Könnte die Geschichte noch uninteressanter sein?« Aber nein, stattdessen hatte Ulrich erklärt, dass er »hingerissen« war. *Hingerissen* – wer in aller Welt benutzte denn dieses Wort und meinte es dann auch noch so?

Ulrich drehte sich wieder um und blickte auf den Fluss hinaus. Nachdem er kurz geschwiegen hatte, sagte er schließlich: »Du musst mir keine Antwort geben, Violet. Ich weiß auch so, was du sagen willst. Dein Schweigen spricht Bände, wie es so schön heißt. Und mach dir bitte keine Sorgen. Ich werde ja bald von hier verschwunden sein.«

Sein Tonfall klang leicht, als ob Ulrich gar kein Problem mit ihrer Reaktion hatte. Nur hatte er sie leider völlig falsch interpretiert.

Sie wirbelte zu ihm herum und ergriff seinen Arm. »Nein! Ich lasse hier nicht mein Schweigen für mich sprechen. Ich war nur sehr überrascht von dem, was du gesagt hast.« Sie lächelte. »Und zwar auf eine gute Weise überrascht. Wirklich. Ich bin nämlich selbst hingerissen. Von dir.«

Seine angespannten Gesichtszüge wirkten plötzlich wieder weicher. Er lächelte. »Tatsächlich? Bist du das?«

»Ja. Und das bedeutet, dass wir uns jetzt leider in einer Zwickmühle befinden.«

Der Blick seiner blauen Augen bohrte sich in ihren. »Weil ich gehen werde?«

»Das war von Anfang an ziemlich klar. Du bist nicht von hier – das habe ich schon bemerkt. Es gab da schließlich den einen oder anderen kleinen Hinweis. Zum Beispiel deinen Akzent. Oder die lustige Art, wie du dich kleidest.«

Ulrich sah an sich hinab und musterte ein wenig misstrauisch die Jeans und das langärmlige Hemd. »Was ist an meiner Kleidung denn so lustig, wenn ich fragen darf?«

Nichts, es handelte sich um ganz und gar normale Kleidung. Aber Violet konnte der Gelegenheit einfach nicht widerstehen,

Ulrich ein wenig aufzuziehen. »Sie ist einfach so … britisch. So königlich.«

»Ich gehöre nicht zum Königshaus. Nicht mal entfernt.«

»Verzeihung. Deine Kleidung ist einfach so … herzoglich.«

»Genau wie ich.«

Sie blickten einander an. Violet glaubte, in Ulrichs Augen Verlangen zu entdecken. Und es waren noch ein paar andere Gefühle zu erkennen, aber sehr verschwommen. Also beschloss Violet, sich auf das Verlangen zu konzentrieren – zumal ihr dieses Gefühl ganz besonders gut gefiel. Doch gleich darauf merkte sie, dass etwas nicht stimmte. Wieso stand Ulrich noch da? Warum machte er keinerlei Anstalten, sie an sich zu ziehen und sie zu küssen? Lag das daran, dass er … bald ging? Vielleicht war Ulrich der Ansicht, dass es nicht angemessen wäre – oder wie immer man das in England bezeichnete. Außerdem war er ein Gentleman. Er hatte sie einmal gefragt, und sie hatte Nein gesagt. Daher würde er sie vermutlich nicht noch einmal fragen.

Noch eine Zwickmühle, dachte Violet. Aber wenigstens für dieses Problem gab es eine ganz simple Lösung.

Sie stellte sich auf die Zehenspitzen und strich mit ihren Lippen leicht über seine. Sie hörte, wie er scharf einatmete. Sein Körper versteifte sich, aber er machte weiterhin keine Anstalten, sie zu berühren.

»Violet …«, begann er.

Sie nahm seine Hand. »Ich bin mir sicher.«

Eine Sekunde lang passierte nichts. Dann verschränkte er seine Finger mit ihren. Sie gingen zurück zu Violets Wagen. Wenig später hielten sie vor ihrem Haus. Violet sah zu der kleinen Treppe, die hinauf zur Haustür führte. Die Treppe im Inneren war steiler und wesentlich länger.

»Das geht nicht«, sagte sie. »Du kannst nicht zu meinem Apartment hochlaufen. Warte hier. Ich hole schnell ein paar Sachen und dann fahren wir zu deinem Hotel.«

Ulrich öffnete die Tür und stieg aus. »Mir geht es gut. Und ich bin gerade sehr motiviert – um es mal so auszudrücken. Die Treppen werden mich nicht aufhalten.«

»Aber dein Bein …«

»Ist das kleinste Problem«, versicherte er ihr. »Glaub mir.«

Schnell und scheinbar mühelos stieg er die Stufen zu ihrem Apartment empor, um dann zu warten, bis sie aufgeschlossen hatte. Sobald er eingetreten war, schaute Ulrich sich in dem großen, offenen Raum um und nickte anerkennend. Dann drehte er sich herum und zog Violet an sich.

Sein Kuss ergriff auf so meisterhafte Weise Besitz von ihr, dass ihr schwindelte. Innerhalb von Sekunden war sie von *Interessant* bei *Nimm mich jetzt* angelangt. Seine Zunge drängte gegen ihre, während seine Hände an ihrem Rücken auf und ab glitten, um dann auf ihren Hüften zu landen. Ihr Körper schien in Flammen zu stehen. Sie spürte eine seltsame Mischung aus Hitze, Verlangen und dem Anflug eines Gefühls, das sie lieber nicht genauer benennen wollte. Jedenfalls jetzt nicht … vielleicht nie.

Violet schlang die Arme um seinen Nacken und klammerte sich an Ulrich fest, als ob sie ihn niemals wieder loslassen würde. Er war groß und stark. Schlank, aber kraftvoll.

Sie küssten sich, als hätten sie alle Zeit der Welt. Langsame, intensive Küsse, die sie bis hinein in ihre Seele zu spüren glaubte. Ulrich hätte sie überall berühren können, aber er tat es nicht – zuerst jedenfalls nicht. Dann, endlich, als sie schon kurz davor war, lautstark zu protestieren, glitt er mit beiden Händen an ihrem Körper entlang nach oben, bis er bei ihren Brüsten angelangt war. Er begann, sie durch den Stoff ihres Kleids hindurch zu streicheln.

Sie schnappte nach Luft. Immer heftiger loderte das Verlangen in ihrem Körper, bis sie es irgendwann nicht mehr aushielt. Sie löste sich von Ulrich, ergriff seine Hand und führte ihn zum anderen Ende des großen Raums, wo ihr Bett stand. Hastig zog sie eine ungeöffnete Schachtel Kondome aus dem Nachttisch, um sich dann sofort Ulrichs Hemd vorzunehmen. Verflixt, wie viele Knöpfe hatte dieses Ding eigentlich? Sie spürte, wie er den Reißverschluss ihres Kleids öffnete, das gleich darauf zu Boden fiel.

Jedes Mal, wenn ein weiteres Kleidungsstück auf der Erde landete, hielten sie kurz inne, um zu fühlen, zu spüren und zu schmecken. Sein Mund auf ihren Brüsten brachte Violet dazu, laut aufzustöhnen. Die Wärme seiner Haut, die sie an ihren Fingerspitzen spürte, steigerte ihre Lust nur noch mehr. Jede Berührung, jeder Kuss, jede kleinste Bewegung ihrer Körper war ein Versprechen: Gleich!

Violet ließ sich zuerst auf die Matratze sinken, und Ulrich folgte ihr. Er berührte sie überall, bevor er schließlich mit der Hand zwischen ihre Beine glitt. Schnell fand er ihr geschwollenes Zentrum und streichelte sie, bis sie ihre Erlösung laut herausschrie. Während Violet noch immer das Nachbeben in ihrem Körper spürte, zog Ulrich ein Kondom über und glitt in sie hinein.

Sie zwang sich, die Augen geöffnet zu lassen, damit sie ihn ansehen konnte. Nur hatte Ulrich offenbar die gleiche Idee, denn er beobachtete sie ebenfalls. Selbst als er begann, sich in ihr zu bewegen, blieben ihre Blicke fest aufeinandergerichtet, als ob keiner von ihnen es ertragen könnte, zuerst wegzusehen.

Die Kombination aus dem, was er tat, und seinem Blick, der ihren ganz festhielt, berührte mehr als nur ihren Körper. Zum ersten Mal im Leben hatte Violet das Gefühl, wirklich eins mit einem anderen Menschen zu werden.

Ulrich bewegte sich langsam und stetig. Er füllte sie aus, erregte sie, bis sie nicht anders konnte, als den Rücken durchzudrücken, um ihn noch tiefer in sich aufzunehmen. Wieder spürte sie das Druckgefühl in ihrem Körper – die Ankündigung, dass sie erneut auf ihren Höhepunkt zusteuerte. Ulrich, der das sofort zu bemerken schien, erhöhte das Tempo weiter.

Ihr Atem verwandelte sich in ein Keuchen, während sich alle Muskeln in ihrem Körper anspannten.

»Komm für mich, Violet!«

Seine Stimme klang tief und rau. Der eine Satz genügte, um sie über den Rand des Abgrunds hinauszuführen. Sie schrie auf, als ihr Körper sich ergab. Ulrich keuchte und stieß tiefer in sie hinein, schneller und immer schneller, bis auch er seinen Höhepunkt erreichte.

Später, als sie nebeneinanderlagen – Arme und Beine ineinander verschlungen, ihr Kopf auf Ulrichs Brust, seine Hand an ihrer Seite –, begann Violet, sich zu fragen, was in aller Welt sie jetzt tun sollte. Großartiger Sex war eine Sache, und ja, sie würde oft an diesen Abend mit Ulrich zurückdenken, wenn er wieder in England war. Aber diese Art von Sehnsucht war nicht weiter gefährlich.

Das eigentliche Problem war nicht ihr Körper, sondern ihre Seele. Ihr Herz, das sie in irgendeinem unbedachten Moment an diesen Mann verloren hatte. Ulrich war es auf geheimnisvolle Weise gelungen, bis in ihr Innerstes vorzudringen. Sie hatte sich in ihn verliebt. Und sie hatte leider keine Ahnung, wie sie ihn jetzt noch gehen lassen sollte.

16. Kapitel

Mathias stand vor seinem Haus wie ein Gefangener, der auf die Exekution wartete. Es gab vermutlich Menschen, die jetzt behauptet hätten, dass es so schlimm doch gar nicht werden konnte. Aber diese Menschen hatten noch nie Ceallach Mitchell getroffen, während er selbst viele Jahre mit diesem Mann verbracht hatte. Daher konnte er eines schon mal vorab sagen: Nichts an dem Besuch würde gut laufen – jedenfalls aus seiner Perspektive betrachtet. Er konnte nur hoffen, dass Del und Maya trotzdem eine schöne Hochzeit haben und die untergründigen Spannungen nicht wahrnehmen würden.

Sophie saß neben ihm. Sie wedelte mit dem Schwanz, allerdings nicht so eifrig, wie sie das normalerweise tat. Der Hund spürte, dass irgendein Ereignis bevorstand. Und da Sophie ein äußerst sonniges Gemüt hatte, ging sie davon aus, dass es sich um etwas Positives handeln musste. Gleichzeitig wusste sie offenbar nicht so genau, wie sie die Lage einschätzen sollte.

»Dein Frauchen ist bald zurück«, teilte er ihr mit.

Jetzt wedelte sie energischer – eine Reaktion auf seinen Tonfall, auch wenn sie die Worte nicht verstand.

Die Haustür ging auf, und Del gesellte sich zu ihnen. »Warum wartest du nicht drinnen? Wir sehen doch sofort, wenn der Wagen hier einbiegt.«

»Draußen zu sein ist besser.«

Nicht dass er vorhatte zu fliehen. Aber falls er es doch tun sollte, war er hier näher an seinem Auto.

»Alles okay?«, fragte Del.

»Alles bestens.«

»Ach. Hilft es zu lügen?«

»Es schadet jedenfalls nicht.«

Ein Wagen kam um die Ecke gebogen. Als sich das Auto näherte, zogen sich Mathias' Bauchmuskeln wie in Erwartung eines Schlags zusammen. Wobei Ceallach natürlich niemanden schlagen würde. Damit hatte er aufgehört, als seine Söhne groß genug geworden waren, um zurückzuschlagen. Nein, korrigierte sich Mathias. Das war nicht richtig. Nicht Ceallachs Söhne, sondern ganz allein Del.

Del war der Älteste. Und er war der erste Mensch, der sich dem großen Ceallach Mitchell in den Weg gestellt hatte. Um seine jüngeren Brüder zu beschützen, hatte Del sich vor ihnen aufgebaut, Ceallach direkt in die Augen gesehen und ihm gesagt, dass er aufhören musste. Mathias erinnerte sich noch genau daran, wie verblüfft sie allesamt gewesen waren, als Ceallach das tatsächlich getan hatte.

»Danke, dass du dich damals vor uns gestellt hast«, sagte er zu seinem Bruder.

»Kein Problem. Ich mache das jederzeit wieder, wenn es nötig sein sollte.«

Mathias grinste. »Danke, großer Bruder. Aber ich denke mal, inzwischen können wir es selbst mit ihm aufnehmen.«

»Hoffentlich wird das nicht nötig sein.«

»Hoffentlich.«

Der Mietwagen kam vor dem Haus zum Stehen. Elaine öffnete die Tür, und sofort machte Sophie einen Satz nach vorne und begann, wie wild mit dem Schwanz zu wedeln. Mathias löste die Leine. In der nächsten Sekunde raste der kleine Beagle auch schon bellend, jaulend und vor Freude zitternd auf Elaine zu. Elaine ließ sich auf die Knie sinken und umarmte Sophie.

»Ich habe dich auch schrecklich vermisst, meine Süße.«

Mathias schoss der Gedanke durch den Kopf, wie viel einfacher das Leben für ihre Söhne gewesen wäre, wenn Elaine bei ihnen auch so viel Enthusiasmus gezeigt hätte. Doch im nächsten Moment stieg Ceallach aus dem Wagen, und es blieb keine Zeit mehr für irgendwelche anderen Gedanken.

Einen Moment lang versuchte Mathias, seinen Vater so zu sehen, wie ein Fremder ihn sehen würde: Der berühmte Künstler war älter geworden, dünner. Rund um seine Augen und den Mund hatten sich Furchen in die Haut gegraben. Die Körperhaltung war noch immer die eines stolzen, machtvollen Mannes – aber eines Mannes, der seine beste Zeit bereits hinter sich hatte.

Nick und Maya kamen nun auch aus dem Haus. Maya lief sofort auf Elaine zu, und die zwei Frauen umarmten einander. Die Mitchell-Brüder und ihr Vater hielten währenddessen sorgfältig Abstand.

»Wo ist Ronan?«, fragte Ceallach schließlich.

»In der Stadt.« Mathias wollte gerade erklären, dass auch Aidan morgen eintreffen würde. Dann besann er sich jedoch eines Besseren. Ihr Vater würde sich sowieso nicht für Infos über Aidan interessieren.

Elaine kam mit weit ausgebreiteten Armen auf sie zu, während Sophie sie umtanzte. »Meine Jungs!«

Die drei umarmten ihre Mutter. Elaine musterte jeden einzelnen von ihnen, schien zu dem Schluss zu kommen, dass sie gesunde, attraktive Kerle waren, und scheuchte dann alle ins Haus. Mathias fragte sich, ob außer ihm jemandem aufgefallen war, dass die Begrüßung ihres Vaters nur in der Frage nach Ronan bestanden hatte.

Früher am Tag war Maya zum Supermarkt gefahren, um verschiedene Snacks und Zutaten für das Dinner zu kaufen. Mathias hatte sich die genauen Details der Essenszubereitung nicht gemerkt. Er hatte sich nur auf eines konzentrieren können: nämlich die Tatsache, dass sein Vater bald hier, in diesem Haus sein würde. Und nun tigerte Ceallach also im Wohnzimmer auf und ab, bis er schließlich vor dem Fenster stehen blieb und hinausschaute.

»Gute Atmosphäre«, verkündete er. »Arbeitest du hier?«

»Ich habe ein Atelier in der Stadt.«

»Und da machst du noch immer diesen Scheiß?«

Elaine kam herbeigeeilt und stellte sich neben ihren Mann. »Ceallach, bitte. Mir zuliebe. Maya und Del werden heiraten, und ich möchte alles erfahren, was sie für die Feier geplant haben.«

»Dann frag sie«, erwiderte Ceallach, ohne den Blick von Mathias zu nehmen. »Du hattest das Zeug dazu, etwas aus dir zu machen. Und was tust du? Du stellst Teller her. Zweitklassigen Ramsch für Hausfrauen.« Seine Stimme triefte vor Verachtung.

Im nächsten Moment drehte er sich zu Nick um. »Und was ist mit dir?«

Nick zwinkerte Mathias zu und richtete den Blick dann wieder auf Ceallach. »Ich? Tja, ich arbeite mit Papier.«

»Papier!« Ceallachs Stimme schwoll gefährlich an. »Keiner meiner Söhne arbeitet mit Papier, merk dir das! Deine Holzphase war ja schon schlimm genug. Aber Papier? Wie kannst du nur?«

Nick zuckte mit den Schultern. »Och, weißt du, Dad, das ist gar nicht so schwer. Ich kann dir bestimmt ein paar Techniken beibringen.«

Elaine schoss ihm einen warnenden Blick zu. Dann stellte sie sich zwischen ihren Mann und ihre Söhne. »Mathias, mein Lieber, wie wäre es, wenn du uns kurz zeigst, wo wir untergebracht sind? Dann können wir unsere Sachen ins Zimmer bringen und uns kurz frisch machen. Maya meinte, dass wir heute Abend alle hier zusammen essen. Das ist eine wirklich nette Idee. So gemütlich! Ich packe schnell aus, und dann komme ich und helfe in der Küche mit. Wie wäre das?«

Meine Mutter, die Friedensstifterin, dachte Mathias. Wobei es natürlich vor allem darum ging, dass Ceallach sich nicht aufregte. Elaine war zwar bereit, sich zwischen ihre Söhne und ihren Mann zu stellen und für Ablenkung zu sorgen. Aber sie wäre nie so weit gegangen, Position gegen Ceallach zu beziehen. Schließlich war ihr Mann ein begnadeter Künstler. Und die verhielten sich nun mal anders als andere Menschen.

Kurz: Nichts hatte sich geändert. Inzwischen ging Mathias auch nicht mehr davon aus, dass es das jemals tun würde. Seine Eltern hatten eine Beziehung, mit der sie beide zufrieden zu sein schienen. Und was ihn und seine Brüder betraf … Tja, damit mussten sie als erwachsene Männer eben selbst klarkommen.

Er brachte die zwei zu dem Schlafzimmer, in dem er normalerweise schlief. Den Großteil seiner Sachen hatte er bereits ausgeräumt. Während des Besuchs seiner Eltern würde er den Futon in seinem Büro benutzen. Und wenn die beiden wieder weg waren, würde er als Allererstes die Matratze reinigen lassen. Oder er würde sie gleich ganz wegwerfen und sich eine neue kaufen. Eines war jedenfalls klar: Er würde keinesfalls in dem Bett schlafen, in dem Ceallach zuvor gelegen hatte.

Als er nach ein paar Minuten aus dem Schlafzimmer wieder hinaus auf den Flur trat, wartete Maya dort auf ihn. Sie umarmte ihn fest und begleitete ihn dann zurück zum Wohnzimmer.

»Alles okay?«, fragte sie, sobald sie außer Hörweite des Schlafzimmers waren. »Ich kann kaum glauben, wie schrecklich das vorhin war. Del hat immer wieder versucht, mir zu erzählen, wie das damals für euch war. Aber so ganz habe ich ihm wohl nie geglaubt.« Sie biss sich auf die Unterlippe. »Elaine hätte Ceallach sagen sollen, dass sein Verhalten unmöglich ist.« Bevor Mathias etwas erwidern konnte, hob sie die Hand und fuhr fort: »Ich weiß, ich weiß. Das tut sie einfach nicht. Was es irgendwie noch schlimmer macht. Sie ist meine Freundin und sehr süß zu mir. Aber, Gott. Das ist grauenhaft.«

Mathias legte den Arm um sie. »Mach dir keine Sorgen«, sagte er, während sie das Wohnzimmer betraten. »Wir sind alle daran gewöhnt. Er wird bald wieder weg sein, und du bist dann mit meinem Bruder verheiratet.« Er sah zu Nick und Del hinüber. »Hey, wir bekommen noch eine Schwester. Zusammen mit Shelby und Maya sind es dann bereits drei, wenn du erst mal Pallas heiratest, Nick.«

»Tja. Und dann bist du wohl an der Reihe«, erklärte sein Bruder.

Mathias schüttelte den Kopf. Er würde ganz bestimmt nicht heiraten. Denn das war eine Lektion, die er dank seiner Familie früh gelernt hatte: Liebe war zerstörerisch. Menschen, denen man vertraute, ließen einen im Stich. Daher war es besser, den ganzen Liebeswahnsinn zu meiden – jedenfalls hatte er sich das immer gesagt. Nur schien er aus irgendeinem Grund in letzter Zeit weicher geworden zu sein. Vielleicht lag das am Alter. Oder an Carol.

An Carol? Hatte er das wirklich gerade gedacht? Was zum Teufel hatte sie denn mit all dem zu tun? Doch bevor er über die Frage nachdenken konnte, kamen Ceallach und Elaine zu ihnen ins Wohnzimmer.

Maya und Del übernahmen die Abendgestaltung. Sie baten die ganze Gruppe nach draußen, auf die Veranda. Elaine und Maya brachten Tabletts mit verschiedenen Snacks aus der Küche, während Del Drinks mixte und Sophie es sich auf ihrem Lieblingssessel bequem machte.

Schließlich setzten sich alle und beobachteten, wie Millie und die anderen Tiere sich auf den Weg zu ihrem Nachtquartier in den Scheunen machten. Die Giraffe blieb einen Moment lang stehen und drehte sich zu ihnen um, während hinter ihr die Sonne am Himmel versank.

Es war der perfekte Moment: Die Giraffe vor einem Hintergrund aus unzähligen Rot- und Orangetönen, eingerahmt von hohen Bäumen, die vor dem glühenden Himmel fast schwarz wirkten. Mathias verspürte das Verlangen, aufzuspringen und zu arbeiten. Einerseits, weil Millie ihn inspirierte. Andererseits wollte er seinem Vater entkommen. Er zögerte kurz, dann stand er auf.

»Ich muss ins Atelier.«

»Nein!«, protestierte seine Mutter. »Wir wollten doch alle zusammen essen.«

»Eine plötzliche Teller-Krise?«, erkundigte sich sein Vater süffisant.

»Geh einfach«, sagte Nick. »Wir kommen klar.«

Mathias nickte. »Ich weiß nicht, wann ich wieder zurück bin.« Er drehte sich um und ging durch das Haus hinaus zu seinem Auto.

Als er das Studio erreichte, waren die allerletzten Sonnenstrahlen vom Himmel verschwunden. Mathias schaltete das Licht an und setzte sich an seinen Arbeitstisch. Nachdem er ein paar Skizzen gemacht hatte, studierte er noch einmal ganz genau die letzte Version der Carol-Figur. Und dann legte er los.

Elf Stunden später starrte er auf das Ergebnis und wusste: Er hatte es geschafft. Endlich war es ihm gelungen. Die Figur war aus ungefärbtem Glas und zeigte eine Frau, die mit gerecktem Hals nach oben blickte. Eine Hand hatte sie erhoben. Mathias stellte die Millie-Figur davor. In elegantem Schwung beugte die Giraffe ihren Hals nach unten – das perfekte Gegenstück zum Aufwärtsschwung der Frauengestalt.

»Verdammt. Ich wünschte, das hätte ich gemacht.«

Als er sich umdrehte, entdeckte er Ronan, der gerade das Studio betreten hatte. Ein solches Lob von seinem Bruder war selten. Da Mathias nicht wusste, was er sonst sagen sollte, begnügte er sich mit einem »Danke«.

»Du hast die Nacht durchgearbeitet?«

»Ja.«

»Und der Besuch ist eingetroffen?«

»Gestern Nachmittag.«

Ronan umrundete die beiden Glasfiguren. »Das hier ist höllisch gut, Mathias. Pass auf, dass Ceallach es nicht wieder kaputt macht.«

»Das werde ich.«

Am frühen Morgen half nur eines: Kaffee in großen Mengen. Carol umklammerte ihren Thermobecher, während sie hinaus zu ihrem Auto ging. Als sie gerade die Tür des Jeeps öffnen wollte, bog Mathias auf den Parkplatz ein und hielt neben ihr.

Wie immer schlug ihr Herz bei seinem Anblick schneller. Wenn sie um sechs Uhr morgens kurz vor der Tierfütterung so auf ihn reagierte, war ihr wirklich nicht mehr zu helfen.

Mathias stieg aus und lächelte ihr zu. »Morgen.«

Er sah erschöpft aus: bleich, mit dunklen Ringen unter den Augen.

»Lange Nacht gehabt?«

»Ich war im Studio. Um zu arbeiten.«

»Weil es ein dringender Auftrag war? Oder weil dein Vater gestern angekommen ist und du ihm aus dem Weg gehen wolltest?«

Er verzog das Gesicht. »Es ist ziemlich früh, Carol. Oder spät – wie man es nimmt. Könntest du etwas weniger scharfsinnig sein?«

Sie lachte. »Ich glaube nicht.«

»Das habe ich befürchtet.«

Carol stellte den Kaffee in die Halterung und legte die Tasche auf den Beifahrersitz. Dann richtete sie sich auf. »Komm mit. Du kannst hier schlafen.«

Er grinste. »Mit dir? Du nimmst meinen Vorschlag endlich an?«

»Nein«, erwiderte sie fest. »Du wirst allein schlafen. Mein Haus ist zwar klein, aber ich besitze ein Gästezimmer.«

Er folgte ihr ins Haus. »Ich glaube, ich würde in deinem Bett viel besser schlafen.«

»Das bezweifle ich.«

Sie holte ihm Bettzeug und Handtücher. »Schreib einem deiner Brüder, wo du bist. Und dann leg dich hin. Du siehst aus, als könntest du dringend ein paar Stunden Ruhe gebrauchen.«

Mathias drehte sich zu ihr um. Bevor sie ihn daran hindern konnte, hatte er sich schon vorgebeugt und gab ihr einen Kuss.

»Danke«, sagte er dann.

»Das tue ich gerne.«

Ich kann gar nicht anders. Das Schicksal war ihr gnädig, denn zum Glück hatte sie den letzten Satz nur gedacht, anstatt ihn laut auszusprechen. Sich um Mathias zu kümmern war in ihrem Fall vermutlich nicht besonders schlau. Sie sollte besser Abstand halten. Aber irgendwie schaffte sie das nicht. Mathias hatte irgendetwas an sich, das sie … Hastig rief sie sich den desaströsen Abend mit ihm wieder ins Gedächtnis. Doch nicht einmal das schien zu wirken. Es war, als würde Mathias ihr Herz fest im Griff haben. Und sie konnte ihn einfach nicht dazu bringen loszulassen. Oder wollte es nicht.

Da beide Varianten ziemlich beunruhigend waren, trat sie hastig ein paar Schritte zurück und versuchte, möglichst unbeschwert zu lächeln.

»Schlaf dich aus. Ich werde den ganzen Tag im Reservat sein. Falls du aufwachst, bevor ich zurück bin, kannst du einfach die Haustür hinter dir zuziehen.«

Sein dunkler Blick bohrte sich in ihren. »Im Ernst, Carol: Danke.«

»Jederzeit.«

Sie wollte so viel mehr sagen. Doch bevor sie ihren Mund öffnete und womöglich Sätze wie *Nimm mich jetzt* zum Besten gab, tat sie das Einzige, was ihr in dieser Situation noch blieb: Sie drehte sich um und ging, so schnell sie konnte.

Violet verteilte das Omelett auf zwei Teller. Heute war der zweite Tag ihres kleinen häuslichen Arrangements, und sie hatte viel zu viel Spaß an der ganzen Sache. Gestern, nach einer Nacht mit umwerfendem Sex, hatten Ulrich und sie beschlossen, den darauffolgenden Tag zusammen zu verbringen. Sie waren durch die Stadt spaziert, hatten hier und da einige Lebensmittel eingekauft und dann den Nachmittag im Bett verbracht. Die Nacht, die darauf folgte, war mindestens so magisch gewesen wie die erste.

Es liegt nicht allein daran, was Ulrich mit meinem Körper anstellt, dachte sie und seufzte. Der eigentliche Punkt war, was er mit ihren Gefühlen anstellte.

Wie albern: Eine kleine Ladenbesitzerin aus Happily Inc in Kalifornien verliebte sich in einen englischen Duke. Wobei … Es hätte die Sache natürlich auch nicht besser gemacht, wenn es ein Duke aus irgendeinem anderen Land gewesen wäre.

Violet trug die beiden Teller hinüber zu dem kleinen Tisch. Ulrich hatte bereits den Orangensaft hingestellt, den er frisch gepresst hatte. Dazu einen Teller mit Toast. Inzwischen waren sie beide bei der zweiten Tasse Kaffee angelangt.

»Das ist ganz schön viel Essen«, sagte sie mit einem Blick auf den voll beladenen Tisch und setzte sich.

»Wir müssen bei Kräften bleiben. Das ist in diesem Fall gar nicht so leicht.«

Violet lachte. »Ja, da hast du vermutlich recht.«

Sie griffen beide nach ihrer Gabel. Violet ertappte sich dabei, wie ihr Blick beim Essen immer wieder an Ulrich hängen blieb. Zum einen lag es daran, dass sie sich jedes Detail genau einprägen wollte, schließlich würde Ulrich bald nicht mehr hier sein. Und zum anderen liebte sie es einfach, ihn anzuschauen. Heute Morgen trug er ein T-Shirt und Shorts. Sein Haar war zerwühlt und sein Kinn voller Bartstoppeln. Er sah sexy und ein wenig gefährlich aus. Nichts erinnerte mehr an den eleganten, formell gekleideten Mann, den sie vor einigen Tagen zum ersten Mal getroffen hatte.

»Du warst wirklich extrem wütend auf mich bei unserem ersten Treffen«, sagte sie versonnen.

Ulrich verzog das Gesicht. »Ich glaube, dafür habe ich mich bereits entschuldigt.«

»Du solltest es noch mal tun.«

Er lachte. »Ich bedauere zutiefst, dass ich dich fälschlich verdächtigt habe.«

»Du hast ein paar wirklich unschöne Dinge über mich gesagt.«

»Das habe ich. Und es war falsch von mir.« Er musterte sie. »Ist das deine Weise mir zu erklären, dass du Spanking-Fan bist und mich bestrafen willst?«

»Was? Nein. Nie. Igitt. Wie kommst du darauf?«

Er grinste. »Ich wollte nur mal nachfragen. Man kann ja nie wissen, was andere Menschen erotisch finden.«

»Das jedenfalls nicht.« Sie warf ihm einen scharfen Blick zu. »Übrigens: Du wirst mir umgekehrt auch nicht den Hintern verhauen. Nur damit das klar ist.«

»Gut zu wissen.«

»Jetzt hast du mich völlig vom Thema abgebracht«, beschwerte sie sich.

»Dann würde ich mal sagen: Meine Arbeit hier ist getan.«

Sie lachte. Ulrich überraschte sie immer wieder. Zum Beispiel mit seinem Humor. Er war ein Mann, der klug war, loyal, hilfsbereit, zielstrebig und sehr sexy. Kurz gesagt: Dass sie sich in ihn verliebt hatte, war nun wirklich nicht ihre Schuld. Welcher normale Mensch würde nicht mit ihm zusammen sein wollen? Gut, sein Lebensstil war vielleicht ein wenig … ungewöhnlich. Auf seiner Ehefrau würden schätzungsweise eine Menge Erwartungen lasten. Und natürlich würde sie das Haus nicht erben. Aber, trotzdem. Seine Kinder würden auf jeden …

Sie starrte ihn an. »Ulrich! Du musst Kinder haben!«

Er verschluckte sich fast an seinem Orangensaft. »Entschuldigung?«

»Kinder. Du brauchst Erben. Also musst du möglichst bald heiraten. Das ist deine Pflicht der Familie gegenüber.«

»Bewirbst du dich um den Job?«

Sie verdrehte die Augen. »Im Ernst: Was wirst du tun?« Sie seufzte. »Du wirst das Ganze rational angehen, oder? Dir eine

Frau suchen, die deine Situation versteht und das Gleiche will wie du. Aber wird das nicht ziemlich schwierig sein? Also, falls du sie nicht liebst, meine ich. Oder denkst du, dass die Liebe vielleicht mit der Zeit ganz automatisch kommt?« Sich Ulrich mit einer anderen Frau vorzustellen, war ungefähr das Letzte, was sie wollte. Aber hier ging es um mehr als nur sie beide. Da musste sie realistisch sein.

»Du scheinst bereits alles durchdacht zu haben«, sagte er trocken. »Dann sag mir doch, was ich deiner Ansicht nach tun soll.«

»Ich kann nicht für dich entscheiden, Ulrich. Außerdem bin ich nicht besonders wild darauf, hier zu sitzen und mir auszumalen, wie du dich Hals über Kopf in irgendeine andere Frau verliebst.« Ihr wurde bewusst, was sie gesagt hatte. O Gott, wie peinlich! Sie spürte, wie sie errötete. »Also, ich … wollte natürlich nicht andeuten, dass du mehr als nur, ähm… hingerissen von mir bist. Das waren nur ein paar ganz generelle Überlegungen, wenn du verstehst, was ich meine.«

»Ich verstehe genau, was du meinst. Und – um auch mal ein paar ganz generelle Überlegungen anzustellen: Ich habe keinerlei Interesse daran, mich in irgendjemand anderes zu verlieben, Violet. Irgendwann wird die Zeit kommen, und dann werde ich meine Pflicht gegenüber der Familie erfüllen müssen. Aber nicht heute. Hier und jetzt geht es nur um uns beide. Einverstanden?«

Sie nickte, während ihre Gedanken mal wieder mit ihr davongaloppierten. Was sie sehr gern gewusst hätte, war, wie genau Ulrich eigentlich ›hingerissen‹ definierte. Hieß das, er mochte sie? Oder: Er mochte sie *sehr*? Oder bedeutete es, dass er sie liebte?

Die einfachste Art, das herauszufinden, war natürlich, Ulrich zu fragen. Aber das traute sie sich nicht – auch wenn sie wusste, dass das nicht besonders souverän von ihr war. Immerhin war sie eine erwachsene Frau und kein Teenager mehr.

Trotzdem: Die Ungewissheit zu ertragen war zwar nicht sehr angenehm, aber immer noch besser, als etwas zu hören, was sie auf keinen Fall hören wollte. Oder?

»Ich bin froh, dass du damals in diesem Sommer mit mir getanzt hast«, erklärte sie stattdessen.

»Das bin ich auch.«

Seine Antwort brachte sie zum Lachen. »Du kannst dich doch gar nicht an mich erinnern. Für dich war ich nur einer von zahlreichen Pflichttänzen, die du an diesem Abend absolvieren musstest. Ich dagegen werde diese Erinnerung immer in meinem Herzen tragen.«

»Und darum, meine liebe Violet, beneide ich dich.«

Mathias zog eine kleine Vogel-Statue aus dem Bücherkarton. »Im Ernst? Du hast deine Sachen so hierhertransportiert?«

Ronan zuckte mit den Schultern. »Ich habe Papiertücher drumgewickelt.«

»Aber nicht besonders viele.«

Sein Bruder war völlig unerwartet im Studio aufgetaucht und hatte begonnen, diverse Kisten hereinzuschleppen. Als er nachgesehen hatte, hatte Mathias entdeckt, dass sich in sämtlichen Kisten Kunstwerke von Ronan befanden. Sein Bruder hatte beschlossen, die Auktion für Millies Herde zu nutzen, um der Öffentlichkeit ein paar weitere Vogel-Figuren zu präsentieren. Oder, wie Ronan es ausdrückte: um ein paar dieser staubigen Reste loszuwerden.

Mathias drehte den kleinsten der Vögel in seiner Hand, sodass das Licht direkt auf ihn fiel. Er konnte praktisch spüren, wie der Wind durch die Federn strich, als sich der kleine Kerl in die Lüfte schwang. Verdammt, sein Bruder war gut!

Nick hatte ebenfalls ein paar seiner Werke hergebracht. Es waren Holzarbeiten – unter anderem eine einen Meter hohe Giraffe, die bisher noch niemand gesehen hatte.

»Ich habe zu Hause gearbeitet«, hatte er mit einem Schulterzucken erklärt, als er die überraschten Blicke seiner Brüder bemerkt hatte.

»Da haben sich Pallas' Nachbarn sicher sehr gefreut, dass du stundenlang die Säge im Garten laufen hattest.« Ronan trat näher an die elegante Schnitzerei heran und ließ seine Hand über den Hals der Giraffe gleiten. »Ich weiß nicht, wie du das hinkriegst.«

»Ich hatte eigentlich nicht vor, eine Giraffe zu machen. Aber das war die Richtung, in die das Holz mich geführt hat.«

»Tja«, sagte Ronan und blickte sich im Raum um. »Da gibt es ja wohl ganz klar ein gemeinsames Thema. Und jeder von uns dreien hat etwas beigesteuert.«

Mathias betrachtete sein eigenes Werk. Die zwei Glasfiguren standen auf einem Podest im hinteren Bereich des Studios. Er hatte noch nicht endgültig entschieden, ob er sie ausstellen würde. Als er die Carol-Figur vollendet hatte, war er sich sicher gewesen, dass er es tun würde. Jetzt allerdings hielt ihn irgendetwas zurück. Aber er hatte noch bis Donnerstagabend Zeit, um zu einer finalen Entscheidung zu kommen.

Er hörte, wie die Tür zum Studio geöffnet wurde. In der Sekunde, bevor er sehen konnte, wer da kam, lief es ihm kalt den Rücken hinunter. Unwillkürlich fiel ihm der berühmte Ausspruch von Obi-Wan Kenobi ein: *Ich spürte eine große Erschütterung in der Macht.* Wobei ... Verglichen mit Ceallach Mitchell, der die Arbeit seiner Söhne in Augenschein nahm, war Darth Vader sanft und freundlich.

»Ich musste mir einfach ansehen, wo ihr arbeitet«, verkündete Elaine betont fröhlich. Sie kam zu ihnen und umarmte jeden Einzelnen von ihnen. »Dann kann ich mir das viel besser vorstellen, wenn ich wieder zu Hause bin.«

Mathias überlegte, ob er darauf hinweisen sollte, dass Elaine schon einmal hier gewesen war. Nämlich damals, als sie Sophie abgeliefert hatte. Da hatte sie kein großes Interesse an einer Führung gezeigt, wenn er sich recht erinnerte. Andererseits, warum sich mies gegenüber Elaine verhalten? Seine Mutter tat einfach nur, was sie immer tat. Sie tanzte um ihren Ehemann herum und versuchte, irgendwie den Frieden zu wahren, ohne eindeutig Stellung für ihre Kinder beziehen zu müssen. Schon komisch: Früher hatte ihn das sehr wütend gemacht. Aber jetzt tat ihm seine Mutter fast ein wenig leid. Elaine hatte einen schweren Weg eingeschlagen, als sie sich damals entschied, Ceallach zu heiraten. Saß sie manchmal da und dachte darüber nach, ob es all das wert gewesen war?

Ceallach marschierte schnurstracks auf Ronans Vogel-Figuren zu und studierte jede einzelne davon ausführlich. Im Raum herrschte komplette Stille. Es war, als würde der Rektor plötzlich im Klassenzimmer auftauchen. Oder – ja, vielleicht eher – als wäre ein Gott vom Olymp herabgestiegen. Bloße Sterbliche mussten sich in den Staub werfen und demütig sein Urteil abwarten, so besagte es das göttliche Gesetz. Doch wenn es um seinen Vater ging, war Mathias leider nie gut darin gewesen, das Gesetz zu befolgen.

»Krass, oder, Dad?«, sagte er.

Nick und Ronan schossen ihm Blicke zu, die besagten, dass er den Mund halten solle. Und zwar sofort. Er ignorierte sie.

»Die Art, wie die Federn zu flattern scheinen. Man kann den Wind spüren. Ronan hat verdammt viel Talent.«

Schweigend umrundete Ceallach die Glasfiguren. Elaine hatte sich neben Ronan gestellt und eine Hand auf seinen Arm gelegt, als müsse sie sich versichern, dass er auch wirklich existierte. Ob es das erste Mal war, dass die beiden einander sahen, seit Elaine und Ceallach in Happily Inc eingetroffen waren? Mathias beobachtete, wie Ronan einen Schritt zur Seite trat und Elaines Arm abschüttelte.

»Da ist zu viel Bewegung«, verkündete Ceallach schließlich. »Das lenkt ab.«

Nick schnaubte. »Es ist Glas, Dad. Wie kann es da zu viel Bewegung geben? Genau das versuchen wir doch zu erschaffen: den Eindruck von Bewegung.«

»Du irrst dich. Aber das ist nicht mein Problem«, erklärte Ceallach kalt. Er ging zu Nicks Arbeiten hinüber. »Du verschwendest deine Zeit also immer noch mit Holz.«

»Jeden einzelnen Tag«, erwiderte Nick.

Langsam umrundete Ceallach die Giraffe. »Ich habe schon Schlechteres gesehen.«

Nick drückte die Hand an die Brust. »War das etwa ein Kompliment?«, spottete er. »Könnte sein, dass ich gleich ohnmächtig werde.«

Elaines Hände begannen zu flattern, als wüsste sie nicht genau, was sie tun sollte. »Das ist hübsch, oder? Donnerstagabend wird es ein Event hier in der Stadt geben. Eine Auktion, um Geld für die Giraffen-Kampagne zu sammeln.« Sie runzelte die Stirn. »Millie ist doch die Giraffe, oder?«

Mathias hatte Erbarmen mit ihr. »Ja, Millie ist die Giraffe. Und sie soll eine Herde bekommen. Giraffenbullen sind Einzelgänger. Aber die Weibchen leben in einer Herde. Millie ist einsam, Mom. Daher versuchen wir, genügend Geld zu sammeln, um noch drei weitere Weibchen zu kaufen, Unterkünfte zu bauen und den Transport in das Reservat zu bezahlen.« Er überlegte kurz, von der Idee mit dem fest angestellten Tierarzt zu erzählen. Aber die Details würde seine Mutter sowieso nicht interessieren.

»Ronan hat eine große Vogel-Skulptur gespendet, die bei der Auktion versteigert werden soll«, fuhr er daher fort. »Unsere anderen Arbeiten werden auch ausgestellt.«

Elaine sah Ronan an. »Das war sehr großzügig von dir.«

»Es war Mathias' Idee.«

»Jemand musste etwas unternehmen«, erklärte Mathias.

»Ja, aber deine Teller wollte keiner als Spende. Damit hättet ihr nämlich gerade mal eine Handvoll Dollar eingenommen«, sagte Ceallach, während er weiterhin Nicks Arbeiten begutachtete.

Elaines Blick huschte durch das Studio. Suchte sie nach einer Ablenkung oder gleich nach einem Fluchtweg? Schließlich entdeckte sie seine zwei Skulpturen am anderen Ende des Studios. Sofort eilte sie darauf zu.

»Ceallach, schau doch. Das hier ist wundervoll.« Verwirrt hielt sie inne. »Nick, du hast diese Figuren nicht gemacht, oder? Nein, du arbeitest ja nicht mehr mit Glas. Aber Ronans Stil ist es auch nicht. Also …« Sie wirbelte zu Mathias herum. »Du warst das! Du hast diese Figuren gemacht! Ceallach, das musst du dir ansehen. Die Art, wie die Frau nach oben blickt und die Giraffe nach unten. Es ist wunderschön.«

Mathias verspürte eine Mischung aus Freude und Ärger. Das war mal wieder eine dieser typischen Aktionen seiner Mutter. Elaine meinte es gut, aber er hatte eigentlich nicht vorgehabt, die Skulptur in der Öffentlichkeit zu zeigen – schon gar nicht Ceallach Mitchell. Denn eines war klar: Das Urteil seines Vaters würde extrahart ausfallen.

Doch zu seiner Überraschung bemerkte Mathias, dass Ceallach nicht mal in die Richtung sah, in die Elaine zeigte. Stattdessen ging sein Vater weiter durch das Studio und sah sich alles an. Nur das Podest mit Mathias' Skulptur ignorierte er komplett.

Nick trat zu ihm und erklärte leise: »Der alte Mann ist superneidisch. Deshalb kann er nichts dazu sagen.«

Obwohl er nicht ganz sicher war, ob sein Bruder recht hatte, nickte Mathias. Aber die Zweifel blieben: Hatte er sich vielleicht doch getäuscht, als er gedacht hatte, dass ihm etwas Gutes gelungen war? Vielleicht sollte er besser bei seinen Vasen und Schüsseln bleiben? Alltagsgegenstände, die ganz normale Menschen brauchten.

»Wer leitet diese Auktion?«, fragte Ceallach in herrischem Tonfall.

»Atsuko«, entgegnete Mathias. »Ihr gehört die Galerie.«

»Gut, dann spreche ich mit ihr. Ich werde ebenfalls ein Werk spenden. Etwas, das die gesamte Kunstwelt in Aufruhr versetzen wird. Damit werden wir genug Geld für den Giraffen-Kauf und das andere Pipapo zusammenbekommen.«

Elaine eilte zu ihrem Mann hinüber. »Darling, was für eine wundervolle Idee! Ein Werk von dir wird die Presse in Scharen anlocken. Dieser armen Giraffe wird geholfen, und der ganze Abend wird zu einem unvergesslichen Erlebnis werden.« Strahlend sah sie ihre Söhne an. »Ist euer Vater nicht einfach der Allerbeste?«

Die drei Brüder wechselten einen Blick. Mathias wusste, dass sie alle das Gleiche dachten: Ihr Vater interessierte sich nicht im Geringsten für Giraffen oder irgendwelche anderen Lebewesen. Ceallach Mitchell ging es nur um sich selbst. Und mit seinem ach so großzügigen Vorschlag wollte er verhindern, dass die Aufmerksamkeit sich auf jemand anderen richtete.

Im Rampenlicht zu stehen war für ihren Vater wie eine Droge. Er tat alles dafür, der Mittelpunkt zu sein. Und wehe, jemand kam ihm dabei in die Quere. Dann folgte die Strafe – schnell und brutal. Jeder seiner Söhne hatte das bereits erlebt.

Mathias öffnete den Mund, um etwas zu erwidern. Aber bevor er dazu kam, sah er, wie Ronan sich unauffällig in Richtung Tür bewegte und das Studio verließ. Elaine musste seinen Abgang ebenfalls bemerkt haben. Ihre Schultern sackten herab und ihre Mundwinkel verzogen sich nach unten. Plötzlich sah sie alt, verloren und traurig aus. Doch gleich darauf holte sie tief Luft und schenkte ihrem Mann erneut ein strahlendes Lächeln. Die Verwandlung war so schnell gegangen, dass Mathias sich einen Moment lang fragte, ob er sich die ganze Sache nur eingebildet hatte.

17. Kapitel

Carol beschloss, sich in Geduld zu üben, auch wenn ihr das langsam etwas schwerfiel. Vor etwa einer Stunde war Mathias bei ihr zu Hause aufgetaucht. Sie hatte das Klopfen gehört und ihn hereingelassen. Dann waren sie ins Wohnzimmer gegangen und hatten es sich gemütlich gemacht. Sie hatte ihm etwas zu trinken angeboten und leise Musik angeschaltet. Seitdem wartete sie darauf, dass Mathias endlich etwas sagte. Nur tat er das leider nicht.

Alle paar Minuten sprang er auf und tigerte durch ihr Wohnzimmer, nur um sich gleich darauf wieder aufs Sofa zu setzen. Vielleicht war es doch besser, ihn ganz direkt zu fragen, was mit ihm los war? Sie holte tief Luft, doch in derselben Sekunde drehte er sich zu ihr um und sah sie an.

»Entschuldigung«, sagte er.

»Wofür?«

»Ich belagere dich ständig. Und meine Laune ist auch nicht die beste. Das tut mir leid, Carol.« Er schüttelte den Kopf. »Es ist nur … Meine Familie macht mich wahnsinnig. Das Hauptproblem ist natürlich mein Vater. Aber sein Verhalten wirkt sich auch auf alle anderen aus.«

Am liebsten hätte Carol ihm gesagt, dass er jederzeit zu ihr kommen konnte. Die Tatsache, dass er ihr Haus als eine Art Refugium ansah, bedeutete ihr viel. Doch was sie stattdessen sagte, war nur: »Willst du erzählen, was passiert ist?«

»Nichts. Alles. Wie man es nimmt.«

Carol warf einen Blick auf die Uhr. Inzwischen war es fast neun. »Hast du heute überhaupt schon etwas gegessen?«

Er verzog den Mund zu einem schiefen Lächeln. »Du musst dich nicht um mich kümmern.«

»Das hat mit müssen nichts zu tun. Wir sind schließlich Freunde. Und du hast momentan ziemlich viel um die Ohren. Also möchte ich dir gerne helfen.«

»Das tust du. Danke.« Er lehnte sich auf dem Sofa zurück und sagte nach einer kurzen Pause: »Hat Atsuko dich angerufen?«

»Nein, warum? Gibt es ein Problem mit der Auktion?« Plötzlich wirbelten alle möglichen Katastrophen-Szenarien durch ihren Kopf: Hatte jemand Ronans Spende fallen gelassen und die Figur zerschmettert? Gab es Probleme mit der Organisation? Würde Millie niemals ihre Herde bekommen?

»Nein, das nicht.« Er warf ihr einen Blick zu. »Mein Vater hat beschlossen, auch eines seiner Werke zu spenden. Was immer es sein wird – es wird verdammt viel Geld einbringen und für riesige Aufmerksamkeit in den Medien sorgen. Atsuko bleibt nicht viel Zeit für die Vorbereitung. Aber wenn irgendjemand das hinkriegt, dann sie.«

Carol hatte nicht die geringste Ahnung, was sie jetzt sagen sollte. »Aber … Wieso tut er das? Nicht dass ich nicht dankbar wäre oder so.«

Mathias verzog das Gesicht. »Willst du die offizielle Version hören?«

»Ja, okay.«

»Es ist für einen guten Zweck. Er möchte helfen, wo er kann.« Er zuckte mit den Schultern. »Such dir einfach eine beliebige Plattitüde aus.«

»Und die Wahrheit?«

»Er will nicht, dass Ronan die ganze Aufmerksamkeit bekommt.«

Sie drehte sich zu ihm um. »Im Ernst? Aber Ronan ist sein Sohn.«

»Tja, aber Ruhm und Ehre sind wichtiger. Ceallach ist heute gekommen, um sich das Studio anzusehen. Dann hat er ein paar kritische Bemerkungen abgelassen, bis er schließlich Ronans

Kranich entdeckt hat. Danach ging es ganz schnell. Plötzlich war er großer Fan der Millie-Kampagne.«

Er griff nach ihrer Hand. »Es ist okay, Carol. Mach dir keine Sorgen. Wir kennen das schon. Als Ronan und ich in der zweiten Klasse waren, ist Ceallach mal zu einem unserer Elternabende gekommen. Kaum hatte der Kunstlehrer ihm gezeigt, was Ronan und ich im Unterricht gemacht hatten, hat er sofort eine Live-Session hingelegt. Er hat Skizzen gezeichnet, die er danach signiert und verschenkt hat. Gott bewahre, dass womöglich eines seiner Kinder im Mittelpunkt steht, wenn er gerade anwesend ist.«

»Ich weiß nicht, was ich sagen soll«, gab sie zu. »Er klingt schrecklich.«

»Das ist er. Habe ich dir schon mal erzählt, wie Ronan und ich herausgefunden haben, dass wir keine Zwillinge sind?«

»Nein, hast du nicht. Aber Pallas hat erwähnt, dass er euch ins Krankenhaus kommen ließ, nachdem er einen Herzinfarkt gehabt hatte.«

Mathias nickte. »Er hat Ronan und mir gesagt, dass er mit uns sprechen will. Das war kurz nachdem er eingeliefert worden war, und wir wussten nicht genau, wie ernst sein Zustand ist. Am Anfang haben wir gedacht, dass er vielleicht stirbt.«

Carol spürte, wie Mathias' Griff um ihre Hand sich verstärkte. Sie war nicht ganz sicher, ob ihm überhaupt bewusst war, dass er sie berührte. Aber das war okay. Ihr war es jedenfalls sehr bewusst.

»Sobald wir an seinem Bett standen, hat Ceallach uns von dieser Affäre berichtet. Er hat gesagt, dass Ronan sein unehelicher Sohn ist, den Elaine als kleines Kind zu uns in die Familie geholt hat. Kaum war die Bombe geplatzt, hat Ceallach sich umgedreht und erklärt, er müsse jetzt schlafen, denn er wäre müde. Das war's. Ende des Gesprächs. Ach ja, und er hat noch hinzugefügt, dass wir unserer Mutter nichts von diesem Besuch erzählen sollen. Das war sein letzter Kommentar: Erzählt das nicht eurer Mutter.«

»Und was habt ihr gesagt?«

»Gar nichts. Wir haben uns umgedreht und sind gegangen. Danach habe ich ein paarmal versucht, mit Ronan darüber zu reden, aber er hat sich geweigert. Zuerst habe ich noch überlegt, mit meiner Mom über die ganze Sache zu sprechen. Aber dann habe ich mich dagegen entschieden. Na ja, wie sich herausgestellt hat, war Ceallachs Infarkt nicht so schwer wie befürchtet. Also ging das Leben weiter wie zuvor – jedenfalls nach außen hin. Aber für Ronan und mich war nichts mehr wie vorher.«

Er zog eine Grimasse. »Das Schlimmste war, dass Ceallach nie ein weiteres Wort darüber verloren hat. Weder mir gegenüber noch gegenüber Ronan. Er hat getan, als wäre nichts passiert. Welcher Vater macht so etwas? Er hätte doch wenigstens fragen können, wie Ronan damit zurechtkommt. Aber das hat er nicht. Und ein paar Wochen später hat Ronan mir dann gesagt, dass er wegziehen wird. Ich konnte ihn nicht allein lassen. Also bin ich mit ihm gegangen.«

»Ronan hängt sehr an dir. Das weiß ich.«

»Ich hoffe es. Aber ich habe immer diese Horrorvorstellung, dass er eines Tages ganz verschwindet. Irgendwohin, wo ich ihn nicht mehr finden kann. Als ich versucht habe, mit ihm darüber zu reden, hat er mir vorgeschlagen, doch mal eine Therapie zu machen.« Mathias verdrehte die Augen. »Ab dem Punkt lief unser Gespräch dann nicht mehr so gut. Tja. Stand der Dinge ist jedenfalls, dass ich nicht weiß, was ich sagen oder tun soll, um meinem Bruder zu helfen.«

»Vielleicht muss er seinen eigenen Weg finden, mit der Sache umzugehen.«

»Und was, wenn er es nicht schafft? Seit Ceallachs idiotischem Geständnis sind inzwischen schon fünf Jahre vergangen. Ich mache mir Sorgen um Ronan. Ich will ihn nicht verlieren. Mir ist völlig egal, was irgendwelche anderen Leute denken. Für mich wird er immer mein Zwillingsbruder sein.«

Verdammt! Es waren genau solche Aussagen, die ihr zeigten, dass Mathias der beste Mann war, den es gab. Wie sollte sie da widerstehen?

»So, genug von mir und meiner Familie«, sagte er bestimmt. »Lass uns über dich sprechen. Erzähl mir doch mal etwas aus deiner Vergangenheit, das ich nicht weiß.«

Sie überlegte kurz und grinste dann. »Als ich achtzehn und Violet sechzehn war, hat unsere Mutter beschlossen, dass wir uns alle drei das gleiche Tattoo stechen lassen. Partner-Look, sozusagen.«

»Du machst Witze, oder?«

»Nein, es ist wahr. Wir haben alle einen kleinen Schmetterling auf der Hüfte.«

Er starrte sie an. Sie konnte praktisch hören, wie sich die Räder in seinem Kopf drehten: Sie beide hatten Sex gehabt … oder so ähnlich. Hätte er nicht wissen müssen, dass es dieses Tattoo gab?

»Es ist ein ziemlich kleines Tattoo, und du warst ziemlich betrunken«, versuchte sie schnell, ihm zu Hilfe zu kommen.

»Danke. Nett, dass du mich daran erinnerst.« Er lehnte sich auf dem Sofa zurück und presste den Unterarm vor seine Augen. »Partner-Look? Wow. Es ist ja eine Sache, dass Violet auch so ein Tattoo hat. Aber deine Mutter? Musstest du mir das erzählen?«

Carol lachte. »Du wolltest doch unbedingt etwas hören, das du noch nicht weißt. Und ich kann leider keine drei geplatzten Verlobungen oder etwas ähnlich Aufregendes vorweisen.«

Abrupt nahm er seinen Arm herunter. »Warst du mal verlobt?«

»Nein. Du?«

»Kein einziges Mal. Ich habe noch nicht mal ein Tattoo. Wobei ich mir jetzt natürlich eins stechen lassen muss.«

»Ach. Wieso das?«

»Ist doch logisch: Damit ich auch zu den coolen Kids gehöre.« Er drehte sich um und zog sie ein Stück näher zu sich. »Diese Tattoo-Besichtigung – siehst du eine Chance, dass wir die nachholen können?«

In seinen Augen lag ein amüsiertes Funkeln, und seine Stimme klang neckend. Carol holte tief Luft. Beim geringsten Hinweis darauf, dass er es ernst meinte, hätte sie nicht gezögert, sich die Klamotten vom Leib zu reißen und dafür zu sorgen, dass dieser Mann Schmetterlinge sah. Und zwar gleich hier und jetzt, auf dem Sofa. Was wohl hieß, dass sie nicht mehr wütend auf Mathias war.

Sie ließ sich gegen ihn sinken und strich mit den Lippen leicht über seine. »Du musst nach Hause.«

»Ich könnte Del eine Nachricht schreiben und sagen, dass ich später komme.«

»Oder du könntest nach Hause gehen.«

»Könnte ich.«

Mathias stand auf und zog sie mit sich hoch. Als sie vor ihm stand, umfasste er ihr Gesicht mit den Händen und gab ihr einen Kuss. Sein Mund verweilte einen Moment auf ihrem, bevor er sich von ihr löste.

»Danke.«

»Du bist immer willkommen.«

Er sah sie an. Sie hatte kurz das Gefühl, dass er ihr etwas sagen wollte. Vielleicht, was er für sie empfand? Oder wollte er sie überzeugen, ihn doch noch mit in ihr Bett zu nehmen? Ehrlich gesagt wäre da nicht so viel Überzeugungsarbeit nötig gewesen.

Doch am Ende lächelte er nur, sagte »Bis bald«, und dann war er verschwunden. Carol ließ sich zurück auf das Sofa sinken und schlang die Arme um eines der Kissen.

Sich vernünftig zu verhalten – ganz egal wie richtig und wichtig es war – machte einfach keinen Spaß. Im nächsten Leben würde sie als Bad Girl zurückkommen. Oder als eigensinniger kleiner Beagle – was im Grunde das Gleiche war.

Ulrich spazierte allein durch Happily Inc. Violet hatte einen Termin mit einer Kundin – es ging anscheinend um eine Braut, die sich Sterne auf ihrem Kleid wünschte. Stickerei und Perlen waren zu konventionell. Es musste unbedingt etwas Ausgefalleneres sein. Also hatte sich Violet auf die Jagd nach Knöpfen im Sternen-Look begeben. Und jetzt wollte sie der Kundin zeigen, was sie gefunden hatte.

Natürlich verstand er, dass Geschäftstermine Vorrang hatten. Trotzdem hätte er den heutigen Nachmittag lieber zusammen mit Violet verbracht. Schließlich blieben nur noch wenige Tage, bis er zurück nach England musste. Aber, klar, Verpflichtungen waren einzuhalten – das wusste er selbst nur zu genau. Sein ganzes Leben war von Pflichten bestimmt. Daher konnte er sich schlecht beschweren, wenn es Violet auch mal so ging. Also schlenderte er jetzt durch Happily Inc, sah sich irgendwelche Schaufenster an und ließ sich von der Wüstensonne bescheinen, während in seinem Hinterkopf die ganze Zeit diese verdammte Uhr lief. Tick, tick, tick. Und mit jedem einzelnen Ticken kam er der Abreise noch ein Stück näher.

Er wollte nicht gehen. Oder er wollte zumindest Violet mitnehmen. Der Gedanke spukte schon seit Tagen in seinem Kopf herum. Wieder und wieder hatte er sich gefragt, ob das möglich wäre. Konnten sie das, was zwischen ihnen war, in eine echte Beziehung verwandeln? In etwas von Dauer? Bei Penelope hatte er damals – vermeintlich – all die richtigen Entscheidungen getroffen, nachdem er die ganze Sache sorgfältig durchdacht hatte: Er hatte Penelope gekannt und gewusst, was sie erwartete. Nur hatten sich diese Annahmen am Ende allesamt als falsch erwiesen. Aber hieß das im Umkehrschluss, dass es besser war, alle Vorsicht in den Wind zu schießen? Sollte er sich an eine Frau binden, die er gerade mal ein paar Wochen kannte?

So viel er auch darüber nachgrübelte, er fand einfach keine Antwort auf diese Frage. Aber vielleicht ist das ja genau der Punkt, schoss es ihm durch den Kopf, während er am Fluss entlangspazierte. Dass es keine Antwort gab. Vielleicht musste er einmal im Leben blind vertrauen – dieser Frau und seinem Schicksal.

Als er aufblickte, fand er sich ganz plötzlich vor der Willow-Galerie wieder. Hier würde die Kunstauktion stattfinden. Er würde gemeinsam mit Violet zu diesem Event gehen. Und dann, am nächsten Morgen, zurück nach Los Angeles fahren, um dort in den Flieger nach England zu steigen. Violet hatte gesagt, dass sie ihn besuchen würde. Und sie würde ihr Versprechen halten – da war er sich sicher. Sie würde einige Tage oder vielleicht sogar Wochen gemeinsam mit ihm verbringen. Aber was dann? Danach lebten sie immer noch einen ganzen Kontinent voneinander entfernt.

Er bemerkte zwei Männer, die eine Vogel-Statue mit ausgebreiteten Flügeln in Richtung der Galerie transportierten. Schnell trat er vor und öffnete ihnen die Tür.

»Danke.«

»Gerne.« Er blickte auf die Figur. »Ah, das gespendete Stück Kunst für die Auktion?«, fragte er und folgte den beiden Männern in die Galerie hinein.

Die Männer stellten den Vogel ab. Sie hatten beide ungefähr seine Größe, dunkle Haare und ebenso dunkle Augen. Ihre Gesichtszüge wiesen ein paar Ähnlichkeiten auf. Brüder, dachte er. Bei seinen letzten Worten hatten sie einander angeblickt.

»Stück Kunst?«, sagte der erste Mann grinsend. »So kann man das auch nennen.« Er musterte Ulrich kurz. »Sie müssen der Engländer sein, mit dem Violet ausgeht.« Er streckte die Hand aus. »Ich bin Mathias Mitchell. Und das ist mein Bruder Nick.«

»Freut mich, Sie zu kennenzulernen. Ulrich Sherwood.«

Mathias drehte sich zu seinem Bruder um. »Das ist gelogen. Er ist ein Earl oder so. Das hat Carol mir erzählt.« Er wandte sich wieder Ulrich zu. »Carol ist übrigens Violets Schwester.«

»Ja, wir haben uns schon mal getroffen. Sie ist die Frau mit der Giraffe.«

»Rein technisch betrachtet ist sie die Frau mit dem Wildtierreservat. Außer der Giraffe gibt es noch allerhand Zebras und Gazellen.«

»Und einen Wasserbüffel«, fügte Nick hinzu. »Ein Riesenkerl. Besser gesagt: eine Riesendame. Auf den ersten Blick denkt man, es müsste ein Bulle sein. Aber, nein – das sind alles Weibchen im Reservat. Kein Wunder, dass es keine Babys gibt.«

»Sicher?«, fragte Ulrich. »Ich musste gerade an *Jurassic Park* denken.«

Mathias grinste. »*Das Leben bahnt sich seinen Weg*. Großartiger Film. Hat mir als Kind eine Scheißangst eingejagt. Ich konnte eine Woche lang nicht schlafen.«

Nick schüttelte den Kopf und deutete auf seinen Bruder. »Er ist der Jüngste der Familie. Sensibler kleiner Kerl, was soll man da machen? So«, setzte er hinzu und ging dabei zum Du über. »Und was führt dich nach Happily Inc?«

»Ich hatte eine geschäftliche Besprechung hier in der Gegend«, erwiderte Ulrich. Sein erstes Zusammentreffen mit Violet erwähnte er lieber nicht. Damals, als er ihr vorgeworfen hatte, eine Diebin zu sein. Tja, wie sich die Dinge änderten.

Sie verließen gemeinsam die Galerie und gingen auf ein großes, flaches Gebäude mit vielen Fenstern zu. Das Studio, vermutete Ulrich. Als er den beiden ins Innere folgte, sah er, dass er recht hatte.

Es gab riesige Tische, Regale und Werkbänke. Überall lagen und standen Geräte herum, deren Namen und Funktion er nicht mal ansatzweise erraten konnte. Noch viel faszinierender waren allerdings die Kunstwerke, die im gesamten Raum verteilt standen. Es gab Holzschnitzereien, Werke aus Glas, Papier-Collagen und Origami-Figuren, die zu einem Mobile zusammenmontiert worden waren.

»Das sieht sehr kreativ aus«, sagte er.

»Ich kann dich kurz mal rumführen«, bot Mathias an. »Nick und ich arbeiten fast immer hier. Zu Hause habe ich auch ein kleines Atelier, aber da mache ich eigentlich nur die Skizzen. Ronan, unser Bruder, ist der dritte Mann hier im Studio. In letzter Zeit arbeitet er aber meistens in seinem Haus oben in den Bergen. Ach, und Ronan ist übrigens auch derjenige, der das ›Stück Kunst‹ gemacht hat, das wir in die Galerie getragen haben.«

Ulrich lachte. »Das sollte keine Beleidigung sein.«

»Schon klar«, erwiderte Nick mit einem Grinsen. »Aber wenn du Ronan gegen dich aufbringst, stehst du alleine da. Verstanden?«

»Verstanden. Ich werde mich von meiner besten Seite zeigen.« Er blickte sich um. »Wer ist derjenige von euch, der mit Holz arbeitet?«

»Das bin ich.« Nick ging zu einem großen Holzklotz hinüber, der waagerecht auf einer Art Podest lag. »Ich versuche immer noch, herauszufinden, was der hier werden will. Sobald ich nach meinem Werkzeug greife, sehe ich einen Mann vor mir, der eine Laute in der Hand hält. Aber ich hoffe immer noch, dass ich mich irre.«

Ulrich blickte den Klotz genauer an, konnte aber nichts weiter erkennen als ein gewöhnliches Stück Holz. Tja, gut dass er einen anderen Job hatte. Bei der Vergabe der künstlerischen Gene war er offenbar übergangen worden. Er wandte sich an Mathias. »Du arbeitest mit Glas, richtig?«

»Ja, ich mache vor allem Alltagsgegenstände. Teller, Schüsseln und so weiter.« Er wies mit dem Kinn auf ein Regal, in dem verschiedene Stücke standen.

»Okay, dann ist das hier ebenfalls von Ronan?«, fragte Ulrich und zeigte auf eine Skulptur, die an der rückseitigen Studiowand stand. Das Kunstwerk bestand aus zwei Figuren: Einer Giraffe – vermutlich Millie –, die sich zu einer Frau hinabbeugte. Als er näher heranging, erkannte er die Gesichtszüge wieder. Carol, dachte er. Carol und Millie vereint.

»Das ist von mir«, entgegnete Mathias leichthin. »Nur so eine Idee, mit der ich ab und zu etwas herumspiele.«

Ulrich umrundete das Podest, auf dem die Skulptur stand. Je genauer er hinsah, desto beeindruckter war er. Millie sah aus, als würde sie jeden Moment einen Schritt nach vorne treten. Und er hätte schwören können, dass er gesehen hatte, wie Carols Brust sich unter einem Atemzug hob und senkte. Selbst einem Laien wie ihm war klar, dass sehr viel Können nötig war, um so ein Kunstwerk zu erschaffen. Können und noch etwas anderes … Liebe. Ja, genau, das war es. In dieser Figur steckte eindeutig sehr viel Liebe. Ob Mathias klar war, was er der Welt mit diesem Werk verkündete?

»Das ist brillant«, sagte Ulrich. »Wirst du die Skulptur zur Auktion anbieten?«

»Nein, die verkaufe ich nicht. Ich bin nicht mal sicher, ob ich sie ausstellen werde.«

»Vielleicht lieber nicht. Sonst wirft sie noch jemand runter«, murmelte Nick, als er an ihnen vorbei zu dem Tisch mit der großen Kaffeekanne ging. Er hielt eine Tasse in die Höhe. »Ulrich?«

»Ja, bitte. Schwarz.«

»Gut. Wir haben nämlich keinen Tee.«

Ulrich seufzte. »Ihr Amerikaner liebt eure Klischees, oder?«

»Das tun wir.« Nick reichte ihm den Kaffee und schenkte dann eine Tasse für sich und eine für seinen Bruder ein.

Ulrich sah wieder zu der Figur hinüber. »Warum sollte sie jemand zerstören?«

Die beiden Brüder wechselten einen Blick. »Kommst du mit deinem Vater klar?«, fragte Nick nach einer kurzen Pause.

»Früher bin ich das. Er ist leider gestorben.«

»Das tut mir leid.«

»Ja, es ist traurig. Mein Vater war ein wunderbarer Mensch.

Freundlich und sehr großzügig.« Ulrich hatte immer versucht, so zu werden wie er. Wenn die Verantwortung, die er trug, ihn niederzudrücken drohte, rief er sich immer seinen Vater in Erinnerung. Einen Mann, der mit zerschmettertem Körper und großen Schmerzen Tag für Tag seine Pflicht erfüllt hatte, ohne ein einziges Mal zu klagen.

»Unser Vater ist vieles, aber freundlich und großzügig ist er eher nicht«, erklärte Nick. »Er ist ein berühmter Künstler mit dem entsprechenden Ego. Alles muss sich um ihn drehen. Niemand darf ihm die Show stehlen. Schon gar nicht seine Söhne.«

»Oh, ich verstehe.« Ulrich hatte mit Gegenwartskunst kaum etwas zu tun. Aber selbst er hatte schon von dem berühmten Glas-Künstler mit dem Namen Mitchell gehört. »Es ist bedauerlich, dass er nicht stolz auf euch sein kann.«

»Und das ist noch dezent ausgedrückt«, murmelte Mathias. Er trank einen Schluck Kaffee. »Du wirst ihn am Donnerstag kennenlernen.«

»Kommt er auch zu der Auktion?«

»Nicht nur das. Er hatte eine plötzliche Eingebung und wird jetzt ebenfalls eines seiner Werke spenden.«

»Ah. Ruhm und Ehre für ihn?«

»Richtig«, erwiderte Nick. »Wirst du auch bieten?«

Ulrich lächelte. »Leider nein. Ich habe ein zugiges altes Haus mit einem maroden Dach und ziemlich vielen kaputten Rohren.«

»Hmm. Lass mich raten: Dein zugiges altes Haus ist ein supernobler Adelssitz mit ein paar Hundert Räumen.«

Er trank einen Schluck Kaffee. »So ähnlich. Aber die Rohre sind definitiv kaputt. Ich hoffe, dass die Auktion viel Geld einbringt, damit Millie ihre Herde bekommt.«

»War Millie nicht diejenige, die deinen Unfall verursacht hat?«, fragte Mathias.

»Ich bin nicht so nachtragend«, entgegnete Ulrich und setzte in Gedanken hinzu: Schon gar nicht, wenn ich es dieser Giraffe zu verdanken habe, dass ich so viel Zeit mit Violet verbringen konnte. Er hob seine Kaffeetasse. »Auf Millie und die Herde, die sie hoffentlich bekommt. Mögen sie viele Jahre lang glücklich Gras fressen.«

Er unterhielt sich noch einige Minuten mit den Brüdern, dann bedankte er sich für die Führung und machte sich auf den Weg zu Violets Laden. Vermutlich war die Brautkleidbesprechung inzwischen beendet, und er wollte jede verbleibende Sekunde mit ihr verbringen. Obwohl sie sich noch nicht lange kannten, war Violet sehr wichtig für ihn. So wichtig, dass er nicht wusste, wie er sie verlassen sollte. Aber er musste wieder nach Hause – das war das Dilemma.

Das ist eine dumme Idee! Den ganzen Weg den Berg hinauf sagte Carol sich das immer wieder. Nur nützte das leider nichts. Ihr war vollkommen klar, wie dumm es war, aber sie tat es trotzdem. Idiotisch! In Familienangelegenheiten mischte man sich nicht ein – das wusste doch jeder. Denn für solche Einmischungen bekam man später prompt die Quittung. Also war es besser, sich fernzuhalten.

Die Liste mit den Gegenargumenten war endlos lang. Doch statt anzuhalten und umzudrehen, fuhr sie weiter. Etwas in ihr trieb sie dazu, einzugreifen – oder es zumindest zu versuchen. Und vielleicht würde es ja doch nicht so schlimm werden? Denn die Mitchell-Brüder hatten zwar ihre ganze Kindheit mit einem kalten, grausamen Vater verbracht, trotzdem waren sie warmherzige und verständnisvolle Männer, wenn man sie erst mal näher kannte. Also konnte sie immer noch versuchen, sich bei Ronan zu entschuldigen, falls ihr Plan völlig schiefging. Und mit etwas Glück würde er ihr verzeihen. Jedenfalls hoffte sie das.

Sie parkte den Wagen direkt vor der Eingangstür und blieb dann eine Sekunde lang sitzen, um das Haus zu bewundern. Der Trubel der Stadt war hier weit entfernt. Das Haus war groß und bot viel Platz. Und die Art, wie es sich in die Natur einfügte, hatte etwas Beruhigendes. Wobei … Sie würde trotzdem nicht tauschen wollen. Ihr eigenes Haus war zwar klein, aber es bot einen Blick auf das Wildtierreservat. Und dann war da noch ihr Nachbar …

Sie stieg aus dem Jeep und ging die Stufen hinauf. Die Tür öffnete sich, bevor sie noch klopfen konnte.

»Carol, komm rein«, sagte Ronan freundlich.

»Hast du hier Überwachungskameras angebracht, die dich vor Besuch warnen?«, fragte sie, nur halb im Scherz.

»Gewissermaßen.« Er hielt ihr die Tür auf.

»Danke«, sagte sie und bemerkte selbst, wie nervös sie klang.

Als sie im Flur standen, schob er die Hände in die Vordertaschen seiner Jeans und fragte: »Okay, handelt es sich um einen langen oder einen kurzen Besuch?«

Wollte er wissen, ob sie sich hier im Flur unterhalten sollten? Sie war sich nicht ganz sicher. Und obwohl es natürlich angenehm gewesen wäre, sich hinzusetzen, hatte es auch seine Vorteile, hier zu stehen. So konnte sie leichter die Flucht antreten, falls er wütend auf sie werden sollte.

»Um einen kurzen. Ich will dich nicht unnötig aufhalten.«

»Wenn du gekommen bist, weil du um die Hand meines Bruders anhalten willst, dann hast du meinen Segen. Er ist manchmal etwas schwierig und hat ein paar nervige Angewohnheiten, aber im Grunde ist er ein guter Kerl.«

Carol spürte, wie ihr die Hitze in die Wangen schoss. Vermutlich war sie rot wie eine Tomate geworden. Ach ja, und ihr Mund stand auch noch halb offen, um den perfekten Eindruck zu vervollständigen. Wirklich, ein sehr gelungener Auftritt!

»Ich … Wir …«

Ronans Augen funkelten amüsiert. »Das ist es also nicht. Jetzt bin ich aber sehr gespannt. Leg los.«

Das wollte sie ja gerne. Aber über diese Hochzeitsanspielung kam sie nicht so einfach hinweg. »Wieso denkst du, dass ich wegen Mathias hier bin?«

»Bist du nicht?«

»Ja, ich … Irgendwie schon. Aber nicht, weil ich ihn heiraten will.«

Auf keinen Fall! Klar, sie mochte Mathias. Sie waren Freunde … oder so. Und sie fühlte sich auch körperlich zu ihm hingezogen – wie sie ja leider schon bewiesen hatte. Aber Liebe? Das war doch ein völlig anderes Gefühl. Wenn man jemanden liebte, dann wusste man das. Liebe war groß, laut und dramatisch. Die berühmte Achterbahn der Gefühle. Und sie war noch nie ein Fan von Achterbahnen gewesen. Sie mochte keine Partys und Events mit vielen Leuten. Sie mochte …

Ihr Gehirn wirbelte sämtliche Gedanken circa fünf bis sechs Mal durcheinander. Dann entschied es sich, einen davon näher zu betrachten. Vielleicht war es ja so: Jeder liebte auf seine Weise. Und in ihrem Fall würde es vielleicht nicht laut und dramatisch sein, sondern eher wie ihr restliches Leben. Ein stilles, ganz alltägliches Glück. Es würde ganz viel Zuneigung geben, entspannte Momente, gemeinsames Lachen und … Heilige Scheiße! Liebte sie Mathias? Wirklich?

»Carol?«

Sie mochte es, mit ihm zusammen zu sein und über alles Mögliche zu sprechen. Sie sehnte sich danach, Sex mit ihm zu haben, ihn zu lieben – vorausgesetzt, er wollte das auch, nicht weil er sich verpflichtet fühlte. Sie wollte, dass er sie auf diese typische Mathias-Art anlächelte, Witze über ihre Kühe machte und sie in den Arm nahm. Genauso wie sie umgekehrt für ihn da sein wollte, als seine Partnerin, als der Mensch, auf den er sich immer verlassen konnte und … Was, wenn sie ihn liebte?

»Carol?«

»Das ist alles deine Schuld.«

Ronan starrte sie an. »Was?«

»Alles.«

Okay, rein technisch gesehen war die Tatsache, dass sie Mathias liebte, vielleicht nicht unbedingt Ronans Schuld. Aber er hatte sie dazu gebracht, es zu erkennen.

»Ich wollte das gar nicht wissen«, setzte sie hinzu. Sie konnte nur hoffen, dass sie sich nicht so verwirrt und panisch anhörte, wie sie sich fühlte. »Das hier ist ein Desaster. Warum musstest du das sagen? Warum?«

Ronan trat einen Schritt zurück und hob die Hände. »Es war ein Witz. Ich dachte, Mathias und du, ihr seid Freunde. Daher habe ich angenommen, du lachst darüber.«

Sie warf ihm einen finsteren Blick zu. »Das ist nicht der passende Zeitpunkt, um urplötzlich einen Sinn für Humor zu entwickeln.«

»Wird nicht wieder vorkommen.«

»Zu spät. Jetzt ist es passiert. Wie konntest du nur. Ich will nicht in Mathias verliebt sein. Denn weißt du, was jetzt passieren wird?«

Der letzte Satz kam etwas lauter heraus als beabsichtigt. Sie zuckte leicht zusammen.

»Was jetzt passieren wird? Nichts Gutes vermute ich mal, und das ist auch meine Schuld?«, riet Ronan.

»Richtig. Und deshalb werden wir jetzt beide so tun, als wäre nichts passiert. Du wirst kein Wort darüber verlieren. Okay?«

»Ich habe ganz bestimmt nicht vor, mit meinem Bruder darüber zu sprechen.«

»Das reicht nicht. Kein. Wort. Zu niemandem. Ist das klar?«

»Glasklar.«

Sie verengte die Augen. »Du hast mich völlig durcheinandergebracht. Jetzt muss ich mir überlegen, was ich tun soll. Dabei ist die Auktion in zwei Tagen. Ich habe keine Zeit, mir Gedanken darüber zu machen, dass ich in deinen Bruder verliebt bin.«

»Tut mir leid.«

»Das reicht nicht. Mach, dass es weggeht.«

»So funktioniert das leider nicht. Diese Art von Dingen kann man nicht vergessen, wenn man sie erst mal weiß. Glaub mir – damit kenne ich mich aus.«

Carol spürte, wie ihre Panik und Fassungslosigkeit bei Ronans letzten Worten verpufften. Natürlich hatte er recht. Solche emotional wichtigen Dinge ließen sich nicht einfach aus dem Gedächtnis streichen. Das wusste niemand besser als Ronan. Schließlich hatte er die letzten fünf Jahre mit dieser Tatsache leben müssen.

»Es ist okay«, erklärte sie, wobei ihr nicht ganz klar war, ob sie gerade über seine oder ihre eigene Situation sprach.

»Nein, ist es nicht. Aber es lässt sich nicht ändern.«

Das ist die große Frage, dachte Carol mit einem inneren Seufzer. Und genau der Punkt, weshalb sie hier war.

»Vielleicht sollten wir uns doch setzen«, sagte sie.

»Okay.«

Ronan führte sie in ein großes Wohnzimmer. Es gab zwei Sofas, die mit Plaids in dunklen Farbtönen bedeckt waren. Die Clubsessel aus Leder nahmen das Grün aus dem Karomuster der Decken wieder auf. Carol entschied sich nach kurzem Zögern für eines der Sofas, während Ronan auf einem Sessel Platz nahm. Für einen Moment war es ganz still in dem großen Raum.

»Ich hätte nicht gedacht, dass du ein Fan von Plaids bist«, durchbrach Carol schließlich das unbehagliche Schweigen.

»Das waren die Vorführmodelle. Ich habe sie dem Architekten abgekauft. Das ging schneller, als irgendetwas zu bestellen.«

»Du bist eben ein echter Mann.«

Er grinste, und ein Teil der Bitterkeit verschwand aus seiner Miene. »Danke.«

»Wie kommst du darauf, dass das ein Kompliment sein sollte?«

»Was sollte es denn sonst sein. Also, was ist los?«

Seine Small-Talk-Fähigkeiten sind noch ausbaufähig, schoss es Carol durch den Kopf. Andererseits: Sie war hier völlig unangekündigt aufgekreuzt. Wahrscheinlich hielt er höfliche Plaudereien in diesem Fall für überflüssig.

»Dein Vater ist in der Stadt«, begann sie.

»Ich weiß.«

»Er lässt eines seiner Kunstwerke hertransportieren. Es soll am Donnerstag auf der Auktion versteigert werden.«

»Ja, das habe ich schon gehört.«

»Das Problem ist: Ich freue mich natürlich, wenn ich mehr Geld bekommen kann. Außerdem ist es ein Vorteil für Atsuko: Sie verzichtet beim Verkauf deines Kranichs auf ihren Anteil. Aber jetzt bekommt sie Prozente vom Verkauf von Ceallachs Kunstwerk. Die ganze Sache ist also eigentlich sehr positiv. Nur fühlt es sich trotzdem nicht richtig an.«

»Brauchst du Geld für deine Herde?«

»Das weißt du doch.«

»Na also. Jetzt bekommst du dreihundert- oder vierhunderttausend Dollar mehr. Kauf dir ein Flusspferd.«

Sie öffnete den Mund, um zu sagen, dass sie unmöglich ein Flusspferd im Reservat halten konnten. Schon allein, weil es so viel Wasser brauchte. Sie lebten in einer Wüstenregion. Und, ja, es gab die unterirdischen Wasserquellen, aber nachhaltiger Umgang mit Ressourcen war trotzdem ein wichtiges Thema. Außerdem waren Flusspferde nicht die gut gelaunten, freundlichen Wesen, die man aus Zeichentrickfilmen kannte. Diese Tiere konnten ziemlich aggressiv werden, und sie hatte keine Ausbildung für …

Mit einem leichten Knirschen setzte ihr Verstand wieder ein. Ja, natürlich! Ronan sprach gar nicht wirklich über Flusspferde. Er meinte, dass sie das Geld nehmen und dankbar sein sollte.

»Ich bin ja dankbar«, murmelte sie. »Sehr sogar. Aber das ist nicht der Punkt. Es geht jetzt nicht um mich oder um Millie. Es geht darum, wie sich die ganze Sache anfühlt.« Sie zwang sich, ihm direkt in die Augen zu sehen. »Wie es sich für *dich* anfühlt, Ronan.«

Sein Gesichtsausdruck veränderte sich nicht. Aber innerhalb eines Herzschlags verwandelte sich das freundschaftliche

Interesse in Distanz. Auch wenn er genau vor ihr saß, war Ronan plötzlich ganz weit weg.

»Mach dir keine Sorgen um mich.«

»Aber das tue ich. Du bist Mathias' Bruder. Und ein Freund.« Na ja, ihr Verhältnis war vielleicht keine wirkliche Freundschaft. Aber es war dabei, sich in diese Richtung zu entwickeln – zumindest hoffte sie das. Sie jedenfalls mochte Ronan sehr, auch wenn sie keine Ahnung hatte, ob er sie auch mochte. »Du warst so großzügig. Ich will nicht, dass du zum Dank dafür in eine scheußliche Situation verwickelt wirst.«

»Du meinst, dass Ceallach sich bei der Auktion in den Vordergrund drängt? Dass er versucht, alle anderen wegzuboxen?« Ronans Stimme klang gelangweilt. »Glaub mir, es ist nicht das erste Mal. Unsere ganze Kindheit lief so ab. Aber inzwischen ist mir das zum Glück scheißegal.«

»Das stimmt nicht, Ronan. Wenn es dir wirklich so egal wäre, hättest du Fool's Gold nicht verlassen.«

Er sah sie weiter an, ohne ein Wort zu sagen.

»Ich ... Ronan, du weißt, dass ich recht habe«, versuchte sie es weiter. Sie spürte, wie ihre Nervosität stieg. »Ich kann mir gut vorstellen, wie seltsam es sein muss, dass deine Familie jetzt hier ist. Du liebst sie, und du willst mit ihnen zusammen sein. Aber dein Vater ist sehr schwierig. Und dazu kommt, dass deine Mutter ...«

»Sie ist nicht meine Mutter.«

Carol bezweifelte stark, dass das stimmte. Biologisch gesehen, hatte er natürlich recht. Aber in jeder anderen Hinsicht war Elaine haargenau das, was man unter einer Mutter verstand. Dass Ronan sich weigerte, diese Tatsache zu akzeptieren, war womöglich der Kern des Problems, unter dem er litt. Sie überlegte, ob sie das ansprechen sollte, entschied sich jedoch dagegen. Ronan würde ihre Worte wahrscheinlich einfach an sich abprallen lassen. Oder – noch viel schlimmer – er würde sich danach weigern, ihr weiterhin zuzuhören. Nein, das konnte sie nicht riskieren. Dazu stand viel zu viel auf dem Spiel.

»Okay, wieso bist du hier?«, fragte Ronan. »Doch wohl kaum, um über Elaine zu sprechen.«

»Nein, es … es geht um etwas anderes.«

Carol hatte die ganze Zeit gehofft, dass doch noch ein Wunder geschehen würde. Im entscheidenden Moment würden die perfekten Worte wie von selbst in ihrem Kopf auftauchen. Aber jetzt war der entscheidende Moment gekommen, und in ihrem Kopf herrschte komplette Leere. Alles, was ihr blieb, war die Wahrheit.

»Geh nicht, Ronan!«, stieß sie hervor. »Bitte! Ich weiß, dass der Besuch deiner Familie nicht einfach für dich ist. Aber die Hochzeit ist ja schon am Samstag. Und danach werden sie alle verschwinden, und die Dinge laufen wieder ganz normal.«

»Wie kommst du darauf, dass ich gehen will?«

Sie verknotete die Hände ineinander. »Ich weiß nicht. Mein Bauchgefühl sagt mir, dass irgendetwas schiefgehen wird. Mathias braucht dich, Ronan. Du bist sein Bruder – sein Zwillingsbruder.«

Er öffnete den Mund, um etwas zu erwidern. Aber sie fuhr hastig fort: »Sag jetzt bitte nicht, dass das nicht stimmt. Du und Mathias, ihr wart mehr als zwanzig Jahre eine Einheit. Das hat euch geprägt. Und nichts kann daran etwas ändern. Mathias hat Angst, dass du gehst, Ronan. Er würde alles tun, um das zu verhindern. Aber wenn du es doch tust, dann weiß ich nicht, ob er dir noch mal folgen wird. Und dann? Dann seid ihr beide allein. Ihr werdet euch verlieren, vielleicht für immer. Das willst du nicht, Ronan. Ich weiß, dass du das nicht willst.«

»Du weißt gar nichts über mich.«

»Ich weiß genug.«

»Warum tust du das, Carol? Was gibt es da für dich zu gewinnen?«

Endlich eine Frage, die sie problemlos beantworten konnte. »Nichts. Ich gewinne gar nichts dadurch. Es geht hier um Mathias und dich. Also bitte ich dich noch mal: Geh nicht, Ronan!«

Er sah sie schweigend an. Dann stand er auf. Carol blieb nichts anderes übrig, als ebenfalls aufzustehen und ihm zur Haustür zu folgen.

Sie stand bereits auf der Veranda, als er plötzlich doch noch etwas erwiderte. »Ich werde mir durch den Kopf gehen lassen, was du eben gesagt hast. Aber mehr kann ich dir nicht versprechen.«

»Danke.«

Es war nicht viel. Aber es war besser als nichts. Und darüber bin ich froh, dachte Carol, als sie zurück zu ihrem Auto ging.

18. Kapitel

Im Schatten eines Baums saßen Carol und Violet auf einer Decke. Es war ein warmer, sonniger Nachmittag. Kein Lüftchen regte sich. In der Ferne grasten die Zebras. Millie befand sich etwas näher an der Picknick-Stelle. Die beiden Frauen beobachteten, wie die Giraffe den Hals reckte, um die vereinzelten Blätter zu erhaschen, die sich noch an den Bäumen befanden.

»Wie schafft sie es eigentlich, genug zu essen zu bekommen?«, fragte Violet. »Gibt es hier genügend Bäume, an denen sie knabbern kann?«

»Nein. In freier Wildbahn haben Giraffen Territorien, die bis zu hundertfünfzig Quadratkilometer groß sein können. Was bedeutet, dass die Bäume Zeit haben, neue Blätter auszubilden, bevor die Giraffen zurückkehren.« Carol deutete auf einen hohen Pfahl, der in der Nähe einer Baumgruppe stand. Am oberen Ende des Pfahls war ein Korb befestigt. »Ich hieve da jeden Morgen Zweige für sie hoch. Wir werden übrigens drei weitere Pfähle anbringen lassen. Für die neuen Giraffen. Auf die Weise können sie gemeinsam fressen, aber müssen es nicht. Falls sie Abstand voneinander brauchen, hat jede ihre eigene Futterstelle.«

Der Aufbau würde einige Tage dauern. Die Pfähle würden alle ein Fundament aus Beton bekommen. Auf diese Weise war sichergestellt, dass sie Wind, Wetter und der Beanspruchung durch große Tiere trotzen konnten.

Violet lächelte ihr zu. »Tiere sind ganz schön kompliziert. Da lob ich mir meine Knöpfe. Die liegen einfach in ihren Schachteln.«

»Ja«, sagte Carol und grinste. »Und sie produzieren auch

keine Misthaufen, die man dann einsammeln und mit der Schubkarre wegbringen muss.«

Ihre Schwester rümpfte die Nase. »Wie oft machst du das eigentlich?«

»Wenn wir mehr Land hätten, könnten wir die Haufen einfach liegen lassen. Sie würden dann kompostieren und irgendwann zu Erde werden. Aber da wir hier eher etwas beengte Verhältnisse haben, müssen sie alle paar Wochen eingesammelt werden. Manchmal mache ich das selbst. Aber meistens schicke ich einen der Praktikanten los.« Sie lachte. »Es hat seine Vorteile, der Boss zu sein. Ich habe auch schon mehr als genug Tierscheiße in meinem Leben weggeschaufelt.«

Violet grinste. »Wenn ich einen Blog hätte, würde ich diese Unterhaltung aber so was von ins Netz stellen. Einfach weil das Thema so schön ist.« Sie ließ sich auf der Decke zurücksinken und blickte in den Himmel. »Am liebsten würde ich die Zeit anhalten. Damit dieser Moment nicht vergeht.«

»Weil du meine Gesellschaft so unglaublich bereichernd findest?«

Es zuckte um Violets Mund. »Das natürlich auch. Aber wenn ich ehrlich bin, gibt es noch einen anderen Grund.«

»Ulrich?«

Violet richtete sich auf. Plötzlich war die heitere Stimmung verschwunden, und sie schien gegen die Tränen anzukämpfen. »Irgendwie bin ich total am Ende. Alles ist so wundervoll, und Ulrich ist so großartig, und ich bin so glücklich, und bald ist es vorbei, und ich weiß nicht, wie ich das ertragen soll.«

Carol fühlte sich ein kleines bisschen erleichtert, dass es jetzt um Violets Probleme ging. Dann musste sie nicht über ihre eigenen nachdenken.

»Liebst du ihn?«, fragte sie ganz direkt.

Violet schniefte und nickte. »Mir ist klar, dass es teilweise damit zusammenhängt, dass er bald wieder weg ist. Dadurch fühle ich mich sicherer. Ein Mann, mit dem ich nur eine begrenzte Zeit verbringe, kann mich nicht so sehr verletzen. Außer dadurch, dass er mich verlässt, natürlich. Aber das war ja von Anfang an klar.«

Irgendwie absurd, dachte Carol. Sie hatten sich beide fast gleichzeitig in Männer verliebt, die letztlich unerreichbar waren, wenn auch aus ganz unterschiedlichen Gründen.

»Was denkt er denn über dich?«, fragte sie.

»Ich weiß es nicht genau. Er mag mich – so viel ist klar. Und es läuft gut, wenn wir zusammen sind. Ich weiß auch, dass er mich vermissen wird. Er möchte, dass ich ihn in England besuche, wenn er wieder zu Hause ist.«

»Aber das ist doch gut.«

»Ja, das ist es. Aber es ist keine Liebe.« Sie biss sich auf die Unterlippe. »Ich will, dass er mich richtig liebt – Hals über Kopf, wenn du weißt, was ich meine.«

»Ja, ich weiß, was du meinst. Aber hatte der arme Mann nicht gerade erst eine Gehirnerschütterung?«

Violet verdrehte die Augen. »Im übertragenen Sinne, natürlich. Außerdem war es nur eine leichte Gehirnerschütterung. Kurz gesagt: Ich wünsche mir, dass er …«

»Dass er dir einen Heiratsantrag macht.«

Als das H-Wort fiel, entfuhr Violet ein kleiner Schrei. Verblüfft drehten die Zebras sich um und starrten in die Richtung dieser seltsamen Menschen, bevor sie weitergrasten. Violet schlug die Hände vors Gesicht und wiegte sich ein paarmal hin und her. Dann ließ sie die Arme sinken.

»O Gott, es stimmt! Ich wünsche mir das wirklich. Wie albern, oder? Was ist nur mit uns Frauen los – wieso kommt da plötzlich dieser Wunsch nach Heirat?«

»Das ist ein biologisch begründetes Verlangen«, murmelte Carol. »Wir wollen Teil einer Gemeinschaft sein, und dazu gehören erst ein Partner und irgendwann später auch Kinder. In Wahrheit sehnst du dich genauso sehr nach einer Herde wie Millie.«

»Aber Millies Herde wird ihr nicht das Herz brechen«, sagte Violet düster. »Millie hat es gut: Sie wird zurückgeliebt werden und Freunde haben, und alle werden glücklich sein.«

»Woher weißt du denn, dass Ulrich nicht das will, was du willst?«

»Unsere Leben sind einfach sehr unterschiedlich. Er wohnt in England – um nur ein Beispiel zu nennen. Und ich wohne hier.«

»Aber du musst nicht unbedingt hier leben«, entgegnete Carol und versuchte, den Schmerz zu ignorieren, der sie bei dem Gedanken durchzuckte, dass Violet wegziehen könnte. Es gibt doch Flugzeuge, sagte sie sich. Natürlich würden sie in Kontakt bleiben. Wozu hatte die Menschheit schließlich Dinge wie E-Mail, Skype und SMS erfunden? Mit ihrer Mutter kommunizierten Violet und sie schon seit Jahren auf diese Weise, und das klappte doch auch.

Trotzdem war das alles ziemlich seltsam: Jetzt saß sie hier und versuchte, Violet darin zu bestärken, ihrem Traum zu folgen und wegzuziehen. Und vor gerade mal drei Stunden hatte sie Ronan quasi angefleht zu bleiben. Vielleicht bestand der Unterschied darin, dass Violet ein Ziel hatte, wenn sie ging. Sie würde sich ihren größten Wunsch erfüllen und hoffentlich sehr glücklich sein. Ronan dagegen verfolgte kein Ziel. Er lief einfach nur davon.

»Deine Knöpfe kannst du überall verkaufen«, nahm sie den Faden wieder auf. »Du wickelst den Großteil deiner Geschäfte doch sowieso über das Internet ab. Es ist ja nicht so, als ob du einen Knopf-Laden brauchst, um verkaufen zu können.«

»Stimmt«, sagte Violet langsam. »Ich habe meinen Laden, aber den brauche ich im Grunde nur für Schneiderarbeiten. Und die mache ich sowieso nur zum Spaß nebenbei.« Sie schwieg kurz und schüttelte dann den Kopf. »Nein, es würde niemals funktionieren. Er ist ein Duke.«

»Ein Duke muss heiraten und Kinder bekommen.«

»Ja, natürlich muss er heiraten – eine Frau aus seinen Kreisen. Ich habe keinen Titel, und unsere Familie besitzt keinen ellenlangen Stammbaum. Aber das sind die Dinge, die in dieser Gesellschaft zählen.«

»Nicht für Ulrich.«

»Woher willst du das wissen?«

»Weil du ihn liebst. Wenn solche Dinge für ihn wichtig wären, wäre er ein Trottel. Und du könntest niemals einen Trottel lieben – ist doch logisch.«

Violet lächelte unter Tränen. »Ja, sehr logisch. Und, ja, ich liebe Ulrich. Aber ich habe solche Angst.«

»Hast du ihm gesagt, was du fühlst?«

»Nein, ich will ihn nicht unter Druck setzen. Ich will, dass er …« Sie wischte sich übers Gesicht. »Oh, ich hasse diese Klischees, aber ich will, dass er mich erobert. Dass er Leidenschaft empfindet. Dass er um unsere Liebe kämpft. Ganz schön peinlich, oder?«

»Wieso? Du liebst diesen Mann, und du willst von ihm geliebt werden. Was soll daran denn falsch sein? Und was die Sache mit dem Erobertwerden betrifft: Ich glaube, es geht vor allem darum, dass er dir seine Gefühle zeigt. Dass du sehen kannst, wie sehr er dich liebt. Der Rest ist eigentlich gar nicht so wichtig. In der Vogelwelt ist das auch so. Es gibt zum Beispiel Vögel, die …«

»Wenn du jetzt mit irgendwelchen Vogel-Vergleichen anfängst, werde ich ganz laut schreien. Und dann bekommt Millie einen Riesenschreck.«

»Es ist aber ein guter Vogel-Vergleich.«

»Trotzdem: Nein danke.«

Carol lächelte. »Wie wäre es dann mit einer Umarmung?«

»Das wäre definitiv viel besser.«

Sie schlang die Arme um ihre Schwester und drückte sie ganz fest an sich. »Egal was passiert, wir werden immer einander haben«, versprach sie.

»Danke.« Violet wischte sich die letzten Tränen vom Gesicht.

»Tja«, sagte Carol. »Ich fasse mal zusammen: Liebe ist einfach Mist. Angeblich soll das so ein tolles Gefühl sein, aber das stimmt überhaupt nicht.«

»Wem sagst du das.«

Aber wenigstens gab es in Violets Fall noch eine Chance auf ein Happy End. Carol hatte den starken Verdacht, dass dieser englische Blaublüter ebenso verrückt nach ihrer Schwester war wie die nach ihm. In ihrem eigenen Fall sah das leider etwas anders aus. Mathias würde zwar nicht demnächst abreisen. Aber seine Nähe machte alles nur noch schlimmer. Wenn er gegangen wäre, hätte sie sich immerhin einreden können, dass es nur deswegen nicht geklappt hatte. Aber so, wie die Dinge lagen, musste sie wohl der Wahrheit ins Auge sehen: Mathias wollte niemanden lieben … nicht einmal sie.

Es war Donnerstagvormittag, und Carol war auf dem Weg zur Galerie. Nachdem sie die Tür geöffnet hatte, blieb sie abrupt stehen. Kaum zu glauben, wie der Raum verwandelt worden war. Sämtliche Bilder, die sonst hier hingen, waren entfernt worden. Auch der größte Teil der Vitrinen war verschwunden. Dafür stand jetzt eine Bar an der hinteren Wand und kleine Gruppen von Bistrotischen und -stühlen waren in den Ecken verteilt. Hier konnten die Köstlichkeiten probiert werden, die der Catering-Service den ganzen Abend über servieren würde.

Aber all das stellte nur den Hintergrund dar. Im Vordergrund des Raums stand dagegen eine einzige Person. Besser gesagt: eine einzige Giraffe. Millie! Riesige Bilder von ihr schmückten die Wände. Einige dieser Fotografien waren in Farbe, andere dagegen schwarz-weiß. Aber sie waren allesamt umwerfend, und Carol hatte sie noch nie zuvor gesehen. Sie ging zu dem Bild, das ihr am nächsten hing, und entdeckte ein kleines Schild, das neben der Fotografie an der Wand befestigt war. Für fünftausend Dollar konnten Kunstliebhaber dieses Werk erstehen. Und noch eine Info war dem Schild zu entnehmen: Die Fotografin war Maya Farlow.

»Und, was denkst du?«

Carol wirbelte herum und entdeckte ihre Freundin Natalie, die auf sie zukam. Natalie drückte ihre Brille zurück auf die Nase und grinste. »Die Fotos sind gar nicht schlecht geworden, oder?«

»Nicht schlecht? Ich finde sie unglaublich! Wann hat Maya sie denn gemacht? Eigentlich sollte sie doch mit den Hochzeitsvorbereitungen beschäftigt sein.«

»Ach, das war eigentlich nur ein einziger Morgen. Maya ist früh aufgestanden und ins Reservat gegangen. Dann hat sie gewartet, bis ihr Minnie irgendwann vor die Linse lief. Wynn hat die Bilder vergrößert und ausgedruckt – et voilà: Kunst.« Natalie lachte. »Und außerdem mehr Geld für deine Kampagne.« Sie hakte sich bei ihrer Freundin unter und sagte: »Okay, dann gebe ich dir jetzt mal eine Führung.«

Sie gingen hinüber zu den zwei Podesten in der Mitte des Raums.

»Ceallachs Spende für die Auktion ist gestern Abend noch angekommen«, erklärte Natalie. »Beeindruckend, findest du nicht?«

Carol betrachtete das etwa zwei Meter hohe Kunstwerk. Es ragte schräg in den Raum hinein und bestand aus einer Vielzahl abstrakter geometrischer Formen, die alle in scharfe, lang gezogene Spitzen ausliefen. Die Farbgebung erhöhte den dramatischen Effekt noch. Denn während der Rest des Kunstwerks durchsichtig war, funkelten die Spitzen in intensiven Rot-, Orange- und Gelbtönen. Carol erschauderte unwillkürlich. Das Kunstwerk wirkte kalt. Nein, kalt war das falsche Wort. Es wirkte aggressiv.

»Soll es Krieg darstellen oder etwas in dieser Art?«, erkundigte sie sich vorsichtig.

»Der Titel lautet: ›Ein rachsüchtiges Herz‹.«

»Wow, das ist ja … super«, murmelte Carol. »Was würde besser zu einer Spenden-Aktion für eine Giraffe passen als ein rachsüchtiges Herz.«

Natalie lachte. »Ja, es ist ein wenig düster. Aber Ceallachs ›Sammlung der großen Gefühle‹ hat weltweit für Aufsehen gesorgt. Atsuko schwebt vor Glück quasi zwei Meter über dem Boden. Sie kann es kaum fassen, dass sie ein Werk aus dieser speziellen Reihe verkaufen darf.«

»Gut für sie«, erwiderte Carol mechanisch. Dann wandte sie sich hastig von dem bösartig funkelnden Kunstwerk ab.

Ein paar Meter weiter entdeckte sie Ronans Kranich, der gerade dabei war, sich in die Lüfte zu schwingen. Obwohl die Figur nur halb so groß war wie Ceallachs Kunstwerk, schien sie auf geheimnisvolle Weise den Raum zu dominieren.

»Ronan ist umwerfend.«

»Na ja, er ist ganz okay«, entgegnete Natalie. »Für meinen Geschmack brütet er manchmal ein wenig zu viel. Aber, hey, er kann sich seine Eigenarten leisten. Gut, und nun zum nächsten Kunstwerk. Eine Holzarbeit von Nick.«

Nicks Kunstwerk bestand nicht aus einer, sondern aus vier Figuren, die zu einer Gruppe zusammengefügt worden waren. Carol betrachtete die Figuren auf dem Podest und blinzelte unwillkürlich gegen die Tränen an.

»Millie und ihre Herde«, sagte sie leise. »Das ist so schön.« Nick hatte die Giraffen-Gruppe genau so dargestellt, wie sie in ihren Träumen ausgesehen hatte: eine Familie.

Carol drückte Natalies Arm. »Es passiert. Es passiert wirklich. Ich kann das noch immer nicht so ganz glauben.«

»Millie wird ihre Herde bekommen«, versicherte Natalie ihr liebevoll. »Gut. Und nun zu einer charmanten Sammlung frecher Giraffendamen.«

Als sie sich zur Seite drehte, erblickte Carol an einer Wand mehrere Regalbretter mit Papier-Giraffen. Es gab Tänzerinnen und Piratinnen, Giraffen mit einem Skateboard und strenge Giraffendamen im Business-Kostüm. Jede der Figuren war ungefähr zwanzig Zentimeter hoch und vollständig ausgeformt.

Carol beugte sich vor, um sich die vielen Details genauer anzusehen. Dann drehte sie sich zu ihrer Freundin um.

»Wie hast du das hinbekommen? Sie sind raffiniert und witzig. Ich liebe sie!«

»Danke. Es ist eine Kombination aus Origami, Bastelarbeit und viel Klebstoff. Sie werden natürlich wenig Geld einbringen. Aber ich wollte auch etwas beitragen.«

Carol umarmte sie. »Danke, das ist so lieb! Jetzt habe ich ein schlechtes Gewissen, weil du so viel von deiner Zeit geopfert hast.«

»Mach dir keine Gedanken. Es hat mir großen Spaß gemacht, und ich kann diese Figuren in meine Mappe aufnehmen. Also ist das ein Vorteil für mich.«

Carol wusste, dass Natalie versuchte, ihre besten Arbeiten zusammenzustellen, um damit Galeristen und anderen Kunstexperten einen ersten Eindruck ihres Könnens zu vermitteln. Von der sogenannten Mappe hing ab, ob ein aufstrebender Künstler ein Stipendium bekam oder vielleicht sogar eine Ausstellung.

»Du bist unglaublich begabt, und früher oder später wirst du entdeckt werden«, versicherte sie Natalie. »Versprich mir nur, dass du als berühmte Künstlerin nicht vergisst, dass wir Freundinnen sind.«

»Das wird niemals passieren«, erklärte Natalie bestimmt. Sie ergriff Carols Arm und führte sie zu einem Podest, auf dem eine geschnitzte Giraffe aus Elfenbein stand.

»Politisch nicht ganz korrekt«, kommentierte Natalie. »Aber dafür ist diese Lady auch über dreihundert Jahre alt und kommt mit den besten Grüßen des Duke of Somerbrooke. Sie ist einzigartig – nicht nur aufgrund ihrer Ausführung, sondern auch aufgrund ihres makellosen Zustands. Sieh nur, das Elfenbein weist nicht einen einzigen Riss auf. Selbst der filigrane Schwanz ist noch erhalten.« Sie grinste. »Und bevor du fragst: Ich gebe zu, dass ich süchtig bin nach diesen Antiquitäten-Sendungen im Fernsehen.« Sie streckte die Arme aus und drehte sich einmal im Kreis. »Und das ist sie, meine Damen und Herren: die berühmte Millie-Kollektion.«

Carol wusste nicht, was sie sagen sollte. Sie war unglaublich berührt von all der Schönheit. Und von der Zuneigung ihrer Freunde, die in diesen Kunstwerken sichtbar wurde. Dazu kam noch die überwältigende Tatsache, dass sie am Ende des Abends vermutlich genug Geld haben würde, um tatsächlich eine Herde zu kaufen. Alles war bereit. Es gab drei geeignete Weibchen, die für sie reserviert waren. Die Transporter waren gemietet und alle notwendigen Anträge gestellt. Die Bürgermeisterin von Fool's Gold hatte bei Mathias angerufen und ihm einen Ansprechpartner in der Behörde genannt, der ihnen helfen würde, alle bürokratischen Hürden zu meistern.

Ja, dachte Carol. Sie hatte ihr Ziel erreicht. Mehr noch: Jeder, den sie kannte und mochte, hatte mitgeholfen. Die Auktion würde ein voller Erfolg werden. Eigentlich sollte sie jetzt überglücklich sein. Aber es gab eine Sache, die fehlte.

Sie dachte an die kleine Giraffe aus Glas. Erst bei dem Rundgang durch die Galerie war ihr klar geworden, wie sehr sie gehofft hatte, eine weitere Version dieser Figur hier zu sehen. Vielleicht war es naiv, so zu denken. Mathias war schließlich ein Künstler – und die produzierten ihre Werke nun mal nicht auf Knopfdruck. Besonders nicht, wenn das betreffende Werk so herausragend war.

Trotzdem … Sie schaute hinüber zu der abstrakten Skulptur. »Ein rachsüchtiges Herz« schwebte wie eine finstere Wolke über all der heiteren Schönheit hier im Raum. Hatte Ceallach es geschafft, schon jetzt alle Hoffnungen zu zerstören?

Okay, dachte Carol. Es war ja kein Wunder, dass ihr Lockenstab sich so aufführte. Der arme Kerl hatte viele Wochen einsam in seiner Kiste verbracht. Jetzt war er verbittert und wollte sich rächen. Oder aber – etwas realistischer betrachtet – sie benutzte ihn einfach so selten, dass sie ganz vergessen hatte, wie das funktionierte: schöne Locken statt verbrannter Haare.

Sie stand im Badezimmer und versuchte nun schon seit einer geraumen Weile, ihre kurzen roten Locken so zu stylen, wie Violet es ihr geraten hatte. Bisher war kein Erfolg in Sicht. Aber wie hieß es so schön: Die Hoffnung stirbt zuletzt. Mit etwas Mühe und Massen von Styling-Produkten musste es ja wohl möglich sein, ihre Alltagsfrisur in eine schickere Version zu verwandeln. Geschminkt hatte sie sich bereits. Das war auch so ein Schönheitsritual, das sie sonst eher vermied. Nicht weil sie es nicht konnte. Sie sah nur einfach keinen Sinn darin.

Aber heute Abend war das volle Programm angesagt. Und dank Violet kannte sie nicht nur die allerneuesten Trends, sondern wusste auch, wie weniger begabte Leute die auch hinbekamen. Zum Beispiel der Lidschatten in Stiftform. Wer immer den erfunden hatte, verdiente eine Medaille! Kein Rumgefummel mehr mit irgendwelchen langen Pinseln, kein mühsames Schattieren. Alles, was frau tun musste, war, die Farbe aufzutragen und sie zu verreiben – fertig. Ebenso simpel lief das mit den Highlightern. Violet hatte ihr dieses praktische Set geschenkt: zwei Farbtöne, zwei Pinsel und eine kurze Anleitung, was wohin gehörte. Ja, Make-up war im Grunde ein Kinderspiel. Sie bedauerte fast schon, dass sie einen Job hatte, den sie sehr liebte. Denn sonst hätte sie jetzt vielleicht eine Firma gründen können, die »Make-up für unbegabte Frauen« hieß – oder so ähnlich.

Schön. Blieb immer noch das Problem mit den Haaren. Sie startete einen neuen Versuch. Diesmal wirkten die Locken am Ende einigermaßen gleichmäßig, während ihr Pony glatt anlag. Ha! Eilig griff sie nach dem Haarspray und fixierte ihr

Werk mit einer großzügigen Ladung. Dann besprühte sie alles ein zweites Mal, nur zur Sicherheit. Jetzt konnte sie sich dem Hauptteil widmen: ihrem Kleid.

Sie ging in ihr Schlafzimmer und öffnete den Schrank. Atsuko hatte ihr geraten, stiltechnisch eher in Richtung Cocktailparty zu gehen. Was Carol sehr gelegen kam, da sie A) in Sachen Abendkleider nicht besonders gut ausgerüstet war und B) keine Lust hatte, im Zentrum der Aufmerksamkeit zu stehen. Andererseits drehte sich der Abend um Millie, und Millie war ihre Giraffe. Also würde sie mit allen Anwesenden sprechen müssen. Daher war es wichtig, richtig gekleidet zu sein.

Ach ja, und dann musste sie auch noch die richtigen Worte finden. Der Gedanke, eine Rede halten zu müssen, hatte ihr schon mehrere schlaflose Nächte beschert. Aber es half ja nichts: Es war ihre Spenden-Aktion. Also war sie auch diejenige mit der Rede. Zum Glück hatte sie irgendwann die Idee gehabt, das Ganze auf ein paar knappe Absätze runterzukürzen. Jetzt sah ihre Rede folgendermaßen aus: Sie würde drei oder vier Sätze zu Millie sagen. Dann würde sie sich bei allen Beteiligten bedanken. Und das war's.

Sie hatte ihre Rede so oft geprobt, dass sie sie eigentlich im Schlaf können sollte. Trotzdem – sicher war sicher. Daher hatte sie sich ein paar Stichpunkte auf Karteikarten notiert. Die konnte sie ablesen, falls sie einen totalen Blackout haben sollte. Was gar nicht mal so unwahrscheinlich war, wenn man ihren nervlichen Zustand bedachte.

Nachdem sie eine Weile ihren Schrankinhalt angestarrt hatte, schlüpfte sie in ein schlichtes schwarzes Cocktailkleid. Es war ärmellos mit einem runden Ausschnitt sowie einem leicht ausgestellten Rock. In New York zu leben hatte unter anderem bedeutet, dass Violet und sie ihre Mutter zu einer Menge Events begleiten mussten. Während Violet es geliebt hatte, sich für solche Anlässe zurechtzumachen, wäre Carol lieber zu Hause geblieben und hätte ein Buch gelesen. Aber all ihre Proteste hatten leider nichts genützt. Sie hatte trotzdem mitgehen müssen.

Damals hatte ihre Mutter ihnen einmal pro Jahr ein neues Cocktailkleid gekauft. Und obwohl Carol inzwischen ein ganz anderes Leben führte, hatte sie diese Tradition übernommen – wenn auch mit leichten Abwandlungen. Wie ihre Mutter schon gesagt hatte: Es war besser, vorbereitet zu sein. Auch auf das Unerwartete. Carol kaufte zwar nicht einmal im Jahr ein neues Kleid. Aber alle drei oder vier Jahre gab sie eine größere Online-Bestellung auf. Und das jeweils beste Kleid behielt sie dann.

High Heels kamen nicht infrage, das würde sie niemals unfallfrei hinbekommen. Aber sie besaß ein paar klassische Pumps, die sie für solche Notfälle angeschafft hatte. Das war nicht die eleganteste Lösung, aber wenigstens würde sie sich auf diese Weise nicht den Knöchel verknacksen und den ganzen Abend herumhinken müssen.

Okay, damit war sie dann wohl so weit. Sie überprüfte noch ein letztes Mal ihre kleine Clutch: Haustürschlüssel, Karteikarten – alles da. Und laut ihrem Handy blieben ihr noch drei Minuten, um bis zur Haustür zu gelangen.

Sie schaffte es genau rechtzeitig. Gerade als sie die Haustür erreichte, hörte sie, wie draußen ein Wagen vorfuhr. Mathias hatte ihr früher am Tag geschrieben und sie gefragt, ob er sie mit in die Stadt nehmen sollte. Carol war froh, dass sie nicht allein in der Galerie auftauchen musste. Gleichzeitig machte der Gedanke an eine Autofahrt mit Mathias sie nervös. Es war das erste Mal, dass sie sich sahen, seitdem sie ihre wahren Gefühle für ihn entdeckt hatte. Jetzt befürchtete sie, dass sie sich irgendwie verraten würde. Was, wenn sie sich verplapperte? Oder – noch schlimmer – wenn bei Mathias' Anblick automatisch L.O.V.E. in Neonbuchstaben auf ihrer Stirn aufleuchtete?

Während sie ein Stoßgebet zum Himmel schickte, dass so etwas nicht passieren würde, öffnete sie die Tür. Mathias war bereits die halbe Treppe heraufgekommen. Bei ihrem Anblick blieb er abrupt stehen, was Carol die Möglichkeit gab, seinen schlanken, durchtrainierten Körper zu bewundern. Und da gab es so einiges zu bewundern, zumal in dieser ungewohnten Kleidung.

Statt der üblichen Jeans trug Mathias heute Abend einen schwarzen Anzug. Das Jackett war offenbar von jemandem geschneidert worden, der genau wusste, was er tat. Auch der Schnitt der Hose zeugte von einer Vorliebe für die männliche Körperform. Das Hemd war ebenfalls schwarz, genau wie die Krawatte, was Mathias sexy, attraktiv und ein wenig gefährlich wirken ließ. Benommen registrierte Carol dieses Flattern, das tief unten in ihrem Bauch begann und von da aus blitzschnell auf ihren ganzen Körper übergriff. Plötzlich fiel es ihr schwer zu atmen.

»Du siehst umwerfend aus«, sagte Mathias in diesem Moment. »Niemand wird sich noch für die Kunstwerke interessieren.«

»Da irrst du dich hoffentlich. Wir haben das Geld schon ausgegeben.«

Er lachte und gab ihr dann einen schnellen Kuss. »Nervös?«

»Verzweifelt.«

»Du wirst das wunderbar hinkriegen.«

»Ich habe eine Rede vorbereitet. Sie ist sehr kurz.«

»Alle guten Reden sind kurz.«

Während sie zum Auto gingen, legte er ihr leicht die Hand auf den Rücken. Carol atmete erleichtert aus. Puh, er schien nichts bemerkt zu haben. Ihr Geheimnis war noch immer sicher. Jetzt musste sie es nur noch schaffen, den Rest des Abends zu überstehen, ohne hinzufallen, etwas umzuwerfen oder sich sonst wie zu blamieren. Und dann konnte sie ab morgen in aller Ruhe darüber nachdenken, was sie in Sachen Mathias und L.O.V.E. unternehmen sollte.

Die Galerie wirkte irgendwie ganz anders, nachdem sich jetzt etwa einhundert Besucher in dem Raum befanden. Vielleicht lag es auch an der Beleuchtung und dem köstlichen Duft der Häppchen. Oder es lag an der schrecklichen Angst, die ihr die Luft abschnürte.

Carol stand genau einen Schritt hinter der Eingangstür und rührte sich nicht von der Stelle. Mathias versuchte sanft, sie vorwärtszudrängen. Aber es ging einfach nicht: Sie konnte sich nicht bewegen; sie konnte ja noch nicht einmal atmen. Das schaffe ich nie im Leben, dachte sie panisch. Sie war einfach nicht die richtige Person für solche öffentlichen Auftritte. Und eine Rede hatte sie auch noch nie gehalten. Selbst auf dem College, vor den siebenundzwanzig anderen Schülern ihres Rhetorik-Kurses, hatte sie kläglich versagt. Also würde es heute Abend erst recht ein völliges Fiasko werden.

»Du bist wunderschön, sehr kompetent, und es geht nicht um dich. Es geht um Millie. Also denk an sie. Und dann holst du ganz tief Luft und lächelst.«

Mathias' Atem streifte warm ihre Wange, als er ihr diese Worte ins Ohr wisperte. Wow, dachte Carol. Bis vor einer Sekunde hätte sie geschworen, dass es nichts gab, was sie aus seinem Mund lieber hören würde als *Ich liebe dich so sehr*. Aber angesichts der Situation war das hier fast noch besser.

Sie tat, wie geheißen, und dachte an ihre Giraffe: Millie mit den großen traurigen Augen, die ganz allein in der Savanne stand. Dieser Abend war die einzige Chance, eine Herde zu bekommen. Und deshalb durfte diese Chance nicht ungenutzt verstreichen. Carol hob entschlossen den Kopf, atmete tief durch und begann zu lächeln.

»Das ist mein Mädchen!«

War sie das? Obwohl sie gerne mehr über dieses Thema herausgefunden hätte, befahl sich Carol, sich auf das Wesentliche zu konzentrieren.

»Danke«, sagte sie leise. »Mein Hilfe-ich-drehe-durch-Moment ist vorbei. Ab jetzt werde ich besser klarkommen.«

Bevor Mathias etwas entgegnen konnte, gesellte sich Atsuko zu ihnen. Zur Feier des Abends trug sie einen schmal geschnittenen schwarzen Hosenanzug, der absolut klassisch gewirkt hätte, wären da nicht diese ungewöhnlichen Knöpfe gewesen. Sie hatten ein braun-goldenes Muster, das an Millies Fell erinnerte, und wirkten ziemlich edel. Violet hat vermutlich viel Geld mit dem Verkauf verdient, schoss es Carol durch den Kopf.

»Ihr seht atemberaubend aus, meine Lieben«, erklärte Atsuko und verteilte ein paar Luftküsse. Dann senkte sie die Stimme und erklärte verschwörerisch: »Die Leute sind schon völlig heiß auf die Auktion. Du und ich, Carol, wir werden heute Abend sehr viel Geld verdienen, und das ist gut so.« Sie lachte. »Du bekommst deine Herde, und ich kann meine Rechnungen bezahlen – was will man mehr?« Sie wandte sich Mathias zu. »Sorgst du dafür, dass alle unseren Star kennenlernen?«

»Es wird mir ein Vergnügen sein.«

»Tausend Dank.« Atsuko seufzte glücklich. »Ed und Ted bezirzen schon die Menge da drin, was wirklich sehr nett von ihnen ist. Jetzt werde ich mich zu ihnen gesellen und auch meinen Job machen: Mit reichen Leuten sprechen und allen das Gefühl geben, dass sie etwas ganz Besonderes sind.« Sie strahlte. »Ich liebe solche Events.«

Gleich darauf winkte sie jemandem in der Menge zu und war verschwunden.

»Carol!«

Als Carol sich umsah, entdeckte sie ihre Freundinnen. Silver, Natalie und Wynn kamen auf sie zu – jede von ihnen mit einem Glas Champagner in der Hand.

»Ich bin gleich wieder da«, erklärte Mathias.

»Klar, bis gleich.« Carol lächelte ihren Freundinnen zu. »Ihr seid gekommen. Wie lieb von euch. Danke!«

»Soll das ein Scherz sein?« Silver umarmte sie. »Nie im Leben hätten wir uns das entgehen lassen. Ganz schön nobel hier.«

Das gilt auch für meine Freundinnen, dachte Carol. Die drei sahen wirklich toll aus. Silver hatte ihr platinblondes Haar zu einem Dutt aufgetürmt und ein langes Seidenkleid angezogen, das jede Kurve ihres Körpers perfekt zur Geltung brachte. Natalie hatte sich für ein halblanges Kleid entschieden. Es bestand aus einem schlichten schwarzen Stoff, auf den ein wirbelndes Muster in sämtlichen Schattierungen von Rot aufgedruckt war. Bei jeder Bewegung schienen Flammen auf dem schwarzen Stoff zu züngeln, und auch sonst war dieses Kleid verdammt heiß. Wynn trug eine schwarze Stoffhose, die sie mit einem raffinierten Glitzertop kombiniert hatte.

»Ich gehe unter der Woche nie aus. Na ja – und an den Wochenenden eigentlich auch nicht«, erklärte Wynn. »Man sollte ja denken, dass Männer ganz wild darauf sind, alleinerziehende Mütter zu daten, aber seltsamerweise sind sie das nicht.« Sie lachte. »Jetzt bin ich natürlich besonders aufgeregt, dass ich heute Abend bei so einer schicken Angelegenheit dabei bin. Ich werde dir die Daumen drücken, Carol, dass es klappt und Millie ihre Herde bekommt.«

Carol konnte kaum glauben, dass ihre Freundinnen heute Abend extra gekommen waren, um sie zu unterstützen. Dabei hatte sie schon so viel Hilfe bekommen.

»Danke noch mal für die Origami-Giraffen«, sagte sie zu Natalie. »Sie sind brillant, bezaubernd und sehr originell.«

»Ja, ich bin ganz zufrieden mit meinem Werk«, gab Natalie zu.

»Und du!« Carol sah Wynn an. »Wie hast du es so schnell geschafft, all diese Fotos in dieser Größe auszudrucken?«

»Tja, Großwild ist mein Metier«, scherzte Wynn, dann zog sie die Augenbrauen hoch und wandte sich kopfschüttelnd an Silver. »Und was hast du getan, junge Dame, wenn ich mal fragen darf?«

»Sehr wenig. Mein Beitrag besteht darin, Häppchen zu essen.«

Alle lachten.

Mathias kehrte mit zwei Gläsern Champagner zurück. Carol nahm eines entgegen, zögerte aber, bevor sie einen Schluck trank.

»Ich bin nicht sicher, ob Alkohol so eine gute Idee ist«, sagte sie. »Später muss ich ja noch die Rede halten.«

»Dann trinkst du mindestens ein Glas«, erklärte Silver bestimmt. »Das dämpft das Lampenfieber. Hast du dir Notizen gemacht?«

Carol tätschelte ihre kleine Handtasche.

»Gut, dann ist ja alles klar.« Silver blickte Mathias an. »Hast du ein Auge auf ihren Champagner-Konsum? Nicht dass sie in einen Vollrausch verfällt.«

»Ich habe sie fest im Griff. Carol …«

Bevor er seinen Satz beenden konnte, ging ein Raunen durch die Menge, und alle Köpfe drehten sich in Richtung Eingangstür. Eine Art elektrischer Spannung schien sich im Raum auszubreiten, die sämtliche Gespräche zum Verstummen brachte. Carol spürte, wie ihr Magen sich zusammenzog, als sie sich innerlich bereit machte für den Kampf, der unweigerlich folgen würde. Denn jetzt war es so weit.

Ceallach Mitchell war gekommen.

19. Kapitel

Zusammen erzielten Ronans und Ceallachs Kunstwerke einen Betrag von 1,27 Millionen Dollar. Die Auktion war hitzig verlaufen, da neben den anwesenden Sammlern auch drei internationale Interessenten telefonisch mitboten. Nicks Holzschnitzereien hatten einen doppelt so hohen Betrag wie angenommen erzielt. Und Natalies Origami-Sammlung war für beinahe zweitausend Dollar verkauft worden; der höchste Betrag, den sie jemals bekommen hatte. Auch Ulrichs Statue und die Fotografien waren bereits verkauft.

Mathias blickte auf seine Uhr – zum ungefähr achtzehnten Mal in ebenso vielen Minuten – und wünschte sich, dass der Abend endlich vorüber wäre. Sie hatten ihr Ziel erreicht: Millie würde eine Herde bekommen. Mehr noch: Sie würde jahrelang mitsamt ihrer neuen Giraffen-Gang in Saus und Braus leben können. Carols Rede war zwar kurz, aber enorm berührend gewesen und hatte sicher einiges zu dem großen finanziellen Erfolg beigetragen – ebenso wie die unterschwellige Spannung, die wahrscheinlich alle im Raum gespürt hatten.

Nick kam zu ihm herübergeschlendert. »Und, kommst du klar?«, fragte er.

»Ich bin nur als Carols Begleitung hier. Alles bestens, danke.«

Nicks Gesichtsausdruck machte deutlich, dass er seinem Bruder nicht glaubte. Doch zum Glück sagte er nichts weiter.

»Pallas ist schon nach Hause gegangen«, erklärte er stattdessen nur. »Mayas und Dels Hochzeit am Samstag wird ganz schön anstrengend, daher hat sie sich schon mal hingelegt, um ein bisschen vorzuschlafen.«

»Du hättest mit ihr gehen sollen. Das war doch die ideale Ausrede, um früher zu verschwinden.«

»Ich wollte abwarten, was passiert.«

In anderen Worten: Nick hatte sich Sorgen um ihn gemacht.

»Für mich steht heute nichts auf dem Spiel«, stellte er klar. »Du solltest lieber bei Ronan bleiben.«

»Das übernehmen Del und Aidan.«

Armer Aidan, schoss es Mathias durch den Kopf. Sein Bruder und Shelby waren heute Nachmittag hier angekommen – zu einem denkbar schlechten Zeitpunkt.

»Unser Vater ist ein Arschloch«, erklärte Nick im Plauderton. »Das wissen wir alle. Es ging hier um einen guten Zweck. Der Abend hätte sich nicht um ihn drehen sollen.«

»Alles dreht sich um ihn. Leider sind wir ja unfähig, das endlich mal zu begreifen. Das ist unser großes Problem.«

Ceallach hatte sämtliche Aufmerksamkeit an sich gerissen, sobald er die Galerie betreten hatte. Er hatte für Fotos posiert und dann so ausführliche Interviews über sich und seine Arbeit gegeben, dass Atsuko schließlich eingreifen musste. Seine Söhne hatte er völlig ignoriert, genau wie die Werke der anderen Künstler und sämtliche Menschen, die keine Journalisten waren oder ein großes Scheckbuch besaßen.

»Du hättest deine Skulptur ausstellen sollen«, erklärte Nick. »Das hätte ihn zum Schweigen gebracht.«

Mathias wusste, dass Nick es gut meinte. Aber natürlich entsprach das nicht der Wahrheit. Seine Skulptur war ihm gut gelungen, aber sie war längst nicht in der Liga, in der Ronan spielte … oder Ceallach.

Das störte ihn nicht. Er war stolz auf seine Giraffen-Skulptur. Irgendwann würde er sie Atsuko geben, damit sie in der Galerie ausgestellt wurde. Aber nicht heute Abend. Nicht wenn Ceallach hier war. Der alte Mann hatte schon zu viel zerstört.

Suchend ließ er den Blick über die Menge gleiten. Schließlich entdeckte er Carol, die sich mit Natalie unterhielt. An ihrer Körperhaltung konnte er sehen, wie erschöpft Carol war. Entschlossen drehte er sich zu seinem Bruder um.

»Geh nach Hause, Nick. Zu Pallas. Ich werde jetzt auch verschwinden. Carol kann sich kaum noch auf den Beinen halten, und ich fahre sie nach Hause.«

Nick klopfte ihm auf den Rücken. »Nur noch achtundvierzig Stunden. Das schaffen wir. Wir haben schon Schlimmeres überlebt.«

»Je älter man wird, desto schwerer ist es zu ertragen.«

»Das stimmt leider.«

Nick winkte und verschwand in Richtung Ausgang, während Mathias hinüber zu Carol ging. Auf dem Weg kam er an seiner Mutter und Ronan vorbei und schnappte ein paar Worte der Unterhaltung auf.

»Du rufst mich nie an«, sagte Elaine mit schwankender Stimme. »Ronan, bitte.«

Unwillkürlich wollte Mathias stehen bleiben. Doch dann schüttelte er den Kopf und ging weiter. Es gab einige Probleme, die er lösen konnte. Aber dieses hier gehörte ganz sicher nicht dazu.

Als er sich Carol näherte, spürte er, wie die Anspannung des Abends verschwand. Sie hatten es geschafft, Millie würde ihre Herde bekommen. Carol hatte so hart dafür gekämpft, und jetzt hatte sie ihr Ziel erreicht.

Als würde sie seine Gegenwart spüren, drehte Carol sich plötzlich um. Ihre Blicke kreuzten sich, und Mathias wäre fast gestolpert. Das Verlangen durchfuhr ihn mit einer solchen Wucht, dass er abrupt stehen blieb.

Verdammt, sie ist wunderschön, dachte er und zwang sich, weiterzugehen. Carol war alles, was er sich wünschte – und was er niemals bekommen würde. Tja, das Leben war manchmal verflucht ungerecht.

»Da ist ja der Mann, den die Frauen lieben«, sagte Natalie und gähnte herzhaft. »So, Leute. Ich mache mich dann auf den Weg nach Hause. Wir sprechen uns nach der Hochzeit, Carol. Dann musst du mir alles erzählen. Oh, und ich will unbedingt ein Foto von Sophie in ihrem Kleid sehen.«

»Versprochen«, erwiderte Carol und lachte dann. »Ich bin nicht sicher, ob Maya wirklich damit rechnet, dass ein hübscher Beagle ihr die Show stehlen wird.«

Sie ließ ihre Hand in Mathias' gleiten. Gemeinsam verließen sie die Galerie.

»Müde?«, fragte er.

»Erschöpft, aber ziemlich glücklich. Alle haben sich bestens amüsiert. Mein Dad und mein Onkel überlegen, ab jetzt häufiger Versteigerungen für wohltätige Zwecke zu veranstalten. Violet sah toll aus. Und Ulrich war natürlich sehr charmant.«

»War er nicht. Das ist nur sein Akzent.«

Carol sah zu ihm auf und grinste. »Wenn du es sagst.«

Sie fuhren zu ihrem Haus. Mathias hielt in der Auffahrt. Nachdem er den Motor ausgeschaltet hatte, ging er um den Wagen herum und öffnete Carol die Tür. Sie stieg aus. Bevor sie ins Haus ging, drehte sie sich noch mal zu ihm um.

»Danke«, sagte sie leise. »Danke, dass du heute Abend mitgekommen bist. Alles war viel leichter, weil ich wusste, dass du da bist.«

Gern geschehen. Das war es, was ein Mann mit guten Manieren jetzt gesagt hätte. Und dann wäre dieser Mann mit den guten Manieren zurück in sein Auto gestiegen und weggefahren. Mathias versuchte, genau das zu tun. Aber aus irgendeinem Grund klappte es nicht. Er schien nicht in der Lage zu sein, diese Worte über die Lippen zu bringen. Und er war erst recht nicht in der Lage, sich umzudrehen und zu gehen. Stattdessen tat er das, was er auf keinen Fall tun sollte: Er beugte sich vor und küsste Carol.

Sie reagierte sofort. Mathias spürte, wie sie sich leicht emporreckte, um den Kuss zu erwidern. Seine Zunge traf ihre, und Carol gab ein kehliges Geräusch von sich, das ihn sofort steinhart werden ließ. Verdammt, was machte diese Frau nur so unwiderstehlich? Welche Kombination aus körperlichen Eigenschaften, bestimmten Charakterzügen und diesem ganz speziellen Carol-Etwas führte dazu, dass er einfach nicht aufhören konnte, von ihr zu träumen?

Er löste sich ein kleines Stück von ihr und lehnte seine Stirn an ihre. »Ich will dich, Carol«, flüsterte er. »Nicht wegen dieser Sache neulich, das hat nichts damit zu tun. Die Wahrheit ist ganz einfach: Ich bin verrückt nach dir. Ich möchte dich lieben. Davon träume ich schon so lange.« Er richtete sich auf und sah ihr in die Augen. »Du musst mir sagen, ob du es auch willst.«

Das ganze Leben besteht aus Entscheidungen, sagte sich Carol. Großen und kleinen. Sollte man nach links gehen oder nach rechts? Welches College war das richtige? Wollte man den Rest des Lebens mit diesem Menschen verbringen? Einige Entscheidungen waren schwierig, manche dagegen ganz leicht. Denn im Grunde blieb einem gar keine andere Wahl. Noch vor einer Woche hätte sie sämtliche Gründe dafür aufgezählt, warum es eine dumme Idee wäre, mit Mathias zu schlafen. Zum Beispiel, weil sie hinterher womöglich nicht mit der Situation zurechtkam. Oder weil Sex mit Mathias eine Sache war, die sie extrem einschüchtern würde. Aber jetzt verspürte sie nicht den Hauch eines Zweifels: Sie liebte Mathias. Und deshalb wollte sie diese Erfahrung mit ihm teilen – ganz egal, was die Konsequenzen waren.

Sie nahm seine Hand. Und dann führte sie ihn zu ihrem Schlafzimmer. Keiner von ihnen sagte ein Wort, während sie durch das stille, dunkle Haus gingen. Im Schlafzimmer knipste Carol die Lampe auf dem Nachttisch an und streifte die Schuhe ab.

»Du bist so schön«, flüsterte Mathias und zog sie an sich.

»Bin ich nicht.«

»Doch, das bist du. Du bist wunderschön. Manchmal sehe ich dich morgens, wenn du mit Millie spazieren gehst. Was dachtest du denn, wie ich auf die Idee für die Skulptur gekommen bin? Du hast mich inspiriert. Ich wollte deinen Anblick festhalten.«

Sie, eine Inspiration? Wow, das war ein ganz neuer Gedanke. Wenn sie sich selbst beschreiben sollte, würde sie vermutlich sagen, dass sie jemand war, der hart arbeitete. Eine gute Freundin, Schwester und Tochter. Aber die Inspiration eines Künstlers? Dazu musste man doch ein ziemlich interessanter Mensch sein.

»Du glaubst mir nicht«, murmelte Mathias, während er Küsse auf ihren Wangen, der Nase und ihrer Stirn verteilte. »Aber du kannst mir vertrauen, Carol.«

Während sie über seine Worte nachdachte, spürte Carol, wie auch der letzte Rest ihrer Abwehr zersplitterte. Sie wollte diese Nacht mit Mathias. Denn egal, was sich daraus entwickelte – am Ende würde sie stärker sein, weil sie sich erlaubt hatte, ihrem Herzen zu folgen und ihn zu lieben.

Sein Mund kehrte zu ihrem zurück. Sie küssten sich langsam und intensiv. Ihre Zungen umkreisten, streichelten und lockten einander. Mathias ließ beide Hände über ihren Körper gleiten, den Rücken hinauf und hinunter, bis er schließlich ihren Po umfasste. Automatisch folgte sie der Aufforderung und drängte sich ihm entgegen. Jetzt konnte sie die Härte seiner Erektion an ihrem Bauch fühlen. Verlangen schoss wie eine Stichflamme in ihr empor und breitete sich in Sekundenschnelle in ihrem ganzen Körper aus – bis hinein in die letzte Zelle.

Ungeduldig zerrte sie an Mathias' Jackett. Er kam ihr zu Hilfe und befreite sich mit einem Zucken seiner Schultern von dem störenden Kleidungsstück. Das Jackett fiel zu Boden.

Seine Krawatte nahm den gleichen Weg, dicht gefolgt von seinem Hemd. Carol strich mit den Händen über seinen nackten Oberkörper und spürte die Wärme seiner Haut. Am liebsten hätte sie ihn überall gleichzeitig berührt und all die Dinge getan, zu denen sie letztes Mal nicht mehr gekommen waren. Damals war sie zu überrumpelt gewesen, viel zu unvorbereitet. Und Mathias viel zu betrunken.

Aber heute Abend war alles anders. Als sie Mathias in die Augen sah, bemerkte sie die absolute Klarheit in seinem Blick. Er war sich voll und ganz bewusst, was sie da taten. Und er wollte es, daran gab es keinen Zweifel. Obwohl er ruhig dastand und sie seinen Körper erkunden ließ, war die mühsam gezügelte Lust in seinen angespannten Zügen deutlich zu erkennen. Hm, interessant, dachte Carol. Wie weit sie wohl gehen konnte, bevor er reagieren würde?

Um genau das zu testen, ließ sie ihre Hände tiefer gleiten. Sie spürte den Gürtel unter ihren Fingern. Okay, noch ein Stück tiefer. Dann hatte sie den Reißverschluss der Anzughose erreicht und zog ihn auf.

»Ich hätte natürlich gern, dass du mich so berührst«, erklärte Mathias mit einem leicht schiefen Lächeln. »Aber wenn du das tust, werden wir beide mit den Folgen nicht sehr zufrieden sein. Und mit der Geschwindigkeit dieser Folgen.«

Carol grinste. »Ich dachte, du hast diese legendäre Ausdauer.«

»Nicht wenn ich mit dir zusammen bin.«

Ihr Magen zog sich zusammen. Sie wünschte sich so sehr, dass es stimmte. Dass Mathias sie genauso liebte, wie sie ihn. Aber die Chancen dafür waren gering. Egal, sie würde diese Nacht genießen. Über alles andere konnte sie später nachdenken.

Sie trat zurück und öffnete die Schublade ihres Nachtschränkchens. Dort lag die Schachtel mit den Kondomen. Sie nahm sie heraus und wandte sich wieder zu Mathias um. »Okay«, sagte sie. »Dann wird es jetzt ernst. Damit wir uns richtig verstehen: Bevor irgendetwas anderes passiert, möchte ich dich in mir spüren.«

Er stöhnte. »Du wirst mich das nie vergessen lassen, oder? Es war keine Absicht.«

»Absicht hin oder her – ich sage dir jetzt vorher ganz genau, was ich mir wünsche. Und versteh mich nicht falsch, Mathias. Das letzte Mal war fantastisch. Aber ich möchte, dass wir diesmal alles zusammen erleben.«

Etwas wurde in seinen Augen sichtbar. Eine Reihe von Gefühlen. Aber noch ehe Carol herausfinden konnte, welche das waren, hatte Mathias sie auch schon in seine Arme gezogen. Er senkte den Kopf und eroberte ihre Lippen, während er gleichzeitig nach hinten griff und den Verschluss ihres Kleids öffnete. Der Stoff des Oberteils glitt hinunter, blieb dann aber an ihrer Taille hängen. Hastig zog Carol das Kleid ganz nach unten, sodass es auf dem Boden landete. Dann trat sie einen Schritt zurück, heraus aus dem Kleid. Im selben Moment zog Mathias sie wieder zu sich. Es war, als könne er nicht ertragen, dass sie auch nur einen Schritt von ihm entfernt war. Er schlang seine Arme um sie, und Carol vergrub ihr Gesicht an seiner Schulter.

So blieben sie lange Zeit stehen: die Körper der Länge nach aneinandergepresst, Carols Brüste an seinen Oberkörper gedrückt, Mathias' Arme um sie geschlungen. Sie sehnte sich danach, ihn in sich zu spüren. Gleichzeitig wäre Carol am liebsten für alle Ewigkeit so stehen geblieben. Denn so gehalten zu werden – während ihre Atmung und der Rhythmus ihrer Herzen sich allmählich synchronisierten – war der intimste Moment ihres Lebens. Sie legte die Hand flach auf seinen Rücken und spürte die Wärme, die sich langsam auf sie übertrug, bis sie ganz davon erfüllt war.

Nach einigen Minuten löste sich Mathias von ihr, um den Kopf zu senken und sie erneut zu küssen. Seine Zunge drang in ihren Mund ein, während seine Hände zu ihrem BH glitten. Er öffnete ihn und warf ihn dann beiseite. Gleich darauf spürte

Carol, wie er ihre nackten Brüste umfasste. Sie schnappte nach Luft, als seine Daumen geschickt über ihre steil aufgerichteten, empfindsamen Brustwarzen strichen.

Ihr Verlangen wurde immer stärker. Sie wollte einen Orgasmus – klar wollte sie das. Aber genauso sehr wollte sie wissen, wie sich das anfühlte: sein Körper auf ihr, die harte, geschwollene Männlichkeit in ihr. Sie wollte die Hitze spüren, die Reibung, das Ansteigen der Lust. Denn dann würde sie sich – egal was passierte – für immer daran erinnern können.

Sie trat zurück, streifte im Gehen den Spitzenslip ab und zog die Tagesdecke von ihrem Bett. Als sie sich umdrehte, sah sie, dass Mathias in derselben Zeit Schuhe und Socken losgeworden war. Er zog die Anzughose aus und entledigte sich dabei auch gleich seiner Boxershorts.

Sie gönnte sich zwei Sekunden, um den Anblick eines sehr nackten, sehr erregten Mathias' zu genießen. Dann ließ sie sich auf das Bett sinken. Mathias zog ein Kondom aus der Schachtel und folgte ihr.

Sobald er neben ihr lag, legte er das Kondom zur Seite und griff nach ihr. Seine Hände erforschten ihren Körper, während er sie begierig küsste. Einen Moment lang widmete er sich ihren Brüsten, bevor seine Hände dann nach unten glitten, zwischen ihre Schenkel.

»Du bist ganz feucht«, flüsterte er.

»Ja, lustig, wie das so funktioniert.«

Er lächelte. »Es gefällt mir.«

Während er mit einem Finger tief in sie eindrang, begann er, mit dem Daumen ihre Klitoris zu massieren. Carol spürte, wie ihr Körper sich anspannte. Unwillkürlich hielt sie den Atem an. Der verführerische Rhythmus brachte sie fast um den Verstand. Fast.

»Stopp«, keuchte sie. »Ich will, dass du in mir bist. Im Ernst, Mathias. Die anderen Sachen – das können wir alles später noch machen.«

»Andere Sachen?« Er lachte. »Das ist doch der beste Teil.«

»Nicht immer.« Nicht, wenn sie das schon mal erlebt hatte. »Du sollst in mir sein.«

Sie konnte ihm nicht erklären, warum ihr das so wichtig war. Denn dann hätte sie zugeben müssen, was sie für ihn empfand. Sie liebte ihn. Und deshalb wollte sie auf genau diese Weise mit ihm verbunden sein. Sie wollte spüren, dass er sie nahm. Was natürlich sehr altmodisch, traditionell und so weiter und so fort war. Aber es war auch wichtig.

Mathias betrachtete einen Moment lang forschend ihr Gesicht. Dann nickte er. Er ließ noch einmal den Daumen über ihre Klitoris schnellen, bevor er nach dem Kondom griff und es überzog. Mit einer Drehung positionierte er seinen Körper so, dass er zwischen ihren Beinen kniete und die Arme links und rechts von ihr auf dem Bett aufstützte.

Carol streckte die Hand aus, umschloss ihn und führte ihn zu sich. Er war so hart und geschwollen, dass sie kurz befürchtete, ihn gar nicht in sich aufnehmen zu können. Aber Mathias gab ihr Zeit und bewegte sich ganz langsam vorwärts. Jede Zelle in ihrem Körper seufzte vor Erregung, während sie sich voll und ganz auf diesen köstlichen Druck konzentrierte.

Schließlich drang er ganz in sie ein, um sich dann ebenso langsam wieder aus ihr zurückzuziehen. Feuer schoss durch sie hindurch. Feuer, Verlangen und Erleichterung darüber, dass es jetzt wirklich passierte. Sie gab sich ganz ihren Gefühlen hin, während sie versuchte, sich alles haargenau einzuprägen. Denn an das, was hier passierte, wollte sie sich später in sämtlichen Einzelheiten erinnern können – damit sie diesen Moment wieder und wieder durchleben konnte. Dummerweise gab es aber ein kleines Problem mit diesem schönen Plan: Jede Bewegung von Mathias steigerte ihre Erregung weiter. Was zur Folge hatte, dass das mit dem Einprägen ins Gedächtnis irgendwie schwierig wurde. Sie schien sich einfach nicht konzentrieren zu können – nicht, wenn ihr Körper so stark reagierte. Seine nächste Bewegung brachte sie dazu, die Beine um seine Hüften zu schlingen und sich noch enger an ihn zu drängen.

Vielleicht lag es an der Art, wie er sie ausfüllte. Oder an der Hitze oder daran, wie es sich anfühlte, wenn sie mit beiden Händen über seinen Rücken strich. Vielleicht war es die intensive Art, wie er sie anschaute und beobachtete, wie sie ihn beobachtete. Oder es war schlicht und einfach Glück. Was auch immer es war, sie spürte, wie sie dem Höhepunkt ihrer Lust näher und näher kam. Sie wurde feuchter, ihre Muskeln dehnten sich, und er konnte tiefer in sie eindringen. Dadurch berührte er einen Punkt in ihrem Inneren, der sie noch schneller dem Orgasmus entgegentrieb.

Sie nahm all ihre Kraft zusammen und konzentrierte sich darauf, auf keinen Fall zu kommen. Noch nicht. Es war viel zu früh. Später konnte sie doch immer noch … Im gleichen Moment begann er, sich schneller zu bewegen, härter zuzustoßen.

Es war gut. So unglaublich gut. Viel zu gut und …

Ihr Orgasmus brach mit solcher Wucht über sie herein, dass sie sich aufbäumte und seinen Namen schrie. Mathias füllte sie wieder und wieder aus, bis auch der letzte Rest ihrer Lust verebbt war. Erst dann gab er sich dem eigenen Verlangen hin. Er stieß ein letztes Mal tief in sie hinein und rief erschauernd ihren Namen.

Sie hielten einander weiter umschlungen, während sich ihre Atmung langsam wieder beruhigte. Carol versuchte, sich seinen Geruch einzuprägen. Das Gefühl seines Körpers, der ihren bedeckte. Den Klang seiner Stimme, als er ihren Namen flüsterte. Dieser Moment ist perfekt, dachte sie. Egal was in Zukunft passierte – diese Erinnerung würde immer ihr gehören.

Viel zu schnell rückte der Freitagmorgen heran. Violet und Ulrich hatten die letzte Nacht damit verbracht, sich zu lieben. Der Sex war mal wieder fantastisch gewesen, hatte aber eine Dringlichkeit besessen, die Violet beinahe zum Weinen gebracht hätte. Selbst als sie in Ulrichs Armen den Höhepunkt erreichte, war ihr bewusst gewesen, dass die Zeit rasend schnell verstrich. Sekunde für Sekunde kam der befürchtete Moment näher: Ulrichs Abreise.

Sicher, sie würde ihn besuchen, wenn er wieder in England war. Wann genau die Reise stattfinden sollte, wusste sie noch nicht. Aber sie würden zu ihm fliegen, so viel stand fest. Sie wollte Ulrich unbedingt wiedersehen. Ihn und seine Großmutter – wobei ihr Interesse ein klein wenig mehr dem Duke galt als der Dowager Duchess, wenn sie ehrlich war.

Behutsam setzte sie sich im Bett auf, um Ulrich nicht zu wecken. Er hatte eine lange Reise vor sich: Erst die Fahrt nach Los Angeles und im Anschluss der Flug nach London. Alles in allem würde der arme Kerl fast vierundzwanzig Stunden unterwegs sein. Damit blieb ihr hoffentlich genügend Zeit, sich anständig die Augen auszuheulen, bevor Ulrich in Battenberg Park ankam und zum Telefonhörer griff. Und falls das nicht klappte, musste sie irgendwie dafür sorgen, dass ihre Stimme heiter und unbeschwert klang, während ihr die Tränen über das Gesicht liefen.

Inzwischen fielen bereits die ersten Sonnenstrahlen ins Zimmer. Im hellen Licht der Morgensonne musterte Violet den Mann, der schlafend neben ihr lag – seinen schön geschwungenen Mund und diese hohen Wangenknochen. Warum in aller Welt hatte sie sich ausgerechnet in einen derartigen Traumtypen verlieben müssen? Wenn er weg war, würde sie völlig am Ende sein. Ein Wrack. Nur ein Schatten ihrer selbst. Okay, das war vielleicht ein wenig übertrieben. Aber sie würde definitiv sehr einsam, verletzt und traurig sein.

Er öffnete die Augen und lächelte ihr zu.

»Guten Morgen.«

»Guten Morgen zurück.« Sie gab sich große Mühe, munter zu klingen. »Du solltest versuchen, noch etwas länger zu schlafen. Sonst wirst du später total erschöpft sein.«

»Ich habe nicht vor, die verbleibende Zeit mit dir zu vertrödeln. Schlafen kann ich auch im Flugzeug.« Er streckte die Hand aus und streichelte zärtlich ihr Gesicht. »Violet, weißt du eigentlich, wie gern ich mit dir zusammen bin?«

»Das geht mir genauso.« Sie zwang sich zu lächeln. »Irgendwie erstaunlich, oder? Du bist in meinem Laden aufgetaucht und hast behauptet, dass ich eine Diebin bin. Und daraus wurde dann das hier.«

Er verzog das Gesicht. »Das war ein Fehler.«

»Ach, ich weiß nicht. Es war auf jeden Fall ein unvergesslicher Auftritt.«

Er drehte sich zur Seite, sodass er sie ansehen konnte. »Hast du mir verziehen?«

»Natürlich. Obwohl ich plane, dir das noch jahrelang unter die Nase zu reiben.«

»Das solltest du auch.« Er deutete mit dem Kinn in Richtung der Kommode. »Ich habe etwas für dich.«

Sie schluckte mühsam. »Ein Abschiedsgeschenk? Wie nett. Oh, und danke übrigens auch für deine Elfenbein-Figur, die du gespendet hast. Seit der Auktion gehört Millie zu den reichsten Giraffen der Welt. Hoffentlich wird sie nicht total eingebildet.«

»Das glaube ich nicht. Trotz ihrer Neigung, Unfälle zu fabrizieren, scheint sie mir eine vernünftige junge Dame zu sein.« Er zog die Augenbrauen hoch. »Willst du denn gar nicht nachsehen, was es ist?«

Nein. Wollte sie nicht. Wenn sie aufstand und die Kommodenschublade öffnete, würde sie das Geschenk in die Hand nehmen müssen. Sein Abschiedsgeschenk. Da war es doch viel vernünftiger, hier liegen zu bleiben und das verflixte Ding einfach zu ignorieren. Denn dann würde Ulrich vielleicht nicht gehen. Kein Abschiedsgeschenk, kein Abschied. Das war doch logisch, oder?

Obwohl … Sie erkannte den Fehler in ihrer Argumentation und stand auf, um zur Kommode hinüberzugehen. Als sie die oberste Schublade aufzog, entdeckte sie ein schmales, längliches Kästchen, das mit schwarzem Samt überzogen war.

Also kein Ring, schoss es ihr durch den Kopf. Eine Millisekunde lang gab sie sich ihrer Enttäuschung hin. Dann sagte sie sich, dass das komplett idiotisch war. Natürlich hatte Ulrich nicht vorgehabt, ihr einen Heiratsantrag zu machen! Sie kannten sich doch gerade mal seit ein paar Wochen. Und ja, Ulrich mochte sie. Aber was das genau bedeutete, war längst nicht klar. Außerdem war er ein Duke. Männer wie er heirateten nicht irgendwelche Frauen, die sie mochten. Sie heirateten Frauen, die geeignet waren.

Sie zog das Kästchen heraus. »Ist es das?«

Er nickte. »Richtig. Früher habe ich ja mein gesamtes Gepäck in schwarzen Samt eingeschlagen. Aber irgendwann wurde mir das zu anstrengend.«

Unwillkürlich musste Violet lachen. »Du hältst dich wohl für ziemlich witzig.«

»Ich bin ziemlich witzig.«

Sie kehrte zum Bett zurück und setzte sich neben Ulrich. Ihr dünnes Nachthemd verdeckte wenig, aber das war okay. Ulrich kannte jeden Zentimeter ihres Körpers. Es gab nichts mehr, was sie noch vor ihm verbergen wollte.

Sie öffnete das Kästchen und schnappte nach Luft, als sie sechs funkelnde Knöpfe erblickte. Sie waren wie Blumen geformt, und das Material erinnerte verdächtig an …

»Geschliffenes Glas?«, fragte sie mit einem Zittern in der Stimme.

»Nein.«

»Dachte ich mir fast.« Sie hob den Kopf und schaute ihn an. »Ulrich, das kannst du nicht tun. Das sind Diamant-Knöpfe. Wahrscheinlich sind sie seit vielen Jahren im Besitz deiner Familie. Es ist sehr süß von dir, dass du sie mir schenken möchtest. Aber ich kann dieses Geschenk unter keinen Umständen annehmen.«

Ulrich ließ sich zurück auf die Matratze sinken und schaute zur Decke hinauf. »Ich habe eine Großtante, die einen der Söhne von Queen Victoria geheiratet hat.« Er warf ihr einen Blick zu. »Vielleicht war es auch nur eine Urgroßtante, die irgendeinen Cousin der Queen geheiratet hat. Wie auch immer, die Knöpfe sind jedenfalls viktorianisch. Und sie entsprechen – soweit ich weiß – relativ genau dem Stil, den die Königin bevorzugt hat.«

Fassungslos starrte Violet die Knöpfe an und versuchte dann, ihm das Kästchen zurückzugeben. »Danke. Wirklich, Ulrich, sie sind wunderschön. Aber nachdem ich das jetzt weiß, kann ich sie unmöglich behalten.«

»Natürlich kannst du das.« Er setzte sich auf und beugte sich zu ihr. »Violet, ich weiß genau, dass du diese Knöpfe niemals verkaufen würdest. Und ich wünsche mir, dass du einen Teil meiner Welt bei dir trägst. Deshalb bin ich auf diese Idee gekommen.«

Wieder musste sie gegen die Tränen ankämpfen. Sie küsste Ulrich und versuchte, sich dabei jedes Detail einzuprägen – seinen Geschmack, das Gefühl seiner Lippen an ihren.

»Du bist ein wundervoller Mann«, sagte sie schließlich.

»Freut mich, dass du das so siehst.« Er lachte kurz, um dann sofort wieder ernst zu werden. »Versprich mir, dass du sie behältst.«

»Ich verspreche es.«

Sie sah sich die Knöpfe noch einmal an. Munter funkelten die Diamanten auf dem schwarzen Samt. Nie zuvor hatte Violet etwas so Schönes gesehen. Einer der Steine war etwas größer als die anderen. Vielleicht wurde er an einer Kette um den Hals getragen? Sie beugte sich vor, um ihn näher zu begutachten. Doch bevor sie dazu kam, griff Ulrich nach dem Kästchen und stellte es zwischen ihnen auf dem Bett ab.

»Du weißt, dass ich in England sehr viele Verpflichtungen habe«, sagte er leise.

»Das alte Haus, die Ländereien, die Mitarbeiter, die Pächter, Touristen und nicht zuletzt deine Großmutter. Ja, ich glaube, da gibt es ein oder zwei Dinge, um die du dich kümmern musst.«

Er lächelte. »Höre ich da einen Hauch von Ironie?«

»Vielleicht.« Sie holte tief Luft. Der Moment war gekommen. Jetzt musste sie das Richtige tun und sagen. Wenn sie sich selbstsüchtig verhielt, würde sie diesen Abschied nur noch schwieriger machen. »Ich verstehe das«, erwiderte sie daher möglichst gefasst. »Dein Leben ist anders als das der meisten Menschen. Du bist kein Durchschnittsmann.«

Seine Mundwinkel zuckten. »Vor allem nicht im Bett.«

Sie lachte und küsste ihn. Schließlich richtete sie sich auf und sagte: »Die Zeit mit dir war wunderschön. Ich wünschte, sie würde niemals enden. Aber die Realität ist nun mal, dass du nicht bleiben kannst. Du musst dich um das Familienerbe kümmern, und es gibt Menschen, die von dir abhängig sind. Das kann man nicht auf die leichte Schulter nehmen. Und deshalb: Was immer jetzt auch passieren mag – du sollst wissen, dass ich jede einzelne Sekunde mit dir wundervoll fand. Der aufregende Mann, mit dem ich vor all diesen Jahren getanzt habe, ist zu mir zurückgekehrt. Das kann mir niemand nehmen.«

Sein Blick verdunkelte sich. »Was unseren Tanz betrifft: Es quält mich, dass ich mich nicht daran erinnern kann.«

»Dann erinnere ich mich eben für uns beide.«

»Du weißt, dass ich dich nie mehr vergessen werde.«

»Ja, das weiß ich. Außerdem werde ich dich besuchen, und du kommst vielleicht auch mal wieder her.«

Er presste die Lippen zusammen. »Ich denke nicht.«

Sie blinzelte. »Wie … Was heißt das?«

»Dass ich dich nicht besuchen will, Violet. Und ich hoffe auch, dass du nicht nach England kommst, um mich zu besuchen.« Er schüttelte den Kopf. »Verdammt, so wollte ich das nicht ausdrücken. Ich mache das ja völlig falsch. Was ich eigentlich sagen wollte: Ich will dich nicht besuchen, weil ich hoffe, dass du mit mir kommst. Nach England. Ich liebe dich, Violet. Bitte sag, dass du mich auch liebst, und dass du mich heiraten wirst.«

Sie starrte ihn an, während ihr Gehirn verzweifelt den Sinn hinter diesen Worten zu finden versuchte. Hatte Ulrich … War das ein …

»Hast du mir gerade …«

»Einen Heiratsantrag gemacht? Ja.«

Sie warf sich ihm entgegen und schlang die Arme um seinen Hals. »Ja«, flüsterte sie, als er ihre Umarmung erwiderte. »Ja. Ich liebe dich. Und ich will dich heiraten. Und … einfach ja.«

»Gott sei Dank«, murmelte er und zog sie noch enger an sich. »Ich wusste nicht, wie ich dich überzeugen soll, falls du Nein sagst.«

»Hast du dir da wirklich Sorgen gemacht?«

»Meine Großmutter hat mir versichert, dass du eine sehr vernünftige Frau bist und deshalb auf Männer wie mich nicht hereinfällst.«

»Hat sie nicht!«

Er lachte. »Nein, hat sie nicht. Sie hat mir viel Glück gewünscht und gesagt, dass sie hofft, du sagst Ja.« Er griff nach dem Samtkästchen. »Es gibt noch etwas, das ich dir zeigen muss.«

»Was denn? Hat es etwas mit den Knöpfen zu tun?«

Ulrich öffnete das Kästchen und griff nach dem Knopf, der größer als die anderen war. Als er ihn aus dem Samtfutter herauszog, erkannte Violet, dass es sich weder um einen Knopf noch um einen Anhänger handelte. Es war ein Ring.

»Die Sache mit Queen Victoria stimmt übrigens«, erklärte Ulrich, während er ihr den Ring über den Finger streifte. Dann küsste er sie. »Und ich weiß, welche Tante es war und wen sie geheiratet hat. Es ist eine ziemlich interessante Geschichte, falls du sie irgendwann mal hören willst.«

Violet starrte den Ring an ihrem Finger an und dann den Mann, der ihn ihr gerade angesteckt hatte.

»Später vielleicht«, murmelte sie, während sie sich auf die Matratze sinken ließ und Ulrich mit sich zog.

»Das habe ich auch gerade gedacht.«

20. Kapitel

Carol sah Mathias dabei zu, wie er Millies Frühstück den Pfahl emporhievte. Die Blätter der Zweige kamen ihr heute Morgen ganz besonders grün und frisch vor. Aber vielleicht lag das auch nur an den Ereignissen der letzten Nacht.

Er war nicht gegangen. Sie war nicht sicher gewesen, was passieren würde. Aber Mathias war die ganze Nacht geblieben. Erst als die ersten Sonnenstrahlen am Himmel erschienen waren, war er nach Hause gefahren, um zu duschen und sich frische Sachen anzuziehen. Doch er war rechtzeitig zurückgekehrt, um mit ihr ins Reservat zu fahren. Als sie gefragt hatte, ob er nicht ins Studio wollte, hatte er entgegnet, dass die Arbeit warten konnte.

Carol ermahnte sich, nicht zu viel in diese Worte hineinzulesen. Sie beide hatten sich die ganze Nacht lang geliebt, und das Nachbeben war immer noch zu spüren. Aber sosehr sie auch wünschte, dass Mathias das Gleiche empfand wie sie, wusste sie doch, dass sie vorsichtig sein musste. Er glaubte nicht an langfristige Beziehungen. Jedenfalls nicht in romantischer Hinsicht. Sie kannte die Gründe dafür, und sie hatte ein paar gute Gegenargumente parat. Aber letztendlich konnte man niemanden dazu überreden, sich auf eine Beziehung einzulassen. Es musste freiwillig geschehen. Oder gar nicht.

Ihr Handy vibrierte. Sie zog es aus der Tasche und las den Text, den sie von ihrer Schwester bekommen hatte.

Hast du kurz Zeit?

Klar. Was ist los?

Ulrich hat mir einen Antrag gemacht. Gerade eben. Na ja, vor einer Stunde. Er liebt mich und will mich heiraten und ich habe Ja gesagt! Bin so glücklich.

Carol starrte auf den Text. Es fühlte sich an, als würde ihr Herz in zwei Teile zerrissen. Die eine Hälfte jubelte mit ihrer Schwester. Die zweite Hälfte tat ziemlich weh, weil sie Violet schon jetzt vermisste. Hastig begann sie, eine Antwort zu tippen, bevor die beiden ungleichen Hälften wieder zusammenfanden.

OMG! Ernsthaft? Freue mich so für dich! Hoffentlich weiß er, wie glücklich er sich schätzen kann.

Ja, tut er. Habe gerade eine kleinere Panikattacke bei dem Gedanken daran, so weit wegzuziehen. Sag mir, dass es kein Problem wird.

Nein, wird es nicht. Es wird großartig! Wir werden alle zu Besuch kommen und du wirst leben wie die Queen.

LOL. Vielleicht nicht wie die Queen, aber wie die Frau, die Ulrich liebt. Was noch viel besser ist. Lass uns bald sprechen.

Klar. Sehen uns ja morgen auf der Hochzeit. Dann können wir alles bereden. Viel Spaß heute mit deinem attraktiven englischen Verlobten.

Mach ich. Hab dich lieb, Schwesterherz!

Ich dich auch!

Mathias überprüfte die Kette am Zugmechanismus der Futterstelle. Dann kam er zu Carol hinüber. »Läutest du normalerweise eine Glocke oder so? Woher weiß Millie, dass ihr Frühstücksbüfett eröffnet ist?«

»Die Tiere im Freigehege bekommen ihr Futter immer zur gleichen Zeit. Schau!«

Sie deutete auf eine Baumgruppe. Mathias drehte sich um und folgte ihrem Blick. In der Ferne war Millie zu sehen, die langsam und anmutig auf die Futterstelle mit den frischen Blättern zugeschritten kam.

»Sie hat etwas Magisches an sich«, sagte er und griff nach Carols Hand.

»Ja.« Carol hielt ihr Handy mit der anderen Hand hoch. »Ich habe eine Nachricht von Violet bekommen. Ulrich hat ihr einen Heiratsantrag gemacht, und sie hat Ja gesagt. Sie wird nach England ziehen.«

Mathias sah sie forschend an. »Geht es dir gut? Ich weiß, wie nahe ihr beide euch steht. Violet wird dir fehlen.«

»Ja, das wird sie. Aber Violet klingt überglücklich, und ich freue mich sehr für sie. Außerdem können wir über Skype und E-Mail alles besprechen, was wir sonst auch besprochen haben.«

Es würde nicht genau dasselbe sein. Aber zumindest annähernd.

Mathias legte den Arm um sie und zog sie an sich. »Freut mich für Violet«, sagte er. »Und wer weiß: Vielleicht kannst du auf ihrer Hochzeit eine Tiara tragen.«

Carol spürte, wie ihr leichter zumute wurde. »Stimmt«, entgegnete sie und lachte. »Daran hatte ich noch gar nicht gedacht. Aber mit so einer Tiara würde ich garantiert umwerfend aussehen.«

Mathias grinste. »Ja, das würdest du.«

Er küsste sie, und sie gingen gemeinsam zum Golfwagen zurück. Carol wunderte sich, dass Mathias diese Nachricht so entspannt aufgenommen hatte. Schließlich hätte er auch Panik kriegen können, dass sie von ihm nun auch einen Antrag erwartete. Aber warum war er so ruhig geblieben? Weil er sich mit ihr so wohlfühlte? Oder weil er wusste, dass er die Dinge niemals so weit kommen lassen würde?

»Ich will das nicht«, knurrte Mathias. Er war sich bewusst, dass er wie ein kleiner Junge klang, der sein Gemüse essen sollte. Wobei … kein noch so großer Teller mit Brokkoli konnte schlimmer sein, als dieses verflixte Probedinner.

Carol sah ihn mitfühlend an, aber zugleich lag eine gewisse Strenge in ihrem Blick. »Es ist das Essen am Vorabend der Hochzeit. Also musst du hingehen. Oder was glaubst du, wie Del sich fühlt, wenn sein eigener Bruder nicht auftaucht?«

»Del und ich, wir sind Männer. Wenn es nach uns ginge, würde es dieses ganze Tamtam gar nicht geben.«

Sie zog die Augenbrauen hoch. »Tamtam? Ich weiß, dass du momentan viel um die Ohren hast. Daher werde ich ausnahmsweise auf die gerechte Strafe verzichten.«

»Danke. Gütig von dir.«

Er setzte sich neben sie aufs Sofa und zog sie an sich. »Ich wüsste eine viel, viel bessere Art, den Abend zu verbringen«, murmelte er und küsste sie.

Sie erwiderte den Kuss, rückte dann aber ein Stück von ihm ab. »Nein.«

»Betrachte die Sache doch mal rein logisch: Da Maya und Del auf die Probe der eigentlichen Trauzeremonie verzichtet haben, ist auch das Probedinner überflüssig.«

»Bist du immer so, wenn du deinen Willen nicht bekommst?«, wollte Carol wissen. Er sah, wie sie versuchte, das Lachen zu unterdrücken.

»Meistens. Findest du das charmant?« Hoffentlich tut sie das, dachte er. Er wollte auf keinen Fall, dass Carol sich zu fragen begann, ob es wirklich so eine gute Idee war, mit ihm zusammen zu sein.

»Irgendwie schon. Aber deine Methode funktioniert trotzdem nicht. Du musst zu dem Dinner gehen.«

Er seufzte. »Okay. Wenn du mitkommst.«

»Nein. Das ist ein Treffen eurer Familie.«

»Quatsch. Maya kommt ja auch.«

Carol verdrehte die Augen. »Stimmt. Und bevor du das als deinen nächsten Punkt anführst: Pallas ist ebenfalls eingeladen. Aber Maya ist die Braut, und Pallas ist mit Nick verlobt. Wir dagegen sind befreundet. Und wir hatten Sex. Das ist etwas anderes.«

War das so? Er wollte ihr widersprechen. Aber er hatte den Verdacht, dass jetzt nicht der beste Moment dafür war. »Pallas kann nicht kommen, weil sie arbeiten muss«, versuchte er es mit einem anderen Argument. »Es gibt noch einige Dinge, die sie für die Feier vorbereiten will. Du dagegen bist für heute fertig mit der Arbeit.«

»Bin ich. Und das ändert gar nichts. Ich werde zu Hause bleiben und es mir auf dem Sofa gemütlich machen. Du kannst gerne kommen, sobald ihr fertig seid – falls du möchtest.«

Er küsste sie erneut. »Du bist eine sehr sture Frau – wusstest du das eigentlich?«, murmelte er.

Als er sah, dass sie ihn nur ungerührt anlächelte, seufzte er. »Gut. Dann gehe ich zu diesem Dinner. Aber es wird schwer sein, das zu ertragen.«

»Ich weiß«, sagte sie, plötzlich ernst. »Aber du tust es für Maya und Del.«

Womit sie völlig recht hatte. Nur machte es das auch nicht leichter, wegzugehen und sie zurückzulassen.

Um drei Minuten vor sechs stieg Mathias ins Auto, um zurück zu seinem Haus zu fahren. Aus irgendwelchen Gründen, die ihm noch immer nicht ganz klar waren, sollte dieses Essen bei ihm stattfinden. Maya und Elaine übernahmen das Kochen, und dann würden sich alle um den großen Tisch in seinem Esszimmer versammeln. Sobald er aus dem Auto ausstieg, hatte er ein ungutes Gefühl. Und, richtig – kaum hatte er die Tür zum Esszimmer geöffnet, entdeckte er Nick und Ceallach. Die beiden Männer hatten sich direkt voreinander aufgebaut und blickten einander wütend an.

»Aus dir hätte etwas werden können«, brüllte Ceallach. »Stattdessen arbeitest du mit Holz. Das ist doch absurd! Und was musste ich heute erfahren? Du arbeitest auch noch bei irgendeiner Hochzeitsfirma. Was zum Teufel stimmt eigentlich nicht mit dir?«

Einen Moment lang blieb Mathias in der Tür stehen. Konnte es nicht ein einziges Mal ein Familientreffen ohne derartige Auseinandersetzungen geben? Aber Carol hatte recht: Es ging hier nicht um ihn, sondern um Del und Maya. Also würde er sein Bestes tun, um Ceallachs Zorn in eine andere Richtung zu lenken.

»Hi, Dad«, rief er.

Sein Vater drehte sich kurz zu ihm um und wandte sich dann sofort wieder Nick zu. »Selbst dein Bruder arbeitet noch mit Glas.«

Nicks Züge wurden hart. »Selbst mein Bruder? Sehr interessant, Dad. Immer musst du Mathias runtermachen. Vermutlich denkst du, wir wissen nicht, warum. Aber da irrst du dich. Wir alle wissen, wer der Bessere von euch beiden ist – und du bist es nicht.«

Ceallachs Gesicht lief rot an. »Er macht Teller.«

»Ach ja? Und wieso tut er das? Weil du nicht ertragen konntest, wie talentiert er ist. Also hast du seine Arbeit zerstört. Du bist ein verdammt mieser Vater!«

Mathias stellte sich neben Nick. »Es ist okay«, sagte er ruhig. »Damit bin ich längst durch. Das ist ein sinnloser Kampf.«

Ceallach richtete den Blick auf ihn. »Du? Du hast nie gekämpft. Natürlich warst du nicht so gut wie ich. Nicht ansatzweise. Aber du hättest dich entwickeln können. Wenn du den Mumm gehabt hättest, dich mit mir zu messen. Stattdessen hast du aufgegeben.«

Mathias starrte seinen Vater an. »Das war also alles nur ein Test? Willst du das damit sagen, Dad? Du hast all diese Dinge nur getan, um auf eine perverse Weise meine Charakterstärke zu testen?«

Ronan betrat das Esszimmer. »Elaine sagt, ihr sollt aufhören, euch anzuschreien.«

»Super Vorschlag«, murmelte Nick. Er sah Mathias an. »Hör bloß nicht auf ihn. Er sagt das nur, um dich zu verwirren und fertigzumachen. Genau wie er es damals immer getan hat.«

Das stimmt, dachte Mathias. Er durchschaute Ceallach vielleicht nicht vollständig. Aber im Großen und Ganzen war ihm klar, welchen Schaden dieser Mann angerichtet hatte und immer noch anrichtete. Er hätte schwören können, nach all dieser Zeit besser mit den Angriffen seines Vaters klarzukommen. Aber irgendwie gelang es Ceallach immer wieder, ihn aufs Äußerste zu reizen.

»Ihr drei habt mich enttäuscht«, verkündete Ceallach dramatisch. »Ich hätte mehr von meinen Söhnen erwartet.«

»Nicht halb so viel, wie wir von dir erwartet hätten«, schoss Nick zurück.

»Du hast übrigens noch zwei weitere Söhne«, fügte Mathias hinzu. »Die beiden sind großartige Männer mit einem tollen Charakter. Weißt du was, Dad? Ich glaube, du willst nichts mit ihnen zu tun haben, weil du keinen Anteil daran hast, was aus ihnen geworden ist. Und das kannst du nicht ertragen. Aber das ändert nichts daran, dass die beiden gute Männer sind, während du nur ein verbitterter alter Mistkerl bist.«

Sein Vater trat einen Schritt auf ihn zu. »Du wagst es, so mit mir zu sprechen?«

Mathias ließ sich selten in körperliche Auseinandersetzungen verwickeln. Aber gerade jetzt war er mehr als bereit, es mit seinem Vater aufzunehmen. »Ja, das tue ich. Und du kannst dir deine Drohungen sparen. Das schüchtert mich nicht ein.«

Mit wutverzerrtem Gesicht ballte Ceallach die Hände zu Fäusten. Nick trat einen Schritt vor, sodass er zwischen ihnen stand. Mathias hatte keine Ahnung, wie sich diese Situation entwickeln würde. Aber bevor er es herausfinden konnte, hatte Ronan ihn am Arm gepackt und zerrte ihn zurück.

»Lass es«, sagte er. »Da gibt es nichts zu gewinnen. Jedenfalls nicht für dich.«

Natürlich, dachte Mathias. Er war nie derjenige gewesen, der Ceallach bei seinen Wutanfällen entgegengetreten war. Die Rolle hatte Nick übernommen. Für alle anderen in der Familie. Vielleicht war es an der Zeit, dass sich die Dinge änderten.

»Wir müssen diesem Wahnsinn endlich mal ein Ende setzen«, knurrte er.

»Vielleicht«, erwiderte sein Bruder. »Aber nicht auf diese Weise. Der einzige Mensch, den du damit verletzen würdest, bist du selbst.«

Elaine betrat das Esszimmer. In ihren Augen standen Tränen. »Hört auf damit!«, stieß sie hervor. »Hört sofort auf, euch zu streiten! Dieses Essen heute Abend soll ein schönes Erlebnis sein. Del und Maya werden morgen heiraten. Also lasst diese ständigen Kabbeleien. Wir sind eine Familie. Wir sollten nett zueinander sein.«

»Kinder lernen bekanntlich von ihren Eltern«, sagte Nick, den Blick auf Ceallach gerichtet. »Vielleicht sagst du ihm mal, dass er aufhören soll, seine zwei ältesten Söhne zu ignorieren und den Rest von uns zu tyrannisieren.«

»Heul hier nicht rum wie ein Mädchen«, fuhr Ceallach ihn verächtlich an.

Nick schnellte vor. Gerade noch rechtzeitig gelang es Ronan und Mathias, ihn mit vereinten Kräften zurückzuziehen. Gleich darauf kamen Aidan und Del ins Esszimmer gelaufen und stellten sich vor ihren Vater.

»Ich lasse das nicht zu«, schrie Elaine. »Hört auf damit! Habt ihr mich gehört? Ihr sollt damit aufhören!«

»Sie hat recht«, wandte sich Mathias an Nick. »Es bringt nichts. Keiner von uns wird diesen Kampf gewinnen. Nicht einmal du. Und selbst wenn, würde alles nur noch schlimmer werden. Denn dann würde sie sofort Partei für ihn ergreifen, und du wärst der Böse. Also spar dir die Mühe. Das ist das Gute am Erwachsensein – dieser Typ kann uns völlig egal sein.«

Ihre Mutter kam händeringend auf sie zu. »Sag das nicht«, bat sie Mathias. »Er ist doch euer Vater. Und das ist nun mal seine Art. Er kann nicht anders.«

»Wirklich, Mom?«, fragte Mathias. »Du glaubst, der mächtige Ceallach Mitchell ist nicht in der Lage, sein Verhalten zu ändern?«

Sie blickte von ihrem Mann zu ihrem Sohn. »Ich möchte einfach nur, dass wir uns alle vertragen«, erklärte sie ausweichend.

Eine Flut von Gefühlen überrollte Mathias. Er atmete ein paarmal tief durch und ließ die Wellen über sich hinwegspülen. Bedauern war dabei. Das war am deutlichsten zu spüren. Was hätten sie alle erreichen können, wenn sie eine Familie gewesen wären, in der man einander Halt gab, in der man sich nicht bekämpfte, sondern sich gegenseitig unterstützte? Aber sie waren nie eine Einheit gewesen. Jeder der fünf Mitchell-Söhne war deshalb gezwungen gewesen, sich seinen eigenen Weg zu suchen.

Nein, korrigierte er sich. Nicht jeder von ihnen. Lange Zeit hatten Ronan und er einander gehabt. Sie waren ein Team gewesen. Die Zwillinge.

Er schaute zu seiner Mutter hinüber. Die Spuren des Alters wurden zunehmend sichtbar. Vor einigen Jahren hatte sie Brustkrebs bekommen und die Krankheit besiegt. Um diesen Kampf zu kämpfen brauchte man Mut. Aber Elaine hatte nie den Mut gehabt, sich gegen ihren Mann aufzulehnen. Sie hatte weder sich noch ihre Kinder geschützt.

»Was?«, fragte seine Mutter im gleichen Moment. »Was denkst du?«

»Nichts.«

»Sag es mir.« Ihre Unterlippe zitterte. »Du denkst, dass all das meine Schuld ist, oder? Dass es meine Aufgabe gewesen wäre, mich zwischen euch und euren Vater zu stellen. Du denkst, dass ich euch im Stich gelassen habe.« Sie hob den Kopf. »Aber das stimmt nicht. Ich habe dafür gesorgt, dass es euch nie an etwas fehlt. Ich bin eine gute Mutter. Ich liebe meine Kinder. Trotzdem bin ich auch Ceallachs Ehefrau.«

Und das ist wichtiger als alles andere.

Elaine hätte das niemals laut ausgesprochen. Aber das brauchte sie auch nicht. Jeder ihrer Söhne wusste, was sie dachte. Schließlich war es schon immer so gewesen. Dad war derjenige, um den sich alles in der Familie drehte. Und wenn ihm eben mal die Hand ausrutschte oder ein paar Dinge zu Bruch gingen, tja, dann war das natürlich bedauerlich. Aber es änderte nichts.

»Lasst eure Mutter in Ruhe«, knurrte Ceallach, bevor Mathias etwas antworten konnte. »Sie hat mehr als genug für euch getan.«

»Du hast nur fünfunddreißig Jahre gebraucht, um sie endlich mal zu unterstützen. Sehr beeindruckend, Dad, wirklich.« Nicks Stimme triefte vor Sarkasmus.

Ceallach holte nach Nick aus. Aber Mathias hatte ihn schon zurückgedrängt. Er fühlte sich mit einem Mal unendlich müde – was sicher auch daran lag, dass er letzte Nacht nicht geschlafen hatte. Aber vor allem lag es an diesen endlosen Streitereien in seiner Familie.

»Lass es, Nick«, wiederholte er. »Keine Kämpfe mehr. Er ist es nicht wert. Das ist es, was wir damals nicht verstanden haben: Er ist es einfach nicht wert.«

»Mathias!« Elaines Stimme war flehentlich. »Sag das nicht.«

Er ignorierte ihre Bemerkung und hielt den Blick auf Nick gerichtet. Sein Bruder zögerte, aber schließlich nickte er. Mathias sah zu Aidan und Del hinüber, die ebenfalls nickten.

Einen Moment lang verspürte er so etwas wie Hoffnung. Vielleicht würde der Abend doch noch einigermaßen glimpflich über die Bühne gehen. Er sah Ronan an.

»Nicht meine Sache. Klärt das unter euch«, bemerkte sein Bruder leichthin.

Mathias spürte heiße Wut in sich aufsteigen. Wut über zu viele unbeantwortete Fragen und zu viele Unsicherheiten.

»Verdammt noch mal«, knurrte er. »Musst du dich so beschissen aufführen?«

»Ich habe vom Meister persönlich gelernt«, sagte Ronan mit einem Blick auf ihren Vater. »Wenigstens das bleibt mir.«

Und was zum Teufel soll das heißen? dachte Mathias. Dass Ronan mit dem Rest von ihnen nichts gemein hatte, weil Elaine nicht seine Mutter war? Dass der Riss zu tief war, um gekittet zu werden? Dass sie beide sich nie wieder nahe sein würden?

Er sah sich in seinem Haus um, sah die einzelnen Mitglieder seiner Familie an. Er konnte nicht mehr. »Ich bin raus«, stieß er hervor und marschierte in Richtung Haustür. Mit der Hand an der Klinke blieb er stehen und drehte sich zu Del um. »Ich werde morgen bei eurer Hochzeit dabei sein. Das verspreche ich.«

»Daran hätte ich auch nie gezweifelt«, erwiderte Del. »Es ist okay. Mach dir keine Sorgen. Wir sehen uns dann morgen.«

Mathias nickte und ging. Auf dem Weg zum Auto fragte er sich, ob Del und Maya wohl schon die Minuten zählten, bis sie endlich in ihre Flitterwochen verschwinden konnten. Vermutlich würden die beiden nicht so schnell wieder auf die Idee kommen, ein Familientreffen einzuberufen.

Nachdem er den Motor angelassen hatte, begann er zu überlegen, wo er jetzt hinfahren sollte. Zurück zu Carol, dachte er. Doch etwas ließ ihn zögern.

Schließlich fuhr er los und schlug den Weg zum Studio ein. Arbeit ist sicher, sagte er sich. An Glas konnte man sich schneiden oder sich Verbrennungen zuziehen. Aber wenn das passierte, dann war man immer selbst schuld. Bei Menschen war das anders. Aus dem einen oder anderen Grund fügten sie einander absichtlich Verletzungen zu. Und das galt gerade auch für die Menschen, die einem besonders nahestanden. Diese Lektion hatte er bereits vor vielen Jahren gelernt. Und nichts, was in den letzten Tagen geschehen war, schien das zu widerlegen.

Carol sagte sich, dass alles gut werden würde. Der Trick war, einfach ganz fest daran zu glauben. Irgendetwas musste bei dem Familienessen vorgefallen sein, zu dem Mathias gestern Abend gegangen war. Gegen zehn Uhr hatte er ihr eine Nachricht geschickt, um ihr mitzuteilen, dass er die Nacht durcharbeiten und sie dann morgen auf der Hochzeit sehen würde. Was an sich ja kein Problem war. Nur war es das leider doch. Ihr Instinkt warnte sie, dass irgendetwas an der Sache nicht stimmte. Warum war Mathias nicht zu ihr gekommen? Von ihr aus hätte er auch um vier Uhr morgens aufkreuzen können. Das hätte sie nicht gestört – im Gegenteil, sie hätte sich gefreut. Sie liebte ihn, und sie wollte ihn bei sich im Bett haben.

Es ist nicht nur der Sex, dachte sie, während sie bei *Weddings out of the Box* zum Umkleidezimmer der Braut ging. Mindestens ebenso wichtig war, Mathias nahe zu sein und zu wissen, dass es ihm gut ging. Bisher hatte sie keine Ahnung, was bei dem Essen vorgefallen war. Aber ihr Bauchgefühl sagte ihr, dass es etwas Schlimmes sein musste. Die Frage war nur: Wie schlimm für Mathias?

Sie bog um eine Ecke und sah ihre Schwester auf sich zukommen. Violet schaute auf und lief ihr dann entgegen. Carol tat das Gleiche, und sie trafen sich in einer leicht atemlosen Umarmung.

»Wie geht es dir?«, fragte Carol und schob alle Gedanken an Mathias für ein paar Minuten zur Seite. »Bist du schrecklich aufgeregt? Glücklich? Ich hoffe, dass du glücklich bist. Ich bin es jedenfalls, weil ich mich so für dich freue. Hast du entschieden, wann du nach England fliegst? Hast du es Dad gesagt? Und Mom? Hat Ulrich Dad um deine Hand gebeten? Muss ich dich mit ›My Lady‹ ansprechen oder so was? Gibt es einen Ring?«

Violet lachte und umarmte sie noch einmal. »Das sind ziemlich viele Fragen.« Sie lehnte sich ein Stück zurück und hob ihre linke Hand.

Carol schaute auf den funkelnden Diamanten, der wie eine Blume geschnitten war. Der Ring wirkte elegant und hatte zugleich einen altmodischen Charme – das perfekte Schmuckstück für Violet.

»Er ist wunderschön«, hauchte Carol. »Bist du glücklich?«

»Im siebten Himmel«, gestand Violet. »Das ist alles schrecklich aufregend: Ulrich fliegt morgen zurück nach Hause. Und ich werde dann in ein paar Wochen nachkommen. Heute Morgen habe ich mit Mom telefoniert. Sie wird Anfang des nächsten Monats nach England fliegen. Ulrich und ich sind gemeinsam zu Dad gefahren. Und, ja, er hat ihn um meine Hand gebeten. Es war sehr süß, und Dad hätte fast geweint. Onkel Ted hat völlig die Fassung verloren.«

Carol grinste. »Hast du es gefilmt?«

»Unseren schluchzenden Onkel? Nein, habe ich nicht. Das wäre gemein gewesen.« Sie umarmte Carol zum dritten Mal. »Das Einzige, was mich gar nicht freut, ist, dass ich dich verlassen muss. Es war so schön, dass wir nebeneinander gewohnt haben und uns immer sehen konnten. Du musst versprechen, dass ich immer deine Lieblingsschwester bleiben werde, und dass wir die ganze Zeit skypen und Mails schreiben. Und dass du mich besuchen kommst.« Sie lächelte, aber in ihren Augen lag ein besorgter Ausdruck.

»Ich verspreche es. Du wirst immer meine Lieblingsschwester sein.«

Gemeinsam gingen sie zu den Räumen für die Braut. »Ich werde dir beim Packen helfen«, versicherte Carol. »Und du kannst erst mal ein paar Sachen bei mir unterstellen, wenn du nicht gleich alles rüberschicken willst. Was hast du mit der Wohnung vor und mit deinem Laden?«

»Das ist alles noch so neu. Erst mal werde ich den Laden und das Apartment nur vermieten. Später kann ich immer noch verkaufen. Am Donnerstagabend hat Silver erwähnt, dass sie einen Büroraum und eine neue Wohnung sucht. Also schauen wir mal, ob das klappen könnte. Ich würde am liebsten an eine Freundin vermieten.«

»Silver wäre eine super Mieterin.« So unkonventionell Silver in vielerlei Hinsicht auch war – in allen geschäftlichen Dingen war sie sehr verantwortungsvoll.

Sie klopften an die Tür des Umkleidezimmers der Braut. Eine Stimme rief, dass sie hereinkommen sollten. Als sie die Tür öffneten, sahen sie Elaine, die Maya half, ihr Kleid anzuziehen. Außerdem befanden sich zwei ältere Frauen im Raum, die sie nicht kannten. Und die wild jaulende Sophie, die mit der Leine an einem Stuhl festgebunden war. Während die großen braunen Augen der Beagledame um Hilfe zu bitten schienen, klang ihr Gejaule ziemlich empört.

»Sie ist uns die ganze Zeit zwischen die Füße gelaufen«, erklärte Elaine. »Und ich wollte nicht, dass dem Kleid in letzter Sekunde noch etwas zustößt.«

»Sie mag es gar nicht, angebunden zu sein«, sagte Carol und ging zu dem Beagle hinüber. »Keine Sorge. Ich betätige mich gerne als Beaglezähmerin. Violet, wo ist eigentlich ihr Kleid?«

»Hier«, erwiderte Violet und zog das Kleid für die Hündin aus ihrer Tasche.

Carol nahm das Kleid entgegen und wandte sich dann an die beiden alten Damen. »Hallo. Ich bin Carol, und das ist meine Schwester Violet. Wir sind Freunde der Familie.« Was nicht ganz der Wahrheit entsprach. Sie waren eher mit den drei Mitchell-Brüdern befreundet. Und sie höchstpersönlich hatte außerdem noch eine sexuelle Beziehung mit Mathias. Aber das schien keine passende Erklärung für ein erstes Kennenlernen zu sein.

»Ich bin Eddie, und diese Schönheit hier ist Gladys«, verkündete die kleinere der beiden weißhaarigen Damen.

»Die zwei sind meine Blumenmädchen.« Maya lächelte. »Meine beste Freundin ist schwanger und wird jede Sekunde ihr Kind bekommen. Deshalb kann sie nicht an der Hochzeit teilnehmen. Aber ich kenne Eddie und Gladys auch schon sehr lange. Sie sind meine Familie.«

Eddie und Gladys tauschten einen Blick. »Ich hätte nicht gedacht, dass wir jemals wieder für irgendjemanden Familie sein könnten.« Ihre Stimme klang rau vor Rührung. »Das ist sehr süß von dir, Maya. So, und nun verrate uns doch mal, welcher deiner zukünftigen Schwager noch Single ist.«

»Da gibt es sogar zwei. Mathias und Ronan«, erwiderte Maya und lachte. Dann drehte sie sich zu Carol und Violet um. »Vorsicht mit diesen beiden hier. Sie sind ziemlich wild und haben ein Faible für jüngere Männer.«

Carol wollte gerade entgegnen, dass Mathias nicht mehr zu haben war. Aber die ungute Ahnung, die sie seit gestern Abend hatte, brachte sie dazu, sich die Bemerkung zu verkneifen und das Spiel mitzuspielen.

»Na dann viel Glück«, murmelte sie.

Violet sah sie fragend an. Carol wandte sich hastig ab, stellte ihre Tasche auf den Frisiertisch und beugte sich dann zu Sophie hinunter.

»Okay, du Hübsche. Dann werden wir dich mal hochzeitsfein machen.«

Violet ging ihr zur Hand, und gemeinsam gelang es ihnen irgendwie, den wild zappelnden Beagle in sein Kleidchen zu befördern. Bewundernd strich Carol über den Stoff. Violet hatte sich mal wieder selbst übertroffen und das Kleid genau an die Körperform eines muskulösen kleinen Hundes angepasst. Unter Sophies Bauch hing der Stoff weit genug hinunter, um wie ein Kleid zu wirken – aber nicht so weit, dass er Sophie beim Laufen behindern würde. Funkelnde Kristallknöpfe auf dem Rückenteil verliehen dem Kleid zusätzlichen Glamour.

»Du siehst atemberaubend aus«, teilte Carol dem Beagle mit, der sich mit einigen Küssen für das Kompliment bedankte.

Pallas betrat das Umkleidezimmer und begutachtete den Fortschritt. »Maya, du bist eine unglaublich schöne Braut«, sagte sie. »Dein Fotografen-Freund ist inzwischen mit Del und seinen Brüdern fertig. Also bist du jetzt an der Reihe, verewigt zu werden.« Sie bemerkte Carol, Violet und Sophie. »Ah, die vierbeinige Brautjungfer ist auch schon bereit. Sehr schön. Sophie hat ihre Hundesitterin übrigens bereits kennengelernt und kann dann nach der Trauung auf ihre eigene kleine Hundeparty gehen.« Sie lächelte Eddie und Gladys zu. »Ihr zwei seht toll aus. Ich befürchte, dass ihr der Braut die Schau stehlen werdet. Aber Maya hat behauptet, sie wäre damit voll und ganz einverstanden.«

»Del wird nur Augen für seine zukünftige Frau haben«, entgegnete Gladys und schniefte. »Maya, du siehst zauberhaft aus.«

»Danke.«

Maya trat einen Schritt vom Spiegel zurück. Elaine hatte inzwischen die Knöpfe an der Rückseite geschlossen. Das Kleid saß perfekt, ebenso wie die elegante Hochsteckfrisur, für die sich Maya entschieden hatte. Jetzt musste sie nur noch den Schleier aufsetzen.

Elaine trat zu ihr und betrachtete sie im Spiegel. »Ich habe eine Überraschung für dich, Maya. Etwas Geborgtes.« Sie zog eine flache Samtschachtel aus ihrer Handtasche und öffnete sie. Darin lag eine Diamantkette.

»Ceallach hat sie mir geschenkt, als Mathias geboren wurde«, erklärte Elaine mit einem Seufzen. »Er war schon immer so sentimental.«

Sentimental? fragte sich Carol. Sie tippte eher auf ein schlechtes Gewissen, weil Ceallach seine Ehefrau betrogen und seine Geliebte geschwängert hatte. Aber wenn es Elaine glücklich machte, das Geschenk so zu interpretieren, sollte sie das tun.

Behutsam legte Elaine Maya die Kette um. Die Diamanten funkelten auf ihrer Haut. Violet ging hinüber und kontrollierte ein letztes Mal den Sitz des Brautkleids. »Du bist perfekt«, murmelte sie. »Genieße jede Sekunde deines großen Tags.«

»Das habe ich vor«, antwortete Maya mit einem Lachen.

Nachdem sie die Leine geholt hatten, verließen Carol und Violet mit Sophie das Zimmer. Die Aufgabe der beiden Schwestern bestand darin, den Beagle vor Gladys und Eddie beim feierlichen Einmarsch den Gang entlang nach vorne zu führen. Falls sie das ohne größere Katastrophen hinbekamen – was man bei Sophie nicht so genau wissen konnte –, würden sie den Beagle an die Hundesitterin übergeben. Und damit hatten sie auch schon ihre Aufgabe bei der Hochzeit erfüllt. Mathias hatte gesagt, dass er den Stuhl neben sich für Carol freihalten würde. Und Ulrich würde garantiert das Gleiche für ihre Schwester tun. Es gab also gar keinen Grund, nervös zu sein. Aber irgendwie konnte Carol die Gedanken, die ihr durch den Kopf schossen, nicht zur Ruhe bringen. Aus welchem Grund, fragte sie sich immer wieder, hat Mathias die letzte Nacht nicht bei mir verbracht?

Schließlich gab sie den Versuch auf, eine Antwort zu finden. Sie musste Mathias fragen, was los war, und das konnte sie erst später tun. Jetzt würde sie sich auf die Hochzeitsfeier konzentrieren. Mit allem anderen konnte sie sich später immer noch beschäftigen. Vielleicht würde Mathias ihr auch sagen, dass ihre Sorgen albern waren. Dass alles gut war und sie die Hochzeit bei der ersten Gelegenheit verlassen und nach Hause fahren würden, damit er ihr das beweisen konnte.

Sie kreuzte die Finger ihrer freien Hand und hoffte, dass es genauso ablaufen würde.

21. Kapitel

Obwohl sie in einer Stadt lebte, in der sich alles um Hochzeiten drehte, war Carol bisher selten bei Hochzeitsfeiern gewesen. Heute war auch das erste Mal, dass ihr eine Aufgabe bei der Zeremonie zufiel. Umso mehr Spaß machte es ihr, hochoffiziell neben Violet den Gang entlangzuschreiten und Sophie dann an die Hundesitterin zu übergeben, die vorne neben dem Blumenschmuck wartete. Die Frau würde die gesamte Zeremonie über hierbleiben. Danach würde sie Sophie durch den Hinterausgang nach draußen bringen und auf sie aufpassen, bis Elaine und Ceallach zu Mathias' Haus zurückkehrten.

Bürgermeisterin Marsha Tilson aus Fool's Gold stand neben Del. Der Bräutigam war ein wenig blass um die Nase, aber die Bürgermeisterin lächelte ihm immer wieder zu, während die beiden auf Mayas großen Auftritt warteten.

Carol hatte bei einem kurzen Blick über die versammelten Gäste bereits entdeckt, wo Mathias saß. Sie versuchte, einen Blick mit ihm zu wechseln, als sie mit Sophie und Violet an seiner Stuhlreihe vorbeikam. Doch aus irgendeinem Grund hatte er den Kopf gerade zur Seite gewandt und schaute nicht in ihre Richtung. Als sie sich wenig später neben ihn setzte, schenkte er ihr ein abwesendes Lächeln. Es war ein Lächeln, das die Temperatur im Raum um mindestens fünfzehn Grad sinken ließ. Verflixt, dachte Carol. Wer hatte den glücklichen, leidenschaftlichen Mann von gestern gegen dieses Exemplar hier ausgetauscht? Was war vorgefallen, dass Mathias sich so verändert hatte?

Aber das hier war die Hochzeit seines Bruders. Daher konnte sie jetzt schlecht beginnen, Mathias zu verhören. Damit musste sie warten, bis die Trauung vorbei war. Also richtete sie ihren Blick nach vorne und konzentrierte sich auf das romantische Geschehen. Bürgermeisterin Marsha, die in ihrem hellrosa Kostüm und der Perlenkette frisch und energiegeladen aussah, hielt eine Ansprache. Danach sprachen Del und Maya ihre Gelübde. Und dann kam der große Moment, in dem die beiden sich küssten. Als das Brautpaar den Gang entlang zurück zum Ausgang schritt, hatten Eddie und Gladys ihren Auftritt: Schwungvoll verstreuten sie Rosenblätter.

Was für eine schöne Hochzeit, dachte Carol, als Mathias und sie aufstanden, um ebenfalls zum Ausgang zu gehen. »Bist du bei der Feier dabei?«, fragte sie ihn, während sie sich in den Strom der Leute einreihten, die durch die geöffnete Doppeltür nach draußen traten.

»Ja, natürlich. Del möchte, dass wir alle dabei sind.« Er legte ihr die Hand auf den Rücken und führte Carol zu den Tischen und Stühlen, die unter einem offenen Festzelt standen. »Sollen wir uns dahin setzen?«

Er deutete auf einen runden Tisch, der ganz am Rand stand.

»Gibt es keinen Tisch für das Hochzeitspaar und die Familie? Musst du nicht bei den anderen sitzen?«

»Nein. Ich gehöre ganz dir.«

Diese Worte beruhigten den Aufruhr in ihrem Inneren ein wenig. Vielleicht hatte sie sich doch alles nur eingebildet. Vielleicht war alles in Ordnung.

Sie setzte sich auf den Stuhl, den Mathias für sie hervorgezogen hatte. Nachdem er neben ihr Platz genommen hatte, streckte sie die Hand nach ihm aus. Doch anstatt die Finger mit ihren zu verschränken, zog er seine Hand sanft zurück und legte dann den Arm auf die Lehne ihres Stuhls.

»Ich werde heute bei mir zu Hause übernachten«, erklärte er. »Meine Brüder und der Rest der Familie wollen morgen ganz früh aufbrechen. Deshalb sollte ich da sein, um mich von ihnen verabschieden zu können.«

»Natürlich.« Sie bemühte sich, so ruhig und heiter wie möglich zu klingen, damit Mathias nicht mitbekam, wie diese dumme Panik in ihrem Inneren tobte. »Vermutlich bist du ganz schön froh, bald wieder dein normales Leben führen zu können. Familie kann bekanntlich etwas sehr Anstrengendes sein.«

»Deine nicht.«

»Na ja«, erwiderte sie. »Jede Familie hat ihre Probleme. Aber es stimmt: Wir Lunds neigen nicht zu heftigen Dramen.«

»Tja, das übernehmen wir Mitchells für alle anderen gleich mit.« Er schaute sich um. »Es ist schön, Eddie und Gladys wiederzusehen. Zwei lässige alte Damen, die sehr zupackend sein können – um es mal so auszudrücken.« Er lächelte. »Damals, in Fool's Gold, waren sie berüchtigt dafür, sich über jeden Mann herzumachen, der ihnen nicht schnell genug entkommen ist.«

»Wie? Diese netten alten Damen?«

»Diese netten alten Damen tätscheln gerne Männerhintern. Andere Formen von Körperkontakt sind natürlich auch willkommen. Zum Beispiel kneifen sie ihren Opfern gerne in die Wange. Wenn sie richtig gut in Form sind, wird man gebeten, das T-Shirt auszuziehen oder auch andere Kleidungsstücke – abhängig davon, was ihnen speziell gefällt. Die zwei haben einen eigenen Videokanal. In den Beiträgen werden die Hintern sämtlicher Männer der Stadt bewertet.« Er beugte sich näher zu Carol und senkte die Stimme. »Und damit meine ich: ihre nackten Hintern. Die Zuschauer dürfen raten, wem das betreffende Hinterteil gehört.«

Wow, dachte Carol. In Fool's Gold schien es wilder zuzugehen als gedacht. »Und hast du auch mal für sie, ähm, gemodelt?«

»Sie wollten das. Aber rein zufällig sind Ronan und ich nie dazu gekommen, ihnen die Fotos zu schicken.« Er runzelte die Stirn. »Oder sie zu machen. Denn wie zum Teufel fotografiert man seinen eigenen Hintern? Dazu braucht man jemanden, der das für einen macht. Und darüber möchte ich gar nicht genauer nachdenken.«

Carol schaute hinüber zu den beiden alten Damen, die neben Ceallach und Elaine saßen. »Dabei sehen sie so süß und unschuldig aus.«

»Lass dich nicht täuschen.« Er deutete auf einen Punkt hinter ihnen. »Die Bar ist eröffnet. Sollen wir uns etwas zu trinken holen?«

»Ja, gute Idee.«

Sie war neugierig auf den Spezial-Cocktail für die Hochzeit und wollte auch gerne ein paar Worte mit Silver wechseln. Alles sah so aus, als würde es doch noch eine ebenso entspannte wie lustige Feier werden. Aber als sie gemeinsam zur Bar hinübergingen, wurde Carol schlagartig etwas klar: Mathias wich jeder Berührung aus. Er küsste sie nicht und hielt nicht ihre Hand. Immer waren da diese zwei, drei Zentimeter Abstand zwischen ihnen, sodass sie sich nicht mal zufällig berühren konnten. Er war charmant und nett zu ihr. Aber es war, als hätte es die letzten achtundvierzig Stunden nicht gegeben. Irgendetwas hatte sich verändert. Sie hatte nur keine Ahnung, was. Und inzwischen wusste sie nicht einmal mehr, wie sie ihn danach fragen sollte. Ihre Unsicherheit kehrte zurück und mit ihr die Angst, dass sie Mathias verlieren würde – bevor sie überhaupt die Chance gehabt hatte, richtig mit ihm zusammen zu sein.

Am Samstag stand Mathias auf, sobald es dämmerte. Wobei er sowieso nicht geschlafen, sondern sich nur im Bett herumgewälzt hatte. Del und Maya hatten die Nacht im Hotel verbracht, von wo aus sie gleich in die Flitterwochen starten würden. Seine Eltern fuhren um neun Uhr ab. Bei der Verabschiedung umarmte ihn seine Mutter noch einmal ganz fest, während sie gleichzeitig Ausschau hielt, ob Ronan nicht vielleicht doch noch auftauchte. Was er nicht tat.

Schließlich stiegen Ceallach, Elaine und Sophie in ihren Mietwagen und fuhren davon. Sie würden von Palm Springs aus einen Flug nach Sacramento nehmen und von dort aus nach Fool's Gold fahren. Sobald der Wagen in der Ferne verschwunden war, ging Mathias zurück in sein Haus, in dem zum ersten Mal seit Tagen Stille herrschte. Okay, sagte er sich, ab jetzt geht alles wieder seinen normalen Gang. Endlich! Montagmorgen würde der Reinigungsservice kommen, um auch die letzten Spuren seiner Gäste zu beseitigen. Und wenn das erledigt war, konnte er die Ereignisse der letzten Tage und Wochen hinter sich lassen. Was verdammt noch mal eine riesige Erleichterung sein würde. Na ja, wobei ...

Ehrlich gesagt vermisste er diesen vierbeinigen Plagegeist ein wenig. Wenn er durchs Haus ging, erwartete er ständig, in Sophie hineinzulaufen – was pro Tag circa drei Dutzend Mal vorgekommen war, denn selbstverständlich sah der kleine Beagle keinerlei Veranlassung, anderen aus dem Weg zu gehen. Aber jetzt stolperte er nicht mehr über Sophie. Er musste sie nicht mehr aus Schränken herausziehen oder daran hindern, auf Stühle zu springen, um das Essen vom Tisch zu klauen. Nachts war alles still, seitdem sie nicht mehr neben ihm schnarchte. Überhaupt wirkte das ganze Haus ziemlich still, kalt und unbewohnt, seit sie nicht mehr da war.

Und dann war da die Sache mit Carol. Er vermisste sie ebenfalls, aber auf eine Weise, die viel schmerzlicher war. Es fühlte sich an, als würde ein Teil von ihm fehlen. Als wäre er nicht mehr er selbst ohne sie. Natürlich hätte er nach der Hochzeit mit ihr nach Hause fahren können. Aber etwas hatte ihn abgehalten. Eine Art Warnsignal, das irgendwo in seinem Hinterkopf losgegangen war. Sich wieder mit ihr zu treffen wäre gefährlich, das war ihm klar. Sie war eine Versuchung, und für den Moment war es ihm gelungen, dieser Versuchung aus dem Weg zu gehen. Aber lange würde er das nicht mehr durchhalten. Alles in ihm drängte danach, Carol zu sehen, mit ihr zu sprechen, sie zu berühren und sie zum Lachen zu bringen. Er wollte wissen, ob es ihr gut ging. Ob sie glücklich war. Sie war so wichtig für ihn wie die Luft zum Atmen, wie der Schlag seines Herzens. Und doch …

Er konnte nicht mit ihr zusammen sein. Das machte ihn zu einem schrecklichen Feigling. Aber das änderte nichts daran, dass es die Wahrheit war. Eine Beziehung mit Carol würde bedeuten, alles zu riskieren. Er würde ihr vertrauen müssen. Schlimmer – er würde sich selbst vertrauen müssen. Und er konnte weder das eine noch das andere. Wenn es eine Sache gab, die er im Leben gelernt hatte, dann war es, dass Vertrauen in andere Menschen nicht angebracht war. Denn sie neigten dazu, eben dieses Vertrauen zu enttäuschen. Er hatte das bei seinem Vater erlebt, bei seiner Mutter und schließlich auch bei Ronan. Manchmal dachte er darüber nach, dass die meisten Menschen solche schmerzlichen Erfahrungen machten, wenn sie sich verliebten, aber nicht in der eigenen Familie. Doch egal auf welche Weise die Lektion vermittelt wurde – eines war klar: Er hatte sie gelernt.

Immerhin war das Millie-Problem gelöst. Für Ronans und Ceallachs Kunstwerke war jeweils ein hoher Preis erzielt worden. Dadurch war jetzt genug Geld für den Kauf weiterer Giraffen und den Transport vorhanden. Ebenso für den Bau neuer Scheunen, einen Tierarzt und die Versorgung der gesamten Herde für die nächsten Jahre. Er und seine Brüder würden die Giraffen nicht mehr quer durchs Land fahren müssen. Diese Aufgabe würde stattdessen eine professionelle Transportfirma übernehmen – was für die Gesundheit der Giraffen vermutlich vorteilhaft war. Bürgermeisterin Marsha hatte Wort gehalten und dafür gesorgt, dass sämtliche Genehmigungen vorlagen. Soweit ihm bekannt war, würde die erste Giraffe sogar schon nächste Woche eintreffen. Kurz gesagt: Die ganze Organisation stand.

Was bedeutete, dass es keine Ausrede mehr gab. Keinen Grund, noch länger zu warten. Kein Hinauszögern mehr, kein Wünschen, Hoffen oder Träumen. Es gab keine Alternativen. Nur die traurige Wahrheit, die er nicht länger ignorieren konnte.

Er nahm seine Autoschlüssel und verließ das Haus. Fünf Minuten später parkte er den Wagen in Carols Auffahrt und stieg aus. Er ließ sich keine Zeit, um noch einmal über die Sache nachzudenken. Er musste es sofort tun. Und zwar so schnell und direkt wie möglich. Damit der schreckliche Moment bald vorüber war. Das schuldete er Carol.

Ungefähr fünf Sekunden, nachdem er geklopft hatte, öffnete sie die Tür. Sie trug Jeans und T-Shirt. Ihre Füße waren ebenso nackt wie ihr Gesicht. Keine Spur mehr von dem glamourösen Make-up, das sie am Abend der Versteigerung und bei der Hochzeit getragen hatte. Hier war sie wieder, die Frau, die er kannte und so sehr … mochte.

Sie lächelte, sobald sie ihn erblickte. »Sind sie alle weg? Feierst du die Rückkehr ins normale Leben?«

»Sie sind weg. Ich vermisse Sophie. Verrückt, oder?«

Carol trat zurück, um ihn hereinzulassen. Aber er wollte ihr Haus nicht betreten. Es gab da viel zu viele Erinnerungen. Zu viele Versuchungen. Was er tun musste, war, es zu sagen und dann ganz schnell von hier zu verschwinden. Bevor er noch seine Meinung ändern konnte.

Als er sich nicht von der Stelle rührte, verblasste ihr Lächeln langsam.

»Was ist los, Mathias? Weshalb bist du hier?«

Um ein Haar hätte er erwidert, dass er hier war, weil er sie liebte. Dass er es nicht ertragen konnte, ohne sie zu sein, weil es sich so richtig anfühlte, wenn sie beide zusammen waren. Aber das konnte er nicht. Es würde ein Desaster werden, und sie würden beide schrecklich leiden. Das wusste er genau, denn er hatte es schon erlebt. Und zwar mehr als einmal.

»Ich kann das nicht mehr«, sagte er also stattdessen. »Ich bin nicht der richtige Mann dafür. Mein Ding, das sind Brautjungfern und nicht Beziehungen. Wir haben das beide gewusst,

Carol. Und deshalb: Es war eine wunderschöne Zeit. Aber es ist vorbei.«

Er sah, wie die Farbe aus ihrem Gesicht wich. Ihre Augen füllten sich mit Tränen, doch sie weinte nicht. Unwillkürlich wartete er darauf – nein, er hoffte darauf –, dass sie ihn durchschaute. Dass sie ihn packte und schüttelte. Ihm sagte, dass er ein totaler Idiot war, aber dass sein dummes Verhalten sie nicht einschüchterte. Weil sie nämlich eines ganz genau wusste: Sie beide gehörten zusammen. Also würde sie ihn nicht verlassen und auch nicht zulassen, dass er sie verließ. Sie würde bei ihm bleiben und ihn lieben. Weil sie nämlich keinen Zweifel daran hatte, dass er ihr ebenfalls sein Herz schenken würde, wenn er gelernt hatte, ihr zu vertrauen.

Wenn sie das sagte – oder irgendetwas Ähnliches –, dann gab es vielleicht doch noch eine Chance.

Und, ja, ihm war klar, dass er in diesem Fall wie der größte Trottel aller Zeiten dastehen würde. Aber für Carol würde er gerne der größte Trottel aller Zeiten sein.

Nur sagte sie leider gar nichts in dieser Richtung. Stattdessen räusperte sie sich. Und dann sprach sie.

»Ich dachte mir schon, dass es etwas in dieser Art ist«, sagte sie leise und traurig. »Danke, dass du so ehrlich bist und es mir persönlich sagst. Ich hatte schon befürchtet, dass du einfach spurlos von der Bildfläche verschwinden würdest.« Eine einzelne Träne lief ihr über die Wange. »Mach's gut, Mathias.«

Er sah zu, wie sich die Tür hinter ihr schloss. Und dann stand er da – mit einem Leben, in dem nur noch Leere herrschte.

»Ich werde nicht gehen«, erklärte Violet entschieden, als sie sich zu Carol auf das Sofa setzte. »Jedenfalls nicht sofort. Es ist kein Problem, wenn ich erst in ein paar Wochen nach England fliege. Ulrich wird das verstehen. Also werde ich bei dir bleiben, bis sich die Dinge hier etwas beruhigt haben.«

Carol versuchte verzweifelt, nicht zu weinen. Sie wusste,

dass ihre Tränen viel mit der Entscheidung ihrer Schwester zu tun hatten. Vielleicht waren sie sogar der Grund dafür.

»Vergiss es. Das wirst du nicht tun.« Sie wischte sich energisch über die Wangen und versuchte zu lächeln. »Wir beide werden jetzt den Rest deiner Sachen packen. Und dann fliegst du nach England, zu dem Mann, der dich liebt.«

Violet griff nach Carols Händen. »Natürlich bleibe ich. Du bist meine Schwester, und ich liebe dich. Denkst du, ich verschwinde einfach, wenn du mich brauchst?«

»Was ich brauche, ist einfach nur etwas Zeit. Ich komme schon klar. Tut mir leid, dass ich dir deine Glücksstimmung verdorben habe.«

»Das hast du nicht. Und du brauchst auch gar nicht so zu tun, als wäre alles okay. Ich hasse Mathias. Am liebsten würde ich ihn so richtig verprügeln.«

»Das könnte schwierig werden. Du bist nicht gerade der Schlägertyp. Außerdem hat Mathias ja nichts falsch gemacht. Er fühlt, was er fühlt.«

Violet verzog das Gesicht. »Mathias Mitchell ist ein Idiot. Er hat dir wehgetan, und das werde ich ihm niemals verzeihen. Du bist der wundervollste Mensch, den ich kenne. Und er will dich nicht? Da muss ich mich doch fragen: Was ist bei dem Typen eigentlich schiefgelaufen?«

Dass Mathias sie nicht wollte, war noch schmerzhafter gewesen, als Carol jemals erwartet hatte. Noch immer war da dieses Stechen in ihrer Brust, dass es schwer bis unmöglich machte, richtig Luft zu holen.

Sie hatte sich das ganze Wochenende über in ihrem Haus verkrochen. Erst am Montagmorgen war sie wieder rausgekommen – und das auch nur, weil sie ihre Tiere versorgen musste. Bei der Arbeit hatte sie ihr Bestes getan, um möglichst heiter und gelassen zu wirken. Ihr Vater und ihr Onkel hatten sich auch täuschen lassen. Aber als sie heute, am Dienstag, bei Violet aufgetaucht war, um ihr beim Packen zu helfen, hatte ihre

Schwester einen einzigen Blick auf sie geworfen. Dann hatte sie Carol in die Arme genommen und gefragt, was los war.

»Mit mir hat das gar nichts zu tun.« Das war es, was Carol bei ihrem dreitägigen Denkmarathon schließlich klar geworden war. »Es geht um ihn und die Vergangenheit. Mathias will sich nicht auf eine Beziehung einlassen, weil er überzeugt ist, dass er dann wieder verraten und verlassen wird. Darüber haben er und ich schon mal gesprochen. Deshalb weiß ich, was er denkt und wovor er Angst hat. Und vor allem weiß ich, dass es völlig sinnlos ist, ihm zu sagen, dass ich ihn niemals verletzen würde.«

»Aber es stimmt doch: Du würdest ihn niemals verletzen«, sagte ihre Schwester voller Empörung.

Carol gelang ein kleines Lächeln, dann schniefte sie. »Doch, würde ich. Natürlich würde ich ihn verletzen. Menschen, die einander sehr mögen, verletzen sich trotzdem. Das lässt sich bei keiner Art von Beziehung vermeiden. Der Unterschied ist nur: Wenn ich dich zum Beispiel durch irgendetwas verletzen würde, dann würdest du mir das sagen. Oder ich würde es von selbst merken. So oder so – ich würde mich dann entschuldigen und versuchen, es beim nächsten Mal besser zu machen. Aber Mathias hat diese Art von Verhalten nicht kennengelernt. Er weiß nicht, dass es einen Prozess gibt, dass Menschen aus ihren Fehlern lernen wollen. Und falls er es weiß, dann traut er der Sache nicht. Ich hätte mich daran erinnern müssen, dass das bei ihm so ist.«

»Also, ich weiß nicht, Carol. Ich finde, dass du viel zu selbstkritisch bist. Mathias ist derjenige, der dich verletzt hat. Nicht umgekehrt.«

Carol dachte an die andere unschöne Wahrheit, die ihr bei ihrem Denkmarathon klargeworden war. Noch immer fiel es ihr schwer, das zuzugeben. Aber sie zwang sich, es auszusprechen. »Ich bin genauso schlimm wie er«, sagte sie. »Ich denke ständig, dass ich nichts Besonderes bin.«

Violet umarmte sie. »Quatsch. Du bist der beste Mensch, den ich kenne. Natürlich bist du etwas ganz Besonderes.«

»Danke. Aber du weißt, wie ich es meine. Wir haben diese Lektion damals in der Schule auf die harte Art gelernt. Und ich habe sie mir viel zu gut eingeprägt. Jedes Mal, wenn ich nervös werde oder mich vor etwas fürchte, taucht dieser Satz automatisch in meinem Kopf auf. Zum Beispiel als Mathias mit mir Schluss gemacht hat. Das Erste, was ich gedacht habe, war: ›Kein Wunder. Ich bin ja auch nicht gut genug für ihn.‹ Ich war geschockt und verletzt. In dem Moment konnte ich mich kaum rühren und auch nicht wirklich reagieren. Aber inzwischen denke ich, dass es vielleicht gut gewesen wäre zu kämpfen. Ihm zu sagen, dass er unrecht hat. Dass diese Sachen, die er über uns beide und unsere Beziehung denkt, einfach Schwachsinn sind. Dann hätte er wenigstens gewusst, wie ich das sehe.«

»Glaubst du, das hätte etwas geändert?«

»Ich weiß es nicht.« Das ist das Allerschlimmste, dachte sie. Es nicht zu wissen. Hatte sie ihr Glück verloren, weil sie zu feige gewesen war?

»Dann sag es ihm doch jetzt. Los, fahren wir hin. Ich komme mit.«

Carol drückte Violets Hand. »Du bist die beste Schwester der Welt. Danke für das Angebot. Ich werde mit Mathias reden, das verspreche ich. Aber ich muss das allein regeln, Violet.«

Es war höchste Zeit, endlich diesen verdammten Minderwertigkeitskomplex loszuwerden. Nur so würde sie es schaffen, diese völlig verfahrene Situation irgendwie zu ändern. Sie musste das Problem lösen – nicht so sehr Mathias zuliebe, sondern vor allem für sich selbst.

»Ich komme klar«, versprach sie. »Egal was passieren wird. Also packst du jetzt weiter deine Sachen.«

»Ich will dich nicht verlassen.«

»Und ich will nicht verlassen werden. Aber ich will, dass du gehst.«

Sie umarmten einander ein drittes Mal. Carol spürte, wie die Liebe ihrer Schwester sie mit Wärme und Zuversicht erfüllte. Es würde lange dauern, bis sie das alles überwunden hatte. Aber zum ersten Mal hatte sie das Gefühl, Licht am Ende des Tunnels zu sehen. Sie hatte die Wahl: Entweder konnte sie sich weiter hinter ihrer Angst verstecken, um nur ja kein Risiko einzugehen. Oder sie konnte für das kämpfen, was sie wirklich wollte. Die Entscheidung war ganz allein ihre. Aber es war klar: Sie musste sich – unabhängig von Mathias – gut überlegen, wie sie sich ihre Zukunft vorstellte. Denn sonst würde sie immer ein Zuschauer in ihrem eigenen Leben bleiben.

Die Wildtier-Abteilung von FedEx hatte die Herausforderung, eine Giraffe quer durchs Land zu transportieren, hervorragend gelöst. Carol sah zu, wie Mrs. Santora vorsichtig die Rampe hinunterging und ihr neues Zuhause bestaunte. Genau wie Millie war auch Mrs. Santora eine Netzgiraffe, deren wilde Artgenossen in Äthiopien, Somalia und im Süden von Kenia beheimatet waren. Allerdings wurde geschätzt, dass inzwischen nur noch etwa fünftausend Tiere in freier Wildbahn lebten.

Mrs. Santora zögerte, als wäre sie nicht sicher, was sie jetzt tun sollte.

»Es ist okay«, versicherte Carol ihr leise. »Du bist jetzt in Sicherheit.«

Ebenso wie Millie hatte Mrs. Santora viele Jahre ganz allein verbringen müssen. Obwohl sie etwas älter war als Millie, waren beide Giraffen letztlich noch relativ jung. Carol hoffte daher, dass die zwei sich anfreunden würden.

Die ersten Tage würden Mrs. Santora und Millie komplett getrennt verbringen. Sobald Mrs. Santora sich ein wenig eingelebt und die neue Umgebung erkundet hatte, würden die beiden sich aus der Ferne betrachten können. Und dann, nach etwa einem Monat, würde es losgehen mit der glücklichen Giraffenherde von Happily Inc – jedenfalls hoffte Carol das.

»Es gibt hier sehr leckere Brombeerblätter-Snacks«, erläuterte sie Mrs. Santora. »Auch sonst wird es dir hier bestimmt gefallen. Die Zebras drehen ab und zu mal durch. Aber du weißt ja, wie Zebras sind – komplette Chaoten. Ansonsten haben wir noch eine Menge Gazellen und einen Wasserbüffel. Klingt das gut? Ich hoffe, dass du hier glücklich sein wirst. Denkst du, dass das möglich ist?«

Mrs. Santora blickte zu ihr hinunter. Dann blinzelte die Giraffe mit ihren unglaublich langen Wimpern.

Carol lächelte. »Das interpretiere ich mal als ein Ja.«

Nach kurzem Zögern begann Mrs. Santora, ihr neues Gehege zu durchqueren. In der Mitte stand ein Pfahl, an dessen oberem Ende ein Futterkorb mit frischen Zweigen und Blättern befestigt war. Die Giraffe ging darauf zu und schnüffelte. Dann zog sie mit den Lippen ein einzelnes Blatt hervor und begann genüsslich zu kauen.

»Gut so, mein Mädchen«, flüsterte Carol. »Willkommen zu Hause.«

Mathias trank den ersten Kaffee des Tages draußen auf der Veranda. Inzwischen war es morgens deutlich kühler. Der Oktober war fast vorbei, und selbst in der Wüste sanken im November die Temperaturen. Wobei die Nachmittage noch immer angenehm warm waren. Während er seinen Kaffee trank, beobachtete Mathias, wie der Morgennebel in fantastischen Formationen über dem Boden schwebte. Einen Moment lang hatte er das Bedürfnis, aufzuspringen und seinen Skizzenblock zu holen. Aber wozu? Er stellte nur noch Teller, Lampen und Schüsseln her. Alltagskunst war sein Ding – für alles andere war er nicht geschaffen. Dieser Funke, den Carol und Millie in ihm entzündet hatten, war erloschen. Er hatte noch einige Versuche mit Skulpturen gemacht, die jedoch völlig missraten waren. Nicht in technischer Hinsicht – da waren sie gar nicht so schlecht gewesen. Aber die Seele hatte gefehlt, das Herz.

Apropos Giraffe: Heute war der große Tag. Carols neue Giraffen würden zum ersten Mal gemeinsam mit Millie herausgelassen werden. Ganz Happily Inc hatte mit Spannung auf diesen Moment gewartet. Später, nachdem alle die Herde kennengelernt hatten, würde es im Büro der Stiftung eine kleine Feier geben. So lange werde ich aber nicht warten müssen, dachte Mathias. Denn dank der Lage seines Hauses würde er eine Vorabshow in Sachen Giraffen bekommen.

Kurz nach sieben Uhr tauchte in der Ferne Carols Golfwagen auf. Hinten, auf der Ladefläche, befanden sich mehrere Haufen Zweige mit frischen Blättern. Mathias saß ganz still da und beobachtete, wie Carol und ihr Vater aus dem Wagen stiegen und die Zweige an den drei Pfosten hinaufzogen. Sie sicherten die Ketten, stiegen wieder ein und fuhren los. Nachdem sie etwa fünfzig Meter weit gefahren waren, hielten sie an und warteten. Mathias wartete mit ihnen.

Nur wenige Minuten später tauchte Millie auf. Sie ging auf die Pfosten zu – dicht gefolgt von zwei weiteren Giraffen. Alle drei Giraffen reckten die Hälse und begannen, ihr Frühstück zu fressen.

Millies Herde, dachte Mathias. Carol hatte es wahr gemacht. Das hier waren die ersten beiden Giraffen. Zwei weitere würden in den nächsten Wochen folgen. Wenn die Neulinge sich ebenfalls eingewöhnt hatten und herausgelassen werden konnten, würde die Herde aus fünf Giraffen bestehen.

Er hatte von Nick gehört, dass diese beiden Weibchen hier sich viel schneller als erwartet an ihr neues Zuhause gewöhnt hatten. Die Lokalmedien hatten mehrfach über Millies wachsende Familie berichtet, und die landesweiten Medien hatten daraufhin das Thema ebenfalls aufgegriffen. Das hatte zur Folge, dass mehr Spenden für die Stiftung eintrafen – Geld, mit dem das Wildtierreservat ausgebaut werden konnte. Anscheinend gab es die Idee, ein Zuchtprogramm für gefährdete Arten ins Leben zu rufen. Er hatte auch gehört, dass ein paar

Botaniker überlegten, welche Pflanzen auf den Flächen rund um Happily Inc angebaut werden konnten. Der Plan war, sich vor allem auf gefährdete Pflanzenarten zu konzentrieren, die vor dem Aussterben bewahrt werden mussten.

Carol ist hoffentlich sehr stolz auf sich, dachte er. Sie hatte auf ihre ruhige, bescheidene Art enorm viel erreicht. Er war froh, dass er immerhin einen kleinen Teil dazu beigetragen hatte. Und er fragte sich, ob Carol manchmal an ihn dachte oder ob sie das alles hinter sich gelassen hatte. Er jedenfalls hatte gar nichts hinter sich gelassen. Die Gedanken an Carol verfolgten ihn Tag und Nacht.

Natürlich war ihm klar gewesen, dass er sie schrecklich vermissen würde. Aber er hatte irgendwie gedacht, dass dieses Gefühl mit der Zeit etwas nachlassen würde. Tja, falsch gedacht. Gar nichts ließ hier nach. Mal abgesehen von der Tatsache, dass er bei jeder passenden und unpassenden Gelegenheit an sie dachte, konnte er weder richtig schlafen noch essen. Zum ersten Mal wurde ihm klar, wie viel sich in seinem Leben um Carol gedreht hatte. Und jetzt, wo sie weg war, schien alles auseinanderzufallen. Er tat sein Bestes, um sich nichts anmerken zu lassen. Das Letzte, was er jetzt brauchen konnte, waren irgendwelche idiotischen Bemerkungen von seinen Brüdern. Also zwang er sich, morgens aufzustehen und ganz normal zur Arbeit zu gehen. Aber er hatte das ungute Gefühl, dass seine Brüder die Lage allmählich durchschauten.

Die ganze Sache war wie verhext. Er hatte sich wieder und wieder gesagt, dass nur eines half, wenn man vom Pferd fiel: Man musste schnellstens wieder aufsteigen – sozusagen. Also hatte er beschlossen, sich ein paar attraktive Brautjungfern zu suchen, mit denen er sich vergnügen konnte. Aber dieses Projekt war an einem unerwarteten Hindernis gescheitert: Er wollte diese Frauen nicht. Keine von ihnen. So einsam seine Nächte auch waren – die einzige Person, nach der er sich sehnte, war Carol.

Er vermisste sie. Ihr Lächeln, die nackten Füße, ihre Berührungen, ihre warme Art. Er vermisste es, mit ihr zu reden, zu schweigen und zu lachen. Er vermisste es, am Morgen zu wissen, dass er sie am Abend im Boardroom treffen würde. Er vermisste es … Okay, zusammengefasst sah die Lage wohl so aus: Irgendwann, als er gerade nicht richtig aufgepasst hatte, war Carol alles für ihn geworden. Und ohne sie bestand sein Leben nur noch aus Leere.

Womit er vor der Frage stand: Was tun? Er konnte sich natürlich sagen, dass er irgendwann schon über sie hinwegkommen würde. Wenn er allerdings bedachte, wie die Sache bisher gelaufen war, dann hatte er da so seine Zweifel. Blieb also die andere Möglichkeit: das ultimative Risiko einzugehen. Etwas, das er bisher nie gewollt hatte. Aber hier ging es um Carol. Und das änderte alles.

Er beobachtete, wie sie und ihr Vater eine Weile später zu den Scheunen zurückfuhren. Dann wandte er sich wieder Millie und ihrer Herde zu. Die Giraffen im Licht der Morgensonne waren ein unglaublicher Anblick. Sie wirkten zugleich unbeholfen und elegant, völlig deplatziert in der Wüste von Kalifornien und doch komplett zu Hause.

Sein Handy vibrierte. Er zog es aus der Tasche und starrte auf die Nachricht, die aus einem einzigen Wort bestand.

Also?

Atsuko drängte ihn schon seit Wochen. Sie war auf die irrwitzige Idee gekommen, eine Einzelausstellung zu veranstalten – mit ihm. Er sollte der einzige Künstler sein, der präsentiert wurde. Zudem sollte auch nur ein einziges Stück ausgestellt werden: seine Skulptur von Carol und Millie.

Er war Atsuko natürlich dankbar für ihre Unterstützung. Der Sinn der ganzen Aktion leuchtete ihm allerdings trotzdem nicht ein. Er würde nie wieder etwas Derartiges erschaffen.

Und was den Verkauf der Skulptur betraf: Da war er sich absolut nicht sicher. Wollte er, dass jemand anderes sie besaß? Nein, wollte er nicht. Allerdings war sein Plan immer gewesen, die Skulptur Carol zu schenken. Und nach allem, was zwischen ihnen vorgefallen – oder nicht vorgefallen – war, würde Carol wohl kaum Interesse an diesem Werk haben.

Er sah auf das Handy und tippte kurz entschlossen seine Antwort.

Okay.

Dann drückte er auf »senden«, wandte sich von den Giraffen ab und ging zurück ins Haus.

Carols Magen war unglücklich. Das Rumoren und die Krämpfe führten dazu, dass sie noch angespannter war als ohnehin schon. Klar, sie hatte damit gerechnet, ziemlich nervös zu sein. Aber dass ihr eigener Magen alles noch komplizierter machen würde, hatte sie nicht erwartet.

Heute Abend wurde Mathias' Ausstellung eröffnet. Sie hatte eine Einladung zur Vernissage erhalten, genau wie die anderen Bewohner von Happily Inc. Natürlich hatte sie sich unter einem Vorwand entschuldigt – denn Mathias bei einer Veranstaltung auf engstem Raum wiederzutreffen, noch dazu vor den Augen all ihrer Freunde, war ganz sicher keine gute Idee. Doch dann hatte Atsuko sich noch mal bei ihr gemeldet und sie gedrängt, wenigstens tagsüber kurz in der Galerie vorbeizukommen. Denn es gäbe da etwas, das sie ihr zeigen müsse.

Was mysteriös klang. Wenn auch nicht unbedingt auf die gute *Ich-habe-dir-dein-Lieblingseis-besorgt*-Weise. Trotzdem, dachte Carol. Atsuko hatte ihr sehr geholfen. Ohne die Auktion hätte Millie nie eine Herde bekommen. Daher wäre es jetzt ziemlich unhöflich gewesen, die Einladung ohne Begründung abzulehnen. Und zu erklären, dass sie schon mehr als genug von Mathias' Werken gesehen hatte, kam wohl ebenfalls nicht infrage.

Also saß Carol jetzt im Auto vor der Galerie. Und während ihr Magen die merkwürdigsten Geräusche von sich gab, schärfte sie sich immer wieder ein, dass sie eine starke Frau war. Selbstbewusst, gelassen. Und dass es deswegen überhaupt kein Problem war, das Gebäude zu betreten.

Eben war sie schnell noch einmal um den Block gefahren – sicher war sicher. Zu ihrer Erleichterung hatte sie Mathias' Mercedes allerdings nirgends entdecken können. Die Vernissage sollte in drei Stunden beginnen. Aber als Star des Abends würde Mathias vermutlich ein wenig später auftauchen. Atsuko und sie würden jetzt mit ziemlicher Sicherheit allein sein. Und deshalb gab es keinen Grund, durchzudrehen. Nur ihr Magen schien das nicht kapiert zu haben.

Sie holte tief Luft, stieg aus dem Jeep und betrat die Galerie. Der große Raum, in dem die meisten Ausstellungen stattfanden, wirkte ungewohnt leer und dunkel. Sie sah sich um und versuchte, sich zu orientieren.

Die Vitrinen waren nach dem Millie-Event umgestellt worden. Jetzt standen sie am Rand des Raums. Außerdem war ihre Zahl deutlich reduziert worden. In den verbleibenden Glaskästen wurde offenbar Mathias' Gebrauchskunst ausgestellt: Teller, Vasen und Schüsseln. Carol entdeckte eine Sammlung seiner eher skurrilen Stücke und die neue Serie, deren Muster Millies Fell nachempfunden war.

Als sie ein Geräusch hörte, blickte sie auf. Atsuko löste sich aus dem Dunkel am anderen Ende des Raums und kam lächelnd auf sie zu. »Carol. Du bist gekommen. Das freut mich sehr. Gib mir eine Sekunde, ich muss nur kurz das Licht anmachen.«

Sie ging zu einer Wand und drückte ein paar Schalter. Einen Moment lang wurde es komplett dunkel in der Galerie. Dann gingen die drei Scheinwerfer an der Decke an und erleuchteten einen Punkt in der Mitte des Raums. Carol blinzelte und bemerkte ein Podest, auf dem eine Glasskulptur stand.

Sie starrte das Kunstwerk an, unfähig sich zu rühren. Nach einer Weile begannen ihre Augen zu brennen, und der Hals wurde ihr eng. Was hatte er getan?

Die Skulptur bestand aus zwei Figuren, die einander zugewandt waren. Die eine davon war Millie – in einer wunderschönen Version, die etwa dreimal so groß war wie jene, die Carol von Mathias bekommen hatte. Jedes Detail war perfekt: der Körperbau, das Muster des Fells und der Anschein von Bewegung. Millie beugte ihren Kopf herab, als ob sie die Frau berühren wollte, die vor ihr stand. Eine Frau, die irgendwie seltsam vertraut aussah.

Carol wusste nicht, wie sie dahin gelangt war. Aber plötzlich stand sie direkt vor der Frauenfigur. Sie musterte das Gesicht, die Haare, die Körperhaltung … und erkannte sich selbst. Mathias hatte den Moment eingefangen, in dem sie zu Millie aufsah und ihr den Arm entgegenstreckte. Gleichzeitig beugte sich Millie zu ihr herunter, sodass beide Bewegungen aufeinander zuliefen. Die Giraffe und die Frau stellten eine Einheit dar – zwei verschiedene Arten, verbunden durch Vertrauen und tiefe Zuneigung.

Wie hatte er das hinbekommen? Und wann? Ein Teil von ihr konnte einfach nur die Brillanz bewundern, die sich in diesem Werk zeigte. Es war ganz klar zu sehen, dass der Künstler extrem talentiert war und über eine hervorragende Technik verfügte. Und dann gab es da noch diesen zweiten Teil von ihr. Dieser Teil sah etwas anderes. Etwas, das mit Talent und Technik gar nichts zu tun hatte.

Zuerst wollte sie es nicht glauben. Nein, sagte sie sich, das kann nicht sein. Was, wenn sie sich wieder irrte? Aber ihr Herz und ihre Augen schickten ihr hartnäckig immer weiter die gleiche Botschaft: Das, was diese Skulptur so besonders machte, waren nicht die Technik und die Genialität des Entwurfs – es war die Liebe, die darin sichtbar wurde. Dieses Kunstwerk war eine Liebeserklärung. Und die Liebe, die es ausstrahlte, war so stark, dass dem Betrachter gar nichts anderes übrig blieb, als sie ebenfalls zu spüren – mit Herz und Seele, am ganzen Körper, bis hinein in die letzte Zelle.

Carol wurde von einer unbekannten Wärme erfüllt, die alle Furcht und alle Zweifel vertrieb. Sie hatte immer Angst davor gehabt, nichts Besonderes zu sein. Diese verflixte Angst hatte dazu geführt, dass sie ihr Leben nur halb lebte. Beinahe hätte sie deswegen auch Mathias verloren. Denn als es hart auf hart gekommen war, hatte ihr der Mut gefehlt, die Wahrheit zu sagen und vom besten Ergebnis auszugehen.

Gefühle schwollen in ihr an und wirbelten durcheinander, bevor auf einmal alles an seinen Platz fiel. Gleich darauf verspürte Carol eine ungewohnte Sicherheit, die nicht nur ihr Herz beruhigte, sondern auch ihren rebellischen Magen.

Sie blickte auf und sah, dass Atsuko sie abwartend betrachtete.

»Danke«, sagte Carol. »Danke. Ich muss gehen.«

Die Galeriebesitzerin lächelte.

So schnell sie konnte, fuhr Carol zu Mathias' Haus und rannte die Stufen zur Tür hinauf. Vermutlich hätte sie sich überlegen sollen, was sie sagen wollte. Aber es gelang ihr nicht, sich darauf zu konzentrieren. Nicht, wenn sie immer noch die Skulptur so deutlich vor sich sah. Hatte Mathias gewusst, was er damit erklärte? War es Absicht gewesen oder bloßer Zufall?

Er öffnete die Tür und starrte sie überrascht an. »Carol?«

Sie musterte ihn. Er trug Anzughosen und ein weißes Hemd. Weil er gleich zu der Vernissage gehen würde. Weil er ein begabter Künstler war, während sie nur …

Nein! Nein, Schluss damit! Sie würde sich nicht schon wieder kleiner machen, als sie war. Er liebte sie, und sie liebte ihn – nur das zählte.

Kurz entschlossen drängte sie sich an ihm vorbei und marschierte ins Haus. Dann drehte sie sich um und sah ihn an. Er sagte nichts. Eine ungute Stille legte sich über den Raum. Schon konnte Carol wieder die ersten Anzeichen von Angst in sich spüren. Doch sie ignorierte das Gefühl und konzentrierte sich auf den Anblick von Mathias' Gesicht.

Er sah müde aus, als hätte er seit Ewigkeiten nicht richtig geschlafen. Sie hoffte, dass er sie so sehr vermisst hatte wie sie ihn. Sie beide gehörten zusammen. Und wenn er das nicht einsah, dann musste sie ihn eben überzeugen.

»Ich verstehe es jetzt«, platzte sie heraus. »Nachdem ich deine Eltern kennengelernt habe, kann ich mir ansatzweise vorstellen, wie das bei euch zu Hause abgelaufen ist. Für ein Kind muss das ziemlich verwirrend und beängstigend gewesen sein. Du hast nie gewusst, was als Nächstes passiert. Die Einzigen, auf die du dich verlassen konntest, sind deine Brüder gewesen. Du warst begabt und wolltest ein erfolgreicher Künstler werden. Aber dir war nicht klar, ob das okay ist. Dann hat dein Vater dir gezeigt, dass es absolut nicht okay ist. Und von da an warst du innerlich zerrissen: Einerseits hast du gewusst, wer du sein willst. Andererseits war klar, wer du sein musst, um dir und dem Rest der Familie weiteren Ärger zu ersparen. Trotz allem hattest du aber immer noch Ronan. Bis eines Tages auch er verschwunden ist.«

Mathias stand auf der anderen Seites des Wohnzimmers und schwieg. Seine Miene war vollkommen ausdruckslos. Eines ist klar, dachte Carol. Er hatte nicht vor, sie aus dieser sehr unangenehmen Situation zu erlösen, indem er ihr sagte, was er fühlte oder dachte. Also musste sie weitermachen – auf die Gefahr hin, dass sie sich komplett irrte. Wobei das vielleicht ganz gut war. Denn Mathias hatte mit seinen Ängsten zu kämpfen, aber sie auch mit ihren. Wenn sie jetzt wieder dachte, dass sie in seinen Augen sowieso nichts Besonderes war, hatte sie schon verloren. Weil sie sich dann nämlich nicht trauen würde, das zu sagen, was sie noch sagen musste.

»Ich verstehe, warum du es schwierig findest, anderen Menschen zu vertrauen«, fuhr sie fort. »Du willst nie mehr verletzt oder im Stich gelassen werden. Irgendwann hast du beschlossen, lieber allein zu bleiben. Weil das sicherer ist. Keine emotionale Bindung, keine Probleme. Nur funktioniert das so nicht. Damit werden die Probleme nämlich nur größer. Wenn man alle anderen von sich fernhält, schrumpft die eigene Welt immer weiter, bis irgendwann gar nichts mehr übrig ist. Es gibt Menschen, die verbergen können, wer sie wirklich sind. Aber du bist keiner von ihnen.«

Sie trat einen Schritt auf ihn zu und holte tief Luft. »Du liebst mich.«

Ein Muskel an seinem Kiefer zuckte. Aber das war die einzige Reaktion.

»Du liebst mich«, wiederholte sie ein wenig zittrig. »Tut mir leid, dass ich so lange gebraucht habe, um das zu begreifen. Dabei ist es überall zu sehen: Du warst derjenige, der Ronan dazu gebracht hat, ein Kunstwerk zu spenden. Du warst immer für mich da und hast das Beste für mich gewollt. Du bist hilfsbereit und warmherzig. Selbst Sophie hast du sofort bei dir aufgenommen. Und, ja, ich weiß – die Sache mit Sophie hat nichts damit zu tun, dass du mich liebst. Aber trotzdem, es zeigt, was für ein Mensch du bist. Und du hast dich nicht nur um Sophie gekümmert. Du hast sie vermisst, nachdem sie wieder weg war.«

Sie trat noch einen Schritt auf ihn zu. »Ich habe deine Skulptur gesehen, Mathias. Sie ist unglaublich. Und sie zeigt es ganz deutlich – deine Liebe. Ich kann sehen, dass du mich liebst, und ich kann es fühlen. Das hätte ich viel früher merken sollen, aber ich war so sehr mit meinen Selbstzweifeln beschäftigt, dass ich nicht erkannt habe, was direkt vor meiner Nase war. Es tut mir leid, dass ich so dumm war. Mehr noch: Ich habe dich gehen lassen. Das neulich, das war ein Test. Ich glaube nicht, dass du das mit Absicht gemacht hast, aber du musstest ganz sicher sein. Und als du mich auf die Probe gestellt hast, habe ich genau das Falsche getan.«

Sie schüttelte den Kopf und lächelte dann. »Ich dachte immer, es geht darum, ob man es wert ist, geliebt zu werden. Aber das stimmt nicht. Es geht darum, ob man *bereit* ist, geliebt zu werden und zu lieben. Ich liebe dich, Mathias. Schon sehr lange. Wir gehören zusammen. Und wenn du dafür Beweise brauchst, dann gebe ich sie dir.«

Sie schloss den Mund und wartete darauf, dass Mathias irgendetwas sagte. Sie wartete. Und wartete. Die Sekunden verstrichen. Angst flackerte in ihr auf. Was, wenn … Nein, sagte sie sich gleich darauf und schob die Angst energisch beiseite. Sie würde nicht den gleichen Fehler noch einmal machen. Sie vertraute Mathias, und sie vertraute sich selbst.

Nach einer Weile hatte sie den Eindruck, dass die Anspannung seines Körpers etwas nachzulassen schien. Mathias zog eine Augenbraue hoch.

»Du scheinst dir ja sehr sicher zu sein.«

»Das bin ich«, erwiderte sie.

»Und was, wenn du dich irrst?«

»Ich irre mich nicht, Mathias. Ich liebe dich. Wenn du mehr Zeit brauchst, um …«

Weiter kam sie nicht. Im nächsten Moment hatte Mathias sie gepackt und an sich gezogen. Dann senkte er wortlos den Kopf und eroberte ihre Lippen mit einem Kuss, der ihr alles sagte, was sie wissen musste.

Nach einer Weile hob er den Kopf. Noch immer hielt er sie fest umschlungen, als würde er sie niemals wieder gehen lassen wollen. »Du hast mir so sehr gefehlt«, sagte er. »Es tut mir leid, dass ich ein solcher unglaublicher Idiot war. Denn natürlich stimmt das: Ich liebe dich, Carol.«

Mit einem Seufzen erwiderte sie: »Da bin ich ja erleichtert.«

Er lachte. Dann fragte er: »Wann hast du die Skulptur entdeckt?«

»Atsuko wollte, dass ich heute kurz vorbeikomme. Ich habe die Figuren gesehen. Und dann habe ich es endlich begriffen. Es war ganz deutlich. Als würdest du neben mir stehen und es laut aussprechen.«

Er drückte seine Stirn an ihre. »Es tut mir leid, dass ich so lange gebraucht habe, um es dir zu sagen.«

»Ich war diejenige, die zu viel Angst hatte, um irgendetwas zuzugeben.«

Er küsste sie wieder, warm und zärtlich. Dann schüttelte er den Kopf und sagte: »Nein, Carol. Du darfst nicht denken, dass es an dir lag. Es lag an mir. An mir und diesen idiotischen Zweifeln. Ich habe dich geliebt, seit ich dich zum ersten Mal gesehen habe.«

Sie blinzelte. »Das hast du?«

»Ja. Ich bin in dieses Haus gezogen. Und als ich am dritten Morgen aufgestanden bin, habe ich dich und Millie gesehen. Die Sonne war gerade aufgegangen, und ihr habt einen Spaziergang in der Savanne gemacht.«

Carol lief ein kleiner, entzückter Schauer über den Rücken. »Du hast nie etwas gesagt.«

»Es hat mir Angst gemacht.«

»Und du hast mit all diesen Brautjungfern geschlafen.«

Er sah ihr direkt in die Augen. »Nein. Nicht seit dieser Nacht, in der …«

»In der wir Sex hatten, du eingeschlafen bist und danach alles vergessen hast?«, fragte sie und lachte.

Er stöhnte. »Wir müssen uns eine andere Bezeichnung dafür überlegen. Aber ja. Seit dieser Nacht.«

»Gut. Denn tragischerweise war das der beste Sex meines Lebens. Na ja – bis auf die Nächte, in denen du wach warst, natürlich.«

»Wirklich?«

Sie sah ihn an und grinste. »Du möchtest Komplimente hören? Soll ich dir sagen, dass du ein Sexgott bist?«

»Tja, warum eigentlich nicht?«

»Na schön: Mathias Mitchell, du bist ein Sexgott. Und auch sonst gibt es da einige Dinge an dir, die nicht so übel sind.«

Sein Lächeln schwand. »Ich liebe dich, Carol.«

»Ich liebe dich auch.« Sie küsste ihn. Als sie sich schließlich von ihm löste, sagte sie: »Das heißt dann wohl, dass wir zusammen sind.«

»Das heißt es.«

Sie seufzte. »Ich habe einen Freund.«

Er lachte und schob sie sanft, aber bestimmt in Richtung Treppe.

»Was tust du da?«, fragte sie, obwohl sie bereits neben ihm die Stufen hinauflief.

»Ich denke, das weißt du.«

»Aber du musst zu deiner Vernissage.«

»Das hat Zeit.« Als sie den oberen Treppenabsatz erreicht hatten, blieb er stehen und strich mit der Hand über ihre Wange. »Du kommst nachher mit, oder?«

»Na klar.« Sie griff nach seiner Hand.

»Gut«, erwiderte er, bevor er sie ins Schlafzimmer zog und dann langsam die Tür hinter ihnen schloss.

Am anderen Ende der Stadt summte Atsuko vor sich hin, während sie einen Aufkleber an dem Podest befestigte. Der Aufkleber war ein kleiner roter Punkt. Und er besagte, dass dieses Kunstwerk nicht zu verkaufen war. Atsuko trat einen Schritt zurück und lächelte zufrieden.

Auch Millie, die am anderen Ende des Tals die warme Nachmittagssonne genoss, verspürte ein Gefühl tiefer Zufriedenheit. Sie war nicht mehr allein. Neben ihr standen die anderen: ihre Herde. Und das war erst der Anfang von all dem, was noch kommen würde. Millie beugte leicht den Hals und blickte über die weite Savanne hinweg auf die Zukunft, die strahlend vor ihr lag.

Epilog

Im Esszimmer von Battenberg Park hätten mühelos fünfzig Gäste Platz gefunden ... oder auch ein paar mehr. Mathias hatte sich nie viele Gedanken über Adel oder die englische Geschichte gemacht. Aber offenbar hatte es seine Vorteile, ein Duke zu sein. Klar, es gab allerhand Regeln, die befolgt werden mussten. Und dieses alte Haus in Schuss zu halten, war garantiert nicht leicht. Trotzdem musste er zugeben, dass er den Sinn für Tradition und die Verbindung mit der Vergangenheit faszinierend fand. Der Nachteil an der Sache war allerdings, dass man als englischer Duke wohl leider auch das englische Winterwetter ertragen musste.

Obwohl die Temperaturen Ende Februar immerhin über dem Gefrierpunkt lagen, war es in dem alten Gemäuer verflixt kalt. Was vor allem an der Feuchtigkeit lag, die bis in die letzte Ecke jedes Raums vorzudringen schien. Selbst die Feuer, die munter in den Kaminen prasselten, halfen wenig. Andererseits führte die klamme Kälte dazu, dass Carol sich nachts noch enger an ihn kuschelte – und darüber würde er sich garantiert nicht beschweren.

Carol und er waren nach England geflogen, um die Woche vor der Hochzeit mit dem Brautpaar zu verbringen. Am Donnerstag würden die übrigen Familienmitglieder sowie eine Reihe von Freunden eintreffen. Die Trauung würde am Samstag in der schönen alten Kirche stattfinden, die zu dem Anwesen gehörte. Und die anschließende Feier fand – selbstverständlich – im Ballsaal von Battenberg Park statt. Wo auch sonst? Denn, kein echter Duke ohne eigenen Ballsaal. Heute Abend waren es aber nur sie vier, die sich an einem Ende des riesigen Esstischs versammelt hatten. Sie hielten ein Probedinner ab, um zu entscheiden, was bei der Feier serviert werden sollte. Es gab zahlreiche Teller mit kleinen Portionen, sodass man jedes Gericht probieren konnte. Während Ulrich und er sich hauptsächlich am Essen erfreuten, trafen Violet und Carol die Entscheidungen.

Er beobachtete, wie die beiden Schwestern eifrig über Meat Pie diskutierten – eine Pastete mit Fleischfüllung, die in England offenbar sehr beliebt war.

»Meat Pie bei einer Hochzeit ist vielleicht etwas seltsam«, sagte Violet und nagte an ihrer Unterlippe. »Aber es ist nun mal Ulrichs Lieblingsgericht.«

»Darling, ich kann das auch an jedem anderen Tag der Woche essen«, entgegnete ihr Verlobter milde. »Such etwas aus, das dich glücklich macht.«

»Du machst mich glücklich«, erwiderte Violet.

Die beiden sahen einander an. Es war einer dieser schnellen, intimen Blicke, die typisch für glückliche Paare waren. Mathias war vor einiger Zeit aufgefallen, dass Carol und er sich auf die gleiche Weise anblickten.

Inzwischen waren sie seit fast vier Monaten zusammen. Und mit jedem neuen Tag schien ihre Liebe tiefer und ihr Glück größer zu werden. Er arbeitete an einigen neuen Projekten – neben seinen Tellern hatte er begonnen, Skizzen für verschiedene Skulpturen zu zeichnen. Carol hatte weiterhin viel zu tun mit ihrer Giraffenherde. Im Frühjahr würden die Botaniker eintreffen. Dank der zahlreichen Spenden hatten sie zwanzig Hektar Land kaufen können, auf dem bedrohte Pflanzen angebaut werden sollten. Die tierärztliche Versorgung vor Ort war geklärt und es gab sogar Gespräche über die Anschaffung eines Giraffenbullen.

Kurz: Diese zwei freien Wochen würden in nächster Zeit ihr einziger Urlaub sein. Carol und er hatten deshalb beschlossen, nach Violets Hochzeit noch eine Woche in der Karibik zu verbringen, bevor sie schließlich nach Happily Inc zurückkehrten. Allerdings gab es da eine Sache, die Carol bis jetzt nicht wusste.

»Ich sehe mal nach, wo der nächste Gang bleibt«, erklärte Violet passenderweise in diesem Moment.

»Ich helfe dir.« Er stand auf und folgte ihr in die Küche. Bevor sie den Koch in ein längeres Gespräch verwickeln konnte, zog er Violet in eine Ecke.

»Kurze Frage: Ist es hier Tradition, dass die Braut ihren Strauß wirft?«

Violet schaute ihn einen Moment lang verständnislos an. Dann weiteten sich ihre grünen Augen. Sie stieß einen kleinen Freudenschrei aus und umarmte ihn.

»Wirklich? Du wirst …?«

Er legte den Finger an den Mund. »Das ist geheim. Vorerst, jedenfalls.«

Sie nickte. »Kein Sterbenswörtchen. Ich werde nicht mal Ulrich verraten, dass du Carol nach unserer Hochzeit einen Antrag machen willst. Und was den Brautstrauß betrifft: Ich habe keine Ahnung, ob das hier üblich ist. Aber jeder weiß, dass ich Amerikanerin bin. Also sind sie schon daran gewöhnt, dass ich mich manchmal etwas seltsam verhalte. Ich werde einfach darauf bestehen. Und dann werfe ich Carol den Strauß zu. Oh, das wird wunderbar!«

Sie blickte sich um und senkte ihre Stimme noch weiter. »Wann und wo?«

»Wenn wir in der Karibik sind. Ich habe am Montag ein privates Abendessen am Strand organisiert.« Der Ring befand sich oben, in seiner Reisetasche. Er hatte ihn selbst designt.

»Ich freue mich so sehr für euch beide.« Violet umarmte ihn erneut. Dann sah sie auf und grinste. »Übrigens: Ulrich und ich haben schon über Familienplanung geredet. Wir wollen so schnell wie möglich loslegen. Ich fände es schön, wenn du und Carol das auch tun könntet.«

Kinder. Carol und er waren sich einig, dass sie eine Familie wollten. Mathias sah ein kleines Mädchen vor sich, eine Mini-Carol, mit ihren Augen und ihrem Lächeln.

»Ich werde mal sehen, was sich machen lässt«, murmelte er.

Violet lachte. »Das wollte ich hören.«

Sie winkte ihm zu und ging dann zum Koch hinüber, um mit ihm zu sprechen. Mathias kehrte ins Esszimmer zurück.

Carol sah auf, als er den Raum betrat, und lächelte. Wie immer hatte er bei ihrem Anblick das Gefühl, dass alles gut war in seinem Leben. Er hatte enormes Glück gehabt, sie zu finden. Und noch mehr Glück, sie nicht zu verlieren. Nicht jeder Mensch bekam eine zweite Chance, das war ihm klar. Aber er hatte sie bekommen. Und deshalb würde er die Liebe seines Lebens jetzt ganz, ganz festhalten und dafür sorgen, dass sie nie mehr ging.

Lesen Sie auch:

Susan Mallery

Familie ist, wenn man trotzdem liebt

Ab Januar 2019 im Buchhandel

9,99 € (D)

ISBN: 978-3-95649-866-4

1. Kapitel

Natalie Kaleta fuhr in die Berge hinauf, bereit, den Drachen am Bart zu packen und aus seiner Höhle zu ziehen. Sie war mutig, sie war furchtlos, sie war auf einer Mission. Nur, hieß es wirklich »den Drachen am Bart packen«? Hatten Drachen überhaupt Bärte? Und wenn ja, galt das dann nur für die männlichen Drachen oder mussten die Weibchen sich auch mit einem Bart herumschlagen? Das wäre ziemlich unfair.

Okay, dieses Drachenbart-Thema war also höchst fraglich, aber bezüglich der Höhle war sie sich sicher. Drachen hatten Höhlen. Cool aussehende Höhlen mit geheimen Zimmern und verborgenen Schätzen und vielleicht sogar einem Kronleuchter, weil der in einer Höhle super aussehen und sein Licht von den Schuppen des Drachen wunderbar reflektiert würde.

Wobei der Strom natürlich ein Problem war. Ein Drache konnte ja schlecht den örtlichen Energieversorger anrufen und sich eine Leitung legen lassen. Wie sollte er mit seinen kleinen Klauenhänden ein Telefon bedienen? Und wie würde er überhaupt für das Telefon bezahlen?

Kerzen gingen. Drachen waren groß genug, um die Kerzen an einem Kronleuchter zu entzünden und bei Bedarf zu ersetzen … trotzdem, wenn ein Drache kein Telefon kaufen konnte, wie sollte er dann Kerzen kaufen? Er könnte sie natürlich selber herstellen. So schwer war das nicht. Natalie hatte einmal einen Kurs besucht, als sie bei ihrer Kunst mit Wachs experimentieren wollte.

Okay, also ein Kronleuchter mit Kerzen, ein bartloses Drachenmädchen und kein Telefon.

Mit der Vorstellung war Natalie zufrieden. Sie bog von der Hauptstraße ab, als ihr Navi es ihr sagte, und fuhr weiter in die Berge hinauf. In den Regen. Wobei *Regen* nicht ansatzweise die Wassermengen beschrieb, die vom Himmel fielen. Monsun wäre passender. Es war Ende August und somit immer noch die Zeit, in der es in der Wüste wie verrückt regnete.

Natalies klappriger, fünfundzwanzig Jahre alter Volvo schnaufte, als die Straße steiler wurde. Sie schaltete runter, sprach stumme Worte der Ermutigung und wünschte sich, der Drache möge ihrem Auto einen kleinen Schubs geben … oder sie auf seinem Rücken mitnehmen.

»Du schaffst das«, versicherte sie ihrem Wagen und hoffte, dass das nicht gelogen war, denn sie wollte nicht im Regen – oder überhaupt – am Straßenrand liegen bleiben. Ehrlich, wann war es schon passend, mit dem Wagen im Nirgendwo liegen zu bleiben?

Erneut bog sie auf Anweisung ihres Navis rechts ab. Die Straße wurde enger und der Regen stärker.

Das macht keinen Spaß, dachte sie und fuhr aus Rücksicht auf den Motor ihres Wagens langsamer. Sie hätte sich nicht freiwillig melden sollen, um nach Ronan zu sehen. Nur – irgendwer hatte es ja tun müssen. Seit fast einer Woche hatte niemand etwas von ihm gehört, und er reagierte auch nicht auf ihre Nachrichten.

Es war nicht ungewöhnlich, dass Ronan Mitchell sich tagelang in seinem Haus in seiner Arbeit vergrub, aber normalerweise antwortete er immer, wenn sie ihm eine Nachricht schickte. Als Teilzeit-Managerin der Willow Gallery war Natalie für alle einheimischen Künstler verantwortlich. Das waren genau drei. Nick und Mathias machten nie irgendwelche Probleme, aber Ronan war eine riesige, irgendwie gut aussehende Nervensäge.

Sicher, seine Arbeit war umwerfend. Was er mit Glas anstellen konnte – wie er etwas, das statisch und nicht sonderlich interessant war, in Bewegung und Schönheit verwandelte –, das war unglaublich. Doch er war nicht sonderlich freundlich, und, was für sie noch schlimmer war: Wenn er verschwand, so wie jetzt, schottete er sich vollkommen ab. Es ging so weit, dass sie ihm manchmal explizit schreiben musste, um zu erfahren, ob er zu Hause war und schmollte oder ob er tot war. Worauf sie immer eine Antwort bekam. Nur in den letzten fünf Tagen nicht.

Niemand hatte etwas darüber gehört, dass er auf Reisen war. Ronan reiste nicht gerne, und wenn er es mal tat, dann nur geschäftlich, sodass man es in der Galerie wusste. Seine Brüder hatten auch keine andere Erklärung als seinen üblichen Drang, sich von der Welt zurückzuziehen – oder, wie sie es nannte, das Schmollen des brütenden Künstlers.

Sie hatte versucht, ihre Chefin zu überreden, nach ihm zu sehen, aber Atsuko hatte nur gelacht und Natalie gesagt, sie solle sich die gefahrenen Meilen aufschreiben, um sie erstattet zu bekommen. Weshalb Natalie jetzt immer weiter und weiter durch den schrecklichen Regen den Berg hinauffuhr und sich wünschte, es gäbe wirklich Drachen. Oder breitere Leitplanken, für den Fall, dass ihre Reifen den Grip verlören.

»Nur noch ein kleines Stück«, flüsterte sie.

Sie war erst ein paarmal bei Ronan gewesen. Einmal, um ein paar Pakete abzuliefern – ja, mit dem Job als Büroleiterin einer Galerie ging eine wahnsinnige Verantwortung einher –, und einmal, um eines seiner Kunstwerke für die Galerie abzuholen. Beide Male hatte er sie nicht in sein wunderschönes Haus gebeten. Wenn sie heute in einem Stück ankäme, würde sie auf einer Führung bestehen … und vielleicht einem Snack. Das war ehrlich gesagt das Mindeste, was der Mann tun konnte, nachdem er nicht zugegeben hatte, tot zu sein.

Außer, er war es doch.

Daran wollte Natalie nicht denken. Aber aus welchem Grund hatte er sich dann nicht gemeldet? Vielleicht ist er verletzt, dachte sie. Nur, wäre das besser? Wenn er so schwer verletzt war, dass er ihr keine Nachricht schicken konnte, dann könnte da eine Menge Blut sein. Und auch wenn sie eine sehr patente Frau war, mit Blut kam sie nicht gut zurecht.

»Mir geht es gut«, sagte sie sich und schluckte die Galle hinunter, die ihr in der Kehle aufstieg. »Da ist kein Blut. Nur Regen. Sieh doch!«

Sie packte das Lenkrad mit beiden Händen und fuhr weiter. Der Regen rauschte ihr entgegen die Straße hinunter, und am Himmel leuchteten Blitze auf. Sie verlangsamte das Tempo noch mehr, weil ihr Auto sich lauthals beschwerte. Irgendwo im Motorraum fing es an zu klopfen. Dann flammte eine unheilvolle rote Lampe im Armaturenbrett auf.

Sie war sich ziemlich sicher, schon in der Nähe seines Hauses zu sein. Bei dem starken Regen sah alles anders aus, aber wenn sie sich nicht irrte, müsste hinter der Kurve, die vor ihr lag …

Natalie schrie auf, als ihr Wagen in eine Schlammlawine geriet und langsam von der Straße rutschte. Die Panik hatte sie noch nicht ganz erfasst, da prallte der Wagen auch schon gegen etwas Hartes. Ihr Körper zuckte, der Motor erstarb, und dann gab es nur noch das Geräusch des fallenden Regens.

»Das kann nicht gut sein«, murmelte sie und zog den Schlüssel aus dem Zündschloss. Anschließend löste sie den Gurt, blinzelte durch den dichten Vorhang aus Regen und glaubte, vor sich Ronans Haus zu sehen. Sie schien es bis zu seiner Einfahrt geschafft zu haben.

»So ein Mist.«

Sie war gegen einen Baum gedrückt worden. Einen großen Baum, der vermutlich eine ziemlich große Delle in ihrem klapprigen Fahrzeug hinterlassen würde. Auch wenn Atsuko angeboten hatte, Natalie die gefahrenen Meilen zu ersetzen, würde sie wohl kaum bereit sein, die zusätzlichen Kosten für die Reparatur zu übernehmen. Außerdem hatte Natalies Lieblingsmechaniker ihr beim letzten Werkstattbesuch gesagt, dass man für das Auto nichts mehr tun könne und es eine ordentliche Beerdigung verdient habe.

Woran sie arbeitete. Also nicht an der Beerdigung, sondern daran, sich ein neues Auto zuzulegen. Sie hatte Ersparnisse, die jedoch noch nicht ganz reichten. Egal. Erst einmal musste sie es schaffen, zum Haus zu kommen, ohne weggespült zu werden.

Natalie schaute zu dem Regenschirm, den sie mitgebracht hatte, und wusste, dass er vollkommen nutzlos war. Also zog sie den Reißverschluss ihres leichten Mantels zu, schnappte sich ihre Handtasche und öffnete die Wagentür.

Sofort prasselte der Regen auf sie ein, doch das war nichts im Vergleich zu dem kalten, nassen Schlamm, der um ihre Knöchel wirbelte. Sie schrie auf und wollte zum Haus rennen, nur ging das bei dem ganzen Schlamm nicht. Bei jedem Schritt musste sie den Fuß aus dem Matsch ziehen, bevor sie ihn wieder aufsetzen konnte. Der Schlamm sickerte in ihre Stiefeletten und spritzte an ihren Beinen hoch. Hinzu kam, dass die Temperaturen bei dem Sturm stark gefallen waren und Natalie nun vor Kälte zitterte.

Innerhalb weniger Minuten war sie bis auf die Knochen durchnässt. Die Haare klebten an ihrem Kopf, Wasser rann von ihrer Brille, und nach ungefähr fünf Schritten verlor sie einen Schuh.

»Verdammt sollst du sein, Ronan Mitchell«, rief sie in den Sturm hinein. »Du bist besser tot, denn sonst bringe ich dich eigenhändig um.«

Das Haus, eine riesige Festung aus Stein, die normalerweise aussah, als wäre sie aus der Bergflanke gewachsen, war bei der Sintflut kaum zu sehen. Natalie ging weiter, denn wenn sie stehen bliebe, würde sie vom Wasser bergab geschwemmt. Sie kämpfte sich zur Haustür durch und drückte auf die Klingel, dann fing sie an, an die Tür zu hämmern.

Ohne Vorwarnung wurde die Tür geöffnet, sodass Natalie beinahe ins Haus fiel. Ronan Mitchell starrte sie mit weit aufgerissenen Augen und verwirrter Miene an.

»Da draußen tobt ein Unwetter, Natalie. Was machst du hier?«

»Ein Unwetter? Wirklich? Ist mir gar nicht aufgefallen, als ich von der Straße gerutscht und auf meinem Weg hier rauf beinahe ertrunken wäre. Wow. Ein Unwetter! Wer hätte das gedacht?«

Er packte sie am Arm und zog sie ins Haus. »Ich weiß, du bist sauer. Denn du bist sonst nie sarkastisch. Was ist passiert?«

»Was passiert ist?«, fragte sie, während sie auf seinen Fußboden tropfte. »Das ist nicht die Frage.« Sie versuchte, sich die Feuchtigkeit aus dem Gesicht zu wischen, bis ihr auffiel, dass ihre nassen Haare die Quelle des konstanten Wassernachschubs waren. »Die Frage ist: Warum bist du nicht tot?«

Ronan starrte sie eine Sekunde lang an. »Hast du dir den Kopf gestoßen?«

»Nein. Habe ich nicht. Ich bin gegen einen Baum gedrückt worden, was übrigens nicht meine Schuld war. Das war der Schlamm.« Sie fing an, sichtlich zu zittern; ohne Zweifel kam das vom Schock und von der Klimaanlage im Haus. »Du bist nicht an dein Telefon gegangen. Ich habe dir Nachrichten geschickt, dann habe ich dich ungefähr elfmal angerufen. Alle haben sich Sorgen gemacht, und da die anderen alle wichtiger sind als ich, wurde mir die Aufgabe übertragen, hier raufzufahren und nach dir zu sehen.«

»Ich habe mein Handy im Spind im Studio in der Stadt gelassen.« Er zuckte mit einer Schulter. »Deshalb hast du es vermutlich nicht klingeln gehört, als du mich angerufen hast.«

»Im Studio?« Ihre Stimme wurde lauter. »Du hast dein Handy bei der Arbeit gelassen, und deshalb musste ich den ganzen Weg hier raus kommen?«

Er zuckte wieder mit einer Schulter. »Sorry.« Dann sah er sie von oben bis unten an. »Du bist durchnässt und zitterst. Komm, trocknen wir dich erst einmal.« Er drehte sich um und ging den langen Flur hinunter.

Natalie versuchte, ihm zu folgen, als ihr auffiel, dass sie nur noch einen Schuh hatte. Sie zog ihn aus und ging Ronan barfuß, tropfend und zitternd hinterher. Es war nicht gerade ihr bester Moment.

»Das ist alles deine Schuld«, sagte sie, als sie ihn eingeholt hatte. »Du hättest …«

»Ich habe kein Festnetz.«

»Dann hättest du eine E-Mail schicken können«, konterte sie triumphierend. »Als dir aufgefallen ist, dass du dein Handy vergessen hast, hättest du einem von uns eine E-Mail schreiben sollen.«

»Ich dachte nicht, dass es wichtig wäre. Es waren doch nur ein paar Tage.«

»Fünf. Es ist fünf Tage her, seit dich irgendjemand gesehen hat.«

Er sah sie unter erhobenen Augenbrauen an.

»Ach bitte. Ich weiß das nur, weil es mein Job ist, das zu wissen. Bilde dir bloß nichts ein.«

Es war nicht so, dass sie Ronan nicht attraktiv fand. Er war groß und muskulös, mit hellbraunen Haaren und grünen Augen, die in einem wahren Traumpaket steckten. Eine Frau müsste schon sehr … nun, sie wusste nicht, was eine Frau sein musste, um sein gutes Aussehen nicht zu bemerken. Aber das durfte er niemals erfahren.

»Glaubst du, mir macht es Spaß, für dich und deine Brüder den Babysitter zu spielen?« Sie versuchte, hochmütig und genervt zu klingen, was nicht leicht war, weil sie und ihre Stimme so sehr zitterten. »Wenn ihr einfach auftauchen und eure Arbeit erledigen würdet … Aber neiiiin. Du musst ja hier draußen in den Bergen leben wie ein Troll.«

Sie folgte ihm in ein großes Schlafzimmer, das von einem riesigen Bett und einem offenen Kamin dominiert wurde. Gerade wollte sie mit ihrer Beschwerde fortfahren, dass das alles seine Schuld sei, da erblickte sie an einem Spitzfenster ein großes Stück Glaskunst. Vor Staunen blieben ihr die Worte im Hals stecken.

Die Skulptur musste mindestens zweieinhalb Meter hoch sein und war in allen Blauschattierungen der Welt gehalten. Teils Kobold, teils Elfe und unglaublich weiblich schien die göttliche Kreatur vor ihr herumzuwirbeln. Die Flügel schienen sie in der Luft zu halten, und ihre Füße wirkten, als würde sie jeden Moment anfangen zu tanzen. Sie war kurvig und nackt, dabei unglaublich sinnlich und wie aus einer anderen Welt.

Natalie tapste mit nassen Socken über den Holzfußboden zu dem Kunstwerk und streckte ihre Hand aus, ohne es zu berühren. Das Gesicht der Skulptur war wunderschön – es bestand aus lauter Kanten und Linien, wie um zu betonen, dass sie nicht wirklich menschlich war. Die Haare waren kurz und stachelig, die Lippen auf eine Weise geöffnet, dass Natalie beinahe erwartete, sie singen oder zumindest sprechen zu hören.

»Kein Wunder, dass du keine Freundin hast«, sagte sie, bevor sie sich zurückhalten konnte. »Wer könnte es schon mit ihr hier aufnehmen?«

»Wir hatten aber nie Sex«, entgegnete er trocken und ein wenig amüsiert.

»Du hättest sie anatomisch korrekt machen sollen.« Natalie umrundete die Skulptur, bewunderte den Schwung der Linien und wünschte sich, sie hätte nur ein Viertel von Ronans Talent. »Auch wenn die Position es schwer machen würde. Trotzdem, sie wäre es wert.«

»Sagst du eigentlich immer, was du denkst?«

Sie überlegte kurz. »Vermutlich schon. Ich bemühe mich, nie gemein oder verletzend zu sein, aber ansonsten neige ich nicht zur Selbstzensur. Das ist mir zu viel Arbeit.«

»Komm jetzt. Du musst dich aufwärmen.«

Erst als sie das große Bad mit der Dampfdusche, einer Badewanne, die locker Platz für vier Personen bot, und dazu passenden Waschbecken betrat, wurde ihr bewusst, dass das eben sein Schlafzimmer gewesen war und sie sich nun in seinem Badezimmer befand.

Ja, sie fand Ronan sehr attraktiv, und okay, sie hatte schon den einen oder anderen unartigen Tagtraum von ihm gehabt, aber sollten sie sich zuerst nicht ein wenig unterhalten?

»W-was machst du da?«, fragte sie, als er ein paar Knöpfe auf einer kompliziert aussehenden Tastatur außen an der Dusche drückte.

»Ich sorge dafür, dass dir wieder warm wird. Warte hier.«

Er verschwand in seinem begehbaren Kleiderschrank und kehrte kurz darauf mit einem T-Shirt, Socken, einem Sweatshirt und einer Jogginghose zurück.

»Das wird dir alles viel zu groß sein, aber du musst ja etwas anziehen, während deine Sachen trocknen. Wir waschen sie, wenn du fertig bist.«

»Ach ja?«

Er kehrte zu der Tastatur zurück und drückte noch einen Knopf. Nach ein paar Sekunden begann das Wasser zu fließen, und die Dusche füllte sich mit Dampf.

»Ich lass dich jetzt allein«, erklärte er. »Gönn dir eine ausgiebige Dusche. Wenn du dich aufgewärmt hast, findest du mich in der Küche.«

Nicht im Bett? Der Gedanke kam ohne Vorwarnung, und Natalie fragte sich, ob sie sich vielleicht doch den Kopf angestoßen hatte. Wenn sie Glück hatte, betrachtete Ronan sie als eine Mischung aus nützlicher Büroeinrichtung und kleiner Schwester. Wenn sie Pech hatte, fand er sie einfach nur nervig. Und nervige Frauen fanden Männer per se nicht attraktiv. Außerdem war da noch die Elfe. Wer könnte schon mit ihr mithalten?

»Wie schalte ich die Dusche wieder aus?«, fragte sie.

Er zeigte auf einen roten Knopf mit der Aufschrift *Aus*.

»Oh. Gut. Das schaffe ich.«

»Ich habe vollstes Vertrauen in dich. Und nun geh duschen.«

»Du musst mich nicht so herumkommandieren. Ich habe es nur gut gemeint, als ich hier raufkam, um nachzusehen, ob du tot bist. Und ich habe keine Ahnung, was ich getan hätte, wenn hier eine Leiche gelegen hätte. Also ist das alles eigentlich deine Schuld. Du hättest eine E-Mail schicken können.«

»Das hast du bereits erwähnt.« Er zeigte auf die Dusche. »Los jetzt.«

Sie wies zur Tür. »Raus mit dir.«

Er grinste schief. »Ja, Ma'am.« Dann drehte er sich um und ging.

»Nervensäge«, murmelte sie, als sie ihr nasses, schlammbespritztes Kleid über den Kopf zog und auf den Boden fallen ließ. Dann legte sie ihre Brille auf den Rand des Waschbeckens. Doch sie sagte das Wort ohne viel Energie dahinter, und als Natalie unter die Dusche trat, merkte sie, dass sie lächelte.

Ronan schloss die Badezimmertür hinter sich, bevor er das Schlafzimmer durchquerte. Im Türrahmen blieb er stehen und schaute noch einmal zu dem Kunstwerk am Fenster zurück. Selbst im düsteren Licht des Sturms wirkte es beinahe lebendig.

Er hatte die Figur erschaffen – hatte die verschiedenen Teile entworfen, die das Ganze ergaben, hatte mit den Farben gespielt, bis er die richtige Kombination gefunden hatte, und hatte sie mit der Hilfe seiner Brüder aus Glas zum Leben erweckt. Es war eines seiner besten Kunstwerke. Etwas, worauf er stolz sein konnte. Daran sollte er sich festhalten, denn etwas Besseres würde er vermutlich nie erschaffen. In den letzten Monaten war ihm klar geworden, dass er womöglich nie wieder etwas erschaffen würde. Was auch immer er für ein Talent besessen hatte, es war weg, und er hatte keine Ahnung, wie er es zurückholen sollte.

Seufzend wandte er sich vom Fenster ab und ging in die Küche. Dort setzte er Teewasser auf und ging dann in die gut gefüllte Speisekammer, um zu sehen, ob seine Teilzeithaushälterin etwas hinterlassen hatte, das Natalie schmecken würde. Er entschied sich für eine Dose Hühnersuppe und füllte sie in eine Schüssel, um sie in der Mikrowelle zu erhitzen.

In den Bergen zu wohnen hatte seine Vorteile – zum Beispiel Ruhe und Frieden und nur sehr selten einen spontanen Besucher. Die Kehrseite war, dass es in der Nähe keinen Lieferservice gab, und wenn das Wetter schlecht wurde – was ein- oder zweimal im Jahr passierte –, war er entweder hier oben oder unten in der Stadt gefangen.

Er nahm seinen Laptop und loggte sich schnell in die Webseite von Happily Inc ein. Kopfschüttelnd betrachtete er die Landkarte für die Gegend. Es gab bereits mehrere Straßen, die durch Schlammlawinen und herabfallende Steine blockiert waren. Er hatte das Gefühl, dass Natalie wohl für eine Weile sein Gast sein würde.

Schnell schrieb er seinem Bruder Nick eine E-Mail, um ihm zu sagen, was passiert war und dass Natalie sich in Sicherheit befand. Dann schaute er aus dem Fenster in den strömenden Regen und stürmischen Wind hinaus. Er hatte keine Ahnung, wie Natalie es in ihrem Wagen den Berg hinauf geschafft hatte. Die Kiste war alt und lief kaum noch. Er konnte nicht fassen, dass irgendjemand sie bei diesem Wetter ausgerechnet in diesem Auto hier heraufgeschickt hatte. Wenn er das nächste Mal in der Stadt war, würde er ein ernstes Wörtchen mit seinen Brüdern und Atsuko, der Besitzerin der Galerie und Natalies Chefin, reden. Sie sollten sich besser um Natalie kümmern.

»Du siehst grimmig aus.« Natalie betrat die Küche. »Habe ich mit meiner Anwesenheit eine Störung des Kraftfeldes verursacht? Störe ich deine männliche Energie?«

Er musste lächeln. »Ich bin durchaus in der Lage, deine Energie abzulenken«, erklärte er.

»Na, na. Frauen stören die männliche Energie schon seit Jahrhunderten. Das ist Teil unseres Zaubers.«

»Hast du gerade ›na, na‹ als Teil deiner Argumentation benutzt?«

»Das habe ich. Und es war effektiv.«

»Ach, so nennen wir das also?«

Er beobachtete, wie sie durch die Küche schlenderte. Trotz ihrer Kurven waren ihr die geliehenen Sachen viel zu groß. Er war knapp eins neunzig groß und sie maß kaum eins sechzig. Sie musste die Jogginghose mit einer Hand festhalten, und das Sweatshirt reichte ihr bis zur Mitte der Oberschenkel.

Die Dusche hatte alle Spuren von Make-up abgewaschen, sodass sie nun sehr jung und verletzlich aussah. Ihr sonst welliges Haar war feucht und lockiger, als er es sich vorgestellt hätte. Es fiel ihr in kleinen Ringeln auf die Schultern.

»Es ist ein Wunder, dass du in einem Stück hier angekommen bist«, erklärte er ihr. »Ich kann nicht glauben, dass meine Brüder und Atsuko dich bei diesem Unwetter hier hochgeschickt haben. Der Schrotthaufen auf Rädern, den du fährst, ist nicht sicher.«

Sofort wirkte sie schuldbewusst. »Nun ja, eigentlich sollte ich Nicks Truck nehmen, der einen Allradantrieb hat, aber der ist so groß und ich fühle mich nicht wohl, ihn zu fahren, also habe ich es gelassen. Sei nicht sauer auf sie. Sie wussten es nicht.« Sie hielt inne. »Jetzt wissen sie es vermutlich schon.«

Das war doch wenigstens etwas – jetzt musste er seine Brüder nicht verprügeln. Einst hätte er es nur zu gerne mit einem von ihnen oder allen aufgenommen, aber in letzter Zeit zog er es vor, sich zu distanzieren – wegzugehen, anstatt zu handeln. Eine Philosophie, die ziemlich gut zusammenfasste, an was für einem Punkt er sich derzeit befand.

Natalie schob ihre rote Brille hoch und schnupperte. »Ist das Suppe? Hast du für mich gekocht?«

»Ich habe eine Dose geöffnet.«

»Was für ein Kerl.« Sie setzte sich auf einen Hocker an der Kücheninsel und grinste. »Du darfst sie jetzt servieren.«

»Wirklich? Das lässt du zu?«

Sein Scherz brachte ihm ein Lächeln ein.

Natalie war einer dieser Menschen mit stets sonnigem Gemüt. Sie hatte immer gute Laune, freute sich immer über das, was das Leben ihr bot. Er schätzte, er könnte das nervig finden, doch das tat er nicht. Wenn er mit ihr zusammen war, fühlte er sich besser. Es gefiel ihm, zu wissen, dass sie in ihrem Leben keine Tragödien hatte erleben müssen. Sie war fröhlich, lustig und talentiert, auch wenn er das Gefühl hatte, dass sie Letzterem widersprechen würde. Laut ihrer eigenen Aussage spielte sie nur ein wenig mit Papier herum, mehr nicht.

Doch er sah das anders. Natalie war eine talentierte Künstlerin, die aus Papier und gefundenen Objekten einzigartige Werke erschuf. Sie würde sagen, sie wäre eine mäßig begabte, hungernde Künstlerin, doch er war sicher, dass ihre Zeit kommen würde.

Er stellte ihr eine Schüssel mit Suppe und eine Tüte Cracker hin. Nachdem er heißes Wasser in einen Becher gegeben hatte, bot er ihr eine Auswahl verschiedener Teebeutel an. Sie wählte einen aus und ließ ihn in das dampfende Wasser fallen. Ronan lehnte sich an den Tresen.

»Du bist ganz schön gut ausgerüstet«, merkte sie an, nachdem sie die Suppe probiert hatte. »Cracker, Tee, Suppe. Ich weiß aber, dass du nicht einkaufen gehst.«

»Meine Haushälterin sorgt dafür, dass die Speisekammer und die Gefriertruhe immer gut gefüllt sind. Sie kümmert sich auch um die Wäsche.«

Draußen heulte der Wind. Natalie schaute zu den Lampen empor. »Die flackern nicht einmal. Hast du einen Generator?«

Er nickte. »Wasser und Strom beziehe ich aus der Stadt, aber wenn das Wetter sehr schlecht ist, können die Leitungen tagelang ausfallen.«

»Und da sagt man, kein Mensch wäre eine Insel.«

Sie aß noch einen Löffel Suppe, bevor sie die Cracker-Tüte

öffnete. Nachdem sie ein paar in ihre Suppe geschüttet hatte, bot sie ihm die Packung an. Er nahm sie und aß eine Handvoll.

»Wo hast du deine Sachen gelassen?«, wollte er wissen.

»Im Badezimmer.«

»Wenn du aufgegessen hast, starten wir eine Maschine Wäsche. Es sollte nicht lange dauern – nicht dass du irgendwohin könntest.«

Er schaute zum Fenster. Es war schon spät am Nachmittag, und der Regen schien nicht nachzulassen. Laut des Wetterberichts sollte das Unwetter am Morgen vorbei sein. Je nachdem, ob und wo es Schlammlawinen gegeben hatte, wären die Straßen noch mehrere Tage lang unpassierbar. Und selbst wenn sie nicht blockiert waren, würde er Natalie auf keinen Fall mit ihrem Schrotthaufen den Berg hinunterfahren lassen, bevor er nicht wusste, dass die Straßen sicher waren.

Sie folgte seinem Blick. »Du glaubst, ich wäre hier gefangen, aber ich denke nicht. Es geht nur bergab. So fährt mein Auto am besten.«

»Du wirst nirgendwohin fahren, bis der Regen nicht aufgehört hat und ich die Gelegenheit hatte, die Straßen zu überprüfen.«

Eine Sekunde lang dachte er, sie würde ihm die Zunge herausstrecken. Doch stattdessen rümpfte sie nur die Nase und sagte: »Du warst schon immer der herrischste von euch Brüdern. Aidan und Del kenne ich zwar nicht so gut, aber trotzdem. Was dich, Nick und Mathias angeht, bist du Mr. Oberbefehlshaber. Du hältst dich zwar für einen grüblerischen Typen, aber das bist du nicht. Du schmollst und bist herrschsüchtig.«

»Mr. Oberbefehls…«

»Haber. Ja, so nenne ich dich in Gedanken. Jetzt weißt du es.«

Er war nicht sicher, was er mit dieser Information anfangen sollte. »Trotzdem fährst du bei dem Unwetter nicht nach Hause.«

»Gefangen in der Drachenhöhle.«

Bevor er fragen konnte, was sie damit meinte, strahlte sie. »Zumindest gibt es im Eingangsbereich einen Kronleuchter. Der ist sehr schön. Ich hatte gedacht, er wäre vielleicht mit Kerzen bestückt, aber Glühbirnen sind auch nett.«

»Ich habe keine Ahnung, wovon du da redest.«

Sie lächelte. »Das hast du selten. Ist schon gut, ich springe ziemlich flink zwischen den Themen hin und her.«

»Soll das heißen, ich kann das nicht?«

»Du kannst schnell sein, vermutlich sogar schneller als ich, aber flink ist etwas anderes.«

Er wusste einfach nicht, was er von ihr halten sollte. Vor zwei Jahren hatte Natalie angefangen, als Büroleiterin in der Willow Gallery zu arbeiten und die drei Mitchell-Brüder zu hüten. Sie behielt das Inventar im Auge, verfolgte die Verkäufe und bezahlte die drei Brüder, wenn ihre Stücke verkauft worden waren.

Er hatte sie schon immer anziehend gefunden. Sie war hübsch und sexy, und es war lange her, dass es eine Frau in seinem Leben gegeben hatte. Aber je besser er sie kennenlernte, desto mehr schätzte er ihre fröhliche Art. Er war überhaupt kein fröhlicher Typ und wollte nicht das Risiko eingehen, Natalie zu ändern, sie ihm ähnlicher zu machen. Also versuchte er, ihr im Studio aus dem Weg zu gehen, und behielt sein Interesse an ihr für sich.

Sie hier bei mir zu haben ist kein Problem, sagte er sich. Es wäre ja nur vorübergehend. Er würde die Unterbrechung genießen, dankbar für die Ablenkung sein, und Natalie, wenn das Wetter aufgeklart hatte, wieder ihres Weges schicken.

Eine Windböe ließ die Fenster klirren.

»Ich werde husten und prusten und dir dein Haus zusammenpusten«, sagte sie lachend. »Ich bin froh, dass das hier ein Steinhaus ist und nicht eines aus Stroh.«

»Ich auch.«

Ein Blitz erhellte den spätnachmittäglichen Himmel und tauchte die Küche in grelles Licht. Sofort folgte ein Donnerschlag, der das ganze Haus erschütterte. Sie zuckten beide zusammen und drehten sich abrupt um, als sie ein Krachen hörten.

Natalie sprang auf die Beine. »Was war das?«

Bevor er sagen konnte, dass er keine Ahnung hatte, ertönte ein lautes, reißendes Geräusch, dann ein Rumpeln, als würde ein Teil des Berges abgerissen.

Ronan ging zur Vorderseite des Hauses. Natalie folgte ihm. Er riss die Tür in dem Moment auf, als ein dreißig Meter hoher Baum umfiel, während der Boden unter ihm wegrutschte. Wie in einem Dominoeffekt fingen die umstehenden Bäume an zu schwanken, dann wurden sie wie in Zeitlupe von der Schlammlawine in die Schlucht gerissen.

Der Lärm war ohrenbetäubend. Die gesamte Erde bebte. Die letzten Bäume erzitterten und verharrten einen Moment, als hätten sie sich noch nicht entschieden, in welche Richtung sie fallen wollten. Ronan sah die Flugbahn, machte einen Schritt darauf zu und hielt dann inne. Es gab nichts, was er tun konnte – nichts, was irgendjemand tun konnte. Der letzte Baum wankte noch eine Sekunde, dann fiel er zu Boden. Das Einzige, was ihm im Weg stand, war ein sehr klappriger, fünfundzwanzig Jahre alter Volvo. Der Baum stürzte auf Natalies Wagen und drückte ihn platt, bevor Baum und Auto den Berghang hinunterrutschten.

»Heilige Scheiße«, murmelte Natalie und fing dann an zu lachen. »Hast du das gesehen? Das war unglaublich.«

Er verspürte einen Anflug von Besorgnis. Bisher hatte er Natalie immer für lustig gehalten. Hatte er da geistige Instabilität mit Humor verwechselt?

Sie tanzte ein wenig, dann sprang sie ins Haus zurück und grinste ihn an, als er die Tür schloss.

»Du weißt schon, dass du gerade deinen Wagen an den Berg verloren hast, oder?«

Sie drehte sich einmal im Kreis. »Er ist weg, er ist weg, er ist weg.« Sie wirbelte zu ihm herum und klatschte in die Hände. »Ich freue mich so.«

»Das ist keine normale Reaktion auf das, was gerade passiert ist.«

Sie hörte auf, herumzutanzen, und atmete tief ein. »Mein Versicherungsmakler hat mir gesagt, ich solle die Vollkaskoversicherung oder wie auch immer das heißt für meinen Wagen kündigen, weil er so alt ist und sich das nicht mehr lohnt. Nur wollte ich das nicht, weil es mir irgendwie … gemein vorkam. Als hätte ich das Auto aufgegeben.«

Diese Reaktion bereitete ihm nicht weniger Sorgen. »Du wolltest die Gefühle deines Autos nicht verletzen?«

»Ganz genau.« Ihr Lächeln kehrte zurück. »Jetzt müssen sie mir dank des Totalschadens den Wert meines Wagens ersetzen. Ich habe schon angefangen, für ein neues Auto zu sparen – also zumindest ein für mich neues –, aber ich habe noch nicht genug zusammen. Ich wollte es bar bezahlen und nicht finanzieren. Doch mit dem Geld von der Versicherung kann ich mir endlich ein neues Auto kaufen. Hurra! Ich hoffe, ich finde ein rotes.«

Sie fing wieder an zu tanzen. Ronan blickte aus dem Fenster in den wütenden Sturm hinaus, auf den Schlamm auf seiner Einfahrt, und bezweifelte, dass die Straßen auch nur ansatzweise passierbar waren. Sie steckten hier fest, bis die Straßenwacht in die Berge käme, um alles aufzuräumen. Es würden ein paar sehr, sehr lange Tage werden.

Susan Mallery

Planst du noch oder liebst du schon?

happily inc Serie Band 1

Happily Inc, so heißt die Kleinstadt am Rande der kalifornischen Wüste, in der der Legende nach seit dem 19. Jahrhundert immer die wahre Liebe gefunden wird. Hier wird fast täglich geheiratet, und Weddingplanerin Pallas Saunders übertrifft sich selbst bei den ausgefallensten Hochzeiten. Aber ihr eigenes Liebesglück? Das muss warten, der Job geht vor – das denkt Pallas zumindest, bis sie dem Künstler Nick Mitchell begegnet und der Zauber von Happily Inc auch sie für immer umfängt.

ISBN: 978-3-95649-818-3

9,99 € (D)

Susan Mallery
Stadt, Mann, Kuss

So idyllisch Fool's Gold, die Kleinstadt am Fuße der Sierra Nevada, auch ist: Der hübsche Ort hat ein gewaltiges Problem. Es herrscht akuter Männermangel. Um das zu ändern, wird die erfolgreiche Stadtplanerin Charity Jones engagiert. Ausgerechnet sie, bei der Amor mit seinem Pfeil bisher immer danebengeschossen hat. Nichtsdestotrotz lockt sie die ersten potenziellen Ehekandidaten an. Dabei befinden sich bereits einige Prachtexemplare direkt vor Charitys Nase ...

ISBN: 978-3-95649-625-7
9,99 € (D)

Deutsche Erstveröffentlichung

Susan Mallery

Der Für-immer-Mann

Quinn glaubt nicht, dass es die richtige Frau für ihn gibt.

Doch bei einem Wettkampf begegnet er der Selbstverteidigungsexpertin D.J., die ihn buchstäblich aus den Socken haut. Zwischen ihnen sprühen vom ersten Augenblick an die Funken. Da passt es sehr gut, dass D.J. ihn als Ausbilder haben möchte. So kann er ihr körperlich umso näher kommen. Nachteil: Emotional beißt er bei D.J. auf Granit. Doch so leicht lässt sich ein Special-Forces-Mann nicht von seinem Ziel abbringen ...

ISBN: 978-3-95649-624-0
9,99 € (D)

Deutsche Erstveröffentlichung

Susan Mallery

Mein Herz sucht Liebe

„Und rosafarbene Schwäne, die auf dem Pool schwimmen ..." Courtney ist entschlossen, ihrer Mutter eine Traumhochzeit in Pink zu organisieren. Auch wenn sie selbst die rosarote Brille schon lange abgesetzt hat. Ihre beiden Schwestern, Rachel und Sienna, sind ihr keine große Hilfe, da diese ebenfalls nach Enttäuschungen dem „schönsten Tag im Leben" mehr als kritisch gegenüberstehen. Oder kann das neue Glück ihrer Mom den drei Schwestern beweisen, dass es nie zu spät ist, sein Herz zu öffnen?

ISBN: 978-3-95649-668-4

10,99 € (D)